研究叢書30

埋もれた風景たちの発見

ヴィクトリア朝の文芸と文化

中央大学人文科学研究所 編

中央大学出版部

はしがき

私たちは一九九八年四月、「ヴィクトリア朝の芸術と文化」と銘打った研究会チームを発足させた。これはその前年度に人文研叢書第一七号『ヴィジョンと現実——十九世紀英国の詩と批評』を刊行して活動を終えた「十九世紀英国の詩と批評」の研究会チームを母胎として新たに再出発した研究会である。前回刊行の研究叢書においては、一九世紀のイギリス文学を前後に二分し、前半をロマン派に関するもの、後半をヴィクトリア朝に関するものとして二部立てで構成したのであるが、特にヴィクトリア朝の文学については、その多様さと豊饒さのゆえに、触れられずにしまった問題や領域も多く残ったのである。そこで今度はヴィクトリア朝の文学と文化に的を絞ってその問題性を追究してみようとの気運が私たちの間に自然と生まれ、新たな研究会の発足に至ったのである。

ヴィクトリア朝とはもちろんヴィクトリア女王の治世を指すのだが、一八三七年の即位から一九〇一年の崩御に至るまで実に六四年の長きにわたっている。この極めて長い期間に生起した社会及び文化の諸現象をヴィクトリア朝という単一の時代区分で括ることが妥当であるかどうかについては以前から議論がないわけではない。またヴィクトリア朝は社会、経済、政治、国際関係、文化の諸領域で、とりわけ科学技術と産業の発達の面で、未曽有の膨張と急激な大変貌を遂げた時代であった。従来便宜的に前期（一八三〇年代から五〇年まで）、中期（一八五〇～六〇年代）、後期（一八七〇年代以降）と三期に分けられることが多いが、当然ながらそれぞれの時期が非常に相異なる相貌を呈している。しかしそのような大きな差異にもかかわらず、この時代全体をヴィクトリア朝と一括してもよいある気風のようなものが存在することも確かである。そして何よりもこの時代を生きた人々が自らをヴィクトリア朝人であると強く意識していたのである。

文学・芸術の領域でも、ヴィクトリア朝の初期と後期とでは事態が全く逆転しているかの如き外観を呈している。初期の例えばカーライルやラスキンの道徳的美学の優勢から世紀末の反道徳的芸術至上主義の流行まで大きな径庭がある。リアリズムから反リアリズムまでの変貌がある。しかしながらこの大きな転回にもかかわらず、ヴィクトリア朝の文学者・芸術家は美の創造に関わって等しく一貫した持続的な意志と姿勢を示している。それは急激に変貌する現実に対処あるいは対峙しつつ、その中から新しい現実的な美を見出そうとする極めて倫理的で実践的な意志と姿勢であった。今日ヴィクトリア朝の文学を読み直すとすれば、特にこの面に照明を当てるべきであろう。本書を『埋もれた風景たちの発見』と題した所以である。

私たちはチーム発足以来現在まで二〇回の研究会をもった。毎回の研究会は作品の精読を中心にして行われた。個人では読み解くことが厄介な難解あるいは長大な作品、解釈の多義性を豊かに孕んだ作品などが多く選ばれ、共同で討議しながら読む利点と喜びを頒ち合った。以下研究会で扱った作家と作品を発表順に列挙しておく。

D・G・ロセッティ Dante Gabriel Rossetti：*The Blessed Damozel*, *The House of Life*
クリスティナ・ロセッティ Christina Rossetti：*Monna Innominata*
ロバート・モントゴメリー Robert Montgomery：*The Omnipresence of the Deity*
ジョン・クレア John Clare：*The Parish*
コヴェントリ・パトモア Coventry Patmore：*The Angel in the House*

S・T・コウルリッジとOED
G・M・ホプキンズのソネット
ダグラス・ジェロルド Douglas Jerrold：*Black-Eyed Susan*
オスカー・ワイルド Oscar Wilde：*Ravenna*；*The Ballad of Reading Gaol*

また、「人文研紀要」（中央大学人文科学研究所発行）へ次の研究員諸氏が論文を発表した。本書と併せて読んでいただければ幸甚である。

井出弘之
「一八六〇年代ヴィクトリア朝小説異聞——たかが小説、されど小説」（第三八号、二〇〇〇年）
井上美沙子
「*Lyrical Ballads* の Preface における "Goody Blake and Harry Gill" の位置の変遷」（第三八号、二〇〇〇年）
岡地　嶺
「英国墓碑銘論XIII」（第二九号、一九九七年）
「ウェストミンスター寺院の『詩人記念堂』の歴史」（第三二号、一九九八年）
「英国詩人墓碑銘拾遺集IV」（第三五号、一九九九年）
土屋繁子
「Emily Brontë の詩——"No Coward Soul is Mine" をめぐって」（第三五号、一九九九年）
松本　啓
「トマス・ハーディと『神慮』——『はるか群衆を離れて』をめぐって」（第三八号、二〇〇〇年）

森松健介

「Arthur Hugh Clough の *Dipsychus and the Spirit* とその関連詩篇」（第二九号、一九九七年）

「A. C. Swinburne の *Tristram of Lyonesse*」（第三二号、一九九八年）

さて本書はヴィクトリア朝の詩とその他の文学ジャンルに関する計一三篇の論文を収めている。詩を扱ったものが多いので、第一部を「ヴィクトリア朝の詩人たち」、第二部を「ヴィクトリア朝の批評と文芸」という風に二部立てで構成した。ここにそれら一三篇の論文の概要を述べておこう。

第I章、川口紘明の「ジョン・クレアの後期の詩――一八四一年を中心に」は、ヴィクトリア朝以前に貧農詩人・叙景詩人として世に出ていたジョン・クレアがその後創造の枯渇に苦しんだが、一八三七年（ヴィクトリア女王即位の年）精神病院に入れられたことを契機にして端倪すべからざる抒情詩人として復活した経緯を、伝記的背景と彼の独特な想像力機構の分析を通して追究した。

第II章の里麻静夫「テニスンの "Process of speech"――中期の長詩を中心に」は、人間は有限かつ不完全な言語とそれを器とする知恵とを宿命として引き受けて、それらの可能性を突き詰めた後に神に身を任すべきであるというミルトンの言語観・人知観を参照点として設け、その観点から、テニスンが中期の長詩で、言語や人知の機能や在り方についてどのような議論を展開しているかを見る。

第III章、兵藤雅子の「『エトナ山上のエムペドクレス』再び――信と不信の距離」は、作者アーノルド自身が出来映えに不満をもちながらも内心恃むところのあったこの問題作が、やがて見直され再評価へと向かうことになる兆しを、アーノルドの信仰心の顕在化の過程と、この作品へのブラウニングの共感と推奨とを絡めて、一五年後の『新詩集』への採録の周辺を探りながら論じる。

第Ⅳ章、海老根宏の「『家の中の天使』の詩法――詩とリアリズム」は、従来、家庭の神聖性の守護者とすることで女性を社会から切り離すヴィクトリア時代の家庭イデオロギーの代表として、実際に読まれることなく非難されてきたこの作品を新しい視点から読み直す。この作品は一方で同時代の恋愛風俗、結婚風俗を軽く明るいリアリズムで描きつつ、他方でエリザベス朝詩や形而上詩などの詩法をとりいれ、宇宙的秩序のうちの愛の動きを高揚した語調で表現している。この二つの詩的水準の並列がこの詩の最大の長所であり、多様な語法が十分統合されず折衷の跡をとどめていることがこの作品の限界だと論じる。

第Ⅴ章、坂川雅子の「クリスティーナ・ロセッティ――女性としての制約と信仰」では、クリスティーナ・ロセッティが、男性社会において弱い立場にある女性を題材にした多くの詩を書き、女性には男性と対等な地位が認められていないことに対する不満を表わしたが、婦人運動に参加することはなかった点を取りあげ、現世に期待をもたなかった彼女が拠り所としたのは、その信仰であったと論じる。

第Ⅵ章、原孝一郎の「劇的独白の誕生とその盛衰」は、劇的独白の起こりをロバート・ブラウニングの『ポーリン』と「ポルフィリアの愛人」の抒情表現手法の相違に見出し、劇的独白は抒情詩の流れの中に誕生したと見る。百年に亘り続いた劇的独白や仮面という手法・思想がイェイツ、パウンド、T・S・エリオットらに至ると彼らの成長とともに消滅してゆく現象に注目し、具体例を挙げて、詩人の声と抒情詩における「私」との関係を論じている。

第Ⅶ章、上坪正徳の「幻想のエデン――ウィリアム・モリス『地上楽園』の冬の物語詩」は、この作者の代表作でありながら論じられることの少ない大長篇詩『地上楽園』を取りあげ、中世的な韻文ロマンスの再生を目指したこの物語詩集の構造を論じた後、作品のモチーフを最もよく示している冬の詩群の中に、作者の楽園のヴィジョンを探り、さらに夢幻的世界へ逃避しようと願いながらも、現実社会の変革にも無関心でいられない当時のモリスのジレンマとそこからの脱却の萌芽を読み取る。

第Ⅷ章、笹川浩の「インスケイプの詩学——『ドイッチュランド号の難破』を読む」は、G・M・ホプキンズの詩学の鍵となる概念である〈インスケイプ〉とその関連概念の〈インストレス〉について検討した後、このような彼の考え方が「ドイッチュランド号の難破」にどのように反映され、どのようにその制作に関わっていたかを、具体的な詩行に沿いながら論じている。そしてこの作品が、ヴィクトリア朝の人々の画一化を助長する大きな力の一つであった新聞の記事から題材を取りながらも、ホプキンズ独特の認識様式とそれを表す特異で効果的な表現形式が不可分に結びつくことで、彼の極めてユニークな「個」の結晶になっていることを強調する。

第Ⅸ章、土屋繁子の「詩人オスカー・ワイルド」は、ワイルドの創作活動が多様な文学ジャンルにわたりながらもその中核には詩があったことを強調し、詩人ワイルドの像を浮き彫りにしている。ワイルドの詩才の特性として、他詩人及び自作、ギリシャ神話、キリスト教説話等の巧みな再生利用を通して個性を明確化したこと、否定や疑問文を多用する技法によって〈虚〉から〈実〉を表わそうとしたこと、モダニズム的なものと伝統的なものをほどよく織り合わせる優れたアレンジメントの才があったことなどが論及されている。

第Ⅹ章、井上美沙子「ワーズワスとディ・クインシィ——事実《ファクツ》の省察は神秘への道」は、何よりも事実の存在を重視する精神傾向はヴィクトリア朝を通して益々強固なものになって行ったが、文学におけるその先駆的な現れをディ・クインシィとワーズワスの思想の中に探っている。彼らはまず事実を虚心に注目することによって、想像を超える驚くべき真実、あるいは真実の体系の神秘が見えてくるのだということを彼らの折々の著作の中で告げていると論者は主張する。

第Ⅺ章、中川敏「マシュー・アーノルドの初期評論——『マルクス・アウレリウス』と『ジューベール』」は、アーノルドの初期評論二篇を取りあげて、これらのエッセイの中に、著者アーノルドが、若い孤立的な詩人の姿勢から脱却して、社会を広く見て、冷静に考える批評家へと転身してゆく契機を読み取っている。キリスト教を迫害する立場にありながらキリスト教に近い倫理観をもっていたとしてマルクス・アウレリウスに親近し、また知的精神と魂の力とが結びあった柔軟な魅力を湛えたジューベールを称賛するアーノルドの感性の中にそれが認められると論じる。

第XII章の松本啓「理想と現実の狭間――『ミドルマーチ』をめぐって」は、最初に、すぐれて知的な小説家であったG・エリオットの知的遍歴をたどる。ついで、神を喪失した人間は互いに助け合わなければならない、という「人間教」の命題がG・エリオットの傑作『ミドルマーチ』にどのように具体化されているかを、主に「理想」と「現実」の交錯という視点からあとづけようと試みたものである。

第XIII章、井出弘之の「ヴィクトリア朝の大衆演劇と笑い――ブラッドン、ヘイゼルウッド、D・ジェロルド、そしてD・ブーシコー」は、「小説の世紀」の声に埋もれ、従来「通俗的」と蔑まれてきたヴィクトリア朝演劇をポストモダンの現代の視点から再評価する。代表的大衆小説とその脚色劇の比較考証を足掛かりとして、世紀初期のダグラス・ジェロルド、中葉の旗手ディオン・ブーシコーの優れたドラマトゥルギーを分析し、当時なぜスリルとサスペンス、涙と笑いの舞台が必要とされたかを問う。そして〈メロドラマ的想像力〉を〈喜劇的言語装置〉によって辛くも支えるという彼らの叡知こそ、我われの一九世紀観に抜け落ちてきたものであると主張する。

これら一三名の執筆者の他に、私たちの研究チームの同僚に、岡地嶺、笠原順路、諏訪部仁、森松健介、渡辺福実の五氏があり、研究会においてそれぞれに重要な役割を果されたが、本書原稿の執筆時期に、公務の繁忙や他の原稿執筆との競合などのために締切期日までに原稿を戴けなかったのが残念である。しかしながら諸氏の研究成果は遠からず何らかの形で発表されるものと期待している。

最後に、本書を出すに当たっては人文研スタッフ及び中央大学出版部の方々に一方ならずお世話になったので、この場を借りて厚く御礼申し上げる次第である。

二〇〇二年二月末

研究会チーム《ヴィクトリア朝の芸術と文化》

目次

第二部　ヴィクトリア朝の批評と文芸

索　引

第一部　ヴィクトリア朝の詩人たち

I　ジョン・クレアの後期の詩
――一八四一年を中心に

川口紘明

一　ヴィクトリア朝詩人ジョン・クレア

一八三七年ヴィクトリア女王が即位した同じ六月、ジョン・クレア John Clare はロンドン北方のエピングフォレスト Epping Forest、ハイビーチ High Beech のアレン医師の経営する精神病院に入院した。四年後の一八四一年七月ここを脱走して帰宅するが、五カ月後に今度はノーサンプトン総合精神病院に収監され、一八六四年五月に七〇歳で没するまで二三年間をそこで過ごした。(1)クレアは元来非常な多作家であるが、入院中も詩作を続け大量の作品を残している。病院時代の作品は、いわば歌謡作者としての従来の面目を引き継いでいるだけのものも多いが、真剣な文学的志向を示す詩作においては全く新しい局面を拓いている。それはごく大ざっぱに言えば従来の叙景詩人から新しい高度な抒情詩人への変身である。ジョン・クレアの、ヴィクトリア朝詩人としての確かな再出発をそこに認めることができる。しかしながらこれら後期の詩はほとんどが病院の中で書かれたので、当時のヴィクトリア朝の現実とは相触れるところが少く、その点でクレアはヴィクトリア朝詩人としては異例の存在である。クレアは当時の詩壇からはほとんど忘れ去られていたが、それでも一部の人々の間で「狂詩人」

(Mad Poet) として珍重されたのである。

クレアの精神の「狂気」がどんな性質のものであり、どんな程度であったかについては従来様々な説が行われている。最近では強度の躁鬱病であったろうとの見方が一般的である。[2] クレアは生涯たびたび深刻な鬱病に悩まされたが、その時期は生活の極度の逼迫、文学上の挫折、情緒の激しい動揺の時期と重なっている。そしてまたそれは彼が脇目もふらず詩作に熱中没頭した後であることが多い。従ってクレアが医学的に見て「狂気」であったかどうか疑問視する人も多い。クレアの「狂気」は、生活の袋小路に追いつめられた彼の精神の金縛りの苦渋の現われであったと解すべきかも知れない。処女詩集出版に際してクレアは「貧農詩人」(Peasant Poet) というキャッチフレーズで売り出され一躍有名になったのだが、「この貧農詩人」という在り様（「貧農」であり「詩人」であるという存在様態）は、それ自体が当時の英国の社会的及び文化的な諸矛盾を一身に背負い込むことになる苛酷な存在であって、クレアの精神がそれらの矛盾の総体的な圧迫の搾木《しめぎ》にかけられて悶絶したとき、人々はそれを完全な「狂気」の徴候と受け取ったのである。しかしクレアが書いた作品には草稿ゆえの不完全と錯落はあるが、狂気を示す証拠は何一つないのである。

ジョン・クレアは一七九三年の生まれで、シェリーよりも一歳下、キーツより二歳年長である。年齢的にはロマン派の第二世代に属する。しかしクレアの作品は彼らロマン派とは明らかに一線を画している。クレアは文学史ではロマン派の詩人と一緒に扱われるが、主流からは遠ざけられる厄介な存在である。クレアはロマン派よりも一時代前の一八世紀の自然詩人、叙景詩人の系譜に属している。トムソン、ゴールドスミス、クーパー、クラブの系譜である。クレアはこの叙景詩の伝統を引き継ぎながら、この伝統に全く新しい手法を導入してこの伝統を革新した。一八世紀の叙景詩人たちが貴族主義的審美の観点から自然や風景の美を傍観者流に嘆賞したのに対して、クレアは農場で実際に働く農夫の眼を通して自然の美を捉え直し、その美を生活の喜びに結びつけた。従ってクレアの詩には生活のリアリズムが感じられるが、しかしリアリズムは彼のめざすところではなかった。自然の事物のリアルな観察を通して彼はその向こうに今は失われてしまった楽園の面影を、また自然の恒久的な美と豊かさと秩序とを見ようとしたのである。彼が自然の事物、花や鳥や虫や小動物を細微に観察して歌ったのも、観察自体に目的があるのではなく、それらの事物が今は破壊されて飛散してしまった永遠世界の残された小さな破片であると彼が感じていたからである。事物や破片を通して失われた楽園や永遠を見ようとするクレアの想像力の働きは独特なものである。これは少年時代に彼の村ヘルプストン Helpstone の田園が法令によって囲い込まれるのを目のあたりにし、周囲の自然が破壊され変形され、樹木や小動物の生命と生活が奪われていくのを目撃した時以来、彼の中で強く切実に培われてきた想像力であったろう。(3) また囲い込み以前をエデンの楽園と見、それ以後を人間の堕落の現実とみなす彼の独特な神話的観念もこの時に芽生えたのであろう。彼のヴィジョンが現実の農村に向けられたときには、いつもの天上的な自然讃美の詩とは打って変わった激しい憎悪と呪咀にみちた、いわば地獄的想像力によるグロテスクなばかりにファルス的な諷刺作品が書かれた。

このように独特な彼のヴィジョンによって尨大な分量の詩が書かれたが、処女詩集の爆発的な売れ行きの後は、第二詩集から第四詩集まで全くと言っていいほど売れず、彼は懊悩と鬱病と自信喪失に陥った。とりわけノースバラ Northborough への移住の後は自然にも叙景にも興味を失って、彼の詩は瀕死の状態に立ち至った。その不毛のさなか、一八三七年精神病院に収容されたことが、逆説的ながら、彼の詩の復活を促すことになった。不本意で理不尽な強制と屈辱を蒙ったことで、彼の反抗心は燃えあがり、長年抑圧され忍従を強いられていた彼の情念が一挙に解放の出口を見出したのである。彼は放胆になり正直になった。赤裸な心が力強い抒情詩となって噴出した。それでも彼は最初はバイロンを「偽装」しなければならなかったのである。これは彼が心の真実を叙べる新しい詩を書くに際して、これまでの自己を脱却した、全く新しい人格に変身する必要をどれほど強く感じていたかを示すものである。またクレアは初恋の女性メアリを主題とする熱烈な恋愛詩群を書いた。これも彼が家庭を離れ「獄院」に幽閉されていたから書くことのできた魂の雄叫びであった。いずれにせよクレアは精神病院で真率な心を歌う強力な抒情詩人として甦ったのである。

ノーサンプトン精神病院時代は、クレアの抒情詩の新しい展開と綜合の時期であり、最後の完成の時期である。クレアの想像力には、既に述べたように、若い頃から二律背反とも言うべき極端な二面性があった。天上的想像力と地獄的想像力の二面性である。牧歌的な幸福と喜びに包まれた田園讃美の詩集『羊飼いの暦』*Shepherd's Calendar* を書く一方で同時に彼は現実の農村の社会生活の腐敗と堕落を烈しく糾弾する呪咀と諷刺の長詩『教区』*The Parish* を書いている。またハイビーチの病院時代にも、バイロンの嘲弄的なスタンスを借りて国家と社会の偽善の仮面を引き剥す怪作『ドン・ジュアン』*Don Juan* をものする一方で、同時に初恋の女性メアリを讃美する天上的昇華の恋愛詩群を書いているのである。さらにこのメアリ詩群においても、後半になるとただ讃美にとどまらず、彼女への疑惑と不信、希望と絶望の目まぐるしく変転する錯綜した心のドラマを見せている。しかし全体的に言えることは、クレアのこの両極端の想像力は、それぞれが別箇の作品、あるいは別箇の詩篇において別々に行使されてきたという事実である。一篇の詩の中でこの両者がせめぎ合いながら機能するということはなかったのである。ところがノーサンプトン時代になると、これら二律背反の想像力が一篇の詩の中で厳しく対峙して互いに対話を交しながら、あるいは対者を否定しながら進行するという手法が導入されている。天上的想像力と地獄的想像力が初めて相まみえて対決しているのである。極めてダイナミックで弁証法的な詩法が展開される。ここで初めてクレアの精神の張りつめた全音域が奏でられる。ここで歌はもはや以前のような単調な単旋律のメロディではなく、複雑な多声楽の協奏空間に変わっている。しかしこの両極の想像力の対決には簡単な解決などあろうはずがないので詩の中で提起される命題と反命題はどこまでも平行線を辿るしかない。しかしそれでは詩が完結しないのでクレアは詩の最後に「永遠」を措いている。狡猾なる「永遠」である。しかし見事な結着である（後期の代表的な名詩「ヴィジョン」'A Vision'、「永遠への招待」'An Invite to Eternity'、さらには「私は在る」'I Am'を参照されたい）。

クレアのこの弁証法的作詩法はヴィクトリア朝の他の詩人には見られないもので、その点でクレアは時代を抜きん出ていると言ってよいであろう。例えば「永遠」という言葉一つ取ってみても、ヴィクトリア朝の詩人達は彼らの作品の中でこの語を無暗矢鱈に振りまいているが、その「永遠」なるものは、要するに彼らの主観的な空想が想い描く何らかの理想的な状態、あるいは境地に他ならないものであった。余りにも形而下的で余りにも人情的な永遠であった。クレアもヴィクトリア朝詩人の御多分に洩れず、「永遠」の語を頻用しているが、彼らほど安直ではないし楽天的でもない。クレアはまず彼が理想とする一つの状態や境地を措定するが、それはすぐさま彼の強い不信と懐疑によって転覆されてしまう。しかし希望は残ってなお頑強に抵抗を試みる。だがクレアはもっと冷徹な真理と悪意をもってこの試みを頓挫させようとする。このように両極端の想像力が息づまるような葛藤を見せて詩が展開して行き最後に「永遠」がこの争いを仲裁する。仲裁すると言っても何らポジティヴな解決を与えているのではない。無限の時空の中に放り出すだけである。「永遠」はここでは存在の矛盾の根源的な原基そのものを意味しているようである。

二度の世界大戦を経験し、多くの幻滅を味わい、懐疑心を強めた二〇世紀の詩人達が、ヴィクトリア朝の詩人達のおめでたい理想的な境地や永遠を軽蔑し、クレアの不安な魂とその妥協しないディアレクティックな追尋の姿勢に熱い共感を寄せて同胞意識を強めたのは不思議ではない。ジョン・ミドルトン・マリ John Middleton Murry、エドワード・トーマス Edward Thomas、エドマンド・ブランデン Edmund Blunden、ジェフリ・グリグソン Geoffrey Grigson、ロバート・グレイヴス Robert Graves、アン・ティブル Anne Tibble らの発掘と再評価によってジョン・クレアは忘却の淵から救い出された。(4) クレアの詩はヴィクトリア朝を超えて二〇世紀の詩に結びつけられた。

二　苦闘の生涯

ジョン・クレアは一七九三年七月一三日、ノーサンプトン州の小村ヘルプストン Helpstone、現在はケンブリッジ州ピーターバラ市 Peterborough、ヘルプストンに、貧しい日傭い農業労働者の長男として生まれた。一〇歳になるかならない頃から父親と共に農家の脱穀、家畜の世話、鳥威し、草取りなどの雑役をして家計を助けなければならなかった。母親は全くの文盲、父親は辛うじて読み書きができる程度であったが、美声の持ち主で、定評のある民謡歌手（ballad singer）として村の酒場で人気を集めていた。後にジョンは父を介して地方の民謡（folk song）やバラッドの収集と記録に着手したが、これは彼の詩人としての裾野を広げ彼の詩を豊かで確かなものにするのに役立った。学業は一二歳まで、年間三カ月程度雑役の合い間に、最初は村の老婦人から学び、後に近隣のグリントン Glinton 教区教会での夜学に通った。一二歳の時にこの学校で自営農民の娘、四歳下のメアリ・ジョイス Mary Joyce を見初め、友情から恋愛への経過を辿ったが、一八一六年頃（クレア二三歳）、恐らくは身分違いという理由で、メアリの父から交際を禁じられ、この初恋は実らなかった。しかしながら、あるいはそれ故にと言うべきであろうが、メアリの面影は生涯彼を離れず、後に彼の詩作を導くミューズとなった。学校を了えると一人前の労働者として働かなければならなかったが、定職は与えられず、その日暮らしの雑役を転々とするより他ない境遇であった。田鋤き、麦刈り、脱穀、庭師手伝い、（生垣用の）消石灰作り等、季節毎の農事の需要に応じて声がかかり次第何でもやった。

その一方で彼は幼い時から両親や村人の語る民話、チャップブックに載るロマンス物に興奮し、やがて読書の味を覚えると手当り次第に読み漁り農村では類を見ない読書少年に育っていた。一三歳の時にジェイムズ・トムソンの『四季』を見てその本を無理をして買い求めて読み耽り、刺激されて、それ以来詩を書くことが病みつきになったと『自伝スケッチ』の中で語っている。(5) この異例な文学少年は、それゆえに、村人から奇異の目で見られ、遠ざけられ、仕事を得る面で損をすることも多かったようである。彼は雑役の仕事をしている合い間にも思い浮かんだ詩句や発見をすばやく書き留めたが、その行為を仕事の仲間や監督者に見つけられないように細心の注意を配らなければならなかった。この当時彼の作品の唯一の鑑賞者は両親であったが、その両親に対しても別人の作であると偽って感想や評価を求めたのである。

一八〇九年クレアが一六歳の時にヘルプストン及び近隣地区の土地の囲い込みが議会で承認され、実施に移されることになった。これによってクレアをめぐる生活と自然の環境は徐々に暗く険しいものに変わっていった。地代が上がり、共有地を奪われて農業労働者の生活は窮迫の度を加えた。しかしそれにも増してクレアを悲しませたのは見慣れた自然の景観が一変してしまうことであった。牧場が耕作地となり、林が伐採され、水路が変更され、沼地が干拓され、その中を新しい直線道路が貫通した。家畜や家禽を飼い菜園を作って生計の補助に当てていたばかりでなく、村人の憩いと歓楽の場でもあった共有地に今は「立入禁止」の札が立てられた。こうした変貌が一挙に現実化したのではないにしても、喪われていく風景や生物の命に対する愛惜が多感な少年の詩心を動かしてこれらのものの忠実な観察者、記録者たらんと決意させたであろうことは疑い得ない。

そうこうしているうちにかなりの分量の作品が溜まってきて彼はこれを予約出版の詩集の形で世に問いたいという野心を抱くようになった。文学好きの友人を通して出版のつてを探っているうちに、一八一七年この話がスタンフォード Stamford の書店主エドワード・ドルアリー Edward Drury の耳に届き、彼の推薦状が彼の従兄弟であるロンドンの出版者、キーツの詩集の出版者として知られるジョン・テイラー John Taylor に送られ、一八一九年テイラーはクレアに会い出版を承諾する。そして一八二〇年にクレアの処女詩集『叙景詩・農村の生活と情景』*Poems Descriptive of Rural Life and Scenery* が世に出たのである。

詩集のタイトルページは著者を「ノーサンプトンの貧農」"Northamptonshire Peasant" と表示した。以後クレアは「貧農詩人」"Peasant Poet" というキャッチフレーズで呼ばれることになる。年内に初版三千部が売り切れ翌年には四版まで出るという驚異的な売れ行きであった。クレアは一躍詩壇の寵児となったのである。片田舎の無名の青年が最初の詩集でこのような稀代の成功を収めたのには作品の出来映えとは別の理由があった。前世紀の中葉から「高貴な野蛮人」"Noble Savage" を憧憬するプリミティヴィズムの根強い潜流があり、文明に汚されない自然の原野に自ずから流露する天才が存在すると信じられ、文芸の上でも多くの不確かな才能が発掘され、その多くは泡沫のように消えた。その中でも文学史上に名を残しているのはスティーヴン・ダック Stephen Duck、ロバート・バーンズ Robert Burns、ロバート・ブルームフィールド Robert Bloomfield らである。バーンズは真正の詩人であるから別格として、ダックもブルームフィールドも彼らが得た名声の犠牲者となった。ダックは宮廷から手厚い保護を受けたが重圧に堪えかねて発狂し溺死した。ブルームフィールドも『農家の青年』*The Farmer's Boy*（1800）で大成功を収めたが、最後は貧窮と忘却の中で死んだ。テイラーは出版人としてクレアの中にブルームフィールドの再来を期していたようである。扉に「ノーサンプトンの貧農」と記した上に、著者の苛酷な境遇を序文に認めて読者の関心と同情を引こうとしている。そしてこの商策は功を奏した。しかし出版者の思惑がどうであったにせよ、作品は見かけ倒しではなかった。確かに未熟な若書きの要素は多いが、トムソン、ゴールドスミス、クーパーと連なる英国叙景詩の伝統をよく消化して、その伝統を従来の貴族主義的審美家の傍観の視点からではなく、農村の初々しい少年の眼を通して捉え直そうとしている。この詩集の美点は挙げてそこにある。

この年クレアはマーサ・ターナー Martha Turner、通称パティ Patty と結婚する。彼女が六カ月の身重だったので結婚が急がれたのである。パティは無学で自分の名も書けなかったが、クレアとの間に七人の子を成し、よく働いて貧困生活を耐えぬき、後にクレアが精神を病み錯乱に陥った時にも辛抱強く介抱した。

この同じ年クレアにもう一つの展望が開かれた。三月彼は初めてロンドンを訪れ、テイラーを介して彼の友人や文学者仲間に紹介された。彼の生涯の庇護者となるエライザ・エマソン Eliza Emmerson もその一人であった。その後一八二二年、二四年にロンドンに滞在した折に、チャールズ・ラム、ハズリット、ド・クィンシー、キーツの親友レノルズ、ダンテの翻訳家ケアリらの知遇を得た。キーツとは、あいにく彼が病中であったり、既にイタリアに旅立った後であったりしたために擦れちがいに終ったが、お互いに相手の存在を強く意識していたようで、テイラーを通して、お互いの作品への感想をやりとりしている。彼ら文人たちとの交際はそれほど深くはなかったが、彼は「緑の人」'Green Man' という仇名をもらい、敬愛の念をもって遇せられた。ヘルプストンで孤立していたクレアにとって彼らの存在は大きな精神的支えであった。

前年の処女作の重版が続く一八二一年、クレアは第二詩集『村の吟遊詩人』*Village Minstrel* を刊行した。売れゆきはよくなかったが、ここで彼は叙景詩の牧歌手法の伝統から明瞭に一歩を踏み出している。標題詩においてルービン Lubin なる分身の若者を創出して田園をさまよわせ、「囲い込み」後の田園の現実を嘆き歌わせている。彼の生涯の基本的モチーフとなる悲歌（Elegy）の調べがはっきりと打ち出されている。

これに続く数年はクレアの生涯でも最も多産で多方面にわたる文学的探索と実験と彷徨の時期である。一八二一年から断続的に書き溜めた『自伝スケッチ』は一冊分ほどの量になり、父親や他の人々から聞き取って記したフォークソングやバラッドの大量の蒐集があり、また元々熱心なナチュラリストであった彼はギルバート・ホワイトの『セルボーンの博物誌』を真似て書翰体の『ヘルプストンの博物誌』*A Natural History of Helpstone* を書き溜めている。

しかしこの時期、もっと重要なのは、本格的な詩人たらんとする野心を結集して、長詩の制作に向かったことである。これは後に『羊飼いの暦』*Shepherd's Calendar* と『教区』*The Parish* という全く性質の異なる二篇の作品に結実するのだが、これらが形を成していく過程で、クレアは様々な困難と障害に遭遇することになった。まず『羊飼いの暦』であるが、最初にこの題名と大まかな内容――叙景と物語の組み合わせからなる年間一二カ月の詩章構成――を提案してきたのは編集者テイラーとヘッセイ J. A. Hessey で、クレアは喜んでこれに従い、書き上げた原稿を次々に彼らに送ったのだが、彼らは作品の出来に不満を持ちクレアに再考と修正を促した。しかし彼らの要求はクレアの詩の根幹を否定しかねない性質のものであったのでクレアは抵抗し、こうして両者の間に延々と続く議論と出版の遅延が始まった。そして両者ともこれ以上議論を続ける意欲を失った一八二七年に両者の妥協の結果としてテイラーの手によってかなり手直しされた『羊飼いの暦』が出版された。この両者の意見の距りは、クレアの文学観と詩的信念が時代の主潮流といかに齟齬するものであったかをよく示していて興味深い。彼らがクレアに示した難点は大きく二つに集約できる。一つは詩の扱う内容とその扱い方に関するものであり、他の一つは詩の表現、特に用語と表記の問題である。第一の点については、彼らは要するにクレアにロマン派の詩人になることを勧めている。クレアの書いているタイプの叙景詩はもはや時代遅れであり、叙景詩を書くにせよ、そこに（ワーズワスやコールリッジやサウジーのような）高邁な思想性を取り入れるか、あるいは（バイロンやシェリーやキーツのような）熱烈で独創的で個性的な感情表現をすべきだ、と言うのである。またクレアが書いている田園の情景や動植物の細かな観察は退屈で平凡な日常性の写しであり、「韻を踏んだ散文」（"rhyming Prose"）に過ぎないとまで彼らは言うのである。(6) これはクレアの詩のほとんど全否定である。まさに彼らが否定しているもの――日常性の単純で簡素な美、そこに見出される神聖さ――こそがクレアの詩のエッセンスであった。

第二の表現と用語の問題に関して彼らはクレアの口語表現、ローカルカラー豊かな方言、俗語の使用に異議を唱え、文法、綴字法、句読法の無視ないしは変則に立腹しているが、こうした指弾もクレアには承服しがたいものであった。当時知識人の間で英語の正用法について喧しい議論があり出版人の間で統制の気運が強まっていたことも背景にあるのだが、クレアはこのような統制には我慢がならなかった。彼は文法、方言、句読法などについて反論を幾つか書いているが、口語、俗語、方言は現に使われている生きた表現なのであって一部の教養人の統制によって抹殺されるべきものではない、文法や綴字は地域や階層によって異った慣例があり、句読法などは現に言葉が話されている場では存在しないもので無いに越したことはないと主張している。(7)当時としては大胆でラディカルな考え方である。しかし決して無学者の居直りではない。チョーサー以来のすべての時代の詩を読み漁り、地域に埋もれた民謡やバラッドの蒐集も手がけた人の信念に満ちたもの言いである。シェイマス・ヒーニーを初め多くの現代詩人がクレアのこの民衆的なラディカリズムに共感を寄せている。(8)

さてこのように『羊飼いの暦』はクレアには充分納得できない形で出版されたのだが、売れ行きも惨憺たるもので四百部余りしかさばけなかった。これには当時の読書傾向の急激な変化も影響している。一八二五、六年頃から急に詩が読まれなくなり、読者の関心は小説その他の散文に移っていたのである。テイラーがクレアに書いて寄こしたように「詩が引きあう時代は去った」のである。(9)しかしながら不人気とは逆にこの詩集の出来映えは格段に優れたものである。季節毎の風光の明瞭な推移に合わせて大地は芽吹き繁茂しやがて荒れすさび枯死しまた芽吹く、人も鳥も小動物も草木虫魚もこの同じ一つ時の巡りの中で光と熱と力を頒け合い成長し衰滅する。農事と祝祭と眠り。これが『羊飼いの暦』の世界である。一年の（あるいは永遠の）時の円環を一二に切り分けた断面図がここに提示される。それぞれの月にそれにふさわしい詩のリズム形式と映像が配分されている。風物の観察は精緻で簡潔。全てが澄明な眼でみつめられている。ちょうどわが国の歳時記を読むような愉しさと安らぎがある。

『羊飼いの暦』に収められた作品とほぼ同じ時期にもう一つの長詩『教区』が書かれている。この詩は『羊飼いの暦』とは似ても似つかぬ暗く劇しい呪咀にみちた諷刺詩であり、どうしてこうも性質の異なる二つの作品が同時に並行して書かれたのか不思議でもある。ブレイクの「無垢」と「経験」の対比が思い起こされる。二つの作品は、田園の現実のそれぞれ光と影であり、田園の現実に対するクレアの愛と憎とに引き裂かれた相反する心の状態の表現だとも考えられる。あるいはクレアの詩にたびたび示されるように、「囲い込み」以前の少年時代の田園を楽園と見、「囲い込み」以後の田園を堕落の現実と見なす対立の構図をはっきりと意識して書かれたのかも知れない。この時期にクレアが最初の大きな精神的動揺と鬱病に陥っていることは暗示的である。作品の短い前文に「ある階級の繁栄が別の階級の不運と困窮を踏み台にして成っているのを見るにつけ、困窮に押しひしがれ憤ろしい感情に駆り立てられ、隷従にも等しい不安と抑圧にさいなまれて、この詩は書き始められ書き終えられた」とある。(10) 諷刺の主要な対象となっているのは「囲い込み」以後急成長した農場主階級の腐敗と偽善と厚顔無恥の振舞いであり、またこの農場主階級と結託して立派な館に住み狐狩りを楽しみ世俗の利益を追求して貧民を搾取する聖職者階級の堕落である。全篇を貫くのはクレアの憎悪と憤怒の感情であるが、数多く登場する人物たちはいずれもグロテスクに戯画化されて笑劇的要素に富んでいる。貧窮に追いつめられ憂鬱症にとりつかれたクレアの、これは悪魔払いの儀式でもあっただろうか。この長詩は一気呵成に書き上げられ一八二三年にはほぼ出来あがってヘッセイに送られたが何の返答もなかった。このラディカルな社会批判が日の目を見る環境は当時の読書界にはなかったのである。

一八二二年頃からクレアの憂鬱病とそれに伴う身体の不調、精神の不安定が顕著になってくる。彼は友人達への手紙の中でしきりに気鬱、神経の衰弱、脱力感、不眠、激しい頭痛、身体の痺れ、異常な動悸、記憶の薄弱、幻覚、妄想、名状し難い恐怖等について書いている。一八二二年のヘッセイへの書簡の中で「青い悪魔（憂鬱症）が私の変らぬ相棒です……まるで血管の中に何物かがいるかのように頭から膝にかけて疼きが走るのです」と書いているし、(11)一八二五年のテイラー宛の手紙では「この五、六日、新たな麻痺に脅かされています。頭の中がまるでたがの嵌まった樽のようで空っぽで軽いのです」とあり、(12)一八三一年の同じくテイラー宛ての手紙では激しい頭痛、胃痛、筋肉痛を述べた後で「イタリア解放の志士たちが私の頭をフットボールの球にして蹴っているので腹を立てて夢から覚めました。もう今後は眠れそうにありません。全身の衰弱。間の抜けた石みたいな無感動。だらだら続く狂気」と書かれている。(13)テイラーはロンドンの自分の医師、キーツや多くの芸術家たちをも診たダーリング博士 Dr. Darling に相談し、一八二四年と二八年にクレアはロンドンに滞在して博士から手厚い治療を受けている。治療を受けて当分の間は健康を回復するのだが、ヘルプストンにもどるとまた病気がぶり返したのである。クレアの精神の異常については、従来癲癇質のものだとか、遺伝性のものだとか、分裂病だとかいろいろな説があげられてきたが、最近では周期性のある強度の躁鬱病と見る意見が有力のようである。クレアは若い時から毎年春と秋に鬱病に悩まされており、それが二、三年おきに大波となって彼を襲っている。そしてちょうどその時期は詩集の商業的失敗、新詩集刊行の遅延、増え続ける家族と家計の逼迫の時期と重なりあっている。例えば一八三〇年の夏は、妻が六人目の子供を妊娠してこれ以上の空間がないので彼の両親が家を出て行かなければならない事態に立ち至ったのだが、この七月クレアはピーターバラの劇場で『ヴェニスの商人』を観劇中に突然椅子の上に立ち上がり舞台のシャイロックに向かって罵詈雑言を浴びせかけるという人騒がせな事件を起こしている。

しかし、ここでクレアの精神の揺動は彼の詩作と深い関係があったことを見落してはならないだろう。そのことはダーリング博士も指摘している。クレアの病気は「詩人の感情に特有な興奮しやすい性質とその結果生じる抑鬱」によるものであると。[14] 彼は若い頃から「詩作の発作」に取りつかれると頭の中に詩句の鈴がりんりん鳴り響き脱我の状態に陥り、しばらく後に我に返ってからその自失の状態をふり返って恐怖を感じたと言っている。[15] この話には幾分ロマンティックな倍音が伴うが、大筋は事実であったろうと思われる。彼は詩作の魔に取りつかれると精も根も尽き果てるまで没頭し、やがて疲労困憊して現実に引きもどされる、そしてそこには悲惨な生活苦が待ち構えていたのである。クレアの精神生活の波乱は一貫してこのパターンの繰り返しであったようである。クレアは詩作を罪深いもの、悪霊の仕業と思いなし（一八三〇年一一月のテイラーへの手紙の中で「私は詩句でもって呪言をなす悪霊に取りつかれている」と書いている）、[16] これと縁を切って農作業に専念し生活を立て直そうと何度も決意するが、うまく行かない。なぜなら詩はクレアが味わったほとんど唯一の至福、天国の境地であって、その前では地獄のような生活苦の恐怖も彼を引きもどす力をもたないのである。

一八三一年秋、クレアの窮状を見かねて、この地方の貴族ミルトン卿 Lord Milton（後のフィッツウィリウム伯爵 Earl Fitzwilliam）が自分の領地に建築中の農家と幾ばくかの土地をクレアに提供することになった。クレアの後援者たちの嘆願が功を奏したのである。新居はヘルプストンから約三マイルのノースバラ Northborough にあり、家もずっと広く住みやすいものであった。クレアは夏以来鬱病に苦しんでいたが、この新しい門出のために勇気を奮い起こした。念願の独立自営農民の生活が確保されようとしている。後援者たちはさらに農園に入れる家畜や農具のために寄付金を出してくれることになった。しかし移転が現実化に向けて動き出すとクレアは住み慣れたヘルプストンを離れる悲しみと不安のためにまた病気をぶり返した。翌年五月初めに移転が完了したが、クレアはまるで地の果てに流謫された囚人のような意気銷沈と絶望に陥った。クレアの住みなれた土地との結びつき、その有機的一体化の感覚は余人には窺い知れないほど切実であり独特である。彼は僅か三マイルの所に引越して、自己の存在の基盤が全て奪い取られて宙を浮遊しているような根なし草の寂寥と無力感を感じている。この新しい土地では「夏は他人のようにやって来る／足を止める私にその顔は見覚えがない」（「引っ越し」'The Flitting' 七-八）、また「太陽さえ方角を失い／自分の居どころがわからないのだ」（同、五五-六）と書いている。

『羊飼いの暦』の原稿をテイラーに渡した一八二三年以来ほぼ一〇年、クレアの手許には相当の量の作品が溜まっていた。方々の年刊詩集、小雑誌、新聞等に掲載されたものに加えて全く未発表の作品も多かった。一八二八年頃から真剣に新詩集の刊行を考えて出版社に当たってみたが、どこも詩集の出版は敬遠した。未曾有の詩の暗黒時代であった。しかしクレアは何としても詩集を出したかった。一つにはこれまでのどの詩集よりも優れているという強い自負があり不満足な既刊の詩集だけで詩人としての名を残したくなかったのである。またこれまでの詩集は大なり小なり「貧農詩人」というレッテルのもとに世間の注目を引き、そのレッテルのもとに認知されたが、今度の詩集は「教育の欠如とか生まれの賤しさとか、余計な同情が介入する修飾語なしに詩集そのもので判断してもらいたかった」からである。[17] もう一つは経済的理由である。新しい農家と土地を与えられて（地代はクレアが負担するつもりであった）、自営農民としての地位を得たものの実際に経営していく上では資金が要り、そのために借金がかさみ、また増え続ける家族を扶養するのは容易なことではなく、後援者の好意に甘えてばかりいられない、何よりも経済的自立を果たさなければならないとの思いが強かったのである。一八三二年八月、彼は苦肉の策として、自分の窮状を正直にさらけ出し、立派な大義名分ではなく自分と家族の生活を立て直すために詩集の刊行を企図したので、心ある人々の賛助を仰ぎたいという内容の「趣意書」を書き百部刷って友人知己に配った。[18] 幸い多くの友人たちが馳せ参じ詩集刊行の目途がたった。クレアは『真夏の花壇』*Midsummer Cushion* という題名で清書原稿を纏めたのだが、これは分量が多すぎて半分以上切り出さなければならなかった。

題名もエマソン夫人の発案で『田園の詩神』*The Rural Muse* と改められ、一八三五年七月に出版された。作品の取捨選択にエマソン夫人の好みが優先され、その中からテイラーが撰をするという形になっているので、作家的独立という点では問題のある詩集である。またもや彼の文学的自立心は傷つけられたのである。しかしその難点にもかかわらず、『田園の詩神』はクレアのこれまでの詩の最も高度な到達点を示す多くの作品群を含んでいる。クレアの持ち前である自然の事物の鮮やかで精緻な観察と感覚的愉悦に加えて、自然と人間との関係についての倫理的精神的社会的省察が繰り入れられて作品に深みを与えている。その自然と人間との関係も堅固に安定した哲学というよりもクレアの心的状況の変化によって大きな振幅を見せている。例えば「自然の永久不滅」'The Eternity of Nature' のような単純で力強い自然讃美から「荒野」'The Mores' のように人為(囲い込み)の侵略による自然の後退を嘆く悲歌、さらには「引越し 'The Flitting' のように場所(家郷)との有機的結合を喪失した魂の寂寥と絶望の表現に至るまで様々であり、いずれも読者に熟思を迫る大きな問題性を含んでいる。また全体の一三六詩篇中ソネットが八六篇も収められていることからもわかるようにソネットの比重が大きい。彼は処女詩集から一貫してソネットを手がけているが、ここに来てその独得の技倆の冴えが頂点に達している。多くが自然の事物、鳥や虫や花の観察であるが、観察者と対象の動きとの間に微視的ながら極めて鮮やかなドラマの展開があり、ソネットという小詩形の中に一つの完結したミクロコスモスが美と躍動をそのままに精妙に封じ込められている。

このようにしてクレアの執念の第四詩集は日の目を見たのであるが、クレアの健康は出版の喜びと感激を味わうことができないほど悪化していた。前年の七月頃からほとんど何も書けなくなり、一八三五年一月のテイラー宛ての短信では家の庭を歩けないほど衰弱したことを伝え[19]、八月には同じくテイラーに宛ててダーリング博士に診てもらいたいがロンドンに出る力もない、数日後には自分では何もできずどこにも行けない状態に陥るだろうと悲痛な訴えをしている。[20] またこの頃ダーリング博士に、悪寒、不眠、妄想、思考分断等の症状を告げている。[21] テイラーからはロンドンに来るようにとの返事があったが、体力の衰えか、あるいは出費の不如意のためか実現しなかった。

一八三六年の一二月、テイラーが旅の帰途にスタンフォードの医師を連れてノースバラにクレアを見舞い、クレアの精神状態が憂慮すべき段階に来ていることを悟った。見かけは平常通りで受け答えも一応できるものの、しきりに意味不明の言葉をくり返し、早口につぶやいて心も上の空の様子であった。連れの医師は病院に入れるよう忠告した。テイラーはロンドンに戻り、ダーリング博士とも相談して、適当な精神病院を探してクレアをそこに入れる準備に取りかかった。

一八三七年六月一三日、テイラーは一人の男をノースバラに遣わしクレアを同行させロンドン北方エセックス州のエッピングフォレストの近くハイビーチにあるマシュー・アレン博士 Dr. Matthew Allen の経営する精神病院に入れた。アレンは当時としては最も開明的な医師で、患者に最大限の自由を与え、彼らが健康的な作業や娯楽に従事することを奨励し、彼らと医師の間に完全な信頼と友情の関係を確立することによって、治療を効果的に行うことができるという理論の提唱者であった。したがってクレアもこの病院にあって多くの自由を与えられ、何でも好きなことを書くように勧められ、広い構内や森を歩き回ることを許された。

アレン医師は入院した当時のクレアの様子について次のように書いている。

彼は非常に哀れな状態でした。始終貧乏を口にして嘆いていました。彼の精神は狂気や錯乱というよりも、一時の過度な賞讃とその後の無視状態、この上ない窮乏生活、身体と精神の酷使によってもたらされた苛酷で永続的な不安と恐怖と焦立ちによる精神の大きな揺動であるように見受けられました。間違いなく彼の劣弱な身体は、彼の驚くべき天性の精神能力によって圧しつぶされたのです。

そしてさらに次のように書き加えている。

当時の私が全く躊躇なく言えたことは、彼のために若干の年金が獲得されるならば彼はすぐにも回復して生涯健康に過ごせるであろうということです。[22]

そして現にアレンは一八四一年に新聞雑誌に広告してクレアのために年金獲得のキャンペーンを始めた。しかし思うように募金が集まらずこの計画は暗礁に乗り上げた。

病院内でのクレアの動静を示す手がかりは多くないが、クレアの身元保証人とも言えるテイラーにアレンが時々書き送っている事務的な報告によれば、クレアはめきめきと体力を回復し快方に向かっている、そしてせっせと作品を書き綴っている、精神面では奇妙な妄想に取りつかれてはいるが、来た時に比べればはるかに良好で安らかな状態にある。ここで言及されている「奇妙な妄想」とは何であるか説明がないが、クレアが当時所持していた備忘帳に書かれている文章や詩からその幾つかが推定できる。

一八四一年三月一七日、クレアは妻パティに宛てて、妻と子供たちへの愛情に溢れた手紙をしっかりした文面で書いている。その中で彼は十分に健康を回復した今、自分がなぜここに閉じ込められているのかわからない、一日も早くわが家に帰って愛する妻と子供たちに会いたいと切々と訴えている。[23] ところがその一方で彼の備忘帳には五月頃と推定されるが「もう一人の妻」メアリに宛てて驚くべき内容の手紙が書かれているのである。

わが愛する妻メアリ

私は（あなたを）私の最初の妻、最初の恋人、最初のすべてと呼んでも良かったのだが、二番目の妻、二番目の恋人をも決して忘れるわけにいきません。昔あなたと同じくらい深く彼女を愛したし、今もほとんどそうなのですから。それで私はあなたたち二人を永久に妻とすることにしました。だから私があなたに書く時には同時に彼女に書いているのです。同じ手紙の中で。神よ、あなたたち二人に永久の祝福を。そしてあなたたち二人の家族にも。あなたは私に手紙を寄こさないけれども私はあなたに書きます……私がこの幽閉をどんなにいやがっているのか誰も知りません。二人の妻を持っていて、どちらも私のものなのにどちらにも会えない。私が重い罪を犯して牢にいるのならこれ以上のひどい報いはありません。昔はどこであれ妻たちは夫に面会を許されたものです。宗教は夫婦が別れることを禁じています。でも宗教は私の味方ではないので、一層哀れなのです……。(24)

クレアは自分が（精神病院ではなくて）牢獄につながれているのは、重婚の罪を犯したからだと思っている、そして自分の苦境と苦悩は法からも宗教からも見放されてこの世の辺土に追いやられた寄るべのない身の上にあると意味づけようとしている。これは明らかに因果の転倒による妄想の暴走状態を示しているが、根本にあるのは二人の女性への愛とそれがもたらす矛盾と苦悩である。

ところで、この手紙の引用部分のすぐ後にクレアは「元気を回復するためにファーンヒルに夕方数回出かけ『チャイルド・ハロルド』*Child Harold* の新篇を書き」、また「二、三日は夕刻レピッツヒルの楡の木の下に座って、ただ暇つぶしのために『ドン・ジュアン』の新篇を書いた」ことを告げている。(25) 確かにこの時期の備忘帳には『チャイルド・ハロルド』と『ドン・ジュアン』の詩篇が同時に並行して書かれているので、この手紙の文面は両作品の製作時期を知る上で重要な手がかりになるが、ここではそのことよりもむしろなぜクレアがバイロンの作品と同じかほぼ同じ（クレアの作は *Childe Harold* ではなく *Child Harold*）題名をもつ作品を書いたかが問題となるであろう。この時期のクレアの詩や手記、見舞客の話などから、クレアが自分をバイロンと同一視していたことは確かであり、周囲の人々にはクレアの妄想の最も顕著な例として印象づけられていた。『ドン・ジュアン』の一節はこのように書かれている。「バイロン卿かい、ヘッ――あの男は何と詩なんぞ書いているが／見かけ通りのけちな野郎さ／ペンを取って嘘八百、霧のように撒き散らし／すべてを壊して昔のままの無にしてしまう／二人の妻をめとってはその真相を吹聴し／二万がほども儲けたらしい／死んだなんて馬鹿ものどもが嘘言っていやがるが／どっこい生きてアレンの狂院に囚われの身よ」。[26]「二人の妻をめとっては」というところが、クレアの心境にとってバイロンとの強烈な接点の一つであったようにも見える。こういう例は挙げていけばきりがないが、なぜクレアは自分をバイロン卿だと思い込んだのであろうか。

クレアは若い時からポープ、ドライデン、ワーズワスと並んでバイロンを愛読していたが、彼がバイロンの存在を強烈に感じたのは、一八二四年ダーリング博士の治療を受けるためにロンドンに滞在していた七月、この年の四月にギリシヤのミソロンギで病没したバイロンの遺体が葬儀のためにロンドンからノッティンガムに向けて運ばれるその美々しい葬列に偶然出会った時である。彼は沿道に並ぶ老若男女の庶民たちが詩人の死に対して深い哀悼と尊敬の念を表していたことに感動し、その観察記を書き、友人たちにも細かに報告し、ソネットを作り、また「人望論」'Essay on Popularity' という文章も書いている。この中で彼は詩人の名声は新聞や雑誌に載る形式的な追悼文によってではなく、庶民の素朴な愛惜の念によって血流のように受け継がれていくのだと主張している。[27] バイロンの詩と思想と行動に対する深切な理解というよりも、英雄や高貴な存在に対する庶民の素朴な崇拝の念に共感している要素が強い。ただこの文章の終りに、バイロンの政治と宗教における自由主義が庶民の支持を得られるものであること、また虚飾や追従や偽善を憎むバイロンの「歯に衣きせぬ正直」が庶民の共感を呼ぶのだと指摘している点は、理解の本質的な正しさとともに、バイロンへの親近性の在り処をよく示すものである。[28]ロンドンでの治療を終えて帰郷した秋、友人から『ドン・ジュアン』を借りて読み耽っているし、またこの年一八四一年の五月（あるいは四月末）には病院を訪れた雑誌の編集者サイラス・レディング Cyrus Redding に頼んでバイロンの著作を借りているから、バイロンへの理解と共感は相当深まっていたのであろう。しかしながら、理解と共感がどんなに深まっても、それだけでは自分をその理想のアイドルに変身させるには不十分である。熾烈な渇望とそれを燃えたたせる切実な必要と欠乏感がなければならないだろう。ちょうどスターやスーパーマンを熱烈に夢みる不幸な少年のように。クレアの場合には妄想を高じさせる危い不安定な精神状態があったが、それだけではバイロンに結びつかない。ジェフリー・サマフィールド Geoffrey Summerfield はクレアの精神が渇望していた自己再創造の必要を指摘している。[29]一八三二年のノースバラへの移転の後にクレアのこれまでの文学的営為、詩人としての自己創造の営為は全て破産してしまっていた。自然詩人・叙景詩人をめざした自己形成の成果は全く世に容れられず、のみならずクレア自身、自然にも叙景にもほとんど興味を失ってしまった。「哀退」'Decay' という詩はその最もよい証左である。「ああ詩が哀えてゆく／心に描く像はすべてそぐわない／その顔をもう思い出せない／自然はさっさと引っ越して行ったようだ」（一-四）。その後のクレアの混迷と衰弱は彼の詩の瀕死状態を表わしている。精神病院に入ったことは逆説的ながら詩の復活の契機となった。自己再創造のチャンスが訪れたのである。

医学史家のロイ・ポーター Roy Poter は、（狂人のレッテルを貼られて）自己証明の手段を奪われた精神病院の患者は自ら進んでその役割を演じるか、あるいは別の人格を創造して、自己喪失の危機に対抗することがあることを指摘し、クレアが自分をバイロンと同一視したことは、精神の錯乱による妄想というよりも、病院及び社会に対抗するための「偽装」あるいは「仮面」、あるいは「煙幕」であった可能性があると言っている。[30]この「偽装」がどれほど意識的なものであったかはわからないが、ともかく彼はバイロンの「仮面」をつけることによって彼の新しい詩の地平を切り開いた。社会・政治・宗教・道徳に対するバイロンの敢然として挑戦的な態度、悪魔的なまでに仮借のない痛罵と冷笑を今やわがものとして、クレアは己の詩を破産に追い込んだ者たち、自分を精神病院に幽閉した者たち、巨大な歴史的及び社会的圧制への復讐戦を開始する。それが怪作、彼の『ドン・ジュアン』である。『チャイルド・ハロルド』の方は、これよりずっと穏やかで、題名とスタンザ形式が似ているだけで、特にバイロン的と呼べる作品ではない。メアリへの思慕と刻々に揺らぐ思いを切々と訴えた抒情詩の連鎖である。

これまで終始弱者の立場に抑えつけられていたクレアが強者バイロンへの変身願望を抱いたとしても不思議はないが、彼はもう一つ同じような変身願望を遂行している。それは拳闘家ジャック・ランダル Jack Randall への変身である。彼の備忘帳には一通の懸賞拳闘の挑戦状が認められている。「ジャック・ランダル、世界への挑戦/拳闘界のチャンピオン、ジャック・ランダルは謹んでスポーツ界の各位に御通知申し上げます。拳闘場にて賞金五百ポンドを賭けて一戦交えたく、お相手下さる方は云々」[31]。そしてこれは紙片の上だけでなく、訪問客のサイラス・レディングにも「懸賞試合に出るつもりだ」と語っている。ジャック・ランダルは一八二〇年代の初めに最も人気を集めたボクサーで、バイロンの葬列を見た一八二四年のロンドン滞在中にクレアは拳闘試合見物に熱中してよく出かけているからその時の記憶が鮮明に残っていたのだろう。さらに面白いことに、クレアの心の中で拳闘家とバイロンとが合体していたらしく、韻を踏んだ名刺のようなものを彼は書いている。“Boxer Byron / Made of Iron, alias / Boxiron / at Springfield”「拳闘家バイロン、鉄の男、又の名をボクシロン、在スプリングフィールド」[32]。スプリングフィールドは彼がいた精神病院の病棟の一つ。これは一見気晴らしの戯れのようにも見えるが必ずしもそれだけではあるまい。意気沮喪させる束縛と孤立の中に身を置いて、この境遇と戦うためにクレアはどれほど強者の自己像を必要としていたかをよく示すものだろう。

一八四一年七月二〇日、クレアは四年間いたハイビーチの精神病院から脱走して四日間ほとんど飲まず食わずで八〇マイルの道を歩き続け昏倒寸前の状態でノースバラのわが家に辿りついた。家族とそしてメアリに会いたい一念の果敢な脱出行であった。だがメアリ・ジョイスは三年前に死んでいた。周囲がそれを何度言ってもクレアは信じなかった。帰り着いた翌々日から三日間、彼はこの脱走の詳細な記録「エセックスからの帰還の旅」'Journey out of Essex' を書き綴った。悪夢の中の逃避行のような暗くなまなましいルポルタージュである。[33] そして末尾を「家にして家なき思い」'homeless at home' と結んでいる。そして「グリントンのメアリ・クレア」(傍点筆者)に宛てて、恨みの手紙を書いている。[34]

その後、彼は入院中に備忘帳に書いた作品『ドン・ジュアン』と『チャイルド・ハロルド』を清書したり、『チャイルド・ハロルド』の続篇を精力的に書き足したりして過ごしたが、秋から鬱病と「妄想」がひどくなり家族友人の手に負えなくなって、一二月二八日二人の医師が訪れ彼の症状を「狂気の状態」であると診断して翌日、クレアはノーサンプトン総合精神病院 Northamptonshire General Lunatic Asylum に収容された。そして一八六四年五月二日七〇歳で没するまで二三年間この病院を離れることはなかった。

ノーサンプトン病院はハイビーチの病院と同じように人道的で開放的な治療方針によって運営されていたので、クレアは自由に広い敷地内を散歩できたばかりでなく、ノーサンプトンの町や近郊の田園にも出かけて行くことを許された。そして詩作に励むことを奨励された。特にクレアにとって、また後世の我々にとって幸運であったのは、一八四五年から五年間ここの執事を務めたウィリアム・ナイト William Knight がクレアの詩作に興味を抱いて、クレアが手近の紙きれに書き散らした作品を全て丁寧に清書して残したことである。彼はさらにこれを詩集として世に問うことも企画したが実らなかった。この清書作業は後任の医師たちにも受け継がれたので、これらの清書原稿を主軸にして編まれた『ジョン・クレア後期詩集一八三七―一八六四』（一九八四年）は一千百ページを超える大冊となっている。これらの中には単に気晴らしや慰み（鬱病の治癒的効果）のために書かれたもの、未完のまま放置された断片、彼が病院や町で知り合った人たち（特に少女たち）、酒場の客や女たちのためにビールと引き換えに作った即興の歌謡（クレアには抜群の即興の才があった）も多く含まれている。またバラッド、俗謡、フォークソングの類も無数に書いている。クレアがイングランド中部の土地と民衆に根づいていた豊饒なフォークソングの伝統の優れた継承者であることは、つとにジョージ・ディーコン George Deacon の指摘するところである。[35] しかしそれらに混じって、またそれらの影を全くかすめさせるほどに、彼の最高の到達点を示す、時代を抜きん出た殊玉の抒情詩が幾つも書かれたのである。

ノーサンプトン病院時代のクレアの生活の動静を示す詳しい資料は少ない。病院の医師たちや訪問客は一様にクレアが身体的には時に頑健と評されるほどに健康になっているものの、精神的には依然として不安定で相変わらず様々な多重人格的妄想を抱いている（これは時によって様々に変わり、ネルソンであったり、シェイクスピアであったり、拳闘家ベン・ゴーントであったり、ロバート・バーンズであったりする）ことを報告している。彼の生活はおおむね平穏であったように見えるけれども、妻パティや家族への数少ない手紙の中では、退院の日を待ちわび、望郷の思いに歔欷し、帰宅許可の遅延を怪しみ怒るとともに、「監獄」「地獄」「バビロンの捕囚」[36]「罪なき人が囚えられ死ぬまで拷問にあう英国のバスティーユ、政治監獄」[37]「人間の頭脳があらぬ方に狂わされるソドムの地」[38]等、口をきわめて病院の存在を呪咀している。

ところで、病院でクレアが書いた詩は外部の世界と全く没交渉であったというわけではない。クレアの作品はウィリアム・ナイトの手を通して時折あちこちの文学や詩の雑誌に掲載されたし、病院に面会に来た雑誌の編集者や記者、感傷的な同情心と物見高い好奇心をもって訪れた社会福祉家たちは、本心はどうであれクレアに作品を請うたのである。彼らによって極めてジャーナリスティックな紹介文や面会記が書かれ、今やクレアは一部の人たちの間に「狂詩人」なるレッテルを貼られて隠れた名声を得ていたのである。

雑誌「ノーサンプトン・マーキュリー」Northampton Mercury の編集者ド・ワイルド De Wilde は町でしばしばクレアに会い話を交わしたが、ある時、会話の中でクレアがシェイクスピアの数行とバイロンの数行を引用して、それらは自分の作だと言ったので驚いて問い糺したところ、クレアは「同じことです。私は今ジョン・クレアですが、以前はバイロンとシェイクスピアだったのです」と答えた。(39) これはクレアの明らかな狂気の徴候と人々の眼には映ったであろうが、ロイ・ポーター流の解釈を借りるならば、クレアは（自分の中に狂人の徴しを探ろうとしている）相手の意図を見抜き、自ら進んで狂人を「偽装」し、相手をからかいながら、しかもより深い自己の真実を語っているということになるであろう。クレアの答弁は、まっとうな読書体験についての深い真実のクレアなりの表明であったと考えられるからである。

エピソードをもう一つ。一八五〇年八月にアグネス・ストリックランド女史 Agnes Strickland がスペンサー卿を伴って病院を訪れた際に、彼女に献じたクレアの即興の詩をほめたのにクレアは嬉しがる様子もなく「ただの小綺麗な小品です」と言い、「楽しく詩作ができてよろしいですわね」と語りかけられたのに対して「そんなことはありません。連中が私の脳みそをつついて取り出してしまうのです」と答えたので、女史がどういう意味なのか質したところ彼は「連中は私の頭を切り開いてアルファベットの文字を全部、母音も子音も全部取り出してしまった、私の耳の穴を通して持ち出したのです。それなのに私にまだ詩を書いてほしいと言うのです。できませんよ」と答えた。(40) これもクレアの狂気の症例として語りつがれたが、むしろ恐ろしいまでの正気を示しているように見える。無害のクレアの自由を奪って精神病院に閉じ込めておきながら、快適な環境で詩人の天分を育成し治療の実をあげていると自己満足している病院制度及び社会体制の偽善性に対するクレアの絶望的な抗議の声をこそ聴くべきであろう。

一八五〇年頃からクレアの体力と気力はとみに衰えていった。時折懇請されて見事な詩篇をものすることがあったが、自発的には詩作を止めてしまっている。クレアの晩年は生涯の長く苦しい抵抗から漸く解き放たれて、諦感と平穏と無感動のうちに推移したようである。一八六〇年三月、ウィリアム・ナイトに宛てて「これまでたくさん書いてきました。ほぼ十分に書き尽くしたと言ってよいでしょう」と言っている。[41] そして一八六四年五月二〇日、七〇歳一〇カ月で老衰のうちに他界した。

三 『ドン・ジュアン』

一八四一年はクレアの詩の復活と再出発を標《しるし》する年である。また彼の生涯の中では珍しく波乱に満ちた一年であった。この年の一月でハイビーチの精神病院に入ってから三年半が経過していた。体力を回復し精神状態も落ち着いてきた彼は退院の許可を待ちわびているのに一向にその展望が開かれないことに焦立ちを感じていた。未来への不安と焦り、自分をここにいつまでも閉じ込めて置く病院と社会への怒りと憎しみが爆発寸前まで鬱積していた。この圧制に立ち向かい戦うにはこれまでの自己、つまり貧農詩人、牧歌的な叙景詩人、歌謡とバラッドの伶人という立場は余りにも弱かった。彼は強者の自己像を渇望した。こうして彼は懸賞拳闘家ジャック・ランダルに変身し、バイロン卿に変貌してバイロンの『チャイルド・ハロルド』と『ドン・ジュアン』の続篇を書き始めた。七月二〇日ついに意を決して病院を脱走し四日間ほとんど飲まず食わずに歩いてノースバラのわが家に帰り着いた。だが彼が再会を切望していたメアリ・ジョイスは彼が入院した翌年に隣村グリントンで独身のまま死去していた。クレアは語られたその事実を人々の陰謀と解して頑として信じなかったが、望みを断たれて失意の底に沈んだ。その間も『チャイルド・ハロルド』は着々と書き進められたが、一一月から病状が悪化して、年も押し迫った一二月二九日ノーサンプトン精神病院に収監された。これがその一年の軌跡である。

このようにしてこの年『ドン・ジュアン』と『チャイルド・ハロルド』はほぼ並行して書かれたのだが、これらの両作品の詩篇がいつ、どのような順序で書かれたかについてはクレア詩集の編者の間に定説がない。それと言うのも、クレアの草稿が備忘帳ばかりでなく手近の紙片や広告の余白などに書かれて散乱していることに加えて、クレア自身の清書原稿が彼の当時の精神状態を反映して混乱と明らかな錯誤を見せているからである。詩篇のナンバリングは研究者の悩みの種であるが、ティム・チルコット Tim Chilcott の『ジョン・クレア一八四一年作品集成』*John Clare : The Living Year 1841* ; (1999) はこの問題に一応の解決をもたらした。チルコットは制作時期に関する新しい研究成果を踏まえ、かつクレアの詩が大概制作時の季節の風物を書き入れている事実に着目して制作時期を推定し、一年間の暦日に沿って詩篇を配置し直している。しかも『チャイルド・ハロルド』と『ドン・ジュアン』を頁の見開きの左右に対置しているので、両作品の進捗状況が一目で比較できて大変便利である。以下小論においても本文と制作時期に関してチルコットの『一八四一年作品集成』に依拠して進めることにする。『一八四一年作品集成』によれば、『ドン・ジュアン』は六月頃から書き始められ、七月二三日過ぎには未完のまま中止されている。クレアにおける『ドン・ジュアン』の冒険は彼自身の病院脱出劇によってけりがつけられた恰好である。一方『チャイルド・ハロルド』は三月頃から書き始められ四、五月の頃に小中断があり五月半ばから再開され、九月、一〇月、何回かの中断があったものの書き続けられ、一一月半ばで終っている。ノーサンプトン病院時代の一八四五年頃、また続篇が再開されているが、今度はロバート・バーンズが主役を務めることになるので大分性格が変わってくる。従ってここでは一八四一年に書かれた『チャイルド・ハロルド』のみを扱うことにする。『チャイルド・ハロルド』は『ドン・ジュアン』より早く書き出されたが、ずっと遅くまで続けられたので、まず『ドン・ジュアン』から見ていこう。

『ドン・ジュアン』はバイロンの創造した英雄、貴族ドン・ジュアンの高踏的・冷笑的、好色的な視点を借用して、クレアが社会と国家と宗教の諸制度の欺瞞を暴き立て痛罵嘲笑した諷刺作品である。理不尽な幽閉に対する怒りと呪咀が、彼の抑圧された情念に火をつけ、過激で粗暴でグロテスクな地獄絵図を描き出している。バイロンの鋭く洗練された切れ味はないが、かわりにあけっぴろげで不躾けで野放図な農民の笑いがある。特異なイメージの連結と飛躍に、盛んな地口と連想のかけ合わせに、また途方もない離れ技的な押韻の仕方に、クレアの職人芸の妙を見て取ることもできる。

"Poets are born"—& so are whores—the trade is
Grown universal—in these canting days
Women of fashion must of course be ladies
& whoreing is the business—that still pays
Playhouses Ball rooms—there the masquerade is
—To do what was of old— & now adays
Their maids—nay wives so innoscent & blooming
Cuckold their spouses to seem honest women

(1-8)

「詩人は生まれつき」だと。そんなら娼婦だってそうだ。この商いは

今や世界的だ。今日日のようなお上品ぶる時代には
社交界の婦人がたは、もちろん貴婦人だが、
売春がお仕事だ。それだからいつも
演劇場と舞踏会が繁昌だ。そこで演じられる仮面パーティーは
大昔からのことをやること。そして今やこの頃では
彼女らの娘御が、いやあどけなく花と匂う妻たちが
まともな女に見られようと、夫に不貞をはたらくのだ。

冒頭の一節である。諷刺の対象は、もちろん「お上品ぶる」、つまり悪徳を糊塗し優美な社交に見せかける虚飾と偽善の風習だが、最初の一行が難解である。「詩人は生まれつき」はラテン語の有名な諺 poeta nascitur, non fit（詩人は生まれるもので作られるものではない）に由来し、「貧農詩人」クレアを評するのに好都合だったようで、彼はよく人からそう呼ばれたのであろう。しかし彼はそういう評言に反発して詩人稼業はそんなに呑気なものではないよ、ただ天分を売って生計が立てられると言うのなら、春を鬻ぐ娼婦と同じではないかと自嘲を込めて抗弁しているのであろう。詩人、娼婦、貴婦人、肩書はどう変わろうと根底にあるのは生活を立てるための苦労、商いだと一視同仁している。クレアの観点では商いはエデン追放後の人類堕落の産物なのである。一聯全体では「詩人」が十分機能せず浮いた感じであるが、ちょうど同じ時期もう一方の『チャイルド・ハロルド』で真面目な詩人論を展開している。比較してみよう。チルコットのテキストでは、見開きに対置して並べられている。

Many are poets—though they use no pen
To show their labours to the shuffling age
Real poets must be truly honest men
Tied to no mongrel laws on flatterys page
No zeal have they for wrong or party rage
—The life of labour is a rural song
That hurts no cause—nor warfare tries to wage
Toil like the brook in music wears along—
Great little minds claim right to act the wrong

(336-44)

多くの人が詩人だ。ペンを執って
自らの労働をこのごまかしの世に示すことはしないけれど。
真の詩人は真実正直の人でなければならぬ、
阿諛追従の頁に載るまぜあわせの規範には縛られず。
不正にも徒党の怒りにも熱狂しない。
労働の生活こそ田園の歌。
それはどんな主義主張も傷つけないし、いかなる争いもひき起こさない。
労働は川のように音楽を奏でて続いて行く。

世をときめいている小者どもが、不正を行うために正義を主張するのだ。

「労働の生活こそ田園の歌」。これがクレアの理想とする詩人の生活である。それが今はクレアから無残に奪われてしまったのである。ここで商いではなく労働が重視されていることに注目しよう。またいかなる政治的党派にも加担しないと言明しているのは、ナポレオン戦争以後下層農民が貧窮して暴動が頻繁に起き、クレアが作品を寄せた急進主義の雑誌からも彼に運動や集会への参加の誘いがあったからである。[42] さて『ドン・ジュアン』に戻ろう。

I wish prince Albert on his german journey
I wish the Whigs were out of office &
Pickled in law books of some good atorney
For ways & speeches few can understand
They'll bless ye when in power—in prison scorn ye
& make a man rent his own house & land—
I wsh prince Alberts queen was undefiled
—& every man could get his *wife* with child

(65-72)

アルバート公のドイツへの旅が無事でありますように。

ホイッグ党が政権から放り出されて
どこかの有能な弁護士の法律書の中で萎びてゆきますように。
慣例や演説はほとんど誰にもわけがわからず
権力者には恵みを与え、牢に入るとけんもほろろだ。
自分の家と土地なのに借代を払えと命令する。
アルバート公のお妃さんが汚れなく過ごされますように。
誰もが自分の〈妻〉から子供を授かりますように。

当時の時事問題を詩の中に織り込みながら、クレアの怒りはまっすぐに国家と法に向けられている。クレアからヘルプストンの生家を奪い、さらにノースバラの生活を破綻させた張本人は、国家の法、一八〇九年の囲い込み法、一八二八年の穀物法改正、一八三四年の救貧法等であった。彼の怒りはすさまじく英王室への「神聖冒瀆」の域まで入っている。ヴィクトリア女王とアルバート公の結婚は一八四〇年であるが、四一年当時から公が英王室になじめずドイツへの郷愁に駆られていたことが新聞に取り沙汰されていた。実際のドイツ行きは一八四四年。ホイッグ党が不信任されたのはこの年一八四一年六月五日、二九日の総選挙でホイッグ党は敗れ、八月二八日にメルボーン首相は辞任し、ピール内閣が誕生する。

These batch of toadstools on this rotten tree
Shall be the cabinet of any queen
Though not such coblers as her servants be

They're of Gods making—that is plainly seen
Nor red nor green nor orange—they are free
To thrive & flourish as the Whigs have been
But come tomorrow—like the Whigs forgotten
You'll find them withered stinking dead & rotten

(89-96)

この腐った木に生える毒茸の群れは
女王の内閣たるにふさわしい。
あのへまな廷臣どもとは出来が違うが
これも神の造りたもうたもの。見た目には
赤とも緑ともオレンジとも定めがたいが、これまでのホイッグの奴らと同じに
生え放題、殖え放題。
だが明日になれば、忘れられた鬘どもと同じ運命、
萎んで臭って死んで腐ってしまうのさ。

諷刺詩『教区』でもそうであったが、クレアは諷刺の対象を彼が良く見知っている田園の事物に喩えるのが実にうまい。国家という腐木の腐敗した汁を吸って陸続と生える毒々しい極彩色の毒きのこは宮殿の議場の長椅子につぎつぎに頭を抬げる政治家たちの姿と重なり合う。さらにクレアは「ホイッグ」と「鬘」(wig)の地口を

繰りかえし見せているから、ここではイメージ効果がさらに強まる。毒きのこは、ばかでかい鬘を付けてバランスを失した不恰好な議員の戯画となる。

Theres Docter Bottle imp who deals in urine
A keeper of state prisons for the queen
As great a man as is the Doge of Turin
& save in London is but seldom seen
Yclep'd old A-ll-n—mad brained ladies curing
Some p-x-d like Flora & but seldom clean
The new road oer the forest is the right one
To see red hell & further on the white one

Earth hells or b-gg-r sh-ps or what you please
Where men close prisoners are & women ravished
I've often seen such dirty sights as these
I've often seen good money spent & lavished
To keep bad houses up for docters fees

(191-203)

尿を商うボトル博士という悪鬼
女王様の国立刑務所の監長で
トリノ総督みたいに偉いお方
専らロンドンでしかお見かけしないが
アレン翁とか称されて、頭の狂った婦人を治療
フローラみたいな梅毒病みも。だがほとんどが不浄の身。
森を越える新道づたいにまっすぐ行きな
赤い地獄とその先に白い地獄が待っている。

現世の地獄、男色宿、その他何でも。
男どもは一緒に監禁され女どもは姦される
こんな汚い光景を何度見て来たことか
医者どもの報酬のため悪院が経営されて
大枚が浪費されるのを何度見て来たか。

エピングフォストのアレン精神病院への呪咀をクレアはここで爆発させている。病院の正体を暴きその偽善性を糾弾している。クレアのヴィジョンでは精神病院（クレアは「狂院」Madhouse と呼んでいるが）と監獄と淫売窟が一体になっている。「尿を商うボトル博士」というのは、アレン院長が患者の性病の有無を検査するために採尿したことを指す。フローラはローマの売春婦。森はエピングフォレストの森林。赤い地獄と白い地獄は、そ

れぞれ煉瓦作りの病棟と漆喰塗りの病棟を指しているのであろう。

The flower in bud hides from the fading sun
& keeps the hue of beauty on its cheek
But when full blown they into riot run
The hue turns pale & lost each ruddy streak
So 't'is with woman who pretends to shun
Immodest actions which they inly seek
Night hides the wh-e—cupboards tart & pasty
Flora was p-x-d—& womans quite as nasty

(279-86)

蕾の花は黄昏の光からも身をかくし
美の色合いを頬に保つ。
だが全開すると燦爛と咲きみだれ
色合いは薄れ赤い血条《ちすじ》を失う。
女も同じことだ。淫らな振舞いを
嫌がるように見せかけて、本心は求めているのだ。
夜は娼婦を隠し、戸棚はタルトとパイを隠す。

かのフローラは梅毒病みだった。女は全く穢いものだ。

この一聯においてクレアは辛辣に女性の無垢の喪失を咎めだてしている。クレアには人間の（特に女性の）無垢の喪失は悲憤の種であったようだ。その喪失の過程を、花の観察から得られる所見と終始一貫して重ね合わせている点がこの詩の見所だろう。「フローラ」の二重の意味（植物の総称とローマの売春婦の名）もそれによって極めて効果的である。「戸棚」は芝居では伝統的に情事の間男が身を隠す場所であり、「タルト」と「パイ」には性的なダブル・アンタンドルがある。ところでこの苛烈な女性不信、女性嫌悪の表現はクレアの場合異例の部類に属するが、チルコットのテキストによれば、クレアが病院を脱走してノースバラに帰った直後（七月二三日以降）に書かれているらしいので、その状況を考えれば幾分納得のいくものである。つまりメアリの死去の話を信じなかったクレアは却って彼女の不在に疑惑と不信を抱いたからである。メアリに対する不信感がこの一聯に反映されていると見てよいであろう。

Marriage is nothing but a driveling hoax
To please old codgers when they're turned of forty
I wed & left my wife like other folks
But not untill I found her false & faulty
O woman fair—the man must pay thy jokes
Such makes a husband very often naughty
Who falls in love will seek his own undoing

The road to marriage is—'the road to ruin'

結婚なんて所詮甘言のたぶらかし
四十を過ぎた年寄りどもを喜ばすだけ。
人並みに俺も妻をめとって別れたが
あいつが不実で不埒なやつだとわかったからだ
ああ美しい女よ、お前の冗談はその男に高くつくぜ
そんな戯れが世の夫の身持ちを悪くさせるのだ
女に惚れるのは身の破滅を求めること
結婚への道は「破滅への道」

(287-94)

結婚制度の欺瞞性と虚妄性を諷刺している。妻の不実を知って別れた男が、新しいカップル、特に男をたぶらかして結婚に漕ぎつけたらしい新妻に向かって嫌みを言い将来の破綻を予言している趣きである。諷刺というよりも、女性不信に取りつかれた男の「ドラマティク・モノローグ」として読めば面白い。「破滅への道」は当時出版された書物の名でそれをここで拝借している。同様な主題を扱っているこれに続く一聯に、「地獄の権化が女の連れ合い／絆が結ばれると蜜はおしまい」(A hell incarnate is a woman-mate / The knot is tied - & then we loose the honey) というのがあり、諷刺としてはこちらの方が上かも知れない。

四　『チャイルド・ハロルド』

さて一方『チャイルド・ハロルド』の方は、『ドン・ジュアン』とは全く性質を異にする作品で、思索的抒情詩の連鎖とでも呼ぶべきものから成っている。題名の類似と、九行一聯のスペンサー式押韻スタンザ形式を除けばバイロンの作品とは無関係である。クレアは後によりふさわしい題名だとして『監獄の娯楽』(Prison Amusements) と呼び直している。彼はこのスタンザ形式の連鎖の中に、ちょうどオペラのアリアのように、ところどころ調子の高い「歌」と「バラッド」を挿入して変化と抑揚を与えている。『ドン・ジュアン』がクレアの現世に対する憎悪と怒りから発した地獄的想像力の産物であったのに対して、『チャイルド・ハロルド』は現世を超えてより高い心の真実に就こうとする彼の天上的ないしは超越的想像力の所産である（全ての作品が天上的、超越的だと言うのではないが）。この二つの全く志向を異にする想像力が同時に別々の作品の中で行使されているという事実は、両極に引き裂かれたクレアの内面の激しい苦悩と緊張を物語るものであろう。逆に言えばクレアの内面の矛盾と相克が統合されず和解されないままに全く対照的な二作品の形を取って背き合っていると見ることもできよう。この現象は既に一八二三年に『教区』と『羊飼いの暦』の二律背反の中にも見られたもので、クレアの想像力機構の特異性をよく示している。

『チャイルド・ハロルド』は一定の主題と構想をもって始められたものではなく、クレアの心を占めるその折り折りの関心について詩の形で思いを抒べたもので、特に始まりというものもなければ終りもなく、どこまでも延々と続けられる態のものであった。現にノーサンプトン病院時代もこの詩形でずっと続けている。

作品はチルコットによれば一八四一年の二月か三月頃に着手されたようである。冒頭の一聯を見てみよう。

Now Come The Balm & Breezes Of The Spring
Not With The Pleasure's Of My Early Day's
When Nature Seemed One Endless Song To Sing
A Joyous Melody & Happy Praise
Ah Would They Come Agen—But Life Betrays
Quicksands & Gulphs & Storms That Howl & Sting
All Quiet Into Madness & Delays
Care Hides the Sunshine With Its Raven Wing
& Hell Glooms Sadness Oer The Songs of Spring

(1-9)

今や春の香ぐわしいそよ風の吹くころとなったが、
かつての青春の喜びを運んで来てはくれない。
あの頃自然には歌われる無限の歌があるように見えた
喜ばしい旋律もすてきな讃美も。
あゝ、もう一度もどって来てくれ、だが人生は
流砂と深淵と吼えたける嵐に急変し
静穏を狂気と遅延に引きわたした。
苦悩はその漆黒の翼をひろげて陽光を覆い

獄院は春の歌に悲哀の影を纏わせる。

クレアは「獄院」にあって田園の自然からも詩の創造からも見放されている。古い歌は去った。だが新しい詩は現われない。彼は運命の車輪の最下底で呻吟している。だが季節は真冬を脱して春の方に動き出した。自分も何かを始めなければならぬ、そういう気配の感じられる開巻の一聯である。この後しばらくこの呻吟状態が続くが、やがて「囚われの愛」(Love Imprisoned) が目覚め、記憶をたぐり寄せ始める。愛に関するある問答詩の中で彼はメアリに行き当たる。「言え、愛とは何か」「それが何であれ、その中心に汝と共にメアリがいる」[43]。この託宣めいたお告げによってクレアの深部からメアリ・ジョイスが急浮上してくる。「私の少年期と青春に、この世の薔薇は私にとってメアリだった」[44]。「汝、魂の裡の魂、生命の中の生命、わが希望と怖れと喜びの精髄、わが最初の恋の、最初の妻のメアリよ」[45]となる。このあたりから、つまり五月半ばから七月半ばにかけて、メアリへの思いが高潮し多くの讃歌が書かれる。このメアリ讃歌の開始にあたって、クレアは彼のポエジーに呼びかけ、祝福と激励を与えている。

Flow on my verse though barren thou mayest be
Of thought—Yet sing & let thy fancys roll
In Early days thou sweept a mighty sea
All calm in troublous deeps & spurned controul
Thou fire & iceberg to an aching soul
& still an angel in my-gloomy way

Far better opiate then the draining bowl
Still sing my muse to drive cares fiends away
Nor heed what loitering listener hears the lay

(221-9)

流れつづけよわが歌。いかに汝、思想に乏しかろうと
胸の思いを歌いあげ繰りひろげよ
若い日に汝は大いなる海を馳せて行った
荒れすさぶ海淵をものともせず、支配を蹴散らして。
汝、疼く魂への炎と氷塊よ
呷《あお》る盃よりもはるかに強きオピアムよ
なお歌いゆけわがミューズ、厄病どもは追いはらい
のろまな聴衆がどう聞こうと気にするな

ここではクレアはロマン派の詩人になり切っている。バイロンも顔負けであろう。奔放で華麗な修辞もさることながら、詩への熱愛と執心がすさまじい。まさに詩はクレアの「疼く魂」にとって栄光の「炎」であるとともに悲惨の「氷塊」であった。

さてクレアが書いたメアリ讃歌は数多くあり秀吟も少なくないが、代表的なものを一つだけあげておこう。

O she was more then fair—divinely fair
Can language paint the soul in those blue eyes
Can fancy read the feelings painted there
—Those hills of snow that on her bosom lies
Or beauty speak for all those sweet replies
That through loves visions like the sun is breaking
Wakeing new hopes & fears & stifled sighs
From first love's dreame's my love is scarcely waking
The wounds might heal but still the heart is aching

(273-81)

あゝ、あの人の美しさは美を越えて、神々しい美しさ
言葉があの青い眼に宿る魂を描けるだろうか
胸に横たわるあの雪の丘、そこに染め出される感情を
想像が読みとれるだろうか
愛の面ざしを日光のように遮《よ》ぎってゆき
新たな希望と不安と声にならぬ溜息をめざめさせる
あの優しい受け答えの声をすべて美が代弁できるだろうか
僕の愛は、初恋の夢想からなかなか覚めてくれない

傷は癒えたかもしれないが心はいまも疼くのだ。

このようにしてクレアの詩はメアリによって、メアリの想起を通して長い仮死状態から復活し待望の新生面を開いた。メアリはクレアの詩神となり、また彼の詩の花園となった。クレアにとってメアリはもはやただの幼な友達、初恋の少女ではなくなった。彼の詩と生の救世主となったのである。なぜならクレアはメアリと共に過ごした少青年期を回想することによって、長い間彼が疎外されていた田園の自然と無垢の楽園を奪還する方途を見出したからである。またクレアにとって詩と生は同義語であった。なぜなら彼は詩の中でしか生の充実を感じられない人間だったからである。彼の詩の必要が、彼の生の必要がと言っても同じことだが、メアリを招き寄せたのだと言っても過言ではないであろう。彼の詩が再生するためにはメアリを必要としたのである。ちょうど世界の悪と戦うためにバイロンを必要としたように。こうしてクレアの中でメアリと楽園（自然）と詩は一つに融け合った。この三位一体を示す好箇の例を次の詩に見出すことができる。

For in that hamlet lives my rising sun
Whose beams hath cheered me all my lorn life long
My heart to nature there was early won
For she was natures self—& still my song
Is her htrough sun & shade through right & wrong
On her my memory forever dwells
The flower of Eden—evergreen of song

Truth in my heart the same love story tells
—I love the music of those village bells

(1076-84)

あの村に僕の朝日が住んでいるからだ。
その光はわびしい生涯をとおして僕を励ました。
幼いときから僕の心はあそこの自然に魅かれていた
自然自体があの人だったから。そして今も僕の歌は
あの人なのだ。日の光と影を透して、正と邪を透して。
僕の記憶は永久にあの人の許にとどまる、
エデンの花、歌の常緑樹《ときわぎ》に。
僕の心の真実は同じ恋物語を語る。
僕はあの村の鐘の調べを愛している。

ここで、メアリの存在は故郷の自然の全ての事物と事象の中に溶解し、幸福な少年期の無垢な経験、エデンの記憶と一体化されている。それらを回想して歌うことが取りもなおさずメアリの存在を歌うことになるのだと言う。「僕の歌はあの人なのだ」。

さらに別の詩では、メアリは彼のミューズというに止まらず、彼の命、及び彼の宿命と同一視されている。次の一聯はまるで『嵐が丘』のヒースクリフの心情を思わせる、暗く烈しい情念の結晶である。メアリはここでは

クレアの生の情熱そのものの象徴となっている。

Mary thou ace of hearts thou muse of song
The pole star of my being & decay
Earths coward foes my shattered bark may wrong
Still thourt the sunrise of my natal day
Born to misfortunes—where no sheltering bay
Keeps off the tempest—wrecked where'eer I flee
I struggle with my fate—in trouble strong—
Mary thy name loved long still keeps me free
Till my lost life becomes a part of thee

(418-26)

ハートのエース、歌のミューズ
わが存在と衰亡の北極星、メアリよ
この世の卑怯な敵どもがわが破《や》れ舟を傷《いた》ぶろうとも
君はなおわが生誕の日の朝日。
嵐を避けて身を寄せる入江とてなく、
いずくに逃れても難破する、哀れ不運な生誕だが、俺は運命と闘う、苦難の中で強くなって。
メアリ、愛すること久しい君の名が今もなお俺を解き放つ
俺のいのち尽きるとき俺は君の一部になる。

ところで、メアリ讃歌の開始の頃の一詩篇の中で、クレアはある「気ままな空想」(二三〇)を楽しみ、牧歌的生活を夢想している。人里離れた原野に粗末な小屋を建てて詩作三昧に耽る(「野や森を気ままな調べに復唱する」)(二三三)という生活で、そこにメアリとマーサ(妻パティ)が日々訪ねて来る、「二人とも私の妻で、同じように愛し、幸せだ」(二三八)というのである。この自由恋愛風な生活の夢想が、クレアの内部でどんどん現実味を帯びてゆき、ついに夢想の域を脱して現実の行動に走らせたようにも見える。七月二〇日、クレアは病院を脱出し、四日間歩いてノースバラのわが家に帰り着く。だがメアリに会うことはできない。既に三年前に死んだのだと聞かされる。クレアは信じないが、失望の中で次のような「歌」を書いている。

I've wandered many a weary mile
Love in my heart was burning
To seek a home in Mary[s] smile
But cold is loves returning
The cold ground was a feather bed
Truth never acts contrary
I had no home above my head

My home was love & Mary

I had no home in early youth
When my first love was thwarted
But if her heart still beats with truth
We'll never more be parted
& changing as her love may be
My own shall never vary
Nor night nor day I'm never free
—But sigh but abscent Mary

Nor night nor day nor sun nor shade
Week month nor rolling year
Repairs the breach wronged love hath made
There madness—misery here
Lifes lease was lengthened by her smiles
—Are truth & love contrary
No ray of hope my life beguiles
I've lost love home & Mary

(564-608)

長い苦しい道のりをさすらって来た
心中には愛が燃えていた
メアリの笑みの中にわが家《や》を求めて来たのだ
だが愛の帰還は冷たく
冷たい床が羽の寝床
真実は逆さにはならない
天上のわが家には縁がなかった
私のわが家は愛とメアリだった

若い時わが家などなかった
最初の恋が挫かれた頃だ
だが彼女の心臓が真実の鼓動を搏ちつづけるなら
二人が離れることはもはやないのだ
また彼女の愛が変わったとしても
私の愛が変わることはない
夜も昼も私は自由の身ではない
不在のメアリを嘆くばかり

夜も昼も日も影も
週も月も巡る年も
むりやり割かれた愛の破れを繕えない
向うでは狂人、こちらでは惨苦
いのちの借用期間は彼女の笑みで延ばされたが
真実と愛は逆さなのか
私の生は希望の光で欺けない
愛とわが家とメアリを私は失った

悲痛と惑乱のさなかにあって（この詩は帰宅した当日と翌日に書かれた）、クレアは沈着な芸の力を見せている。押韻は確かだし、展開に一分の隙もない。ましてて表現に心の乱れの片鱗も見せていない。この際修辞は問題外である。逸る情念を取り抑えて、心の事実の把握のみを飾りなく簡勁に書くに如かず、そう思い定めて書いている。

さて、この後もメアリ詩篇は数多く書かれているが、当然予想されるように、調子が全く変化してくる。強く張りつめて高揚した情熱的なメアリ讃歌から、痛憤と疑心と悲嘆の悲歌へと変貌している。メアリの他界を知らされるが、クレアはそれを人々の陰謀と解しメアリもその陰謀に加担して姿を消したのだと受け取っている。苛烈な女性不信と憎悪の詩が書かれたが、これは『ドン・ジュアン』の方に移された。『チャイルド・ハロルド』に残されているのは、不実な女を恨みながらなおも未練を断ち切れず、空しく復縁を訴える哀れな男の常套的な哀歌群である。一連の詩群は絶望と希望との目まぐるしい対置と交替、心中の対話で構成されているので、クレアの心中のドラマを見るには個々の詩篇を取りあげるよりも一群全体を一個の作品として読むのがふさわしいであろう。この点に関して九行一聯のスタンザ構成はクレアに不利に働いている。クレアの複雑に揺れ動く心理の綾を表現するには九行は短かすぎ、その上スタンザの独立性を維持するために個々の作品においてクレアは同じ手順を始めから踏み直さざるを得ない。そのために個々の詩篇は単調になり全体としても繰り返しが多く発展がなく冗漫な感じを与えている。

クレアはこの欠陥に気づいたのであろう。一〇月頃、彼はこのスタンザ構成の中に、「歌」の形で全く異風で斬新な展開様式を持つ詩体を導入している。

No single hour can stand for nought
No moment hand can move
But calenders a aching thought
Of my first lonely love
Where silence doth the loudest call
My secrets to betray
As moonlight holds the night in thrall
As suns reveal the day

I hide it in the silent shades
Till silence finds a tongue
I make its grave where time invades

Till time becomes a song

I bid my foolish heart be still
But hopes will not be chid
My heart will beat—& burn—& chill
First love will not be hid

When summer ceases to be green
& winter bare & blea—
Death may forget what I have been
But I must cease to be

When words refuse before the crowd
My Marys name to give
The muse in silence sings aloud
& there my love will live

心の暦に記される

(941-64)

どんな時間も分秒も
私の淋しい初恋の
疼く思いを示《さ》さずにいない

そこでは沈黙が大声をあげ
私の秘密を暴き出す。
月光が隈なく夜を囚え
太陽が昼を曝《さら》すように。

私はそれを沈黙《しじま》の影に隠す
だが沈黙はやがて声を見出す
私はそれを墓に埋めるが、時が侵入し
やがて時は歌声になる

私は愚かな心に静まれと言う
だが希望は叱られてひきさがりはしない
心臓は鼓動し、燃え、冷却する
初恋は隠しおおせない

夏が緑であることをやめ
冬が荒れた裸でなくなるときに
死が私の過去を忘れるかも知れない
だが私もいなくなるのだ

わがメアリの名を人前にさらすことを
言葉がこばむとき
ミューズは黙ったまま声高く歌い
わが恋もそこに生き続ける

自らの愛恋の内面史と重ね合わせられて、表現と沈黙のパラドックスをめぐる思念が展開されている。クレアは自分の恋の本質、「秘められた恋」の本質が、このようなパラドックスの裂け目の中で初めて光り輝いて顕現することを示したのである。このように否定に否定を重ねていく弁証法的な作詩法は、クレアの晩年の優れた詩を特徴づけるものであるが、その前駆が既にこの詩の中に見出されるのは興味深いことである。

一連のメアリ詩篇の中でこの新詩法の出現は唐突の感があるが、これと対をなす形のもう一つの「歌」を見ると、そこではクレアがメアリに「あれから三度の春〔と夏〕が過ぎたのだよ」(九七四-五)と死者に語りかけるように呼びかけているから〔メアリの死は三年前である〕、この頃クレアは漸くメアリの死を承認するようになったのであろう。嘆きの哀歌は姿を消して自然詩が多くなっている。前掲の詩はその転機の形見の作かも知れない。これで気持ちの整理もついたのであろう。以後の作は大むね静穏で寡黙で平明である。メアリ詩は自然詩と一体になった。今やクレアは心おきなくメアリを伴い野山を歩き、メアリと相語らう。こうしてメアリ詩篇は無類の静謐の中に幕を閉じる。

I think of thee at dewy morn
& at the sunny noon
& walks with thee—now left forlorn
Beneath the silent moon

(1191-4)

露しげき朝　君を想い
日のあたる昼
君と歩く　だが今はひとりぼっち
しんとした月の下で

（1）テキストは *The Later Poems of John Clare 1837–1864*, ed. Eric Robinson and David Powell, 2 vols. (Oxford, 1984) 及び *John Clare : The Living Year 1841*, ed. Tim Chilcott（Trent Editions, 1999）を使用した。また前中期の作品については *The Early Poems of John Clare 1804–1822*, ed. Eric Robinson and David Powell, 2 vols. (Oxford, 1984)；*John Clare : Poems of the Middle Period 1822–1837*, ed. Eric Robinson, David Powell, and

P.M. Dawson, 4 vols（Oxford, 1996-98）を使用した。詩選集は The Oxford Authors *John Clare*, ed. Eric Robinson and David Powell（Oxford, 1984）; *John Clare : Selected Poetry*, ed. Geoffrey Summerfield（Penguine Books, 1990）; *Selected Poems and Prose of John Clare*, ed. Eric Robinson and Geoffrey Summerfield（Oxford, 1967）を参考にした。特にペンギン版の Geoffrey Summerfield の序文と注釈は有益であった。散文については *The Journal, Essays, The Journey from Essex*, ed. Anne Tibble（Manchester, 1980）; *John Clare's Autobiographical Writings*, ed. Eric Robinson（Oxford, 1983）を利用した。書簡は *The Letters of John Clare*, ed. Mark Storey（Oxford, 1985）を使用した。伝記については、主として June Wilson, *Green Shadows : The Life of John Clare*（London, 1951）の記述に頼った。Frederick W. Martin, *The Life of John Clare*（1865）, introd. and notes by Eric Robinson and Geoffrey Summerfield（London, 1964）; John and Anne Tibble, *John Clare : His Life and Poetry*（London, 1956）も参照したが、最も新しい伝記、Edward Storey, *A Right to Sing : The Life of John Clare*（London, 1982）を、執筆中に参着できなかったのが残念である。

（2） Geoffrey Summerfield, *John Clare : Selected Poetry*, Introduction, p. 17.

（3） Jonathan Bate は近著 *The Song of the Earth*（Picador, 2000）の第六章でクレアの詩を取りあげ、エコ・クリティシズムの観点から分析している。pp. 153-75.

（4） *Clare : The Critical Heritage*, ed. Mark Storey, pp. 329-415.

（5） *John Clare's Autobiographical Writings*, pp. 9-10.

（6） 一八二四年一一月三日付、ヘッセイからクレア宛ての書簡、及び一八二六年一月二八日付と三月四日付、テイラーからクレア宛ての書簡。*The Critical Heritage*, pp. 194-5 及び pp. 197-8.

（7） Oxford Authors *John Clare*〔Grammar〕, p. 481.

（8） Seamus Heaney, 'John Clare : a bi-centenary lecture' in *John Clare in Context*, ed. Hugh Haughton, Adam Philips and Geoffrey Summerfield（Cambridge University Press, 1994）, pp. 145- 6.

（9）一八二七年八月三日付、テイラーからクレア宛書簡。Mark Storey, *The Poetry of John Clare* (Macmillan, 1974), p. 69.
（10）John Clare, *The Parish—A Satire*, ed. Eric Robinson (Penguine Books, 1986), p. 27.
（11）*The Letters of John Clare*, p. 235.
（12）一八二五年九月一五日付テイラー宛。*The Letters of John Clare*, p. 347.
（13）一八三一年三月七日付テイラー宛。*The Letters of John Clare*, p. 537.
（14）June Wilson, *Green Shadows*, p. 183.
（15）June Wilson, p. 84.
（16）June Wilson, p. 202.
（17）一八三二年一〇月二〇日付ケアリー宛。*The Letters of John Clare*, p. 594.
（18）June Wilson, p. 212.
（19）一八三五年一月六日付テイラー宛。*The Letters of John Clare*, p. 622.
（20）一八三五年八月二七日付テイラー宛。*The Letters of John Clare*, pp. 627-8.
（21）*The Letters of John Clare*, p. 615.
（22）June Wilson, p. 230.
（23）*The Letters of John Clare*, p. 643.
（24）*The Letters of John Clare*, p. 646.
（25）*The Letters of John Clare*, p. 646.
（26）*The Later Poems of John Clare*, p. 99 ; Chilcott, *John Clare : The Living Year 1841*, pp. 51-3.
（27）*John Clare's Autobiographical Writings*, pp. 147-8.
（28）*John Clare's Autobiographical Writings*, p. 148.

(29) Geoffrey Summerfield, *John Clare : Selected Poetry*, p. 208.
(30) Roy Porter, 'All madness for writing' : John Clare and the Asylum, in *John Clare in Context*, pp. 271-3.
(31) Chilcott, p. 143.
(32) Chilcott, p. 142.
(33) *John Clare's Autobiographical Writings*, pp. 153-61.
(34) *The Letters of John Clare*, p. 649.
(35) George Deacon, *John Clare and the Folk Tradition*, (London, 1983).
(36) *The Letters of John Clare*, p. 661.
(37) *The Letters of John Clare*, p. 669.
(38) *The Letters of John Clare*, p. 657.
(39) June Wilson, p. 252.
(40) June Wilson, pp. 261-2.
(41) Geoffrey Summerfield, *John Clare : Selected Poetry*, p. 269.
(42) June Wilsan, pp. 203-04.
(43) Chilcott, p. 4 *Child Harold*, ll. 42-3.
(44) Chilcott, p. 16 *Child Harold*, ll. 66-7.
(45) Chilcott, p. 246 *Child Harold*, ll. 216-8.

II　テニスンの 'process of speech'
――中期の長詩を中心に(1)

里麻静夫

はじめに

'process of speech' とはミルトン John Milton（一六〇八―七四年）の『楽園喪失』*Paradise Lost*（一六六六年に初版が、七四年に第二版が刊行）の第七巻に出て来る表現であり、神や天使とは異なり有限な能力しか持たぬ人間に宿命的な、知の媒体の謂である。堕落の恐れがあるアダムとイーヴを教育するために神によって遣わされた天使ラファエルが世界創造等について人類の祖に教える際に、時間や運動よりも速い神の業は「言葉の手続き」を介してしか人間には理解できない、と言うのである。

アダムとイーヴやサムソン等のミルトンの主人公達は、人間であるが故に、理性や知識、洞察力等が当然限定されており、そのために誤りを犯す。だが彼等は、人間として有する諸能力を最大限駆使して、過ちの原因や意義を認識し、最後には神の恩寵に身を委ねる。その過程は、人間の「ことばという過程」が自己認識を行い、救済される過程でもある。ミルトンも彼の作品の登場人物も、不可解な運命や超自然的事象のように人知を超えるものと直面すると、それらの表現や理解が自らのことばでは十分にできないのではないか、という不安に捕われる。しかし彼等は、人間である以上、有限な能力の器であるそのことばを運命的なものとして引き受けざるを得ない。そのことばは、人知を超えるもの、神秘の表現のために、自らの可能性を尽くす。そして、自らの限界を認識した後に、ことばを超えることば、恩寵の器である祈りと、一体化を果すのである。

私はこの一体化を言語的英雄行為と呼びたいが、以前に、この行為をテニスン Alfred Tennyson（一八〇九―九二年）の『国王牧歌』*Idylls of the King*（一八五九年から八五年に掛けて発表）の主人公アーサーにも見出し得る、と論じたことがある。(2) 長詩を中心にテニスンの作品を読んだ時に、この詩人が自らの表現媒体である言語の可能性と限界とを強く意識していたことを、又言語との関係が彼を巡る主要な問題の一つであることを、知ったからである。我が国に於けるテニスンの優れた総括者の一人である平林美都子氏も、言葉に捕われながらも言葉を超えるものと如何に関係を結ぶかがテニスンとって大きな課題であったことを、指摘している。(3)

言語への不信を表明しつつ、その媒体を高度に駆使する――この逆説的な身振りは、古典古代から、ダンテやロマン派作家等を介して、現代まで継続している。何もミルトンに特有な姿勢ではない。テニスンもこの大きな伝統の中に位置していて、自らが選んだ言語という媒体に付いて、そしてその媒体を器とする知の在り方に付いて、先行詩人と認識を同じくする点が生じたのだろう。本論では、ミルトン的な言語観を言わば座標軸として、テニスンが中期の三つの長詩に於て、言語とそれを器とする知識の在り方に対してどのような姿勢を取っているかを、眺めてみたい。尚、引用はC・リックス Ricks 編の作品集による。参照すべき注を挙げる場合も、特に断らない限り、この作品集のものである。(4)

一　『イン・メモリアム』

最初に、『イン・メモリアム』*In Memoriam*（一八五〇年刊）を眺めたい。それは、この作品が中期の長詩の中で、言語とそれを器とする知識の在り方に関して、最も徹底した議論を行っているからだ。

言語不信のテーマに関して詩人が述べていること、有限な言語に対して示す姿勢で主なものを拾うと、先ず、夭逝した親友で詩人であるハラム Arthur H. Hallam（一八一一―三三）の本質とかの神秘的な対象をよく表し得ないし、永続性も無い自分の歌ではあるが、少なくとも、自分の生を支援する効用はあるとして、歌の価値を見出そうとしている。言語不信は、言語の軽視・放棄に繋がるものではなくて、有限の中で最大限の努力を行うための認識的基盤になるのだ。次に、ハラムの霊との交渉に窮まる神秘を表し得ないという絶望を表明しつつ、その神秘を巧みに描いている。その場合、言語への不信と駆使の逆説が顕著である。

関連箇所を具体的に見て行くと、先ず五節では、こう書いている――今自分が感じている嘆きを言葉で表すのは、殆ど罪である／何故なら、言葉は自然と同じで、内奥の魂を半ば明らかにするが、半ば隠しもするからだ／但し、不安・動揺に悩む者にとっては、韻文（で悲しみを綴ること）の慰撫効果は、一応ある――その韻文は「大きな嘆き」の輪郭しか示し得ないが。

この節は、詩人が詩と詩作に関して思いを巡らす最初の箇所である。「エピローグ」では、人類が進化した果ての「無上の種族 the crowning race」（一二八行）にとって「自然は開かれた本のようなものだ」（一三二行）、とされている。その事から推し量るに、ここでは、現段階の人間は能力的に不完全なので、自然の全容が完全には理解できない、それは、対象を理解・表現するための道具として用いる言葉が不完全であるのと同じだ、と言っているのだろう。

次に七五—七七節は、自分の詩（又、その言葉）がハラムの本質をよく表し得ない、永遠の生命を持たぬ儚いものだ、という感慨を表明する。しかし七七節の末尾では、永続性を持たない自分の歌ではあるが、少なくとも自分の生を支援する効用はあるとして、歌の価値を見出そうとしている。

八五節では、詩人の想像の中で、墓の下のハラムが詩人に向かって、「人間のことば human speech の愛しい言葉 dear words では、／我々はもはや意思疎通ができない」、と言う。これ以降は（これ以前の同様の箇所を受けて）、現世の人間と来世の霊魂の存在の次元の違いが、強調されてもいる。次元を異にする現世と来世との関りは、人知の器である言葉（又、それを駆使した理屈・分析）によるものではなくて、喪失の悲しみが来世という神秘が送り出す象徴と戯れることである、とされる。

九〇—九五節では、詩人とハラムとの間の霊的交渉が語られる。その中の九三節には、霊的交渉の願いを言葉では言い表せない、という文言がある。霊的交渉も人知が及ばない神秘——その実現を信じて待つしかない事象——であるから、この感慨は当然だ。しかし、こう書きつつ詩人は、霊的交渉の神秘を巧みに表現している。定義上言葉を超える筈の神秘が実際に起こる九五節が、作品全体の中で、詩人の言葉の絶頂・勝利を画してもいるのだ。

神秘中の神秘とも言える詩人と死者との間の霊的交渉が実際に生起するのは、九五節に於てである。その交渉に於て詩人の魂を包含するより大きな「生ける魂」を、詩人自身は「神——かも知れない」、と注釈している（三六行の自注）。科学的知見が増大しつつある時代の思潮を背景に持つと、無邪気に神を持ち出すことは出来ない——そういう意識の表明だろう。この節には、言葉は曖昧なものである、霊的交渉の体験（＝「私が成ったもの」）を「物質的なことば matter-moulded forms of speech」で描いたり、それに知性が記憶を介して到達したりすることが非常に難しい、という箇所がある（四五-四八行）。ここは、五節と並んで、ことばへの不信を表明する典型的な箇所である。

八七節は、ナイチンゲールの歌を引き合いに出して、自らの歌が「万物を総合した栄光」たるハラムをよく表し得ない、と語る。言語不信を表明する箇所の一つだが、詩的価値が優れている節の一つでもある。

一〇三節の夢・幻に於ては、詩人が詩神達と中世の邸宅内に暮らしている。この光景は、詩人が既に一廉の業績を上げていることを示す。こういう舞台作りは、詩人（＝言語巧者）としての自信と野心の深まりを表している。この心的変化は、ハラム喪失の悲しみに打ち拉がれているだけの内向性から社会・歴史の大きな流れとかに目を向ける姿勢への変化と、軌を一にしている。

九五節に於ける霊的交渉（これは、詩人の没我状態で行われている）では、死者の霊が生者の霊を訪れて、両者が交わっている。その出会いは、多分に抽象的だ。それに比べて一〇三節では、夢の中とは言え、ハラムとの再会がより具体的（＝視覚的）に描かれている。ここでは生者の詩人が、人生の歩みを進めて、来世のハラムに会いに行く。そして、現世よりも高次元の存在の仲間入りを果す。ここに至って、霊魂不死や来世の存在等に関する疑念、来世のハラムと現世の自分との間の次元の違いを認識するが故の悩み等は、払拭されている。だからこそこの夢は、詩人に「満足」を与えたのだ（三-四行）。

次に、神秘と人知の関り合いがどうなっているかを見よう。「プロローグ」からして、不可視の「永遠の愛」を人はただ信じるだけ（一-四行）という風に、不可知の価値とそれへの信念との関係の問題を提示している。又、「我々は、信じるしかない。我々には、知り得ない。／と言うのは、知識とは目に見えるものに関するものだから」、とも述べている（二一-二二行）。人間の有限な知と不可知なもの——生死を司る神のようなもの——への信念とを、対比している。ここの知とは、急速に増えつつあった当時の科学的知見をも指しており、そのような知と神への崇敬との調和が取れた増大が肝要である、とも説いている（三五－三九行）。

次に、三一節以降の、霊魂不滅のテーマが最初に出て来る箇所で、ラザロ復活の伝説が、そのテーマを表すために用いられている。そこで注意すべきは、死者の復活とか、来世があるかどうか、そこの様子はどうか等の問題に関しては、理詰めで考察するのではなく、ラザロの妹マリヤのように、絶対的な信仰に立って、ただ神の御業を誉め称える姿勢が良い、とされている点である。

又九七節では、来世のハラム（＝広大で神秘的な存在）と現世の詩人との関係を、偉大な科学者とその妻との関係に例えている。妻には、夫の難解な行いが理解できない。しかし、夫を誠実に愛している（三六行）。ここでも、有限の知と能力しか有さない人間が神秘に対して取るべき態度が、示されているのだ。

A・D・カラー Culler は、『イン・メモリアム』に於ける霊魂不滅の議論に最も近いものとして、テニスンと同時代の『霊魂不滅か消滅か？』*Immortality or Annihilation?* を紹介している。匿名筆者によるこの論で注目すべきは、以下の点である――現世の人間は、真理を求めつつそれを完全には獲得できないので、自分は来世でより高次の存在になると信じる／現世の人間は、その能力と願望に見合って、智恵のほんの基礎しか獲得しない／だが彼は、ほんの一部とは言え智恵を獲得したことの報酬として、来世の高次な存在へと引き上げられる／その来世で彼は、（現世では不可能だった）完全な智恵や美徳や幸福を獲得する。カラーは又、テニスンとやはり同時代に霊魂不滅の「科学」を行ったある論者が変化や進歩が幸福と不可分であると考えていることも、紹介している。(5)

これらの論点から、人知が取るべき姿勢に関して、以下の議論を導き出すことができる――有限な能力しかない人間は、その能力の枠内で、真理発見に努めるべきだ／その努力は、幸福へと向かう不断の進歩・変化の過程である／その努力を支えるのは、霊魂不滅（＝自分が来世により高次な存在になること）への信念である。

ヴィクトリア朝詩人にとって問題なのは、神秘に向かい合う人知に膨大な新興の科学知が流入して、人知が質・量共に大きく変容しつつあったことだ。その結果、E・W・スリン Slinn の言い方を借りれば、世界の「作者」（＝意味と秩序の付与者）がどこかへ追いやられてしまう。(6)「プロローグ」が説く科学的知見と神への崇敬との調和が、危うくなる。人知とその器である言語の限界を悟った上で摂理に身を任す言語的英雄行為も、より難しくなる。そのような事情を示す箇所の一部を、以下に眺めてみよう。

三五節に、愛の永続性を否定するかに見える、自然の無目的な（＝摂理と無関係な）変転（に関する知見）が登場する。この種の変転に関する知見は、霊魂不滅とかの神秘を（マリヤが賞賛するのとは正反対に）疑問視して、それら神秘との間にバランスを取らない、悪しき人知の謂であろう。又、神の真理表現・伝達力に比して人知が非力なことを、三六節が強調している。この非力の強調は、人知が取るべき姿勢を暗示する（これは、『王女』〔後述〕に於て情の知への加味が生む効果と、同じである）。

ここで問題なのは、科学的知見の器である「緊密な推論 closest words」（三六節六行）の威力が革命的に増大する状況下で、マリヤのように素朴な信仰を選んで良しとする姿勢に安住できるかどうか、であろう。神不在の原理を事物に探る新種の知見は、最悪の場合は『王女』の変心前のアイダのように、傲慢に陥る。それは自らの有限性（＝謙虚の源）を忘れて、古来人々が恐れていた存在の連鎖の消失という事態を、決定的に招来しかねない。そういう意識を、テニスンを始めとするヴィクトリア朝詩人達の多くが持っていただろう。

三九節で興味深いのは、不死（＝霊魂不滅・来世の存在）の伝統的な象徴であるイチイに、ライエル Lyell（一七九七―一八七五年）流の「科学的」知見の影が重なっていることだ（四三節一〇―一三行の注を見よ）。信仰に関する確立した表現（＝イチイ）に、その信仰自体を否定する意味合いが密かに混じり込んでいるかのようだ。そのような表現を選択した詩人は、その表現の中に自分が構築しようとする体系を突き崩す要素を発見して、それをどう処理するかに腐心するに違いない。

四五節では、当時流行の科学的言辞が、霊魂不滅を論じるのに用いられている。ここでは、神秘（への信念）を表すために、マリヤが発するような素朴な賛辞には拠らず、本来は否定すべき「緊密な推論」に拠っている。素朴知を志向する時でさえ、科学的知見に引き摺られているように見える。カラーは、詩人が時代の思潮に従って霊魂不滅の「科学」を彼なりに構築したが、結局それでは不死の神秘をよく説明できないと感じている、と述べている。(7) 理知では、不死の神秘を上手く説明できない。死者との交流が生起する九五節に於ては、幻視的想像力が、理知よりも完全に、霊魂不滅の神秘を証している。但し、不死の「科学」を構築しようとする心得違いの試みも、詩人の経験の一部であることに変わりはない。

詩人は、理知による真理（の神秘）究明の努力を完全否定しているのではない。その努力は、確かに誤り導かれている。しかしそれは、『楽園喪失』のアダムが天使ミカエルの教えを時に誤って理解するように、有限な人知故の試行錯誤に満ちた理解のための努力として、一定の評価は得る筈だ。カラーが九五節に於ける勝利（＝不死を確信するヴィジョンの獲得）を容易に納め得ないことが肝要であると言うのは、人知とその器であることばが真理を模索する過程が必然的に錯誤に満ちている事情を指すのだろう。(8)

一一四節は、冒頭で知識の重要性を認めつつ、その後は、知識が向こう見ずにも神慮と対立する偶然を奉ずるとか、可視の次元の作用を本質としているために不可視の来世の存在を証明できないので、死の恐怖と戦うことが出来ない未熟な子供であるとか、そんな知識は己の分を知るべきであり、それよりも上位の智恵が善導すべきものである、等と述べている。この節を捉えてP・ターナー Turner は、科学への尊敬と科学が真理の最終的な源であるという主張の拒絶とが『イン・メモリアム』に於て結び付いている、と指摘している。(9)

一一七節では、現世の時間がすべき仕事は詩人を来世（のハラムに関する思い）から遠ざけることだ、と言われている。そうすれば余計に、詩人がハラムと出会う時の喜びが増すからだ。現世の時とは、勿論、人知が働く領域である。一一八節ではその議論を受けて、先ず、〈時 Time〉が為す仕事を熟視せよ、しかし人間的な愛と真実が寿命在る自然の構成要素であると考えてはならない、と諭す。しかしその次に、当時の天文学や地質学の知見（＝人知の象徴）を詩人なりに消化したものを用いて、創世から諸生命を経て人間の誕生に至る進化の過程——「時の仕事」（一行、一六行）——を、提示する。そして、この進化が最後には人間を（来世の）より高次な存在へ引き上げる、と歌う。ここでは、当時の最新の科学理論である進化論が、現世から来世への「飛躍」の可能性を保証するものとして、利用されている。その意味では、科学への楽観を認め得る。詩人にとって進化論は、「人類の進歩」の信念（一三一節九—一二行の注）を補強するものだ。

上記の「飛躍」は、私が言う、ことばから無言の祈りへの飛躍——ミルトンの主人公達や『国王牧歌』のアーサー等が行う言語的英雄行為——と見ることができる。そして『イン・メモリアム』の、現世にあって来世を信じ、神との合一を夢見る行為を、指しもするだろう。

一二〇節は、霊的価値を称揚しつつ、科学の物質主義的側面を拒絶している。しかし詩人自身は、進化論を拒否してはいない、と述べている（九—一二行の注）。ここでも、詩人が科学に対して取る微妙な姿勢——詩人の内での信と科学（の知）の微妙なバランス——が、見て取れる。

一二一節では、暁の明星が「人類の進歩」の象徴になっている（九—一二行の注）。この明星は、愛が至上であることを表してもいる（一七—二〇行）。人類の進歩の到達点は、高次元の来世である。その来世で、詩人とハラムとの間の愛が完成する。生物の進化や現世の苦悩といった全ての事を善に導く神の意思が、最高度に発現する。進歩と愛が、神慮によって結び付く訳だ。これこそ、詩人が信じる究極の神秘であろう。この時進歩の中に科学的色彩が入り込んでいるのが、如何にもヴィクトリア朝詩人らしい。

一二三節では、地質学的変化の知見が地上の物事の無常・有為転変を我々に思い知らせるが、自分は精神界に生き、ハラムに関して見る夢を真実と思う、と言う。ここでは、物質の変転と精神の不変が単純に対置されている。科学と信仰の微妙な関係は見当たらない。大事なのは、詩人が地質学的知見を否定していないことだ。地質学的変化を事実として受け入れ、その上で精神世界に安寧を求めている——地質学的変化は可視の次元にのみ関る知識が教えるものだから、より高次な智恵の教えには無関係である、として。

知識と知恵の領域の区別は、ティンダル Tyndall（一八二〇—九三年）やテンプル Temple（一八二一—一九〇一年）の作業——宗教と科学の真の領域を峻別して、両者の調和を図ろうとする作業——と軌を一にする。[10]『イン・メモリアム』は、中期の長詩の中では、その調和の達成が可能であることを最もストレートに歌い上げている。

五二節では詩人が、現世に生きる自分は不完全・罪深さ故に、来世のハラムへの愛とハラムから自らに向けられる愛をよく表現できない、と嘆く。すると「真の愛の精神（精霊）」（六行）が、人間は、自分が不完全だからと言って、自らが抱く（愛等の）理想の追求を止めてはならない、と諭す。ここから、人間並びに人間的ことばと神秘との間にあるべき関係を詩人が次のように考えている、と推測できる——人間は自らの有限性を痛感して、だからと言って神秘への接近を諦めることなく、神秘の側の励ましを受けて、自らの有限性が許す限り、その作業を続けるべきである。

関連箇所としては、六九節等を挙げ得る。六九節では、悲嘆の詩を書くことを人々から嘲られる詩人が、天使によって励まされる。但し、その天使が言っている事は、詩人には分らない。ここにも、有限知とその器たることばの持ち主である人間が、彼にとっては神秘（＝理解不能なもの）である神慮を（分析するのではなく）信頼する、それが人間と神の在るべき関係である、という姿勢の表明が在る。

因みに、よく引かれる五六節は、概略、こう述べている——自然の法則は、人類という種全体を気に掛けるかも知れない／その法則は、「全体の為の幸福 universal good」（七‐八行の注）を図るかも知れない／しかしそれは、（ハラムのような）個々人の生死を考慮はしない／その法則と神慮は、対立するように思える／だから（こそ）自分は、（神の愛や救いが存在するという）「より大きな希望を弱々しく信じる」しかない。

科学的知見の変容と飛躍的増大のために自然の作用が無目的であると見なされるようになり、その作用は、世界の作者たる神と離反するものとして、立ち現れている。人知（五六節の頭注が紹介するライエルの進化思想のような）が世界から意味を奪う、最悪の展開だ。但し、そのような状況下でも、神を信じるしかない、それが無力な人間にできることの全てであるという詩人の姿勢に、変りは無い。個々人の希望・願望を無視するかのような様相の自然の裏に、神が姿を隠している。（この節では、自然が自らの唯物主義を表明している。）今や、『イン・メモリアム』の世界観は悲観のどん底に近いと思われる。しかしながら、そこに於てさえ神への信頼の肝要が説かれることを、忘れてはならない。

一一〇節で詩人は、ハラムには善人だけでなく悪人をも魅了する美点があったと述べ、自分には彼と同じ技量は無いものの、彼への愛から生じる、彼を真似たいという「漠とした願い」（一九行）があった、と結ぶ。神秘に対して謙虚に向かい合うべきであるという姿勢を、「漠とした」という表現に認め得る。これは人間が本質的に有する、限られた視界を表すものであり、同一・類似の表現が随所にある。「謙虚に真似る」——「謙虚」は自らの有限性の認識を指し、「真似る」はその有限性の範囲内で理想に接近しようとする最大限の努力を指す。詩人が神秘と人知との関係に関して示す解釈は、このように、首尾一貫しているのだ。

一二四節は、人知の有限と感情並びに信仰の肝要を説いている。先ず、人間は暗闇にある神の存在を推測するだけで（四行）、人間のちゃちな理屈では神の何たるかを理解することはできない（七-八行）、等と言う。続けて、世界は無意味な変化の過程に過ぎぬと主張する理性に対して、感情の肝要を説く。子供のように訳が分らぬ感情は、泣き声を上げて、自分の存在を主張する。だがそれは、冷たい理性よりは神に近いのだ。

この節で感情を「ものを知らない blind」と形容するのは（一八行）、感情を重視する自分の限界を謙虚に認めていることの証左である。限界ある自分の本当の姿（'what I am'）を知る詩人だからこそ、現実・真実（'What is'）を再度「見る」ことができた（二一-二三行）。その現実・真実を、誰も「理解」できない。謙虚に信じる者にだけ、「暗闇の中から」、真の人間を形成する神（ハラムと殆ど同等の存在）の手が差し伸べられるのだ。

カラーは、ここの幼児の泣き声に関して、幼児の泣き声という「ことば language」には、悠久の変転の中に永遠（＝ハラムの霊とかの不変）を認めたいという詩人の夢を再確認するだけの効果がある、と述べている。[11] 幼児の泣き声と、『楽園喪失』一〇巻の終りから一一巻の冒頭に掛けてアダムとイーヴが発する「無言の祈り」——堕落後に彼等が天に向かって捧げる、悔い改めの祈り——とを、比べても良いだろう。言葉にならないことばという点で非力なこれらのことばは、自分よりも大きいものに助けを求めて、その結果真理を感知するという点で、共通している。

一二七節は、詩人の保守的思想を地質学的知見が補強している様を、明示している。先ずリックスによるこの節への頭注が、この節の記述とよく似ているハラムの文章を、紹介している。そこでハラムは、英国社会の伝統的紐帯を断ち切る動乱（フランス革命のような）が今後起きるのではないかと心配しており、そういう状況下で人間を支えるのは「真の精神的なキリスト教」しかない、そのキリスト教を軸にして「拡散していた人知の光線」が再度収束する可能性が無くもない、と述べている。（フランス革命の余波に対する懸念は、『王女』の「結論」に於て、話者の学友も表明している。）

リックスは、ハラムを引いた後に、テニスンとハラムは——現代人には自己満足的に思えるが——地質学的変化が人間界の秩序を生み出し、詩がそのことを称えると考えており、この思想は当時の地質学的知見と合致する、と指摘している。そして、ライエルの思想を紹介している。ライエルは、地中の運動は長い目で見ると生物が居住可能な地表の形成と保持に寄与している、と見る。又、内なる動乱（＝死と破壊の源）も全体系の安定にとって必須な保存・保守の原理の作用因である、と考える。ここには、地質学と政治学の結び付きが見られる。又、カラーに従うと、地質学は語り手の精神の変化（＝悲嘆から諦観への動き）を説明する原理になっている。[12]

一二七節の本体は、「全ては申し分ないのだ——信仰と社会秩序が／恐怖の夜に分断されたとしても」、と始まっている（一-二行）。「嵐」（＝動乱）が吹きまくっていても、その中に「全てはよし」という声が聞こえる筈だ。地質学上の激変や、文明の終りを思わせるフランス革命のような出来事が、到来する。しかし天上のハラム／神は、これらの騒乱を眺めながら、全てに申し分が無いことを知っている。

概略こう記すこの節は、テニスンの保守主義・伝統主義・穏健主義を遺憾無く表している（一五行の注を見ると、詩人が自然界の混乱と民衆蜂起による社会の混乱とを同列視していることが分る）。混乱の総和が秩序を保持するという漸進主義 gradualism は旧来の不調和の中の調和 concordia discors を受け継いでいるし、ミルトンにも見られる、悪から善が生じるという「幸福な堕落」*felix culpa* の要素もある。

次の一二八節の末尾では、全体に逆行する部分でさえ全体として目的に到達するために協調しているという、部分の混乱が全体の安定に寄与するという思想が繰り返されている。因みにこの節では、愛と無秩序な時間の流れとが対置されている。

テニスンの場合も、ミルトンと同じく、悪から善が生じるという神秘を実現するのは神慮である。しかしテニスンは、その神秘を表現するために、当代の科学的知見・ディスクールをも動員している。この動員を、詩と科学の調和と言うこともできるだろう。人間が「無上の種族」へと進化すると歌い上げる「エピローグ」も、この「調和」を提示している。

　ここでは、科学的知見・修辞・イメージが枢要な位置を占めている。人類が「この上ない種族」（一三八行）へと発展して行くとの信念を、チェインバーズ Chambers（一八〇二―七一年）の進化思想が支えているのだ（一三一節の背後に聖書が大きく控えているのとは、対照的である）。この無上の種族にあっては、人知はもはや不完全と奢りのくびきを脱している。彼等にとって、「自然は開かれた本のようなものだ」（一三三行）。つまり、理解不能な神秘では全くなくなっている。となると彼等には、自らの有限性という分を忘れて出来もしない理解の錯覚に陥ることがなくなる。と言うのは、この種族はハラムを時期尚早の予表としており（一三七―三八行）、ハラムの完全性・神格を備えているからだ。彼等こそ、現今の人知が信じるしかない神秘である。

　来世のハラムは、「神の内に生きて」いる（一四〇行）。当然、彼を対型とする無上の種族も、神の内に生きている。その神に向って、生き物の全ては進化しようとしている（一四四行）。詩人のハラム志向が、今や全生物の神へ向う運動の縮約になっている。そして、その運動の壮大な詩的表現の骨組みが、チェインバーズ的進化論なのだ。となると、「エピローグ」では信仰と詩と科学が調和している、と言えるだろう。

「エピローグ」一三二行の注は、チェインバーズやライエルが自らの研究と信仰を容易に結び付けていること、つまり彼等には自然神学的姿勢があることを、指摘している。テニスンが科学的知見を最も積極的に受け入れている時は、自然神学的姿勢を認め得る。自然神学は宇宙の事象に神の設計思想を認めるので、無目的で無意味な現象の変転よりも詩人にとっては受け入れ易い筈だ。

　テニスンがライエルやチェインバーズ等の知見を取り入れるのは、当時の宗教が生き残りを賭けて科学を摂取する姿勢と、軌を一にする。しかし、如何に自分に都合が良いように選別・消化したものであろうと、科学的知見は、信仰に対して、潜在的脅威である。こう考えると、テニスンの進化・進歩の楽観的思想には、矛盾が内在していることになる。その矛盾は、例えば、一二四節が自然神学的アプローチを否定するかに見えて、「エピローグ」はそれを援用しているという、自然神学に対する肯定・否定両様の対応に潜んでいるような気がする。

二『王　女』

『王女』*The Princess*（一八四七年刊）では、人知（の追求）と「情」の関係が中心的テーマである。この場合情は、神が差配する世界秩序の中で人知が本来占めるべき位置を教える役割を、果たしている。情を持つことで、知を追求する人間が、自らの限界を謙虚に悟るのだ。

テニスンの場合、人知の中に占める科学の位置が重要になる。『イン・メモリアム』でもそうだが、ライエルの地質学を、人類が「無上の種族」へ進化して神との合一を果たすという神秘的事象を表現するために、動員している。つまり、詩人にあっては神秘と人知とは単純に対立するものではなくて、神秘を有限な知力の人間なりに理解しようとする努力の一環として、科学が持ち出される場合がある。そこで『王女』を見ると、リックスによる作品全体への頭注が、G・G・ウィッケンズ Wickens の議論を紹介している——

テニスンの時代には、科学の明るい面と暗い面の間の論争があった。明るい面は、物質界の破壊と変化の証拠を考察しつつ、目的論と神学を維持する。暗い面は、目的論や神学の表現には関心を持たず、単に破壊と変化の機構を記述する。詩人は、科学のこのような二つの側面の区別〔＝科学の両面性に対する認識〕を用いて、『王女』の筋書きを構築している。(13)

『イン・メモリアム』に於ける科学と（神秘への）信仰との関係には、微妙なものがある。当時の科学の性格（を人々がどう認識していたか）に関するウィッケンズの指摘に基づくと、テニスンが積極的に詩に取り込んでいる――詩想の支えにしている――のは、科学の「明るい面」であることになる。

『王女』の「プロローグ」では、科学とお伽噺が並存している。語り手が招かれたパーティーは、当時の最新の科学技術を展示する場でもある。この現代的な雰囲気・環境を背景にして語り手は、パーティーの主人サー・ウォルターの祖先である勇猛な女性の言い伝えに、関心を持つ。話者が昔話に言及すると、リリアと話者の学生友達との間に女権を巡る議論が持ち上がって（一三六行以降）、その弾みで、話者以下七人の男性が連続の物語（「混成曲」）を語る取り決めになる（一九六行以降）。

科学の存在は、物語の時代錯誤性や虚構性を際立たせる背景として、機能しているようだ。その意味で、この段階では、科学の影は薄い――物語にパーティーの場で行われている科学実験の話題を取り込もうという話はあるが（二三八−三九行）。寧ろ女権論争の方が、現代的背景として、印象深い。但し、物語が始まると、その主人公アイダが知識を何よりも大事であると見なして、その獲得を女権確立の条件に据えていることが分る。となると、アイダが追求する知識は、科学に対して、問題含みの形で結び付く――詩人がこう見ていることが、予想できる。

第二話に於けるサイキ（王女の側近の一人）の講義は、星雲説や恐竜から人間への進化、人類史を内容としている（他の教師による講義の模様は、三四六行以降にある）。これらは、ヴィクトリア朝が持ち合わせていた学問の最先端を表している。この講義は、自然な生から隔離された空間で行われているので、当然、悪しき形での人知の蓄積である。

第六話でアイダの心を変えるのは、情である。それが勢力を増す経緯を示すと、先ず、アイダの学園は情を厳禁している。しかし王子達は、サイキを軟化させるためにこの精神的特質に訴えるし、メリッサ（王女の側近であるブランチュの娘）は、学園の規則に反して、最初からこれを持ち合わせている。このようにアイダの外側で情の力が徐々に増している所へ、彼女自身がアグレイア（サイキの娘）へ愛着（＝情）を感じるようになる。アイダの内外に於ける情の増大に最後の一押しを加えるのが、母親の情に関する記憶である。

情は、生命の息吹を欠いた人知追求の愚かさを、アイダに悟らせる。情は男女の分裂を是正し、科学の言説に、その暴走の危険性を教えるだろう。人知にその限界を教え、それが宇宙の中で本来占めるべき位置を自覚させるだろう。こうして謙虚さを帯びた人知（の追求）は、神慮への信頼と神秘への信念とを確実にする。『王女』に於ける情は、『イン・メモリアム』於ける感情と同じ役割を果している。それは、人知と神秘との間の健全な関係を可能にする。但し、『王女』に於ける科学と詩との調和には、それが万全かどうかについて若干疑問を抱かせる側面がある。

第一話に戻ると、そこでは、王女による知識偏重と情の忌避とが語られている。王女の父ガマが王子達に、王子の許嫁だった南の王国の王女アイダが、サイキとブランチュという未亡人の教えにより女権意識に目覚めて、女性だけの学園を創り、そこへ引き籠もった経緯を、教える。そして王子達は、女装して、王女の大学へ入り込もうとする。ガマが語るところでは、男女同権であるべきと考えるアイダは、「知識が……何よりも大切である」と考え、これまで男性に従属し、知識を持たなかった女性は「子供のようだった」、だから女性は内なる〈子供〉の側面を捨て、真の女性の性質（‘The woman’）を帯びなければならない、と考えている（一三四–一三七行）。王女の傲慢且つ不毛な人知増加の試みは、『楽園喪失』の悪魔達が行う知識追求に似ている。

尚、この作品では、各物語の後に挿入歌があったり、物語中に歌があったりする。これらの歌は、概して、情が肝要であることを訴えている。例えば第一挿入歌は、子供を亡くした夫婦の悲しみを歌う。子供が居ないことの侘びしさは勿論、そうなっても夫婦の絆を維持することが大事である、という内容である。これは、勿論、第一話に於けるアイダの「子捨て」と対立する価値を、推進している。この歌に出て来るのは、アイダとその周りに集まっている高貴な女性達とは明らかに異なる、素朴で身分が高くはない夫婦である。学問的知識も持ち合わせていないに違いない。つまらぬ喧嘩をしては仲直りを繰り返す彼等は、人間としての弱みに満ちている。それでも彼等は、アイダとその仲間のように、生命欠乏症には陥ってはいない。テニスンが望むのは、十全たる生（の情）と結び付いた知なのだ。

第二挿入歌は、船上の夫が自分と子供の許へ帰ってくるのを待ち焦がれる妻の想いを歌う。第一挿入歌同様、夫婦愛を貴んでいる。加えて、夫婦に子供が居るので、前歌よりも家族としての絆が深まっている。子供の存在は、第二話でアグレイアやメリッサが登場したことに対応するのだろう。妻が遠くの夫の帰還を願うのは、子を持つサイキのような女性が本来あるべき姿を示す。だがこの歌では、物語同様、本来居るべき男性は未だに不在である。

不在の相手を恋焦がれると言えば、王子は、実物をまだ見ない（＝相手が不在の）内から、王女を想っていた。第三話に入って、王子の友人であるシリルばかりかフローリアンまでがメリッサに恋するに至って、王子は王女への想いを益々強くする。この時彼は既に王女に会っているが、女装していたので、言わば非在として彼女に接していただけだ。自分は、高い空を飛ぶ（＝高貴な）鷲が鷲に呼び掛けるように、王女に恋心を向ける（八九－九〇行）。こう言う王子にとって、王女は未だに遠くに居る。即ち、不在のままである。この不在の解消（＝全一性の回復）が、当然、物語の円満決着として期待されるのである。

第三話では王女が、進化論を表明する。彼女は、自分が発案した地層調査の旅行の際に、太古の動物の化石を見て、それと学園を築いた彼女との関係は、彼女達と遙か遠い未来に現れる素晴らしい女性との関係と同じである、と述べる（二七九–八〇行）。これは『イン・メモリアム』に於ける「無上の種族」待望の進化思想と同じであり、第七話では王子が、『イン・メモリアム』と同じ表現を用いている（二七九行）。

注意すべきは、第三話と第七話に於ける進化への信念の語り手の違いである。第七話の王子の場合は、『イン・メモリアム』の話者がそうするのと同じで、詩人が人類の未来に寄せる期待を楽観的に語っているのだろう。しかし、王女が第三話で同様の進化思想を語る時、この段階の王女が硬直した知識追求者であることから、進化思想には衒学の影が射すことになる。得ても生にとっては無駄な知の象徴になっている。つまり、同じ思想であっても、それに正と負の両方の光が当てられているのだ。これは、新奇な科学思想に絶対的な価値を認めない姿勢かも知れない。又、後に述べるが、王子の進化論もその真価を損なうような文脈に置かれている。

進化思想を披露した後の王女の言葉にも、注目したい。彼女は、こう述べている――造物主に比べれば人間は瞬間的であり、神の全体に対して彼は部分であるから、部分しか見えない／人間の思考は恒久的ではなく、行為も幻のようなものだ／人間の弱さ・限界が時という影を形成しているのだが、その影の中で自分達は働いて、女性をより完全にすべく努力する（三〇四行以降）。この言の主旨は、「人間は、神の全一性と比べた時の自らの知や力の有限性を認識して、その限界の範囲内で、向上の為の最大限の努力を行う」、とも言い換えることができよう。王女のこの言に上述の進化論を付け加えると、彼女はミルトン的な意味に於ける言語的英雄になる可能性を持つ筈だ。しかし問題は、進化論の場合同様、人間的限界内で向上の努力を重ねるという気高い決意の表明が、歪んだ形での知の追求や知的傲慢の文脈で行われており、その決意の真価に何がしかの疑念が差し挟まれることである。

詩人の中核思想の表明をこのように曖昧な文脈で行うことの意図は何かが、次の第四話で明らかになる。そこに於て王女は、彼女の進化のヴィジョンが過去との決別を前提にしたものであることを、明かす。過去は忘れ去るべき野蛮状態に過ぎず、郷愁は進化の足枷に過ぎない。となると、上述の向上の努力も、人間に対する愛情を欠いた、機械的作業の様相を帯びて来る。王女の進化のヴィジョンは、『イン・メモリアム』に於けるそれとは似て非なるものなのだ。この事情について、もう少し詳しく考えてみよう。

第三挿入歌の夕景は、第三話末尾のそれを持ち越しているかに見える。その夕景の中で歌い手が角笛を吹き、その木霊に耳を澄ます。彼は恋人に、その木霊を一緒に聴こう、笛の木霊は次第に消えて行くが、自分達の愛情の木霊は互いの魂の間に響き渡り、永遠に音を強めて行く、と語り掛ける。この歌は、自分の愛に答えてくれという、王女に対する王子の心中の叫びを表しているのだろう。

第四話の冒頭は、第三話の末尾と連続している。アイダが落日を見て、太陽を「星雲状の星」と規定する（一－二行）。第三話末尾の詩的感興と対照を成す、感情と生命を排したこの説明は、現象の機構を説明することだけに関心を持つ「暗い面」の科学の言説と言えよう。

王女の求めで随行の乙女が歌う歌の最初が、「涙よ、わけも無く流れる涙よ……」である（三－四行）。この歌の主題は、詩人が幼い頃から持っていた「過去への熱い思い passion of the past」であると言う（三－四行の注）。H・F・タッカー Tucker は、非個性的な心理の深み――牧歌 idyll と対照を成す抒情詩 lyricism の主観性――がここで発現している、と述べている。[14] 深い感情をどこまで言葉で表現し得るかという問題と、科学の言説と対照を成す感情の言説の極みが、この歌で表現されていることになるかも知れない。と言うのは、この歌を聴いた王女が、過去（の記憶）の力が歌の文句にある程強いのならば、その声に耳を貸さぬよう耳栓をすべきだ、と反論するからだ（四行以降）。今とここにしか興味を示さない彼女の心性は、『イン・メモリアム』に於ける郷愁と真っ向から対立する。「涙よ……」の郷愁を否定する王女は、万物が男女が同等の力と権利を持つようになる偉大な年へと収斂するのだ、だから過去は過去として忘れ去ろう、等と語る。生の営みとそれに纏わる思いの蓄積を、進歩を阻む無用な足枷として、切り捨てている。ここに至って、王女の進化のヴィジョンが『イン・メモリアム』に於けるそれとは似て非なるものであることが、鮮明になるのだ。

『イン・メモリアム』(の語り手／詩人)は、ハラム喪失故に自らの生に意味を見出し難い、荒寥たる現在にあって、過去(＝生前のハラムの思い出)が自分を引き寄せる力を感じる。そして、その過去への憧れや過去が回復不能ではないかという絶望を感じたりした後に、「無上の種族」が生まれる遙かな未来に於て憧れの過去が甦るというヴィジョンを得る。語り手が最終的に獲得する、「無上の種族」へ至る進化のヴィジョンは、過去との断絶を前提にしてはいない。何故なら、その種族(現世のハラムは、その予表だった)は来世の人々と同じ存在であり、その来世に住むハラムは、神のように、「過去であり、現在であり、未来である」からだ(一三九節)。進化の果て(＝未来)は、ハラムを失い、荒寥とした現在に生きる詩人の想像の中で、帰らぬ過去と一体化している。この進化のヴィジョンを胚胎したのは、郷愁(＝過去への視線)である。そして、郷愁がこのヴィジョンを推進して来たのだ。それに対して、王女が出現を期待する無上の種族は、自らの過去を恥じるべき野蛮状態として、忘却の淵に沈める。歴史を捨て去る。王女が奉じる過去否定の進化は、人間的感情を欠いた最悪の形の教義——人間の生を否定した人間の理想像——である。しかし、情の放棄が学園の規則であるからには、王女の進化論が人間の進化を説きつつ人間不在の印象を与えるのは、当然の事でもある。

アイダのヴィジョンの硬直性は、第五話でも露になっている。男達がアイダを巡って争いの構えである一方で、彼女には学園創建の目的を放棄する気持ちは無い。彼女が兄弟のアラクに宛てた手紙(三〇四行以降)は、彼女の従来の主張を繰り返しており、古今東西の女性が理不尽な虐待を受けて来た、それを知った自分の憤りを理解して欲しい、という書き出しである。そして、女性の地位向上のために学園を創った、そこへ男性が侵入して平和を乱した、自分は男性には決して屈しない、自分達の側に立つアラク等は唯一立派な男性である、等と語る。そして、手紙の締め括りでは、女性の解放と覚醒が自分達の手によって成される日の到来を、恍惚裡に描いている（三九九‐四一三行）。そこで王女は、将来誕生するであろう自由な知識人たる女性が、通商と征服という双生児に付き従って、自由の種子を世界中にばら蒔く、と予言している。このヴィジョンは、女性が男性と同等の力を持つようになる——女性が真に解放される——「偉大な年」（第四話五六行）の待望がヴィクトリア朝のブルジョア的秩序拡大のイデオロギーであることを、露骨に示している。[15]

女性解放を求めつつ慣習上女性的であるものを排除するアイダは、その硬直性故に、彼女が忌み嫌う筈の男性的イデオロギーの信奉者になっている。但し彼女は、追伸の中で、アグレイアが自分を一番慰めてくれる、彼女を抱いていると世間に対して抱く怒りが無くなるようだ、と述懐してもいる（四一五‐二七行）。アイダにも母性的・女性的な面があることを読者に期待させる言である。

第七話に、アイダが王子を看病しながら二つの詩を読み聞かせる場面がある。両方の詩とも男性の求愛を描き、王女の軟化が強まる過程を示している。これらの詩を読み終った王女は、自らの理想が潰えたことを無念に思っている。曾ての理想追求の姿勢が愚かであったという自責の念に、駆られている。その王女を王子が、男女調和のヴィジョンを披露しつつ、慰める。彼は、女性の大義が男性のそれでもあると知る自分がアイダを助けよう、女権拡張の意義を理解する男と女が、どんな苦労があっても共通のゴールを目指すのだ、と言う（二三九‐四八行）。続けて、概略、こう言う——

女性が弱々しかったら、それから生まれる男もちゃんとしない。アイダは、もはや一人だけで女性解放に取り組むべきではない。私と彼女は、女性を助けることによって、男性に奉仕するのだ——男性に寄生する女性は女性の地位向上を阻害するのだが、そういう女性を除去したり、女性が十分に開花する為の余地を与えたり、女性の特性を損わぬような自立した存在になることを助けたりして。女性は男性の未発達形ではなくて、別個の存在である。だが、時が経つに連れて、男は女らしさを、女は男らしさを増して、男女の類似性が強まるだろう——力の強さとか子育ての能力とかの、男女それぞれの本文は失われないが。そして最後には男女が、完璧な詞と曲のように、調和が取れた対になる。それによって男には、原初のエデンよりも荘厳なエデンが回復されるだろう。そのエデンから、「人類の無上の種族が生まれるのだ」（二五九-八〇行）。

このような王子のヴィジョンを聞いてもまだ悲観的なアイダに向って、王子は更に、彼と王女が生きている内に理想の男女の予表になろう、それによって「平等」という標語を死語にしてしまおう、男も女も平等というだけでは半分でしかない、真の結婚には夫婦間の平等も不平等も無い、互いの欠点を補いながら一心同体で、そのような男女は成長するのだ、と続ける（二八一-九〇行）。

物語の末尾で王子は、「本当の女性」になったアイダを朝日に喩えている。その朝日が訪れると、過去は全て霧のように、陽光の中に消え去る。アイダの朝日は、王子以外の人々にも射す（三三〇-三七行）。（この描写は、まるで「無上の種族」が生まれる「偉大な年」がたった今訪れたような印象を与える。「本当の女性」と言えば、第一話でアイダが、女性は内なる〈子供〉を捨てて「本当の女性」になるべきだ、と説いていた。ここで王子が説いているのは、本当の「本当の女性」である。）そして彼は、アイダに向って、こう締め括る——崇高な目標を胸に秘めつつ、心を一つにして、この世の荒野を歩いて行こう／自分の妻になることによって、自分の男らしさとアイダ自身を完成して欲しい（三三九-四五行）。

アイダの女権確立の夢が破れたかに見えるこの時点で、王子が男女の調和のヴィジョンに酔っている。彼のヴィジョンは、以前アイダが表明した「無上の女性」のそれとは異なり、情を欠いてはいないだろう。それ故、彼の「無上の種族」のヴィジョンは『イン・メモリアム』のそれと同じである、と考え得る。しかし、『イン・メモリアム』と決定的に違うのは、王子のヴィジョンが置かれている文脈である。彼のヴィジョンは、王女のヴィジョンと同じく、お伽噺の皮肉の枠内にある。これによって、そのヴィジョンの信憑性が些か損なわれているのではないだろうか。これは、『イン・メモリアム』には無い問題である。

「結論」に於ては、先ず、物語の文体を巡る男女間の争いがある。冒頭で、出来上がった混成曲――「でたらめな筋 random scheme」（三行）――をどう整形するかで議論があったことが、紹介されている。話者が、内容はそのままにして、文体を統一することになった。男性達は、「巨大なモックヒロイック mock-heroic gigantesque」（二行）を求めた。挿入歌を担当した女性達は、バーレスクに抵抗を示して、リアルなもの、騎士の戦い、気高く英雄的で崇高な王女を望んだ。そのため、茶化し派である男性側と写実派である女性側との間で、争いが生じた。そこで話者は、両方を満足させるために、「おかしな対角線 a strange diagonal」（三七行）を辿る羽目になった。結果は、話者にも男女両サイドにも満足できないものだったかも知れない（八―二六行）。

文体の混交で損するのは、専ら女性側であるように思える。男性が望む文体は、女権拡張の主張を戯画化して、その切実さに影を投げ掛ける。王女のヴィジョンは勿論、よりまともな筈の王子のヴィジョンからさえ深刻さを奪う方向に、作用するだろう。私は、この文体上の争いが女性問題の真の解決が現実には困難であることを示唆する、と考える。

又話者も、アイダや王子と同様の進化思想を披露する。話者と数人が連れ立って、夕暮れの遠景を眺める。そこで見える海の向うに、フランスがある。トーリー党員の息子である話者の学友が、海峡によって英国が二月革命を起したフランスの影響を受けなくて住むのは幸いだと言い、大衆蜂起で混乱する隣国と比べた英国の長所を列挙する（四九―七一行）。その友人に対して話者は、こう答える――短気にフランスを責めてはいけない／英国にも社会悪は多い／フランス国民（やアイダ）の常軌を逸した夢も、真理への必要な序曲かも知れない／今日の集りに来た人々（＝大衆）や科学の展示を見て私は、私達の美しい古い世界はまだよちよち歩きの段階であり、じっくり成長するに任せれば、（神のような）導き手を得て立派になるだろう、という信念を持った（七三―七九行）。

常軌を逸した夢が真理の序曲であるという考えは、混乱が長期的には全体の安定に貢献するという『イン・メモリアム』の観念を想起させる。話者のヴィジョンは、お伽噺の枠外に置かれてはいるが、王女や王子が口に出す場合と同じく、虚構の色合いを多少とも帯びるようになっているようだ。

三　『モード』

『モード』*Maud*（一八五五年刊）では主人公／語り手の激情が主題であり、その感情のアンバランスが作品の形式・内容を規定してもいる。その点で興味深いのは、詩人が批評家達の批判を容れて筋書きを陳腐化し、よりバランスが取れたものに修正した箇所があることだ。S・シャットー Shatto[16] の注に拠ると、第一部一節六―一三連で主人公が社会悪を糾弾して、その矯正手段として、戦争を勧める。その姿勢が悪評を呼ぶと詩人は、一四―一六連を追加して、主人公から距離を置いた。そして、主人公の罵りが父からの遺伝であることや、父は実は自殺していたことを、示した。この結果、社会批判の力が弱まった。同様の改変は、一〇節四連や第三部にも見出し得る。

バランス回復を試みるということは、取って返せば、この作品がそもそも詩人自身の情緒不均衡を出発点にしている、ということだ。となると、感情のバランスをこの作品に究極的に認めることが困難であることも、予想できる。

第一部四節では、人間を動かす力の不可知性が主題になっている（一〇三-一五五行）。そこの二連（一〇八行以降）で話者が、村の住人をニコライ一世（クリミア戦争の相手国の支配者）のような嘘付きであると非難して、世間嫌いを吐露する。同時に、モードへの絶望に満ちた憧れを表明する。この世間憎悪を受けて、四連（一二一行以降）では、自分の使用人でさえ弱肉強食の原理に支配されている、と嘆く。（弱肉強食の原理への嫌悪は、一節六連以降で、既に表明されている。）そして、弱肉強食の原理への嫌悪表明を受けて五連（一二六行以降）では、モードさえ含めた人間の全ては不可視の何者かの手に操られる人形だが、同じ人形同士のくせに仲良くできない、と嘆く。六連（一三三行以降）では、曾て恐竜が支配していた地球を、長い年月を経た後に、人間が支配している、しかし、その人間にしても地上最高の生物ではないかも知れない、と思う。ここでは、恐竜が自らを「自然が作った無上の種族 Nature's crowning race」（一三四行）と思っていたが、それは間違いだった、と述べている。チェインバーズ流の進化論が、被造物の無常を証すために用いられている。

万物を支配する弱肉強食の原理は無目的・機械的な原理であり、神の差配と矛盾する。その原理の強力さは、人間を微小且つ無力に見せ、その理解が人知を超えることを示唆する。話者の社会への憎悪が、人間には見えぬ（＝不可知の）支配力という神秘への恐れと、結び付いている。

人知は神秘に及ばないという思いは、八連（一四四行以降）では、話者の自閉症を強化する方向に働いている。ここには、恋愛であれ国事であれ何事にも心を動かさないという *nil admirari* の表明がある。しかし私は、無感動どころか情のバランスさえも達成困難であるというのがこの作品の主意ではないか、と思う。

第一部一八節の四連以降に於て話者は、モードへの恋心を抱く快感に浸りつつ、夜空の星を見上げる。そして、

「悲しい占星術」（＝現代の天文学）が代表する科学知の無意味を説く。彼には、見上げる星々が、彼の心情を反映して、楽しげに見える。その星々は、人間と共感する、昔ながらのイメージの星だ。それに対して「悲しい占星術」の立場から眺める星は、人間界から隔絶しており、「無 Nothingness」の感応力を人間に流し込む。五連では、モードへの恋は無辺且つ無意味な宇宙に対抗する魔力を持つ、彼女に恥を掻かせないためには、自らの狂気を認めて、死んでも良い、と述べる。七連では、真実の愛に生きよう、真実の生を生きる人に人々の不当な仕打ちと戦う術を教えよう、と始めている（六五一―五三行）。詩人は、ここに作品の中心思想である「愛の聖なる力」が発現している、と注解する（六五一行の注）。八連では再び、星々に自分への共感を求めている。恋故に孤独の地獄から殆ど脱した自分の幸福感に合わせて鳴り響け、と呼び掛ける。だが、自分の中には苦悩・悲痛の底流が流れている、それが消え去ることはないだろう、と認識してもいる。

話者が科学の無意味を説くのは、恋という最強の「情」による知覚を入手している、と思うからだ。恋の情は狂気の認識を可能にし、延いてはその治癒をも可能にするかも知れない。愛情は、又、科学の無味乾燥な知見を退けると同時に、世の不正を正す意気込みを生む。人知に生気を与えて、それをあるべき姿に戻し、愛する者の社会化を促進する。但し、作品の流れとしては、話者の愛は成就しない方向である。話者の狂気が完全に癒されない状態では、愛の治癒力も彼の空想に終るしかないだろう。

第二部二節の一―四連では、モードの兄を殺した話者が、足元の小さな貝殻に神の造物の奇跡を認める。この貝の美しさに、去ったモードの美しさを重ね合わせているようだ。そして、分類学によってどんな学名を付けようとも、その美しさは変わらない、と言う（二連）。すぐに潰されそうな貝であっても、自分が今居るブルターニュの浜で、長年海の猛威に耐えてきたのだ、と思う（四連）。詩人は、「嵐の直中でも壊れない貝は、激情の嵐に遭ってもその中で保存されている、主人公の最高の性質を象徴するかも知れない」、と述べている（四九行の

注)。この注解からも分るように、神の設計の業を評価することは、話者の精神の平和を(と言うか、その平和の名残を)表す。狂気・激情の大海の中のごく僅かな正気・理性の部分を、表す。この正気は、且に学名を付けて満足する無味乾燥な分類学を批判する。それは、無意味な科学知と対立する、豊かな情の謂でもある。

正気は、バランスが取れた情と、それを土台にした人知である。ここでは、その正気が神の造物の神秘——激情故に卑しい争いに明け暮れる人間の次元を超えた、神秘的現象——と結び付くことに、注目すべきだろう。正気は、狂気に対して、明らかに劣勢である。しかし、その正気が微かにでも存在してこそ、宇宙に意味を与える神の設計思想を、十全と理解することは出来ないかも知れないが、一瞬なりとも感知できるのだ。

貝の美しさの本質を悟る話者は、しかしながら、正気を失ったが故の罪(=モードの兄殺し)とモード喪失を、既に体験している。となると彼は、あるべき状態の人知を保持することが如何に困難であるかを、そして如何に重要であるかを、体現しているように見える。

第二部五節を捉えて、話者がまともな人間に復している、と考える評者が居る。例えばE・ジョーダン Jordan は、話者がモードの兄殺しの心理的影響故に、モードの父親に憐れみを感じるようになったり(九連)、戦争と私的暴力とにはっきりと区別を付けるようになったりする(一〇連)、今や彼はちゃんとした人間——社会的存在——になっている、と述べている。[17] 狂気のどん底から、正常な感情の持ち主へと——自閉症者から、同胞と協力して戦う「公的」人間へと——話者が成長する。このような見方をする評者は多い。

しかし、話者が合法的戦いと非合法的戦いを区別する上述の一〇連に関して詩人は、話者の発言が「少し賢過ぎる」、と注解している(三三一‐三三行の注)。この注釈には、話者の正気回復が何かしら眉唾物であるという響きがある。詩人は、〈失恋→自閉症・狂乱→正常化・公的目的遂行〉という有り勝ちな道筋を、幾らか疑問視しているのではないか。

話者が狂気を完全に払拭するかどうかは、曖昧にされている。その曖昧さは、狂気と正気が不分明であると詩人が認識していることから、又狂気や無意味が現世とそこに生きる人間に於て占める力が圧倒的に強いと詩人が感知していることから、出ているのではないか。

第三部になって、愛国者に変じた話者にとっては、モードの霊が去ろうが留まろうが、どうでも良くなっている。私事の極みたる恋愛故に狂気に陥りさえした話者が、公事の極みたる戦争に興奮している。「興奮」と言うことは、感情のバランスが崩れていることを意味する。話者は、「私は、純粋で真実であると感じた〔戦争の〕大義にしがみついた」、と述べている（三一行）。失恋故の自我の地獄からは脱したかも知れないが、その反動で、人々と共有できる価値を無理やり見出そうとしている。

そして四連に於ては、こう述べる――モードの霊が去ろうが留まろうが、私はこの国の（＝金銭欲と諸悪を伴う平和を暫しの間忘れた英国の）より高い目的に目覚める／もう一度、はためく軍旗に万歳だ／我が国の多くの兵が死のうとも、神の正しき怒りが大嘘付きのロシア皇帝に注がれるだろう／戦死者は天国へ行って名誉を得、英国民の心が一丸となって燃え上がる／今、黒海とバルト海の沿岸で英兵が奮戦しており、戦争の血の色の花が赤く燃え盛る。

モードの霊は話者の極私的情感の表れであり、個人の生死に直接関る。その霊の存在の有無を問わず、大義のためなら同胞の大量死も仕方無いと考えるのは、個々人の生（＝〈私〉）の意義を捨象した〈公〉の専制を認める立場である。〈公〉が、〈私〉を圧殺した形で現れる。〈公〉と〈私〉のそれぞれが、自らを極端に主張することなると、情が極端から極端へと走るこの作品の大きなテーマは、中庸達成の困難ではないのか。

第三部五連（作品の最終連）末尾で話者は、こう語っている――戦意の炎が燃え盛ろうと消えようと、我々英国人は一つの大義に心を結集した／私自身も、モードへの愛よりも良い精神に目覚めた／（ロシア打倒のような）

善の為に戦う方が、何でもかんでも悪いと言って罵るよりもましだ／私は、祖国やそこに住む人々との一体感を感じている／私は、神の目的を奉じる／（神に）割り当てられた運命を信じる。

ここに関して、詩人はこうコメントしている――「〔善の為に戦う方が、何でもかんでも悪いと言って罵るよりもましだ、という〕言葉を、話者の最初の言葉――あらゆることを罵っていた時の言葉――と考え併せよ。彼は、完全に正気ではない。少し心が乱れているのだ」（五四-五六行の注）。作品の始りと終りでは話者の精神状態に本質的違いが無い、と言っている。話者の戦争熱（＝〈公〉の感情の支配）の真価に関して読者に疑念を持たせるコメントの、最たるものである。

「善悪の為に……」と神への信頼の表明とを併せると、話者は、「言葉」よりも「行動」である、神が定めた運命を信じて、それに身を任す、と述べている。彼がこう言うに至る軌跡・道程は、私が『楽園喪失』のアダムとイーヴや『国王牧歌』のアーサー等に認める、言語的英雄行為達成のパターンに、ぴったりと当てはまる筈だ。ところが、実際には、そうではない。話者のここの発言は、〈私〉との間のバランスを欠いた、〈公〉に対する情感に基づいている。そして我々読者は、作品内の証拠並びに作品外からの詩人のコメントによって、主人公に於ては公私の不均衡が解消されることはないという印象を持つように、仕向けられているのだ。

（1）本章は、日本ミルトンセンター第二三回研究大会（一九九八年一〇月三一日）で行った発表に基づく。

（2）「テニスンの 'process of speech'――『国王牧歌』の言語宇宙」（『ヴィジョンと現実――一九世紀英国の詩と批評』（中央大学出版部、一九九七年）所収）。

（3）『改訂　女と隠遁――テニスンの一九世紀――』（山口書店、一九九八年）、第八章。平明かつ示唆に富むこの書は、テニスンと彼の時代の全体像を知る上で、有益である。

（4）*The Poems of Tennyson*, 2nd ed., Vol. II (Longman, 1987). 以下、'Ricks' と略記。
（5）A. D. Culler, *The Poetry of Tennyson* (Yale UP, 1977), pp. 171-72.
（6）E. W. Slinn, *The Discourse of Self in Victorian Poetry* (Macmillan, 1991), p. 46.
（7）Culler, pp. 177-78.
（8）Id., pp. 178-79.
（9）P. Turner, *Tennyson* (Routledge & Kegan Paul, 1976), p. 126.
（10）里麻静夫「19世紀英国に於ける科学と宗教の遭遇」（中央大学通信教育部刊『白門』一九九七年八月号）。
（11）Culler, p. 188.
（12）Id., pp. 150-51.
（13）Ricks, p. 188.
（14）H. F. Tucker, *Tennyson and the Doom of Romanticism* (Harvard UP, 1988), pp. 362-67. idyll という形式に関しても、平林氏の書（第三章等）を見よ。
（15）ポープの「ウィンザーの森」*Windsor-Forest*（一七一三年刊）に於ける「帝国主義的」ヴィジョンを想起させるこのヴィジョンについては、例えば、「ヴィクトリア女王即位五〇周年記念祭に寄せて」'On the Jubilee of Queen Victoria' の九節と比べよ。
（16）S. Shatto, *Tennyson's "Maud"* (University of Oklahoma Press, 1986).
（17）E. Jordan, *Alfred Tennyson* (Cambridge UP, 1988), pp. 152-53.

III 「エトナ山上のエムペドクレス」再び
――信と不信の距離

兵藤雅子

一　再評価への手掛かり――ブラウニングの助言と『新詩集』

「私の詩は概して過去四半世紀の精神の主な動向を示しています」とマシュー・アーノルド（Matthew Arnold, 1822-88）が母宛の手紙で語るのは初めての詩の全集が二冊本として出た翌日（一八六九・六・五）のことであった。詩情はテニスンに、力強く豊かな知性はブラウニングに劣るとしながらも「その二人を合わせたものをどちらより多く持っていて」[1]やがて自分の詩が読まれる時が来るであろう、と謙虚に、しかし今までの激しい自己否定や主張の代りに落ち着いた自信を見せている。

ところでその詩の中で最も代表的なものとして「エトナ山上のエムペドクレス」（Empedocles on Etna, 1852 以下「エムペドクレス」と略す）を挙げるとしたら、それは今も作者の意に沿わぬことであろうか。第二詩集『エトナ山上のエムペドクレス、その他』（*Empedocles on Etna, and Other Poems*, 1852）の標題詩である同詩は、彼が更に高い野心を賭けて計画していて遂に果たせなかったルクレティウスの悲劇の代りに生れたもので、これも当初からかなりの野心作であったはずである。それを五二年一〇月に発表した後まだ五〇部も出回らぬ中に早々と撤回して翌五三年の『詩集』（*Poems, A New Edition*）に付けた「序文」[2]で撤回理由として詩の欠点を自己批判したのは有名な一件である。理由を短く言えば、作品に「重さはあるが魅力がない」[3]こと、シラーの言う、すべての芸術がそれを目的として献身すべき歓喜がないということで、これは大体当時の世評と一致した、世評を先取りするような自己批判であった。例えばG・D・ボイル（G.D. Boyle）が言うように[4]、今は非詩的な時代でありそれだけに詩は一層求められているのに、アーノルドの詩にはメロディーの流れや崇高な感情の続きがなく、読者は期待を裏切られる、とすると「エムペドクレス」はボイルの言う「完全な失敗作」となる。

以後一五年この問題作は一部魅力あるカリクレスの歌のみ残して全体としては完全に姿を消していた。しかし、もしかしたらそのまま葬られ忘れ去られたかもしれないこの詩が一八六七年の『新詩集』（*New Poems*）に再び現れてしかも題辞代りの四行詩（七七年に「詩の永続性」（Persistency of Poetry）と題名が付される）に続いてその首位を占めるとなると、謎の作品にもう一つ謎が重なることになる。読者が今なおなぜかこの作品に心を魅かれ、手掛かりを求めて読み直してみたいと思うのは、一つには謎を解くことへの興味からかもしれない。

さし当り手掛かりを二つ。一つは同詩の再公表を決める直接の動機となったブラウニング（Robert Browning, 1812–89）の助言が示唆する意味を探ることであり、一つは『新詩集』発行後にアーノルドがH・ダン（Henry Dunn）に宛てた手紙（一八六七・一二・一二）[5]の中で「エムペドクレス」と「オーベルマン再び」（Obermann Once More, 1865）について述べた彼自身の注釈《コメント》に目を向けることである。

ブラウニングから好意的な助言を受けた背景として二人の詩人の個人的な人間関係を少し知っておくのも必要かと思われるが、彼らの関係はどうやらあまり深入りはしないという範囲で概ね良好であったらしい。六一年に夫人を亡くしたブラウニングがイタリアから帰英してからは直接交流する機会も以前より多くなり、アーノルドの方から仲間と共に自宅へ食事に招いたり、会話上手で人当りのよいブラウニングとの交際を愉しんでいた様子がブラウニング宛の短い手紙や、その様子を逐一報告する母への長い手紙から窺われる。若い頃アーノルドはブラウニングについて「雑多なもの（multitudinousness)」に圧倒されて一つの世界観が得られない詩人であるとクラフに向って厳しい批判を洩らし、[6] 今も「近代詩人として不可欠な簡潔な話し方と明瞭な表現」に欠けることが彼の欠点であるとは言いながら、ブラウニングはテニスンが及ぶべくもない広範な知力を持った天才であるとその真価を高く評価し尊敬していた。[7] 年齢もちょうど一〇歳年長のこの先輩詩人から自分では自信を失くしていた詩の再版を奨《すす》められたことはアーノルドにとってよほど嬉しかったらしい。その時同詩に付された註[8]の中でいささか仰々しく「天才詩人」と呼ばれたことでブラウニングの方は稍々戸惑ったようであるが、それでも自分の助言が直ちに受け入れられたことを喜んでいる様子がブラグデン女史（Mrs. Bragden）への手紙に見られる。そしてアーノルドについて「彼の詩と同じ程人間としても好ましい」[9]という言葉も添えられている。

これらは挿話《エピソード》であり、助言そのものもあまり深い意味のない挿話的なものだったのかも知れない。熱い讃辞でも、反対に厳しい批評を表に出したものでもない。しかし包容力のある温かい友情の言葉に過ぎなかったとしても、そこには何か他の評者達が見ようとしなかったものに対する理解と共感が漠然とではあっても籠《こ》められていて、アーノルドの方としてもそういう理解を期待している一面があったのではなかろうか。その謎を解くには夫々の作品を通して二人を並べて見るしかないが、それは後に譲るとして先にもう一つの手掛かり「ダンへの手紙」の方に目を向けてみよう。

詩神《ミューズ》が去った後も詩は永続することを歌った四行詩に続いて、「エムペドクレス」で始まり「オーベルマン再び」で終る『新詩集』（*New Poems*, 1867）はアーノルド最後の詩集である。収録作品は計六四篇。全集や選集が出るのはその後であるが、当時は既に散文による批評活動の方が活発になっていて、その後詩は殆ど書かない。

批評の分野では文学批評の他にも『教養と無秩序』(*Culture and Anarchy*, 1869) を始めとし、七〇年代になると『聖パウロとプロテスタンティズム』(*St. Paul and Protestantism*, 1870)、『文学と教義』(*Literature and Dogma*, 1873)、『神と聖書』(*God and the Bible*, 1875)、『教会と宗教に関する最後の論文』(*Last Essays on Church and Religion*, 1877) 等急に宗教論も目立つようになる。『ノート・ブック』(*Note-Books of Matthew Arnold*) には聖書の抜粋が急に増え、母宛の手紙の中でも新しい覚醒が語られるようになる。実は四〇年代の初め、詩を書き始めた当初から深く潜在していた宗教心が六〇年代に入る頃から急に顕在化して来た様子が明らかに見える。

『新詩集』はその覚醒への推移を詩人の魂の内側から映すもので、詩と信仰、詩と人生の批評等の問題を含めた大きな企画が、時代の動向に根ざしながら実証、実現されようとする重要な過程の記録であると言えよう。迂回しながらも求めて来たその信仰への回帰をここで裏書きするのが、六七年一一月一二日付のダンへの手紙である。その中で彼は「エムペドクレス」と「オーベルマン再び」について自註を開陳しているが、「エムペドクレス」については相変らず自分がエムペドクレスと同一視されることに専ら反対し続けている。「オーベルマン再び」をまず取り上げよう。『オーベルマン』(*Obermann*, 1804) の著者セナンクール (Etienne Pivert de Sénancour, 1770–1846) は一九世紀初めのフランスの作家で、過度の憂鬱に満たされており、あまりにも直接的な目的を持たぬため人気を博することがなかった。が、その深い誠意と自然に対する感情が「私」が二五歳で偶然彼の作品(『オーベルマン』は書簡体の自伝的作品)に出会った時、私に異常な印象を生み出した、と彼は言う。ゲーテ、ワーズワスよりも自分に近い激動と恐怖と驚愕の時代に生きて、己の魂を失わず保つためにアルプスの山中に逃れたオーベルマンの後を追って彼に私淑したアーノルドは最初の「『オーベルマン』の著者を偲ぶ詩」(Stanzas in Memory of the Author of 'Obermann', 1849) を書く。が、結局は自分の運命《さだめ》に従ってオーベルマンに半分だけ命を預けて俗世に戻って行く。十数年後の今久しく世にない隠者を再び訪ねて来て夢の中で懐かしい彼に会うというのが今回の「再び」である。師は喜んで昔の弟子を迎えるが、今オーベルマンは後にこの詩を読んだフランスのサンド・ブーヴが驚いたというほどに大きく変身を遂げていて、時代はすでに懐疑、絶望の時期を過ぎて新しい希望の夜明けがもう近づいていると告げる。二〇〇〇年近く前に今のように精神の死に瀕していたローマがいかにしてキリストに救われて起死回生を遂げたか、から説き起し、その後の歴史を四行詩八七連三四八行で延々と講じるオーベルマンの話は「エムペドクレス」第一幕二場の説教と同様に説得力が大きい。

'Despair not thou as I despaired,
Nor be cold gloom thy prison!
Forward the gracious hours have faired,
And see! the sun is risen! (ll. 281-4)

君は私のように絶望してはいけない。
冷たい闇を君の牢獄とはせぬように。
今や神の恵みの時は前進を遂げ、そこで、
見よ、陽は既に昇っている！

と結んでいる。最初のオーベルマン、そしてエムペドクレスの像とは大変な変り様である。これにつきアーノルドはダンに対して、これはセナンクールの宗教観に自分が（思い切って手を加えて）「熱い崇敬の気持を加えた」のだと言う。それは「私自身の深い宗教感情によってしたことであるが、実はそれは彼自身の心の中にあったもの」[10]であると言う（傍点と括弧内は筆者）。長く未発表であったこのダンへの手紙は『コメンタリー』の著者達が「エムペドクレス」と「オーベルマン再び」の二つの項に分けて既に引用しているが[11]、この度新しい書簡集の編者C・Y・ラング（Cecil Y. Lang）は一つにして載せたこの手紙をその註ですばらしい手紙だと褒めている。

懐疑の時代からの脱却と新しい朝の訪れのメッセージは夢に現れた二度目のオーベルマンが花と一緒に抱えていた本の中にあったものだとされる。花は彼が愛でる自然の象徴であり、本はセナンクールの『オーベルマン』第三三信にあるアリスティッポスという古代ギリシャの哲学者の著でセナンクールが興味をもって仏訳し、アーノルドもその仏訳を全部自分の本の中に書きこんでいたものと言う。

この希望の影は『新詩集』の中ではクラフ追悼の詩「サーシス」（Thyrsis, 1864-5）の最後にもあり、また同詩集中、父を追悼する「ラグビー・チャペル」（Rugby Chapel, 1857-60）をはじめ六二―四年頃に書かれたいくつかのソネット、「モニカの最後の祈り」（Monica's Last Prayer, 1864）、「神」（The Divinity, 1863）、「山羊を負う羊飼い」（The Good Shepherd with the Kid, 1864）などは紛れなく信仰の詩である。そしてもう一つこの詩集の特徴は、『新詩集』とは言え「エムペドクレス」の他にも「ドーヴァー・ビーチ」（Dover Beach, 1851）、「グランド・シャルトルーズより詠める詩」（Stanzas from the Grande Chartreuse, 1855）など初期の懐疑の雲が最も厚かった頃の代表作も故意にと言えるほど大切に採録されたことである。それは顕在化した信仰心のある立場から、懐疑の色が最も濃い殆ど不信の表明とも言える詩の中に、自分としての本当の信仰への糸口を見つけようと模索していた嘗ての姿を見直そうという態度ではなかろうか。決して懐疑を捨てようとするのではなく懐疑を生み出していた実存的状況を見直して不信と信の距離を測り確かめようとする態度。セナンクールの匿れた宗教心に共感する「エムペドクレス」の著者は、同じ自分の宗教心を「エムペドクレス」やその他の詩の中にも見出そうとしているのではなかろうか。そしてブラウニングが包容力に富んだ共感を寄せるのも、その辺りではないかと思われる。それらのことを仮定した上で「エムペドクレス」をもう一度繙《ひもと》いてみたい。

二　アーノルドの「エムペドクレス」

(1)　序幕　劇詩の構造――第一幕第一場

この場は全詩一一三一行中の一六七行と短い序幕部であるが、劇の準備はここで十分になされている。季節は夏、時は早朝。場所はエトナ山麓からまだ遠くない山道。登場人物三人の中主役のエムペドクレスはまだ現れず、若いハープ奏者のカリクレスと続いて医師ポーザニアスの二人が登場する。二人は前夜麓の町カタナのペイシアナクス邸で宴の時を過した後、同席していたエムペドクレスがエトナに向かったのに気付き心配して後を追って来ている。二人共今はエムペドクレスに残された唯一の忠実な友で、夫々にエムペドクレスの心の病気をこの山の美しい自然の中で癒すことを考えている。カリクレスは琴と歌で。ポーザニアスの方は医師としての務めを持つ一方、彼自身が今の時代の不吉な凶兆に脅えていて、災いを齎す怖ろしい神々の手を抑えるために今日ここでエムペドクレスの奇跡の秘密を学びたいと、彼から訓えを受ける約束をとりつけて来ている。

エムペドクレスの状況については二人の会話から客観的に示される。ソクラテス以前の著名な宗教哲学者、政治家、医師、詩人として傑れていた半ば伝説的なエムペドクレス（前四九三―四三二）にアーノルドが深い関心を抱いたのは、S・カルステン編『古代ギリシャ哲学者遺稿断片』（一八三〇）や、ヘルダーリンも同名の劇の資料にしたと言うディオゲネス・ラエルティウスの『哲学者伝』（二七五）を通じてであったと言うが、劇中で二人の友人が見る主人公はかつて運命の星が彼に輝いていた頃のまるで神のような姿を今はすっかり失って変り果て、憂愁と絶望の奴隷になっている。時代が移り変ってソフィスト達が跋扈し、彼の占めていた最高位の座は奪われて今は追放の身になった、という外的状況もさりながら憂愁の真の原因は彼の内部に根ざした不可解な悲しみの気質であるとカリクレスは診断している。カリクレスが牧神《パン》やアポロを呼び出しながら明るい自然の中で生きる歓びを満喫する姿と、その歓びの心を失ったエムペドクレスの暗さをこの序幕部はまず外から大きく対照させている。そして先を読むためにここで十分認めておくべき大切なことは、この劇詩全体の劇としての在り方である。登場人物三人の舞台での動きは登場と退場以外には殆どない。動くのは主人公の内面の絶望であり、対照的なカリクレスの歌の示す劇模様、それら互いの触れ合いである。当然アリストテレスの示す普通の劇概念からは外れている。アーノルドのもう一つの劇詩「メロペ」(*Merope*, 1857) は作品としての優劣は別にして普通の劇である。ヘルダーリンの『エムペードクレス』も未完のままではあるがその枠を外れてはおらず、アーノルドの計画していた「ルクレティウス」もローマのお歴々を登場させて、その種の大規模な劇になるはずではなかったかと思う。それらは舞台上で主役を中心に登場人物の動きが可視的に表現され、出来事が立体的に重なりつつ変化発展して一定の時間内に大詰めに向かい浄化《カタルシス》が生まれるというものである。「エムペドクレス」の後にアーノルドが物語詩などで志向した、人間の行動を描く詩もまたこの種の伝統的な劇に繋がるものであろう。

それに対して「エムペドクレス」のように舞台をも内面化し、そこで異なった性格と役割を持つ役者達が、内面的に対立、葛藤し、調和への努力などを演じる場合、これは詩を伴う劇ではなく、詩の効果を高めるために劇の型をとり入れた詩である。ブラウニングがその頃もっぱら本領を発揮していた「劇的独白」に類するものと言えよう。もっともブラウニングの劇的独白は一つの意図的な方法であった。それは自分の内にある「白光」——神に最も近い部分と言えようか——をそのまま見ることを怖れる余り、その光をプリズムで分解して見るという方法である。ブラウニングはアーノルドが批判したように雑多な多様性に埋没して自己を失うどころか、傑れた詩人の直観で一旦体得した真実を例えば五〇人の『男と女』のそれぞれの際どい状況が映し出す光の中で繰り返し確かめずにはいられなかったのである。アーノルドの手順は反対で、彼の分身である「迷える酔客」（The Strayed Reveller, 1847-8）の若い詩人は群れ集って揺れ動く多様多彩なバッカス祭の人の渦に連なりながら、どこまでもブラウニングの白光に似たものを、遠く追い求めてゆく人である。

アーノルドがこの種の劇詩を書くのは意図的であったのか。ブラウニングに直接影響を受けているという形跡も定かではない。アロット（Kenneth & Miriam Allott）はバイロンの『マンフレッド』（*Manfred*, 1817）の影響[12]を指摘しているが、バイロンがシェリー等と共にエリザベス朝の劇文学に倣って劇詩を手がけたとすれば、シェリーに心酔するブラウニングも、皆当時同じ一族の中にあったとは言えよう。しかしアーノルドに劇の模範を直接教えたのはやはりギリシャであったと見るのが至当であろう。彼が終生親しんだホーマーの世界には、神々や英雄達の演じる壮大な劇があり、それが多様でありつつ同時に全体の中に統一されている様相《すがた》がアーノルドにとっては何より理想的な在《あ》り様《よう》であった。そして劇の様式としては、「その様式《スタイル》が偉大な道徳的効果を挙げる」[13]と言うソフォクレスが直接の模範となる。こうして劇に対する関心を自然に深めていて、劇詩ではなくても抒情詩や物語詩等の中にも劇に似た構成や劇的なものの見方をとり入れていたアーノルドにとって「エムペドクレス」を劇にすることは、必要上自然に選ばれた方法であったと思う。そしてその必要とは。

アーノルドは歴史上の哲学者エムペドクレスに「深い共感」を覚えた。今もそうだが、一五年前（一八五二）にはもっとそれは大きかったとダンに語るように、一方ではエムペドクレスのものの見方にひたすら同調しないではいられなかった。しかしブラウニングほど多視的ではなくても、もの事を常に全体の中で見るために一面的な見方には決して満足しない彼は、初めからエムペドクレスに偏りたくはない。他者からもそう見られることを当然拒む。状況を客観的に描出したい。それに適した方法として劇を選んだこと、その劇が内面的な状況を素材とするために通常の劇でなく劇詩になる、のは自然であった。

ところでこの方法が著者の意を超えて大きな効果を生み出したのは、皮肉なことであった。客観的に、全体の中で、というつもりで捉えようとしたエムペドクレスの状況は少くともアーノルドの二つの「オーベルマン」はじめどの詩よりも、またクラフに豪語したようにゲーテのウエルテル、シャトーブリアンのルネよりも厳しく、自分が置かれた現代の状況として分析されることになるのである。(14) 彼はその結果、詩が重くなり魅力が失われていることにまず驚き、それを致命的な欠点として詩全体を否定してしまう。しかし非詩的な時代に詩が存続する力もまた彼一流のリアリズムにあることを彼は忘れたのであろうか。

(2) 窮極の「教訓」の伝達——第一幕第二場

「彼はもの事をありのままに見る——世界を、神を、ありのままに、厳しく単純化した姿として見る」(15) と、これはイェール草稿に残されたアーノルド自身の素描によるエムペドクレス像であるが、エムペドクレスに対して最も共感を覚えるのはこの傑れたものの見方、つまり批評精神である。なお「その見方は厳しく、精神の酷使を伴うものである」ために時代が移り状況が変って世の中全てが彼に逆らい真実が受け入れられなくなると、孤りで偉大な厳しい真実を把握しなくてはならず、その努力のために精神が過度に酷使され、遂には憂鬱と激しい緊張の犠牲に陥ることになる。これは同情であると共に、自分がそうなることを最も怖れている状況である。

第一幕二場はもはや絶望に追い詰められて既に死を決意している賢者が、生涯に得た「知識の全て」を究極の教訓としてポーザニアスに伝達する場面である。時は同日昼間、場所はエトナ山「最後の谷間」(The Last Glen) で、

. . . Etna beyond, in the broad glare
Of the hot noon, without a shade,
Slope behind slope, up to the peak, lies bare ;
The peak, round which the white clouds play. (I. ii. ll. 53-6)

その先のエトナには木蔭一つなく、
暑い昼の陽の輝きに肌を剝き出して
山頂に向って斜面を連ね、
頂きには白雲が戯れている。

と下からまずカリクレスの歌が流れて、標高三三二三米、ヨーロッパ最高の活火山の偉容が背景の大きな絵となる。続いてカリクレスは、「このような日にこのような場所で」昔馬人《ケンタウロス》のケイロンが若いアキレウスに山々を測る技《わざ》を教えたことや更にその昔アキレウスの父に天地万有についての知識を伝達したことを歌うが、耳を傾けていたエムペドクレスは徐ろに自分の竪琴を取り、ポーザニアスに向かって自分の伝達を始める。

これは第二場四八六詩行中三五〇行を占める長いオードで、詩節数は七〇。各詩節はa・b・a・bと弱強三歩格の四行に更にアクセントをつけるかのように六歩格のc行を一つ加えた五行から成り、その詩節が二つずつペアになってcが韻を踏む形になっている。表現が散文的にならないようにという努力が見られるが、内容が重いことと、抑えられてはいても語り手の絶望感が滲むためにこの長い説教に詩としての魅力が欠けるのは免れ得ない。しかしこれがなければ「現代の状況」を分析しようとする詩人の野心は遂げられないことになる。

四〇日間昏睡状態にあったパンティアという少女をエムペドクレスが蘇生させたという噂の奇跡についてその秘密を、と教えを乞うポーザニアスに奇蹟などは信じるなとまず答えたエムペドクレスは、精神こそが天地を統べる力であって、人間は力弱い存在で全体を把握することができないまま懐疑や不安に捉われるが、精神を正しく用いることによって安全を計り、不安や怖れをなくすことができると言う。ソフィスト達に唆されて快楽に走ることも、聖人として世を捨てることもせず、人間のままで自分の心に沈潜して胸中を正しく読み、何が悩みの原因であるか宣託を受けること、その答が得られれば不安はなくなる。これが賢い人の生き方で千年探し求めても他では得られない明知であると言う。これは第一詩集（一八四九年）の結びの作品であった「諦観」(Resignation, 1843-8) などで既にお馴染みのアーノルド独特のストイシズムであるが、「諦観」の語り手が耐えて生きる生き方を人間を含めた万物本来の在《あ》り様《よう》として見る時は、眼には涙しながらも若い詩人の生きる感動を湛えているのに較べて、これを唯一の生き方として死を目前にした極限状況の中から説くエムペドクレスの口調は確かに重苦しい。

しかしそれにしても彼の論説に光る知性――全てをあるがままに見る眼、は明晰そのものである。それによれば、人間が生来至福を渇望しそれを真の目的とするのは咎《とが》められることではないが、人が誤るのは「世の中がただ人にそれを与えるためにのみ存在すると夢想することだ」と言い、自分が世界を支配する王者であると思い上る人間の身勝手を徹底的に糾弾する。人間が不幸を託《かこ》つのは宇宙万物の中にある自らの状況を正しく理解しないからであるとして、殆ど科学的とも言える言葉でその状況が作り出される過程を説明する。

Born into life we are, and life must be our mold.

Born into life! man grows
Forth from his parents' stem,
And blends their bloods, as those
Of theirs are blent in them;
So each new man strikes root into a far fore-time. (I. ii. ll. 186-91)

この世に生れ出る！　すると生が我らの鋳型となる。

この世に生れ出る！　人は
両親の幹から育ち
彼らの血を混ぜ合わせる。彼らの血も
その両親からのものであると同様に。
かくして新しい人間はそれぞれにその根を遙か以前の遠い昔にまで張り出している。

罪を犯して神の許を追われたと言うような神話的な言葉は使わず、更に人間を嵌めるその鋳型――環境――の中に人間が新しく何を加えて蓄積してゆくか、その因果関係の説明はまるで現代の心理学の分野にある行動科学の言葉によるかとも感じられるほど科学的である。(16)

そしてこの明晰な説教における究極の弾劾《だんがい》は、身勝手な人間が勝手に神々を作り出していることに向けられる。それは努力することを嫌い安易な慰めを得ようとする愚かな行為であり、作られた神々は虚妄に過ぎないと、安易に堕した世俗宗教を徹底的に否定する。人に苦しみを与える悪意の神々、人の成し得ぬことを成し遂げる全知全能の神々、この世で得られなかった喜びを未来《さき》の世で与え給う優しい神々に至るまで、愚かな人間が愚かな考えに従って作り出した神々は全て否定される。

Fools! That in man's brief term
He cannot all things view,
Affords no ground to affirm
That there are Gods who do ;
Nor does being weary prove that he has where to rest. (I. ii. ll. 346-51)

愚かな者たちよ、その短い生涯に
人間が全てを見ることができないからと言って
それを成し得る神々が在《ま》しますことを
肯定する理由にはならない。
疲れていることが、人に休息の場があることの証しとはならぬ、と同様に。

とこれは全能の神を作り出す愚かさへの批判。また喜びをと期待する人に対しては、不確かな未来に夢を追うよりも、素朴な生活を愛する村の農夫に学び、たとえ少くても与えられるだけの喜びを逃がさないようにと訓《さと》す。

I say : Fear not! Life still
Leaves human effort scope.
But, since life teems with ill,
Nurse no extravagant hope ;
Because thou must not dream, thou meeds't not then despair! (I. ii. ll. 422-26)

恐れるな。人生はなお、
人が努力しうる余地を残している。
しかし人生は悪に満ちているので、
度を越えた望みは持たぬよう。
夢を見てはならぬからといって絶望する必要はない。

歴史上のエムペドクレスとはかなり異なるアーノルドのエムペドクレスには、ルクレティウス、セナンクール、カーライル等の宇宙・自然観やストイックな倫理が濃い影を落しているが、最も問題になるのは宗教に関しての人々の態度をすべて過激な調子で否定しているところである。エムペドクレスもその著者も無神論者かと見られる怖れは十分にあり、反キリスト教的であることは確かである。

しかしソクラテス以前の自然哲学者達が唯物論的に宇宙の本質を説明しながらも人間に直接は干渉しない中立的なものとして神の存在を認めていたように、エムペドクレスも決して無神論者ではない。唯一の存在として普遍の神の在しますことは教訓の四五連目で認めている。そしてアーノルドは、神が失われんとする懐疑の時代に、懐疑に対しては他のどの詩人よりも誠実でありつつ、神を超えた神を求めている。やがては伝統的な宗教に合流することを潜在的には期しつつも、「神をもありのままに見ようと」して、徒らに安易な慰めを求める俗衆の神々を否定するエムペドクレスやルクレティウスに従っているのである。

ところで現代における真の宗教性を問うために一つ視点を変えてみよう。引用は身近な著書、小田垣雅也氏の『キリスト教の歴史』[17]の最後の部分である。「近代的合理主義におけるような人間の自己中心主義は、宇宙の全体性から見れば一つの仮構であり、虚構であることは、キリスト教はもとより、およそ宗教というものの本質的自覚である。信仰と言い、覚と言っても、それは結局その事実を諒解することに他ならない。自分が社会の中心ではなく、人間が宇宙の中心ではないという自覚が信仰であると言える」と（傍点は筆者）。この現代の信仰についての説明に「エムペドクレス」の教訓がまさしく重なることを思うと、当時の社会情勢の中でその宗教性がいかに斬新なものであったか、詩人自身をも含めてそのように見た評者が果たしてどれだけいたであろうかと疑わざるをえない。

カリクレスの「カドモスとハルモニア」(Cadmus and Harmonia)の歌と共にこの場面は終ろうとする。短い(三三行)ながらテーベの悲劇の一齣であり、作者自身が最も気に入っていて翌年「エムペドクレス」を削除した詩集にも抜粋して載せた抒情詩である。カドモスはテーベの創建者で、ゼウスから与えられた美しいハルモニアとの婚礼の席では神々の盛大な祝福を受けたが、その後二人は長い悲運に遭い、その果てに今は遠いアドリア海に近い丘で言葉を失った二匹の美しい蛇に変身し、前世の悲しみを忘れて静かに流離《さすら》っていると歌う。エムペドクレスは歌に心を惹かれるが平穏な境地には遠い自分の流離に一層絶望を深めつつ、「いつかまたカタナの町を訪れることもあろう」と死後の再生を仄めかす抒情的なせりふを残して、ポーザニアスに別れを告げる。

(3) 終幕 精神の彷徨——第二幕

この大詰めの場は愈々孤りになったエムペドクレスが噴煙に焼け焦げたエトナ火口近くの「岩の荒野」に立って、露《あらわ》な自然に呼び掛けながら、これも剝き出された自分の「精神のそれ自身との対話」を繰り返す場面である。第二幕はこの一場だけによる構成で、長さは一幕二場とほぼ同じ四六八行。主役の独白が二九四行。カリクレスの歌は三つ合わせて一七四行と前より増えて、悲劇のコロスのような役を務めることになり、歌の主題は過激に、詩型は複雑になる。独白は無韻詩と自由詩を交えて独白者の心が激しく揺れ動く相を表すが、混乱している動きの中に、決して初めから寓意のつもりで示したのではないであろう作者の寓意がいくつか籠められている。

エムペドクレスはこの昼間ポーザニアスに教訓を与えたことには満足している。教訓は「善良で学識もあり友情厚く穏やかな人」である彼には有効であり、彼は「人生に以前より勇敢に立ち向かい自分の中に活力と気力を見出してゆくであろう」と。しかしそれが絶望という病いに取り憑かれた自分にとってはもはや遅過ぎて役に立たない。アーノルドはその教訓が自分が死なずに生きてゆくためのものとはなり得なかったことでそれをエムペドクレスの教訓の欠点として指摘し、自分の哲理との違いを強調する。しかし今ここでは自分の最高の知識で生み出した教理によって自分が生きられないという不条理な窮状《ジレンマ》こそがエムペドクレスの実存的な状況であり、アーノルドが描き尽くさずにはいられなかった「現代の状況」の特徴ではなかったであろうか。

賢者に残された道は唯一つ、「魂の深い永遠の夜が来ぬ中に」(Before. . . the soul's deep eternal night come on—(II.1.35))自分の確かな味方である四大に還ることである。それは単なる逃避か、逃避を許さぬ更に険しい道への旅立ちか、死に至るまでの短い時間の間に想い浮かぶ死後の世界は様々に変容する。

カリクレスの三つ目と、続けて四つ目の歌が轟音を伴って火と煙を噴く火口に立つエムペドクレスの耳に聞こえる。初めは「タイフォ」(Typho)。ボーム(P. Baum)が詳細に指摘する[18]ように手のこんだ押韻を伴ったストロペとアンティ・ストロペの対応形式で仕上げられているこの歌は神々にも人々にも常に歓びを与える竪琴の音、楽を讃えるが、その楽の音もただタイフォにだけは嫌わしい響きになると言う。百竜の頭を持つギリシャ神話の巨人タイフォは神々に欺かれゼウスとの戦に敗れてエトナの底のタルタロスに深く埋め込まれた悲劇の主。このエトナの炎と轟きは今も止まないタイフォの烈しい呪いの呻きであると言う。エムペドクレスは、「単純素朴な者が狡智に長けた者に征圧される苦しみ」、「一途な心から、妬み深く惨めな時代を責めた為に疎外され追放された偉大な者の苦悩」を神話の寓意の中に見出してタイフォに同情する。この時エムペドクレスが突然、「そこに横たわれ、汝、かくの如き世には、愛されざるわが卓越の標《しるし》よ」(—Lie there, ye ensigns / Of my unloved preëminence / In an age like this! (II. II. 109-11))と叫んで今まで誇り高く身につけていた黄金の冠と紫の衣を脱ぎ捨てようとするのは、何か象徴的な行為である。文脈からすれば自分を神のように崇めてはいても、迷信的な魔術以外に真実の知恵を求めることのない人々には自分の卓越は最早全く無意味だ、という自己放棄を示す行為である。しかし続けて聞くカリクレスの歌「マーシアス」(Marsyas)の後にもう一つアポロとの訣別の行為が加わると、些かその寓意を深読みしてみたくなる。

それはフリギアの笛の名手マーシアスが自分の音楽の技《わざ》に思い上ってアポロの竪琴に挑戦し、競技《コンテスト》が行われるが、敗れてアポロの罰として木に吊るされ生皮を剝がれる話である。

Ah, poor Faun, poor Faun! ah, poor Faun! (II. 1. 190)

ああ、哀れなる牧神、哀れなる牧神、ああ哀れなる牧神よ。

と叫ぶ声は湖岸に立つマーシアスの弟子オリムパスのものであるが、エムペドクレス、アーノルド各々の悲痛な叫びでもある。すかさずエムペドクレスは牧神に対するアポロの傲慢非情に激しい反感を覚え、今までアポロの使徒として手にしていたアポロの象徴、月桂樹の枝を投げ捨てる。灼熱のこの世で木蔭を与えてくれたアポロを愛し讃えては来たが、世俗に超然とした孤高な神アポロが人に齎す孤独の中には、もはや人の生命《いのち》は届かず、「聞こえるものはただ奔流の叫びと心臓の鼓動のみ」となる。「空気は稀薄で血管は膨れ、顳《こめかみ》は緊張して脈打つ」と、孤独は肉体的な極限状況にも及んで、アポロとの訣別はむしろ生理的に差し迫られての成りゆきとも言える。ここでエムペドクレスの心理過程はまだそれ以上に進む様子はないが、アーノルドには、彼に同情しつつも客観的な別の視点があったと思われる。ディオゲネス・ラエルティウスの示唆するように、エムペドクレスは態度が誇り高く堂々としていて、自らを神とするほどに優越感に溺れているという見方である。ヘルダーリンのエムペドクレスは「我一人神」(19)と口走った瀆神の罪のために神から追放されたことになっているが、そのような表現こそなくてもアーノルドにも、「奢り」は罪であり、それを捨てることは信仰への大切な準備であると言う見方があるのではなかろうか。

同時にアーノルド自身のアポロに対する態度にはまた別の意味も見られると思う。これは詩人としてのアーノルドの大きな軌跡に沿って見ることになるが、「エムペドクレス」を書いたのを機にアーノルドは結局アポロに帰依することになる。ディオニソス的な創造の神からは離れて「序文」で提唱するアポロ的な、形式や秩序や調和に支えられた詩の世界へと赴かなくてはならない。そこでギリシャ的静謐、明朗、不偏性というような客観を重んじる古典主義は決して偶然取って付けた皮相的な技巧ではない。マーシアスが払った犠牲——詩を歌う者が歌うことの代価として神に払わねばならない八つ裂きの刑の苦しみ（——「迷える酔客」の若い詩人が予期し怖れていた）を経た次元のものであることを、「マーシアス」は詩人の自伝の一部として記録している。一方アポロを捨てたエムペドクレスは「我を孤独から逃れしめよ。孤独はもう沢山」と叫ぶが、逃れるべき場は。人々の許へもう一度戻るとすれば、ひと時過度の緊張がほぐれ自意識を捨てることはできるとしても、今度は自己喪失という別の苦悩に耐え難くなりまた孤独へと舞い戻る。海の波のように何千回も同じ動きを繰り返すとすれば、それを止めるには、やはり死しかない。これも逃避である。

ひと時、パルメニデス（前四七五年頃。エムペドクレスの師と言われる）と共に過した日々のこと――まだお互いに若く「太陽（真理）から生れた乙女達の列」に連なっていた歓びの多かった時代を追想するが、すぐまた現実に戻って今度は夜空の星の群に呼びかける。星を擬人化するのはアーノルドの得意技の一つであるが、死を前に、星たちの姿を二通りに眺める。前半ではかつて輝いていた時代から生き残って不承々々天の戦場に整列し、定められた仕事に就こうとする憂わし気な星の倦怠を――後半は一転して、「否々星たちよ、汝らに死はない。倦怠も崩壊もない」（No, no, ye stars! there is no death with you,/ No languor, no decay !. . . (II. II. 301-2)）と輝いて生き続ける姿を見て讃える。星だけではない。「この怖ろしい山の生気を搾り上げている火の世界」も「白く波立つ煙を吹き上げて灰の島を隔てている雲の海」も、そして遙か下の方に仄かに広がるもう一つの海も、その光る水面《みなも》には一筋の月光の道が、散在するエトナの姉妹火山や、遠くイタリアの海岸線のあるあたりまでも続いていていて、全てが喜びに満たされて生きている。エムペドクレスの目に映る最後の夜景はどこまでも展がってゆく「諦観」の中の自然の相《すがた》に似て大きい。自分もこのように生きられたら、と心の底から叫ぶが、「エムペドクレスよ、汝はもはや生ける人間ではなく、焼き尽くす思考の炎、永久に憩いなき精神に過ぎない」（. . . thou art / A living man no more, Empedocles!/ Nothing but a devouring frame of thought-/ But a naked, eternally restless mind! (II. II. 327-30)）と、これが絶望の最後の確認になる。続いては愈々死の前の長い独白である。

大小五つの詩節、八六行から成るこの独白は、アーノルドのリアリズムを好む読者からは彼の最も偉大な詩と評価される。

To the elements it came from
Everything will return—
Our bodies to earth,
Our blood to water,
Heat to fire,
Breath to air,
They were well born, they will be well entombed—
But mind? . . . (II. ll. 331-8)

元の元素へと
万物は回帰する。
我らの肉体は土に、
血は水に、
熱は火に、
息は気に
それらの誕生が幸せであったように葬いもまた—。
しかし、精神はいかに……。

何とも簡潔な表現で始まるが詩は次第に詩行の長さを増しつつ、帰るべき家のない精神の行く方を追う。回帰する場所に救いが約束されていて死と共に浄化が得られるものならば、エムペドクレスの悲劇はここで終ることになるのだが、ピュタゴラス、オルフェウス系の死生観を継ぐエムペドクレスにとっては輪廻転生を無視するわけにはいかない。東洋哲学における同種の思想をも知っているアーノルドは『断片』[20]のエムペドクレスの荒唐無稽な魂論をそのままには信じないとしても、多分寓意は受け入れることができたであろう。『断片』のエムペドクレスに従えば、罪を犯して神の許から追われたダイモンは三万季節の間様々に姿を変えて転生を続けながら苦難の道を歩み、そうしつつ贖罪を果たし、最後には漸く神々の仲間に入って不滅の身になると言う。[21]アーノルドのエムペドクレスは、死後の長い彷徨を避けられないことに変りはないが、最終的な神の救いについての啓示は受けていない。救いは自ら努力して求めて行くものであって、それは、「いつか遂に深く埋もれた唯一つの真実な自己に忠実になり、（断片でなく）一つの存在となってそれにより世界の全てとも一つとなれるかどうか」（... if we will now at last be true / To our own only true, deep-buried selves,/ Being one with which we are one with the whole world；(II. II. 370-3)）にかかっている。かくして安定が得られる保証はなく、その場合は風に吹かれ火に弾き出されては海の上地の上を渡り、永遠の彷徨を続けることになる。何とも重い現実感《リアリティ》である。まさに苦悩が引きのばされて出口がない。詩が与えるべき歓びがない、となるこれは前例のない欠点となり、詩は失敗作となる。作者は冷静な自己批判をする前にそう感じて当惑し、怖れたにちがいない。そうした欠点を脱《ぬ》けて「その根拠が真実である歓び」[22]を詩に求めることが自分の使命であるとしてこの野心高い作品を性急に否定したのは、これも彼の一つの宗教的行為であったと言えよう。

　しかし、最初の「オーベルマン」の詩の中で山中に隠れ住むオーベルマンと別れる時「私の生命の半分」をオーベルマンの許に残したように、死後もなおいつかは真実の神の許に至らんとするエムペドクレスに、自分を託すことも止めてはいないはずである。独白の最後に漸く現れる一抹の希望の影を看過すまい。

Slave of sense
I have in no wise been; but slave of thought?... (I. II. 390-1)
感覚の奴隷になったことは
かつて決してなかった。しかし思考の奴隷には?……

と反省し始めると、これまで自分が怒りや暗欝の中に生きて来て、気性烈しく論争好きで人々と争い、己の魂からも距たり、温かく明るい心から距たっていたのを改めて識る。これは知に偏った人間の一側面を過度に強めた生き方であったという罪の意識の告白と見られよう。そしてその反面、「私はこうした絆を軽んじたことはなく、絆の真の相《すがた》を否定したこともない」(...I have not grown easy in these bonds—/ But I have not denied what bonds these were. (II. II. 397-8)) ことも改めて自ら認め、「決して暗を愛したり、真実を曲げたり、妄想を抱いたり、恐怖に捉われたりしたことはない、それは誓って言える」(...I take myself to witness,/ That I have loved no darkness,/ Sophisticated no truth,/ Nursed no delusion,/ Allowed no fear! (II. II. 399-403)) とこれは自信を持って断言する。するとまるで懺悔の言葉が幾分神に届いたかのように、一瞬かも知れないとは言え、魂を鈍らせていた雲が晴れ、「もっと空気を」と求めていた呼吸も楽になる。「自分に許されていたのは、完全な死でもなく、完全に奴隷の状態で生きることでもない」との確信をここで得て、エムペドクレスは高揚した状態で四大の待つ自然に身を投じる。追い詰められるまま完全に受身の姿勢をとり続けた主人公が、ともあれ初めて前向きになろうとする瞬間である。

エムペドクレスの姿が消えると、姿は見えぬままカリクレスの独り舞台になる。これは単なるエピローグでもなく前場の埋め合わせ又は取り消しでもない。「スカラー・ジプシイ」(Scholar-Gipsy, 1852-3) や「ソラブとラスタム」(Sohrab and Rustum, 1852-3) などでもそうであるようにアーノルドの詩の終結部《コーダ》はいつも生き生きとした文体で、詩全体の規模を大きく仕上げているが「アポロと詩神達《ミューズ》」を歌うカリクレスの歌には特にその特徴が著しい。詩はａ・ｂ・ｃ・ｂと韻を踏む四行が一三節。カリクレスはいまやエトナ全山が黒煙を吐き赤い炎を破裂させつつ、森を纏った巨大な体軀を激しく持ち上げている様を叙した後、アポロに呼びかける。

Not here, O Apollo!
Are haunts meet for thee.
But, where Helicon breaks down
In cliff to the sea,

Where the moon-silvered inlets
Send far their light voice
Up the still vale of Thisbe,
O speed, and rejoice! (II. ll. 421-8)

おおアポロよ、ここには
君が通うに相応しい場所はない。
ヘリコンの山が崖となって
海に切り立つところ、

銀色の月影を映す入江が
軽やかな声を響かせて、
静かなシズベの谷間に運《はこ》び来るところ、
そこへ急ぎ往き、楽しむがよい。

想像の世界に映される場面はこうしてアポロと詩神《ミューズ》の住むヘリコンから、更に神々の住まいオリムポスへ向かう。月影の下、羊飼達も静かに眠る夜景の中に突然、アポロを先頭に九人の詩神の合唱隊が列をなして現れる。エニシダの花より明るく燦めく衣を装い、ジャコウ草にも優る香りを漂わせながら、歌声は夜の初めの静けさを歓喜で震わせる。途中の泉で沐浴した後オリムポスの山の上へと進む神々の一行が讃えて歌うのは、

What will be forever ;
What was from of old.
First hymn they the Father

Of all things ; and then,
The rest of immortals,
The action of men.

The day in his hotness,
The strife with the palm ;
The night in her silence,
The stars in their calm. (II. ll. 459-68)

この先、永遠に在るもの、
古くより在りしもの、

最初に讃えて歌うのは、
万物の父なる神のこと、そして
他の不死なるものすべて、
人々の行為。

暑い昼、
苦闘と勝利、

しずもれる夜、
平静《しずか》なる、星々のこと。

讃えられるのは一幕二場のカリクレスの歌で馬人《ケンタウロス》がアキレウスの父に教えた宇宙の全て、と同じである。全一の世界ではエムペドクレスの時代も社会も絶望も懐疑も取り消されるのではなくすべてが中に含まれてゆく、大きく宇宙的規模で、というのが詩人の意図である。

さて一つ、疑問を残して置こう。以上深い宗教心と無縁ではないのに真の信仰への道があまりにも遠いために、脱け難い懐疑に苦しむ人の姿を追って来たつもりだが、古代の哲人が『自然論』の中で四大元素と共に宇宙構成の重要な要素としている「愛と憎しみ」の働きについて、アーノルドのエムペドクレスは触れていない。愛の不在が懐疑を長びかせ、救いのヒントはあってもその道は長く困難である。この事実についてアーノルドの意図は、ということであるが、これはブラウニングに繋がる問題なのでブラウニングに近づきながら振り返ってみることにしよう。

三　ブラウニングの信仰と懐疑――『クリスマス・イヴと復活祭』、その他

アーノルドが「エムペドクレス」を書いていたのとほぼ同じ頃、一八五〇年四月にブラウニングの『クリスマス・イヴと復活祭』(*Christmas-Eve and Easter-Day*) が、一冊の小さな本としてロンドンで出版された。これは彼がエリザベス・バレット夫人に、二人の結婚（一八四六年）以前から、仮面を脱いで「ロバート・ブラウニン

グを語る詩」を書くようにとしきりに奨められていた計画が数年難航して漸く実現したものである。これは確かにブラウニングとしては珍らしく、劇で使う詩人の仮面を殆ど着けずに自分自身の信仰の在り方を追求し、その経緯をブラウニング流の表現方法で仕上げた作品で、その後『男と女』（*Men and Women*, 1855）をはじめ数多く種類も多い作品の原点とも下敷きともなる重要な作品である。そして、例えば「クレオン」（Cleon, 1854）と「エムペドクレス」が較べられる時など、アーノルドとの内的関連を見ようとするのにも最も確実な視点を与えるものと思われる。前編「クリスマス・イヴ」は二二連一三九九行、後編「復活祭」は三三連一〇四〇行と、どちらも「エムペドクレス」とほぼ同じ長さである。短く要約せざるを得ないが、バードー（E. Berdoe）やネトルシップ（F.J. Nettleship）等初期のブラウニング学者の要約を見るとそれぞれ要点の捉え方が違うのが気になる。更に短く勝手に問題点を剔ろうとするのは大詩人を粗略に扱うようで心苦しいが。

「クリスマス・イヴ」の語り手はある年（一八四九）のクリスマス前夜、旅の途中風雨に追われて偶然片田舎のいかがわしい土地の広場に建つ非国教徒の教会堂に紛れ込み、粗野な会衆に混って程度の低い説教を聞き、その俗悪さに耐えられず外に飛び出す。彼は宗教に関しては自由《リベラル》な信仰を持つものでこれまでは空を自分の教会とし、自然の中に神の力を見出し、更に神の愛をも見出したいと思っている。するといつの間にか雨の上った夜の空にまるで神の顕れの前兆のように、神の手が織りなしたかとも見える「月の虹《ムーン・レインボー》」(23)が出現し、間もなく今自分が出て来た教会堂から続いて出て来たキリストに会う。自分にはまだ神に一顧も与えられる自信はなかったが、乏しいながら今あるがままの心が認められて、大きな愛を象徴する途方もなく大きいキリストの衣の裾に摑まることを許され、一夜の中に世界を越えてローマの聖ペテロ大聖堂とドイツのゲッティンゲン大学を訪れてそれぞれのクリスマス・イヴの光景を観る。ローマでは荘麗な建物と儀式に眼を奪われ心も魅かれるが、この宗派の犯している誤りを批判もする。そこには確かに愛があるが、その愛がキリスト教が定着した初期の頃に人々の心に過剰に燃え上った時期に、以前世界を支配していた卓越した知性や誇り高く秀でた詩や彫刻、絵画、音楽までもがキリスト教芸術に寄与するもの以外は失われてしまったと言う。ブラウニングが求める愛も人の心に過剰になると「我々の眼を閉ざし、それでもその当時はそれですべてが正しいと見えたのに、実は世界の眼がいまや啓かれたからには……」というのは、信仰も盲目的なものでなく人間の歴史と共に前進すべきであると、ブラウニングが繰り返す彼の宗教観である。抑々彼にとっては「神は喜んで人を造り給うた後に少し離れた所に立って、人が自力で生きて、離れた場所から神を見るように、そしていつまでも保たれるようにと神が与え給うた頭脳や感情を人が正しく用いるように、そのための余地を与えられた」のであり、これが彼の神と人との関わりの図式である。ローマで自分が聖堂の中に入ることを許されずキリストの衣の端に摑まったまま外で待っているのはそうすることが自分にとっては神の意に沿うことなのだと思う。

次にドイツではゲッティンゲン大学の講堂らしい場所で、『イエス伝』(*Das Leben Jesu*, 1835)の著者シュトラウス(D. F. Strauss)を彷彿させる聖書批評家の、神話を否定しキリストの神性を剝ぎとろうとする講義を聴く。頭が重過ぎて不健康そうなその学者の学説には、尊敬すべき学識はあるが「愛」がない。正統、非正統の多くの宗派が紛争を巻き起して神の真実をめぐって純粋な空気に毒を放っているのに較べると、学者は毒を与えない代りには空気そのものを容赦なく吸い上げてしまって後に真空しか残さない。これらの批判はローマやドイツだけでなく当時の英国内での宗教界の抗争、オックスフォード運動やニューマンを先頭にしたローマ化への動き、そして一方ゲッティンゲンに同調する聖書批評等に向けられていることは明らかであり、各々批判すべき点はあるものの長所もあって、彼は自分に一番適した信仰を見出し、人にも領《わか》たなくてはと思う。最後まで神の衣に包まれて再び元の粗末な教会堂に戻ると、自分は依然元のままの席に座っていて、見たことすべてが夢であったことに気付く。しかしこの夢は詩人にとっては現実以上に現実的な世界なのであって、その経験に基づいて語り手は自分に最も適した信仰を選ぶ。彼が選んだのは、いかにその器《うつわ》が土で汚れていても、建物、教会、儀式、学説などのように神と人とを隔てる人間の作り出したヴェールが一番薄い、非国教徒の素朴な信仰であった。これは前年急逝したブラウニングの母の信仰でもあり、母と同じ派の信仰に敬虔の心の篤い、夫人のものでもあった。信仰を求めるという重大な問題に触れながらも、対句を含む不規則な八音節の詩行で綴られた同詩にはブラウニング一流の風刺や誇張、グロテスク表現等沢山含まれていて、軽快なリズムと速度を伴った詩である。

一方「復活祭」の方は、詩型は大体同じであるが、これはブラウニング自身に限りなく近い主な話者の最も痛切な内面的矛盾・葛藤を主題としているだけに緊張感が極めて高く、楽天的と見られることの多いブラウニングにしてはストイックな色の濃い、そのためかアーノルドへの答となりそうなものもより大きく顕れた作品である。

第一の語り手「私」の他にこの詩にはもう一人第二の語り手がいて、二人の対話において第二の人の言葉は引用されて第一の人の口から語られる形になっている。筋の上で「私」は前編の主人公とは別人になっているが、前と同様ブラウニング自身とほぼ同一人物で、場所も前の詩の「マウント・シオン教会」が主な出来事の起る夢の背景となる。

「キリスト教徒になるのは何と難しいことか」(How very hard it is to be / A Christian! (st.1)) という冒頭の声は「私」の掲げるこの詩全体の主題である。前編「クリスマス・イヴ」の最後で自分に適した信仰を選択したキリスト教徒にとってまだ残されている問題は、神と直接に向き合って自分の信仰を確かめなくてはならず、そのためいつかは神の裁きの前にも立つという厳しいものである。そして第二の話者は反対に信仰は容易であると言う。それは決して苦しみや努力を要しないという意味ではなく、たとえ一時どんな殉教者の苦しみを受けようとも一旦神の命令に応じてこの世を捨てて神の許へ往けば後は永遠に安住が得られるという安易さである。この旧い型の信仰は母から受け継いでブラウニング自身も持っている信仰の一面ではある。が、彼には父から受けた類い稀な知性とこの世の美を愛してやまない豊かな感性と詩《うた》の才能があって、それを用いるために神から選ばれているという自負もある。従って現世を捨てることは死に等しい。しかし現世の歓びを得る者は神の国に入る資格を失う、と聖書に明記された神の言葉には耳を傾けなくてはならない。この矛盾にどう対処するかが彼の困難である。いずれにしろ旧態依然とした安易な信仰は時が進み人間の理性が新しい用い方を神からも求められるようになるにつれて役に立たなくなり、そのためにキリスト教徒になることはいつの時代にも誰にとっても難しいのだと「私」は痛感している。しかもある日突然「最後の審判」が起ったら、困難に関して懐疑の雲を払拭しえない今の自分はどう裁かれるのかと常に怖れている。その「最後の審判」が三年前の復活祭の夜明け前に、これもまた夢か、夢と現《うつ》つの混った幻想の世界で突然「私」に起ったと言う。極めて危機的な瞬間における異常な経験の大掛かりな描出がこの詩の見せ場であり、ここがその後のブラウニングの各詩を貫いて変奏を繰り返しつつ流れてゆく思想の主流の原点となる。ともすれば重点の置き方次第で読み方に違いも起りうるが趣意は一貫しているはずである。

審判についての記述が始まるのは詩の半ば近く一五連目からであるが、その前の八連目に審判の結果を予示する部分がある。二人の話者にとってキリストの誕生、生涯、死が何を意味するか、ということで、安易な解釈としては「それはただ我々の（信仰の）歓びに熱さを加え、悲しみさえも最良のものとなり得ることを証すため」と言うが、この「私」は違う。自分の罪に対してどのように断罪されてもそれはそれで尤もなことだとは思うが、一方、想像力があれば確かに解るのは、

How God might save, at the Day's price,
The impure in their impurities, (st. Viii)

あの日の犠牲を代価に、
神がいかにして不純なるものを不純なままに救い給うか。

であると言う。この不純（罪）は他の罪は別として、自分のように信仰を抱いているつもりでも、そのまま神の国へ入るには妨げとなる汚れのことで、「私」の場合は地上への執着がそれに当る。これはマタイ伝九―一三やマルコ伝二―一七の「わたしが来たのは正しい人を招くためではなく罪人を招くためである」を言い換えて意味も自由に拡大していると思う。聖書の「罪人を招く」にも様々な読み方があるとは言われるが、ブラウニングの場合は詩の文脈からどう見ても「悔い改めて一切を捨てさせる」の意味でないことは確かであると思う。不純な者に対して彼が不純な世界の中でそのまま神の国に向って生き続けることを許す、の意味になるはずである。

「最後の審判」の場面は一五連から全編の終り近く三二連まで続いて詩人の想像力は奔放に駆けめぐり、怖るべく荘大な劇《ドラマ》である。黒い雲が重なり合う夜空の円天井《ドーム》に、突然「そこで、焼き尽くせ」（'There—/'Burn it!' (st. XV.)）と審判の怒りの文字が赤い炎で走り書きされ、天地が火に包まれる。いつかはと予期していた審判が始まるのを直感した「私」は、気がつくと「現世を選んで」立ち尽くしていた。それでも信仰を捨ててはいないことの証しとして、いずれも元来は神が創り給うたこの世の自然美、芸術、人間としての智、愛、をいかに大切にしているかと次々に申し立て、自己弁護する。神は人間が有つにしては稀有なる能力を自ら選んで与えたこの詩人に、その選択―現世―を捨てるようにとは命じられない。しかしそれらはいずれも天上に在る完全な姿をただ断片的に映すに過ぎない限られた地上のもので、それらに執着する限りは天を仰ぐ人々の仲間に入ることはできないと厳しく拒否される。神から信仰についての真実を教えられ現世を選んだ自分の不純を指弾された「私」は遂に絶望の淵に沈まんほどの危機に瀕するが、その瞬間思わず迸り出た叫びの言葉を、間違えずに読みたい。

And I cowered deprecatingly—
'Thon Love of God! Or let me die,
'Or grant what shall seem Heaven almost!
'Let me not know that all is lost,
'Though lost it be—Leave me not tied
'To this despair, this corpse-like bride!
'Let that old life seem mine—no more—
'With limitation as before,
'With darkness, hunger, toil, distress :
'Be all the earth a wilderness !
'Only let me go on, go on,
'Still hoping ever and anon
'To reach one eve the Better Land!'(st. XXXI.)

そして私は竦《すく》みつつも非難するように（叫んだ。）（括弧内は筆者）
おお愛の神よ、むしろいっそ死なせて下さい。
でなくば、願わくばお与え下さい、たとえ天国とは言わずともそれに近いものを。
全てが失われたとは思わせないで、
たとえ失われてはいても、この絶望、

この軀《むくろ》の如き伴侶には
私を繋ぎ止めておかないで下さい。
あの限られていた昔《もと》の生活を、
暗闇も飢えも苦役も災いもそのままに、私のものとしてお返し下さい—ただそれだけを。
地上がすべて荒野であろうともひたすらに私の道を行かせて下さい。前へ、前へ。
いつかある日の夕《ゆうべ》、かのよき国に
辿り着くことができるように、
つねに希望《のぞみ》を絶やすことなく。

続く三二連目の四行に、神の応《こた》えが示される。

Then did the Form expand, expand—
I knew him through the dread disguise,
As the whole God within his eyes
Embraced me. (st. XXXII.)

その時神の御姿《みすがた》は、大きく、大きく、拡がり、
おそろしげなその外装を通して、私は神を識った。
その目の中に顕《あらわ》れた神全体が

私を抱擁し給うた時。

裁きを下されることを怖れていた厳しい神は、怖ろしい外装にも拘らず愛の神を示された。そこで夢から醒めた「私」は不純のまま許された元の生活に戻り、以来三年その生活は相変らず喜びに高まるかと思えば悲しみに打ち沈み、陽が輝いているのに全てが荒涼として見えることもあるほど、依然として険しい道を行くものである。しかし夢で愛の神に抱かれて神を識った今は、自分にとっても神の国が永久に閉ざされてはいないことを信じて、神に感謝している。地上で安楽だけが与えられれば魂は死んでしまって神から見放されることになる。現実の厳しい道を歩むことこそが本当の信仰に生きる人に相応しい。そして「キリスト教徒になるということは何と難しいことか」と今も呟いている。

二つ一組のこの詩は、当初からブラウニングを宗教詩人として賞讃する人々に、特にブラウニング協会などでは宗教詩として賞讃されていたようである。今でも「復活祭」の終りで「私」が神に抱かれるのは「私」が神の教えを聞いて全面的にそれに従い、自分を捨てたからだと読まれる向きがあるようだ。しかしそれは違うと思う。(24)いずれにしろブラウニングはこの詩によって自分の信仰を見出したことには間違いなく、確かに信仰の詩人として現れることにはなるが、これは誰しもすぐ気付くように旧態依然とした安易《イージー》な信仰——第二の話者の信仰——ではなく、極端な言い方をすれば、詩人が改革する信仰であり、愛の神とは不遜とも見える詩人の企てさえも許される神となる。これはその後「クレオン」(Cleon, 1854)、「サウル」(Saul, 1845–55)、「書簡」(An Epistle, 1855)、「司教ブラウグラムの弁明」(Bishop Blougram's Apology, 1855)、「砂漠の死」(A Death in the Desert, 1864)と続く宗教詩をはじめ、芸術や愛を歌う殆ど全ての詩の中でも神と人との関係が様々に表される場合の原型となるものである。それらにおいては「サウル」のように恍惚として高く愛の神を讃える時でさえ、詩人の態度は決して、神の立場から信仰を説くという態度ではない。各人が根差して生きる危機的な現実に於て、避けえぬ深い懐疑の淵から、なぜ、いかにして、どのような信仰を求めてゆくのかという、人間としての経験を歌うものである。経験が限られた人間の実存の場に属するものである限り、究極の神の啓示は形而上学的になされるのではなく、詩人の直感や想像力が創った夢の世界で受けることになる。そしてブラウニングの詩はその一つ一つが夢の世界で捉えた神と人との真の関わりを、再び経験の中で確かめようとすることに働く場になっているのである。

ブラウニングの福音主義は非正統とは言え、声を大きくしてキリスト教の愛の神への憧憬を叫び続けているために、キリスト教離れを敢えて公言していた頃のアーノルドとは違って宗教思想は概ね護教的と見られ、少くとも危険視されることはなかったはずである。しかしあまりにも楽天的なブラウニング像が作られてしまって、信仰の難しさを口にし続けている「復活祭」の語り手の姿が見失われる傾向がなおあるとしたら、それはブラウニングの意には反することではなかろうか。

アーノルドに「エムペドクレス」の再版を奨めた時、互いに意見や表現の仕方等に違いがあるのは別として、ブラウニングは何よりも「エムペドクレス」に描き出されている「懐疑」を重く見た、としか考えられない。懐疑こそは、伝統的な信仰の範囲は超えなくても、彼がロバート・ブラウニング自身の信仰を求める時、そして以後それを確かめ続ける時に、信仰と表裏一体をなしていたことを看過すべきでない。『クリスマス・イヴと復活祭』から五年後に出た『男と女』は劇的独白の白眉を集めた見事な作品集であるが、登場する五〇名の男女は各々様々な形で信仰と懐疑の二つの面を見せている。まず典型的な一例が「司教ブラウグラムの弁明」である。これは『クリスマス・イヴと復活祭』に続いて書かれたいわば副産物であるとド・ヴェーン（DeVane W.C.）は言う。一〇一三行とこれもやはり長くそして大へん痛快な詩である。司教はワイズマン枢機卿がモデルとも言われるが、若くて浅薄な知識しか持たない雑誌記者ギガディブスを前にして滔々と弁明を続けている。話題は時代に相応しくギガディブスは自分の不信を得意気にひけらかし、今どき司教にも不信はあるはずなのに司教の座にあるのは偽善であると責めている。この弁明で最も説得力があるのは司教が相手の不信に信をどう弁明するかであるより、司教自身の内面で信と不信がせめぎ合いつつ弁証法を試みているところである。懐疑を伴わない信仰は新しい時代の本当の信仰でない、というのは「復活祭」で十分に明確にされたブラウニング自身の持論であるが、それを今ローマカトリック教司教に当て嵌めようと大膽な試みがなされている。近代的な司教は軽蔑にしか値《あたい》しない不信の輩を前に、信仰については相手の不信の形を借りた逆説的な弁明を、懐疑については信の立場から、懐疑の誠実性を弁明している。更にまた自分が司教の座を享受していることをも弁明していて、風刺や逆説、諧謔、更には詭弁さえもふんだんに弄する司教の世俗的な人間臭さが面白い。

「サウル」は「復活祭」以来最も直接的に愛の神をクローズ・アップした詩で彼の宗教詩の最高傑作であり、ブラウニング自身も自分の詩の最も代表的な四つの中に数えていたと言う。これは全詩の中、前の部分九連（九六行）までが一八四五年に『劇的ロマンス』（*Dramatic Romances*）に発表され、後の一〇連（二三九行）を加えて全体が出たのが五五年『男と女』においてであったと言う。その部分が実際に書かれたのは五二年から五三年にかけての冬であったことを考えても『クリスマス・イヴと復活祭』を書くことに苦慮していた数年間はその途中に含まれるわけで、「サウル」もまた懐疑の時を経て生れた作品であることになる。I・アームストロング（Isobel Armstrong）[25]は「エムペドクレス」が「サウル」前半への答であり、「サウル」後半は「エムペドクレス」への答であると指摘しているが、ブラウニング、アーノルドの内的関係は意外に論じられることが少いので、この示唆は興味深い。ダビデは悪鬼に取り憑かれたサウル王の心の病いを癒すために琴を奏で、この世の美と栄光を歌う。その効き目でサウルは正気を取り戻すが、それだけではまだ生きようとはしない。王を生かし、王のかつての栄光の過去に未来、現在をも加えたい、とダビデに愛の心が燃え上った時に、人間としての愛を保証するものとして神の完全な愛があるべきことが彼の直感《ヴィジョン》に啓示され、その愛が肉化されたキリストの降臨を予言して詩は最高潮に達する。「ごらんなさい。キリストが立ち給う御姿を」(See the Christ stand! (l. 312))。サウルの病気はサムエル記上・一六・一四—二三に即しているが、予言者と神から遠ざかったための心の苦しみという以上には心理的分析はない。歌と琴で同様にカリクレスが慰めようとする絶望の主人公を内面から描き出した「エムペドクレス」が「サウル」前半への答であり、愛の神の到来を予言するその後半は、歌と琴だけでは到底救われることにならぬ「エムペドクレス」への答となる。

　よく直接に比較されるのが「クレオン」である。五四年の夏の作と推定されているが、とすればブラウニングがアーノルドの「エムペドクレス」(五二年)と翌年の「序文」を読んだ後にアーノルドに答えた詩であると言うのは納得できることで、多くの暗示をこめたこの劇詩にはアーノルドとの内的関連を見る手掛かりが確かにある。エムペドクレスが紀元前五世紀、ソクラテス(前四六九—三九九)以前のギリシャ哲学の知性を代表する半伝説的人物であったのに対してクレオンは仮空の人物ではあるが、紀元一世紀、当代の文明が絶頂期を過ぎて衰え始める頃の、学識豊かであらゆる芸術の分野でその時代の最高を極めた才人という設定である。やはり架空の人物カーシシュ(Karshish)の「書簡」と同様「クレオン」も書簡体の独白で、自分の後援者であるプロータス王からの彼宛の手紙の質問に答えるものである。王は現世で最高の権勢を誇りながら、死や死後の永生についての問題に絶望的な不安を抱いていて、死後に遺すものの多いクレオンの生命は不滅であろうが自分にはそれがないと嘆いている。クレオンは丁重に反論して、深い悲しみを避けられぬのは王も自分も同じである。いずれにしろより広くものを見る者には嘆きは一そう大きく、進歩も最高に達すれば過失も最大となる。芸術家は持ち前の歓びの感覚が齢と共にますます鋭くなり、魂は前より大きく敏くなるのに、肉体の老いにつれて恐怖は年毎に足を速め、知識は最高に達しながら歓びが失せる時、死が訪れる。感じ、考え、行動した人である私、かくもその生を愛した者が墓の中に眠ることを思うと怖ろしいばかりである、と自分の絶望を縷々と述べ立てる。なのにこの絶望を救うべく、主神《ゼウス》は無限の歓びのある未来をまだ啓示されていない、と。

実はすぐ近くの島まで、その歓びと不滅の生命を与えんとする神の福音を伝道するパウロが来ている。王はパウロに宛てた手紙を使者に持たせてその宛先を尋ねているが、ギリシャ哲学の誇りを捨てようとしないクレオンはキリストやパウロを完全に拒絶してしまう。歴史の推移する重大な転換期を背景にしてこのすれ違いを見事な劇に仕立てているのはまさに劇詩を得意とする詩人の冴えた技《わざ》であるが、更にそれを単なる歴史の一齣の劇に終らせてはいないことも「クリスマス・イヴ」以来の傾向から直ちに判読しうる。詩人自身は既に愛の神についての啓示を受けているのに、必ずしもこの詩ではその神の優位は説かれておらず、クレオンの世界と対等に置かれている。一面から見ればその逆説的な表わし方のために、求める人と求められる神の関係は却って大きく示され、やはり愛の神は絶対的な優位に浮かび上る。しかし一面からすれば、ヘレニズムが誇る人間の資質はやがて人々の心に燃え上る過剰な信仰心のために閉ざされて失われ、大きな福音を示す信仰自体も存続の危機に遭う運命にあることを詩人は痛いほど知っていて、それをクレオンの不信を借りて予言しているとも見られる。ともあれ「エムペドクレス」に対する答の一つは同じ文明の中で最高を極めた者が達した絶望と懐疑への共感。一つはそれを救う神の愛の啓示である。

さてアーノルドの「エムペドクレス」はなぜ愛を無視したのか。『自然論』の著者は「知によって愛を見よ」[26]と言い、宇宙を構成する四大元素は憎しみの支配を脱して愛の支配を受ける時、調和と秩序を齎らすと言うのに――。それはアーノルドの信仰の流儀によるとしか言えない。アーノルドにとってはそんなに早く、まして擬人化された愛の神に遇い、高らかにその神への讃歌を歌うわけにはいかないのである。俗世の喧しい騒音と熱い苦闘の中で深く「埋もれた生命」の川をまず探し当て、「その川の湧き出でた山と流れ着いてゆく海」[27]を確認し、その流れが神が統べ給う宇宙全体の流れとも調和し繋がっているのを識る時に初めて、今までも確かに存在していたはずの神が現れるのである。その顕現までの一五年間は、スピノザ、ルナン等の革新的な神観から旧約の神以来の神の言葉に至るまでいかにも多くの思想が心の発酵作用に働いた時期である。今その経緯を辿る余裕はないが、結果は「オーベルマン再び」や、その他『新詩集』の中の神の愛に触れたソネット等に顕れている。

四　結び――「詩の厳しさ」

リベラルとは言え福音主義的なブラウニングが、『新詩集』以後も汎神論的、反キリスト教的と正統派から異端視されるアーノルド流の信仰をどの程度に許容できたかは解らない。当時神の見方の違いは今より大きく感じられたに違いない。しかしブラウニングがアーノルドと頷ち合うものは大方の予想以上に大きく、これも匿れていたのではなかろうか。それはいつの時代にも人間の魂の底から消えることのない信仰の精神《こころ》を、既存の信仰の誤りの中から救い出して存続させるために、ブラウニング流に幾分逆説的に言えばこれも神から選ばれた人に授けられた誠実な懐疑であると思う。とかく不信の表明と見られる懐疑を大胆に拓いて、危機に頻した信仰の蘇生を図《はか》ることができるのは詩人のみ。それもクレオンに似た万能の詩人、そしてアーノルドのように常に広く大きく永遠に続く全体的な世界を志向する詩人こそが相応しいのである。

懐疑をまやかしにしないためには強靱な知性は勿論のこと、それに耐えうる精神力が必要である。『新詩集』からアーノルドのソネットの一つ「詩の厳しさ」(Austerity of Poetry, 1864) の最後を引用しよう。

Such, poets, is your bride, the Muse! young, gay,
Radiant, adorned outside; a hidden ground
Of thought and austerity within. (ll. 12-14)

詩人よ、かかる者こそ君の花嫁、詩神《ミューズ》の姿。
外目には若く華かに目映《まばゆ》く装っていても、
内には、思考と（粗布《あらぬの》の）厳しさを秘めている（括弧内と傍点は筆者）。

当時非詩的な時代に詩を存続させるのはいわゆる詩の魅力である以上に厳しさであることを最もよく理解し得たのはブラウニングではなかったであろうか。その厳しさを最も完璧に表したヴィクトリア詩の一つが「エムペドクレス」であるとすれば、その著者に寄せるブラウニングの共感には敬意さえこめられていて、同詩の再版を奨めたのは決して単なる社交辞令ではなかったように思われる。厳しさに負けないようにと激励する声も交じっているような、詩人二人の会話が聞こえるのは空耳《そらみみ》であろうか。

（1） C.Y. Lang, ed., *The Letters of Matthew Arnold*, Vol. 3, (Virginia Univ. P., 1998), p. 347.
（2） K. Allott, ed., & M. Allott, 2nd. ed., *Arnold : The Complete Poems* (Longman 1979), pp. 654-671.
（3） H. F. Lowry, ed., *The Letters of Matthew Arnold to Aurthur Hugh Clough* (Oxford Univ. P., 1932), p. 126.
（4） C. Dawson, ed., *Matthew Arnold, The Poetry The Critical Heritage* (Routledge and Kegan Paul, 1973), p. 67 に G. D. Boyle's unsigned review (North British Review, 1853 May) が載っている。

（5） Lang, *op. cit.*, p. 189.

（6） Lowry, *op. cit.*, p. 97, p. 136.

（7） Lang, *op. cit.*, Vol. II, p. 215. See the letter to J. L. Davis (June 18, 1863).

（8） C. B. Tinker & H. F. Lowry, ed., *The Poetical Works of Matthew Arnold* (Oxford Univ. P. 1953), p. 502.「エムペドクレス」再録についての自註 'I cannot deny myself the pleasure at saying that I reprint this poem at the request of a man of genius, whom it had the honour and the good fortune to interest,—Mr. Robert Browning.' は一八六七年及び翌年同詩に付したもの。

（9） T. Wise, ed., *Letters of Robert Browning* (Yale Univ. P., 1933), p. 117, p. 118.

（10） Lang, *op. cit.*, Vol. III, p. 189.

（11） C. B. Tinker & H. F. Lowry, *The Poetry of Matthew Arnold ; A Commentary* (Oxford Univ. P., 1940), pp. 271-2, pp. 287-8.

（12） The Allotts, *op. cit.*, p. 155.

（13） Lowry, *op. cit.*, p. 101.

（14） *Ibid.*, p. 126.

（15） Tinker & Lowry, *op. cit.*, pp. 291-2 / The Allotts, op. cit., pp. 154-55.

（16） 行動科学の提唱は二〇世紀初め J. B. Watson（1878-1958）B. F. Skinner（1904-90）等による。スキナーの『自由と尊厳を超えて』（*Beyond Freedom & Dignity*, 1971）は、極めて唯物論的に環境と行動の因果関係を論じている。

（17） 小田垣雅也『キリスト教の歴史』（講談社学術文庫、一九九五年）、二五五頁。

（18） P. Baum, *Ten Studies in the Poetry of Matthew Arnold* (Duke Univ. P., 1958), pp. 122-32.

（19） 谷友幸訳、ヘルダーリン『エムペードクレス』（岩波文庫、一九九七年）、二六一七頁。原著は J. C. F. Hölderlin,

Empedokles auf Aetna (1798), *Empedokles Tod* (second Version 1799-).

(20) 廣川洋一『ソクラテス以前の哲学者』(講談社学術文庫、一九九七年)、二七二―三〇八頁。伝統的な英雄叙事詩の型式で思想を表したエムペドクレスの全詩、『自然論』と『浄め』の中から『断片』として現存するのは一〇パーセント弱――一四七篇。

(21) 前掲書、三〇一頁、『断片』一一五、及び三〇八頁、『断片』一四七を参照。

(22) "Obermann Once More", l. 238.

(23) lunar rainbow とは、one formed by the moon's rays, rarely seen (O. E. D.)。W. C. DeVane によればブラウニングは実際に「月の虹」を見た経験があると言う (W. C. DeVane, *A Browning Handbook*, p. 199.)。

(24) 三一連引用部分の四行目終りの no more は Let. . . seem を打ち消すのでなく that old life を強める no more and no less の意味であると思う。

(25) I. Armstrong, *Victorian Poetry ; Poetry, Poetics and Politics* (Routledge, 1993) p. 511, See note 23.

(26) 廣川洋一前掲書、二七七頁。

(27) "Buried Life", ll. 97-8.

ブラウニングについて参照した文献

Berdoe, Edward, *The Browning Cyclopaedia* (George Allen & Unwin LTD., 1891).
DeVane, William Clyde, *A Browning Handbook* (Appleton-Century-Crofts, 1955).
Litzinger, B. & Smalley, D., ed., *Browning The Critical Heritage* (Routledge & Kegan Paul, 1970).
Louks, James F., *Robert Browning's Poetry* (W.W. Norton, 1979).
Nettleship J.T., *Robert Browning, Essays and Thoughts* (London, 1890).
Orr, Mrs. Sutherland, *Life and Letters of Robert Browning* (London, 1891).

Wise, T., ed., *Letters of Robert Browning* with an introduction and notes by T. L. Hood (Yale Univ. P., 1933).
大庭千尋『ブラウニング論』（国文社、一九八一年）及び同氏訳『男と女』（国文社、一九八八年）。
石田憲次、石川林四郎（注釈）*Selected Poems of Robert Browning*（研究社、一九五四年）。
『クリスマス・イヴと復活祭』のテキストは *Robert Browning's Poems and Plays* vol. 2 with introduction by John Bryson (Everyman's Library, Dent & Sons, Lodon, 1956) pp. 188-254 を使用。

IV 『家の中の天使』の詩法
――詩とリアリズム

海老根　宏

Coventry Patmore の *The Angel in the House* (1858) は二巻からなるが、その第一巻 The Betrothal は一八五四年に、第二巻 The Espousals は一八五六年に発表され、それが一つの作品にまとめられて一八五八年に出版されたものである。パトモアの最初の計画ではこの物語詩は三部作となる予定であり、*The Angel in the House* で理想的な結婚愛を描いた後、次の作品で結婚における男女の食いちがいとそこから起こる苦悩、そしてその克服という「理想的ならざる」結婚生活を扱い、最後に「死後においても個人の愛にとって残されている希望」(the hope which remains for individual love in death) を主題とするはずであった。この第二作（第三巻、第四巻）は一八六〇年の Faithful for Ever, および六二年の The Victories of Love として実現し、同じ六二年に合本 *The Victories of Love* として出版された。しかしこの年はまたパトモアが最愛の妻 Emily を結核によって失なった年でもある。彼にとっての打撃は大きく、詩作も一時中断された。こうしてこの三部作の第五巻、第六巻はついに書かれないままに終ったが、「死後における個人の愛」という主題は、カトリック教への改宗と再婚（ともに一八六四年）を経てふたたび詩作を再開した彼が書いた一連の odes（一八七七年刊行の *The Unknown Eros* 第一巻に収められている）で展開されている。

パトモアの詩はふつうエミリーとの死別を境として、ということはつまり *The Victories of Love* を境として、前期と後期に分けられている。前期の詩は基本的に物語的であるといえる。*The Angel in the House* が主人公の回想、*The Victories of Love* が登場人物おのおのの書簡というように、語りの形式は異なってはいるものの、それらは特定の人物のあいだの人間関係の展開の上に成立している。そしてこのことはそれ以前の詩、すなわちパトモアの処女詩集である一八四四年の *Poems*, 次作の *Tamerton Church Tower* (1853) についてもいえるのであって、それらの多くは特定の物語的状況、例えば身分の低い若者が高貴な姫君の結婚の宴の賑わいを聞いている（'The River'）とか、恋人を船の事故で溺死させた男が Dartmoor の荒野を馬で横切る（'Tamerton Church Tower'）とかを中心としている。これに反して *The Unkown Eros* に収められた odes にはこのような物語的背景がなく、それだけ純粋な抒情詩となっているのである。この中には先に述べたように妻の死を嘆く九編の odes とか、エロスとプシュケーの物語を状況として設定している三編のオードなどもあるのであるが、ここで悼まれている妻は特定の個性や経歴をもった人物ではなく（もちろんこれは具体性がないということではない。'The Azalea' で妻が育てていたオランダツツジの香り、'The Toys' の幼い息子の枕元のオモチャ箱など痛切な細部があぁる）、ただ「亡き妻」なのだし、またパトモアのプシュケーは闇の中で愛の神エロスを迎えた愛の神秘的な交歓のみに没入する姿として描かれている。実は物語から抒情的瞬間へのこの移行はすでに *The Victories of Love* の中にも現れていて、この物語詩を構成している書簡のいくつか、特に主人公 Frederick（*The Angel* で Honoria に失恋した海軍士官）の「書簡」は抒情的独白に近いものである。しかしそうはいってもこの物語詩には単純なものではあるにせよ一つの筋がある。J. C. Reid は「パトモアは少くともその前半生においては自分を『哲学者』や『神秘家』ではなく、『愛の心理学者』であると考えていた」[(1)]と言っているが、初期のパトモアでは物語の状況に沿った心理分析という小説的な書法が中心だったといえよう。

The Angel in the House の物語は単純なものである。主人公 Felix Vaughan はソールズベリ（作中では Sarum と呼ばれる）近郊の旧家の地主の若い当主であり、詩人でもある。彼はソールズベリ大聖堂の司祭長の娘 Honoria Churchill と結婚して八年になり、二人の子供がいる。プロローグで彼は結婚記念日に妻子と野原を散歩しながら二人の愛を詩に歌おうと決心し、次の結婚記念日にこうして作った詩を妻に読みきかせるという形で、詩の本体に入る。時間は彼がケンブリッジを卒業してふたたび大聖堂の司祭館を訪れ、妻を亡くした司祭長とその三人の娘オノーリア、メアリ、ミルドレッドと六年ぶりに再会する場面にさかのぼる。かつての少女たちは今は美しい若い女性に成長していた。彼は三人の娘たちのそれぞれに違った個性を認めるが、やがておっとりした長女のオノーリアに心を惹かれる。彼女の従兄の海軍士官 Frederick Graham が明らかに彼女に恋しているのを見て、彼女への思いははっきりした形をとり、彼女がグレアムを愛していないことを感じて安心し、彼女の恋人となる夢を見る。わざと一週間司祭館を訪ねないと、彼女への思いがいっそう募るが、その時彼女からパーティへの誘いの手紙がくる。パーティの食事のあとでチャーチル牧師に結婚の許可を求め、好意的な返事をもらう。恋文を書こうとしてうまく書けないことに悩み、ソールズベリ原野にピクニックに出かけて彼女の犯しがたい美しさに打たれ、絶望に襲われたりした後、彼女と言外の了解に達したと思う。彼女が一カ月の間父とロンドンに出かけると、彼は無人の司祭館の庭を歩いて嫉妬に苦しむ。彼はまた彼女との愛と神への信仰が矛盾するものかどうかを反省し、女性への愛は偶像崇拝ではないと結論して、彼女への情熱を胸に二人で教会で祈る。そしてある夜ついに彼女に愛を告白し、受けいれられる。これが第一巻 The Betrothal である。

第二巻 The Espousals は二人の婚約の日々と結婚式までを扱う。プロローグは二人の一〇年目の結婚記念日で、ハリネズミを見つけて元気一杯の子供たちには今では女の赤ん坊も加わっている。詩の本体に入り、婚約者としての幸福な目覚め、彼女の伯母が結婚に反対したが、やがて彼を姪の婚約者として認めてくれたこと、父の司祭長が結婚まで一年待てと言い出し、やがて七月に式を挙げてもよいと譲歩すること、舞踏会で以前憧れていた女性に会い、オノーリアの美しさとしとやかさを再認識することなどが描かれる。彼は彼女の愛に価する人間となるべく国会議員になろうと決心し、そのための勉強に着手するが少しも身が入らず、結局司祭館に出かけてしまう。彼女が彼の家を訪れ、かつてエリザベス女王が泊まり、また彼の亡き母の居室であった「女王の間」に案内されること、二人の恋文が入れちがいに届くことなどがあり、やがてフェリックスは森の中で彼女との死別を想像して耐えられず、司祭館に駆けつけて彼女の笑顔を見て安心する場面がある。次に彼は大学時代の親友と会うが、恋のために半ば途絶えていた友情が、相手も恋をしていたことが分って復活する。そして結婚前夜の不安な気持、結婚式の最中にはかえって何の感動も湧かないこと、新婚旅行出発前の慌だしさと、その間の父牧師の訓戒などが続き、最後に新婚旅行で海辺の町へ行き、フレデリック・グレアムの軍艦を訪ねる。彼は失恋したグレアムが雄々しく絶望に耐えている姿をかえって羨しく思う。やがて宿に戻った二人はわざと結婚前のような堅苦しい態度のふりをし、やがて朗らかに笑い出してたがいに抱きあうという幸福な情景でこの物語自体は終る。エピローグはふたたび主人公夫婦の会話となり、フェリックスはまた死と天国の話題を持ちだすが、オノーリアは仮により高い愛があったとしても、天国でも他の道は選ばないでしょうと答える。作品は二人が友人と会い、友人が彼らの子供を「いい子だ」とほめるという、平凡な家庭的幸福を暗示する短いエピソードで幕を閉じる。

外的事件らしいものはほとんど何も起らない。裕福な若者が上品な家庭の令嬢に惹かれ、特に何という障害もなく親しくなり、結婚を申しこんで承諾の返事をもらい、一定の結婚期間を置いて結婚する、というだけである。このあまりにも平穏無事な物語は、ヴィクトリア朝時代の中産階級の自己満足の表現として嘲笑のまとになったこともある。特に批判の対象となったのは次のようなくだりである。

The Ladies rose. I held the door, (I, vi)
（女性たちが席を立つ。私はドアを開いた）

I, while the shop-girl fitted on
The sand-shoes, look'd where, down the bay,
The sea glow'd with a shrouded sun. (II, xi)
（店の女が砂浜用の靴をはかせている間、私は湾の沖の海を見ていた。海は曇り日の日射しの下で輝いている）

このような文句が詩であると考えるような社会と読者層は、凡庸な日常性以外のものを知らず、それにまったく満足しているだけではないが、というわけである。この詩の題名そのものがこうした嘲笑の声を強めた。晩餐会が終って女性たちが先に席を立ち、主人公がうやうやしく開いたドアを通って別室に移る。その中の一人であるオノーリアが「家庭の天使」なのであろうか。彼女はまた新婚旅行に訪れた海辺の町で、店の女に砂浜用のズック靴のサイズを合わせてもらっている。ブルジョア的安楽を絵に描いたようなこの情景を天使の降臨あつかいするのは、ほとんど胸の悪くなるようなセンチメンタルな理想化ではないか。こうした批判は題名の「天使」を、その通俗的な意味で、つまり美しく善良な女性を 'She is an angel' と褒める時の意味で、受けとることから発しているのである。(2) たしかにこの詩には、そのように素朴でセンチメンタルな読み方をされてしまうような要素がある。それは当時のブルジョア社会の風俗や習慣、若い女性の振るまい方の理想や妻の役割についての固定観念にあくまで忠実に従っているので、その面だけを見れば、Virginia Woolf の、われわれは「家庭の天使」を殺さなければならないという発言(3)もやむをえないところがあると言えるだろう。われわれとしては、この詩のそういう面はカッコに入れて、すなわち過ぎ去った社会の一つの絵画的な像として、受けいれる他はない。その上で、われわれはパトモアが当時の現実の社会の風俗をいかに詩に転化させようとし、その点でどのような成果をあげているかを検討することができる。

前述の通り *The Angel in the House* は二巻からなり、その各巻が一二の Canto に分かれている。その他に各巻の冒頭には Prologue が一つずつ置かれ、そして第二巻の終りには全体に対する Epilogue がついている。それぞれの歌（Canto）は二から七までの長短の節に分かれており、また二つの Prologue と最後の Epilogue も三から四までの小節を持つ。しかしこの物語詩の最大の特徴は、主人公フェリックスが一人称で回想する物語部分（パトモアはこれを 'idylls' と呼んでいる）の他に、各歌の冒頭に二節から五節までの間で変化する preludes と呼ばれる哲学的抒情的な詩編が置かれていることである。これらの「序曲」はフェリックスとオノーリアの個人的な恋物語ではなく、男女の愛のさまざまな側面を一般論の形で歌っており、物語部分に特定の司祭館とその庭か、オノーリアがロンドンに出かける時の汽車とか、新婚旅行に出かけた時の海岸の様子とかが出てくるのに対して、時代の社会的背景に縛られない、超歴史的で普遍的な視野を開いている。これらの小詩編の世界は物語部分の恋物語より広く、男女の愛が神の愛の地上における現われであるという、パトモアの根本的思想の表現となっているのだが、また見方によっては時代の風俗や習慣に縛られた二人の恋の表面下で動いているもっと深い愛の力を示すという意味で、物語部分に現われている二人の心の動きよりもっと内密でもっと無意識なものであるとも言える。序曲部分と物語部分とのいわば対位法的な並行関係と、その二つの部分の相互作用とが、*The Angel in the House* というこの作品の意味の中心をなしており、この詩をヴィクトリア時代の上流階級の穏やかな恋愛の結婚を描いた小ぎれいでチャーミングな画帖（その要素もたしかにあり、それにはそれなりの魅力があるのだが）以上のものとしているのである。

全体を貫くリズムは交互に韻を踏む八音節行（octosyllabic line）である。英詩において八音節行は標準的な十音節行（pentametre）よりも軽快であり、伝統的に喜劇的な表現に適しているとされている。また押韻がａｂａｂと四行で一つのまとまりをなすことから警句（epigram）風の意味の簡潔さや、この四行のまとまりを二行ずつ分割することによる対立表現（antithesis）を生みやすい。パトモアは韻律法については一家言をもつ理論家であったから、この詩形のもつ意味を十分に意識していた。エドマンド・ゴスの回想によると、「彼ははっきりした意図をもってそうしたのだと答えた。それは一つにはその当時詩人たちが非常に風変りで極端な形式に迷いこんでいたためであり、彼は読者を単純さに呼び戻したいと考えたからであるが、もう一つの理由はそれが素早く喜ばしい韻律（a swift and jocund measure）であり、笑いと陽気さにみち、悲しい主題（pathetic themes）には適さないが貞潔な愛と幸福な結婚の物語（a story of chaste love and fortunate marriage）には最適なものだったからである」(4)。ワーズワースのルーシー詩編やバイロンの失恋詩、テニスンの『イン・メモリアム』や『モード』、メレディスの『現代の愛』とクラフの『旅路の恋』など、一九世紀の恋愛詩、失恋詩、哀悼詩などを「人間関係の詩」ととらえてその諸相を操った *The Heart's Events : The Victorian Poetry of Relationships* (1976) の著者 Patricia M. Ball は、パトモアの亡妻への哀悼の一連のオードとともに *The Angel in the House* をも取りあげているが、この韻律について、「しかしそれは自らをもったいぶった（solemn）形で考えない。全体に軽やかな機知の微風が吹きわたり、八音節行の助けを借りて、その翼となって働いている。愛の気づかい、その愚かしさと熱烈さがこの軽やかさ（airiness）によって支えられている」(5)と述べている。パトモアの愛についての思想は根本的に宗教的であり、後期にはそれは神秘主義の領域に入っていった。この *The Angel in the House* においても「序曲」部分の思想の根底には神の愛への憧れがある。しかしこの詩形によって、それは一九世紀の家庭生活の描写と時には軽やかに、時には熱烈に共存することができた。

第1巻1歌 'The Cathedral Close' は次のように始まる。

Once more I came to Sarum Close,
　With joy half memory, half desire
And breathed the sunny wind that rose,
　And blew the shadows o'er the Spire,
And toss'd the lilac's scented plumes,
　And sway'd the chestnut's thousand cones,
And fill'd my nostrils with perfumes,
　……………

(私はふたたびセイラムの境内に来た、半ば記憶、半ば欲望である喜びを抱いて。私が吸いこむ夏の風は尖塔の上の影を追い、ライラックの香ぐわしい花房を動かし、マロニエの無数の実を揺らし、私の鼻を芳香で満たした)

司祭館の庭はこのように描かれる——

Geranium, lychnis, rose array'd
　The windows, all wide open thrown :
And some one in the study play'd
　The Wedding-March of Mendelssohn.

（ゼラニウム、センノウ、バラに飾られ、窓はすべて一杯に開け放たれている。そして書斎では誰かが、メンデルスゾーンの結婚行進曲を弾いていた）

Fredrick Page はこの冒頭部分を「完全なテニソン」「『イン・メモリアム』の抑制をもって書き直された『庭師の娘』である」[6]と評している。これは正確で細やかで、ほとんど牧歌的と言えるような安らぎに満ちた、ヴィクトリア時代のリアリスティックな家庭画である。そして司祭館に迎え入れられたフェリックスが娘たちと交わす会話はというと——

What letters they had had from Bonn,
Said Mildred, and what plums from Spain!
By Honour I was kindly tasked
  To excuse my never coming down
From Cambridge ; Mary smiled and ask'd
  Were Kant and Goethe yet outgrown?

（ボンから沢山手紙をもらいましたわ、とミルドレッドが言った、そしてスペインから杏も届いて！ オナー（Honoria の略称）は私がケンブリッジから帰省しなかった理由を、にこやかに問いただした。メアリは笑いながら、カントやゲーテをまだ卒業していないの、と尋ねた）

平穏な客間の光景のうちに、社交的でコスモポリタンのミルドレッド、家庭的なオナー（オノーリア）、そして学問好きのメアリの性格が描きわけられる。まさに夏の風のように軽やかな生活のスケッチであり、絵画的なタッチは開巻の情景描写にふさわしく鮮明である。

しかしこれに先立つ三つの序曲では、パトモアはもっと雄大な音調を打ち出している。これらの第一歌の序曲は詩人の詩神への呼びかけ（invocation）であるが、その第三番、The Poet's Confidence（詩人の自信）と題された一編で、パトモア（あるいはパトモアの内なる「詩人」）は次のように高らかに宣言している――

I will not hearken blame or praise ;
　For so should I dishonour do
To that sweet Power by which these Lays
　Alone are lovely, good, and true ;
Nor credence to the world's cries give,
　Which ever preach and still prevent
Pure passion's high prerogative
　To make, not follow, precedent.
From Love's abysmal ether rare
　If I to men have here made known
New truths, they, like new stars, were there
　Before, though not yet written down.

（私は世の毀誉褒貶に耳を傾けまい。というのはそうすれば私は、これらの歌がその力によってのみ美しく、善く、真実となるあの甘美なる力を汚すことになるから。また私は世の騒々しい論議にも信を置かない。それはいつも説教ばかりで、つねに前例に従うのではなく前例を作り出す至純の情熱の特権を妨げるものだ。もし私がこの書において、愛の深淵のごとく霊妙なる霊気の中から、人間に新しき真理を知らしめたとするなら、それらの真理は新星のごとく以前からそこにあり、ただ記録されなかったというだけなのだ）

真、善、美の価値に訴え、また新星という天文学の比喩を使い、「前例に従うのでなく作り出す」という高揚した宣言を打ち出すこの一節は、快く平凡な物語本体の冒頭とはまったくレベルの異なる表現の世界を作っている。物語の世界が快適な生活のリズムであるとするならば、「序曲」の世界は観念と理想の世界なのであり、*The Angel in the House* というこの作品では、両者が最初から並列しているのである。

「序曲」の高揚した気分は最後のCantoである第二巻の第十二歌、二人が新婚の夫婦となって新婚旅行に出かける 'Husband and Wife' の序曲第一番において、ある意味で最高潮に達する。ここではオノーリアは女王にたとえられ、詩全体がエリザベス朝抒情詩風の女王讃歌のような様相をみせることになる。恋と讃美の対象＝女王の威厳とやさしさを讃えることで、この序曲は真にルネサンス詩風の位階の感覚を再現している。

The Married Lover

Why, having won her, do I woo?
　Because her spirit's vestal grace
Provokes me always to pursue,

But, spirit-like, eludes embrace ;
Because her womanhood is such
That, as on court-days subjects kiss
The Queen's hand, yet so near a touch
Affirms no mean familiarness,
Nay, rather marks more fair the height
Which can with safety so neglect
To dread, as lower ladies might,
That grace could meet with disrespect.
Thus she with happy favour feeds
Allegiance from a love so high
That thence no false conceit proceeds
Of difference bridged, or state put by ;

(彼女を獲ちえた今も、私はなぜ求愛するのか？　彼女の魂の聖なる巫女の美しさが、私をつねに追い求めるように駆りたてるが、魂にふさわしく、つねに抱く手を逃れるからだ。また彼女の女らしさは宮廷の催事で臣下たちが女王の手に接吻し、しかもこのように近く触れても卑しい思い上りを許さない、そのようなものだからだ。それは位の低い貴婦人のように親しさが不敬に会うことを恐れず、心安らかにそのような顧慮を無視することができる、そのような気高さのしるしなのだ。彼女はこのように幸せな恩恵の力によって、至高の愛の高みから忠誠の心を育みそだてる。そこには位の違いを乗りこえるとか、威厳をふり捨てるとかの誤った思いこみは生じない)

複雑に入りくんだ詩句の構造はルネサンス期のソネットを思わせる。この序曲は次のエピグラム風の四行で終るが、これが宮廷に君臨する昔の女王の夢と、現代の新婚の妻の美しさとを結ぶ役割を果たしている。

Because, though free of the outer court
　I am, this Temple keeps its shrine
Sacred to Heaven ; because, in short,
　She's not and never can be mine.

（なぜなら、私は宮廷の前庭までは自由に出入りできるのだが、この聖堂はその至聖所を神のみに捧げた場所としているからだ。要するに、彼女は私のものではなく、決して私のものになりえない）

恋人を女王にたとえるこのルネサンス宮廷詩風の比喩は第二巻第四歌の序曲第一番（Honour and Desert）にも見られ、この詩を流れる一つの糸となっている。

比喩を描写的に用いるのではなく、ある観念を展開するために用いるということの傾向は、詩の表現の上では比喩がそれ自体のためにながながと展開されるという、拡大比喩の詩法となる。これもまたルネサンス詩風の味わいを生みだす一つの要因である。第二巻の第九歌（The Friends）の序曲第二番では女性を外国の領土にたとえる長大な比喩が一六行にわたって続いている。

The Foreign Land
A woman is a foreign land,

  Of which, though there he settle young,
A man will ne'er quite understand
  The customs, poltics, and tongue.
The foolish hie them post-haste through,
  See fashions odd, and prospects fair,
Learn of the language, 'How d'ye do,'
  And go and brag they have been there.
The most for leave to trade apply,
  For once, at Empire's seat, her heart,
Then get what knowledge ear and eye
  Glean chancewise in the life-long mart.
And certain others, few and fit,
  Attach them to the Court, and see
The Country's best, its accent hit,
  And partly sound its polity.

(女性は一つの外国であり、男は若くしてそこに住みついても、その風俗、政治、言語を本当に理解することはできない。愚者たちは大急ぎでそこを駆けぬけ、奇妙な風習や美しい風景を見、「今日は」程度の言葉をかじり、そして帰ってきてその国に行ったことを自慢する。大部分のものは帝国の首都である女の心で、一度だけ交易する許可を求める。そして一生をかけた商売の間に、眼と耳が偶然に拾っただけの知識を得る。そして意欲のある少数の者は宮廷

に仕え、その国の最良のものを見、その言葉を身につけ、そしてその国の政体を一部とはいえども測り知る）

前にも触れたことだが、このような詩法はそれみずからの格調の高さを支えるために、複雑な構文を用いて平凡な日常性から隔絶した世界を構築しようとする。それはしばしば一種の機知に近づく。第一巻第五歌（The Violets）は、物語の部分ではオノーリアに恋する主人公が一週間のあいだわざと司祭館を訪れないことに決め、その結果憂鬱と焦燥に苦しめられることを述べる――

How Heaven its very self conspires
　With man and nature against love,
As pleased to couple cross desires,
　And cross where they themselves approve.

（神ご自身が人と自然と共謀して恋を妨げ、勝手に相反する二つの欲望を結びつけたり、かと思うと二人が望んでいる時にそれを狂わせたりする）

結局彼の苛立ちは彼女からスミレの花を同封した夕食への招待状が届くことで解消するのだが、この部分では‘cross’という語が二つの相反する句を結びつけて、一種の語呂合わせ（punning）の効果を出している。そしてこのCantoへの序曲の第二番（Love in Tears）が、失恋の恐れという同じ主題をもっと一般的なレベルで、しかもさらに複雑な機知的構文を用いて表現している。

If fate Love's dear ambition mar,
　And load his breast with hopeless pain,
And seem to blot out sun and star,
　Love, won or lost, is countless gain ;
His sorrow boasts a secret bliss
　Which sorrow of itself beguiles,
And Love in tears too noble is
　For pity, save of Love in smiles.

（もし運命が愛のいとしい望みを傷つけ、彼の胸を絶望の痛みで押しつぶすとしても、そして太陽も星もその光を失ってしまうとしても、得た恋にせよ失った恋にせよ、愛の利得は測り知れない。彼の悲しみは心ひそかな至福を語り、悲しみ自体が悲しみを紛らす。そして涙する愛は微笑む愛以外のものから憐れまれるには、あまりにも高貴なものだ）

第一行目のように語順を逆転させて目的語―動詞の順にするのは、詩においては特に取りたてて言うほどのことはないありふれた技巧だが、五行目から六行目にかけての 'a secret bliss / Which sorrow of itself beguiles' では、読むものは一瞬 'sorrow　of　itself' を意味の上でつなげて理解し、次の beguiles にきてようやくそれが 'Which beguiles sorrow of itself' の置きかえであることを理解する。このような途惑いとその解消が一行の中に仕組まれていることが快い小さな驚きを生み、「悲しみで悲しみを紛らす」という意味面での逆説がそれをさらに強めている。同じようなことは最後の二行についても言える。'For pity, save of Love in smiles' で、読むものは'pity'と'of Love in smiles'を意味の上でつなげ、'save (pity) of Love in smiles'という隠れた構文を再建するために一息か二息の時間を費やさなければならない。

ルネサンス的な位階と高貴の感覚にもとづく愛＝女王の比喩が、愛（とその対象たる女性）への熱烈な崇拝を表現するとすれば、今あげたような曲芸的な構文上の工夫は機知の表現である。パトモアの機知には一八世紀的な対立表現（antithesis）にもとづくものもある。例えば第一部第十一歌（The Dance）の序曲第二番（Aurea Dicta）は、題名通り四行からなる格言（金言）を連ねたものであるが、その中にはこういうものもある——

Who pleasure follows pleasure slays
　God's wrath upon himself he wreaks ;
But all delights rejoice his days
　Who takes with thanks, and never seeks.

（快楽を追う者は快楽を殺す。彼は自らの上に神の怒りを課す。しかし感謝をもって受け、決して求めない者は、すべての喜びをもって日々を楽しむ）

この種の警句（epigram）は内容的にも形式的にもあまりに平凡であろう。しかしもっと複雑な例もある——

A simple heart and subtle wit
To praise the thing whose praise it is
That all which can be praised is it.

（第一巻第八歌序曲第五番）

（純な心と巧みな機知が、およそ讃えられうることのすべてであるという、そのことが讃美の理由となるもの〔愛〕を讃える）

この句が現われる第一巻第八歌（Sarum Plain）は、主人公が司祭長の一家とともにソールズベリ平原にピクニックに出かけ、無言のうちにオノーリアとの間で愛の了解に達するエピソードであり、序曲もそれにふさわしい高揚した表現をとっている。この入りくんだ表現はほとんど謎（riddle）に近く、読むものはその構文を読み解くことによって、'praise' という語がさまざまな形ではめこまれているその集中的な表現から、機知と情熱の一体化した形を感受するのである。

パトモアはダンやハーバートなどの形而上派の詩を先駆的に評価した詩人であった。機知と情熱の合体という彼の詩のこの側面には、彼が形而上詩から何を学んだかが現われている。女王の比喩はむしろエリザベス朝のソネットやスペンサーの詩を思わせるが、第二巻第一歌（The Course of True Love）の序曲第一番（The Changed Allegiance）には、ためらいがちに婚約者に心を移してゆく女性の心を、籠から解放された小鳥にたとえた長大な比喩がある――

Watch how a bird, that captivated sings,
  The cage set open, frist looks out,
Yet fears the freedom of his wings,
  And now withdraws, and flits about,

And now looks forth again ; until,
　Grown bold, he hops on stool and chair,
And now attains the window-sill,
　And now confides himself to air.
The maiden so, from love's free sky
　In chaste and prudent counsels caged
But longing to be loosen'd by
　Her suitor's faith declared and gaged,
　　…………

（見るがよい、捕われの身で歌う小鳥が、籠が開け放たれるとはじめ外を見て、しかし自分の翼を自由に打つことを恐れ、中にひっこんで落着きなく動き、かと思えばまた外を見る。そしてついに大胆さを増して椅子に飛び移り、やがて窓辺に達すると我身を空中にと委ねるのを。そのように乙女も愛の自由な空から、純潔と慎重の教えによって籠に入れられたのを、求婚者の誠が宣べられ誓われたことで、その籠から解き放たれることを願い……）

この比喩はたしかにダンのコンパスの比喩や涙＝コイン＝地球の比喩にくらべればおとなしすぎるかもしれない。しかし手のこんだ比喩であることに変りはない。そしてこの序曲はさらに続き、恋する女性の情熱と抑制を

　　. . . joltings of the heart, as wine
　Pour'd from a flask of narrow neck

（心の急なときめきは、首の細い酒瓶から注がれるワインのよう）

と表現したり、そして彼女が羞恥と不信を捨てて

Lets run the cables of reserve
And floats into a sea of bliss

（抑制のともづなを走るに任せて、至福の海に漂い出る）

様子を描くなど、見事な比喩が続出する。Mario Praz はパトモアを一九世紀英詩における形而上詩の後継者であると言い、(7) J.C. Reid はこれを受けて、

「『天使』とその続編に表現された詩的態度のすべてが、形而上詩の主要な詩人たちを思い出させる――日常の現実と超越的な愛と存在の哲学を同時に受けいれること、知性と感情を和解させる試み、そして愛にみちた喜びの感覚である」(8)

と述べている。パトモアはたしかに男女の愛、特に結婚愛を神の人間への愛の地上における対応物と考える、一種の神秘主義的肉体主義者であった。しかし少くともこの *The Angel in the House* では、彼がこの思想を表現する詩はいささか説明的である。

The Kites

I saw three Cupids (so I dream'd)
　Who made three kites, on which were drawn,
In letters that like roses gleam'd,
　'Plato', 'Anacreon', and 'Vaughan'.
The boy who held by Plato tried
　His airy venture first ; all sail,
It heav'nward rush'd till scarce descried
　Then pitch'd and dropp'd, for want of tail.
Anacreon's Love, with shouts of mirth
　That pride of spirit thus should fall,
To his kite link'd a lump of earth,
　And lo, it would not soar at all.
Last, my disciple freighted his
　With a long streamer made of flowers,
The children of the sod, and this
　Rose in the sun, and flew for hours.

（私は三人のキューピッドが（そのように私は夢に見た）三つの凧を作るのを見た。それぞれにはバラ色に輝く文字で「プラトン」「アナクレオン」「ヴォーン」と書かれていた。プラトンに従うキューピッドが最初に空の冒険を試みる。凧は一杯に風をうけて天空に駆け上り、ほとんど見えなくなったが、やがて揺れて落ちた。尾がついてなかったのだ。アナクレオンのキューピッドは、高慢な魂がこのように墜落したので大声で笑いころげ、自分の凧に一塊の土を結びつけた。すると何ということ、それはまったく上らなかった。最後に私の教え子は自分の凧に、大地の子供たちである花々で作った長い吹き流しを重しにつけた。するとこの凧は太陽を受けて上ってゆき、何時間も飛んでいた)

パトモアはこのユーモラスな序曲によって、魂と肉体の分離を説くプラトンと、肉体の快楽のみを歌うアナクレオンに対して、「大地の子」である花と天空を目ざす凧の統一を志向する自分の詩の優位を主張している。童話めいた魅力はあるけれども、このユーモアはやはり安易にすぎると言うべきだろう。John Holloway はそのパトモア論の中で、パトモアは結局ダンの詩を一つの意匠として採り入れたのだと言っているが、(9) ここに彼の限界があることは否定できない。

しかしそうは言っても、*The Angel in the House* が時にダンに由来する知的な熱烈さを見せることも事実である。第一巻第七歌（Aetna and the Moon）では物語部分にそのような一節が現われて、一般に平明な物語部分と高揚した序曲部分とをつないでいる。第六歌（The Dean）で主人公はオノーリアの父司祭長に彼女に求婚する許しを求め、遠まわしな言い方で許可を得ている。しかし彼女自身の気持はどうなのか？　彼は疑いに苦しめられ、出すあてもない恋文を書きはじめる。

To soothe my heart I, feigning, seized
A pen, and, showering tears, declared

My unfeign'd passion ; sadly pleased
　only to dream that so I dared.
Thus was the fervid truth confess'd
　But wild with paradox ran the plea,
As wilfully in hope depress'd,
　Yet bold beyond hope's warranty.

（わが心を鎮めるために私は心にもなく筆をとり、涙を雨と流しながら、わが心からなる情熱を明言した。そんな勇気が出せるのは夢にすぎないという悲しい喜びを感じながら。こうして熱い真実が告白された。だがその訴えは狂おしい逆説に翻弄され、希望を抱きながらわざと絶望し、そのくせ希望の許す範囲をはるかにこえて大胆になるのだった）

'feigning / unfeign'd' 'sadly pleased' 'in hope depress'd' 'bold beyond hope's warranty'——作者の言う通りこれは逆説の連続である（第二部第三歌の序曲には A Paradox という題をもったものもある）。そもそもこれは出すつもりのない恋文なのだ。恋文の内容は第二節に始まる——

'O, more than dear, be more than just,
　'And do not deafly shut the door !
'I claim no right to speak ; I trust
　'Mercy, not right ; yet who has more ?

'For, if more love makes not more fit,
　'Of claimants here none's more nor less,
'Since your great worth does not permit
　'Degrees in our unworthiness.

（おお、愛しい上にも愛しい人よ、公正さを乗りこえ、耳を借すことなくドアを閉さないでください！　私には語る権利などありません。権利ではなく、慈悲を乞うているのです。でもあなたより慈悲深い人がいるでしょうか？　なぜなら、より多く愛する者がよりふさわしい者でないとしたら、この世の恋人たちの一人としてよりふさわしいとか、ふさわしくないとか言えなくなります。あなたの至上の気高さを前にしては、われわれの卑しさに程度の差など認められないからです）

'more'（と'less'）という比較の語をくり返しながら、この一節は結局オノーリアの気高さの前では比較など成りたたないという結論に導く。見事な機知の詩であり、熱烈な恋情の吐露である。しかし主人公はこの恋文にも満足できず、中途で書くのをやめて司祭館に駆けつけ、オノーリアの顔を見てようやく心を落ちつける。

She sate at work ; and, as the Moon
　On Aetna smiles, she smiled on me.

（彼女は縫物を前に坐っていた。そして月がエトナ火山に微笑みかけるように私に微笑みかけた）

そしてこの比喩がこの Canto の題となるのである。

パトモアは過去や神話に題材を求めず、一九世紀半ばの社会風俗に忠実に即して、しかもそれを詩に転化しようとした。彼は「現代の紳士」(the modern gentleman) はアキレウスやサー・ギャラハッドの末裔であり、「現代の淑女」(the modern lady) はブリセイスやベアトリーチェの子孫であると言い、「一九世紀のヒーローとヒロインは彼らの肖像が描かれるのを待っている。だがその仕事に価するような画家が現れないようなのだ」と述べている。[10] そこで彼はみずから現代の男女の恋愛に詩の輝きを与えるという仕事に乗りだしたのである。それはまさしくプラーツの言う「日常生活の叙事詩」(The Epic of the Everyday) であった。そして日常的リアリズムと詩的高揚というこの二つの極を包摂するために、この物語詩に「序曲」の部分を加えたのである。今まで見てきたように、彼はこの序曲部分にロマン主義的な夢や幻想ではなく、もっと古い、宮廷詩や形而上詩の伝統から取りいれた知的で逆説的な表現を用いて、恋愛というものを一つの大きな逆説として提示したが、これが彼の詩を他の一九世紀詩人たちの物語詩、たとえばテニソンの『イノック・アーデン』やブラウニングの劇的独白などと区別する彼の個性である。彼は平穏な日常生活の中に漂うおだやかな詩情と、その底に(あるいは上に)流れる大きな逆説とを描くことに、ある程度の成功をおさめたし、われわれは今日でもそれを楽しむことができる。しかし全体として見ると、*The Angel in the House* の序曲部分は、時に宮廷詩的な女性崇拝があり、時に知的で逆説的な恋愛心理の解剖(形而上詩的機知)があるという具合で、折衷的という感じがどうしても残る。交互に押韻する八音節詩行は、しばしばあまりにも凡庸な教訓的警句に堕してしまうこともある。彼はたしかに恋愛を宗教的な愛と不可分に結びつける。二〇世紀ではロレンスに通じるようなヴィジョンを持っていたのであるが、そのヴィジョンに詩的表現を与える独自で純一な詩の形式を創造できなかったのである。おそらくパトモアは、「現代の紳士」と「現代の淑女」をあまりに素直にアキレウスやベアトリーチェと結びつけてしまい、一九世紀の男女が抱えこんでいた矛盾を十分に感受することができなかったのであろう。

（1） J. C. Reid, *The Mind and Art of Coventry Patmore*, 1957, p. 55.

（2） これに対するパトモア弁護論としては「家庭の天使」とは女主人公オノーリアのことではなく「愛」そのものであり、「家庭」(the House) とは肉体であり現世の現実であるという解釈がある。すなわち「愛」の魂が現世の肉体を聖化するのである。これがパトモアの思想だったことはまちがいない。

（3） Virginia Woolf, ‘Professions for Women’.

（4） Edmund Gosse, ‘The History of a Poem’, *The North American Review*, March, 1897, quoted in Reid, *op. cit*., p. 245.

（5） Patricia M. Ball, *The Heart's Events : The Victorian Poetry of Relationships*, 1976, p. 191.

（6） Frederick Page, *Patmore : A Study in Poetry*, 1933, p. 90.

（7） Mario Praz, *The Hero in Eclipse in Victorian Fiction*, trans. Angus Davidson, 1969, Appendix I ‘The Epic of the Everyday’, pp. 413-443.

（8） J. C. Reid, *op. cit*. p. 253. Reid は Praz の指摘の正しさを認めつつも、パトモアの詩をもっぱら形而上詩の影響からのみ捉えることには反対している (p. 249n.)。

（9） John Holloway, ‘Patmore, Donne, and the ‘Wit of Love’, in *The Charted Mirror*,1960, pp. 53-62.

（10） Patmore, review of Charles Kingsley, *Saint Maura,* (*Literauy Gazetle*, 20 March 1858), quoted in Page, *op. cit*. p. 93.

V　クリスティーナ・ロセッティ
——女性としての制約と信仰

坂川雅子

はじめに

一八九二年にテニスンが亡くなったとき、多くの者が、残っている詩人のうちもっとも優れた詩人として、クリスティーナ・ロセッティ（Christina Georgina Rossetti, 1830-94）を挙げた。ルイス・キャロルも、「もし、次の桂冠詩人を誰にするかということで意見を訊かれたとしたら、私はクリスティーナ・ロセッティを推奨するだろう」と述べている。(1)

ロセッティが生前には高く評価されていたことは、その書評にも表われている。彼女の第一詩集『ゴブリンマーケットとその他の詩』(2)が出版されたときの書評の一つは、「最近出されている技巧的で独自性に欠けた韻文のあとにこれらの詩を読むと、自然らしきものを描いた絵画が並んでいる画廊から本物の自然のなかに出ていき、快い微風に頬をなでられるような心地がする。……ここに収められた詩の内容や表現は非常に微妙であり、詩的な目がなければそれを完全に理解することはできない。……各詩行の美しい響きはいつまでも耳に残る」(3)と述べ、第二詩集『王子の旅とその他の詩』(4)が出版されたときの書評の一つは、「クリスティーナ・ロセッティのほとんどの詩は、自然に流れ出てくる思いをうたっている。……そこには深い考えやはげしい情熱はない代わりに、落ち着きと美しい調べがある」[5]としている。また、一八七五年に第一詩集と第二詩集を一つにまとめたものが出版されたとき[6]、エドモンド・ゴス（E. W. Gosse）は「エリザベス・ブラウニングは、修辞的技巧と知性のきらめきに満ちているのに対して、クリスティーナ・ロセッティは、内省的で憂愁にみち、抑制された低い調べをかなでる。…彼女には本質的に、コールリッジとの類似性が認められる」[7]という書評を寄せ、第三詩集『めぐる季節とその他の詩』[8]の書評は、「様々な自然のすがたのうち、ロセッティは特に、静けさ、晴れ渡った空、希望と平和にみちた大気をみごとに描き出す」[9]と書いている。そして、第四詩集『詩選集』[10]が一八九三年に出版されたときには、彼女は現存するもっとも優れた詩人、最先端を行く詩人の一人としてもてはやされたのであった。

また、一八九四年にロセッティが亡くなったときに寄せられた多くの追悼文は、彼女の「明晰で透明な文体」や「宗教的洞察力」を賞賛した。アーサー・シモンズは、一八九五年一月五日号の『サタデー・レビュー』で、彼女を「一九世紀のもっとも偉大な詩人の一人」と絶賛している。このような評価は二〇世紀に入ってもつづき、たとえば一九一三年に、エドモンド・ゴスは彼女を「ヴィクトリア朝時代のもっとも完璧な詩人の一人」としている[11]。

しかしその後事態は一変し、彼女の詩はしだいに顧みられなくなった。アンソロジーに収録された詩の数がそのことを端的に示している。たとえば、『ヴィクトリア朝の詩と詩論（Victorian Poetry and Poetics, Houghton and Stange)』の第二版には一七編収録されているが、第一版には一編も取り上げられていない。また、ノートンアンソロジーの第五版には一八編取り上げられているが、第四版では一〇編であり、第三版には一編もなかったのである[12]。

このような変化は何に起因しているのだろうか。二〇世紀前半にはヴィクトリア朝の詩全体に対する否定的態度が見られたが、その後、再評価が行なわれるようになってからも、彼女の詩は長いあいだ無視されつづけたのである。マックガンは、ホプキンズを積極的に取り上げた「新批評」がロセッティを無視した理由を、華やかな技巧を排したロセッティの詩が、多義性、複雑さ、パラドックス、相反する物のうみだす緊張などを重視する「新批評」の嗜好には合わなかったからだとしている。[13]

フロイトの精神分析の流れをくむ批評家たちは、ロセッティを「欲求不満をかかえた女性」「抑圧され悲嘆にくれた詩人」などと評し、その作品を「病的な暗い歌」として退けた。たとえば、『ペリカン英文学ガイド』（一九五八年出版）のラファエル前派の項を執筆したロブソンは、「否定、拒絶、喪失がクリスティーナの宗教詩にみられる特徴である。それを読んでいると気が滅入らずにはいられない。子供向けの詩や『ゴブリンマーケット』にも、悲しみ、病的な憂鬱、あきらめが感じられる。彼女の詩には、強い死への憧れが見られる。そのような感情に打ち勝っている詩をみつけるのは難しい」と書き、[15]その暗さを強調している。さらに、彼女の兄ダンテ・ゲイブリエル・ロセッティの存在が彼女を陰に追いやったことも否定できない（たとえば二人を混同し、彼女の「ジョージーナ」というミドルネームを「ゲイブリエラ」（兄のミドルネームの女性形）にしているものもある）。[16]

このような状況が続いたあと、やっと一九七〇年代後半になって、ロセッティの本格的研究がはじまり、正当な評価が行なわれるようになった。その大半は、フェミニズム批評によるものである。一九七〇年ごろ、女性解放論者たちは、ヴィクトリア朝の女性詩人たちの一部をフェミニズムの先駆とみなし、彼女たちの詩をとりあげて論じはじめた。ロセッティの詩もその観点から取り上げられ、それまで論じられなかった側面に光があてられるようになった。なかでも、多くのフェミニズム批評家が取り上げたのは、第一詩集にも収められている『ゴブリンマーケット』である。この詩はロセッティを考える際に無視することのできない作品であるが、この作品について述べる前に、詩人としてのロセッティに多くの影響をあたえた彼女の家族について触れておきたい。

クリスティーナ・ジョージーナ・ロセッティは、ゲイブリエル・ジュゼッペ・ロセッティ（Gabriel Giuseppe Rossetti -1854）とフランシス・ラヴィニア・ポリドリ（Frances Lavinia Polidori -1886）の第四子として生まれた。ゲイブリエルは、ナポリからイギリスに政治亡命した詩人であり、ダンテ学者としてロンドンのキングズ・コレジでイタリア語を教えていた。フランシスの母親はイギリス人であったが、父親（Gaetano Polidori）は、ゲイブリエルと同様イギリスに帰化したイタリア人で、イタリア語の翻訳や教育にたずさわっていた。その身内には、バイロンの医師であり『吸血鬼（Vampire, 1819）』を書いたジョン・ポリドリ（John William Polidori, 1795-1821）がいる。

クリスティーナの上には、マライア・フランチェスカ（Maria Francesca, 1827-76）、ダンテ・ゲイブリエル（Dante Gabriel, 1828-82）、ウィリアム・マイケル（William Michael, 1829-1919）の三人がいた。彼らは四人とも、英語とイタリア語を聞いて育ち、イタリア語の詩を翻訳し、イタリア語の詩を書いた。（クリスティーナが十代に書いた詩のうち、イタリア語の詩が何篇も残っている。）彼らはまた、題韻詩《ブーリーメ》のゲーム（特定の韻を決め、その韻を用いた詩を即興で作るゲーム）を楽しんだ。このゲームによってクリスティーナは詩作の楽しみを知り、技術を習得した。クリスティーナの兄たちはキングズ・コレジ・スクールに通ったが、彼女は姉とともに、家庭で母親から教育をうけ、母方の祖父からイタリア語を学んだ。この祖父が一八四七年に出した私家版[17]が、クリスティーナの最初の詩集となった。彼女が一五歳のときに書いた「おじいさまへ（Lines to my Grandfather, 1845）」という詩を見ると、この祖父が彼女の詩才を認め、詩を作るように彼女をいつも励ましていたことが分かる。

ダンテ・ゲイブリエルは、ミレー（John Everett Millais）やハント（W. Holman Hunt）らとともに、「ラファエル前派」を結成し（一八四八年）、機関誌『ジャーム（The Germ）』を出し、画家・詩人として活躍した。『ジャーム』が四号で廃刊になるまで、クリスティーナの詩が五篇（エレン・アリーン（Ellen Alleyn）という筆名で）

この雑誌に載った。ダンテ・ゲイブリエルは、クリスティーナの詩のよき理解者であり助言者であった。クリスティーナは、この兄の鑑識眼をふつうは評価していたが、その意見に同意できないときには、自分の意志を通した。たとえば、彼女の第二詩集『王子の旅とその他の詩』に収録する詩の選択はダンテ・ゲイブリエルの助言に基づいて行なわれたが、彼は「一番下の部屋（The Lowest Room）」を、クリスティーナが望んでも、入れようとはしなかった。この詩をバレット・ブラウニングばりの「男のものまねをした」作品であるように感じたからである。クリスティーナは、そのときは従ったが、一八七五年に第一詩集と第二詩集を合わせた詩集をだしたとき、ダンテ・ゲイブリエルには黙ってこれを入れた。(18)

ウィリアム・マイケルは、「ラファエル前派」の一員として『ジャーム』の編集にたずさわった。また、税務局に勤めながら、美術・文学評論を行ない、ブレイク、シェリー、ホイットマンなどの詩集の編集にも関わっている。彼は、一九〇四年にクリスティーナの詩をまとめて出版したが、(19)この詩集につけられたメモワールと注釈は、有益な直接的資料として、その後の伝記や研究書の基になっている。一九七九―九〇年に本格的な集注版全詩集(20)が出版されるまで、この詩集がクリスティーナ・ロセッティの唯一信頼できる詩集であった。

フランシスは、夫ゲイブリエルの夢――有名な詩人になり、立派なダンテ学者になるという夢――が実現される見込みのないことが分かったとき、子供たちにその夢を託した。そして、子供たちの作品やそれに関する批評を大事に保存した。クリスティーナが一一歳のときに母親の誕生日の贈り物として書いた最初の詩も、大事に保存されている。その数カ月後、クリスティーナは「ロセッティ家の詩人」としてもてはやされるようになった。(21)彼女が一三歳のとき、父親ゲイブリエルが体をこわし、ロンドンのキングズ・コレジにおける職を辞めた。クリスティーナは父親の看病をしながら家で詩作していたが、一五歳ごろから健康を害した。そして一六歳から一八歳ごろまで精神的・肉体的に不安定になり、彼女を診ていた医師は「当時の彼女の精神状態は正常ではなかっ

た」と述べている。(22)

クリスティーナは、母親や姉のマライアといっしょにクライスト・チャーチに通っていたが、その牧師はオックスフォード運動の熱心な支持者であり、彼女たちに大きな影響を与えた。彼女が母親や姉とともにこの運動にのめりこんだのは、ちょうど彼女が健康を害していた時期と重なる。姉のマライアは、一八六〇年にソサイエティ・オブ・オールセインツという女子修道会の外部《アウター》シスターになり、一八七五年には完全なシスターとなった。(23)クリスティーナも、この修道会が運営する婦人更正施設で、一八五九年ごろから四、五年間外部《アウター》シスターとして働いていたことがある。(24)

それでは次に、彼女がこの婦人更正施設で外部《アウター》シスターとして働きはじめたころに書いた『ゴブリンマーケット』について、見てみることにしたい。この作品は、妖精の食べ物を口にした者は元の生活に戻れなくなるという民話を基にして書かれた五六七行から成る詩である。

一　『ゴブリンマーケット』

概略――

ローラとリジーという二人の姉妹がいた。この二人の耳に、「買いにおいで。俺たちの果物を買いにきな」というゴブリンたちの声が、毎日聞こえてくる。リジーはその誘いにのらないが、ローラはとうとう誘惑に負け、お金の代わりに金色の巻き毛をゴブリンに渡し、果物をもらって食べてしまう。ゴブリンの果物は、一度食べると、ふたたび食べることはできない。何故ならば、一度食べた者にはゴブリンの姿が見えなくなり、その声も聞こえなくなるからである。ふつうの食物も食べられなくなった彼女は、衰弱していく。それを見かねたリジーは、ローラのためにゴブリンの果物を手に入れようと考える。リジーはゴブリンたちのところに行き、ローラのために果物を買おうとするのだが、ゴブリンたちは、リジー自身に食べさせようと躍起になる。彼らは、

リジーを踏みつけ　突き飛ばし
ぐいぐい肘を　押しつけて
つめで　ひっかき　吠えたてる。
上着をひき裂き　靴下を汚し
……………………
髪をつかんで　引っこ抜き
きれいな足を　踏んづけて
両手をつかみ　果物をもたせ
無理やり口に　おしつけた。

(They trod and hustled her,
Elbowed and jostled her,
Clawed with their nails,
Tore her gown and soiled her stocking,
……………………
Twitched her hair out by the roots,

Stamped upon her tender feet,
Held her hands and squeezed their fruits
Against her mouth to make her eat.　ll. 398-407)

このように痛めつけても、彼女が食べないことが分かったとき、彼らはついにリジーから離れる。リジーは家に戻り、

さあ　私を抱きしめて　吸いなさい
あなたのために絞られたゴブリンの果汁を。
……………………………
私を食べて、私を飲んで、私を愛して。

(Hug me, kiss me suck my juices
Squeezed from goblin fruits for you,
……………………………
Eat me, drink me, love me;　ll. 467-81)

と、ローラに言う。ローラは、自分のためにリジーがゴブリンの果物を食べてしまったと思いこみ、後悔にさいなまれながら、夢中でリジーにキスする。ゴブリンたちがリジーの顔に押しつけた果汁は、耐えがたいほど苦く、ローラの口を焼き、体をさいなみ、ローラを苦しめる。しかしそれは解毒剤の働きをし、ローラは一昼夜苦しん

だ後、以前の健やかな体に戻るのである。二人はその後しあわせな結婚をし、自分の子供たちにゴブリンの果実の危険について話し、「姉妹にまさる友はいない」と教えるという後日談で、この物語はおわる。

ロセッティは最初、この作品に“A Peep at the Goblins”という題をつけていたが、兄のダンテ・ゲイブリエルの助言で、それを“Goblin Market”に変えたのであった。そして彼女は、このほうがずっとよいと考えた。(25)

しかし、この“Goblin Market”という題名を適切な日本語にするのは難しい。ふつうゴブリンには、小妖精とか悪鬼とかいう訳語があてられるが、この作品のゴブリンは、「猫のような顔」をしているもの、「小ぼうきのような尻尾」をつけているもの、「ネズミのようなちょこちょこした足取り」で歩くものがおり、小妖精や悪鬼というよりは「小鬼」(26)という感じがする。しかし「小鬼」にすると、娘たちを誘惑するという面が稀薄になるような気がする。

次に、“Market”であるが、この作品のなかには特定の市場《いちば》や店は存在しない。娘たちは「買いにおいで。俺たちの果物を買いにきな」というゴブリンたちの声を「朝な夕なに」聞くのであるが、ゴブリンたちは、籠や大皿にいれた果物を抱えて、谷間を行き来しているのである。娘たちがそばにやって来たときに、荷をおろして果物を売りつける彼らの行為は、「店をひらく」ということになるかもしれないが、それを「市《いち》」と呼ぶのは、内容にそぐわない気がする。そのため、“Goblin”も“Market”も別の日本語に変えるのは止め、英語の題名のまま『ゴブリンマーケット』とすることにした。

それにしても、何故“Goblin Market”という題名をつけたのだろうか。ローラがゴブリンの果実を食べてひどい目にあったことを示そうとするのであれば、“A Peep at the Goblins”（ゴブリンたちを覗いた話）という原題のほうが分かりやすい。したがって、“Goblin Market”というのは、この詩の内容を直接表わすものではなく、もっと広がりをもつものであるように思われる。つまり、ローラやリジーだけではなく、広く一般の娘たちを誘惑する力をもつ者たちのマーケットを表わしているのである。その誘惑にはさまざまなものが含まれるが、ゴブリンが「商人」と呼ばれている（l. 107 ; l. 241）ことに焦点を合わせると、このマーケットは婦女子の購買欲をそそり誘惑する種々の品物が売られている市場《しじょう》を表わすことになる。その場合、この題名にはヴィクトリア朝の物質主義に対する批判も含まれていることになる。

この作品は、挿絵のついた子供向けの本として版を重ねたが、多面的な読みが可能であるため、多くの研究者によってさまざまな形で論じられてきた。ギルバートとグーバー[27]は、フェミニズムの観点から、男性中心の家父長制社会のなかで、女性が男性の圧制に抵抗する夢を描いたものとした。確かに、自分を屈服させようとするゴブリンたちに抵抗するリジーの姿は、男性の圧制に抵抗する女性を表わしていると解釈することができる。

一方カプランは、この詩はレープ、近親相姦的同性愛、マゾヒズムを描いた性的ファンタジーであるとする。[28]ローラのために果物を買おうとしたリジーに対して、ゴブリンたちが「上着をひき裂き　靴下を汚し／髪をつかんで　引っこ抜き／きれいな足を　踏んづける」行為がレープを連想させるのは確かである。しかし、近親相姦的同性愛を描いた性的ファンタジーとするのは妥当ではない。リジーとローラが「頬と頬をよせあい、胸と胸をおしつけて」眠る描写があるが（l. 197）、二人はこのとき二羽の小鳩にたとえられ、月や星に見守られて風の子守唄をきいて眠っているのである。また、ローラが果汁のついたリジーの顔に激しくキスする場面を近親相姦的なものと考えるのも、行きすぎである。ローラのその行為は、「私を抱きしめて吸いなさい。／あなたのために絞られたこの果汁を。／私を食べ、私を飲みなさい」というリジーの言葉に応えたものであるが、それ以上に、自分のために危険を冒して傷だらけになっているリジーを労わろうとする行為なのである。つまり、それは愛の行為であるが、その愛は決して同性愛的なものではなく、互いに相手の身を案じる献身的な愛なのである。したがって、リジーの行為をマゾヒズムとするのも不適切である。

このほか、誘惑と罪の贖いの物語、作者の抑圧された性を表わした作品、拒食症の問題を扱ったものとするなど、さまざまな解釈がこの詩について行なわれてきた。

ダミコは、[29]「このような多様な解釈はこの作品の豊かさを示すものである。しかし、この詩は明らかに肉体と魂の問題を扱っているのに、これまでの批評は肉体の面にばかり焦点をあて、人間の愛と女性の精神性についてのロセッティのメッセージを受け止めていない」と述べる。そして彼女は、ロセッティが著わした宗教書――『主の年』、『求めよ、さらば見出さん』、『聖者と呼ばれて』、『字句と精神』、『時は過ぎゆく』、『深淵の面《おもて》』[30]――を丹念に読み、そこに述べられた考えと照らし合わせながら、『ゴブリンマーケット』の解釈を行なった。以下に示すのが、ダミコの考えである。

ロセッティは、「あなたはいかなる像も造ってはならない。……あなたはそれらに向かってひれ伏したり、それらに仕えたりしてはならない。」という十戒の第二項（出エジプト記、20章4—5節）を、「ほかの如何なるものも、神より重んじてはならない」という意味に解釈し、[31]この戒めを重視している。このロセッティの考えに従えば、ゴブリンの果物を食べるという行為は、神よりも感覚的な喜びを重んじる態度を意味することになる。ロセッティは「目は見飽きることなく／耳は聞いても満たされない」という聖句（「コヘレトの言葉」1章8節）をよく引用するが、『ゴブリンマーケット』においても、肉体を満足させても完全な満足は得られないというこの教訓が示されているのである。……ローラはゴブリンの果物を食べたとき「岩よりわきでる蜜よりも甘い」(l. 129）と思うのであるが、これは、詩篇の「わたしは岩から蜜を滴らせて／あなたを飽かせるであろう」」（81章17節）という言葉を下敷きにしている。つまりローラには、神の賜物よりもゴブリンの与えるもののほうが素晴らしく思えるのである。ゴブリンの果実を食べたローラの「命の木は根元からしおれる」(l. 260）が、この言葉は、ヨハネ黙示録の「勝利を得る者には、神の楽園にある命の木の実を食べさせよう」（2章7節）という聖句を基にしたものである。ローラの体の衰弱は、魂の衰弱を象徴しているのである。……批評家たちの多くは、ゴブリンの果実を食べた結果やせ衰えて死んでしまうジェニーを、ヴィクトリア朝の身をもち崩した女性を表わすと解釈しているが、ロセッティの十戒に関する考えを考慮に入れれば、ジェニーは性的な罪をおかしただけでなく、神よりも他のものを重んじるという「偶像崇拝」の罪を犯したことになる。……ゴブリンに対して目と耳をかたく閉ざしていたリジーが「生まれてはじめてゴブリンたちの声に耳を澄まし、彼らを見ようとする」のは、自分の好奇心からではなく、ローラを助けるためである。リジーに対するゴブリンたちの攻撃はレープを思わせるが、それに抗して立つリジーは、純白のユリ、岩、たいまつ、オレンジを実らせた木にたとえられる。ユリとオレンジの花は処女マリアの純潔の象徴である。また、安定を表わす岩と、光を暗示するたいまつは、キリストならびにキリスト教会を表わしている。妹を助けるために自分の身を犠牲にしようとするリジーは、このようにキリストになぞらえられているが、とくに「私を食べ、私を飲みなさい」という言葉は最後の晩餐におけるキリストの言葉を思い起こさせる。ヴィクトリア朝の女性はよく天使になぞらえられたが、ロセッティは、リジーを天使ではなくキリストになぞらえるのである。

このようにダミコは、ロセッティの宗教書に述べられている考えや、詩の下敷きにされている聖句を丁寧にしらべ、それに基づいて説得力のある解釈を行なっている。彼女の言うとおり、ローラの「救い」がキリストにも比せられるリジーの愛によってもたらされるのは確かである（さらにローラ自身の悔い改めも、救いをもたらす要因になっていることを見逃してはならない。彼女はリジーがゴブリンの所から戻ってきたとき「リジー、リジー、わたしのために、食べてはならない果物を食べたの？」と言って涙を流し、姉を抱きしめるのである）。ダミコはまた、「この詩は肉体と魂の問題を扱ったものである」としている。確かに、ゴブリンの果物を「岩よりわきでる蜜よりも甘い」と思うローラは、神よりも感覚的な喜びを（すなわち魂よりも肉体を）重んじたのであり、そのために苦しむことになった。さらに、ゴブリンの果実を食べたローラの「命の木は根元からしおれる」という言葉が魂の衰弱を象徴しているという彼女の解釈も、妥当なものであるといえよう。

しかし、この作品で示されている教訓は、彼女の言うように、肉体を満足させても完全な満足は得られないということだろうか。ゴブリンの果実を食べることは「肉体を満足させること」であるが、そのあと二度と食べることができずにやせ衰えていくことが「完全な満足は得られない」という教訓になっているとは考えにくい。ダミコはまた、ジェニーが神よりも他のものを重んじるという「偶像崇拝」の罪を犯したことを強調する。確かにジェニーは神を忘れ目先の喜びをえらんだと言えるが、それを、神よりも他のものを重んじるという「偶像崇拝」の図式で捉えるのは、無理があるような気がする。

前述したように、ロセッティがこの作品を執筆したのは、女子修道会の外部《アウター》シスターとして、婦人更正施設で働き始めたころだった。従って彼女は、この施設に収容されている女性たちのことを念頭におきながら、この作品を書いたように思われる。筆者は、その観点からこの作品を考えてみることにしたい。その場合は、ジェニーの話が重要性をもってくる。ジェニーの話は、ゴブリンの果実を食べて遅く帰ってきたローラを諫めて、リジーが語ってきかせるものである。

ジェニーは「月明かりのもとでゴブリンたちに出会い／どっさり贈り物をもらい／その果物を食べる」のであるが、その後、二度とゴブリンを見ることができず、やせ衰えて死んでしまう。これは、最初は巧みな言葉や贈り物を受けて男に誘惑された女が、飽きられると見捨てられ（いくら望んでも会うことができず）、周囲の者にも白い目で見られ、ついには破滅してしまうことを表わしている。ローラも、ジェニーと同じようにゴブリンの果実を食べてしまうのであるが、彼女が死なないですむのは、姉であるリジーの献身的な愛のおかげである。

詩の最後で、母親になったローラとリジーは、

静かな日も　嵐のときも
姉妹にまさる友はいない　その友は
もの憂い旅路を行くときに　励ましを与え
迷ったときには　手をさしのべ
つまずくときには　助け起こし
立っているときにも　力を与えることを忘れない。
(For there is no friend like a sister
In calm or stormy weather;
To cheer one on the tedious way,
To fetch one if one goes astray,
To lift one if one totters down,
To strengthen whilst one stands.　ll. 562-67)

と子供たちに言う。ここに述べられている姉妹《シスター》とは、リジーのことであるが、それと同時に、女子修道会のシスターたちのことでもある。シスターたちは、身を誤って施設に収容されている女性たちの友となり、彼女たちを助け、救いの道をさし示す働きをするからである。そしてその救いは、ダミコが示したように、キリストに倣った愛と献身によってもたらされるのである。

ロセッティは、このジェニーのように男に誘惑されて身を滅ぼした女性の話を、くり返し詩で取り上げている。その一つに、「りんご摘み（An Apple-Gathering, 1857）」という作品がある。

二「リンゴ摘み」

わたしは　リンゴの木からピンクの花を摘んで
一晩中　髪にさしていた。
時が来て　見に行ったら
リンゴの実は　見つからなかった。

わたしは　からの籠をぶらさげて
もと来た草道を　戻ってきた。
みんなは　嘲笑った。
何ももっていない　わたしを見て。

リリアンとリリアスが　微笑を浮かべて歩いている。
山盛りの二人の籠が　私をあざ笑う。
夕焼け空の下　二人は甘い声で歌っている。
母親が待つ　二人の家はもうすぐだ。
ガートルードが通り過ぎる。　ふくよかな頬　山盛りの籠。

その籠を　たくましい手が　一緒にはこんでいる。
ひんやりとした黄昏　彼女に答えるのは
歌よりも　甘美な声。

ああ、ウィリー、ウィリー。　私の愛は
緑の葉におおわれたりんごの実より　軽かったの？
世界でいちばん赤いりんごでも
愛には　決して勝てないと思っていたのに。

以前　あなたが身をかがめて　私に話しかけ
笑って私に耳を傾けてくれた　この道。
いつも歩いたこの道を　一緒に歩くことは
もう二度と　ないのだ！

隣人たちが帰っていく。一人、二人　あるいは連れ立って。
「冷えこんできたね」　という声も遠のいていく。
私はひとりさまよっている。夜露がしとど降りるなかを
いつまでも　いつまでも　さまよっている。

An Apple Gathering

I plucked pink blossoms from mine apple tree
And wore them all that evening in my hair :
Then in due season when I went to see
I found no apples there.

With dangling basket all along the grass
As I had come I went the selfsame track :
My neighbours mocked me while they saw me pass
So empty-handed back.

Lilian and Lilias smiled in trudging by,
Their heaped-up basket teased me like a jeer ;
Sweet-voiced they sang beneath the sunset sky,
Their mother's home was near.

Plump Gertrude passed me with her basket full,
A stronger hand than hers helped it along ;
A voice talked with her thro' the shadows cool

More sweet to me than song.

Ah Willie, Willie, was my love less worth
Than apples with their green leaves piled above?
I counted rosiest apples on the earth
Of far less worth than love.

So once it was with me you stooped to talk
Laughing and listening in this very lane :
To think that by this way we used to walk
We shall not walk again!

I let my neighbours pass me, ones and twos
And groups ; the latest said the night grew chill,
And hastened : but I loitered, while the dews
Fell fast I loitered still.

語り手は、少しのあいだ男性に愛されて、有頂天になっていた。「ピンクの花を一晩中髪に挿していた」ときである。ここでは、りんごの花をさすことが男性に愛されることを表わしており、りんごの実は、その花の結実である結婚を表わしている。この語り手は、自分を愛した男性が結婚してくれるものと考えているが、「時が来ても」男性は結婚してくれない。一方、ほかの娘たちはみんな結婚することになっている。

彼女を捨てたのは、ウィリーという男性であり、ガートルードの相手であることが分かる。なぜならば、語り手にはガートルードの相手の声が「歌よりも甘美」なものだからである。ガートルードが‘plump’（丸々として頬がふくよか）と描写されるとき、読者は、語り手が青白くやせこけていることを想像する。

語り手は、愛さえあればどんなものにも負けないと考えていたが、それが大きな間違いであったことを思い知らされる。結婚する娘たちは家族に祝福される（母親の待つ家がすぐそこにある）が、語り手は、隣人たちに嘲られ、家族にも見放され、いつまでもさまようほかないのである。

それでは、娘たちはどうすれば、「りんごの実を手に入れる」ことができるのだろうか。男に捨てられた娘を歌った詩「マージョリー」（Margery，1863）に、次のような言葉がある。

おろかな娘。　愛する男に
自分の愛を　知らせるなんて！
そんなことをしては　だめ。
愛していても　そしらぬ振り。
そうすれば　男のほうが熱をあげたはず。
(A foolish girl, to love a man
And let him know she loved him so!
She should have tried a different plan ;

Have love, but not have let him know :
Then he perhaps had loved her so.　ll. 6–10)

すなわち、「りんごの実を手に入れる」ためには、計算や駆け引きをする必要があるのである。「リンゴ摘み」のリリアンやガートルードたちは、それを忘れない賢明さをもっていたが、語り手は愛さえあればよいと考えてそのことに気づかなかったのである。

当時は、身を落とした罪深い女性たちを待ち構えているものが「死」であることを歌った詩が多くみられた。しかしロセッティは、より罪深いのは誘惑する男性であって、誘惑される女性たちの罪は単なる軽率さであると考えた。そして、純粋さはむしろこのような女性たちのほうにあり、結婚は純粋な愛にもとづくものではないことを示したのである。彼女はまた、「古い歌（From the Antique, 1854)」という作品で「人生はほんとうにあじけない。……女の運命はいっそう空虚だ。男だったらどんなによかっただろう」と述べ、男性社会における女性の弱い立場に対して少なからぬ不満を表わした。次に、これらの問題に関するロセッティの態度について見てみることにしたい。

三　「婦人問題」とロセッティ

当時は、結婚することが女性にとって最も望ましい生き方とされていた。女性は、結婚し、夫に仕え、母親となり、家庭をまもることを求められ、選挙権や就労の自由は認められていなかった。女性がそのような立場に置かれていることを一部の人々が問題視しはじめ、一九世紀半ばには、「婦人問題（The Woman Question)」と呼ばれるものが世間を騒がすことになった。

ノートンアンソロジー（第四版）[32]は、それが進化論や産業革命に劣らぬ大きな社会問題であったことを指摘し、「婦人問題」と題する項を設けている。そこに収録されているのは、ジョージ・エリオットの「マーガレット・フラーとメアリ・ウルストンクラフト論」、ダイナ・マロックの「女性問題を考える」（抜粋）、フローレンス・ナイチンゲールの「カッサンドラ」（抜粋）、ウォルター・ビザントの「女王の治世」（抜粋）[33]であるが、このほか、伝統的な女性観を表わしたセアラ・エリスの「英国の女性――その社会的義務と家庭におけるあり方」の抜粋[34]も載せている。

エリスのエッセイは、女性は家庭を守って男性を支えるべきであるということを説いて人気を博し、二年間で一六回も版を重ねるベストセラーとなったが、そこで説かれている女性の徳は「無私のやさしさ（disinterested kindness）」である。

彼女は、女性を男性に隷属するものとして貶めるのではなく、男性の「良心」として持ち上げるのである。男性は、出世欲、利己心、世俗的プライドに支配され、良心の声には耳がふさがれている。彼らが誠実さを失い正しい決心をにぶらせるとき、彼らを正道に導くのは、まっすぐに真理をみつめ、彼らが行なおうとする行為にひそむ悪を見出す女性の澄んだ目である。彼らが内と外からの誘惑にかられるとき、彼らの第二の良心として彼らを見守っている妻の目が彼らを引き戻し、彼らは正しい道にたちもどることができるのである。

このようにエリスは、女性の役割は、家庭を守り、出世欲にかられ利己的になりがちな男性の良心として、陰から男性を支え導くことであると説くのである。

一部の女性たちは、このような女性観を問題視した。エリザベス・バレット・ブラウニングも、『オローラ・リー（Aurora Leigh, 1857）』のなかで「女はやさしい母親、立派な妻／辛抱強い天使であればよいのだ。／キリストは女ではないし／詩人も女からは生まれない」という言葉を男性に言わせ、男性一般に見られる差別的女性観を批判した。彼女はまた、先輩女性詩人であるランドン（Letitia Elizabeth Landon, 1802-38）についても、「恋の歌を銀色の調べ」で歌うばかりで社会的関心をもたなかったと言って、批判している。[35]

一方、「婦人問題」に対するロセッティの態度は、それとはかなり異なるものであった。彼女は一八七八年ごろ、婦人参政権を求める請願書に署名するように呼びかけたオーガスタ・ウェブスター（Augusta Webster, 1837-94）に宛てて、次のような手紙を送っている（この時の請願は、独立した生計を営んでいる女性の投票権を要求するものであった。したがって、親に扶養されている子女も夫に扶養されている妻もその対象には含まれず、また、被選挙権を要求するものではなかった）。

「聖書は、男女それぞれの立場、義務、権利には明白な相違があることを前提にして書かれているように思われます。……聖職につけるのは男性だけであるという事実は、この世では最高の機能は女性には許されないことを明らかに示しています。……一方、本当に女性の権利が、女性に参政権がないために阻害されるのだとすれば、被選挙権も要求すべきではないでしょうか。また、今回の請願では既婚者の女性が除外されていますが、それには反対です」[36]。

この手紙の後半には急進的な考えが示されているようにみえるが、結局、ロセッティはこの請願書に署名せず、また、女性の高等教育や参政権を求める運動に参加することも断っている。そればかりか、一八八九年には、婦人参政権に反対する女性たちの請願書に署名しているのである。[37]

このようなロセッティの態度には、彼女の信仰が大きく関わっている。彼女はちょうどこの頃、「男を助ける者」（A Helpmeet For Him）という詩を書いている。[38]「創世記」の“helpmeet”という言葉を用いて、男性を「助ける者（a helpmeet）」としての女性のあり方を歌った詩であるが、セアラ・エリスが、男性の「良心」として男性を支え導くことを女性に説いたように、ロセッティも、女性は男性にとって「真理と正義の守り手、闇における希望、危険における助け手」であると歌うのである。

ブラウニングのイブは、「立て。気高い仕事にまい進せよ」（A Drama of Exile）と、この世で社会的に活動することを促されるが、ロセッティのイブは、精神的な導き手になることを求められる。

このように、「婦人問題」に対するロセッティの態度は、女性解放をとなえる人々とは大きく異なるものであった。エリザベス・バレット・ブラウニングに社会的関心をもたないといって批判されたランドンについても、ロセッティの見方は異なっている。彼女は、「L・E・L」（ランドンはL・E・Lという筆名を用いていた）と題する詩を書いているが、題名のあとに「その心は小さな愛のためにはりさけた」という題辞がつけられており、この詩の六つのスタンザすべてに「小さな愛のために私の心ははりさける」という詩行が挿入されている。この「小さな愛（a little love）」という語は大いなる神の愛と対比されているように思われる。つまり、ロセッティがランドンに関して問題にするのは、社会的関心の欠如ではなく、信仰心の欠如なのである。

バージニア・ウルフは、ヴィクトリア朝の偏狭さ、自己否定、取り澄ました態度の元凶は宗教であると考え、「もし神に異議申し立てをするとしたら、その証人の一人として私はクリスティーナ・ロセッティを呼ぶだろう」(39)と述べた。『ゴブリンマーケット』を見ても分かるように、ロセッティには「取り澄ました態度」は見られないが、確かに、自己を否定しようとする傾向が強くみられる。そのために、彼女は女性の権利を主張する婦人運動にも参加しなかったのである。この自己否定の態度を端的に表わしているように思われる作品が、「一番下の部屋」という詩である。

「一番下の部屋」（The Lowest Room, 1856）は二八〇行からなる詩で、二二八行までは語り手が二〇年前に妹と交わした対話、最後の五二行はそれから二〇年経った現在の語り手の独白という形式になっている。二〇年前の語り手は、生や死の意味を問い、人生のはかなさを嘆き、満たされぬ思いを抱きながら暮らしている。彼女には「全員が一番になれるわけではなく、誰かが二番手につかなければならないこと（ll. 17-8）」が不満である。そして、自分が女であるために男性より下の立場に甘んじなければならないことが受けいれられない。彼女はまた、妹に対しても引け目を感じている。彼女の妹は、彼女より豊かな髪、彼女よりやさしい目、彼女より美しい容姿、彼女より穏やかな声をしており（ll. 13-6）、信心深く家庭的で、婚約者がおり、みち足りて暮らしているのである。

語り手にとっての慰めは、文学の世界にあそぶことである。ホメロスは美酒のように彼女の血をかきたて、心を溶かす。しかしホメロスも、彼女に苦い思いを味わわせることになる。彼女は、自分の詩がホメロスのように人の心を揺さぶり燃えたたすことができないことを思い知らされ、また、ホメロスの黄金の時代に比べて現在を浮きかすのように感じさせられるからである。

自分が生きている時代にも自分自身にも不満を覚え不幸をなげく語り手に向かって、妹は、

人生は白紙で与えられていて
自分自身が　その幸・不幸をきめるのです。
先頭ではなく　いつも後ろに
自分をおくのは　いったい誰？

(Our life is given us as a blank ;
Ourselves must make it blest or curst :

Who dooms me I shall only be
The second, not the first?　　ll. 117-20)

と言って諫める。また、語り手がホメロスの時代に憧れていることに対して、現代の自分たちにはホメロスよりもずっと偉大なキリストを知る幸せが与えられているではないかと言う。深い信仰をもっている妹は、自分に与えられた立場を受け入れ、あるがままの状態に満足しているのである。
その後妹は結婚し、娘をもうけ、二〇年経ったいま、家族を愛し、神に仕え、しあわせな生活を送っている。

一方、この私は？　私は　独りで
自分の世界に生きている。　それが私の運命。
私の心を　強くとらえているものを
人には　見せないで。

先に立たないこと。　困難な
生涯の課題。　胸にふかく刻まれた
その教訓。　しかし　ついに
私は　それを学んだのだ。

そしていま　私は　忍耐づよく

自分の魂を抱いて　もの憂い日々を送っている。
一番下　そこが私に与えられた場所。
私はそこに立っている　満足して。

(While I? I sat alone and watched ;
My lot in life, to live alone
In mine own world of interests,
Much felt but little shown.

Not to be first: how hard to learn
That lifelong lesson of the past ;
Line graven on line and stroke on stroke ;
But, thank God, learned at last.

So now in patience I possess
My soul year after tedious year,
Content to take the lowest place,
The place assigned me here.　ll. 261-72)

語り手は、「先に立たないこと」「自分に与えられた一番下の場所に満足すること」を二〇年のあいだに学ぶのである。それは、「一番下」であることに対して不満をもつのは「傲慢の罪」であると考えるからである。自分たちにはキリストを知る幸せが与えられているという前述の妹の言葉に対して、語り手は次のように言う。

彼女は気づいてなかった。　自分の言葉が
秘かな羨望を　咎めているのを。
自己中心的な　ひねくれた不満。
傲慢から生じる　悪魔の罪を。
(She never guessed her words reproved
A silent envy nursed within,
A selfish, souring discontent
Pride-born, the devil's sin.　ll. 169-72.)

語り手は、妹が容姿にも気立てにも恵まれ、キリストを信じ、現状に満足して幸せに生きていることに対して、羨望をいだいている。そして、自分が抱いている不満を、利己心と傲慢さから来る恥ずべきものだと考えているのである。その罪の意識から、そのような不満をもつことをやめ、自分に与えられた立場を受けいれようとし、そしてついに「自分に与えられた場所に満足すること」を学ぶのである。ただし、そこに待っているのは「もの憂い日々」であり、完全に満足した日々が訪れるわけではない。彼女は、立場の逆転が起こる最後の審判に望みを託すことによって、それに耐えていくのである。

しかし時々　力が萎え
生きる重荷に　圧しつぶされるとき
私は　目を上げる　山辺に向かって
助けが来るはずの　山辺に向かって。

そう　今でも私は時々　大天使の
ラッパの音に　思いを馳せる。　それが鳴るとき
隠された秘密が　すべて明らかになり
後にいる多くの者が　先になるのだ。(40)

(Yet sometimes, when I feel my strength
Most weak, and life most burdensome,
I lift mine eyes up to the hills
From whence my help shall come :

Yea, sometimes still I lift my heart
To the Archangelic trumpet-burst,
When all deep secrets shall be shown,
And many last be first.　ll. 273-80)

このように、一八五六年に書かれたこの作品では、「来世で先になることができる」という希望にすがって「一番下の部屋」にいることに耐えるのであるが、一八六三年に書かれた「一番下の場所」(The Lowest Place)では、「一番下の場所」が、神をみつめ神を愛することのできる場所として、積極的に求められることになる。

一番下の場所

一番下の場所をお与え下さい　それを願うのは
あなたが　命を捨てられて
私が　あなたのおそばで生き
その栄光に浴せるようにして下さったから。

一番下の場所をお与え下さい　もしそれでも
私には高すぎるなら　さらに低い場所をお備え下さい
私がそこに座し　神なるあなたをみつめ
愛したてまつることが　できるように。

The Lowest Place

Give me the lowest place: not that I dare
Ask for that lowest place, but Thou hast died
That I might live and share
Thy glory by Thy side.

Give me the lowest place : or if for me
That lowest place too high, make one more low
Where I may sit and see
My God and love Thee so.

この変化は何に起因しているのだろうか。それはロセッティが、「下の場所」にいることはキリストが自ら選びとった生き方であるということに、気づくからである。彼女は『求めよ、さらば見出さん』のなかで、次のように述べている。

「多くの点で、女性の運命は、私たちの主がご自分で選び取られたお立場と非常に近い。女性は従わなければならない。そしてキリストは「従順を学ばれた」のであった。……女性は生来、自己主張をしないで従うように作られている。主は、人に仕えられるためではなく、人に仕えるために来られたのであった。[41]」

こうしてロセッティは、「従うこと」を女性の運命として積極的に受けいれるようになる。

ロセッティの詩には最初から聖書の影響がみられたが、四五歳ごろから宗教的な書き物を次々に著わし、[42]晩年には宗教色の強い詩が増えていった。しかし彼女はこのような詩のほか、子供の詩や楽しい詩を沢山書いている。そのなかから、遊び心が感じられる詩の一つを挙げておきたい。

「冬―私の秘密」

私が自分の秘密を教えるですって？　そんなことはできません。
もしかしたらそういう日がくるかもしれないけれど。
今日はだめ。朝は凍てつき　風が吹き　雪が降っている今日は。
それに　あなたは詮索しすぎです。
いくら聞きたがっても
私の秘密は私のもの。だから教えるつもりはありません。

あるいは　秘密などないのかもしれない。
結局のところ　なんにも秘密はなく
ただ　私が楽しんでいるのだとしたら？
今日の風は肌をさし　身が凍る。こんな日には
ベールや　ショールや　コートで　身を包むのがいちばんです。
いくらノックしても　ドアを開けるわけにはいきません。
困るんです。風が吹きこんで
ヒューヒューうなり　私のまわりを吹きまくり
吹きつのり　私を仰天させ
凍えさせ　コートや服のなかに入りこんでくるのは。
私はマスクをつけています。雪のロシアで　鼻をむきだしにして

冷たい風のくちばしに　つつかれる人は
いないでしょう？　あなたは　つつきはしないって？
それはどうも。信じることにしましょう。　でも
本当かどうか　試すのはよしておきます。

春は開放の季節だけれど　信用できません。
ほこりっぽい三月も
虹をともなう驟雨の四月も
そして五月も。陽がささず　寒さが戻ると
いっぺんに　花が
枯れてしまうから。

もしかしたら　けだるい夏の日に
鳥たちが　歌をやめてまどろみ
黄金の果実が　熟していくとき
陽射しがそれほど照りつけず　雲にもそれほど覆われず
暖かい風が　止みもせず　強く吹きもしないとき
もしかしたら　秘密をお教えするかもしれません。
それとも　あなたがご自分で当てるでしょうか。

Winter : My Secret

I tell my secret? No indeed, not I :
Perhaps some day, who knows?
But not today; it froze, and blows, and snows,
And you're too curious : fie!
You want to hear it? well:
Only, my secret's mine, and I won't tell.

Or, after all, perhaps there's none :
Suppose there is no secret after all,
But only just my fun.
Today's a nipping day, a biting day ;
In which one wants a shawl,
A veil, a cloak, and other wraps :
I cannot ope to every one who taps,
And let the draughts come whistling thro' my hall ;
Come bounding and surrounding me,
Come buffeting, astounding me,
Nipping and clipping thro' my wraps and all.

I wear my mask for warmth : who ever shows
His nose to Russian snows
To be pecked at by every wind that blows?
You would not peck? I thank you for good will,
Believe, but leave that truth untested still.

Spring's an expansive time: yet I don't trust
March with its peck of dust,
Nor April with its rainbow-crowned brief showers,
Nor even May, whose flowers
One frost may wither thro' the sunless hours.

Perhaps some languid summer day,
When drowsy birds sing less and less,
And golden fruit is ripening to excess,
If there's not too much sun nor too much cloud,
And the warm wind is neither still nor loud,
Perhaps my secret I may say,
Or you may guess.

読者は「私の秘密」という題に引かれて、どういう秘密が明かされるのだろうと思いながらこの詩を読んでいく。しかしその答えは、最後まで与えられない。そこで、人々はさまざまな推測をする。伝記作者たちは、語り手の「私」とロセッティを同一視し、この秘密はロセッティの秘密であると考え、その秘密を伝記的事実のなかに求めた。

しかし、「秘密」が何であるかということと、この詩の内容とはほとんど関係がない。この詩が読者に与えるのは、何かの情報ではなく、巧みな語り口を楽しむひとときである。この詩を読む喜びは（その奥にひそむ何かのためではなく）詩そのものを楽しむことにあるように思われる。

さて、話を信仰の問題に戻すことにしよう。ウィリアム・マイケルは、「クリスティーナは自分の心を聖書以外のほとんど全てのものに対して閉ざし、ある事柄の真偽を自分自身で考えることをしなかった。彼女にとっての唯一の問題は、それが、アングロ・カトリックによる聖書にかなうものであるか否かということであった。生来暖かく自由だった彼女の性質は、行動においても書き物においても封印された泉となり、阻害されたのである」[43]と述べている。彼女の考えが聖書を基準にしていたことは確かである。しかしイブやキリストに関する彼女の考えは、当時の聖職者たちとはかなり異なるものであった。たとえば、先に述べたように、彼女は女性を天使ではなくキリストになぞらえた。また、この世に罪をもたらした元凶はイブであるとするのが一般的であったなかで、「イブは騙されたために間違いを犯した。彼女の罪は判断の誤りによるものだった。……生来やさしい心をもった彼女は、蛇に対しても疑いの目を向けなかったのである」と述べ、悪は誘惑者である蛇にあることを強調した。そして、判断の誤りによるイブの罪の重さを、イブに対する愛のためにアダムが犯した罪と同列におくのである。

彼女は、ウェブスターに宛てた手紙で「この世では最高の機能は女性には許されない」と述べたが、この他にも多くのことが「この世では許されない」ことを痛感していた。そのことは、多くの詩に歌われているが、次の詩はその一つである。

深い淵の底から

ああ何故　天はかくも遙かに造られ
ああ何故　地はかくも遠きにあるのか。
空にかかる　一番近い星さえ
私の手には届かない。

単調な変化を繰り返す月でも構わない
もし届くものならば。
それなのに　その月も
私を拒んで　巡っている

遙かにきらめく星ぼしや
太陽につらなる群れを見て
いつも願うのは　ひとつのこと
叶えられない　ひとつのこと。

肉体の殻に閉ざされたこの身には
喜びも美も　届かない。
思いをこらし　手を伸ばしても
希望に届くことは　ない。

De Profundis

Oh why is heaven built so far,
Oh why is earth set so remote?
I cannot reach the nearest star
That hangs afloat.

I would not care to reach the moon,
One round monotonous of change ;
Yet even she repeats her tune
Beyond my range.

I never watch the scattered fire
Of stars, or sun's far-trailing train,
But all my heart is one desire,

And all in vain:

For I am bound with fleshly bands,
Joy, beauty, lie beyond my scope;
I strain my heart, I stretch my hands,
  And catch at hope.

このように、多くの望みがこの世では叶えられないということを、ロセッティはいつも感じていた。信仰は、ウィリアム・マイケルが言うように、生来自由闊達だった彼女の性質を阻害する面があったかも知れないが、それ以上に、現実には簡単に変えることのできない様々なものによる抑圧から、ロセッティを解放したのである。そして彼女は、死後の報いを信じることによって、現世の苦しみを受けいれ、積極的に生きることができたのであった。

四　最後の安らぎ

ロセッティは現世では叶えられない安らぎが最後には与えられることを期待する詩を数多く書いているが、そのような詩のなかでよく知られている作品「丘の上に（Up-hill, 1858）」を最後に挙げておきたい。

丘の上に

この曲がりくねった道を　ずっと登るの？
そう　最後まで。
この旅は　一日中かかるの？
ええ　朝から晩まで。

夜休む　場所はあるの？
ええ　泊まれる宿が一軒。
暗くて　見えないのでは？
大丈夫　かならず見えます。

ほかの旅人にも　会える？
ええ　先に行った人々に。
戸を叩いて　声をかけるの？
行くだけで　すぐ入れてもらえます。

疲れ果てた体を　休ませられる？
はい。こころゆくまで。
寝る場所は　十分あるの？

はい。全員が眠れる場所が。

Up-hill

Does the road wind up-hill all the way?
Yes, to the very end.
Will the day's journey take the whole long day?
From morn to night, my friend.

But is there for the night a resting-place?
A roof for when the slow dark hours begin.
May not the darkness hide it from my face?
You cannot miss that inn.

Shall I meet other wayfarers at night?
Those who have gone before.
Then must I knock, or call when just in sight?
They will not keep you standing at that door.

Shall I find comfort, travel- sore and weak?

Of labour you shall find the sum.
Will there be beds for me and all who seek?
Yea, beds for all who come.

（1） Jan Marsh : *Christina Rossetti—Poems and Prose*, Everyman, 1994, p. xvii.

（2） *Goblin Market and Other Poems*, Macmillan, 1862（この詩集には、一八四八年から一八六一年までに執筆した詩が収められている。）

（3） *Athenaeum*, 26 April 1862.

（4） *The Prince's Progress and Other Poems*, Macmillan, 1866.

（5） *Saturday Review*, 23 June 1866.

（6） *Goblin Market, The Prince's Progress and Other Poems*, Macmillan, 1875.

（7） *The Examiner*, 18 December 1875.

（8） *A Pageant, and other Poems*, Macmillan and Roberts Bros, 1881.

（9） *The Academy*, 27 August 1881.

（10） *Verses : reprinted from 'Called to be Saints', 'Time flies' and 'The Face of the Deep'*, SPCK and E.& J.B. Young, 1893.

（11） Diane D'amico : *Christina Rossetti—Faith, Gender and Time*, Louisiana State Univ. Press, 1999, p. 2.

（12） Katherine J. Mayberry : *Christina Rossetti and the Poetry of Discovery*, 1989.

（13） Jerome J. McGann : "Religious Poetry of Christina Rossetti", 1983（*Victorian Women Poets, New Casebooks*, Macmillan Press Ltd., 1995）所収

(14) *SingSong : a Nursery Rhyme Gook*, George Routledge and Roberts Bros, 1872.

(15) W.W. Robson, "Pre-Raphaelite Poetry", in Boris Ford ed. *Pelican Guide to English Literature*, vol. 6 (Harmondsworth, 1958) Marsh, pp. 467-8.

(16) Mayberry, p. 14.

(17) *Verses Dedicated to Her Mother*, 1847.

(18) Marsh, p. xxv.

(19) *The Poetical Works of Christina Rossetti, with Memoir and Notes*, ed. W.M. Rossetti, Macmillan, 1904.

(20) R. W. Crump : *The Complete Poems of Christina Rossetti*, Vol. I, 1979 ; Vol. II, 1986 ; Vol. III, 1990.

(21) Marsh, p. xix.

(22) Mayberry, p. 7.

(23) D'amico, p. 2.

(24) Marsh, p. xxiii.

(25) Crump, p. 234.

(26) 『純愛の詩人――クリスチナ・ロセッティ』の著者岡田忠軒氏は、この作品の題名を「小鬼の市」としている。

(27) Sandra M. Gilbert and Susan Gubar, *The Madwoman in the Attic : The Woman Writer and the Nineteenth-Century Literary Imagination*, Yale Univ. Press, 1979.

(28) Cora Kaplan, The Indefinite Disclosed : Christina Rossetti and Emily Dickinson, in Mary Jacobus ed., *Women Writing and Writing about Women*, Barnes & Noble Books, 1979.

(29) D'amico, pp. 68-83.

(30) *Annus Domini : A Prayer for Each Day of the Year*, James Parker & Co, 1874 ; *Seek and Find : A Double Series of Short Studies of the Benedicite*, SPCK, 1879 ; *Called to be Saints : the Minor Festivals Devotionally*

Studied, SPCK and E. & J. B. Young, 1892 ; *Letter and Spirit : Notes on the Commandments*, SPCK, 1883 ; *Time Flies : A Reading Diary*, SPCK, 1885 ; *The Face of the Deep : a Devotional Commentary on the Apocalypse*, SPCK and E. & J. B. Young, 1892.

（31）Letter and Spirit, p. 71.

（32）*The Norton Anthology of English Literature*, 4th ed., 1962.

（33）George Eliot : Margaret Fuller and Mary Wollstonecraft, *The Leader*, Oct., 1855 ; Dinah Maria Mulock : *A Woman's Thoughts About Women*, 1858 ; Florence Nightingale : *Cassandra*, 1852（published 1928）; Walter Besant : *The Queen's Reign*, 1897.

（34）Sarah Stickney Ellis : *The Women of England : Their Social Duties and Domestic Habits*（1839）.

（35）*Victorian Women Poets* ed. by Joseph Bristow, New Casebooks, Macmillan, 1995.

（36）Marsh, p. 41.

（37）Marsh, p. xxvii.

（38）創世記2章18—22節＝「主なる神はいわれた。『人が独りでいるのは良くない。彼に合う助ける者を造ろう。』主なる神は、野のあらゆる獣、空のあらゆる鳥を土で形づくり、人のところへ持って来た。……人は（それらに）名を付けたが、自分に合う助ける者はみつけることができなかった。主なる神は……（人の）あばら骨の一部を抜き取り、……（その）あばら骨で女を造り上げられた。」

（39）*The Diary of Virginia Woolf*, ed. A.O. Bell, 1977, vol. I, p. 178.

（40）ロセッティは、マタイ19章30節、マルコ10章31節の「しかし、先にいる多くの者が後になり、後にいる多くの者が先になる」という聖句をよく引用する。

（41）「ヘブライ人への手紙」5章8節＝「キリストは御子であるにもかかわらず、多くの苦しみによって従順を学ばれました」、「マルコによる福音書」10章45節＝「人の子は仕えられるためではなく仕えるために、また、多くの人の身代金として自分の命を献げるために来たのである。」

（42） 注（28）参照。

（43） *Poetical Works of Christina Rossetti*, p. lxviii.

＊聖書の日本語は、日本聖書協会『新共同訳』による。

VI　劇的独白の誕生とその盛衰

原　孝一郎

一　劇的独白と英詩の形式

エイブラムズはロマン派詩の一つの重要な起動力となった構造と様式を考察し、〈ロマン派的大抒情詩（the greater Romantic lyric）〉と命名するにあたり、その特色と起源、先行諸形式、この叙情の表現形式がとりわけロマン派詩人の感性に強く訴えた理由を問い、深い洞察を示した。この抒情詩の形式は、コウルリッジの「イオリアの竪琴」に始まるロマン派詩最初の形式の創造であり、ワーズワスの「ティンターン修道院」など多くの名詩を開花させ、この影響が初期ロマン派の駆動力となり、その影響力はヴィクトリア朝のアーノルド（例えば、「ドーヴァー海岸」）やホイットマン、二〇世紀のウォレス・スティーヴンズ、オーデンやT・S・エリオット（「イースト・コーカー」）といった詩人にまで及んだという指摘は、これから取り組む〈劇的独白（dramatic monologue）〉の考察に指針を与えると同時に問題をも提起している。

エイブラムズがこの形式の詩をロマン派的大抒情詩と命名するにあたり、まずこの形を確立したコウルリッジと、すぐさま「ティンターン修道院」において自分の表現形式となしたワーズワスの詩の特色を列挙し、これに基づいて考察を進め「自然抒情詩」「会話体詩」などの名称を消去していった。エイブラムズは、コウルリッジの初期作品「イオリアの竪琴」のなかにロマン派的大抒情詩の典型を見出し、典型的な詩の特色の記述と名称・起源の問題と絡めて論じている。

劇的独白の研究者たちも、それぞれにその特色を列挙し、先行形式とその影響と起源を吟味し、名称を提案してきた。研究者の観点によって劇的独白の特色の指摘は異なり、影響したと見られる先行形式の解釈も様々である。

後ほど詳述するように、一八三〇年代に書かれたアルフレッド・テニスン（Alfred Tennyson, 1809–92）の「柱頭の行者聖シメオン」「ユリシーズ」（リックスによれば、二つの詩とも一八三三年執筆、一八四二年出版）やロバート・ブラウニング（Robert Browning, 1812–89）の「ポルフィリアの愛人」「黙想するヨハネス・アグリコラ」のような詩に劇的独白の始まりを見る見解は最も説得力があると考えられる。ブラウニングの二つの詩は、ラウクス（Loucks）によれば、一八三六年 *Monthly Repository* 誌に一緒に発表され、「今は亡きわが公爵婦人」などの有名な詩を収めた一八四二年詩集『劇的抒情詩』に〈精神病院の独居室〉と題して並置・収録された。このように劇的独白の起源を捉え、エイブラムズが述べたように（529）、アーノルドの「ドーヴァー海岸」をロマン派的大抒情詩の系譜に連なる抒情詩と見る見解をひとまず受け入れ、後ほど「ドーヴァー海岸」を再検討することにしたい。アーノルドが詩の創作から批評の世界に入っていった動機と、ヴィクトリア朝社会における抒情表現の難しさとの間に、何らかの関連があったのであろうか。

劇的独白形式を理解するには、抒情詩との関係の考察が重要となると思われる。D・G・ロセッティ、クラフ、スウィンバーンたちにも劇的独白の詩が見られる。ファースは、彼の書に追録を付し、劇的独白を実践したヴィクトリア朝の群小詩人の名前と作品を多数列挙している（210–215）。また、セションズは劇的独白で書いた米国詩人として、エイミー・ローウェル、E・A・ロビンスン、エドガー・リー・マスターズたちの名を挙げている(516)。

ヴィクトリア朝における劇的独白の特質を考察するには、社会の変化、人口の増大、識字率の上昇と一般読者(特に注目すべきは下層中産階級の読者)の登場、小説・雑誌の興隆、劇場と劇詩の関係、シェイクスピアの読まれ方(特にハムレットのような独り言のロマン派的解釈傾向とその余波)、詩人と読者の関係(詩の読者の社会的拡散、読者・批評家に対する詩人の意識)、理想的景観を黙想し神のヴィジョンを観るロマン派詩人たちの宗教的傾向から心理主義への傾斜(ヴィジョンの意味の変質)、フロイトやユング以前の精神病理学と劇的独白(例えば、『モード』)との関係、ダーウィンの影響なども視野に入れる必要がありそうである。

また、一般的に言えることであるが、特に劇的独白の詩にあっては、詩人の個人的「感情」・経験(読書経験も含む)・記憶と、詩の世界に言語化される「情緒」との関係の考察は重要となってくる。これはまた、詩人のプライバシーの問題と伝記的な解釈の問題とも重なっている。

後期ヴィクトリア朝の劇的独白形式の展開のうちに、イェイツやモダニズムの詩人パウンドやエリオットの名が続いてくる。劇的独白と結びつきの深いマスク、ペルソナや声(personae & voices)、客観的相関物と触媒の比喩は、現代詩人たちの創作の対象領域・自己意識の拡大、創作手法の模索、詩人の自己隠蔽、詩論化と直結している。なぜ多くの詩人たちがこの劇的独白という表現形態を用いたのであろうか。だが、百年にわたり興隆を見た劇的独白は、一九三〇年代には衰退し始めた。それはなぜか。この衰退を問題として取り上げている研究書には寡聞にしてまだ出会っていない。

シンフィールドは、彼の書の「序」において、劇的独白は、一八三〇―一九三〇年に特有の文学形式と記している。ホブズバウムによれば、劇的独白は英詩の生命線、一四〇年にわたる英詩の中心的な一大形式であったと述べている（239, 227）。英詩において〈劇的独白〉は、このような大きな問題として存在している。本章では劇的独白の問題領域とその裾野の広さを意識しつつ、劇的独白の起源と考えられる典型的な詩を取り上げ、劇的独白の輪郭を描いてみたい。

先行する文学「形式」の影響を語る前に、W・P・ケアが『詩の形式と様式』の一章「英詩の諸形式」のなかで述べた言葉を思い起こし、名称上の議論の混乱を予め避けておこう。「ギリシアで詩を叙事詩・抒情詩・劇に区分したのは、博物学的区分とでも言うべき、事実に即した名称付与（104）」であって、抒情詩は竪琴に合わせて歌われ、叙事詩は朗誦される語り（narrative）、詩劇は説明を必要とするまでもなく上演されるものであった。だが、英詩における形式区分は事実に即したものではない。英詩において形式は、最も多義的な文学批評用語の一つであり、韻律のパターンまたは枠組み（metrical pattern or frame）を表わしたり、詩の内容の意味で使われていたり、詩人に固有の表現であったりする（95-98）。現実には相互影響しあった混成形態の詩が見られるのであって、例えば、抒情詩とは言っても古バラッドや「老水夫の歌」に見るように、語り（narrative）を排除していない。「老水夫の歌」は、まずロマンスの形式に属しており、この形式も古バラッド詩に由来している。ギリシア的区分に準拠して英詩を見れば、中間的な混交形態を示すものが多く、相互浸透しあっている、と（98-110）。劇的独白の特色や影響したと思われる先行形式を考察するとき、この碩学の大局的見解は重みを増してくる。

二　ブラウニングにおける劇的独白形式の誕生

それではまず、ブラウニングの「ポルフィリアの愛人（Porphyria's Lover）」を取り上げようと思う。この詩の話し手（the speaker）である「私」は、ポルフィリアの愛人であって、詩人とは異なる人物。

暴風雨の夜、私は耳を澄している。ポルフィリアが私のいる家（the cottage）に入ってきて、暖炉の火を掻きたて、濡れた衣装を脱ぎ、私の傍に来て座り、私の腕を取って腰を抱かせ、身をかがめ金髪で私の顔を覆いつつ、私を愛していると囁く(Murmuring how she loved me)。ポルフィリアは私を崇拝している、女は自分のものと思った。私はこの幸せの絶頂にあって、何をなすべきかが分かった（I found/ A thing to do)。私は女の金髪をもって女を絞殺した。だがポルフィリアが苦しんだ様子はないと私は確信した。夜通し私は女の死骸を抱き、身動きしなかった。だが、神は一言も語らなかった。

家を覆う暴風雨、家のなかの部屋という詩の背景・舞台装置は、詩の意識を担う「私」の異常な精神と共鳴するかのように描かれている。荒れ狂う風雨と私の狂気とは響きあっている。「イオリアの竪琴」のようなロマン派的大抒情詩にあっては、詩の初めに描かれる背景・理想的景観は、「詩人」の想像力、黙想を駆りたてるヴィジョンが実る揺籃の場、また再び舞い戻る着地点。ロマン派的大抒情詩のウロボロスを思わせる詩型（一つの理想的言語世界の形成）と並置すると、「ポルフィリアの愛人」の背景描写は、ある対照を示す。詩の意識の焦点である「私」とポルフィリアとの間に語り合いは見られない。対話形式の詩行は無く、ポルフィリアが私に囁く愛しているという言葉は間接話法で記され、私の意識の網に絡め取られている。この詩の最後の一行（And yet God has not said a word!）も、話し手の意識が捉えたものとして詩人は表現している。

「ポルフィリアの愛人」の言語空間は、話し手の感覚と意識が満たすという詩の構成手法によって、詩人は話し手との微妙な距離を維持している。話し手（the speaker）というよりは、自己の意識を声として言葉化する主人公といったほうが適切かもしれない。詩人と話し手のずらしによって、話し手の心理として客観的表現の装いを保ち、詩人の主観が紙面に出る形を避け、詩人は読者に私的な生活・経験の敷居を跨がせず、批評家諸氏の詮索から逃れる手立てを生み出している。詩人自身の直接経験し得ないこの詩のような状況に、劇作家の劇中人物創作に倣うかのように主人公を創造し、ハムレットの独り言（soliloquy）に倣って話し手の意識を言葉化し、詩の言語世界を創造している。私の「意識」は、「声」のレベルへ掬い上げられ、言語化が実現している。「私」の意識の網は、蜘蛛が自ら紡いだ網の隅々までをも感じとって支配しているのに似て、「私」は詩の世界という限定された時空の主《ぬし》として、すべてを支配し解釈するという唯我独尊の境地を享受している。私の自己意識が紡ぎ出した詩的言語の時空にはある限界があって、意識の及ばない世界を締め出している。

ロマン派詩人に見られる主観的抒情の吐露やヴィジョンの提示を予期している読者に、ブラウニングは、話し手の「私」は劇的に創作されたナルシシスト的人物ですよと、詩の背後から戦略的な主張をしている。「ポルフィリアの愛人」には、ロマン派的抒情から人間心理へと関心の移行が見られる。「ポルフィリアの愛人」の展開から判断すると、ブラウニングの主眼は人物の性格描写というよりはむしろ、「私」の心理の展開・流れにあると思われる。

ロマン派抒情詩に特有のヴィジョンが主人公の世界から消滅している。「だが、神は一言も語らなかった。」という最終行には、詩人と主人公との関係の生み出す難しい問題が秘められている。詩の流れからすると――特に前の一行との続き具合からすると――この一行はナルシシストの主人公が話している（意識化している）と読むのが穏当なのであろう。だが、それまでほとんど（ll. 23–24 を除く）具体的な状況に即して生じる感覚所与から意識を紡ぎ出してきた主人公が、果たしてこのような一行を意識化するであろうか。ポルフィリアの死骸を抱いたまま座っている主人公は、どのように自己を愛しても孤独であり、神に見放されている。神から言葉（聖なる霊・知恵）は与えられていないという認識を、このような主人公が持つであろうか（「知恵の書」9：17 参照）。この一行では、黒衣の詩人が目立ち過ぎではないのか。偏執狂的自己愛（ナルシシズム）は最終的に、孤独な自己を救い得ないという意識・認識があってはじめて「だが、神は一言も語らなかった。」という表現が生まれるのではなかろうか。答は読者により異なるであろう。後ほど取り上げる〈詩人と劇的独白の話し手との関係〉が生み出す問題の一例として記憶に留めておこう。

ブラウニングは、すでに「ポルフィリアの愛人」において、「今は亡きわが公爵婦人」で開花する実に彼特有の手法の手掛りを得ていたと思われる。劇的独白により、ブラウニングは創作対象の時空を拡大し、劇的人物の創作により自己意識を拡大し、詩人の個人的生活を干渉されずに自由に生きる道を見出している。「ポルフィリアの愛人」の「私」に見られるように、愛と殺意のような食い違う感情・欲望が意識の糸を豊かに紡ぎ出す。意志と理性の支えあう人格（personality）の統一と反比例して、劇的独白の主人公の意識が紡ぎ出す模様は豊かになるが、このことはエリオットの創造したプルーフロックを想起すれば一目瞭然であろう。

劇的独白の形式をとる詩人は詩の背後にあって、読者に直接語りかけることはない。「ポルフィリアの愛人」において、ブラウニングの興味は、「私」の異常な精神、狂気の現実化にあるように思われる。愛も異常な欲望・狂気と一続きの心理として詩の「内容」を構成している。劇的独白においては、人間の心理の流れを自然現象（例えば、水の流れ）のように受け取らなければ成立しないような趣がある。この「ポルフィリアの愛人」のように、常軌を逸した心理が語られることにより、詩の世界が作り上げられている場合、その心理を価値批判することに意義があるであろうか。詩人の思想・価値体系が劇的独白形式でどのように表現されるか、これは難しい問題をはらんでいる。詩人の経験するわだかまる感情、付きまとって離れない欲望・疑念のような心理も、創作にあたり具体的状況と登場人物を設定し心理の流れを付与すれば、自由に詩の世界に持ち込める。かくして劇的独白には、詩人の経験の変容が見られることになる。

たとえ異常な心理でも、心理（感情・意識）の流れを人間の経験として受容するという心理主義的な姿勢が詩人にあってはじめて、「ポルフィリアの愛人」のような詩の言語空間は成立する。ロマン派的抒情詩から、ヴィクトリア朝的心理主義的な劇的独白の詩が誕生し始める。ヴィジョンの語も、意味を変え始める。自然の背後に在って目には見えないものを把握するヴィジョンというロマン派的宗教的意味合いを失い、人間の内面心理の一断面として幻影・幻覚という心理主義的、精神病理学的意味を獲得し始める。ロマン派詩人たちの重視した「目に見えない」世界は超自然、他方、劇的独白の詩人たちが眼に見えないものとして夢中になったのは、人間の内なる世界、心理の領域であった。「象徴」の語も、変質し始める。象徴される対象が超自然から、心理的な強迫的観念・イメージへと移行し始める。形而上学的思考は力を失い、心理主義的思考へと、ヴィクトリア朝社会は変容し始めている。

「ポルフィリアの愛人」の主人公の狂気の世界に、倫理的価値判断の入り込む余地はない。人間の愛の世界に神は介入していないという一行で、詩人はこの詩を結んでいる。この形式で書けば、詩人自身の価値判断を留保しつつ、創作活動は継続できるし、また、登場人物を換えて詩の世界を構成すれば、現実社会を批判することもできる。

さて次にブラウニング特有の劇的独白の特色が出ている初期傑作の一つ「今は亡きわが公爵婦人（My Last Duchess）」（『劇的抒情詩』（一八四二年）所収）を見てみよう。

イタリアのルネッサンス期に見られるような、芸術を愛好し由緒ある家系を誇るフェッラーラ公爵がこの詩の主人公（話し手）である。九百年もの家系を誇るこの貴族は、新たに迎えようとしている後妻の父親（伯爵）が差し向けた使者を二階の部屋で引見し、陳列してある絵画を見させ、芸術鑑識家のポーズで、普段は幕で覆ってある今は亡きわが公爵婦人の絵画の前に使者を誘って腰掛けさせ、伯爵から有利な持参金を確実に手に入れようとしている。だが公爵は、その意図を芸術愛好家のポーズのうちに包み隠し、話したいと思うことだけを一方的に狡猾に聞かせ、公爵の由緒ある家柄と権力を誇示し、黙して聞き入る使者の頭に肝心な一事を叩き込む。だが、公爵は心理的計算の痕をきれいに拭い去って、おもむろに丁寧にかつ威圧的に使者を立たせ、「持参金に対するわが正当な要求（just pretence/Of mine for dowry）」に対する強い意思を老獪に、手短に使者に感じさせ、何気なく階下へ移動し始める。階段を降りようとするところで、インスブルックのクラウスに「わがために（for me!）」鋳させた海神の像を使者に示して、由緒ある芸術愛好貴族の品のよい装いに身を隠す。

「ポルフィリアの愛人」の場合、「私」の意識の流れが言葉化され詩の世界が成立していたが、「今は亡きわが公爵夫人」においては、主人公である公爵の語る言葉がこの詩の世界を創り上げている。公爵の言葉が、緊密に構築された詩の時空を構成するように、ブラウニングは書き進めている。この閉じられた時空に招じ入れられた使者は、一方的に話す公爵の言葉に黙して聞き入るのみ。だが、この一人の使者の存在によって詩の世界は実在感を高める。公爵と使者は、実に具体的に記述された舞台に登場し、劇的とも言える時空に生き始める。この具体的に記述された舞台装置をも含め、詩の世界のすべては公爵の独白によって創造されたもの、すべてが公爵の視点から眺められた形で整えられている。今は亡き公爵夫人の肖像を描いたフラ・パンドルフに触れ、この画家の言葉を直接話法で引用符を用い語って聞かせるところも、一人称を用いる公爵の視点から生み出されている。使者への言葉に引用符が要らないのは、この詩で使われている言葉すべてが公爵の語る言葉だからである。

狡猾な公爵の意図は、使者を通して「持参金に対するわが正当な要求」を伯爵に伝えるという欲望を実現すること、この一事に尽きる。このために、由緒ある家柄と芸術愛好家・文化人の奥ゆかしさの衣装が要ると計算し尽くしている。公爵の狡猾な欲望、欲望実現のための計算、使者に対する態度の背後に潜む心理を描くことに、詩人の創作意欲は注ぎ込まれている。この心理の流れを生み出す限りにおいて、公爵は詩人によって語らせられている。引見の舞台背景も公爵の言葉が生み出したものであり、詩人は黒衣となってその背後から公爵の言葉を操っている。この意味で、ブラウニングと公爵との間には劇作家と登場人物との関係に似た関係が見られる。だが、この詩が劇に近づけるのはそこまでである。公爵は劇場の舞台に立つことはない。この詩を熱愛する読者といえども、公爵の登場する劇を間近に見ることはできない。たとえ使者の立場に身を置くほどに熱中しても、読者はやはり印刷された言語世界に向き合う存在なのである。

　劇的独白の形式で書かれた作品で使われている人称代名詞や話者基準語（deictics）は、ときに重要な意味を持つ。言語で創り上げられている「今は亡きわが公爵婦人」の世界は、話し手である公爵の意識を中核に言葉化され、構成されている。劇的独白では、話し手が基準となって代名詞の人称や‘here’ ‘there’ のような副詞は決まってくる。「わが（My）」であって「彼の」ではない。ブラウニングは公爵を突き放して三人称で書くほど彼との距離を取ることなく、公爵の視線と心理を詩の言語世界に掬い上げようとする。役者が劇中人物に対するように、公爵の情念・欲望に共感しつつも、公爵に対して冷静な判断力を保って微妙な距離を残しつつ、詩人は言葉を吟味し創作している。

　題を加えても九行と短いパウンドの「鏡に映した彼の顔」で用いられている代名詞の使い方を想起するのが手っ取り早いかもしれない。この詩は、巧みに使われている代名詞に注目して初めて、詩の構成と詩人の自意識が見えてくる。

ON HIS OWN FACE IN A GLASS

O strange face there in the glass!
O ribald company, O saintly host,

O sorrow-swept my fool,
What answer? O ye myriad
That strive and play and pass,
Jest, challenge, counterlie
I? I? I?
　　　　And ye?

(*Selected Poems*, 58)

「鏡に映した彼の顔」

ああ　あの鏡のなかに映る見なれぬ顔
ああ　淫らな相棒、ああ　聖徒顔のご主人
ああ　悲しみに押し流されたわが道化よ
なんと答える？　ああ　変幻自在の貴公たち
懸命に努力したり遊んだり追い越したり
冗談を言い、挑戦し、嘘には嘘で応じ
俺は？　俺は？　俺は？
　　　　そして貴公たちは？

詩の題において、詩人は自己を三人称に突き放して客観化し、「彼」が鏡を覗きこむしぐさを暗示するかのように'OWN'の語を滑りこませている。この三人称の「彼」が、詩のなかでは一人称の意識主体「私」となり、鏡に写る私の顔（私の分身の一様相）に向かって「ああ、悲しみに押し流されたわが道化よ」と二人称で呼びかける。私は鏡のなかに自己の諸様相を見出す。鏡の導入により、眺められ客観化される多面的自己と、自己意識との間に距離が生じ、自己の捉え難さが言葉の世界に掬い上げられ、斬新な詩が誕生している。

「今は亡きわが公爵婦人」の話し手と詩人ブラウニングとの距離、両者の関係はどのように理解すべきであろうか。

and I choose
Never to stoop. Oh sir, she smiled, no doubt,
Whene'er I passed her; but who passed without
Much the same smile? This grew; I gave commands;
Then all smiles stopped together. There she stands
As if alive. Will't please you rise? We'll meet
The company below, then. I repeat,
The Count your master's known munificence
Is ample warrant that no just pretence
Of mine for dowry will be disallowed;
Though his fair daughter's self, as I avowed
At starting, is my object. Nay, we'll go

Together down, sir.　Notice Neptune, though,　　(ll. 42-54)

　　　　　　　　　　　　　　　でも私はご免です
身を落としてまで諭すのは。決まって彼女は微笑んだものですよ
私が傍を通るときはね。だが誰が通りすぎても
私への微笑みと同じ微笑みを見せましてね。これが昂じました。私は命じたのです。
すると微笑みはぴたりと止みました。あの絵のなかの立ち姿
生きているかのようでしょう。どうぞお立ちを。では、会いに行きましょう
階下の方々に。先に申しましたが
貴殿がお使えする伯爵の気前のよさは周知の事実
これだけでも、持参金に対する私の正当な請求権が
かなえられないことはないという、十分な保証ですな。
だが、最初に明言しましたが、彼の美しい姫こそが、
私のお目当てですがね。さて、下へ
行きましょうか。ごらんなさい、海神の像を、

詩人は、繰り返し‘stoop’（l. 43）の語を公爵に使わせることにより、公爵の尊大さ、夫人に対する侮蔑の心理を描出している。‘she smiled’という表現も、その力点は婦人の動作の描写にあるのではなく、公爵が想起して言葉化したイメージに潜む心理を抉り出すことにある。自己のうちにある相対立する動機の諸相、自己意識の襞

に潜む言葉化されていないイメージをも凝視する内省の習慣があればこそ、他者の心理分析、詩中に創造される人物の分析も可能になったと思われる。ヴィクトリア朝に心理学・精神病理学が一つの思想の流れとなりつつあったというファースの研究を併せ考えると、ブラウニングの主題選択、人間の心理分析に相応しい状況設定のうちに、一九世紀社会・文化の反映が見られる。狭い「詩的な」主題などという考え方は、ブラウニングには見られない。小説を愛読していたということも、彼の主題設定に影響していたかもしれない。「私への微笑みと同じ微笑みを見せましてね。これが昂じました。」という行まで読み進むと、公爵の言葉の背後に潜む意識の流れを記すことに詩人の意欲が注がれているのが見えてくる。「わが」公爵夫人は自分にだけ微笑めばよいのだという公爵の憤り、彼の所有権が踏みにじられ所有欲が満たされていないという言い表し難い苛立ち。夫人の微笑むのが昂じた、つまり、公爵の堪忍袋の緒が切れた、そこで私は命じた、と。「命じた」の背後に見え隠れする公爵の激情・残忍さ・押さえ難い憤怒。この命令が夫人の息の根を止めた。どのように命じたかは、敢えて「身を落として」まで貴殿に言うには及ばない、と言わんばかりの尊大さ。公爵の簡潔な言葉遣いには、冷酷な人間性・対人意識が秘められている。この詩には、公爵の動機の分析、彼の意識の屈折、澱み、展開が流れとして把握されている。詩人の採用した簡潔さは、読者の想像力を掻き立てる。ルネッサンス期貴族たちの愛のない、財産作りのための結婚を描き、ブラウニングは個人的批判精神を作品のなかに滑り込ませる。

公爵の行為は、使者との引見。劇的独白「今は亡きわが公爵夫人」の「劇的」特色について見てゆこう。アリストテレスの『詩学』によれば、悲劇は一定の大きさをそなえた完結した高貴な行為の再現であり、行為の再現（ミメーシス）とは、筋（ミュートス、出来事の組み立て）のことである。彼の指摘する悲劇の六構成要素のなかで「筋」に次いで挙げられている「性格」は、登場人物の選択の行為と選択の意志の現われる台詞によって明らかになる。何を選び、何を避けるかという選択の行為のなかに、倫理的性格が現われる、と。

ブラウニングのこの詩は、アリストテレスの言う「筋」を欠いているが、台詞を通して「性格」はかなり明らかになっている。だが、公爵は舞台に立つことはない。彼の行為も性格もすべて、彼の話す言葉によって明らかになる。印刷された言葉の世界の外へ、公爵が出てくることはない。

ブラウニングは「今は亡きわが公爵夫人」において、一つの閉ざされた言語世界を創造した。創造する詩人と、言語世界に描かれる対象と、言語という三つの相を区別するという問題意識を本章の議論に持ち込むことによってはじめて、この劇的独白の言語世界の構造は理解されやすくなると思われる。〈画家〉/〈キャンバス〉/〈描く対象となるモデル・現実〉の関係の類比を用いるとすれば、言語は詩人と描かれる対象との間に在って、詩人の経験（喜怒哀楽の感情・思想・批判精神・視点・記憶・無意識的なこだわりなど）の屈折を吸収している。詩に表現された対象の世界は、詩人の創造した言語世界なのである。

言葉は対象を在るがままに写し取ることはない。人は言葉を用いて、あるイメージを描出する。トマス・アクィナスによれば、能動的に働く人間精神（形相）は、イメージのうちに含まれて在る形相的な普遍的なるものを能動的に顕わにすると述べ、芸術作品が人間精神と現実との融合であるとする見解の哲学的基礎を与えている。ブラウニングが公爵に語らせた言葉の創り上げている世界には、主題の決定、登場人物と状況の決定、詩の構成、韻律とリズム・台詞・言葉の取捨選択など、詩人の能動的な精神の働きが漲っている。ブラウニングは、自分が生きている日常経験を重視し、また「フラ・リポ・リッピ」に見られるように読書経験から得られたものを自分の経験を元に再解釈するのを好んだ。創作に際し、詩人の感情表出の仕方が問題であると言うこと、詩人の生《なま》の声を直接的に表出するのはまずいということを詩人は処女詩集の出版から学んでいた。劇的独白の形式によって、詩人が詩の背後に隠れても、詩人は創作者として、自由に、創作の領域・時空を拡大し、多様な人間を取り上げ得る。詩人が公爵との間に保つ距離こそが、多様な読者を意識したときには特に、創作の自由の保証となっている。

ブラウニングの場合、どうして一八三〇年代の半ばに、このような劇的独白形式の詩を書き始めることになったのであろうか。「ポルフィリアの愛人」よりも三年前、一八三三年に出版された処女詩集『ポーリン――ある告白の断章――』と、テイツ誌（*Tait's*）に発表しようとしていたJ・S・ミルのこの詩に対する見解とを考えることで、ブラウニングにおける劇的独白誕生の経緯の一端が見えてくるかもしれない。ミルは、現実にはテイツ誌においてブラウニングの詩を批評するのは差し控えてしまった。テイツ誌上に手厳しい批評が先に出てしまったという事情もあった。だが、ミルはフォックス（William J. Fox）から借りた詩集『ポーリン』の余白に読後評を書き込んでいた。ミルがフォックスにこの詩集を返すとき、若くて将来性のあるブラウニングに読後評は見せないほうがよいと言っておいたのに、フォックスは見せてしまった。このようなこともあって、ブラウニングは『ポーリン』を三五年もの間再版しなかった。ミル全集の第一巻は、この批評を付録Eとして収めており、序文にその経緯の解説を付している（xxxiii-xxxiv）。

ミルの読後評の要点を記す。「かなりの詩的力量をもったこの著者は、私がこれまでに出会った健全な人間のなかでは、誰よりも強烈かつ病的な自己意識に取り憑かれているように思える。この詩は誠実な告白だと思う」とミルは切り出す。詩のなかの主観的話し手はブラウニングであると、ミルは見ている。そして、詩のなかに見られる詩人の力強く真実に満ちた心理的経歴（the psychological history of himself）、自己侮蔑、不満、失意、善の欠如を指摘した。

森松健介氏は「初期ヴィクトリア朝詩人の世界観と詩法管見」（本書に先立つ研究叢書一七、『ヴィジョンと現実』所収）において『ポーリン』を取り上げ、ブラウニングの信仰喪失というヴィクトリア朝文学における最重要問題を扱っておられるので、『ポーリン』については劇的独白に係わるミルの読後評とそれに対するブラウニングの対応に焦点を絞りたい。

「強烈かつ病的な自己意識に取り憑かれている」「誠実な告白」「心理的経歴」、このような詩人と話し手を同一視する読後評を読んだブラウニングは、一般読者に見せる詩人の顔と、プライバシーを享受する個人の生活との関係を考えさせられたに違いない。オルティックは、一九世紀に識字率が上昇し、新聞・雑誌・小説など散文に親しんだ一般読者が台頭したことを記しているが、顔の見えない読者に心の内面を書くのは詩人として難しい問題であったであろう。繊細な詩人には、雑誌の評者も気になる存在であったと思われる。

『ポーリン』の話し手はあまりにも内向し、主観的な自己に囚われ（ll. 397–98）、その閉じられた精神の時空から自己を曝け出している。彼の自己理解によれば、彼は「自己意識という明白な観念」から成り立っており、彼は「万物に対する中心として存在する自己の優越」と直結し、「すべての存在となり、すべてを所有し・見て・知って・味わって・触って感じようとする不安定さの原理」とも直結している（ll. 268–79）。実生活で経験した事柄・事実、肌で感じた感情（ll. 441–44）を重視する詩人ブラウニングは、自己を公衆の面前に曝すことの恐ろしさを知ったと思われる。

「わが精神の洞窟の奥深くに潜む、未だ形をなさぬ心像《イメージ》。過去の疑念を語るすべてのものを、ただ置き去りにして……（... the unshaped images which lie/Within my mind's cave: only leaving all,/ That tells of the past doubt.）（ll. 260–61）」話し手は、ポーリンの愛撫を受け信頼と安らぎのうちに、心の奥底に潜むこだわり、これまでに辿った過去のわだかまり、意識化されにくかった心像を、沈黙し聞き手となってくれる彼女の胸に告白する。この心安らぐ二人だけの秘められた空間に、話し手の夢想（ll. 6–7）が花開く。「私の精神はさ迷う。（My spirit wanders:）（l. 805）」話し手は夢想特有の連想により、辿り難い心理の脈絡を紡いでゆく。心の奥底に潜むこだわりは、イメージのうちに取り込まれている。一般に詩におけるイメージは、理性的解釈を詩人自身がほどこす前の、多義的・両価的なものであったり、或るイメージと別の或るイメージとが無意識のうちに連想されていたりすることが多いのだが、この段落の最初に引用した「洞窟」と「疑念」もブラウニング独特のそういったイメージであると思われる。

また、詩人のロマン派的告白の要素を留めた処女詩『ポーリン——ある告白の断章——』において、ポーリンの愛人は「女を殺したら、もっと愛されるかもしれない（I might kill her and be loved the more）」と常軌を逸した心理を述べていた（l. 902）。詩人はポーリンの愛人（「私」）の無意識的な「未だ形をなさぬ心像（イメージ）」をも、声として詩の世界に掬い上げている。『ポーリン』で言語化されたこのような異常なイメージを、「ポルフィリアの愛人」においても、ブラウニングは取り上げた。詩人自身のこだわり・妄想・固定観念などはイメージと深く結びついている。このイメージの両詩における連なりは、劇的独白の話し手の「私」と、詩人との距離を考察する上で、見逃せない問題を秘めている。二つの詩の創作年代は三年も隔たっていない。しばしば忘れられがちなことであるが、英語において無意識という語を最初に用いたコウルリッジはその想像力論において、想像力の受動的様相をも指摘していた。彼は想像力の能動・受動の働きを川面に浮かぶアメンボウのイメージで説明し、想像力に受動的な働きもあってはじめて、無意識的な言語化しにくいイメージ・観念も掬い上げられる、と述べた。「女を殺したら、もっと愛されるかもしれない」という無意識的なレベルにある「未だ形をなさぬ心像」にブラウニングはこだわっていた。それが、初期の二つの詩に言葉化された。両詩に表わされたこの無意識的な心像、詩人が表現しようとしたこだわりとその情緒は、詩人の直接経験から生じたもの、だが、その表現の方法が『ポーリン』と「ポルフィリアの愛人」とでは異なっていた。

エリオットは、詩人が直接経験する「感情」と、創作する詩人の意識対象となる「情緒」とを区別し、後者の表現となる客観的相関物を云々したのは周知のことであるが、この批評上の主題は、ラフォルグや一九世紀英詩の分析から得られたのかもしれない。ブラウニングが『ポーリン』で表わした「女を殺したら、もっと愛されるかもしれない」という妄想は、感情に近いものとして表わされ、「ポルフィリアの愛人」では情緒として劇的独白形式で表現されたと見てよかろう。両詩とも、ブラウニングの直接経験・感情が基底にある。また『ポーリン』において、すでにロマン派的抒情表現からヴィクトリア朝的心理主義的表現へ傾斜していたのである。「私」と詩人との距離とは言っても、両者は常に詩人の直接経験・感情の基盤で繋がっている。

Pauline, come with me, see how I could build
A home for us, out of the world, in thought!
I am uplifted: fly with me, Pauline!　(ll. 729-31)
ポーリン、おいでよ、俺が二人のため家をどのように建てるか
見ていてくれ、世間の外に、思想のなかに建てるんだ！
俺は高揚している。俺と一緒に飛翔してくれ、ポーリン！

果たして『ポーリン』は、劇的独白と言えるであろうか。この詩には、劇的独白にとって必須とも言える、話し手（語り手）と詩人の距離が不充分であって、両者は重なりすぎ、詩人自身の告白に近いものとなっている。『劇的抒情詩（*Dramatic Lyrics*）』（一八四二年）初版に付した広告に、ブラウニングは読者に対するこの詩集の読み方の指針・方向付けとも言えるものを記している。ドルーから引用させていただく。

この詩集に収められた詩は、「劇的詩篇」という題の下に纏めるのが適切かと思う。表現から見れば大部分が「抒

情的」であるけれども、原理は常に「劇的」であり、発話は多数の想像上の人物によるものであって、私が語っているのではない(12)。

ブラウニングはこの広告によって、ロマン派的抒情詩に親しみなれて詩人の心から自然に湧き起こる主観的抒情の誠実な表現を当てにしているヴィクトリア朝初期の一般読者に対し、『劇的抒情詩』は詩の原理が従来のロマン派的なものとは異なるという自己主張をしているだけではなく、批評精神を詩の創作に戦略的に生かした成果を世に問うている。

ドルーによれば、この広告に読み取れる創作の意識は、生涯続いたという(12)。ミルの読後評は苦い良薬となってブラウニングの批評精神を培い、「ポルフィリアの愛人」に至って初めて、劇的独白は誕生したのだと思われる。

三　テニスンの初期の劇的独白

さて、ブラウニングが創造した初期の劇的独白形式の二篇に続けて、テニスンの本格的な劇的独白形式の詩「柱頭の行者聖シメオン(St Simeon Stylites)」(一八三三年執筆、一八四二年出版)を見てみよう。この二二〇行からなる詩で用いられた劇的独白形式は、その後「テレシァス」「ユリシーズ」「ティソウナス」のようなテニスン独特の詩で使われ、彼の晩年まで使われることになる。テニスンが初期に用いた詩形式のもう一つは、牧歌(idyll)であるが、本章では劇的独白にのみ焦点を合わせる。

三〇年もの間、柱頭にあって苦行を続けてきた「私」(シメオン)は独り言に近い劇的独白を始める。聞き手は、詩の外に在り語りかけられるイエス・キリスト、神（ll. 8-9, 21, 26, 45, 58, 81, 103, 119）、または善良な人々（ll. 131-42）や聖人（l. 209）。

私は罪のなかに生まれ（l. 120）、罪に被われており、最も卑しい者（ll. 1-2, 56-57）、主よ、どうか私の罪を取り除いて下さい（ll.8, 118）。超人的ともいえる苦しみにも耐え忍んできたことを、主よ、あなたはご存知です（ll. 11, 27）。列聖という私の懐いている希望を、私は手放すつもりはありません（ll. 5-6）。賛美歌や詩編を歌っていると、天使が立って私を見守ってくれている姿を見かけたこともありました（ll. 33-34）。以前とは違い目や耳も衰え、私の体は力が抜けて、私の終わりが近づいています。私の終わりが近づいてきているのを私は希望していています（ll. 35-36）。イエスよ、もしあなたが私の魂を救おうとなさらないのでしたら、一体誰が救われるのでしょう（ll. 45-46）。ここで私が失敗するとしたら、一体誰が聖人にされるのでしょう（l. 47）。かつては谷間の奥の白い修道院に住み苦行していたこともありました（l. 61）。私のすべての罪を引き受けて下さい（l. 83）。神よ、あなたと二人だけになれるようにと願って、長いあいだ柱頭での苦行を続けてきました（ll. 84-90）。愚かな世人は、私が奇跡を行ったと言い、私を聖人だと思って崇めています（ll. 79, 125, 131, 134）。私は何なのですか（l. 124）。長いあいだ罪を清める苦行によって、私は天国（神）に或る力を持っているということを善良な人々は知っていると思います（l. 141）。奇跡を行えたというのに、私は救われ得ないのでしょうか（l. 148）。私が救われないはずはありません（l. 150）。祝福された兄弟（天使）よ、来てください（l. 201）。私をこの愚かな人々の手本としてください（ll. 185, 219-20）。この愚かな人々をあなたの光へ導いて下さい（l. 220）。

テニスンの描く主人公のシメオンは、饒舌のうちに神に訴え語り続けている。自ら課した苦行によって、自分は聖人になるという「希望」を叶えたいとの意欲を燃やしている。同時に、今日死ぬことを願っている。神への希望とは、神に全幅の信頼をおいて、神慮をただ耐えて、待ち望むべきものであろう。ところがテニスンの描くシメオンは、自らの手で聖人になろうとしている。天使が登場（ll. 34, 200）するが、シメオンは神から遣わされた聖なる霊・知恵を受けて、その助けにより神慮を理解するというふうには見えない。自分の救いすら、神に委ねきることができず、疑念が時折言葉となる。シメオンにおいては、神への愛と、隣人（世人）への愛（ルカ10：27）とが遊離しており、彼の十字架の担い方（l. 116）に、彼の認識の不充分さが問題として隠れている。シメオンは言葉数が多すぎて、自分の認識の不充分さに気付けない。この言葉数の多さ（つまり、詩人の詳しい記述）のお蔭で、読者はその不充分さに気付かされる。このように、話し手の意識よりも読者の意識の方が広く深くなるように描くことによって、読者はかなり批判的にシメオンを見ることができる。主観的に話すシメオンの非論理性、神に対する自己の願望の押付け、話しかける相手がいつのまにか代わっていることによる祈りの性質などは、主人公の言葉数の多さによって明らかとなる。

エリオットの『大聖堂の殺人』の主人公トマス・ベケットは、祈りのうちにキリスト教的な知恵を見出し、殉教の後、列聖された。ベケットは次のことを見出していた。私たちの平和は神の意志のうちにあり、殉教は常に神の計画（神慮）であること。すべてを神に委ねて意志を完全にし、それぞれ与えられた場にあって、祈りと神の導きのうちに生きることが肝要であるということを学んでいた。

シメオンは、世人よりも四〇キュービット、つまり、約二〇メートルほど天に近い柱頭で苦行し、地上にも相応しくなく天国にも相応しくない（l. 3）と考えている。彼は謙虚に神の計画を待つのではない。自ら聖人になるという願望実現のための狂信的とも言える苦行の様子を神に向かって饒舌に述べたてる。苦行してきたのだから列聖という恩賞を与えてくださいと訴え、また善良な人々や聖人へ話しかけ、話は行きつ戻りつする。

この詩には過去の経験を語る部分（例えば、ll. 59-94）も多いから、「私」は劇的独白の話し手（the speaker）であると同時に、語り物（narrative poetry）における語り手（the narrator）と言ってもよい要素がある。『モード』においても、「私」は語り手に近い。「柱頭の行者聖シメオン」においては、ロマン派的な抒情表現からヴィクトリア朝的心理描写へと変容しており、劇的な台詞、語り物的な独白が見られる。「柱頭の行者聖シメオン」に欠けているのは、先に引用したケアのギリシア詩三区分のうち、舞台での劇的行為・対話だけであり、この詩はイギリス詩特有の混交形式であることが分かる。ヴィクトリア朝初期に劇的独白を用い始めたブラウニングやテニスンが示した心理的興味は、偏執病・狂気・ナルシシズムのような異常心理に傾いていて、ロマン派詩人たちのように、自己の抒情を表現する傾向は影を潜めている。

テニスンの状況描写（例えば、「柱頭の行者聖シメオン」における柱頭とその周囲の描き方）は、ブラウニング（例えば、「今は亡きわが公爵夫人」「フラ・リポ・リッピ」）のような明確さ・具体性を欠いている。テニスンの力点は、話し手の心理の流れを描写することに置かれている。シメオンに意志・理性の統御が欠けているおかげで、彼の心理を描く言葉の世界は、多様な描写を獲得している。

「柱頭の行者聖シメオン」において、シメオンの話の聞き手と想定されているのは、沈黙せるキリスト、神である。だが、シメオンは一三一行目から一四五行目までは善良な人々に話しかけているし、二〇九行目では聖人へ呼びかけてもいる。精神集中に欠け、精神の統一的制御がないために、牛の涎のように切れ目なくシメオンの話は続く。シメオンは神への祈りだけに集中できず、人に語りかけるかのように自分の行ってきた過去の苦行の業《わざ》を思い出して語り、神との交渉と列聖への願望を綯い交ぜにしている。シメオンが神へすべてを委ねきるならば、このように饒舌とはなるまい。私のような苦行者が救われなかったなら、一体誰が救われるのですかと、己の苦行を誇ったかと思えば、私は救われ得ないのかと不安になる。彼の心は揺れている。己の理性と意志を整えて、神の前に静かに座すことを忘れている。そして、思わず「私は何者なのですか」と問う。シメオンは自己理解に苦しんでいる。このように話し手が語るうちに、自ら気付いていない心理の多面的様相を読者に垣間見せる。

地上にも適さず、神の国にも適さず、二〇メートルほど世人よりも天に近いという状況の滑稽さ。

テニスンの描いたシメオンは、エリオットの描いたトマス・ベケットとは違って、神へすべてを委ねるという決意をしていない。欲望などによって歪んだ自己理解・誇り・名誉欲・世人に対する侮蔑・欲望・願望・不安などの対立しあう心理的諸要素を自己のうちに抱え込み、この抱え込んだ心理的諸要素を次々と言葉化することによって、詩の言語世界は豊かに築き上げられている。統一された人格・論理性がシメオンに欠如しているために、逆に、この詩的時空の拡張が可能となっている。エリオットのプルーフロックの白昼夢的な夢想が紡ぎ出す時空の豊かさも、テニスンのこの詩の豊かさに似たところがある。この詩で用いられている劇的独白は、このように話し手の心理を描写し、ひいては彼の精神の状態、存在の在り様を描くのに効果を上げている。

次にテニスンの有名な「ユリシーズ（Ulysses）」（一八三三年執筆、一八四二年出版）を取り上げ、話し手の紡ぎ出す言葉と詩人の経験の関係を考えたいと思う。テニスンが話し手に選んだのは、ギリシア軍の英雄的な老将。ケンブリッジ以来の親友アーサー・ハラム（Arthur Henry Hallam, 1811-33）がウィーンで客死したことを聞き、テニスンがすぐに書き上げたのが「ユリシーズ」であった。親友の死に挫けず「前進し、勇敢に人生を戦い抜く」覚悟を固め、「『イン・メモリアム』よりもはるかに多くの私が「ユリシーズ」には注ぎ込まれている」と、テニスン自ら語ったという（Ricks, 560）。「ユリシーズ」の「私」は次のように話し始める。

私の名は広く知られてはいるが、民は私を知らない。「私は旅を止め、休息するなどはできない。人生は最後まで味わい尽くすつもりだ（ll. 6-7）」「これはわが息子、テレマカス、王錫とこの島を残す（ll. 33-34）」と述べ、自分が出立したあとの指示を息子に与える。「私が旅立てば、彼は彼の仕事を果たすのだ、私は私の仕事を果たす（l. 43）」「さあ、友［水夫たち］よ、未知なる新世界を求めるのに遅すぎることはない（l. 57）」死ぬまで新しい地平へと航海するのが私の目的だとユリシーズは述べる。「だが、経験はすべて一つのアーチ、その向うには未踏の世界が微かにきらめき、その周縁は絶えず色あせ消えてゆく（ll. 19-21）」とも述べて、これまでの経験に安住もできず、また未来への不安が頭をもたげ、話し手の声となっている。

「色あせ消えてゆく（fades）」というイメージは、ユリシーズの航海前の不安・疲労など言葉化されにくい無意識的なものを捉えている。三二行目までは内省に近い話し手の言葉、三三―四三行目は黙して語ることのないテレマカスへの言葉、五六行目から数行は水夫たちへの語りかけ、この語りかけはそのあと独白へと溶け込んでいる。この詩では、ブラウニングの状況描出の表現とは違って、語りかけられる聞き手がどのような状況にいるのか明確ではない。この詩を通して、ユリシーズの独り言が言葉化され、彼の心理状態が描出されている。

「ユリシーズ」において、親友の死というテニスンの個人的経験は、ユリシーズの前進の覚悟と不安という微妙に揺れ動く情緒に変容されている。話し手「私」に付されている情緒は、詩人が真摯に取り組んでいた自己の直接経験（感情・思想など）を言葉の世界に掬い上げたものである。

四　劇的独白とその先行諸形式

さて、ブラウニングの「ポルフィリアの愛人」「今は亡きわが公爵夫人」とテニスンの「柱頭の行者聖シメオン」に劇的独白形式の始まりを見て、その特色を理解したいま、先行形式と名称の問題に話題を転じる条件が整ったと思う。

カラーによれば、劇的独白（dramatic monologue）というジャンルの名称は二〇世紀の初期まで使われなかったという（366）。彼は劇的独白に影響を与えた先行形式として「活喩法（prosopopoeia）」と「モノドラマ（monodrama）」を指摘している。活喩法とは、歴史上の人物または想像上の人物を実際に話しているかのように表わす手法である。カラーによれば、活喩法は、当時の英国教育では弁論術(elocution)の科目に取り込まれテニスンの詩にはその影響が見られるという(368)。'monodrama'は、「一人芝居」とも訳せるが、本章では「モノドラマ」の語を用いる。

リックスによると、『モード、または狂気(*Maud or the Madness*)』(一八五五年出版のときの原題)は、一八七五年出版されたとき、『モード、モノドラマ(*Maud; A Monodrama*)』となった(1037-38)。また、リックスによると、テニスンは息子に次のように語ったという。「『モード、または狂気』というこの詩は、小『ハムレット』、病的で、詩的な魂の履歴とでもいったもの。……この詩の特質は、一人の人物に現われる情熱の異なった諸相が、異なった登場人物に取って代わっているということなのだ(1039)。」

カラーの述べた活喩法とモノドラマは、すでに検討した四つの詩の特色を部分的に示しているが、ではどのようにしてこの先行形式がヴィクトリア朝一八三〇年代の劇的独白を成立させたのであろうか、彼の記述ではその経緯が明確ではない。オヴィディウス、エラスムスたちの活喩法が、およそどの時点で、どのようにして、私たちが理解している劇的独白へと変質したのか、彼の論文を読む限りでははっきりしない。

ホブズバウムは、劇的独白の誕生の要因として、英国演劇の衰退を指摘している。チャールズ・ラムの編集した『イギリス劇詩人抜粋集(*Specimens of English Dramatic Poets*)』(一八〇八年出版)に見られるように、シェイクスピアをはじめとする詩劇作家の台詞の秀逸な部分(beauties)だけを[アリストテレスが重視した]「筋」にお構いなく朗読・黙読する傾向を指摘している。「欠陥ある劇作家になることによって、ブラウニングは偉大な詩人になり得たのである(230)。」「ブラウニングとテニスンが同時に、しかもお互い[の影響なしに]独立に、独白を発展させることができたということは、独白が一八三〇年代の雰囲気のいたるところに内在していたに違いないということを示している。しかしながら、この形式は主要な詩的・劇的諸形式が崩壊してしまうときまで、真に中心的なものとはなり得なかった（234）。」果たして彼の主張するように、演劇の衰退が劇的独白を支えているると、言えるのであろうか。オスカー・ワイルドは一八九〇年代に『ウィンダミア夫人の扇』『つまらぬ女』『理想の夫』『まじめが肝心』などを執筆・上演・出版し、劇作家として大成功を収めている。世紀末にも、ファースが追録で示しているように、劇的独白は多数書かれており、彼の説は少し説得力に欠ける。

ファースは、当時発達しつつあった精神科学（mental science）との密接な関係のうちに、新しい心理主義的な詩が誕生したと述べる。

劇的独白の枢要な要素に対する研究者の異なった理解が、異なった先行形式、影響の指摘・解釈に現われている。

研究者が必ず目を通していると思われるセションズの論文は、劇的独白の要素を指摘、「完全な例」に具わっている七条件を示した。一、話し手。二、聞き手。三、場。四、話し手と聞き手の相互影響。五、性格の現出。六、劇的行為。七、現在に起こる行為（1. Speaker; 2. Audience; 3. Occasion; 4. Interplay between speaker and audience; 5. Revelation of character; 6. Dramatic action; 7. Action taking place in the present）。この七条件を満たしている作品はそれほど多くはないのではなかろうか。この詩が「完全な例」となるにはこうでなければならないといった言葉遣いをしているところ（511）もあって、ついプロクルーステースのベッドを思い出してしまう。セションズは、話し手、聞き手、場の三要件を満たしたものを「形式的な例」としている。劇的独白への影響、その先行形式を英詩の流れのなかに捉えようとしているいま、セションズの論文はあまり役立たない。

劇的独白に影響を与えた先行形式を考察するため研究者たちの注目すべき見解を検討してみたが、いずれも本章で取り上げた四つの詩の特色を満たしてくれるようなものではないと思われる。では、次のように考えてみたいと思うが、無理であろうか。

ほとんどの研究者たちがテニスンとブラウニングを劇的独白の創始者と見ていること、この二人の劇的独白といえる最初の詩はどれかと見当をつける作業を始めると「柱頭の行者聖シメオン」「ポルフィリアの愛人」「黙想するヨハネス・アグリコラ」などの詩に落ち着く。そして、ケアは英詩には混交形態の作品が多いことを指摘していた。

『ポーリン』から「ポルフィリアの愛人」への展開——ブラウニングのいう劇的な「原理」の確立——に見たように、ブラウニングは個人的経験(特に、感情)・プライバシーを守ろうとして劇的独白形式〈詩人と異なる話し手「私」が具体的な場で、黙した聞き手に語る形式〉を用い始めたこと、ロマン派的抒情表現からヴィクトリア朝的心理的情緒の表現に変質したこと、この二つの点を重視して先行形式を考えてみたい。そうすると、英詩は、エイブラムズのいう〈ロマン派的大抒情詩(the greater Romantic lyric)〉から、劇的独白形式へと主流が移ったということである。ブラウニング自身、『劇的抒情詩』(一八四二年)初版に付した広告のなかで「表現から見れば大部分が抒情的である」と認めていた。抒情詩は感情の表現であり、ブラウニングにとってその表現の仕方が問題であった。詩の創造において働いたブラウニングの批評精神は、自作の詩のなかに表わされている〈劇的・抒情詩〉という特質を正確に捉えて、詩集の題名としたのであった。話し手の劇的語りのすべてが独白ではないとしても、「劇的独白」という名称は包括性があり適切である。だが、肝心なのは、抒情詩の流れのなかにこの劇的独白を位置付けておくことであろう。なぜなら、一八九〇年代になり独白と抒情詩の融合(cross-fertilization)が起こったなどと述べるホブズバウム(241)のような研究者もいるからである。

私の見るところでは、「劇的独白」形式は〈抒情詩の流れ〉に棹をさし、手法は劇的な独白であって、ときに語りの要素が付加され、ケアのいう混交形態を呈している。

ヴィクトリア朝社会が変質し、顔のない一般読者とでもいった読者相手に、また、多くの雑誌の評者を意識しながら、詩人は疎外された意識のなかで詩人としての立場を維持しなければならなかった。オルティックを読むと、スコットのように、詩集も小説も売れた文筆家は数少なく、彼に続く時代は小説・散文の時代と言える時代であり、この時代に劇的独白の詩は書かれ始めたのであった。スコットやコウルリッジの頃とは違って、ヴィクトリア朝有識者は、それまでの時代の有識者が共有してきたキリスト教的愛の精神に収斂する宗教哲学思想（その核は神学）から離れつつ懐疑に囚われ、異なった専門知識を基にした思想を懐く個々に異なる知識人といった様相を示していた。そのような文化的状況のなかで、詩人は保身しつつ、個人的経験・心理的なこだわり・心の洞窟に潜むイメージ・宗教的懐疑などを表現できる形式・手法を模索し、そのなかから誕生したのが劇的独白の形式であった。

五　抒情詩における「私」

劇的独白形式の詩の先行形式を推定したいま、アーノルドの「ドーヴァー海岸」について少し考えておきたい。この詩は、エイブラムズの見解では、ロマン派的大抒情詩の範型に倣う抒情詩である。「ドーヴァー海岸」の「話し手」は、詩人自身であろう。結婚後まもなく妻を伴いドーヴァーを訪れた一八五一年六月下旬におそらくこの詩は書かれたと、アロットは推測している（239-40）。詩のなかで使われた呼びかけや人称代名詞（ll. 18, 24, 29）に注目すると、「窓辺においで」と愛しき人に呼びかけているのは詩人自身であろうし、メランコリーに浸された情緒・思想もアーノルド自身の表現であろう。「埋もれた生」や「シェイクスピア」も、詩人自身の視点から抒情詩として表現されている。シェイクスピアが「私」として、ブラウニング流に劇的に語ることはない。「追悼詩（Memorial Verses）」は、もちろんワーズワスを追悼するアーノルドの声。アーノルドは誠実さから生じる高邁な真剣さの重要性を批評のなかで主張した。抒情詩人としてよりも批評家としての道を開拓しようとした彼の人生の軌跡と、劇的独白のような表現法を模索しようとしなかったこととの間に、関係はなかったのであろうか。

抒情詩人が詩のなかに示す「私」についても考えるべき問題は多い。コウルリッジの「失意の賦」の成立過程を思い起こしていただきたい。一般的に言って、抒情詩に表現する前の詩人の個人的経験を公刊するということは、現実にはいつも難問なのではなかろうか。

悲恋の受け手セアラ・ハッチンスンにコウルリッジが送った手紙に記された三四〇行の韻文には、彼の危機的失意の主題が提示されていた。失意の要因であるかなわぬ恋と想像力の喪失とが、一筋の縄のように解き難いものとしてあると、詩人は認識していた。この私的韻文を公表できる形のものにしようと詩人が手を入れるたびに、呼びかけの対象を変えたり、手紙のなかでは重要な意味を持っていた個人的な経験も押さえられ、変容され、切り捨てられ、最終的には一三九行の詩となってしまった。もともとコウルリッジの詩心喪失と、セアラ・ハッチンスンへの愛の不成就という感情とは直結していたのに、公刊された詩では自伝的な要素がかなり消去されてしまっている。苦悩のなかで哲学的思索に耽溺し、生来の自然な心と想像力の形成的精神とが涸渇してしまったことを嘆く詩へと変容している。

抒情詩人は、私的・個人的な直接経験（感情や思想）を、また、読書を通し想像力で追体験した感情を、情緒として対象化し、言語の世界に掬い上げて変容し、新しい詩を創造している。たとえ抒情詩人があるがままの自己を曝け出しているように見えても、創作のうちに「私」は意図的に解釈され、詩の世界に新たに誕生するのである。抒情詩の「私」といえども、詩人が自己を対象化して解釈し、公表を意識して配慮を加え、加工された私である。つまり、「私」はメークアップした姿で活字の世界に登場する。

言語哲学的にみるならば、人が言葉を使って対象を客観的に描こうとしても、必ずその人の主観的解釈が言葉を選び出している。「在るがままに見る」ことは「在るがままに書く」ことにはならない。言語を批判的に分析すれば分かるように、言葉を使えば、人がいかに客観的に対象を見つめても、気付かぬうちに主観的な解釈を付け加えてしまっている。言語化された多義的・両価的イメージの誕生にも、歴史的辞書の示す転義・比喩的用法の誕生・発展にも、この人間の視線のうちに具わった客観・主観の融合・統一が関与している。語の自由な使用における個人的・主観的ひずみをも、ゆるやかに取り込みつつ補正し続ける日常口語を担っている人々の共通性・客観性という言語文化の基底は、常に言語における重要な錨なのである。

アーノルドの「ドーヴァー海岸」における「私」も、詩人の誠実さにもかかわらず、私的生活を過ごすアーノルドが詩のなかに「私」として表現されたとき、メークアップされ対象化された姿が呈示されているのである。詩によって、「私」は薄化粧もすれば、厚化粧もする。ところが、分析的ではない一般読者は、抒情詩の「私」は、詩人の素顔であると受け取ってしまいがちである。劇的独白とは違って、抒情詩人は個人的な直接経験の処理に苦しむことになる。

六　現代詩における劇的独白とその衰退——イェイツ、パウンド、エリオットの場合

さて、ヴィクトリア朝の劇的独白形式は、どのように現代詩のなかに持ち込まれたのであろうか。この形式は一九三〇年代に衰微し始めたと言われる。衰微した理由は何なのであろうか。詩人により劇的独白を用いなくなってゆく理由は異なっていたことであろう。残念ながら本章ではヴィクトリア朝後半の詩人たちを考察する余裕がないので、イェイツ（William Butler Yeats, 1865–1939）を取り上げることにより、一九世紀後半からモダニズ

ムへの移行を考えることにしたい。イェイツ一人の人物のなかに、モダニズムへの移行の考察を助けてくれると思われるものがあるからである。

ケルト神話やアイルランドの伝統を愛したロマン派的抒情詩人から、徐々に変貌を遂げ始めたイェイツに焦点を合わせてみたい。詩の執筆年代は、ジェファーズの推定に依る。『緑の兜、その他の詩』（一九一〇年）に収められた「叡知は時とともに来る」（「青春と老齢」という題で日記に記されたのは、一九〇九年三月）や「仮面」（一九一〇年夏から一九一一年五月頃に執筆）、『重責』（一九一四年）に収められた「一着のコート」（一九一二年執筆）はイェイツ詩の新しい展開を示していた。

対話の形で書かれた一五行の詩「仮面」は、仮面をはずして素顔を見せてくれと語りかける者と、仮面があなたの心を捉え、心臓をときめかせたのだから、あなたのうちに、また、私のうちに、火が燃えていさえすればよいではありませんかと答える台詞から成り立っている。現実の素顔と見かけの仮面との距離、両者の対立が軽いタッチで描かれている。私的な自己を他人はどのように見ているかを考えずに自己認識は難しいという意識がここには見え隠れしている。エルマンは、イェイツの内気で繊細な気質を指摘し、世間の視線に対し私的な自己を仮面によって隠蔽するという戦略がこの頃一層明確なものになってきたと記している（174-75）。ブラウニングやテニスンとかなりの相違を示すイェイツのこのような詩を見ると、劇的独白というよりは仮面の抒情詩と言ったほうが適切かもしれない。一つの名称で具体的諸作品を包摂するのは難しい。

「一着のコート」はイェイツの創作観を、また、アイルランドの大衆に対する怒りの片鱗をも示している。一九一五年に執筆された「大衆」のなかで、イェイツはブラウニングの「今は亡きわが公爵夫人」を思い出し、また、イェイツとモード・ゴンに対する大衆の悪意ある誹謗を、ゴンのようには許せないと、己を恥じている。

「一着のコート」の一行目は、両義的に解釈できよう。創作する詩人の「私」は、意識的に、私の詩を踵から喉元まで被う一着のコートで装わせた（SVOO）。と同時に、私の詩は、私人としての「私」をすっぽりと被い隠すオーバーコートである（SVOC）、とも解釈できる。二行目の刺繍は、それまでのイェイツが愛用したケルト的夢幻的装飾ではなく、アイルランドの祖先が築いた伝統、現実に生きる伝統を暗示しているのであろう。この詩から、世間の一般読者を意識するイェイツの姿勢も読み取れる。

一着のコート

私は　私の詩にオーバーを着せた、
ほどこす刺繍の図案は
昔の神話　すっぽりと
踵から喉元までも被うコートだ。
ところが、愚かな連中はそれを横取りし
着飾って、世間の視線を浴びている
まるで、自分が仕立てたと言わんばかり。
詩よ、連中にオーバーはくれてやれ、
進取の気性は
裸で闊歩する者にこそあるのだから。

A COAT

I made my song a coat

Covered with embroideries
Out of old mythologies
From heel to throat;
But the fools caught it,
Wore it in the world's eyes
As though they'd wrought it.
Song, let them take it,
For there's more enterprise
In walking naked. (*Collected Poems*, 142)

イェイツは、「一着のコート」において、意識的に劇的に仮面を着ける姿勢を示している。すでに、彼は一九〇九年の日記［からの抜粋］に次のように記していた。

「修錬と演劇感覚とは関連している。私たちが自己を在るがままの存在と異なったものとして想像し、第二の自己を装うことができなければ、他律が可能なだけであって、自律的修錬は積めない。したがって、一般的慣例の受動的受容と異なる積極的な力は、演劇的であり、意識的に劇的であり、仮面の着用なのである。」

(*Autobiographies*, 469)

『イェイツ詩辞典』の年表やエルマンによれば、イェイツは一九〇八年、一九一一年にエズラ・パウンドに会い、最初から二人は馬が合い、一九一二年には親しく交際し始めている。パウンドは一九一三年の冬から三冬、イェイツの秘書となり、「ウィリアム伯父さん」を現代詩人へと変容させるパトロン役を買って出ている。イェイツはすでに一八九〇年代に仮面の手法を用いた詩を書いていたので、仮面について両者の影響関係を判断するのは難しいと、ディ・ノヂは考えているようである（86-87）。だが、イェイツの仮面理論の背後に、彼の劇作の試みとパウンドの能の紹介が大きな力として働いていたことは見逃せない。仮面によって、自己のなかにある対立する存在が顕在化し、自己認識は深まり、絶えず自己再生を図り創作領域も拡大できるとイェイツは考えたようである。イェイツの仮面の理論は、彼の積極性を示す詩論の核となり、個人的感情を詩の普遍的情緒に変容・様式化し、現代詩人として強靭に生き続ける支柱となった。

ここでイェイツの抒情詩における「私」と仮面との関係を見ておく必要があろう。劇的独白と抒情詩との関係を、筆者は密接なものと述べてきたのであるから。

ダブリンで起こった一九一六年の復活祭蜂起を「恐ろしい美が生まれた」と捉え、国民の神話へと言語化した「復活祭　一九一六年」（一九一六年九月二五日執筆）や「わが娘のために祈る」（一九一九年）のような詩は、アイルランド社会に深く根を下ろしたイェイツの私的・社会的経験を核にした現代的な抒情詩である。そこには「私」が仮面を着けずに詩の世界に登場している。イェイツが一九一七年に購入したトール・バリリーの塔は、彼の創造の時空の根城となり、黙想のうちに象徴化される。詩人は、塔の螺旋階段をはじめ、その周囲の環境・社会・国までをも「私の（my）」意識の下に捉えて支配し、象徴化し、「私」の声で歌っている。詩の世界のイメージは、この「私の」象徴化によって、逆に普遍性を帯びている。このようにして、イェイツは現実のヴィジョンを言葉化する。「生徒たちに囲まれて」（一九二六年六月）や「ビザンティウムへ船出して」（一九二六年九月）などの詩を収めた『塔』（一九二八年）になると、過去の私的経験や、社会に対する経験をも、抒情詩人は「私」

の声で力強く自信を内に秘めて語っている。もちろん、イェイツによって抒情詩人の「私」は対象化され、メークアップがなされているにしても、劇的仮面は必要とされていない。刊行されずに終わったけれども、イェイツ全集の発刊に備えて書かれていた序論に示された創作の「第一原理」は、現在『評論・序論集成』に収められ、次のように始まっている。「詩人はいつも自分の個人的生活を、その悲劇のなかから最良の作品に仕上げて、書くものである。個人的生活の断面がいかなるものであろうと、良心の呵責や失恋、孤独にすぎないようなものであっても、作品に仕上げて、書くものである。(509)」この言葉は、英文学に長らく絶えていた個人的発言（personal utterance）を意識し思い悩んでいた若きイェイツが、父親の影響を受けながら抱えていた問題（*Autobiographies*, 102）の解決とは言えないであろうか。現代抒情詩人イェイツは、仮面を必要としたときにだけ着用したのであった。

さて、パウンドの文学理論の諸相・変遷を理解するのは難題であるが、本章では彼の劇的独白・仮面（personae）の理論に問題を絞りたい。ウィテマイアの最近の論文「初期の詩、一九〇八―二〇」およびディ・ノヂの「パウンドとブラウニング」が助けとなる。国民的叙事詩人になる抱負を懐いたパウンドは、まず「抒情詩と劇的抒情詩の翻訳・創作（Witemeyer, 43）」を通して詩人としての道を歩み始めた。西欧の伝統の多種多様な影響に積極的に身を曝して自己を形成しようと意欲を燃やしたパウンドは、過去の作品を読むとき、その精髄を想像力で把握し、過去の偉大な詩人の霊を詩のなかに生き生きと再生させようとする、これがパウンドの「翻訳」であった。パウンドが詩人の霊と出会う白熱した部分以外の、繋ぎともいえる語りにはあまり興味を示さない、つまり、最初からパウンドは短い劇的抒情詩を好み、長詩を書けば断片化する傾向を示していた。

チョーサーがボッカッチオの五七〇四行からなる『フィロストラート』を、のびやかにユーモアを込めて自由に翻案し八二四六行からなる『トロイルスとクリセイデ』を創作したのを思い出す。『フィロストラート』の二七三〇行を翻案・凝縮して二五八三行とし、残りの五六六三行はチョーサーの独創的な創作であったと、両作品の対照版を編集したマイケル・ロセッティは序のなかで述べている。

パウンドの翻訳は想像力に溢れる創作的な読みに支えられた、「仮面」を着けた創作。偉大な死者の霊（主に詩人の personae）を創作詩のなかに再生し、その形式・精神を取り込み、過去の詩人にパウンドは語らせる。つまり、パウンドは仮面を着けて語っている。活喩法の伝統に連なるとも見えるが、彼の創作の意欲は一つの手法のなかに納まるようなものではない。過去の詩人が一つの作品の最初から最後まで全体を通して劇的に独白する場合、パウンドは仮面を着けて「翻訳」していたり、独創的に「創作」していたりしていることになる。彼の翻訳は創作的であり、翻訳と創作とが解け難く結び合い、詩人の生を綯っていたのである。パウンドが見たブラウニングの長所・短所を記したディ・ノヂの見解は役立つが、パウンドはブラウニングだけに強く影響されるような人物とは考え難く、ブラウニングの劇的独白形式から学べるものは学び、パウンド詩学を形成する一つの「手法」として吸収していったように見える。ウィテマイアによれば、パウンドの「ペルソナ」は、イェイツ（「ゴル王の狂気」を思わせる「トネリコの樹」）とブラウニング（「フラ・リポ・リッピ」を思わせる「マーヴォイル」）とを両極として成り立っており、両者から受けた影響が読み取れる作品として「老いたピエール・ヴィダル」を挙げている（46）。この詩では、狼になったと思い込み、公爵夫人を思い焦がれたヴィダル（話し手の「私」）の「素晴らしい狂気」に夫人が感動して遂に身を許し、一夜を過ごす熱愛の描き方（第七連）は、お上品な「読者」を意識して、サフラン色の鞘に抜き身の刃といった調子である。筆者も良識ある読者を前に筆を収める。だがイギリス文壇で発言権を増すにつれて、パウンドは読者に対し挑戦的な態度を取り始める。

ブラウニングが「ポルフィリアの愛人」を試みたときの意図と、パウンドがホメロス、ダンテなどの西欧の伝統のなかで呼吸し、死者（ほとんどは詩人）の精神を現代詩に再生しようとした意図とは、あまりにも異なっている。西欧の偉大な伝統を取り込み、大いなる自己の形成を期したパウンドは、ブラウニングの手法を他の詩人たちの精神・形式・手法などと一つに融合して、いかにして自分の詩の言語世界を築き上げるかという大きな問題に取り組んでいた。このようにしてパウンドは、自己探求と自己再生を統一して継続させ、詩作領域の時空を拡大し、英詩に必要なるものを判断し、現代詩の世界を構築していった。そして、イマジズム、ヴォーティシズムなど次々とその運動の中心となり、いわゆるモダニズムの詩人やジョイスのような新しい小説家が文壇に登場するのを助けたのであった。

パウンドの文壇への後押しにも助けられ、エリオットは「プルーフロックの恋歌」「プレリュード」などの詩を世に送り出した。これらの詩は、ともに一九一〇—一一年に執筆され、一九一五年前者は *Poetry* 誌に、後者は *Blast* 誌に載録された。

エリオット初期の最良の独白詩は、一九〇九年から一九一一年に執筆されている。ヘンリー・ジェイムズ、テニスンやジュール・ラフォルグたちから意識の諸相の表現手法を学び取り、意識の諸相を「私」の声・言葉としてウィットを込めて再構成し、心理的独白の現代的口語自由詩を書き、詩と散文との距離を縮めている。ブラウニングの劇的独白の詩とは違って、「私」の登場する詩の空間を創造的に埋める小道具・舞台装置はそれほど明確ではない。プルーフロックやゲロンチョンの描き方に見られるように、意識・夢想の状態を詩の形に仕上げつつ描いてゆくのに力点が置かれており、テニスンの劇的独白に近い。散文詩「ヒステリー」（一九一五年）における男性の主人公（話し手の「私」）の言葉・イメージは、焦点を合わせにくい、名状し難い感情、対立しあう心理的要素、意識の奥底に澱む性的こだわり・恐怖やヒステリー（ヒポコンドリアというべきか）の諸相を、同時に掬い上げている。羞恥心の強いプロテスタント的気質のエリオットは、心理的独白としてこの詩を書き上げたと思われる。この詩や、テニスンの『モード』などの詩が表出した心理的領域は、劇的独白・仮面を用いてはじめて言葉化され得るもののように思われる。もし若き日のエリオットが劇的独白手法を用いなかったとすれば、彼のように意識過敏な詩人は、自己意識の奥底に澱むものなどを表出し得なかったことであろう。

意識化される欲望・感情、無意識的なるものから生じたイメージ、分裂した精神の諸相・諸断面を、エリオットは「私」の意識の流れとして形に流し込み、ときに流れを断続的に途切れさせ、読者に想像力で飛躍を埋めさせ、このようにして、新しい情緒を構成し、詩人は黒衣となる。情緒の再構成においては、時空を分断・融合させ、人間の意識の自由気ままさ・連想を詩論のなかに取り込んでいる。『荒地』は、このような再構成手法の極致を示す詩である。エリオットの独白詩には、ブラウニングの場合と同様、アリストテレスが『詩学』で述べているような「筋」は見られない。エリオットの独白詩の多くは、心理的領域を掘り下げ、創作の時空を拡大する。ここに、彼の心理的独白詩の特色が見られる。

他方、エリオットは、自分たちの書いている詩を弁護する詩論を打ち出し、文壇に頭角を顕してゆく。彼の主張した没個性論の主旨は、創造的に詩作する詩人は、私人としての感情・経験（読書経験を含む）・記憶をそのまま言葉化することは避けて、詩に注ぎ込もうとする直接経験や読書経験を変容し再構成すればよいというのである。そして、創造的変容・再構成にあっては、適切な客観的相関物を用い、詩人の精神は一種の触媒として働けばよい、と。

エリオットにとって、文学的伝統を形成している作品を読んで得る経験は、多大な意味を持っていた。詩人の白熱した想像力は、好きな詩句の断片を変容し、または、アリュージョンの手法によって鮟鱇の吊るし切りよろしく自作のなかに取り込む。このようにして、一九世紀詩の劇的独白形式の伝統を、エリオットは斬新な感受性と詩論によって、一新した。

『聖林』（*The Sacred Wood*, 1920）の最後を飾る「ダンテ論」（Dante, 1920）のなかで、エリオットは次のようなことを述べていた。ダンテの把握したいかなる情緒も、ただその情緒だけを単独に見つめるように描かれることはなく、それは永遠の配列（the eternal scheme）のなかに位置付けられて意味をあらわにしてくるように、「人間の諸情緒の段階付けられた秩序（an ordered scale of human emotions）」を重視した、と。一つの情緒とは、一音に似て、音階に位置付けてはじめて、一音の意義が判明するとでも言いたいかのよう。これは『F・H・ブラッドレーの哲学における認識と経験』（一九一六年完成）において、個々の事実は体系の下にあってはじめて意義を持つ（60）と述べていたのと似た思考である。この三一歳にして得られた知的認識と感受性は、年とともに深められ、彼の詩の構成・表現の背後に潜んでいる。エリオットは、私的な感情を対象化して情緒に変容するだけでは満足せず、情緒の秩序ある段階付けをも表現したかったのである。ダンテの『神曲』の構成に見られる地獄・煉獄・天国と併置するかのように、人間精神の秩序ある段階を認識していたのである。

「ある婦人の肖像」（一九一〇―一一年執筆）においては、従来の独白に一つの捻りが与えられている。詩は黙した男の意識によって構成されている。婦人の言葉は引用符が付けられ、アリュージョンの手法の場合に似て、男の意識の部分として取り込まれている。全体と部分との関係をエリオットは強く意識し、部分となる素材・断片は気ままに処理され再構成されてゆく。精神・意識の世界を創造的に構成し詩となすところに、エリオットの想像力は働いていた。

メイヤー（John T. Mayer, *T. S. Eliot's Silent Voices*, 1989）、シューハード（Ronald Schuchard, *Eliot's Dark Angel*, 1999）の研究書、およびエリオットが出版をしなかった習作期の詩集が一九九六年、クリストファー・リックスの編集により『三月兎の詩想集（*Inventions of the March Hare: Poems 1909-1917*）』として公刊され、エリオットの初期作品研究は進捗を見せた。だが、メイヤーもシューハードも、どうしてエリオットが「虚ろな人間」（一九二五年）の頃から、それまでの心理的独白手法から離れてゆくのか、ということを問題として取り上げていないようである。

ゴードンは『初期のエリオット』（一九七七年）において、草稿類や伝記的事実関係を調べた結果、次のように述べていた。「エリオットの人生の転機は、受洗した一九二七年ではなく、一九一四年であった。このころ彼は、何度か動揺をきたして、回心の一歩手前にあったのである（58）。」ゴードン女史の述べるように、エリオットの転機はそのように早い時期であったと言えるのであろうか。

思うに、エリオットの転機は「虚ろな人間」に現われている。中期の詩と後期の詩との転機を示す「虚ろな人間」（一九二五年）の主人公が用いている一人称に焦点を合わせ、検討してみたい。この詩では、主人公と詩人との距離が縮まり、両者は重なり合い、エリオット自ら一人称で語り始めている趣がある。心理的独白形式の「私」に委ねてしまえない状況に自分が置かれていることを、エリオットは宗教的に意識している。『祈禱書（*The Book of Common Prayer*）』からの言葉の断片を途切れ途切れに用いる「私」の声は、神への祈りとならず、神へ届かぬことを暗示するかのようである。詩の言葉の省察に、エリオットの神学的認識が取り込まれている。この点から見ると、私（私たち人間）の追い詰められた精神の情景・存在状況が詩的空間を埋めている「虚ろな人間」は、『荒地』と微妙に異なっている。エリオットが『荒地』のエピグラフとして用いようとして思い止まった詩の構成素材などの点から、両作品の連続性を指摘する研究が多いのだが、いま述べた二つの詩の相違には注意が払われていない。言語世界に閉じ込められた言葉ではもう満足できないエリオットが「虚ろな人間」の「私」の声となり始めている。自己の魂が一人の「人格」（人格的存在）として統一を志向しないかぎり、神に祈るのは難しい。『詩編』のそれぞれの詩における私の声は、神の現実へ向けて開かれており、閉じられた言語世界の内に閉ざされていないことを思い起せば、この問題点は分かりやすい。すでに、この点については拙論（一九九〇年）で扱ったことがあるので、要点だけに止めたい。

一人ひとりの人間を人格的存在として見る見解に、若い頃のエリオットは否定的であった。『F・H・ブラッドレーの哲学における認識と経験』において、エリオットは自己について次のように述べていた。「自己は一つの世界に依存し、この世界は逆に自己に依存しているように思える。繰り返して言うが、我々はどこにも根源的あるいは究極的なるものを見出すことはできない。自己は他者たちの自己にも依存している。自己とは、直接経験として与えられているものではなく、他者たちの自己との相互影響による経験の一つの解釈なのである。自己とは、［一つの解釈によって］構成されたものである（The self is a construction.）（146）。」

エリオットは、人間のうちにある諸要素に興味を持って、情緒の再構成により心理的独白の詩を創作してきた。カール・ラーナー(Karl Rahner)が「人格かつ主体としての人間」を神学基礎論で重視しているのは、人格性がキリスト教の福音の前提だからである。「虚ろな人間」の私は、統一的人格性を受け入れてはじめて、神の前に立てる、つまり、言語世界は現実へ開きを有するものであるという認識に立ち至らなければ、祈りは生まれない。「虚ろな人間」以前に用いた詩の言葉は、祈りの声ですら〈閉じられた言語世界〉のものであったことを、エリオットは認識し始めていた。彼がそれまで詩のなかに描いてきた人物たちは、人格の統一の欠けた、諸要素の再構成により誕生した人物たちであった。

また、エリオットは詩劇に対し深い関心を示していた。『大聖堂の殺人』に見られるように、トマス・ベケットの心のなかに潜む声は外在化され、四人の誘惑者に仕立て上げられている。心理的独白手法の詩を書いてきたエリオットらしい登場人物の創造手法である。

さて、『灰の水曜日』（一九三〇年）や『四つの四重奏』（一九三五―四二年）になると詩のなかの「私」は、劇的独白形式の私ではなく、抒情詩人エリオット自身である。もちろん、メークアップはしている。だが、エリオットは心に自信を秘め、統一ある人格として、自分の声で歌える抒情詩人に変貌している。もはや彼の詩の言葉は、閉じられた言語世界のものではなくて、バーント・ノートンのバラ園の時間は永遠に開かれた時だと歌える詩人の言葉に変質している。つまり、永遠に開きを有する言葉となっている。

結び

イェイツは一時期、仮面を用いた抒情詩を書いた。彼の資質は抒情詩人であった。詩人として文壇に登場してくるエリオットは、心理的独白形式の詩により詩人としての声の出し方を身につけ、自作の詩を援護する詩論で地盤を固め、人格の宗教的重要性を認識し始めた頃から、地声で話し始めた。また、二つの世界大戦・世界恐慌のような社会的、政治的な問題を強く意識したスペンダーやオーデンは、仮面を必要としなかった。劇的独白形式は、パウンドの場合のように、詩論の一手法となる場合もあった。また、一九世紀の後半、ホプキンズのような宗教的抒情詩人も仮面を必要としなかった。

本章で主張したのは、次のことであった。テニスンやブラウニングによって一八三〇年代に始まった劇的独白形式は、抒情詩の流れに棹をさすものであった。ケアが指摘した英詩の混交形態のため、劇的独白形式に先行する形式の解釈は混乱を呈してきた。独白における「劇的」の程度は詩人によって異なりを見せた。抒情詩人イェイツが一時期仮面を必要としたという事実と、エリオットが独白形式の詩を抜け出し抒情詩人として話し始めたという事実は、劇的独白形式と抒情詩の親近性を示している。

引用・言及した文献

Abrams, M. H. "Structure and Style in the Greater Romantic Lyric." In *From Sensibility to Romanticism*. Ed.

Frederick W. Hilles and Harold Bloom. New York: Oxford UP, 1965, pp. 527-560.

Allott, Kenneth, ed. *The Poems of Matthew Arnold*. London: Longmans, Green and Co. Ltd., 1965.

Altick, Richard D. *The English Common Reader: A Social History of the Mass Reading Public 1800-1900*. Chicago: The Univ. of Chicago Press, 1957.

Browning, Robert. *The Complete Works of Robert Browning*. 11 vols. Ed. Charlotte Porter & Helen A. Clarke. New York: George D. Sproul, 1899. *Pauline* is included in the 1st volume, pp. 1-34.

Culler, A. Dwight. "Monodrama and the Dramatic Monologue," *PMLA*, 90 (1975), 366-385.

Drew, Philip. *The Poetry of Browning: A Critical Introduction*. London: Methuen & Co. Ltd., 1970.

Eliot, T. S. *Knowledge and Experience in the philosophy of F. H. Bradley*. London: Faber and Faber, 1964.

Ellmann, Richard. *Yeats: The Man and the Masks*. 1949; rep. London: Faber and Faber, 1973.

Faas, Ekbert. *Retreat into the Mind: Victorian Poetry and the Rise of Psychiatry*. Princeton: Princeton UP, 1988.

Gordon, Lyndall. *Eliot's Early Years*. Oxford: Oxford UP, 1977.

Hobsbaum, Philip. "The Rise of the Dramatic Monologue," *The Hudson Review*, 28 (1975), 227-245.

Jeffares, A. Norman. *A Commentary on the Collected Poems of W. B. Yeats*. London: Macmillan, 1968.

Ker, W. P. *Form and Style in Poetry*. New York: Russell & Russell, 1966.

Loucks, James F. ed. *Robert Browning's Poetry*. New York: W. W. Norton & Company, 1979.

Mill, John Stuart. *Collected Works of John Stuart Mill*. 33 vols. Ed. J. M. Robson. Toronto: Univ. of Toronto Press, 1981, vol. 1, pp. 596-597.

Nagy, N. Christoph de. "Pound and Browning." In *New Approaches to Ezra Pound*. Ed. Eva Hesse. Berkley: Univ. of California Press, 1969, pp. 86-124.

Pound, Ezra. *Selected Poems*. Ed. T. S. Eliot. London: Faber and Faber, 1928.

Ricks, Christopher, ed. *The Poems of Tennyson*. London: Longmans, Green and Co. Ltd., 1969.
Rossetti, W. Michael. *Chaucer's Troylus and Cryseyde Compared with Boccaccio's Filostrato*. London: N. Trübner & Co., 1873.
Sessions, Ina Beth. "The Dramatic Monologue," *PMLA*, 62 (1947), 503-516.
Sinfield, Alan. *Dramatic Monologue*. London: Methuen & Co. Ltd., 1977.
Witemeyer, Hugh. "Early poetry 1908-1920." In *The Cambridge Companion to Ezra Pound*. Ed. Ira B. Nadel. Cambridge: Cambridge UP, 1999.
Yeats, W. B. *Autobiographies*. London: Macmillan, 1955.
Yeats, W. B. *The Collected Poems of W. B. Yeats*. 2nd ed. 1933; rep. London: Macmillan, 1971.
Yeats, W. B. *Essays and Introductions*. London: Macmillan, 1961.
F・コプルストン著、稲垣良典訳、『トマス・アクィナス』上智大学出版部、一九六八年。原著は一九五五年。
原孝一郎著、「T・S・エリオット「虚ろな人間」から『灰の水曜日』へ」『成蹊大学一般研究報告』第二四巻四号（一九九〇年三月）所収。
カール・ラーナー著、百瀬文晃訳、『キリスト教とは何か――現代カトリック神学基礎論』エンデルレ書店、一九八一年。原著は一九七九年。
鈴木弘著、『イェイツ詩辞典』本の友社、一九九四年。

VII　幻想のエデン
――ウィリアム・モリス『地上楽園』の冬の物語詩

上坪正徳

一　はじめに――『地上楽園』の評価の変遷

ウィリアム・モリス（William Morris, 1834-96）は、詩・散文、装飾芸術、社会主義運動など多方面で活躍したヴィクトリア朝の巨人であるが、詩人としての彼の評価は今日では必ずしも高いとは言えない。代表作である『地上楽園』（*The Earthly Paradise*, 1868-70）でさえ限られた読者にしか読まれておらず、モリス研究者の関心も主として工芸美術家・社会改革者としての彼の業績に向けられている。しかしヴィクトリア朝の後期においては、モリスは広範な読者の心を捉えた、時代を代表する詩人の一人であった。彼が第一詩集『ギネヴィアの抗弁その他』（*The Defence of Guenevere and Other Poems*, 1858）を出したのは二四歳の時である。この詩集はラファエル前派の悪影響が見られるとして不評であったが、約一〇年間の沈黙の後に刊行された『イアソンの生と死』（*The Life and Death of Jason*, 1867）と『地上楽園』は批評家からも読者からも大好評を博し、モリスは一躍当代第一級の詩人と見なされるようになった。その後最高傑作と評される『ヴォルスング族シグルド』（*Sigurd the Volsung*, 1876）を書き、一八九二年にはアルフレッド・テニスン没後の桂冠詩人に擬せられさえしている。しかしながら、二〇世紀に入りT・S・エリオットをはじめとする新しい詩人の登場によって、詩に対する一般の好尚が変わるとともに、ギリシア神話や中世ヨーロッパ伝説を題材として愛の探求と冒険を描いたモリスの一連の韻文ロマンスは、時代おくれのファンタジー文学の伝統に沿った逃避的な作品と見なされ、批評家や読者の関心も彼の物語詩から急速に離れていった。一九五〇年代以降装飾芸術家・社会主義運動家としてのモリスの評価はいちだんと高まっているが、長篇物語詩に再び関心が向けられるようになったのは、彼のロマンスの再評価が始まった一九八〇年代以降である。詩人モリスのこのような評価の変遷を、本論で扱う『地上楽園』に即してもう少し詳しく見てみよう。

『地上楽園』は、一四世紀の北ヨーロッパを襲った黒死病を逃れて不老不死の楽園探求に船出した北欧人の一行が、古代ギリシア人の末裔の住む島に流れ着き、彼らを暖かく迎えてくれた町の長老たちと、月に二回の饗宴を開いて、互いに語りあった二四篇の物語を集めた詩集である。第一巻(一部・二部、一八六八)、第二巻(三部、一八六九)、第三巻(四部、一八七〇)に分かれて出版されたこの作品は、総計四二、〇〇〇行に及ぶ長詩であるにもかかわらず、当時としては異例の売れ行きを示し、第一巻は初版発行から一八七〇年までの三年間に五回もの版を重ねている。当時の書評はこの人気を様々な角度から分析しているが、たとえば一八七一年四月の『ウェストミンスター・レヴュー』(*Westminster Review*)は、これを「純粋な詩を歓迎する大衆がいる」証であると見なし、この物語詩の長所を次のように解説している。

モリス氏は通常は詩を読みたがらない人々に評価されている。個人的な知識から言えば、シェリーを神秘と、テニスンを精神の苦痛と感じる経済学者や科学者たちが『地上楽園』を読んで称賛している。この現象を十分に説明できるとは思わないが、その理由の一つはモリス氏の詩のよどみのない流れと単純な構成にあるのは明らかである。リズムには無理がなく、もっとも自然な形でその場にぴったりと収まっているように思われる。さらにまたモリス氏の驚くほどに飾り気のない写実的な筆致が、読者に何の努力も強いることなく、一瞬のうちに情景全体を鮮やかに生き〳〵と見せてくれる。(1)

この書評は『地上楽園』の特徴をある程度的確に捉えているが、日頃は詩を敬遠する中産階級の多くの人々がこの長詩に強い関心を示したのは、単に構成やリズムや情景描写のためだけでなく、モリスが読みやすい詩型で語るギリシア神話や中世の物語が、読者を現実世界から遠い昔の夢幻の世界へ誘い、日常生活の辛苦を忘れさせてくれるからでもあったと考えられる。一八七〇年三月の『スペクテイター』(*Spectator*)の書評は「しばしこの世の労苦・喧騒・争いから逃れ、短い休息の後再び戻らねばならない不安な戦場のことなど一切忘れさせてくれる楽しい場所で、思う存分歩き回りたいと願う読者は、今の時代に一体どこへ目を向けたらいいだろうか」(2)と問い、その答えを『地上楽園』の冒険と愛の物語に求めている。これらの書評は、文学とりわけ小説においてリアリズムが主要な表現形式となっていたこの時代に、遠い昔の異国を舞台としたロマンスを求める読者が、いまだ数多く残っていたことを表わしている。ロバート・ルイス・スティーヴンソン(Robert Louis Stevenson, 1850–94)が古い文学形式のロマンスを擁護し、読者の精神に現実からの解放の歓びを与えるフィクションの機能を強調したのも、(3)このような時代背景があったからと考えられる。

ウォルター・ペイター(Walter Pater, 1839–94)は、様々な神話や伝説の織りなす『地上楽園』の世界に、死の意識や生のはかなさによって促される現世的美への強い希求を読み取っているが、(4)このような好意的な批評に対してこの作品の活力の欠如や現実逃避的傾向を批判した批評家も存在していた。『テンプル・バー』(*Temple Bar*)に「時代の詩」という評論を連載していたアルフレッド・オースティン(Alfred Austin, 1835–1913)は、一八六九年一一月の同誌で「モリス氏は現在を無視し、読者が未来のことを探るよう求めても、静かな悲しみの表情を浮かべて目を閉じる」と述べ、さらにモリスが自らを「時代を間違えて生れた、夢を夢見る者」(Dreamer of dreams, born out of my due time 三-一)[5] と呼んだ『地上楽園』冒頭の「弁明」(An Apology)の一連を引用して次のように続けている。

彼が歌うのはただ、彼自身と同じように、この時代を、それが誇る精神や誇示する進歩を、さらに無数の俗悪な瑣事を見限り、眠りの領域に避難する人々のためである。……しかし、(過去をいとおしむ)そのような気持や態度から偉大な詩が生れるであろうか。それは不可能である。――永遠に不可能である。偉大な詩は、確固とした信念と熱烈な深い情熱とが結びついたところに生れる。何であれ偉大なものは、美しい哀惜からは創られない。[6]

オースティンの批評は当時の書評の中でもっとも厳しいものであるが、彼は『地上楽園』のこのような弱点を時代精神の反映と見なし、モリスを「卑しい陰欝な時代の穏やかな殉教者」と呼んでいる。

二〇世紀に入り『地上楽園』の評価が著しく下がったのは、モリスの同時代人には好意的に受け入れられていた、韻文ロマンスに特有の人物造型の平板さやスタイルの単調さ、あるいは読者の感情に訴える哀愁や甘美さが、この時代の批評家や読者には重大な欠陥に思われたからであった。とりわけモリスの「夢の世界を創り出そうとする創作努力」[7]は、この詩人の逃避主義のあらわれと見なされ、革新的な工芸家・社会主義運動家としての活動との整合性を見出すのを困難にした。F・R・リーヴィス(F. R. Leavis, 1895-1978)は『現代詩の革新』(*New Bearings in English Poetry*, 1932)の中でこの点に触れて次のように述べている。

『オックスフォード版英国詞華集』を読み進んでゆけば、ヴィクトリア朝時代がその時代の才能を十分に活用しなかったことがますます明らかになってくる。たとえばウィリアム・モリスの詩を読んで誰が一体、彼が当代で最も多方面で活躍した精力的な独創家の一人であり、実践の世界で決定的な影響力を発揮した人物であると想像するであろうか。彼は詩を己の白昼夢のために残していたのである。(8)

一九五〇・六〇年代のニュー・レフト運動の中でモリスの再評価に重要な役割を演じたE・P・トムスン（E. P. Thompson）さえも、『地上楽園』には厳しい評価を下している。彼はモリスのロマン主義者から革命家への必然的な発展を跡づけた歴史家であるが、『地上楽園』に関しては「作品の枠組が静的であり」、「(収録された)物語は人生に対する同じような態度しか表現していない」と批判し、特にモリスが自らを「空虚な時代の怠惰な歌詠み」（The idle singer of an empty day, 三-一）と呼んだ「弁明」について次のようなコメントを加えている。

> これは敗北の宣言である。ロマン主義運動の伝統の中で考えてみれば、これはシェリーの詩人のための主張を否定するものであり、十全な詩の意識と責任を追求するキーツの努力の継承を拒絶するものである。キーツの最高の詩とモリス自身の初期の詩に共通する理想と現実、人生と芸術に対する強い熱望と下劣で残酷な事実との間にある緊張はもはやここには存在しない。(9)

ヴィクトリア朝の読者を捉えた、現実の重い苦悩をいっ時忘れさせ、ロマンスの世界で憩わせてくれる『地上楽園』の魅力は、二〇世紀の批評家にとってはモリスの逃避主義を表わす、受け入れ難い欠点に思われたのである。『ウィリアム・モリスの全仕事』（*The Work of William Morris*, 1967）の著者ポール・トムスン（Paul

Thompson）が同書で書いている「『地上楽園』は汽車旅行の暇つぶしに恰好な読物であるが、その旅行の終わりに、さてどういう内容であったかを思い出すのは必ずしも容易ではない」[10]という言葉は、一九六〇年代までの一般的な評価を言い表わしていると言えるだろう。

しかし一九七〇年代の半ば頃から『地上楽園』の再評価の動きが徐々に現われ始めている。ブルー・カルフーン（Blue Calhoun）はこの長詩に見られる伝統的なパストラルのモチーフを分析し、キャロル・シルヴァー（Carole Silver）やアマンダ・ホジスン（Amanda Hodgson）は、モリスのロマンスの特徴を論じた書物の中で、『地上楽園』を単なる逃避の文学ではなく、成長・衰退・死・再生を繰り返す自然のプロセスを免れ得ない人間が、不滅への希求を抱き続ける意味を真摯に追求した作品と位置づけている。[11]さらにフロレンス・S・ブース（Florence Saunders Boos）は、これらの業績を踏まえながら、『地上楽園』には緊密な構成がないという従来の見解を修正し、二四の物語詩を詳細に読み解くことによって、それらにモリスの人間連帯の理想がアレゴリカルな形で表現されていることを指摘している。[12]

以上のような批評の変遷を念頭に置いて『地上楽園』を読んでみれば、スタイルの単調さや活力の乏しさ、モチーフの繰り返しの多さや登場人物の個性の欠如は否定できないにしても、ポール・トムスンが述べたような単なる暇つぶしにふさわしい単純な物語詩集では決してなく、創作当時のモリスの葛藤を表わす、生存の厳しい現実の受容と日常を超越した夢幻世界への憧憬との緊張が伝わってくる。本論の目的は最近の批評を参考にしながら、モリスの楽園観をもっともよく示していると思われる冬の物語詩六篇を読むことにあるが、その前にこの長詩全体の構造に簡単に触れておくことにしよう。

二　『地上楽園』の構造

『地上楽園』の主要部は「プロローグ・さすらい人たち」(Prologue : The Wanderers) と各月に二つずつ語られる二四の物語詩から成っており、「プロローグ」の前には当時のモリスの心情を歌ったと思われる「弁明」が付けられている。この「弁明」は、第一節で触れたように、『地上楽園』を逃避主義的な作品と位置づける根拠として、しばしば全体のコンテクストから切り離されて論じられてきた。確かに「弁明」の中には、ヴィクトリア朝の文明が生み出した貧困と醜悪さに対するモリスの逃避的な態度が表現されている。たとえば第一連で自らを「空虚な時代の怠惰な歌詠み」と呼んだ作者は、第四連でも自分自身を次のように描いている。

時代を間違えて生れた、夢を夢見る者、
何故にそんな私が曲がったものを真っ直ぐにせねばならぬのか。
これで満足することにしよう、私のつぶやく詩句が、
軽い翼で象牙の門を打ち、眠りの国に憩い
空虚な時代の歌詠みによって眠りへと誘われる人々に、
耳障りにならない物語を語ることで。(13)

Dreamer of dreams, born out of my due time,
Why should I strive to set the crooked straight ?
Let it suffice me that my murmuring rhyme

Beats with light wing against the ivory gate,
Telling a tale not too importunate
To those who in the sleepy region stay,
Lulled by the singer of an empty day.　(三-二)

「曲がったもの……」の行は『伝道の書』の「曲がったものは真っ直ぐにはできない」(That which is crooked cannot be made straight, 1 : 15) に基づく詩句であり、この連には『伝道の書』と同様な人生と社会に対する諦観と消極的な態度が見られる。しかし第五連に入ると、話はクリスマスの季節の北方の王国へと移り、魔術師が王に見せる不可思議な情景が描かれる。

一つの窓からは春が見え、
もう一つの窓からは照り輝やく夏が、
三つ目の窓からはたわわに実ったぶどうの列が見える、
耳には聞こえぬけれども、外ではいつものように、
あの一二月のものわびしい風がひゅうひゅうと吹いていたというのに。

. . . through one window men beheld the spring,
And through another saw the summer glow,
And through a third the fruited vines a-row,
While still, unheard, but in its wonted way,

Piped the drear wind of that December day.（三―二）

魔術師が荒涼とした冬の日に作り出す明るい幻視の世界は、モリスが「重い苦悩」（the heavy trouble　第三連）に満ちた現実社会で夢想する「地上楽園」であり、「波うつ無情な荒海に囲まれた影のような至福の島」（a shadowy isle of bliss / Midmost the beating of the steely sea,　第六連）である。「空虚な時代の哀れな歌詠み」に過ぎないモリスには、荒海に棲む「飢え切った怪物」（ravening monsters　第六連）を倒して至福の島に至ることは出来ないけれども、その偉業に挑戦した過去の「強き人々」（mighty men　第六連）を歌うことは出来る。モリスが『地上楽園』で試みようとするのは、時の支配と運命に抗して地上の楽園を探し求めた人々の努力を歌いその意味を問い直すことである。このモチーフは不老不死の楽園を目指したさすらい人の「プロローグ」に入るといっそう明確になってくる。

「プロローグ」はしばしば引用される次の詩句で始まっている。

煙の立ち込める六州を忘れ、
噴き出す蒸気とピストンの音を忘れ、
広がる醜悪な町を忘れ、
思い浮かべよう、草丘を行く荷馬を、
そして夢見よう、小さな白い清浄なロンドンを、
緑の園で縁取られた澄み切ったテムズ河を。

Forget six counties overhung with smoke,

Forget the snorting steam and piston stroke,
Forget the spreading of the hideous town ;
Think rather of the pack-horse on the down,
And dream of London, small and white and clean,
The clear Thames bordered by its gardens green ; （三-三）

モリスはこうして読者を一九世紀のロンドンからチョーサー時代のロンドンへ、さらにギリシア人の末裔が住む「海のかなたの名もない町」（A nameless city in a distant sea 三-三）へと誘っていく。この町では今長老たちが漂着したさすらい人たちの一行を暖かくもてなしている。一行のリーダーであるロルフ（Rolf）は、長老たちの求めに応じて、地上楽園を探して無駄に過ごした愚かしい己の人生の物語を語って聞かせる。

ロルフの話によれば、子供時代をコンスタンチノープルで過ごしたノルウェー人の彼は、ドイツのシュヴァーベン出身の学者ローレンス（Laurence）や戦乱のブルターニュを逃れてノルウェーに渡ったニコラス（Nicholas）らとともに、黒死病の蔓延するノルウェーを去って、病いと老いのない地上楽園を求めて西方へと船出する。出帆後ほどなくして彼らは、フランスとの戦いに向かうエドワード三世の艦隊と出会い、王から拝謁を許されて遠征に加わるよう求められる。しかし彼らは現世の栄光よりも楽園探求の旅を選び、百年後のコロンブスと同じように、大西洋を渡ってアメリカへ辿り着く。彼らが最初に上陸した花の咲き乱れる美しい海岸は、一見地上の楽園を思わせるが、現住民同士が相争う殺伐とした世界であり、次の夜には他の部族の襲撃にあってニコラスの最愛の妻が殺されてしまう。さらに別の地では、山の向こうに神の如き人々が住むという噂に彼らは胸を弾ませるが、訪れてみると残忍な食人種であることが分かる。次々と繰り返される苦難と幻滅の中で、ある者は楽園探求をあきらめて故国に帰り、またある者は現地で妻を娶って永住することを決意する。こうして目的の地を見出すことなく空しく年老いたさすらい人たちは、ついにギリシア人の末裔が住むこの島に辿り着いたのである。ロルフの悲惨な航海の話を聞いた町の長老は、しかし、さすらい人たちを「我々の生きた年代記」(our living chronicle 一-八〇)と呼び、以後月に二回の饗宴を開いて、さすらい人から西ヨーロッパの物語を聞き、その返礼に長老たちがギリシアの物語を語ることにする。こうして『地上楽園』は本題である二四篇の物語詩へと移っていく。

「プロローグ」に登場するさすらい人たちは、不老長寿の楽園を探しながら、絶えず残酷な現実に裏切られた人々である。彼らは春から冬へと移りゆく自然と同じように、希望と幻滅の季節を繰り返し経験し、やがて古代ギリシアの文明が残っている辺境の島に定住する。ここには「弁明」と共通する作者の一種の諦観や虚無感が見られるけれども、モリスにとっては、さすらい人たちを苦難の航海へと駆り立てた強い楽園願望は、『ユートピア便り』(*News from Nowhere*, 1891)の作者である彼自身の終生の願望であるだけでなく、あらゆる時代の人間が抱き続ける普遍的なものでもある。さすらい人と長老たちが交互に語る二四の物語は、人間の地上楽園探求の諸相を、神話や伝説に登場する様々な人物の行動と心性を通して描いたものと言えるだろう。

『地上楽園』の物語詩はモリスのカレンダーに従って三月から翌年の二月までの一年間に語られるが、それぞれの月の初めには、移りゆく自然の情景とそれに対する詩人の感慨を歌った叙情詩が付けられている。これらの叙情詩に一貫する深い憂愁は、妻ジェイン (Jane Morris) の心変わりに苦しむ当時のモリスの心情を反映していると言われてきた。自然は死と再生を繰り返し、絶えず変化しながら永遠に不変である。死すべき人間である詩人は、春の到来を悦ぶ小鳥のさえずりにも限りある生のはかなさを思い、愛の季節の中にあっても失われた愛を歎き、人の情熱の移ろいやすさを意識せざるを得ない。こうして詩人は春から冬への四季の変化とともにより深い憂いに沈んでいくが、彼の心に潜む再生への希望と夢は決して死に絶えることはない。たとえば冬の物語詩の冒頭に付けられた一二月の叙情詩では、「鐘の音が滅びゆく年の上に、変化と失われし優しさと、愛されずにひとり残された愛の上に鳴りひびく」(Out break the bells above the year foredone,/ Change, kindness lost, love left unloved alone; 六-二) と灰色の雲におおわれた寂しい年の瀬が歌われる。しかし詩人は「おお、なほも生と愛に執着する汝よ」(O thou who clingest still to life and love, 六-一) と己に呼びかけ、このわびしい冬の詩を次のように結んでいる。

汝の心何を求めるかを誰も知らぬけれども、
汝の疲れた唇が呪いの言葉を知らぬのであれば、
かつて愛したものを些かも捨てさるなかれ、
汝の目はいつかよき日を見るであろうから。
Though no soul knows wherewith thine heart doth yearn,
Yet, since thy weary lips no curse can learn,
Cast no least thing thou lovedst once away,
Since yet perchance thine eyes shall see the day. (六-一)

これらの叙情詩の役割は、イングランドの四季を描いて月々の物語詩を導入するところにあるが、絶望の淵にあってもなお生の充実を切望する詩人の姿には、地上楽園を探し求めるさすらい人や物語詩の主人公の希望と挫折が投影されている。

「プロローグ」のさすらい人が目指したのは、病いと老いのない楽園であった。これに対して物語詩の主人公の多くは、ロマンスの普遍的なテーマである愛の成就を求めて様々な苦難や試練に遭遇する。両者のテーマは一見異なっているかに見えるけれども、時の支配と運命の転変を免れ得ない人間の永遠の願望を扱っている点では、互いに密接に関連しあっていると言えるだろう。男女の愛の成就は人間社会の和合・調和を象徴するものでもある。

『地上楽園』の二四篇の物語詩は、春（三月―五月）、夏（六月―八月）、秋（九月―一一月）、冬（一二月―二月）の四つの詩群から成っている。これらの詩群は、四季の変化に合わせて、明るい物語を多く含む春の詩群からより深刻な物語の多いのちの詩群へと移っているけれども、個々の物語詩の配列にはテーマの一貫した展開に沿った明確な必然性が見られるわけではない。たとえば、年の初めの三月に語られる「アタランタの競走」(Atalanta's Race) と「王に生れついた男」(The Man Born to Be King) は、生命誕生の季節の到来に相応しく、主人公が愛の女神ヴィーナスの助けや幸運によって死を免れ、王女と結婚して国王になる物語である。同様な愛の成就のテーマは様々なヴァリエーションをなして、四月の「アクリシオス王の悲運」(The Doom of King Acrisius)、五月の「キューピッドとプシュケーの物語」(The Story of Cupid and Psyche)、八月の「ピグマリオンと彫像」(Pygmalion and the Image) と「デーン人オジール」(Ogier the Dane)、九月の「太陽の東と月の西にある国」(The Land East of the Sun and West of the Moon)、一〇月の「アコンティオスとキューディッペーの物語」(The Story of Acontius and Cydippe)、一二月の「アースラウグの養育」(The Fostering of Aslaug)、二月の「リュキアのベレロポーン」(Bellerophon in Lycia) にも見られる。これらの物語詩の主人公は様々な苦難の末に愛の楽園を見出すが、モリスが彼らの心情の告白や聴衆の反応を通して、地上の楽園を脅かす運命の転変や死の影を絶えず描いていることも注目すべきである。

以上の一〇篇は明るい結末を迎える物語であるが、これらと均衡を保つかのように、人間の悲惨な運命や情念の暗い世界を描いた一〇篇の物語詩が語られる。五月の二番目に置かれた「彫像の銘文」(The Writing on the Image) は、そのような一連の物語詩の始まりである。この詩は、彫像に書かれた謎の言葉を解読した男が、銘文の指示に従って地下の財宝を見つけるが、そこに隠された仕掛けによって闇の中に閉じ込められ、痛ましい最期を迎える物語である。六月に入ると、夫のために己の命を犠牲にした女の愛を描いた「アルケースティスの愛」(The Love of Alcestis) と愛する女を暗い運命から救えなかった男の物語である「かの地の姫」(The Lady of the Land) が語られる。同様なテーマのヴァリエーションは、七月の「鷹の見張り」(The Watching of the Falcon)、九月の「パリスの死」(The Death of Paris)、一〇月の「二度と笑わなくなった男」(The Man Who Never Laughed Again)、一一月の「グドルンの恋人たち」(The Lovers of Gudrun)、一月の「アルゴスのベレロポーン」(Bellerophon at Argos) と「ヴィーナスに与えられた指環」(The Ring Given to Venus)、さらに最終の物語詩である「ヴィーナスの山」(The Hill of Venus) にも見られる。

以上タイトルを挙げてきた二〇篇の物語詩は、そのほとんどが愛の楽園探求の明暗両面を描いたものであった。これらの物語詩の間に、高慢の寓話である四月の「尊大な王」(The Proud King)、運命に逆らう愚かしさを描いた七月の「クロイソスの息子」(The Son of Croesus)、卑しい身分から王妃になった女のシンデレラ物語である一一月の「ロドペーの物語」(The Story of Rhodope)、ヘスペリスの園から黄金のリンゴを奪ったヘラクレスの冒険を扱った一二月の「黄金のリンゴ」(The Golden Apples) が挿入されている。

恣意的とも思われるこのような物語詩の配列は、『地上楽園』がギリシア神話や中世ヨーロッパの伝説の寄せ集めという印象を与える大きな原因である。しかし、アマンダ・ホジスンによれば、『地上楽園』の物語詩のこのような配列は、モリスが借りた中世ロマンスの形式に沿ったものであり、中世ロマンスと同様にそれぞれの物語詩は独立した作品として、「プロローグ」で語られた楽園探求のテーマを様々な角度から描いている。[14] この指摘にさらに付け加えるならば、春・夏・秋の三つの詩群は、「弁明」の魔術師が三つの窓に映し出す季節の風景のように、それぞれに異なった人間の楽園探求の相を描き、そして最後の冬の詩群は、モリスの楽園観を凝縮して示す物語詩を集めていると言えるだろう。では冬の六つの物語詩を取りあげて、モリスが人間の楽園探求の諸相と意味をどのように描いているかを検討してみよう。

三　冬の物語詩

(1)　一二月──「黄金のリンゴ」と「アースラウグの養育」

町の長老が語る一二月の最初の「黄金のリンゴ」は、『地上楽園』の中でもっとも短い物語詩である。この月の叙情詩の詩人は、すでに述べたように、荒涼たる自然の情景の中で失われた愛を歎きながらも、己の心に微かな希望が湧いてくるのを感じていた。黄金のリンゴが実るヘスペリスの園に至ったヘラクレスの物語は、この希望に対応するだけでなく、楽園探求に失敗した「プロローグ」のさすらい人たちの夢の実現を表わしている。

「黄金のリンゴ」のヘラクレスはヘスペリスの園を発見し、園を守るドラゴンを殺して愛と豊饒の象徴である黄金のリンゴを手に入れる。この物語はヘラクレスの一一番目の難業を描いた単純な成功譚であるが、ヘスペリスの園とニンフたちの描写にモリスの楽園観がはっきりと表われている。ヘスペリスの園は人間界とは対照的に季節の変化のない楽園であり、そこに住むニンフたちは百合の花が咲き乱れ、美しい楽の音がひびく永遠の春を享受している。モリスは、黄金のリンゴが実る木のそばでヘラクレスを迎えるニンフたちの姿を次のように描いている。

木のまわりに、三人の乙女が立ち現われて、
この勇者の輝く姿を迎えた。
まばゆいばかりの髪の毛の他には、頭から足まで何も着けず、
あたりには日と影がちらついていた。
風が頭上に茂る灰色の木の葉をさわがせて吹き、
蜜蜂がさまよう、乙女たちの足元近くの
草むらを揺っていった。

About the tree, new risen e'en now to meet
The shining presence of that mighty one,
Three damsels stood, naked from head to feet
Save for the glory of their hair, where sun
And shadow flickered, while the wind did run
Through the grey leaves o'erhead, and shook the grass
Where nigh their feet the wandering bee did pass.　（六-二）

憂いのない永遠の至福の園に生きるニンフたちは、地上の人間のように何かに驚嘆したり恐怖をおぼえたりすることはない。ニンフの一人はヘスペリスの園に闖入したヘラクレスを穏やかに迎え、園の平安を乱そうとする

彼の行為の空しさを次のように説く。

「まあ、何ということ！　この地が人間や神々の変わる心を
分かるはずがありましょうか。ここでは、
幾代もの時代が過ぎ去って、草地を踏んだあなたの足のことも、
果実の実る丘に埋もれたあなたの哀れな遺骨のことも、
すっかり忘れてしまうでしょう。考えてごらんなさい、
毒蛇に嚙まれ、すぐに冷たくなってしまうあなたの死を！」

"Ah, me! what knows this place of changing mind
Of men or Gods ; here shall long ages pass,
And clean forget thy feet upon the grass,
Thy hapless bones amid the fruitful mould ;
Look at thy death, envenomed, swift and cold!"　（六一一三）

ヘスペリスの園では、人間界に限りない変化をもたらす時もただ単調に過ぎてゆき、ヘラクレスのような英雄の行為さえ、何の価値もない無意味のものとしてすぐに忘れられてしまう。

　さらに第二のニンフは、「小鳥の囀りに朝が目覚める時のような声で」(In such a voice as when the morn doth wake to song of birds)、地上とこの園との違いを次のように述べる。

「滅びゆく世界が、その最期を歎くときも、
わたしたちだけは、なおこの枝の下で生き続けるでしょう、
そして地上でどんなに重大と思われる出来事が起ころうとも、
わたくしたちは、それを伝える物語を聞くこともありません。」
. . . "When the world foredone
Has moaned its last, still shall we dwell alone
Beneath this bough, and have no tales to tell
Of things deemed great that on the earth befell." （六‐一三）

第三のニンフは、ヘラクレスに向かって「もし神がわたしたちの黄金の実を盗むならば、その呪いは彼の不死の生をみじめなものに変えるでしょう」（If any God should gain our golden fruit, /Its curse would make his deathless life forlorn.）と警告する。不死の楽園では「歓びや喪失や苦しみによって変えられる万のものが、再び元の姿に変わっていき」（Yet all things, changed by joy or loss or pain,/ To what they were shall change and change again. 六‐一三）、その痕跡をとどめることすらないからである。モリスの描くヘスペリスの園は確かに平穏な美しい地であるけれども、そこには人間界の喜怒哀楽も運命の転変もなく、また過去の英雄たちの偉業を伝える物語もない。三人のニンフたちは、黄金のリンゴを奪おうとするヘラクレスに逆らうこともなく、ただ静かに彼の行為を見守っているだけである。モリスは五月の「彫像の銘文」や一〇月の「二度と笑わなくなった男」の中で主人公が生きながら死の世界に閉じ込められる「生の中の死」（death in life 六‐三八）の悲惨を描いた。ヘスペリスの園は一見それとは対極にある楽園であるが、ヘラクレスにとっては己の生の充実を達成できない無気力の世界

である。彼はニンフの言葉に心を動かされることなく、ドラゴンを殺して黄金のリンゴを奪う。

彼は風にそよぐ枝を引き寄せてリンゴをもいだ。
それから枝を放ち、黒髪を額から払いあげて言った、
「愛らしく、美しい人よ、この日は私の今後の生涯に
呪いをもたらすのであろうか――この日だけが？
私には予感がする、これからの一生が
喪失と闘いに明け暮れるであろうと。

「しかし私には少なくとも分かっている、
世界が世の道を進み、歓びと悲しみと数々の偉業を集めながら、
それらを終りまで運んでゆくであろうと。
それでよい、逝く年の枯葉が夏の木の下に埋もれるように、
私の身がいずこの地に横たわろうと、少くとも
過ぎ去った私の生涯を受けとめて、獲物とともに蓄えよ、
生ける人はその獲物を奮闘、禍い、苦痛と呼ぶであろうが。」

He drew adown the wind-stirred bough, and took
The apples thence ; then let it spring away,
And from his brow the dark hair backward shook,

And said : "O sweet, O fair, and shall this day
A curse upon my life henceforward lay—
This day alone ? Methinks of coming life
Somewhat I know, with all its loss and strife.

"But this I know at least : the world shall wend
Upon its way, and gathering joy and grief
And deeds done, bear them with it to the end ;
So shall it, though I lie as last year's leaf
Lies 'neath a summer tree, at least receive
My life gone by, and store it, with the gain
That men alive call striving, wrong, and pain."　(六-一三)

ヘラクレスは「プロローグ」のさすらい人とは異なり、地上楽園に行き着きながらも、そこにある「生の中の死」に幻滅し、絶えず身の危険にさらされる冒険の人生を選んだ英雄である。彼は「人々が語るべき偉業」(deeds for folk to tell.　六-一四)の達成を決意して楽園を去り人間界へ戻っていく。すでに述べたように『地上楽園』執筆当時のモリスは、夢幻世界への逃避を強く望みながらも、現実社会の問題にも無関心ではいられないジレンマに苦しんでいた。ヘスペリスの園の平安よりも、苦難に満ちた現実界に生の充実を求めるヘラクレスには、そのジレンマの克服の方向が暗示されていると言えるだろう。さらにこの物語には、モリスが「弁明」で自らに課した、英雄の偉業を語ることの意義がはじめて確認されている。後の世の人々が語る己の物語を作り出そうとする主人公への共感は、一二月の二番目に語られる「アースラウグの養育」の薄幸な王女の物語にも投影されている。

さすらい人の一人が語る「アースラウグの養育」は、北欧伝説『ラグナル・ロズブロークの伝説』（*Saga of Ragnar Lodbrok*）に基づいた物語詩である。シグルドとブリュンヒルドの娘として生れたアースラウグは、シグルドの結婚を巡る争いのために両親を失い、母の義兄にあたるハイミルによって救出される。ハイミルは吟遊詩人に身をやつしアースラウグを連れて逃れるが、一夜の宿を求めた農夫の家で強欲な夫婦によって殺されてしまう。ハイミルの竪琴の箱に隠れていたアースラウグは、夫婦に発見されて二人の子供として育てられる。農夫の妻は娘の美しさに嫉妬し、沐浴さえも禁じて厳しい山羊飼いの仕事にこき使うが、一七歳になったある春の日、アースラウグの可憐な姿がたまたま食糧の調達に訪れたラグナル王の水夫の目にとまる。水夫の話を聞いたラグナル王はアースラウグを呼びにやり、彼女の淑やかな美しさに心を打たれる。ラグナルは一年後に再びこの地を訪れ、アースラウグと再会して結婚する。

この物語詩の材源である北欧伝説では、娘時代のアースラウグの苦難だけでなく、王妃となってからの彼女の残忍な復讐やラグナル王の政治的な野心が描かれていた。モリスはこのような暗い要素を極力省き、「アースラウグの養育」を一一月の「ロドペーの物語」と同様なシンデレラ物語に作り変えている。この物語詩で最も興味深いのは、王女から山羊飼いの娘へ、さらにラグナル王の王妃へと激しい運命の転変を生きるアースラウグが、常に自然と調和して生きる人物として描かれていることである。「プロローグ」のさすらい人が求めたのは、死と老いのない永遠の春の楽園であった。アースラウグが生きる世界は、人もまた自然と同じように死と再生を繰り返す世界である。人と自然との調和は、吟遊詩人となった老ハイミルが、緑の草地で幼いアースラウグと憩う場面にすでに現われている。ハイミルは咲き匂う花々の間で無邪気に遊ぶ幼児を見ながら竪琴を弾き始める。

幼児は響き渡る楽の音に驚いて遊ぶのをやめた。
しかしやがて弦の調べに変化があらわれ、
涼やかにやさしい音をたてて、楽しいことを語るかに思われると、
アースラウグはあちらこちらへ踊り廻った。
弦の音はいちだんと高く、強く、快く響き、
森のいたるところを、陽気でもなければ悲しくもない、
心をやさしく鼓舞する調べで満たした。
それはまるで拍子のそろった旋律のなかに、
その美しい日の声を集めたかのようであった。
花々の間で遊ぶ幼児の動きは、次第に静かになり、
楽の音はいっそう物悲しくやさしくなっていった。
アースラウグは調べに合わせて、老人のほうへ近寄り、
二人が互いの目を見つめ合ううちに、
張りつめた弦からすべての楽の音が消えていった。

. . . and the child
Stopped, startled by that music wild:
But then a change came o'er the strings,

As, tinkling sweet, of merry things
They seemed to tell, and to and fro
Danced Aslaug, till the tune did grow
Fuller and stronger, sweeter still,
And all the woodland place did fill
With sound, not merry now nor sad,
But sweet, heart-raising, as it had
The gathered voice of that fair day
Amidst its measured strains ; her play
Amid the flowers grew slower now,
And sadder did the music grow,
And yet still sweeter : and with that,
Nigher to where the old man sat
Aslaug 'gan move, until at last
All sound from the strained strings there passed
As into each other's eyes they gazed ;　(六-二五～二六)

ハイミルは己の死期の近さを予感する老人である。花の咲き乱れる草地で、老人が竪琴を奏で幼児が楽しげに遊ぶこの情景は、老いも死もないヘスペリスの園とは全く異なった、新しい生命と朽ちゆく生命とが織りなす瑞々しい調和の世界である。
　幼いアースラウグに見られた自然との一体化は、美しい娘へと成長した彼女が山羊を追って山腹へ出かける場面にも見られる。季節は春、一七歳になったアースラウグは「愛の神が目には見えない柔らかな大気の中を漂い、生れ来るもののために、万物をいっそう美しく見せてくれる日に」(On such a day as when Love floats / Through the soft air unseen, . . . to make / All things seem fairer for the sake / Of that which cometh,)、「漠然とした名状しがたい思いに駆られて」(On vague and unnamed thoughts intent, 六-三七) 森の樹木の間をさまよっていく。

森に住む鳥けものたちは、当然目を凝らして眺めていた、
乙女の足がアネモネの叢にそっと触れて通り行くのを、
乙女の唇が生い茂る冷たいブルー・ベルに口づけして笑い、
四月末に咲く青白いスミレに軽く当てられるのを。
喉の赤いカケスが啼いたのは、故ないことではなかった、
乙女が歩きながら、何かの想いにかすかに微笑んだからだ。
山鳩が歎きの声をあげたとしても、故ないことではなかった、
乙女があまりに早く通り過ぎ、密に萌え出た小枝の陰に、
姿を隠してしまったからだ。とうとう
乙女は開けた場所にやって来た。
広々とした浅い湖水があたりに満ち、
その只中で水鳥たちが遊び戯れていた。

葦の生えた軟泥の間を、固い草むらを踏み越えて
乙女は足早に進み、水辺に近い砂洲に立つと
風のない水面に映った自分の顔を目つめ、
見つめながら幾たびか、楽の音を思わせる笑い声をあげた。

The wild things well might gaze their fill,
As through the wind-flowers brushed her feet,
As her lips smiled when those did meet
The lush cold blue-bells, or were set
Light on the pale dog-violet
Late April bears : the red-throat jay
Screamed not for nought, as on her way
She went, light-laughing at some thought ;
If the dove moaned 'twas not for nought,
Since she was gone too soon from him,
And e'en the sight he had was dim
For the thick budding twigs. At last
Into an open space she passed,
Nigh filled with a wide, shallow lake,
Amidmost which the fowl did take

Their pastime ; o'er the firmer grass,
'Twixt rushy ooze, swift did she pass,
Until upon a bank of sand
Close to the water did she stand,
And gazed down in that windless place
Upon the image of her face,
And as she gazed laughed musically
Once and again ; （六−三八）

万物に生の息吹を与える春は、自然とともに生きるアースラウグにも大きな運命の変化をもたらす。水夫に連れられてラグナル王のもとを訪れたアースラウグは、王の唐突な求愛にとまどい、再び翌年の春に来てくだされぱといったんは断わるが、彼女は自分の心にはじめて生れた激しい愛と憧憬を押えることが出来ない。

季節はいつものように巡り、再び春がやってくる。しかし「恋の初光が大きな変化をもたらし、彼女の心を動かしてこよなき愛らしさに変えた」（that first spark of love / Wrought the great change, that so did move / Her heart to perfect loveliness, 六−三五）アースラウグには、この一年はいつもとは異なった、期待と不安に満ちた葛藤の一年である。春の到来を間近にひかえた彼女は、己の揺れる心を次のように語る。

後におよんで惨苦の重荷を担わねばならぬとしても、
甘美なるものの香りを未だ生れぬ人々に残してはいけないのか、

あらゆる憂苦の中にあっても、なお
この世を価値あるものと思わせる物語を？

. . . But if I
Must bear the weight of misery
In the after days, yet even then
May I not leave to unborn men
A savour of sweet things, a tale
That midst all woes shall yet prevail
To make the world seem something worth ?　（六-五五）

アースラウグは、「人々が語るべき偉業」の達成を選んだヘラクレスとは異なり、時の支配に従順に従いながら、春とともに再び訪れたラグナル王の求愛に応じて自らの愛の物語を完成する。しかし、この物語詩の語り手が最後に暗示しているように、アースラウグの地上楽園もやがて訪れるラグナル王の死によって消え失せてしまう。季節の変化を知らない永遠のヘスペリスの園も、自然と一体となって生きたアースラウグのはかない地上楽園も、モリスにとっては人間が探し求める楽園の姿であるが、作者の共感がヘスペリスの園を去るヘラクレスや現世に楽園を見出すアースラウグにあるのは言うまでもない。一二月の物語詩で楽園に到達した主人公を描いたモリスは、一月に入ると放浪の英雄を愛した、アルゴスの王妃の暗い情念の世界へ読者を誘っていく。

(2)　一月――「アルゴスのベレロポーン」と「ヴィーナスに与えられた指環」

一月の叙情詩は雲が低く垂れ込める陰うつな冬の夜の描写で始まり、「おお目にも見えず急ぎ飛びゆく雲よ、おお泣きわめく風よ、汝は今宵いかなる憩いを求めて、いずこへ行くのか」(O unseen hurrying rack! O wailing wind!/ What rest and where go ye this night to find? 六-六五) という問いかけで終わる。冬の疾風に吹かれていずこへとも知らずに流れゆく雲には、妻の愛を失ったモリス自身の姿だけでなく、一月と二月に語られる一連の物語詩「アルゴスのベレロポーン」と「リュキアのベレロポーン」の主人公の姿が投影されている。

コリントスの王子ベレロポーンは、翼をもつ天馬ペガサスに乗って怪獣キマイラを殺した英雄として知られているが、彼は誤って愛する弟を殺したために故国を去り、アルゴスからリュキアへと放浪の旅を続けねばならなかった。モリスがこの勇者の物語を二回に分けて語ったのは、彼を愛した二人の姉妹、すなわちアルゴスの王妃ステノボイアーとリュキアの王女ピロノーエを通して、『地上楽園』の中心テーマの一つである愛の楽園のヤヌス的両面を描くためであったと考えられる。

弟を殺してコリントスを逃れたベレロポーンは、アルゴス王プロイトスのもとへ身を寄せる。王は彼を暖かく迎え、ジュピターの神殿で彼の罪を浄めて、時が苦しみを癒してくれるだろうと語る。ベレロポーンは王の寵愛を受けて彼の宮殿に長く留まるが、平穏な生活は彼を愛した王妃ステノボイアーによって突然破られる。王妃はベレロポーンが彼女の愛を受け入れないのを知ると、奸計を用いて彼が凌辱しようとしたと夫に信じ込ませる。怒った王は、ベレロポーンを殺すようにと求めた手紙を持たせて、彼を義父であるリュキア王イオバテスのもとへ送り出す。ステノボイアーは、ベレロポーンのいない宮殿の生活に絶望し、絶壁から海に身を投げて死ぬ。

以上が一月の最初に語られる「アルゴスのベレロポーン」の粗筋であるが、この物語詩の興味の中心となるのは、地上の楽園と見紛う宮殿の一廓に住む、王妃ステノボイアーの暗い情熱と孤独な死である。ベレロポーンが案内された王妃の壮麗な部屋には、石目鮮かな石柱が並び、大理石の格子には花咲く樹木が細工され、さらに数々の優美な工芸品が飾られている。

長年の労苦によって作られた舗石の中央には、
ヘスペリスの乙女のために、不思議な果実を実らせる
リンゴの木にそっくりな、黄金の葉をつけた木が置かれていた。
様々な色におおわれた一匹の蛇が根元から幹へと巻き登り、
四角の銀の洗盤まで達すると、真鍮の喉から
きらきらと輝く水を吐き出した。洗盤の四つの角には、
真鍮の雄鹿が立ち、今にも水を飲もうとしていた。

Midmost the pavement wrought by toil of years,
A tree was set, gold-leaved like that which bears
Unto the maids of Hesperus strange fruit ;
A many-coloured serpent from the root
Curled upward round the stem, and reaching o'er
A four-square silver laver, did outpour
Bright glittering water from his throat of brass ;
And at each corner of the basin was

A brazen hart who seemed at point to drink ;（六-八二〜八三）

『地上楽園』では石や石像は生あるものの石化、すなわち「生の中の死」のイメージとしてしばしば用いられている。石柱が立ち並び石や真鍮の細工で飾られた王妃の部屋は、彼女の生きるアルゴスの王宮が人工のヘスペリスの園であり、また自然の生命の躍動を欠いた一種の墓場であることを表わしている。ベレロポーンの目に映る王妃ステノボイアーもまた、石像を思わせる冷たい女性である。

玉座の柔らかなクッションの上には、
これらのすべてを見下して、美しい王妃がただ一人坐していた。
王妃は細工に気をとめることはなく、また
どんなものにも心を向けなかった。
波うつ胸の中に、何らかの思いがあるとは見えなかった。
神さえも愛したはずの手足を少しも動かさず、
その口は平和な眠りにつく人のそれを思わせたけれども、
また深い目には、白い額を悩ます影が差してはいなかったけれども、
今の王妃には少しの安らぎもないことが分かるだろう。
歓びもなく過ぎてゆく愚かしい人生に倦み疲れ、
溜息をつくことさえも億劫そうに思われた。
But on the downy cushions of a throne,

Above all this sat the fair Queen alone,
Who heeded not the work, nor noted aught ;
Nor showed indeed that there was any thought
Within her heaving breast ; but though she moved
No whit the limbs a God might well have loved,
Although her mouth was as of one who lies
In peaceful sleep ; though over her deep eyes
No shadow came to trouble her white brow,
Yet might you deem no rest was on her now ;
Rather too weary seemed she e'en to sigh
For foolish life that joyless passed her by.　(六一八三～八四)

贅を尽くした宮殿に住まいながら、生の歓びを知らないステノボイアーは、モリスがしばしば描いた楽園の「生の中の死」をもっともよく表わす人物である。「黄金のリンゴ」では、ヘスペリスの園の無気力な平安をかき乱したのはヘラクレスの英雄的な行為であった。「アルゴスのベレロポーン」でステノボイアーを「生の中の死」から蘇らせるのは、放浪のベレロポーンに対する彼女の愛である。王妃は己の心に湧き出た情熱が破滅をもたらすことを予感しながらも、それを押えることが出来ない。

その間も王妃の燃え立つ心は、己のすべての栄光をすぐに破滅へと導くはずの熱望を言葉にするのを止めなかった。
「ああ、私のもの、私のもの、私のものであれ！」と王妃は思った。
「ああ、しばし私のものであれ、ああ、短い一日でも私のものであれ、
たとえこれからの歳月、私の心に訪れる全てが、
どんなに忌しいものとなろうとも！
ああ、今宵だけ私のものであれ、たとえ明日の朝別れねばならぬとしても！
私のものであれ、あらゆる歓びがいかに早く過ぎ去ろうと、
甘美な一時をついに知ることが出来るように！
ああ、私のもの、私のもの、私のものであれ、たとえどんなに短い間であろうとも！」

The while her burning heart did never cease
To give words to such longings, as she knew
To swift destruction all her glory drew.
"Ah! mine, mine, mine!" she thought, "ah! mine a while!
Ah! mine a little day, if all be vile
That coming years can bring unto my heart!
Ah! mine this eve, if we to-morn must part!
Mine, that a sweet hour I may know at last
How soon soever all delight is past!
Ah! mine, mine, mine, if for a little while!" (六-九四)

しかしステノボイアーには、今や王の信頼を一身に集めるベレロポーンが彼女の愛を受け入れないことは分かっている。長い煩悶の末に王妃は、ベレロポーンが敵国討伐に出陣する前日、思い切って胸のうちを告白し、彼の返事を聞かずに走り去る。己の無謀を悔いつつも、突き進まざるを得ない今のステノボイアーは、すべてに無関心であったかつての冷たい王妃ではない。

ベレロポーンが凱旋し、勝利を祝う宴が開かれた夜、王妃は密かに寝室を抜け出し、彼が憩っていると思われる場所の近くで、愛の神に己の気持を訴える。王妃は「彼が自分のような者のために、己の幸せを棄ててしまうような愚か者ではない」(No fool he is to cast away his bliss / On such as me ;) ことを知りながらも、今の熱烈な思いが呪いに変わることを恐れて、愛の神に「至福への全ての望みを奪わないように」(take not all hope of bliss / Away from me.) と必死に懇願する。

「おお、愛の神様、あなたはすべてを存じています、
でも、生きている以上、僅かな歓びが私に希望を与えるのです。
今何かしるしを見せてください、愛の神様、
この暗い空を赤く染め、あるいは頑丈な固い城壁を動かし、
あるいは香りに満ちたこの暗い静寂の中で、
まるで朝が訪れたかのように、斑のつぐみを鳴かせてください。」

王妃は言葉を切ると、跪いて体をのばし、
疲れ果ててあえぎながら、震える指で

胸からリンネルを引き裂き、眼をとじて
何か大きな驚異を待ち望むかのように、しばし待っていたが、
葉ずれの音より不可思議なものも、
またそれより大きな音も聞えなかった。

"O Love, thou knowest all, yet since I live
A little joyance hope to me doth give ;
Wilt thou not grant me now some sign, O Love ?
Wilt thou not redden this dark sky, or move
Those stark hard walls, or make the spotted thrush
Cry as in morn through this dark scented hush ?"

She ceased, and leaned back, kneeling, and all spent
And panting, with her trembling fingers rent
The linen from her breast, and with shut eyes,
Waited awhile as for some great surprise,
But yet heard nothing stranger or more loud
Than the leaves' rustle ;（六一〇七〜〇八）

モリスは登場人物の心理の動きを克明に描くことは少ないが、「アルゴスのベレロポーン」ではステノボイア

ーの激しい感情の揺れを、本人の言葉や語り手の描写によって読者の目に鮮明に映し出している。彼女の燃え盛る恋情は、ベレロポーンが自分の必死の求愛に全く応じないのを知ると、やがて彼に対する激しい憎悪へと変わっていく。次の夜わざと腕と胸をはだけた狂乱の姿で王の寝室を訪れたステノボイアーは、夫に自分でつけた生々しい傷を見せながら、ベレロポーンが凌辱しようとしたと語る。この場面はステノボイアーの情念の恐しさを鮮烈に伝える優れた場面であるが、モリスは王妃のその後を語った最後のくだりでも、彼女の孤独と殺伐とした心の状態を印象深く描いている。再び石の楽園に戻った王妃は、ベレロポーンが己の奸計によってリュキアへ追放されたのを知ると次のように独白する。

あの人は行ってしまった——死んで忘れ去られるがいい。
昨日熱していた私の心は今や冷えきり、
昨日燃え盛った炎は消えてしまった。
あの人が命じさえしたら、名も名誉も何もかも
捨ててしまったはずのあの時は、もはや過去のものとなった。
今となっては、退屈なこの世の事柄は、
運命の定めるままに、なるようになればいい。
どんな事が起ころうと、私の心はもはや動かない——
希望も憎悪も愛も終わってしまった。
Gone is he,—let him die and be forgot :
Cold is my heart that yesterday was hot,

Quenched is the fervent flame of yesterday ;
Past is the time when I had cast away,
If he had bidden me, name, and fame, and all :
Now in this dull world e'en let things befall
As they are fated ; I am stirred no more
By any hap—hope, hate, and love are o'er.　(六-一二四)

もはや現世に対していっさいの愛着を失ったステノボイアーは、真夜中に宮殿を抜け出し、死に場所を求めて暗い森の中をさまよっていく。この物語詩で王妃の最期を語るのは、たまたま彼女の姿を見つけてあとを追った質朴な老漁夫である。彼は老妻に向かって、ステノボイアーが絶壁の上に立ち、「わたしは人を呪いはしない、たとえ彼らが嘲笑し、楽しみながら、〝喜べ、ステノボイアーが死んだ〟と言おうとも」(I curse men not, although midst mocks and mirth,/ They say "Rejoice, for Sthenoboea is dead" 六-一三〇) と述べて荒海に飛び込んだ、彼女の孤独な自死の模様を淡々と、しかし同情をこめて語る。モリスがここで新たな語り手を導入したのは、夫と恋人を裏切った王妃に対する読者の反応を最後に転換するためであったと考えられる。

ステノボイアーは『地上楽園』の物語詩の中でもっとも邪悪な女である。しかしモリスはこの王妃を単なる冷酷な悪女としてではなく、宮殿の「生の中の死」を逃れようと、破滅的な愛に身を投じた悲劇的な女性として描いている。一二月のアースラウグの物語は、運命に従順に従いやさしい愛によって地上に楽園を見出した乙女の物語であった。ステノボイアーの悲劇は、この楽園が地上の地獄になりうることを、そして愛はまたどす黒い情念でもあることを読者にドラマティックに伝えている。男女の愛のもつヤヌス的な両面は、次に語られる「ヴィーナスに与えられた指環」でも主要なテーマとなっている。

モリスは三月の「アタランタの競走」や八月の「ピグマリオンの彫像」では、ヴィーナスを人間に至福をもたらす慈悲深い女神として描いていた。これに対して一月の「ヴィーナスに与えられた指環」に登場するヴィーナスは、地上の楽園の調和を乱し、そこへ死の影をもたらす残酷な女神である。ローマ起源の「母親としてのヴィーナス」(Venus Genetrix) と対照をなすこのようなヴィーナス像は、この女神のデーモン的な要素を強調し、誘惑する女の象徴と見なす中世的なヴィーナス観から来ていると考えられる。

「ヴィーナスに与えられた指環」は、ある繁栄した国の王子ローレンスの華かな結婚式の場面から始まる。広間には世界各地からもたらされた豪華な工芸品が、自然の美を嘲笑するかのように飾られ、若い男女が楽しげに語りあっている。これはモリスがしばしば描く地上の楽園の情景であるが、ローレンスの幸せは、庭園の石塀にはめこまれていた「その日に集った女たちより美しく、真鍮の手足に生命のみなぎった驚くべき逸品」(more fair / Than women whom that day did bear,/ And yet a marvel for the life / Wherewith its brazen limbs were rife. 六-一四五) であるヴィーナス像によって脅かされる。宴のあとで友人たちと庭園に出たローレンスが、ボール遊びを楽しむ間、つい戯れに結婚の指環をヴィーナス像の指にはめてしまったのである。遊びが終わり、ローレンスが像のところへ戻ってみると、指環は女神の手の中にしっかりと握りしめられ、どうしても取り戻すことが出来ない。ローレンスはその夜、結婚指環をつけたヴィーナスに抱かれる悪夢にうなされて、花嫁との関係を結ぶことが出来なくなってしまう。悩んだ彼は義父に連られて占い師パランバスのもとへ行き、指環を取り戻す方法をたずねる。ファーストを思わせるこの僧は、セント・クレメントの岬と呼ばれる荒波の打ち寄せる場所に行き、そこに不思議な獣に乗って現われる男に助力を頼むように勧める。

『地上楽園』では海は死の象徴として、また海に突き出た岬は生と死の境界を表わすものとしてしばしば用いられている。ローレンスは風が吹きすさび月光が寒々と照らすセント・クレメントの岬で、花環をつけた花嫁の顔が突然「肉の落ちた髑髏」(a fleshless skull) に変わり、「リュートの調べが葬送の鐘となる」(The lute turned to a funeral bell, 六-一六三) 不可思議な幻覚にとらわれる。やがて遠くの方から人々の叫喚とどよめきが聞こえてくる。

それと同時に彼の眼は、恐ろしい光景にとまった——
惨殺された人々の姿が、戦場で殺された時そのままに、
眼を見据え、傷口を広く開けて現われたのだ。
次には彼らの死の因となった人々が続いた、
叫ばんとするように口を開け、恐ろしい眼には、
決して消えることのない怒りと疑いと憎しみがあふれていた。
続いて死の恐怖を眼に浮かべた、震えおののく逃亡者が通っていった。
次には山と積まれた死の戦利品、血に染まった貨幣、
台のない宝石、縁から縁まで裂かれた錦の衣裳、
砕けて首のとれた黄金の神の像、死んだ祭司の
打ち砕かれた占い棒が運ばれていった。
撃打と負傷に弱りやつれた捕虜たちがとぼとぼと後に続いた。
And on a sight most terrible
His eyes in that same minute fell—

The images of slaughtered men,
With set eyes and wide wounds, as when
Upon the field they first lay slain ;
And those who there had been their bane
With open mouths as if to shout,
And frightful eyes of rage and doubt,
And hate that never more should die.
Then went the shivering fleers by,
With death's fear ever in their eyes ;
And then the heaped-up fatal prize,
The blood-stained coin, the unset gem,
The gold robe torn from hem to hem,
The headless, shattered golden God,
The dead priest's crushed divining-rod ;
The captives, weak from blow and wound,
Toiling along ; (六一‐六五〜六六)

戦乱で倒れた死者たちや傷ついた人々の群、運ばれていく財宝の山、捕虜たちの悲惨な姿は、繁栄を誇るローレンスの町にいつか訪れる荒廃を表わしていると言えるだろう。モリスが描く地上の楽園には絶えず死の影がつきまとっているが、ローレンスの目に映る亡者の行列はとりわけ陰惨な死のイメージである。やがてローレンスの前に悲嘆にくれる若い男女の一行が近づいてくる。「ほとんどの者は離ればなれに歩き、隠された罪過に顔をゆがめてこぶしを握り、思い悩む心から己が養った罪を呪いながら、通り過ぎていった。」(most, just sundered, went along,/ With faces drawn by hidden wrong,/ Clenched hands and muttering lips that cursed / From brooding hearts their sins that nursed. 六一–六七)。この一群のしんがりを務める黒い服の女は、ローレンスの足元に「枯れて久しい苦い葉の、黒く束ねた環」(a black-bound wreath / Of bitter herbs long come to death) を落して去る。ステノボイアーを思わせるこの女は、愛によって身を滅した女の怨念を表わしていると考えられる。

ついにローレンスが待ち恋がれたヴィーナスの白い体が山腹に現われる。モリスはヴィーナスの姿を「女の麗しい手足には一片の衣類も光ってはおらず、ただ風がふさふさとした頭髪を美しい肉体に巻きつけていた」(No raiment on her sweet limbs shone,/ Only the tresses of her hair / The wind drove round her body fair; 六一–六九) と描いているが、これ以上の官能的な描写はひかえ、この女神もまた寒々とした死者の国の住人であることを読者に示している。ヴィーナスは、震えながら手を差し出すローレンスに何も語らず、ただ指にはめた指環を見せて通り過ぎていく。

死者たちの最後に現われるのは、石像を思わせるくっきりとした輪郭の顔に「荒々しい欲望と苦痛と恐怖」(wild desire, and pain, and fear) を浮かべた「行列の王」(The Lord of all the pageant) である。冥府の王ハデスにあたるこの王は、ローレンスの訴えを聞きしばらく待つように命じる。やがて夜が白々と明けると、死者たちが去っていった空漠とした道の向こうからヴィーナスの声が聞こえてくる。

我が身に恥辱を加えた汝よ、

汝のものを取って立ち去るがよい。
おそらく、来たるべき日、汝のまわりの者すべてが老いる時、
汝は望外の大きな歓びの賜物を、
愚かしい手から投げ棄てねばならぬことを思え。

Thou who hast wrought me added shame,
Take back thine own and go thy ways ;
And think, perchance, in coming days,
When all grows old about thee, how
From foolish hands thou needs must throw
A gift of unhoped great delight. (六－一七二)

ヴィーナスの言葉は、人間の身でありながら現世に楽園を求める不尊さへの警告である。ヴィーナスの声を最後に、もろもろの恐ろしい人影は夢のように跡かたもなく消え去り、ローレンスの足元には結婚の指環がころがっている。

「ヴィーナスに与えられた指環」は、以上のように主人公の現世→冥界→現世への遍歴を描いた物語である。ローレンスがヴィーナスに与えた結婚指環は、現世の幸せを享受しながら、なおも彼の心に潜在する永遠のエロスの楽園への希求を象徴していると言えるだろう。「プロローグ」のさすらい人が目指した不老長寿の楽園が恐ろしい蛮人の住む未開の地であったように、ローレンスが探し求めたヴィーナスの楽園も忌わしい死者たちの世界である。死の国の幻視から覚めたローレンスの周りでは、先ほどまでの寂寥たる風景は一変して軽やかな風が

海原を吹きわたり、彼は「太陽が緑の海のはてに昇り、新しい生命と歓喜を彼に与える」(The sun rose o'er the green sea's rim,/ And gave new life and joy to him ; 六-一七三) のを感じる。そしてかつては何の感慨も与えなかった、労働にいそしむ人々の日常生活さえ、今のローレンスには活力にあふれた生命の楽しい営みに思われる。自然の情景の変化とそれが与える新たな生の歓びは、ヴィーナスの呪縛から解放されたローレンスの再生を表わしている。モリスはローレンスのその後を語ってはいないが、アルゴスからリュキアへ渡ったベレロポーンを描いた二月の最初の物語詩は、主人公の復活・再生のテーマをさらに発展させた作品と見なすことが出来る。

(3) 二月——「リュキアのベレロポーン」と「ヴィーナスの山」

モリスのカレンダーでは一年の最後にあたる二月は、「北西の風が人影のない道を吹きぬけ、雨にぬれた野は生垣と生垣との間に裸のすがたをさらす」(the north-west sweeps the empty road,/ The rain-washed fields from hedge to hedge are bare ; 二月の叙情詩 六-一七五) 寂寞とした冬の月である。しかし詩人はこの叙情詩の最後の連で「汝は再び新たに生れる歓喜を望まないだろうか」(Shalt thou not hope for joy new born again ; . . .?) と己に呼びかけ、二月の荒涼とした自然の中に春の訪れが秘められていることを暗に示しながら、暗い運命を乗り越えていく「リュキアのベレロポーン」の物語を導入している。

アルゴスの王妃ステノボイアーの奸計によって王妃凌辱の罪を負わされたベレロポーンは、彼を殺すようにと認《したた》めたアルゴス王プロイトスの手紙を携えてリュキア王のもとを訪れる。王はベレロポーンをソリュモイ人やアマゾン族との壮絶な戦いに、さらに絶望的と思われる怪獣キマイラ退治に差し向けることによってアルゴス王の依頼に応えようとする。こうしてベレロポーンはリュキアにおいても絶えず死の危険にさらされるが、死を恐れぬ剛勇とステノボイアーの妹ピロノーエの愛によって難局を切り抜け、やがて彼女と結婚してリュキアの王座につく。
アルゴスのステノボイアーは暗い情念に促されて愛するベレロポーンの死を画策し、己の身を滅した悲劇的な王妃であった。これに対して妹にあたるリュキアのピロノーエは、危機に瀕したベレロポーンに絶えず勇気と希望を与える女性である。ベレロポーンははじめてピロノーエに出会った時、「神々は二人を同じ鋳型で作りながら、全く異なった心を与えた」(in one mould the Gods had fashioned two,/ But given them hearts unlike；六-一八三)と感じる。対照的な二人の姉妹は、モリスが『地上楽園』で度々描いてきたヴィーナスの二つの側面、すなわち悪魔的な誘惑者としてのヴィーナスと愛の楽園をもたらす慈悲深いヴィーナスをそれぞれ体現していると考えられる。

ベレロポーンを一目で愛したピロノーエは、彼を襲おうとする毒蛇の夢を見て、彼の前途に危険が迫っていることを予感する。そして自分の恋の思いを必死で押し殺し、ベレロポーンにすぐにリュキアを立ち去るように訴える。ピロノーエの夢に現われた毒蛇は、ベレロポーンを待ち受ける様々な苦難の象徴であり、またこの地が彼にとって「弁明」に出てくる「至福の島」と同様に、蛇や怪獣に守られた楽園であることを示している。

ピロノーエの必死の訴えに、彼女が自分を愛していることを知ったベレロポーンは、「ここリュキアの国にこそ汝の祝福が住んでいる」(Here in the land of Lycia dwells thy bliss；六-一八五)と信じ、たとえいかなる試練に出会おうとリュキアに留まろうと決意する。一切の現実逃避を拒絶するベレロポーンの英雄的な特性は、ソリュモイ人との戦いに勝利した彼がピロノーエに語る次の言葉によく現われている。

　「恐れてはいけません」と彼は言った。
「私の生命はまだ尽きてはいないのです。

死の城壁に一人立ち、裏切者たちが私から退き去った時、
終わることのない生命が、私の中に
住みついているように感じました。
お考えください、もしここから去ってゆけば、
私は誠実なあなたの心の守りを失い、
あなたには分からない新たな危険に会うのです。
だから私を責めないでお聞きください——これが私たちの愛なのです。
お聞きになったことはありませんか、愛を求めた唇が
老いてしまう前に、愛は冷めてしまうことを。
ああ、お聞きください！　私たちの間には海があり、
大きな苦痛があり、再び戻らぬ日々の死があります。
そして私たちの中には切望する生命があり、
火が火を消すように、心を変える欲望があります。
これは神々が与えたものです、私たちが変らぬ愛によって、
神になってしまうのを避けるために。」

"Fear not," he said ; "not yet my days are done !
When on the deadly wall I stood alone,
And back the traitors fell from me, I felt
As though within me such a life there dwelt

As scarce could end—Lo now, if I depart
I lack the safeguard of thy faithful heart,
And meet new dangers that thou know'st not of.
Yea, listen, nor rebuke me—This our love ;
Hast thou not heard how love may grow a-cold
Before the lips that called thereon wax old?
Ah, listen! seas betwixt us, and great pain,
And death of days that shall not be again ;
And yearning life within us, and desire
That changes hearts as fire will quench the fire.
These are the engines of the Gods, lest we,
Through constant love, Gods too should come to be."　（六-二〇〇〜〇一）

時はこの世のいかなる栄光もどんなに深い愛もいつかは無に帰してしまう。神ではない人間は移りゆく一瞬一瞬に己の至福を求めざるを得ない。ベレロポーンの楽園探求は、「黄金のリンゴ」のヘラクレスの場合と同じように、人間の限界の自覚に促されている。この点で彼もまた現世の苦難を逃れて幻想の楽園を求める「プロローグ」のさすらい人の対極にある人物と言えるであろう。

ソリュモイ人を打ち負かしたベレロポーンは、リュキアに荒廃をもたらす得体の知れない怪物との戦いにおくられる。ギリシア神話の中でベレロポーンのキマイラ退治として知られるこの挿話は、「リュキアのベレロポーン」のクライマックスとなる場面である。モリスはこの怪物の正体を明示せず、出現現場から駆けつけた男にその姿を次のように描写させている。

「お聞きください、王よ、それがどのようなものであったかを
しばしお話しいたしましょう——ライオンのようと申しましょうか？
確かに、歯牙が己の首に近づくのを見る人には——
森の恐怖のようでも、また山羊のようでもありましょうか、
やるせない気分で夜の怪物が己の恋人を嘲るのを見ながら、
眼を隠すことも振り向いて動くことも出来ない者には——
あるいは蛇のようとも言いましょうか、
ただひとり空漠たる静かな海を漂い、
起きあがって打ちかかる前に
己に巻きつく白い首の海蛇を、蛇と見なす人には。
いや、むしろこの世にはそれに似たものはないと申せましょう——
人間の生活を変えるもの、人を飲み込む恐怖、
悪魔の額にはっきりと印された呪いであると言えましょう。」

"Hearken, O King,
The while I try to tell thee of the thing
What like it was—well, lion-like, say I?

Yea, as to one who sees the teeth draw nigh
His own neck—like a horror of the wood,
Goatlike, as unto him who in drear mood
Sees monsters of the night bemock his love,
And cannot hide his eyes or turn to move—
Or serpent-like, e'en as to such an one
A serpent is, who floating all alone
In some untroubled sea all void and dim
Beholds the hoary-headed sea-worm swim,
Circling about him, ere he rise to strike—
Nay, rather, say the world hath not its like—
A changer of man's life, a swallowing dread,
A curse made manifest in devil-head."　(六-三七〜三八)

リュキアに現われたキマイラは、このように見る者に全く異なった印象を与える茫漠とした怪物である。モリスはキマイラが与える恐怖の実体をはっきりとは示していないけれども、「突然大きな鋼鉄のばねがはじけるような」(As a great spring of steel loosed suddenly,　六-三七) 騒音をたてて現われ、「黄色い煙」(a yellow smoke,　六-三〇) であたりを覆って次々と美しい田園を破壊するこの怪物に、「プロローグ」の冒頭に描かれた、醜悪なロンドンを生み出す産業革命を重ねていることは確かであろう。

この怪物に挑むベレロポーンは『地上楽園』の様々な登場人物の中で、もっとも勇猛な英雄であり、またもっとも内省的な人物でもある。彼を亡き者にしようと目論む王からキマイラ退治を命じられた時も、彼は次のように述べて王の命令を甘んじて受け入れる。

私は確かに若造ですが、たとえ人が死に頓着せずに生きようが、
恐れを抱いて生きようが、死は必ず訪れると聞いています。
私は人々が永久の天国と地獄について、
不思議な話をするのをしばしば聞きました。
しかし私は祝福の地にしろ苦難の国にしろ、そのいずれかに続く道を
知っている人に会ったことはありません。
私はどちらの門に触れることにも、大きな恐れや
希望を抱いてはいません――私たち二人がこの地上に、
天国と地獄を創るような者でない限りは。
もしこれらの国々が地上に存するものであるとしても、
死は天国の如き愉楽の国に終わりをもたらすでしょうし、
また地獄の如き苦難の国にも終わりをもたらすでしょう。
そうです、もしこれらの話が空虚なものでなければ、
私はこの手の中に――この黄金で作られた鞘の中に――
一切の望みを失わさせない、生を勝ちとる希望を収めます。

死すべき時が訪れて、もはやそれを必要としなくなるまで。

Young am I certes, yet have ever heard
That whether men live careless or afeard
Death reaches them ; of endless heaven and hell
Strange stories oft have I heard people tell ;
Yet knew I no man yet that knows the road
Which leadeth either to the blest abode
Or to the land of pain. Not overmuch
I fear or hope the gates of these to touch—
Unless we twain be such men verily
As on the earth make heaven and hell to be ;
And if these countries are upon the earth,
Then death shall end the land of heaven and mirth,
And death shall end the land of hell and pain.
Yea, and say all these tales be not in vain,
Within mine hand do I hold hope—within
This gold-wrought scabbard—such a life to win
As will not let hope fall off utterly,
Until such time is come that I must die

And no more need it.　（六-二三五）

ベレロポーンにとっては、天国と地獄は来世にあるのではなく、人が現世に見出すものである。彼は王に向かって「生か死かです。私には生の中の死はないのです」(Life or death,/ But never death in life for me,　六-二三八）と述べて最後の試練であるキマイラ退治に出陣していく。

すでに述べたように、キマイラは産業革命をも含めた人々の生活を脅かす様々な悪の総体であった。ベレロポーンはこの怪物を討ち取ることによってリュキアの社会に安寧をもたらし、さらに王女ピロノーエと結婚することによってこの地に愛の楽園を創り出す。モリスは『地上楽園』の様々な物語で「生の中の死」とその克服を描いてきた。死の意識の中に生の力の根元を見出し、現世に己の理想を実現していくリュキアのベレロポーンの物語は、モリスがこのテーマに与えた一つの結論であると言えるであろう。しかしベレロポーンの楽園も時の経過とともに消え去らざるを得ない。この物語詩の語り手は、「今や私の心はくじけ、物語を語るこの唇も、かかる生がいつかは空しくなると思うと口ごもる」(My heart faints now, my lips that tell the tale / Falter to think that such a life should fail;　六-二七七）と述べ、さらに「おお、生の中の死よ、確かな追手である変化よ、情け深くあってくれ、そして私に触れるのをやめてくれ」(O Death-in-life, O sure pursuer, Change,/ Be kind, be kind, and touch me not,　六-二七七）と空しく訴えながら、ベレロポーンの物語を結んでいる。

『地上楽園』にハッピー・エンディングを期待する読者には、「リュキアのベレロポーン」がこの作品を締め括るのにもっとも相応しい物語詩に思われるかもしれない。しかしモリスが最後の物語に選んだのは、タンホイザー伝説を基にした「ヴィーナスの山」である。『モリス全集』の序文を書いた娘のメイ・モリス (May Morris) によれば、この物語詩の最初の草稿は『イアソンの生と死』よりも早い一八六〇年代の初期に書かれており、現在の形になるまでには作者の改稿が繰り返されている。(15) ペシミスティックな楽園探求を描いた「ヴィーナスの山」は、確かに通常はハッピー・エンディングで終わるロマンスの形式にはそぐわない物語であるが、モリスがこの作品を『地上楽園』の最後に置いたのは、タンホイザーの伝説の中に、当時のモリスの楽園のヴィジョンがもっとも明確に示されていると思われたからであろう。

タンホイザー伝説は、ヴェーヌスベルクの洞穴にあるヴィーナスの宮廷を訪れた主人公が、七年間の官能的な生活をおくった後、激しい悔恨にかられ、マリアに祈ってこの世への帰還を許される話である。彼はローマ法王に罪の許しを求めるが、法王は手にする杖から緑の芽が萌え出ないのと同じように、タンホイザーには神の許しは絶対に与えられないと断言する。絶望したタンホイザーが再びヴェーヌスベルクへ戻ってから三日後、法王は彼の杖に緑の芽が生え出ていることに気づく。彼は八方手を尽くしてタンホイザーの行方を捜すけれども、彼の消息をつかむことは出来ない。

「ヴィーナスの山」は以上のようなタンホイザー伝説にほぼ忠実に従って作られているが、モリスが材源に加えたいくつかの興味深い変更がある。伝説上のヴェーヌスベルクは官能の世界であり、タンホイザーがそこに求めたのも官能の充足であった。これに対して「ヴィーナスの山」の主人公ウォールターは、「プロローグ」のさすらい人と同じように、「日々この地がいっそう憂いに満ちた場所となっていくように見える」(The earth doth grow / Day after day a wearier place belike, 六-二八三) 現実に絶望し、生の辛苦のない理想社会を求める人物である。彼がヴィーナスを探すのは、彼女が官能の女神であるというよりは、「苦闘する魂に平安を与えるために生れた」(Born to give peace to souls that strive. 六-二九〇) 女神であるからである。モリスはウォールターがはじめてヴィーナスに出会った時の様子を次のように描いている。

彼は倒れもしなければ、跪きもしなかった。
その瞬間彼の中に生命の力が強く湧き出てきた。
自分は決して死なないだろうと考えた。
すべての恥辱もひどい仕打ちも、過ぎ去った時も
未来の時も、全く無意味なものになっていった。
He fell not and he knelt not ; life was strong
Within him at that moment ; well he thought
That he should never die ; all shame and wrong,
Time past and time to come, were all made nought ; (六-二九四)

こうしてウォールターはこの地にはじめて生の充実を見出すが、彼の至福の時は決して永くは続かない。彼の前にはヘレンやイゾルデをはじめ神話や伝説に登場する女性たちが次々と現われるけれども、彼女たちは「ヴィーナスに与えられた指環」の死者の群のように、ウォールターに話しかけもせずに通り過ぎていく。彼に官能の歓びを与えるヴィーナスも「悲しみも痛みも知らない」(Who never knew'st a sorrow or a pain, 六-二九八) 無感動な女神である。ヴェーヌスベルクの静寂な生活の中で深い孤独感にとらわれたウォールターは、人間界の喧騒を思い出し「悲しむ地上の人々の中には愛はないのか」(Is there no love amid earth's sorrowing folk ?, 六-二九九) と自問する。こうして彼の心に生じた「苦い種子」(bitter seed) は、徐々にヴィーナスの愛の楽園に対する失望へと変わっていく。

やがてすべての平安は、炎に包まれたかのように消え失せ、
恐ろしい記憶が押し寄せてきた。群がりくる思いの中に、
くっきりとした終焉のヴィジョンが現われた。
空しい切望、後悔、恐怖、鈍く空虚な孤独、
そして茫漠たる絶望から成る大きな火の壁が、
彼の前に立ちはだかった。

Then fled all peace, as in a blaze of flame,
Rushed dreadful memory back ; and therewithal,
Amid the thoughts that crowding o'er him came,
Clear vision of the end on him did fall ;
Rose up against him a great fiery wall,
Built of vain longing and regret and fear,
Dull empty loneliness, and blank despair.　（六－三〇〇）

ウォールターはもはや「永遠に終わらない、希望のない日」（such a never-ending, hopeless day, 六－三〇二）に耐えることが出来ず、再び現実世界に戻ることを決意する。ここにも楽園の生活を「生の中の死」と見なすモリスの基本的な楽園観が表われている。楽園からの帰還は「デーン人オジール」（八月）や「二度と笑わなくなった男」（一〇月）にも見られるが、これらの物語詩の主人公とウォールターとの違いは、彼が自ら選んで現世へ戻るところにある。

伝説上のタンホイザーは一三世紀ドイツの恋愛詩人の騎士であった。しかしウォールターが帰還する現世は、新しい千年期を間近にひかえた一〇世紀のヨーロッパであり、人々はキリストの再臨に改めて己の罪の重さを思い、神の厳しい審判を恐れておののいている。動揺する人々の中にあって、ウォールターはここにも心の平安を見出すことが出来ない。彼は巡礼の一団に加わってローマへ赴き、神の慈悲に救いを求めようとする。

ウォールターがローマ法王に会って己の罪を告白する場面は、「ヴィーナスの山」のクライマックスである。モリスが描く老法王は決して狭量な聖職者ではなく、ウォールターの苦しい体験に共感を寄せる暖かい人物である。しかし法王としての彼は、異教の女神を愛したウォールターに神の許しを与えることは出来ない。ヴィーナスとの愛の生活を厳しく責める法王に、ウォールターの感情はだんだん高ぶってくる。

「人はそれを憎み、神はそれを軽蔑します。
そして私も、私でさえ、——でも、どうして私が自分の愛を憎み、
自分の愛を軽蔑できましょうか？
言葉は無力です、本当に無力です——ああ、何という苦しみ！
人の憎しみよりも強い憎しみが私の魂の中でうごめき、
私の軽蔑は天上の神の軽蔑よりも大きいのです——
しかし私は愛し続けます——この苦しみは、あなたが私の心に
いくばくかの希望を与えて下さるのに十分ではないのですか？」
"Man hates it and God scorns, and I, e'en I—
—How shall I hate my love and scorn my love?

Weak, weak are words—but, O my misery!
More hate than man's hate in my soul doth move;
Greater my scorn than scorn of God above—
And yet I love on.—Is the pain enow
That thou some hope unto my heart mayst show?"　(六-三一九)

こうしてウォールターの懺悔は徐々にヴィーナスの弁護へと変わり、今や幻想と化したヴェーヌスベルクの経験は、彼にとって法王の説く神の国の至福以上に深い意味をもつように思われてくる。法王の話を聞きながら、ヴィーナスの幻影を見たウォールターは、静かに消えようとする女神に「汝は今や私をただ一人この残酷な神に託して去っていくのか」(now wilt thou be gone,/ And leave me with this cruel God alone?　六-三二一)と呼びかけ、驚く法王に次のように述べる。

「私は賢者の中では気の狂った愚者のようでしょう。
しかし、だからこそ神の怒りを全く恐れる必要がないのです。
何故なら、かの地で私は彼女に肉体と魂を与えたからです。
……
御覧なさい、私はヴィーナスの山からやって来ました。
今や分かっています、かの地が私の故郷になることを!」
"Belike I am a mad fool mid the wise,

But nothing therefore of God's wrath need fear,
Because my body and soul I gave her there.
……
—Lo, from THE HILL OF VENUS do I come,
That now henceforth I know shall be my home!"　（六-三三二）

法王はウォールターの言葉に恐怖をいだき、「私は汝に対しては、この干からびた杖に花が咲き実がつくのを見るほどの希望しかもたない」(just so much hope I have of thee / As on this dry staff fruit and flowers to see!) と述べて立ち去る。一方神からもヴィーナスからも見離されたウォールターは、「心に驚異の念も希望ももたず」(no wonder and no hope was in his heart, 六-三三三) 深い絶望にとらわれながら、再びヴィーナスの山へと戻っていく。モリスはウォールターのその後を詳しくは語っていないが、彼と現世との間に「黒い扉」(the dark door) が閉ざされたと述べ、ヴィーナスの洞穴が今後の彼にとって「恐ろしい夜明け」(dreadful dawn) を繰り返す地獄であることを暗示している。

ウォールターの物語は、もしここで終わっていたならば、『地上楽園』の中でもっともペシミスティックな話になっていただろう。彼は現世はもとよりヴェーヌスベルクにも、また法王が説く天国にも己の平安の地を見出すことが出来なかった。ここには人間の楽園願望の不毛さ・空しさがもっとも明白に示されているが、モリスは最後に法王の杖に起こった奇跡を描くことによって、この物語詩の雰囲気を一変させている。ウォールターに慰めを与えなかった己を責める法王の前で、突然乾いた杖が芽をふき、花が咲いて「天国の無量の時間が生み出した熟れた果実」(the ripe fruit of heaven's unmeasured hours, 六-三三五) を実らせたのである。この結末はタンホイザー伝説から取ったものであるが、伝説上の法王はこの奇跡に驚き、急いでタンホイザーの行方を捜すことになっていた。「ヴィーナスの山」では、法王は天国の果実をつけた杖を見ながら、「今まで誰も死者の顔に、これほどの歓びが浮んでいるのを見たことがない」(None ever saw such joy on visage dead, 六-三三六) ほどに安らかな気持でこの世を去る。

杖の奇跡と老法王の死は、冬から春への季節の変化と春の再生の力を暗示している。同時にこの結末には、楽園探求の遍歴の末にヴィーナスの暗い洞穴に姿を消したウォールターに対するモリスの強い共感が表われていると言えるだろう。モリスもまた、古の物語の主人公とともに、地上の楽園を探し求めながら、時に支配される現世に永遠の楽園を見出すことの出来なかった「空虚な時代の哀れな歌詠み」である。空しく見えるウォーターの遍歴が、不毛な現世に生み出した天国の実のなる木は、『地上楽園』を書いてきたモリスの自己肯定と読むことが出来るであろう。『地上楽園』の最後につけられた「あとがき」(L'Envoi) を、モリスは次のようなこの詩集への呼びかけで結んでいる。

汝と私が古い庭園に手を加え、
退蔵された古い種子から瑞々しい花を咲かせたとすれば、
そして古の日々や行為の香りを、疲れた人々に
もたらしたとすれば、すべてが無駄であったわけではない。
――それは私が演じるのに、決して小さい役ではなかった――
空虚な時代の怠惰な歌詠みにとっては。

. . . if indeed

In some old garden thou and I have wrought,
And made fresh flowers spring up from hoarded seed,
And fragrance of old days and deeds have brought
Back to folk weary ; and all was not for nought.
—No little part it was for me to play—
The idle singer of an empty day.（六-三三）

モリスが『地上楽園』で試みたのは、「古い種子」である神話や伝説をヴィクトリア朝の土壌で再生させることであり、またそれを通して時と運命の支配を免れ得ない人間たちが、地上に楽園を求める意味を問うことであった。この二つは自らも創刊のメンバーに加わった『オックスフォード・ケンブリッジ雑誌』（*Oxford and Cambridge Magazine*, 一五五六）の時代以来、モリスにとって極めて重要な課題であったと思われる。ホジスンによれば、この雑誌の寄稿者の多くは、当時の急激な科学的・社会的変革が古い価値を破壊するのを憂え、過去の歴史や偉大な人々の行動を描くことによって不変の道徳的・精神的価値を社会に示すことに使命を感じていたけれども、詩人としてのモリスは過去を文学的に再現することにも、またそれがヴィクトリア朝の社会に与える影響についても、他の仲間ほどに強い確信を抱いてはいなかった。[16] 当時の彼は時代の社会的な問題から目をそらし、夢想の世界へ逃避しようとする傾向と現実の変革に関わる芸術の創造を求める気持との深いジレンマに陥っていた。『地上楽園』の「プロローグ」とそれに続く二四の物語詩のそれぞれは、何らかの形でこのようなモリスのジレンマを反映している。現世にもヴェーヌスベルクにも楽園を見出し得なかったウォールターのように、モリスもこの長詩の中で地上楽園の明確なヴィジョンを描き出すことが出来ず、またその幻想を追い求める人間の営為に積極的な価値を見出してはいないように見える。しかし、彼が杖の奇跡に託して描いたウォールターへの共感と「古い種子」に「瑞々しい花を咲かせる」詩人モリスの自己肯定の意味は、決して小さくはないだろう。『地上楽園』に描かれた自然や人物がしばしば厳しい冬を経て春に蘇るように、深い憂愁に満ちた『地上楽園』の暗い時期が、モリスをのちの『ユートピア便り』に見られる明るい理想郷の構築や人々の連帯による地上楽園建設の主張へと向かわせる、一つの転機になっているように思われるからである。

（1）*William Morris : The Critical Heritage*, ed. Peter Faulkner (Routledge & Kegan Paul, 1973), p.150.

（2）*Ibid.*, p.112.

（3）Robert Louis Stevenson, 'A Gossip on Romance', *Longman's Magazine*, I (1822-3), pp. 69-79.

（4）Peter Faulkner, *op. cit.*, pp. 79-92.

（5）『地上楽園』のテクストは、*The Collected Works of William Morris*, ed. May Morris, Vol. III〜Vol. VI (Russell & Russell, 1966) を用いた。引用のあとに付けた括弧内の数字は、巻数・頁数を示している。たとえば（三-一）は第三巻一頁のことである。

（6）Peter Faulkner, *op. cit.*, pp. 93-100.

（7）T. S. Eliot, *Selected Essays* (London, 1961), p. 299.

（8）F. R. Leavis, *New Bearings in English Poetry* (London, 1954), p. 21.　増谷外世嗣訳『現代詩の革新』（南雲堂、一九五八）、二〇頁。

（9）E. P. Thompson, *William Morris : Romantic to Revolutionary* (Stanford University Press, 1988), p.121.

（10）Paul Thompson, *The Work of William Morris* (Viking Press, 1967), p.171.　白石和也訳『ウィリアム・モリスの全仕事』（岩崎美術社、一九九四）、二九〇頁。

(11) Blue Calhoun, *The Pastoral Vision of William Morris : The Earthly Paradise* (the University of Georgia Press, 1975), Carole Silver, *The Romance of William Morris* (Ohio University Press, 1982), Amanda Hodgson, *The Romances of William Morris* (Cambridge University Press, 1987).

(12) Florence Saunders Boos, *'The Design of William Morris' 'The Earthly Paradise'* (The Edwin Mellen Press, 1991).

(13) 「弁明」および「プロローグ」の最初の連の訳は、フィリップ・ヘンダースン著、川端康雄、志田均、永江敦訳『ウィリアム・モリス伝』(晶文社　一九九〇)中の訳を参考にさせていただいた。この優れた訳書からは、その他の点でも多くの示唆を受けている。

(14) Amanda Hodgson, *op. cit.*, p. 68.

(15) *The Collected Works of William Morris.*, Vol. VI, pp. xvi-xxvi.

(16) Amanda Hodgson, *op. cit.*, pp.10-18.

VIII　インスケイプの詩学
――「ドイッチュランド号の難破」を読む

笹川　浩

はじめに

ジェラード・マンリ・ホプキンズ（Gerard Manley Hopkins, 1844-89）の「ドイッチュランド号の難破」（"The Wreck of the Deutschland", 1875）は、彼の作品の中で最も長いものであり、また様々な意味で非常に実験的な作品である。彼のオックスフォード以来の親友であり、一九一八年に彼の詩集を初めて世に出したロバート・ブリッジズ（Robert Bridges, 1844-1930）は、特にその作品における韻律に関する実験がホプキンズのその後の韻律や文体の確立に役立ったという理由から、また創作時期からも、その詩を詩集の巻頭に掲載した。[1] ただブリッジズがいみじくも「門のところでとぐろを巻いた大竜」（"a great dragon folded in the gate"）と呼んだように、「ドイッチュランド号」は多くの読者にとって近寄り難く、きわめて難解である。ホプキンズと同じくイエズス会員であって彼と付き合いがあったある人物は、イエズス会の機関紙『マンス』誌にホプキンズに関する次のような思い出を語っている。

彼の詩は、適切に鑑賞されるためには、その特異性を充分に理解した者によって朗読される必要があると言われてきたし、ホプキンズ自身もそのように言っていた。それで私は詩人自身がその当時彼が書いていた「ドイッチュランド号の難破」の一部を朗読するのを聴いたのだが、私には殆ど一行も理解できなかったのだ。(2)

このような感想が恐らく当時の多くの人が抱いた感想であったろうことは想像に難くない。ホプキンズの文通相手の一人で、彼と同じく途中でカトリックに転向した詩人コヴェントリ・パトモア(Coventry Patmore, 1823-96)もホプキンズのお気に入りの「ドイッチュランド号の難破」の奇矯さには馴染めないと述べている。(3)このような状況は、実際のところ、世紀が変わって一九一八年にホプキンズ詩集が出版された時も殆ど変わっていなかったと言えるのではないだろうか。その時は全部でわずか七五〇部発行されたのだが、それが全て売り切れたのは一二年後に第二版が出る少し前のことだった。

ではなぜ彼はそのような難解な表現を用いなければならなかったのか。その理由については、ホプキンズを考察する上で鍵となる「インスケイプ」(inscape)という概念について考える必要がある。それは、「ドイッチュランド号」はもちろんのこと、彼の詩全体を考察する上で重要な概念である。彼はブリッジズに宛てた書簡の中で次のように述べている。

恐らく私の詩は奇妙すぎるでしょう。私としてはそのうちにもっと均整がとれたミルトン風の文体になればと思っているのです。しかし音楽では旋律、つまりメロディーが、そして絵画では構図が私の心を最も打つように、詩でも、構図、型、即ち私が「インスケイプ」と呼んでいるものが、私が何よりも目指しているものなのです。(4)

本論では、主にインスケイプという視点から「ドイッチュランド号の難破」を解釈し、ホプキンズの詩の本質を考察する。しかし作品を具体的に読む前に、先ずインスケイプという幾分曖昧な概念に検討を加える必要があるだろう。

一　インスケイプとインストレス

ホプキンズの文章の中には「インスケイプ」やそれと関連した「インストレス」（"instress"）と言う言葉がたびたび出てくるが、彼の以下の日誌はその一例である。

釣鐘水仙が咲いていたある日のこと、私は次のように書いた。ほんの今までずっと眺めていた釣鐘水仙ほど美しいものを見たことはないと思う。この花によって我らが主の美しさを私は知る。そのインスケイプは、とねりこの木のように力強さと優雅さ（"strength and grace"）が混ざり合ったものである。(5)

次のものには、「インストレス」が出てくる。

コップに入った二、三本の桜草を手にとって見なさい。そのような素朴な花が与える輝きの、一種の星のきらめきのインストレスの（適切な言葉がありませんが）何と素晴らしいことでしょう。思うにそれは、他よりも濃い黄色の茎によって力強く盛り上がったところがあるからでしょう。(6)

「インスケイプ」や「インストレス」という言葉がしばしば用いられる彼の日誌には、ごくありふれた物や天気、あるいは自然に関することが時には簡単に、時には非常に詳細に書かれている。その中の自然観察に関しては、ジョン・ラスキン（John Ruskin, 1819-1900）の『近代画家論』（*Modern Painters*, 1843-60）の影響があるということは広く知られているが、ラスキンは「インスケイプ」や「インストレス」といった言葉は特に用いてはいない。それでは「インスケイプ」や「インストレス」という言葉は、一体どういうことを意味しているのか。実はホプキンズ自身はこれらの言葉を明確に定義づけてはいない。ただそれらの概念を断片的に説明しているだけである。従って我々はそれらの概念についてその意味を文脈から推測するしかないのだ。

「インスケイプ」という語は、"in＋scape" と分割できるが、この "-scape" という接尾辞は "landscape" の "-scape" と同じく古英語の "-schap" に由来し抽象的性質を表す。現在の英語の "friendship" の "-ship" と同じ語源である。しかし "landscape" という言葉からの連想により、"-scape" は "view" "vista" "sketch" "outline" "design" といった意味を持つようになる。今では "seascape" "skyscape" のような言葉も使われるが、他にも "cloud-scapes" とか "moon-scapes" といった用例もある。[7] ホプキンズはそのような "-scape" に、それが内在的なものであること表す接頭辞 "in-" を付けた。実際彼は、この語にかなり哲学的、観念的な意味を付与していた。内在的な形ということでは、パトモアに宛てたホプキンズの書簡の次の一節が参考になるように思える。

確かなことは、自然において、見かけの美（"outward beauty"）は内部の美（"inward beauty"）の証拠であり、見かけの善（"outward good"）は内部の善（"inward good"）の証拠であるということである。姿や形の美しさや均整は、やっかいで抑制的な物質（"matter"）の抵抗にうまく打ち勝つ内部の造形力（"a moulding force"）に由来する。健康的な血色は豊かな生命に、内部にある素晴らしい生命力に由来する。その造形力、即ち生命は、哲学的な意

味における形相（"the form"）であり、人間においては、それは魂である。(8)
ここで言及されている事物に内在する「造形力」は一つの力であるという点ではインストレスの性格をもっているようにも思えるが、哲学的な意味における、恐らくアリストテレス的な意味での「形相」（エイドス）であり、インスケイプにかなり近いのではないかと考えられる。ただ先ほど引用した日誌の中の釣鐘水仙の例でもわかるように、インスケイプは神の美しさを知る契機となっているので、プラトン的なイデアとしての側面も有していると言えるだろう。

しかし「インスケイプ」という言葉が表す概念に誰よりも近い考えをもっているのは、一三世紀から一四世紀初頭のイギリスのスコラ学者、非常に難解で「精妙博士」（Doctor Subtilis）の異名をとったダンズ・スコウタス（Duns Scotus, c. 1265-1308）であろう。ホプキンズの日誌にはこう書いてある。

> この時バッデリ図書館で命題集に関するスコウタスの本を初めて手にし、今まで経験したことがない感動で体が熱くなった。それは何の役に立たないかもしれないし、あるいは神の恵みかもしれない。しかし空や海のインスケイプを捉える時、私はスコウタスのことを考えた。(9)

スコウタスは、個物そのものにもその個物独自の形相である「此性」（"haecceitas"="thisness"）があり、それが個物を統一しその個物をそれたらしめていると考える。こうして個物に絶対的な自立性を付与するスコウタスの考えは、教皇レオ一三世（Leo XIII, 1810-1903, Pope from 1878）の回勅（一八七九年）以降特にカトリック教会で重視されたトマス・アクィナス（Thomas Aquinas, 1224-74）の思想であるトミズム（正確にはネオ・トミズムと言うべきだが）とは異なるものだった。トマス・アクィナスの考えでは、形相は普遍として自然物の種を形成する原理であって、個物の存在はその質料によるということになる。しかしこのような普遍性中心の考えよりも、ホプキンズ自身は、当時のカトリックでは余り省みられることのなかった個別性の重要性を主張するスコウタスの考えに惹かれ、特に彼の主張する「此性」に強い関心をもち、自分がそれまで暖めてきたインスケイプと重ねて考えるようになった。

ところでそもそも彼が最初に「インスケイプ」という言葉を用いたのは、一八六八年の初めに書いた「パルメニデスについての覚え書き」（"Parmenides", 1868）においてであり、そこではインスケイプと密接に関連する「インストレス」と言う言葉と共に使われている。

> 彼の偉大なテキストで、宗教的な信念を持って繰り返されていることは、「在るもの」（"Being"）は在り、「無いもの」（"Not-being"）は無いと言うことであり、彼の言いたいことを少し単純にして差し支えなければ、あらゆるものはインストレスによって支えられているのであり、それがなければ意味をなさない、ということになるだろう。……実際私がこのような気分にあったとき、そしてインストレスの深さやインスケイプが事物を捉えるすばやさを感じた時、単純に「はい」とか「在る」という言葉ほど含蓄があり率直に真実を表している言葉はないとしばしば思った。(10)

ここではインストレスはヘラクレイトス（Heraclitus, c. 540–475 B.C.）の万物流転を否定するもの、「在るもの」の変わらぬ本質、つまりインスケイプを保持するものというような意味だろう。インストレスの意味をもう少し具体的にするために、上の引用文の続きをみてみよう。

「無いものについては、あなたは何も知ることができないし、言うこともできない。無いものは理解できないのである。」その場合我々と事物の間に、私達を運び出し精神を持っていくための橋が、力の幹（"stem of stress"）がないだろう。

ここで「力の幹」と呼んでいるものは、認識する主体と認識の対象をつなぎ、その認識を可能にする力のことであろう。だとすれば、その対象の認識を可能にし、そのもの自身に内在している力をホプキンズはインストレスと考えているのではないか。

これまで見てきたようなインスケイプとインストレスは、要するに現実の認識に関する概念であり、従って認識の対象だけでなく認識の主体、つまりインスケイプを見出す主体のありようも問題になってくるのだ。たとえ美しい自然があってもそこにインスケイプを見出す人がいなければ、その自然の美は意味を持たないとホプキンズは考える。

とても悲しいことだが、インスケイプの美しさが純朴な人々に知られていないし、そういった人々から隠れてしまっていると私は思った。もしそれを見る眼を持っていれば、それはすぐ近くにあり、またどこにでも呼び出せるのに。(11)

ところでインスケイプが問題になるのは自然の事物に関してだけではないということを、ここで確認しておきたい。すでに見たブリッジズ宛ての書簡の中でホプキンズが述べているように、インスケイプは文学作品の中に認められる一つの「構図」であり「型」でもある。彼はパトモア宛ての手紙の中でアイルランドの詩人サミュエル・ファーガソン（Samuel Ferguson, 1810-86）に関して、彼の作品は感情豊かで高尚な思想があり、詩の流れ、妙味、それに美しいイメジャリーもあるのだが、「文体の種、即ち個別的に区別される美」であるインスケイプを欠いていると論評している。(12) また絵画に関しても、アルマ・タデマ（Alma-Tadema, 1836-1912）という画家を「インスケイプではなく外面を描く大家」（"a master of scaping rather than of inscape"）と評し、(13) 彼の絵は力強くレトリカルであり、また写実的で、ありのままの描写が全てを捉える一方、重要なインスケイプに注意が払われていないと述べている。

ホプキンズはインスケイプを「芸術の精髄そのもの」と考えているが、(14) そのインスケイプがまた彼の詩の奇矯さ、あるいは難解さの要因となっているのは確かである。彼の書簡にも次のように書いてある。

さて、特徴的（"distinctive"）であることは構図、型、即ちインスケイプの長所ですが、奇矯（"queer"）になってしまうのは特徴的であることの欠点です。この欠点を私は免れ得なかったでしょう。(15)

それでは特徴的であり、また奇矯ともいえそうな「ドイッチュランド号」を考察していくことにする。

二 「ドイッチュランド号」創作の背景

ホプキンズはイエズス会員になる前にそれまで書いていた自分の詩を燃やしてしまった。一八六八年五月一一日の日誌にある「幼児大虐殺」（"Slaughter of the innocents"）が恐らくそのことに言及しているということは今日では広く認められていることである。(16) そして長い沈黙の後、彼は「ドイッチュランド号」を書いた。きっかけは七五年の冬に起きた蒸気船ドイッチュランド号の難破事故だった。

ノース・ジャーマン・ロイド社所属のドイッチュランド号は移民と船員合わせて二〇〇名近くを乗せて一〇月四日土曜日にブレーメンを出港しニューヨークへ向かった。途中イギリスのサウザンプトンに寄港する予定だったが、月曜日の明け方、テムズ川河口に近いケンティシュ・ノック（Kentish Knock）と呼ばれる浅瀬に座礁した。かなりの犠牲者が出たが、その中に五人の敬虔な修道女がいたことがホプキンズの関心を特にひいた。この事故は当時の新聞にも大々的に報じられたが、ホプキンズが海難事故に注目したのはそのためだけではない。そもそも彼の父親が海上保険業を営んでいて、海難事故は常にホプキンズ一家全体の関心のある話題であった。実際ホプキンズの弟で画家になったアーサーも海難事故にインスピレーションを得た絵画を描いている。

遭難した船に五人の修道女がいたのは、当時のドイツ国内の政治情勢と深くかかわっている。当時のドイツ（プロシア）では、国王ヴィルヘルム一世（Wilhelm I, 1797–1888, King of Prussia from 1861, German Emperor from 1871）の下でビスマルク（Otto von Bismarck, 1815–98）がいわゆる「鉄血政策」を行ないつつ中央集権化を推し進めていた。しかしドイツ国内のカトリック教会は反プロシアの姿勢をとり、プロシアを中心とした中央集権化に反対の立場をとっていた。そこでビスマルクはカトリックを弾圧し、文相ファルク（Adalbert Falck, 1827–1900）と協力して反カトリック的法律を制定した。いわゆる「文化闘争」である。そのような情勢下で自分達の修道院が閉鎖された五人の修道女が海外に逃れようとしていたのである。

ホプキンズはこの惨事に心を動かされ、自分の上司である聖バイノズ修道院の院長にこのことを話したところ、このことを主題にして誰かが詩を書くのがいいだろうということになった。この院長の提案に意を強くしてホプキンズは「ドイッチュランド号」を書いた。「私の手は最初はうまく動かなかった」と彼は後に語っているが、(17)それでもその詩に「一〇年にも及ぶ抑圧された感情」(18)を注ぎ込んだ。しかし彼の意気込みと期待とは裏腹に、その詩は当初イエズス会の機関紙『マンス』誌に掲載される予定であったにもかかわらず、結局掲載は見送られた。

その詩に用いられたスプラング・リズム、青いチョークによる強勢の印、際立って多用される韻、当時ホプキンズが関心を寄せていたウェールズ詩のカンガネズ（*cynghanedd*）いう技法、その他様々な奇矯さが編集者を当惑させたのだ。出版は一九一八年まで待たねばならなかった。

以下、具体的に作品を見ていきたい。

三　「ドイッチュランド号」読解

〈第一連—第五連〉

読者は先ずこの詩の副題に一種の違和感を覚えるかも知れない。「ドイッチュランド号の難破」という表題は当然悲劇的内容を予想させるが、副題には「五人の修道女の幸せな思い出に」とある。このやや意外な副題は一体何を意味するのか。またその第一連は、たいていの読者の予想に反してドイッチュランド号の難破の話とは一見何の関係も感じられない詩人自身と神との関係を扱っており、専ら詩人自身の精神的体験が語られている。この精神的体験は第五連まで続き、そこからはさらに内省的な内容となる。実際この詩の第一部は全て詩人自身の心の世界を語っているのであり、外の現実の出来事としての難破は、第二部以降で扱われる。つまりこの詩全体は、外の世界の縮図であるミクロ・コスモスとしての詩人の精神世界を扱った第一部、そして実際の外の世界の出来事を中心にした第二部という二部構成になっている。

Thou mastering me
God! giver of breath and bread;

World's strand, sway of the sea;
　Lord of living and dead;
Thou hast bound bones and veins in me, fastened me flesh,
And after it almost unmade, what with dread,
　Thy doing: and dost thou touch me afresh?
Over again I feel thy finger and find thee.

（第一連）

御身《おんみ》、私を支配する神よ、
息とパンを給いし方、
世界の岸辺、海の支配者、
生者と死者の王よ、
御身は私の骨と血管をつなぎ、肉をつけて下さったのに、
ああ恐ろしいことに、それを殆ど壊され、
また新たに私に手を加えるのでしょうか。
今再び私は御身の指を感じ、御身の姿を見るのです。

この詩の冒頭は非常に印象的である。"Thou mastering me/God!"における"mastering me"は一つの形容詞句として"God"にかかる。そして"Thou"と"me"という二つの人称代名詞が"mastering"という語を挟んで

対峙することで、蒸気船の難破という出来事にも増して、「私」と「御身」の関わり、つまり詩人と神の関わりがこの詩の主題として重要であることが示唆される。また「私」と「御身」を結ぶ動詞が“mastering”であること、さらに“God”という語の登場が次行にまで引き伸ばされ行頭に出てくることで、「神」の存在と力の大きさが強調されるのである。

その神は「世界の岸辺」であり「海の支配者」である。「生者と死者の王」とも表現されている。この第一連にも既に第二部の難破の描写を先取りするイメージが用いられている。さらに“strand”と“sway”のそれぞれのもう一つの意味を念頭においておく必要がある。“strand”は世界を取巻く「岸辺」であると同時に世界を構成する「縒り糸」でもある。また“sway”は海の「支配者」であると同時に海の波の「揺れ」そのものでもある。ここには世界を超越すると同時に内在する神の二面性が暗示されている。それに加えて神は、「私」をつくり、そして壊すという、創造者と破壊者の二つの性格も併せ持っている。神がもつこのような二面性はこの後また違った形で表現されることになるが、それは世界の中に様々な形で見られる「斑」という現象に神の美しさを読み取るホプキンズ特有の美意識と関係している。

この連でもう一つ注目しておくべきことは、この連の一行から七行目までは「私」が専ら受動的に神に接している（“me”が四回出てくる）のに対して、最終行では初めて主格の“I”と目的格の“thee”が出てきて、詩人が能動的に神を知ることが示唆される。神を見出すのには先ず「神の指」を感じ、それから「神」そのものを見出す。「今再び」と言う言葉が暗示するように、神と詩人の関係は常に安定しているというわけではなく、かなり突発的でさえあるように思える。詩人はこのような不安定な関係を少しでも安定させるように望んでいる。そのために、単に受動的に神の訪れを待つのではなく、自ら神を見出す必要性を詩人は痛感している。様々なものにインスケイプを見出そうとする彼の姿勢は、ある意味では、神を安定的に感じるための一つの戦略とも考えられるのである（しかし同時に神との不安定な関係が、彼の晩年の傑作、いわゆる「暗いソネット」を生み出す原動力になっていることは忘れてはならないが）。

実際詩人と神とのかかわりは決して楽なものではなかった。第二連から読み取れる詩人の神に対する関係はむしろ苦悩に満ちているとさえ言える。

I did say yes
O at lightning and lashed rod;
Thou heardst me truer than tongue confess
Thy terror, O Christ, O God;
Thou knowest the walls, altar and hour and night:
The swoon of a heart that the sweep and the hurl of thee trod
Hard down with a horror of height:
And the midriff astrain with leaning of, laced with fire of stress.

（第二連）

私は確かに「はい」と言いました、
そう、稲妻と激しくふるわれる鞭を受けて。
御身は、私が、言葉で語る以上に心から御身に対する畏れを告白するのを
聞かれました。ああキリストよ、ああ神よ。

御身はご存知のはずです、あの壁、あの祭壇、あの時間、あの夜を。
また御身が恐ろしいほどの高さからさっと飛んで降りてきて強く踏みつけて、
私の心が、卒倒してしまったことも、
そして火の力に押されて緊張し縛られた私の横隔膜もご存知です。

詩人が神に「はい」と答えその存在を受け入れるのは、神の恩寵を感じたからというより、「稲妻と激しくふるわれる鞭」を受けたから、つまり神の力を畏れたからである。しかしこの「はい」という言葉は重みのある言葉である。先に引用した「パルメニデスについての覚え書き」の中の一節はここでも当てはまる。

……インストレスの深さやインスケイプが事物を捉えるすばやさを感じた時、単純に「はい」とか「在る」という言葉ほど含蓄があり率直に真実を表している言葉はないとしばしば思った。

つまりここでは詩人は、インストレスを通して、神を「在るもの」(“Being”)としてその存在を積極的に認めているのだ。第一連の最終行で能動的に神を知る詩人は、ここでも自ら進んで神を受け入れるのである。
ところでこの連で言及されている鞭の恐ろしさについては、ホプキンズは、ハイゲイトの寄宿学校で校長から受けた鞭の痛みを念頭において書いていたかも知れない(“lashed rod”という表現自体の力強さについては、詩人自身が書簡で説明していることに後で言及する)。ここにいるのは、子供から見た恐ろしく厳しい教師のように、厳格で圧倒的な力をもった神なのだから。また「あの壁、あの祭壇、あの時間、あの夜」という切り詰めた言葉を畳み掛ける表現からは、ここが第二部の舞台となる広大な海とは対照的な狭い限定された空間であることを示すだけではなく、神に対して感じる窮屈感や祈りの辛さが滲出してくる。「恐ろしいほどの高さから」自分の心を辛く踏みつける神、そのため苦痛にゆがむ横隔膜。ここにはホプキンズが英国国教会からローマカトリックに改宗した時の、また更にイエズス会に入会した時の苦悩も読み取れる。彼の家族はもともと敬虔な英国国教徒であり友人もまた多くが英国国教徒であった。そのような環境で、しかも当時まだかなり社会的に白眼視されていたカトリックに、そしてイエズス会に入会するということは、自分の人生を大きく左右する重大な決断であった。この時の家族や学校の先生、あるいは友人達との軋轢に関しては、例えばバーゴンジーの伝記にも詳しい。[19] しかし結局は、自分と神との関係はどうあるべきか、どのようにして自分は神に仕えるべきか、と考えた末に心の葛藤を超克して自ら改宗を決めたのである。

第三連では、第二連で語られた神との厳しい関係から逃れようとしても、背後には地獄が控えているという抜き差しならない自分の状況が先ず語られる。そして詩人は思い切って神の懐に飛び込む。

　　I whirled out wings that spell
And fled with a fling of the heart to the heart of the Host.
My heart, but you were dovewinged, I can tell,
　Carrier-witted, I am bold to boast,
To flash from the flame to the flame then, tower from the grace to the grace.
（第三連、四～八行）

私は、その間、翼を羽ばたかせ、

心を主の御心に投げるように飛んでいった。
わが心よ、しかしおまえは鳩の翼を持っていたのは確かだ。
伝書鳩の本能を持っていたと自慢さえできる。
それで炎から炎へ馳せ、恩寵から恩寵へ舞い上がっていけたのだ。

この連で先ず目を引くのが、鳩のイメージである。“I whirled out wings” “fled” “fling” “flash” “tower” “dove-winged” それに “Carrier-witted” といった言葉が非常に効果的に用いられている。この “Carrier-witted” という語は、伝書鳩が帰巣本能によって自分の巣に間違いなく帰るように詩人も神に向かっていくことを表している。ここでは旧約聖書の詩篇の「ああ、私に鳩のように翼があったなら。そうしたら、飛び去って、休むのものを。」(五五章六節) という一節が下敷きになっている。

この連で更に注目したいのは「炎から炎へ馳せ、恩寵から恩寵へ舞い上がって」という表現である。それぞれ最初の「炎」と「恩寵」は第二連で描かれた、旧約聖書に書かれたような神のもの (キリストという言葉はあるものの)、それぞれの二つ目のものは新約聖書に現れる慈愛に満ちた神のものを表すのではないか。第二連で扱われた厳格で恐ろしい神の「炎」、つまり自分の横隔膜を圧し縛る「火の力」(第二連) から、そしてその「恩寵」から (厳しさや苦しさの中にも神の恩寵がある) 逃れようとして、愛の神の「炎」と「恩寵」に向かう詩人。彼の心の動きを描くこのような表現は、無変化の中の変化、つまり表面的には変わらないように見えて実際は重大な変化が生じている詩人の状況を説明した第四連の内容へとつながっていく。

I am soft sift

In an hourglass—at the wall
Fast, but mined with a motion, a drift,
And it crowds and it combs to the fall;
I steady as a water in a well, to a poise, to a pane,
But roped with, always, all the way down from the tall
Fells or flanks of the voel, a vein
Of the gospel proffer, a pressure, a principle, Christ's gift.

（第四連）

私は、静かに沈んでいく
砂時計の砂だ。周りの方は動かないが、
底から崩れて、一つの流れとなり、
上から下に大量に落ちていくのだ。
私は井戸の水のように落ち着いていて、鏡のように穏やかである。
しかしその水は、いつも遙か遠くの岩山や山腹にある
一つの水脈につながっている、
福音の約束、一つの力、一つの原理、キリストの恩恵という水脈に。

ここには砂時計のイメージと井戸のイメージの二つが並列してあり、共に詩人の心の状態を説明している。表

面的には変化がないように見えて、余り目立たない、しかし重要な意味をもつ変化が生じている。砂時計では砂の動きは縁に近い所ではないように見えるが中心部で徐々に崩れていく。井戸の水は底の方で淀んでいるように見えるが、山の頂から清水が流れ込んでいる。しかしこの砂時計と井戸の二つのイメージに認められる表面的な類似の裏に、ちょうどこれらのイメージと同じように、重要な相違点もあることをシュナイダーは指摘する。[20] 砂時計のイメージでは、自己を消費していく様子が窺えるのに対して、井戸のイメージは常に新しい水が流れ込むという点で、再生を暗示しているというのだ。確かに砂時計のほうは閉じられた世界であり、そこから何かの発展的な変化は期待できない。しかし井戸の方は遙か彼方の世界と、「キリストの恩恵」とつながっている。"always, all the way" という表現はいかにもホプキンズらしい地口である。二つの "way" が一方は時間について、もう一方は空間について用いられている。そしてどんなに距離が離れていても、常に神と結びついている詩人の心の状態が印象づけられるのである。神との不安定な関係にあった第一連の詩人の状態と対照的である。

第四連で神と自分との確かな関係を確認できた詩人は、ちょうど釣鐘水仙の花に神の美しさを感じたように、第五連でも自然の至る所に神の存在を感じとり喜ぶ。星が美しく輝く夜空や夕日で斑に染まった西空といった穏やかな自然はもとより、雷《いかずち》のような圧倒的な力を持つ自然に対しても喜び、それを誇りとする（「稲妻」と「鞭」を同列に捉え、神の厳しさのみ訴える第二連の詩人とは大きな違いがある）。なぜなら詩人は、神の美の現れである釣鐘水仙のインスケイプが「力強さ」と「優雅さ（恩寵）」を併せ持っていることを直観したように、圧倒するような自然も美しく穏やかな自然もいずれも神の現れであると考えるからである。さらにそのような神の二面性が、自然の中の斑の美しさに象徴されているとも詩人は考える。だからこそ「暗紫色で斑になった西の空」（"the dappled-with-damson west" 第五連五行）に詩人は心惹かれるのである。

ここに見られるようにホプキンズにとっては、自然は神の存在を意識させる時に最も魅力的となり、詩興を与えてくれるものになる。このことは彼の短詩「とねりこの枝」("Ashboughs", 1886?)に象徴的に語られている。

Not of all my eyes see, wandering on the world,
Is anything a milk to the mind so, so sighs deep
Poetry to it, as a tree whose boughs break in the sky.

（一〜三行）

この世界中を見回して見える全ての中で、
枝が空に割り込んでいる木ほど心の栄養となり、
心に深い詩を語ってくれるものはない。

「枝が空に割り込んでいる木」というのは大胆な表現だが、一つには空を背景に枝が高く伸びている様を描写している。しかしもう一つには、その木が天上の世界、即ち神と文字通りつながっている自然であるということが含意されている。「それら〔とねりこ枝〕は天に触れ、それを打つ」("They touch heaven, tabour on it")（七行）のだ。詩人が、普通であれば何の変哲もないつまらないとねりこの枝を「心の栄養」とし、そこに「深い詩」を聞くのも、その枝が上に向かって伸びていくことが彼にとっては、「太古の大地が自分と一緒になって我々を生み落とす彼方の天を手探りで求めること」("old earth's groping towards the steep/Heaven whom she childs us by")（一〇—一一行）のように思えるからである。

もちろんこのように自然の中に神を感じるという経験を、誰でも、またいつでも持てるとホプキンズは考えていたわけではない。何しろ神は「ご自身を隠す神」（イザヤ書四五章一五節）である。預言者のエリアでさえ追っ手に追われて絶望に陥った時、嵐の中に神を見出すことができなくなってしまった（列王記Ⅰ一九章一一節）。そのようなことも当然聖書を通して知っていたホプキンズは、神を見出す眼を、「この世ならぬ感覚」（"that sense beyond"[21]）を持ち続けることがいかに難しいことであるかを自分自身意識していたはずである。彼は「収穫の喜び」（"Hurrahing in Harvest", 1877）で、美しい自然は確かに存在するのだけれど、そこにインスケイプを見ることのできる人がいないことを嘆いている。

These things, these things were here and but the beholder
Wanting ; which two when they once meet,
The heart rears wings bold and bolder
And hurls for him 〔our Saviour〕, O half hurls earth for him off under his feet.

（一一〜一四行）

この美しいものは確かにここにあったのだ。ただそれを見る人が
欠けていた。その二つが一たび出会えば、
心は大胆に、もっと大胆に翼を伸ばし、
その御方に向かって飛ぶ、ああ、その御方に向かって大地を蹴るように飛び出るのだ。

ここでは自然の美しさを「見る」ことの重要性が強調されているが、それは自然に内在するインスケイプの視覚

的性格のためである。“inscape”の“-scape”が“view”とか“vista”といった意味をもっていることを想起すればいいだろう。他方ホプキンズは「ドイッチュランド」第五連では、インストレスを感じる必要性を強調するのだが、インストレスは様々な事物のインスケイプをその事物の中に留めておく「力」であり、またそのインスケイプの認識を可能にする「力」であることを考えれば、この場合当然「見る」というより「感じる」と言うべきだろう。

Since, tho' he is under the world's splendour and wonder,
　His mystery must be instressed, stressed;
For I greet him the days I meet him, and bless when I understand.
（第五連六〜八行）

なぜなら、その御方は、世界の輝きと驚異の向こう側にいるけれど、
その神秘は心に強く印象づけ、強調されねばならないからだ。
その方に出会う時にその方を喜び迎え、その方を知る時にその方を祝福するのだから。

どんなに美しい自然に囲まれていようと、見る人がそのインストレスを感じなければ意味がない。どんなに美しい星空であっても、そこに神を見なければ、それは「明かりのついた誰もいない広間」（“a lighted empty hall”[22]）なのである。

〈第六連―第一〇連〉

冒頭から第五連までは詩人自身の精神的体験が中心に語られるが、第六連からは詩人の関心は、自分にとっての神から人間一般にとっての神に移る。そして神の神秘の実感が何に由来し、また神がどのように顕現するかといったことに関する一般的考察が語られる。また第五連までは父なる神との関係が中心であったが、第六連あたりから神の子キリストが中心に語られる。

　　Not out of his〔God's〕bliss
　Springs the stress felt
Nor first from heaven (and few know this)
　Swings the stroke dealt—
Stroke and a stress that stars and storms deliver,
That guilt is hushed by, hearts are flushed by and melt—
　But it rides time like riding a river . . .

（第六連、一～七行）

神の神秘の実感は、
神の喜びから発するのではなく、
また最初に天国より（このことを知る人は余りいないが）
神秘の衝撃が心に加えられるのでもない。

星空と嵐が与える衝撃と実感は、
罪の意識を静め、心を輝かせ和らげる。
それは、川の流れに乗るように時の流れに乗る…

先ず第六連で詩人は、人間が自然の中に神の神秘を感じられる理由は、「神の喜び」にも「天国」にもないと述べる。それでは夜空の星（自然の美）や嵐（自然の驚異）に対して我々は何故神の神秘を実感できるのか。その答えは第七連に示される。

　It dates from day
Of his going in Galilee ;
Warm-laid grave of a womb-life grey ;
　Manger, maiden's knee ;
The dense and the driven Passion, and frightful sweat :
Thence the discharge of it, there its swelling to be,
　Though felt before, though in high flood yet . . .

（第七連、一～七行、下線筆者）

それは、あの方が
ガリラヤに来られた日にまで遡る。

灰色の子宮の命の暖かく収められた墓、
まぐさ桶に、乙女の膝元、
やむを得ない厳しい受難、そしてあの恐ろしい苦しみまで遡る。
それはそこから発し、そこで増してゆくのだ、
それ以前に既に感じられ、またこれからもまだ沢山感じられるけれど。

詩人は我々に神を感じさせるものとして、キリストにおける神の受肉、即ちキリストの降誕と受難を挙げる。それはあのゲッセマネでの苦悶（第五行）（マタイ二六章三六節）であり磔刑であるので「神の喜び」とは言い難い。そのことは三行目の「灰色の子宮の命の暖かく収められた墓」（“Warm-laid grave of a womb-life grey”）という表現にも示唆されている。この行は“w”と“l”と“gr”の見事な頭韻が印象的だが（カンガネズ）、内容的には非常にわかりにくい表現である。ここにはキリストの降誕は即ちキリストの死を前提としたものであったことが表現されている。真中の前置詞“of”を挟み左右同じ順序で韻を用いることで左側の生と右側の死が不可分に結びついていることを強烈に印象づける。常識的に考えれば“warm”は“life”を修飾し、“grey”は“grave”にかかるところだが、キリストの場合、誕生は受難と死を前提とするので憂鬱で「灰色」なのだ。これは「神の喜び」ではない。ただ彼の死は復活のための、つまり生のための死であるという点で「暖かい」死なのである。またキリストの降誕は天上界ではなく我々のこの地上の世界での出来事である。多くの人が、自分達が自然の中に神の神秘を感じることができるのは天に御座す神の恩寵によると考えるが（第六連三行）、本当は「人の子」（the Son of Man）イエス・キリストのおかげであると詩人は主張するのである。しかしキリストはまた「神の子」（the Son of God）である。従って我々人間に神の神秘を感じることを可能にする彼の存在は時間的にも空間的に

も制限されない。彼は弟子達が待つ舟まで湖の上を歩いて渡ったように（マタイ一四章二五節）時を渡り、時間そのものと共に永遠の存在である（第六連七行）。第七連七行の「それ以前に既に感じられ、またこれからもまだ沢山感じられるけれど」はそのようなキリストが時間的な制限を受けないことを表している。ただもっと限定的に解釈すれば、「それ以前に既に感じられ」は旧約聖書の中で既にキリストのことが予表されているという、いわゆる予型論（typology）に言及していると考えられるし、また「これからもまだ沢山感じられる」は聖餐式のことか、あるいは受難を味わっている様々な人（例えばこの詩人やこの後登場する背の高い修道女）にキリストが重なるということを言っているかも知れない。いずれにせよ、「神の子」であると同時に「人の子」である二面性をもったイエス・キリストこそが（これもまた神の様々な二面性の一つである）我々に自然を通して神の神秘を感じることを可能にする、というのが第七連の要点である。

　ところで先ほど引用した第六連七行の“it”と第七連七行の意味上の主語である前行の“it”は、明らかに文法的には共に「衝撃と実感」（“Stroke and a stress”）（第六連五行）を受けた代名詞である。しかし実質的にはキリストをも指しているので、第六連七行も第七連七行も私はそのように解釈した。そして第七連八行や第八連一行の“it”もキリストを指していると考えた方が自然なように思える。実際この代名詞はかなりの曖昧さを残していて、それが第七連から第八連へとつながる部分を難解にしている。

What none would have known of it, only the heart, being hard at bay,
　　Is out with it! Oh,
We lash with the best or worst

Word last! How a lush-kept plush-capped sloe
  Will, mouthed to flesh-burst,
Gush!—flush the man, the being with it, sour or sweet,
Brim, in a flash, full!

（第七連八行、第八連一～六行）

それは誰も知らなかったであろう、ただ追い詰められた辛い心だけが、
それに直面するのだ。ああ、
我々は　最善であれ最悪であれ最後の言葉をもって突き進むのだ。
みずみずしく保たれ、ビロードの帽子を被ったりんぼくの実が、
その果肉が口の中で溢れ出て、
迸るようだ。それは人を輝かせ、彼は、酸っぱくても甘くても、その果汁で
一瞬のうちに満ち溢れる。

第七連八行から第八連一行にかけては、もし“it”をキリスト（がもたらす「衝撃と実感」）であると考えると、歴史上の一人の人物としてでなく永遠の存在としてのキリストを、辛く追い詰められた心でなければ知ることができなかったであろう、という意味となる。もちろんこの詩人と背の高い修道女は有資格者である。我々はつらく追い詰められたとき、「最善であれ最悪であれ最後の言葉」をもってキリストに向かうことになる。その時キリ

ストとの出会いは、一粒のりんぼくの実が口の中で弾ける様子に喩えられる。また同時に、カルバリの丘でキリストの血が流れる場面も重ねられるだろう。神秘の体験を強烈な味覚の比喩によって表すこの一節は、キーツ（John Keats, 1795-1821）の「憂鬱に寄せるオード」（“Ode on Melancholy”, 1819）も連想させる。“lash” という語の意味はここでは曖昧であるが、我々が苦しみに追い詰められて、キリストに「向かって行く」という意味に解釈できるだろう。我々は、最後の最善の言葉——“yes”（第二連一行）あるいは “O Christ, Christ, come quickly”（第二四連七行）というようなキリストを受け入れる言葉——あるいは最悪の言葉——キリストを拒絶する言葉——を口にしながらキリストに身を委ねることになると詩人は述べている。我々の言わば人生の総決算であるキリストとの出会いは、甘かろうが酸っぱかろうがりんぼくの実の果汁で体中が一杯になるような感覚である。“Brim, in a flash, full” はホプキンズらしい凝った表現である。“brimful” という一語の中に “in a flash” という副詞句を挟み込むことで一瞬のうちに迸る果汁、そして一瞬のうちに経験する神秘的なキリストとの出会いが非常に巧みに表現される。“brimful” の一語が分割されることでかえって言葉の重みを増すという意味できわめて有効な分語法（tmesis）である。

さて詩人は次の第九連で、父なる神と子のキリストは聖霊も加えて三位一体であることを強調しながら、神を賛美する。そしてここでも詩人は自分が経験した神の矛盾するような性質を語る。

Beyond saying sweet, past telling of tongue,
Thou art lightning and love, I found it, a winter and warm;
　Father and fondler of heart thou hast wrung:
Hast thy dark descending and most art merciful then.

（第九連、五～八行）

表現できないほど優しく、言葉で語ることのできない御身、
御身は、稲妻でもあり愛でもある。冬であり、しかも暖かい。
御身が苦しめた心の父であり、慈しむ方である。
御身は闇をもたらしながら、その中で最も慈悲深いお方。

神は、恐ろしい稲妻であると同時に優しい愛でもある。冬のように寒いと同時に暖かい。心を苦しめると同時に慈しむ。ここには典型的な神の二面性がある。この二面性を詩人は執拗なまでに強調する。続けて第一〇連でも、今度は人間に対する顕現の二面性を強調する。ここには様々な神の二面性が溢れている。幾重にもなった神の二面性は、まるでそれ自体全体で斑の世界を形成しているかのようである。

With an anvil-ding
And with fire in him forge thy will
Or rather, rather then, stealing as Spring
Through him, melt him but master him still:
Whether at once, as once at a crash Paul,
Or as Austin, a lingering-out sweet skill,
Make mercy in all of us, out of us all

Mastery, but be adored, but be adored King.

（第一〇連）

金床を響かせ、
灼熱の炎を使って、御身の意志を人の心の中で作り上げ給え。
あるいはむしろ、春のようにこっそりと彼の中に入り込み、
彼を溶かし、しかも静かに支配し給え。
かつてパウロを圧倒したように一瞬で、
また聖アウグスチヌスになさったように緩やかに優しいやり方で、
我々すべての中に恵みを与え、我々全てを支配してください。
しかし崇められ、崇められる王でいてください。

ここで対比されているのは、神の突然の顕現と緩やかな顕現である。最初の二行では神は自らの意志を鍛えて人間の心に押し当てる。その鍛冶屋の神の業は、「鉄は熱いうちに打て」(“Strike the iron while it is hot.”) の諺にもあるように力強く迅速である。一方三、四行目の神は、厳しい冬の中にいつの間にか春が忍び寄るように人の心に入り静かにそれを支配する。この対比は今一度、今度は具体的な例で明確にされる。力強くすばやい顕現の例としては、パウロ（ヘブル名サウロ。マッケンジーは「初期キリスト教徒にとってファルク博士のような人」と注を付している。[23]）の体験が挙げられる。彼はキリストの弟子達を迫害するためダマスコの町へ行く途中、天からの光を浴び「サウロ、サウロ。なぜわたしを迫害するのか。」というキリストの言葉を聞く。光を浴びて目が見え

なくなった彼は、「うろこのような物が落ちて、目が見えるようになった」時、ユダヤ教から即座にキリスト教に改宗した（使徒の働き九章一～一八節）。また緩やかな顕現の例は、若き日のマニ教に始まりいろいろな思想的遍歴を経て三二歳でようやくキリスト教に改心したアウグスチヌス（Augustine, 354-430）の例である。[24] このような神の二つの顕現の対比は、ホプキンズのソネットの代表作の一つ「神の威厳」（"God's Grandeur", 1877）の冒頭にも印象的に描かれている。

The world is charged with the grandeur of God.
　It will flame out, like shining from shook foil;
　It gathers to a greatness, like the ooze of oil
Crushed.

（一～四行）

この世は神の威厳に満ち溢れている。
それは、震える金箔が光を発するように、炎のように輝く。
それは、絞られた油が滲み出るように、徐々に増えて
偉大なものとなる。

〈第一一連―第一七連〉

第一一連から第二部となっており、この第二部で初めて、ドイッチュランド号の海難事故が扱われる。第一一

連はその導入部にあたり、ドイッチュランド号の遭難による具体的な死を扱う前の、一般的な死に関する詩人の感慨となっている。人間は、決して死を免れることができないにもかかわらず、いつかは訪れる自分の死を愚かにも忘れてしまっている。これがこの連の主旨であり、表現の仕方は別にしても内容に関してはごく伝統的な死に関する考え方である。

'Some find me a sword ; some
The flange and the rail ; flame,
Fang, or flood' goes Death on drum,
And storms bugle his fame.
But we dream we are rooted in earth—Dust !
Flesh falls within sight of us, we, though our flower the same,
Wave with the meadow, forget that there must
The sour scythe cringe, and the blear share come.

（第一一連）

「ある者は剣に俺を見つけ、ある者は
車輪とレールに、あるいは炎に、
毒牙に、洪水に俺を見出す」と死は太鼓を鳴らし叫んでいく。
そして嵐はラッパを響かせ死の名を広める。

しかし我々は大地にしっかり根を張っている夢を見ている、ただの塵なのに。
肉体は我らの見ている間に朽ち果てる。花と同じ運命なのに、
我々は草原で風になびいて忘れている、
苛酷な大鎌が自分達を倒し、汚れた鋤が刈り取ることを。

応する。

詩人は人に死をもたらす代表的な例として、戦《いくさ》、鉄道事故、火事、毒、それに溺死を挙げているが、それに加えて「ラッパを響かせ死の名を広める」嵐も死の大きな要因である。"bugle"は軍隊で用いるラッパであり、嵐がその混乱と喧騒から戦のイメージと重なる。そしてここで触れられた嵐は、これから語られる船を襲う嵐とも呼応する。

ここで興味深いことは、詩人が挙げた死をもたらす原因の例の一つが、当時の世相を反映する「車輪とレール」即ち列車事故だということである。面白いことにドイッチュランド号の事故後の船長に対する政府機関の尋問の様子を伝える『ザ・タイムズ』誌(一八七五年一二月二二日号)には、鉄道事故に関する記事も載っていた。(25)それによると、その年の九カ月間の鉄道事故による死者数はほぼ九〇〇人、負傷者は四〇〇〇人以上であった。それは、今日の基準からすればとても考えられない大きな数字である。しかし蒸気機関車が初めてストックトン・ダーリントン間を走ったのが一八二五年、実際に旅客輸送を中心に本格的な鉄道がリヴァプール・マンチェスター間に敷かれたのが一八三〇年のことであり、従ってホプキンズの頃はまだ鉄道の歴史が浅く事故がかなりあった。とりわけ一八七〇年代は多く、その後ブレーキや列車運行の改善の必要性が強く叫ばれたのである。因みに一八三〇年の鉄道開通記念式典では、当日式に招かれていた政治家ウィリアム・ハスキソン(William Huskisson, 1770-1830)が列車に轢かれ鉄道事故の犠牲者第一号となったが、このことはその後の鉄道事故の多さを

予想させる出来事だった。

第一一連後半では、そよ風に吹かれる草に喩えられた人間が、やがて大鎌を持った「死」に刈り取られ「塵」に帰る運命であるにもかかわらずそのことを忘れている愚かさが語られている。もちろんこの「塵」という言葉は、創世記三章一九節の「あなたはちりだから、ちりに帰らなければならない。」と呼応する言葉である。また、人間を草に喩える比喩はイザヤ書からの次の一節を想起させる。

すべての人は草、
その栄光は、みな野の花のようだ。
主のいぶきがその上に吹くと、
草は枯れ、花はしぼむ。
まことに、民は草だ。
草は枯れ、花はしぼむ。
だが、私たちの神のことばは永遠に立つ。

（イザヤ書四〇章六〜八節）

さて詩人は一般的な死について述べた後で、いよいよドイチュランド号の難破の具体的な描写を始める。詩人は、実際は、第一連からではなく、この説明的でやや散文的な連から書き始めている。(26)

On Saturday sailed from Bremen,

American-outward-bound,
Take settler and seamen, tell men with women,
Two hundred souls in the round —

（第一二連、一～四行）

土曜日にブレーメンを出港して、
海外へ、アメリカへ向かったのは、
移民と船員、男と女を合わせて、
おおよそ二百人であった。

一〇月四日土曜日にブレーメンを出港したドイッチュランド号は、月曜日の明け方テムズ川河口に近いケンティシュ・ノック（第一四連四行）で座礁した。当時の新聞によれば、船を所有していたノース・ジャーマン・ロイド社はかなり大きい会社で一八五六年の就航以来一人の死者も出していなかったし、ドイッチュランド号の船長は経験豊かなヴェテランであった。パイロットもおり、また航海の途中かなり頻繁に測鉛で海の深さが測られた。それにもかかわらず折から東北東からの強い風が強く吹きつけていて（第一三連六行）、またオランダ沖に多数ある浅瀬を避けようとして西よりの進路を取り、結果的に通常の航路から逸れてしまい惨事を招いたのである。[27] その犠牲者の中に五人ものフランチェスコ修道会の修道女が含まれていたことが、ホプキンズの強い関心をひいたことは既に述べた。では何故その船の乗員乗客が事故に遭わなければならなかったのか。様々な人が事故を起こさないように努力していた。にもかかわらず五人の敬虔なキリスト教徒を含んだ多くの人が命を失っている。

彼らを神は何故救ってくれなかったのか。何故彼らが犠牲者として選ばれたのか。この事故はホプキンズにあらためて神の摂理について考えさせる契機となった。ホプキンズは「神の摂理は理解できないもので（"dark"）、我々の身に起こる出来事の理由と目的を我々は知ることはできない」[28]と考えつつも、その神の摂理に対して疑問を投げかけざるを得ない。第一二連でも神の祝福に関して "dark" という言葉が用いられている。

O Father, not under thy feathers nor ever as guessing
The goal was a shoal, of a fourth the doom to be drowned;
　Yet did the dark side of the bay of thy blessing
Not vault them, the million of rounds of thy mercy not reeve even them in?

（第一二連、五～八行）

ああ父なる神よ、彼らは御身の翼に守られてはいなかった。
また目的地が浅瀬になるとも、四分の一もの人が溺れる運命であるとも思わなかった。
しかし、御身の祝福の暗い面が彼らを覆うこともなく、
また無数に取り囲む御身の慈悲が彼らを引き寄せることもなかったのだろうか。

ホプキンズは説教の中で摂理に関して次のような主旨のことを述べている。[29]神はあらゆる生き物に注意を払っているが、全て同じように注意を払っているのではなく、つまらないものより素晴らしいものに、獣より人間に、悪いものよりよいものに、より多くの関心をもっている。従って神はどんな生き物よりも人間に御心を砕いてい

る。では何故太陽が照りすぎて作物がだめになってしまうのか。何故雨が降りすぎて作物を腐らせてしまうのか。何故毒をもった植物や毒蛇やさそりがいるのか。何故嵐や船の遭難があるのか（これはそのまま「ドイッチュランド号」にかかわってくる）。その他いろいろな世の中の不完全さをホプキンズは列挙し「全てのものは欠点、欠陥、不完全さ、短所に溢れている」（"... everything is full of fault, flaw, imperfection, shortcoming ..."）と言う。しかしそれらは人間が神の必要性を再認識するには役立つとも主張する。もし我々が神の必要性を感じなくなれば、神に祈ることを止めてしまうだろうし感謝しなくなってしまうとホプキンズは考えるのである。以上のような摂理に関する考えは、「ドイッチュランド号」でも表されている。第三二連の「心に留めながらも姿を隠し、予見しながらも待つ主権」（"a sovereignty that heeds but hides, bodes but abides"）を持つ神はまさしく右で述べたような神である。ただホプキンズは、この詩では、難破という神の摂理にさらに多くの意味を読み取っていることは明らかである。

第一二連の七、八行で神の恩寵がなかったかどうかと疑問を投げかけた後、詩人は再びドイッチュランド号に起きたことを語り始める。第一三連では嵐の中を船が出港するところを、第一四連では座礁する場面を、第一五連では救助を待っている人々の様子を描いている。これらの出来事は全て当時の新聞で説明されていることで、ホプキンズはそれをかなり忠実にここで再現している。ここで言及しておきたいことは、第一五連で述べられているように、船が難破してから実際に救助がなされるまではかなり時間がかかったという事実である。その六行目には「救助隊の光はなく、ただ遭難信号と灯台船だけが輝いていた」（"Nor rescue, only rocket and lightship, shone ..."）とあるが、これも新聞で取り上げられた事実である。実際船が月曜日の午前五時頃に座礁してから火曜日の午後一〇時まで救助隊は来なかった。すぐ近くに灯台船もいたが呼びかけには応答がなかった。遭難信号が何回か上げられ、また近くを航行する船もあったがやはり応答がなかった。救難信号の光を見た対岸のハリッジ（Harwich）の町の人々も、救命ボートがなかったのと天候が荒れていたという理由で救助になかなか行けなかった。結局その間に多くの人が溺死した。潮が満ちてくる中で生き残った人々は「横静索」（"shrouds"，八行）にしがみついたが寒さのために力尽きて海に落ちる者もいた。"shrouds"が「経帷子」という意味となる。さらにひどいことには、難破の後に付近の漁師達による略奪行為があったという報告もあるのである。そのような絶望的な状況を詩人は簡潔に「希望の髪は白髪となった、希望は喪服を着ていた」（"Hope had grown grey hairs,/ Hope had mourning on..."）（一—二行）と語り始めるのである。そしてこの詩の最終連で詩人が修道女の溺死を「我が国の入り口のところで、すぐ近くの浅瀬で溺れてしまった尊い婦人よ」（"Dame, at our door / Drowned, and among our shoals..."）（第三五連一、二行）とうたうとき、"at our door"という表現が「我々の責任である」という響きを帯びてくるのである。

当時の『タイムズ』紙は、一人の船員が帆柱から身を伸ばし、下にいた女性達を救おうとして誤って落ちて死んでしまったという英雄的な行為を記事にしているが、このことをホプキンズは第一六連で紹介している。

　　One stirred from the rigging to save
　　　The wild woman-kind below,
　With a rope's end round the man, handy and brave—
　　He was <u>pitched</u> to his death at a blow,
　For all his dreadnought breast and braids of thew:
　They could tell him for hours, dandled the to and fro
　　Through the cobbled foam-fleece. What could he do

With the burl of the fountains of air, buck and the flood of the wave?

（第一六連、下線筆者）

一人の男が帆柱から身を伸ばし
下の甲板で泣き狂う女性達を救おうとした。
ロープの端を体に縛り、手際よく勇敢に試みたが、
風の一撃で投げ出されて死んだ。
彼の恐れを知らぬ心も力強い筋肉も役に立たなかった。
何時間も彼女達は彼がロープに吊るされ揺れている姿を
玉石のような羊毛の波しぶきの合間から見ることができた。
湧き上がる空気の塊と跳躍と押し寄せる波に対して彼は一体何ができたろうか。

ここでは自然の圧倒的な力を前にして、人間の力は殆ど無力であることが語られる。行動によって嵐に立ち向かうこの男の姿勢は、この後に登場する修道女の、祈りによって嵐に向かう姿勢と対照的である。

ここで四行目の"pitch"という語に注目したい。男はロープの端を自分に括りつけ、女性を救うために身を乗り出すが、嵐の一撃（"at a blow"は普通には「一撃で」という意味だろうが、ここでは当然嵐の「風」という意味も加わるだろう。従って「一吹きで」とも訳せる。）で放り出され死んでしまう。つまりこの"pitch"という語は「放り出す」と考えていいだろう。しかしホプキンズは"pitch"という語に特別な関心を抱いている。（因みに『タイムズ』誌の記事では、"dashed"という語が用いられている。[30]）彼はこの"pitch"がダンズ・スコウタスの「此性」

(haecceitas) と似た意味を持っていると考えている。

“pitch”とは結局、純粋な積極性（“positiveness”）のことであり、それによって在るもの（“being”）は無（“nothing”）や無いもの（“not-being”）と違いを持ち、それ以上のものとなる。それは英語の（単純な助動詞の）“do”で正確に表現される。……だからこの“pitch”は、もしこれが正しい英語ならば、「存在をすること」（“*the doing* be”）「選択をすること」（“*the doing* choose”）そのような意味で「何々をすること」（“*the doing* so-and-so”）ということになるだろう。……自然が付与される以前の、そのような「存在をすること」、そしてそのような“pitches”即ち「存在をすること」の連続や連鎖が、個（“self”）であり個性（“personality”）である。しかしそれだけでは本当の意味での個ではない。個即ち個性は、その個、その人が自然を取得し生まれる時、本当の意味で生まれるのだ。この“pitch”は、名称はどうあれ、スコウタスの「此性」と同じものではないだろうか。(31)

ここでいう“pitch”は明らかに普通とは異なった意味を持っている。「積極性」「能動的な状態であること」「個」「此性」といった意味で用いている。つまりインストレスかインスケイプ、あるいはその両方の意味を併せ持っているように思われる。このような“pitch”は、ホプキンズの日誌にも用いられている。

聖ジョセフ教会の下の栗の木はとても美しい眺めだ。角のような葉の一枚一枚のとげがそれぞれ“pitch”を持っていた。しかし風が吹きつけると、それぞれがより深く前に倒れていった。今度は風がそれらを持ち上げると、インスケイプを失うことなく、お互い重なり合った。（そのような動きは、インスケイプが発見される時だけそれを増幅させるが、そうでなければ台無しにする。）(32)

ここではホプキンズは“pitch”をインスケイプと同じ意味で用いている。

ここで詩の解釈に話を戻そう。以上のような“pitch”の意味を考慮に入れれば、先ほどの表現“He was pitched to his death at a blow . . .”は、彼の「個」、彼の「存在をすること」が死によって失われたということになる。もちろん死んでしまったという点では同じなのだが、単に肉体が滅びるということではなくて、彼を彼たらしめる一つの「個」が、つまり彼のインスケイプが失われてしまったということではないだろうか。このような人間の「個」の消滅は、ホプキンズの「自然はヘラクレイトスの火であるということ、それと復活の慰めについて」(“That Nature is a Heraclitean Fire and of the comfort of the Resurrection”, 1888) の以下の箇所にも見られるのである。

But quench her〔nature's〕bonniest, dearest to her, her clearest-selved spark
Man, how fast his firedint, his mark on mind, is gone!
Both are in an unfathomable, all is in an enormous dark
Drowned. O pity and indignation! Manshape, that shone
Sheer off, disseveral, a star, death blots black out ; nor mark
        Is any of him at all so stark
But vastness blurs and time beats level.

(一〇～一六行)

しかし自然の中で最も美しく、自然が最もいとおしみ、その中で最も明確な個の火花で

ある人間を消してしまったならば、
万物の根源である火の上に押し付けられた彼の形、精神にある彼の印は何と素早く消え
去ってしまうのか。
その肉体も精神も共に測り知れぬ巨大な暗闇に飲み込まれてしまうのだ。
ああ、何と残念で、腹立たしいことか。孤高の光を放っていた人間の姿、
別個に輝いていた星も、死が真っ黒に消し去ってしまう。人間の印は、
いかに際立っていたとしても、
広漠たる空間が朧にし、時間が完全に打ち延ばし平らにしてしまう。

ここでの「人間」(“Man”) は、自然の中で最も美しく、また自然にとって最も大切であるばかりか、その中で「最も明確な個の火花」であると表現され、その「個」が強調されているので、人間のインスケイプを指していると考えられる。また「人間の姿」(“Manshape”) はその視覚的な正確が強調された表現だが、やはり「孤高の光を放って」「別個に輝いていた」のであって、人間のインスケイプと考えていいだろう。そしてそのようなインスケイプがヘラクレイトスの言う万物流転の中で死によって消滅することに対する詩人の無念さと怒りがここに表現されている。

「ドイッチュランド号」においても、今まさに、この「自然はヘラクレイトスの火であること」に見られるように、死が全ての人々の「個」の光を消し去ろうとしている。この時の人々の混乱ぶりは第一七連で描かれる。

They fought with God's cold—

And they could not and fell to the deck
(Crushed them) or water (and drowned them) or rolled
With the sea-romp over the wreck.

（第一七連一〜四行）

彼らは神の寒気と戦った。
しかし戦い抜くことはできず、甲板に倒れ
（そこに叩き付けられ）あるいは海中に落ち（そこで溺れて）
あるいは破船の上で荒れ狂う波に翻弄された。

ここでは切り詰めた表現が描写に迫力を与え、ますます混乱した様子を浮き上がらせる。そのような中からいよいよこの詩の中心人物である修道女が登場する。

. . . a lioness arose breasting the babble,
A prophetess towered in the tumult, a virginal tongue told.

（第一七連七〜八行）

一人の女獅子がその阿鼻叫喚に向かって立ち上がった。
女預言者が混乱の中聳え立ち、その乙女の舌が語ったのだ。

〈第一八連―第二四連〉

第一八連からは、一七連の最後に出てきたこの修道女を中心に詩が展開していく。しかし彼女のことを具体的に語る前に、先ず詩人は彼女の存在が自分をどのように感動させたかを語る。

Ah, touched in your bower of bone,
Are you! turned for an exquisite smart,
Have you! make words break from me here all alone,
Do you!—mother of being in me, heart.

（第一八連一〜四行）

ああ、肋骨に囲まれているのに触れられたのか、
おまえは。激しい痛みに耐えかねてもがいたのか、
おまえは。ここにただ一人いる私に言葉を語らせるのか、
おまえは。私の内なる存在の母、心よ。

ここに見られる詩人自身の心に対する畳み掛ける問いかけは、第一二連から続いていた、事故の経過を比較的説明的に述べる調子から一変し、再びこの詩が物語詩ではなく抒情詩であることを思い起こさせる。しかもここでの問いかけは、本来文頭に来るべき“Are you”“Have you”“Do you”がそれぞれ次行の先頭に置かれることで、二人称代名詞が際立つ形となり、この問いかけが非常に緊迫したものであるという印象を読者に与える。それは、

修道女と対照的に安全な立場にあるはずの詩人の心が、やはり修道女と同じように切迫した状況にあることを暗示する。さらに言えば、三行にわたって"Are you" "Have you" "Do you" と問いかけられ、しかもその問いかけの相手が詩人自身の心であることを伝えられるのが意図的に遅延されることで、読者は自分に対する問いかけであるかのような錯覚に陥る。そしてそれは恐らく意図された詩的効果である。

また修道女が吹き荒ぶ嵐に向けて、そして悲しみの慟哭に向けて心を曝け出しているのに対して（第一七連七行）、ここで語られる詩人の心は肉体の中に潜んで安全でいる。このような対照的な状況にありながら、それでも詩人の心は修道女の心と共鳴し、彼女の苦しみと、それに喜びを共有するのである。詩人は第一九連で二人の共通の支配者キリストに呼びかける。二人の心は同じ神によって結びついている。

Sister, a sister calling
A master, her master and mine!—

（第一九連一～二行）

修道女よ、彼女の主であり我が主でもある
一人の主に呼びかける修道女よ。

ここまで来ると、読者は最初いささか唐突に感じられたこの詩の第一部の内容、即ち詩人自身の心の動きを語った内容が、どうしてドイッチュランド号の難破に関係するのかがわかってくる。心の嵐に遭遇していた詩人が自分の支配者の神に呼びかける姿と、現実の嵐の中で修道女が「彼女の主であり我が主でもある」キリストに呼びかける姿が重なるのである。修道女は嵐によって視界を遮られる。しかし肉体の目が見えなくなった時、彼女は逆に一つのことが見えてくる。それは神の耳に届くように自分自身を高めるという考えであった。

And the inboard seas run swirling and hawling ;
　The rash smart sloggering brine
Blinds her ; but she that weather sees one thing, one ;
Has one fetch in her : she rears herself to divine
　Ears, and the call of the tall nun
To the men in the tops and the tackle rode over the storm's brawling.

(第一九連三～八行)

船内に入り込んだ海水は渦巻き、うねっている。
押し寄せ、激しく叩き付ける海水で、
彼女は視界を遮られるが、その荒天候の中で一つのことを見出す。
一つの考えを思いついたのだ。彼女は神の御耳に届くように立ち上がる。
その背の高い尼僧の呼びかける声は、
嵐の怒りたける濤声をも圧し、檣楼や索具につかまっている人々にまで響いた。

"hawling" という語はホプキンズの造語であるが、いくつかの類似した音を持つ語を連想させる。一つは荒海の轟音を表す“howling”、一つは荒海の波が持つ力を表す“hauling”、それにもう一つ、同じ連の最終行で韻を踏んでいるが、やはり聴覚に訴える“brawling”である。また“fetch”は、「策略」といった意味だろう。具体的には神に自分の祈りを聞いてもらうために自分を高めることである。シュナイダーはこの“fetch”に、第二八連におけるキリストの顕現の伏線として「生者や死者の霊」という意味を読み取っている。(33) しかしそのキリストの顕現は修道女が眼前の嵐に見出したインスケイプであり、そのインスケイプを表す言葉として「霊」はあまりそぐわないように思える。それはともかく『タイムズ』誌（一二月一三日号）はこの修道女が（彼女自身非常に長身であったと記されているが、その上）船の食堂のテーブルの上に立ってキリストに言葉を投げかけたという事実を紹介している。(34) つまり実際彼女は文字通り自分を高いところに置いたのだが、この詩の“rears herself”は、もちろん精神的な側面も重視すべきであろう。

詩人はさらに続けて修道女について語る。

She was first of a five and came
Of a coifed sisterhood.
(O Deutschland, double a desperate name!
O world wide of its good!
But Gertrude, lily, and Luther, are two of a town,
Christ's lily and beast of the waste wood:
From life's dawn it is drawn down,
Abel is Cain's brother and breasts they have sucked the same.)

（第二〇連）

彼女は五人の長であり、その五人は皆
頭巾を被った修道女であった。
（ああドイッチュランドよ、二重の意味で絶望的な名よ。
善から懸け離れた堕落した世界よ。
しかし百合のようなガートルードもルターも同じ町の出身ではないか。
一人はキリストの百合で、一人は荒地の森の野獣なのだ。
この世に命が生まれて以来そうだった。
アベルはカインの弟であり、同じ母の乳を吸って育ったのだ。）

この連の括弧内で語られることは、今語られている難破という悲劇と直接は関係がない。その意味でここに括弧を付すのは妥当である。しかしそれは括弧内の言葉が括弧の外で語られている言葉より重要でないということでは決してない。むしろこの括弧の外の言葉が難破の状況を語った具体的な内容であるのに対して、括弧で括られた部分は言わば詩人の世界観の表明であるという点で当然注目されるところである。そこで詩人は「ドイッチュランド」という言葉が二重の意味で絶望的な名前であると言っているが、それは一つにはそれが難破してしまった船の名前であり、もう一つにはドイッチュランド、つまりドイツ（プロシア）がカトリックを迫害している国だからである。そしてそのドイツを「善から懸け離れた堕落した世界」と呼ぶ。しかし詩人はすぐにその言葉を修正し、善だけ、あるいは悪だけの世界がこの世にはないことを認める。「キリストの百合」である聖ガートルード（St. Gertrude, 1256-1302）――ドイツのカトリックの聖人で神秘家。自分の耳をキリストの胸に当ててその心臓（Sacred Heart）の鼓動を聞く夢を二度見たと言われる。その伝記である *The Life and Revelations of St. Gertrude*, 1865 をホプキンズは読んでいた――も「荒地の森の野獣」であるルター（Martin Luther, 1483-1546）――この評価が妥当であるかどうかはここでは論じる必要はないだろう。ただホプキンズが熱心なカトリック信者であり、またルターの宗教改革がプロシアにおけるカトリック迫害、つまり今回の修道女達の溺死の直接的でないにしろ間接的な原因であると考えていたであろうことを知っておく必要はあるだろう――も同じザクセンの町アイスレーベン（Eisleben）の出身であるということ、またカインもアベルも同じ母親の乳で育ったということは、この世界が相対立する要素から成立していること、つまりこの世界が一種の斑であるということを詩人に想起させる。従って自然も、その美で人間を魅了する存在でありながら同時に嵐のような圧倒的な力で人間を苦しめる存在でもあるのだ。既に指摘したとおり、ホプキンズは自然界に見られる斑の美しさに強く惹かれていた。彼はそこに神の様々な二面性と創造の神秘を見ていた。彼には文字通り「斑の美」（"Pied Beauty", 1877）と題された美しい詩がある。

Pied Beauty

Glory be to God for dappled things—
For skies of couple-colour as a brinded cow ;
For rose-moles all in stipple upon trout that swims ;
Fresh-firecoal chestnut-falls ; finches' wings ;

Landscape plotted and pieced—fold, fallow, and plough ;
　And all trades, their gear and tackle and trim.
All things counter, original, spare, strange ;
　Whatever is fickle, freckled (who knows how ?)
　　With swift, slow ; sweet, sour ; sdazzle, dim ;
He fathers-forth whose beauty is past change :
　　　　　　　　　　Praise him.

斑の美

斑のもののために、神に栄光あれ。
ぶちの牛のように二色に広がる大空のために、
水中を泳ぐ鱒の背一面に描かれた薔薇色の斑点のために、
真っ赤な石炭のような、落ちたばかりの栗の実、ヒワの翼、
区分けされ継ぎ合わされた土地の風景—囲われた所、休んでいる所、それに耕された所、
またあらゆる職業、その装置、その道具、その服装のために。
対立し、独特で、余分で、奇妙なもの全てを、
変わりゆく全てのものを、（どのようにかは誰も知らないが）
速さと鈍さ、甘さと酸っぱさ、眩しさと暗さで斑になったもの全てを、

不変の美をもつ方が御創りになるのだ。
その御方を称えよ。

ところでこのような斑のものに対するホプキンズの傾倒が、彼がトマス・アクィナスの思想よりもダンズ・スコウタスの思想に惹かれたことと深く関係しているのは明らかである。既に述べたようにスコウタスは個物の形相である「此性」(haecceitas)を認めることで個物の独自性を重視したが、その個物の独自性は普遍性の中に埋没することなく斑の世界を形成する。スコウタスの「此性」、即ちホプキンズの「インスケイプ」を重視することは、斑の世界観を持つことを意味する。

またホプキンズのこのような斑への拘泥は、ある意味で、当時の社会情勢に対する一種の反発でもある。マッケンジーは、ホプキンズの「斑の美」の解説の中で、ヴィクトリア朝の時代が「単調な画一性」を生み出す傾向を持っていたと述べている。[35] ディケンズ(Charles Dickens, 1812-70)の小説『辛い時勢』(*Hard Times*, 1854)には、同じような仕事をする人々が住む同じような街から成る工業都市コウク・タウン(Coketown)が描かれている。ジョン・スチュアート・ミル(John Stuart Mill, 1806-73)は当時の口やかましい大衆が一般的なしきたりに関する意見を押し付けることに憤り、『自由論』(*On Liberty*, 1859)で奇異であることを推奨した。実際イギリスは産業革命以来様々なものが均一化していく傾向があった。彼等より前のロマン派の詩人ワーズワス(William Wordsworth, 1770-1850)も既に、人間の心が本来持つ感受性が失われつつあることを嘆いて、「都市の人々の職業が画一的であることが、異常な事件の渇望を生み出している」と述べている。[36] ホプキンズは、斑の現象を、このような画一化を拒むものの象徴としても見ていたであろう。

「ドイッチュランド号」第二一連では、自然が恐竜のように歯をむき出して修道女を襲うが、「輝くオリオン」

いる。ここでギリシア神話の猟師の星座の名前で呼ばれる神には、悪を狩り立てて追い出す神、[37] 修道女に試練を与え故国の修道院から追い立てることで彼女達の価値を見極めようとしている神、[38] 人間社会に対して星のように超然としていながらも人間の運命を追い続ける神[39]といったいくつかのイメージが重なる。さらに神に「殉教者の主」（"martyr-master"）とも呼びかけているが、神は全ての殉教者に対して主であると同時に、神の子キリスト自身が殉教者となった主であることを示している。神の手を形容する"unchancelling"はホプキンズの造語だが、その意味はかなり曖昧である。考えられる一つの意味は、（修道院から修道女を追い出すという前述の神のイメージに呼応して）修道女達を教会堂の「内陣」（"chancel"）から出すという意味である。あるいは彼女達をプロシアの宰相（"chancellor"）ビスマルクの支配から解放するとも考えられる。また嵐の中の修道女の価値を量る神と関連して、彼の手があらゆるものを「偶然」（"chance"）に委ねずに厳正に評価する様を表すとも考えられる。[40] ホプキンズはここではまるで神の働きを限定することを避けるかのように、あるいは限定できないことを強調するかのように、曖昧な言葉を用いている。

第二二連では、詩人は修道女達が五人であったことに注目し、「五」は「受難のキリストの印であり、個であり、数字である」（"the finding and sake/And cipher of suffering Christ"）と言う。キリストは磔刑の際手足に四つの釘を打たれ、それに加えて兵士によってわき腹に槍を突き刺された（ヨハネの福音書一九章三四節）。これらの傷を見せることによってキリストは自分の復活をなかなか信じようとしなかった弟子のトマス（疑い深い人を表す言葉"doubting Thomas"はこれに由来する）に復活を信じさせた（ヨハネの福音書二〇章二七節）。つまり五つの傷は、キリストを見出す時の「印」（"finding"）であり「数字」（"cipher"）となる。"sake"という語に関しては、ホプキンズは一七世紀のイギリスの作曲家をうたったソネット「ヘンリー・パーセル」（"Henry Purcell",

1879) の中でも「私はただ彼の個だけを見よう」("... only I'll / Have an eye to the sakes of him...")(九、一〇行) という形で用いている。この表現に関して、ホプキンズはブリッジズに次のように説明している。

> "sake" という語は非常に便利な言葉だと思います。……私がその言葉で意味するのは、あるものがその外に現す存在のことです。例えば、声にとっての響き、顔にとっての反射、体にとっての影、人間にとっての名前や名声や思い出のようなものです。もう一つの意味は、そのものの内部にあって特にその存在を外に現すもので、それは特徴的で区別され独特に個性的に語りかけてくるものです。それは、声や響きについては明確であるということであり、映像については光や輝きであり、影を落とす体については大きさであり、そして人間については天才や優れた業績や優しさといったものです。(41)

そしてホプキンズは「ヘンリー・パーセル」の中では、パーセルの作曲家の「天才の特徴的な性質」という意味で"sake"を用いているのだと言う。つまり殆どインスケイプと同じ意味で用いているのである。従って「ドイッチュランド号」第二二連で詩人は、修道女達が五人であったということに、キリストの個、キリストのインスケイプを見出しているのである。彼女達が五人であったということは、キリストが自分自身のもの――「自分の婚約者」("his own bespoken")――であることを示すために彼女達に自らつけた印なのだ。

第二二連で詩人は、「五」という数字を修道女達に現れた「聖痕」("Stigma")(十字架上のキリストと同じ傷が聖人の身体に現れたもの)と表現したことで、また彼女達がフランチェスコ修道会に所属していたので、自然な連想として、第二三連では聖痕が現れた聖フランチェスコ(St. Francis of Assisi, 1181 / 82-1226)を賛美する。そして聖フランチェスコの「娘」である彼女達が海に溺れていったのは、神の慈悲を受けるためであり、神の輝きを受けるためであると考える。「仲睦まじく荒海に封じられている」修道女達の姿は、あたかも聖フランチェスコによって洗礼を受けているかのようである。だからこそこの難破は彼女達の悲しい思い出になるのではなく、副題にあるように「幸せな思い出」となるのだ。そして第二四連では再びそのような修道女と自分を対比させた後で、初めて長身の修道女の最後の言葉を読者に知らせる。

She to the black-about air, to the breaker, the thickly
Falling flakes, to the throng that catches and quails
　Was calling 'O Christ, Christ, come quickly':
The cross to her she calls Christ to her, christens her wild-worst Best.

（第二四連、五〜八行）

一面闇となった大気に、砕ける波に、絶え間なく降り注ぐ雪に、
吹雪をうけてひるむ人々に、彼女の声は響いていた、
「ああ、キリストよ、キリストよ、早く来て下さい」と。
彼女は自分に与えられた十字架をキリストと呼び、最悪の嵐を最善のものと名づけるのだ。

因みに一二月一一日付け『タイムズ』紙の事故当時の様子を説明した記事には次のような件がある。

船のパーサーは屈強な男だったが、遂に力尽きて海に落ちてしまった。女性達、子供達、それに男達も、一人また一

人と甲板上の避難場所から波に押し流されていった。五人のドイツ人修道女は、遺体は今ここの遺体安置所にあるが、その時しっかり手をとりあって皆一緒に溺れていった。そのリーダーで痩せていて身長が六フィートあるシスターは、最後まで大きい声でしばしば「ああ、キリスト様、早くおいでになって下さい」と叫んでいた。(42)

〈第二五連―第三一連〉

第二五連から第三一連までは修道女のこの最後の言葉 "O Christ, Christ, come quickly" の意味について詩人は考えを巡らす。

The majesty ! What did she mean ?
Breathe, arch and original Breath.
Is it love in her of the being as her lover had been ?
Breathe, body of lovely Death.
They were else-minded then, altogether, the men
Woke thee with a *We are perishing* in the weather of Gennesareth.
Or is it that she cried for the crown then,
The keener to come at the comfort for feeling the combating keen ?

(第二五連)

何と威厳に満ちた言葉か。しかしその意味は何であったのか。

教えてください、この世の最初の、そして根源の息吹よ。
それは彼女が自分の愛するキリストが受けたのと同じ苦難を愛したからか。
教えてください、美しく死なれた現身《うつせみ》の方よ、
それならば彼女は御身の弟子とは全く違った考えを持っていたことになる、
ゲネサレ湖で嵐に遭った彼らは、「溺れそうです」と言って御身を起こしたのだから。
あるいは彼女はその時殉教の冠を求めたのだろうか、
嵐との闘いが厳しいのでますます強く慰めを求めたのか。

一行目の“The majesty!”は“What a majestic cry!”という意味である。詩人は修道女の言葉に大きな威厳を感じ、聖霊（「この世の最初の、そして根源の息吹」）やキリスト（「美しく死なれた現身《うつせみ》の方」）に対して、彼女の言葉の正しい解釈に導いてくれるように呼びかける。先ず挙げたのが、彼女が自分の愛するキリストと同じ苦しみを経験したいと考えたという解釈である。しかしそれではゲネサレ湖でやはり同じく嵐の中溺れそうになり怖くなってキリストに訴えた彼の弟子達と全く違ってしまうことになる（ルカ八章二二～二五節）。彼女をキリストの使徒以上に英雄視することには詩人は抵抗を感じる。それに受難のキリストと自分を一体化させるのは、孤独の中で瞑想によるのが心地よいのだ（第二七連）。それでは彼女が嵐の中の苦しみから逃れ、単に安らぎを求めようとしたからか。確かに神がその願いを受け入れこの嵐を終わらせてくれたら、そして五月の美しい空を代わりに神が与えてくれたら何と心が元気づくことだろうか（第二六連）。しかし詩人はこの仮定も否定する。このような心の安らぎは「悲しみにどっぷりつかった心」（“the sodden-with-its-sorrowing heart”）にとっての安らぎである。それを求めるのは「荷車に乗って疲れ、またそのきしむ音を聞くこと」（“The jading and jar of the cart”）を

恐れる者であり、日々苦しい人生を送り「時の苦役」（"Time's tasking"）に苦しむ者である（第二七連）。「荷車に乗って」というのはもちろんここでは自分の人生を送って最後の死に向かうことであり、したがって霊柩車に乗るという意味も含まれる。ここではホプキンズは修道女というよりむしろ自身の姿を思い浮かべていたかもしれない。いずれにせよ修道女のように眼前に危険が迫り電撃的な恐怖を経験している場合はもっと違う理由がふさわしいと詩人は考え、この詩の中心であると同時に恐らく最も物議を醸す第二八連で自分が考えたその理由を語る。

　　But how shall I . . . make me room there :
　　Reach me a . . . Fancy, come faster—
Strike you the sight of it ? look at it loom there,
　　Thing that she . . . There then ! the Master,
Ipse, the only one, Christ, King, Head :
He was to cure the extremity where he had cast her ;
　　Do, deal, lord it with living and dead ;
Let him ride, her pride, in his triumph, despatch and have done with his doom there.

（第二八連）

しかし私はどうやって…　そこに居られるのか。
私に取ってくれ…　空想よ、もっと早く来てくれ。

あなたはその光景が見えるか。それがぼんやりと現れるのを見よ。
それは彼女が…　そこでその時、主が、
彼自身が、唯一の方、キリスト、王、支配者が現れたのだ。
彼は自ら彼女を苦難に投げ込み、今度はそこから救い出すのだ。
生者も死者も共に扱い、裁き、支配されよ。
彼女の誇りであるその方に勝利の道を進ませ、その審判を速やかに終わらせよ。

この連の最初の途切れ途切れの表現は、これから言おうとしている内容をどう言語化したらよいのか考えあぐねている詩人の状態を印象づけると同時に、読者に表現し難いものに対する心の準備をさせる。(43) そこには構文の乱れと詩人の心の乱れがある。先ず二行目の“Fancy”は“Reach”の目的語か、“come faster”と呼びかける対象か、それとも両方か。三行目の“you”は“Fancy”か、それとも読者か。またこの“Fancy”という言葉がこの場合適切であったかどうか詩人自身は確信が持てない。もっと適切な言葉を模索しながらやむを得ず出てきた言葉が、この“Fancy”であった。また五行目の“*Ipse*”というラテン語はこの詩の中で、と言うよりホプキンズの詩全体の中でも際立つ言葉である。と言うのも、ホプキンズは基本的にはアングロ・サクソンの言葉を好んで用いるからである。しかしここで語られているのは、修道女が眼前の嵐のインスケイプ、即ちキリストを見出す場面であり、“Himself”としてはどうしても弱いのだ。

ところでシュナイダーも指摘しているように、修道女が本当にキリストを見たのかどうか、この奇跡を正面から取り上げることはいままで避けられてきた。(44) その理由の一つは、もしそうすれば、問題がホプキンズへの「軽信に対する非難」に集中してしまうからである。しかし第二八連では、その断片的な表現から、彼の慎重な姿勢が窺える。しかも実際ホプキンズ自身も、例えば「空舞う鷹」(“The Windhover”, 1877)では一羽の鷹にキリストを見出していることを考えれば、たとえ修道女が嵐の中にキリストを見たとしても、それは彼に言わせれば信ずるに値する事実なのだ。彼にとってそれは認識の仕方の問題なのだ。彼は述べている、「全てのものは、愛に満ち、神に満ちている。だからもし我々がそれに触れる方法を知ってさえすれば、それらは火花を放ち燃え、雫を落とし流れ、響き神を語る」[45]と。

それでは神に触れるにはどうしたらよいのか。ホプキンズは第二九連で、修道女が「正しい心」と「純真な眼」も持っていたことで神を見出すことができたと述べている。

Ah! there was a heart right!
There was single eye!
Read the unshapeable shock night
And knew the who and the why;
Wording it how but by him that present and past,
Heaven and earth are word of, worded by?—
The Simon Peter of a soul! to the blast
Tarpeïan-fast, but a blown beacon of light.

(第二九連)

ああ、正しい心があったのだ。

純真な眼があったのだ。
それによって、想像できないような衝撃の夜の意味を読み取り、
この試練を誰が与え、何故与えたかを知ったのだ。
それがどのようにかを言葉にできるのは、ただあの方のみ。
現在も過去も、天も地もその方の言葉であり、その方によって言葉にされる。
シモン・ペテロの魂を持つ人よ、あなたは強風を受けても
タルペイアの丘のように少しも揺るがず、吹かれてむしろ明るくなる烽火のよう。

しかし神を言葉で表すことは人間にはそもそも不可能なのだということも詩人は付け加える。だから言葉で表現することが仕事である詩人ですら、第二八連に見られるように、言葉を文字通り失うのだ。その神を言葉で表すことができるのは神自身のみである。創世記に書かれた天地創造の場面では、神は「光よ。あれ。」と言って光をつくったように言葉によってこの世界を造った（創世記第一章）。そこに見られる思想は、この世界が神の言葉であるという考えであり、右の引用の五、六行目に見られる考えである。またヨハネの福音書冒頭には「はじめに、ことばがあった。ことばは神とともにあった。ことばは神であった。」（ヨハネの福音書第一章一節）とある。言葉は神そのものだというこの考えは、第三〇連にでてくる。このような神と言葉の関係についてホプキンズは、イグナティウス・デ・ロヨラ（Ignatius de Loyola, 1491–1556）が祈りの手引書として纏めた『霊操』（*The Spiritual Exercises of St. Ignatius*）に次のような注を付けている。

神が自分の内にある自分自身について発言したものが、「言葉としての神」（“God the Word”）であり、自分の外の

自分自身についての発言が、この世界である。だからこの世界は、神の言葉であり、表現であり、知らせである。従ってこの世界の目的、意図、主旨、意味は神であり、この世界の命あるいは仕事は、神の名を言い称えることである。従って、崇拝や祈りよりも先ず賛美である。[46]

また第二九連で詩人は長身の修道女をペテロになぞらえているが、その共通点としてマッケンジーは、嵐の中にキリストを見たことに加えて（マタイ一六章一六～一八節）、共にスポークスマン的な役割を担っているということを挙げている。[47]ペテロがしばしば他の使徒達の代弁者であったように、修道女は他の修道女の代わりに（そして他の全ての乗客乗員の代わりに）神に祈ったからである。ペテロのような固い信仰をもった彼女は、ミルトン（John Milton, 1608-74）が「〔ローマの〕難攻不落の砦」（"her Cittadel/Impregnable"[48]）と表現したタルペイアの丘のように嵐に動ぜず、逆にその風によってますます燃え上がる烽火に喩えられる。

第三〇連では詩人は、ドイッチュランド号難破の翌日（一二月八日）が無原罪の聖母マリアの祭日（Immaculate Conception）であることに着目し、今度は修道女を聖母マリアに重ねる。聖母マリアが原罪を免れて御子を産んだように、修道女も「御言葉」であるキリストを産んだ。ただし彼女がキリストを宿したのは子宮ではなく頭の中であり、陣痛は心の陣痛である。そして第三一連では、このようにキリストを見出した修道女とそれ以外の人々を比べて、後者に対して憐憫の情を抱く。

Well, she has thee for the pain, for the
Patience; but pity of the rest of them!

（第三一連一、二行）

そう、彼女はその苦しみ、その忍耐を経て
御身を産んだのだ。しかしその他の人は哀れである。

しかしすぐに詩人は、彼らが決して安らぎを得られなかったわけではないと考えを改める。修道女は、ちょうど第一連の詩人と同じように神の「指」即ち神の摂理を感じそれに従うことで、そしてそれを他の人々に知らせることで、彼らを救ったのである。その修道女の姿は、鐘を鳴らし迷える羊を柵の中に戻してやる羊飼いのイメージで語られるが、その延長上にはキリストのイメージもある。彼女が眼前の嵐のインスケイプとしてキリストを見るという新しい見方を獲得したとき、難破という出来事もまた「作物の収穫」（"a harvest"）として捉えられるのである。なお、七行目の"shipwrack"が"shipwreck"でないのは、一つにはそのすぐ前の"... sheep back..."と韻を踏ませるためであり、またもう一つには前者の"wrack"に作物の肥料となる「海草」という意味もあり、すぐ後の収穫のイメージにつながるからである。[49]

〈第三二連―第三五連〉

第三二連以下は、この詩全体を総括する内容となっている。

I admire thee, master of the tides,
Of the Yore-flood, of the year's fall;
The recurb and the recovery of the gulf's sides,
The girth of it and the wharf of it and the wall;

Stanching, quenching ocean of a motionable mind ;
Ground of being, and granite of it : past all
Grasp God, throned behind
Death with a sovereignty that heeds but hides, bodes but abides ;

With a mercy that outrides
The all of water, an ark
For the listener ; for the lingerer with a love glides
Lower than death and the dark ;
A vein for the visiting of the past-prayer, pent in prison,
The-last-breath penitent spirits—the uttermost mark
Our passion-plunged giant risen,
The Christ of the Father compassionate, fetched in the storm of his strides.

（第三二連、第三三連）

私は御身を称えます、潮流の支配者で、
太古の洪水と収穫の秋を治める方よ。
入り海の岸を制御し修復する方、
海を囲み、その波止場となり壁となる方、

浮つく心の海の流れを止め、静めて下さる方、
存在の土台であり、存在の確かさの源である方、
あらゆる理解を超えた神よ、御身は死の背後に君臨し、
主権者として、心に留めながらも姿を隠し、予見しながらも待つ。

また御身は、耳傾ける者には、
いかなる海をも乗り切る箱舟のような慈愛を
与えてくれる。またためらう者には
死よりも闇よりも深く流れる愛を与えてくれる。
それは牢獄に閉じ込められた救い難い人をも訪れる一つの水脈。
そのような決して懺悔をしない精神―最も遠い目標でさえ、
受難に身を投じ復活した我らが巨人は、
情け深い父の子キリストは、嵐の中を闊歩して連れて帰ったのだ。

ここにはこれまでに出てきたイメージが再び用いられていて、読者はまとめとしての印象をより強く受ける。この第三二連の支配者（"master"）としての神は、第一連の「私」を支配する神である。三、四行目の海を囲む存在としての神は、やはり第一連で「世界の岸辺」と表現されている。また五行目の「浮つく心の海」という比喩は、改めてこの詩の第一部が詩人の心の海の嵐を扱っていることを確信させる。心の嵐を語る第一部と実際の嵐を語る第二部は並行関係にあり、詩人も修道女も海の支配者である神の救いを求めて神に向かう。そしてそのよ

うな支配者である神を詩人は心より賛美する。神に対する賛美ということに関して、ホプキンズの説教の次の一節が第三二連と照応する。

全世界を探してみるがいい。そうすればこの世界が我々人間の役に立つために、そして我々が神を賛美できるように何重にも考えられ形成された摂理の装置であることに気づくだろう。(50)

第三二連では死の背後に君臨した神が「心に留めながらも姿を隠し、予見しながらも待つ主権」を持っていると述べているが、第三三連はそれを受けて、さらに神が持っているものを二つ挙げる。即ち敬虔な者(“the listener”)には「いかなる海をも乗り切る箱舟のような慈悲」(ここにはノアの箱舟のイメージがある)が、また神を信じきれない者(“the lingerer”)にも「死よりも闇よりも深く流れる愛」がある。ここで対照的なのは、「支配者としての神」を強調した第三二連に対して、第三三連は「慈愛に満ちた神」を強調していることである。そして第三二連と第三三連がピリオドによって途切れることなく連続していることが、その二つの神の性格が不可分に結びついていることを暗示している。さらにこれらの二つの連で共通の脚韻が用いられていること(tides/sides/abides と outrides/glides/strides)はその暗示をさらに補強する。このような神の二面性は、これまでもたびたび見られたし、さらに次の連でも神と人間の「二つの性質をもつ」(“Double-natured”)(第三四連)キリストへの呼びかけによって、また神の二通りの顕現(最後の審判の時に目も眩むほど眩しく現れる神と、馬小屋の中に静かに降誕された神)の対比的な描き方によってますます印象づけられる。実際この詩には様々な神の二面性が横溢している。そしてそれは詩人が神の存在の反映である自然の中で斑の美しさに強く惹かれる大きな理由である。なぜならその美しい斑にこそ様々な神の二面性が象徴的に現れているのだから。

ここで第三三連の六行目から八行目にかけての箇所の解釈について言及しておく。六行目の「最も遠い目標」（"the uttermost mark"）は前の行の「牢獄」（"prison"）あるいはそこに閉じ込められた「救い難い人」（"the past-prayer" Cf. "be past praying for"「改心する見込みのない」）と同格で、その目標まで（そのような人まで）「受難に身を投じ復活した我らが巨人」（"Our passion-plunged giant risen"）であるキリストが「嵐の中を闊歩して連れて帰った」（"fetched in the storm of his strides"）という解釈が一般的であろう。しかしシュナイダーは "the uttermost" を「窮地にある者、（神から）最も遠い者」という意味の名詞と考え、そのような人でさえ「嵐の中を闊歩してやって来た」（"fetched" は "giant" を修飾すると考える）巨人キリストに「気がつく」（"mark" を動詞とする）というように解釈する。どちらも文法的には可能な解釈である。ただ私自身は後者の解釈に違和感を覚える。と言うのは、第三二連から第三四連までは神を中心とした記述になっていて、神の様々な性質や行動が語られ、また神が行動してくれるように詩人が祈願するといった内容になっているわけだが、そこに（シュナイダーの解釈に従えば）「窮地にある者が……に気づく」というように、「窮地にある者」が主体となる行為が介在することになり、記述の一貫性に欠けるように思えるからである。

第三四連で詩人は「世界に新たに生まれてきた」（"new born to the world"）神、つまり修道女が頭の中から産んだキリストに対して祈りを捧げ、「優しく、しかし王のように自分自身のものを再び要求してくださること」（"Kind, but royally reclaiming his own"）を祈願する。「自分自身のものを再び要求してくださる」という表現は、第二二連でキリストが修道女達に対して「自分自身の婚約者に自ら緋色の印を刻み込む」（"he scores it in scarlet himself on his own bespoken"）ことと呼応しているが、第二二連の「自分自身の婚約者」が五人の修道女を指すのに対して、ここで「自分自身のもの」とはイギリスのことであると考えるのが妥当である。イギリスは一六世紀にヘンリー八世（Henry VIII, 1491-1547, King from 1509）の下で「首長法」（Act of Supremacy, 1534）が制定されて以来カトリック教会から離脱したことは周知の事実であるが、ホプキンズはイギリスが再びカトリックに戻ってもらいたいと心から願っていた。このイギリスのカトリック回帰の願いは最終連に引き継がれていく。

　　Dame, at our door
　　Drowned, and among our shoals,
Remember us in the roads, the heaven-haven of the reward:
　　Our King back, Oh, upon English souls!
Let him easter in us, be a dayspring to the dimness of us, be a crimson-cresseted east,
More brightening her, rare-dear Britain, as his reign rolls,
　　Pride, rose, prince, hero of us, high-priest,
Our hearts' charity's hearth's fire, our thoughts' chivalry's throng's Lord.

（第三五連）

我が国の入り口のところで、すぐ近くの浅瀬で
溺れてしまった尊い婦人よ、
途中の停泊地でも、褒美を受ける天上の港でも我々のことを忘れずに、
我らが王を再び英国人の魂に連れ戻してくれ。
彼を我々の中に蘇らせ、我らの闇を照らす夜明け、深紅の太陽が浮かぶ東雲の空となし、
彼の支配が続く間、類稀な貴いブリテンをこれまで以上に明るく輝かせよ。

そして彼を我らの誇り、薔薇、皇子、英雄、さらに司祭長とし、
また我らの心の慈愛の暖炉の火、我らの思想の騎士団の長にせよ。

詩人は前連でキリストに対してイギリスを再びキリストの国にしてくれるように祈ったが、この最終連ではそれを受けて、今度は修道女に対してイギリスに再びキリストが訪れてくれるように取次ぎを願う（このカトリック詩人は、一六世紀以降イギリスには神がいないと考えている）。彼女がドイッチュランド号の他の乗員を救ったように、今度はイギリス全体を救ってくれることを願うのである。彼女の肉体はこの難破で目的地へは到着できなかったが、彼女の魂は航海を続けている。その途中の沖合いの停泊地でも（"roads" は "roadstead" の意である）、目的地の「褒美を受ける天上の港」へ行ってもイギリス人のことを忘れず、神を自分達の魂に呼び戻してくれと仲介役を頼む。「天上の港」（"heaven-haven"）という言葉は、修道院に入る女性の心情を語ったホプキンズの初期の詩の題にもなっているが、[51] 特にその中の第二連は「ドイッチュランド号」と共鳴し合う。

And I have asked to be
　Where no storms come,
Where the green swell is in the havens dumb,
　And out of the swing of the sea.

（五～八行）

私が行きたいと願ったところは、

嵐の決して吹き荒れないところ。
そこは緑にうねる波も港の中で黙し、
外洋の高波が決して及ばぬところ。

この詩の語り手が修道女になることで世の中の嵐が及ばない所へいくように、ドイッチュランド号の修道女は、遭難することで、嵐もなく荒れた波もうねることがない「天上の港」へ、神の国へ到達することができたと詩人は信じる。そして彼女の仲介で再びキリストがイギリスに訪れ、また我々の心の中に蘇り、「類稀な貴いブリテン」を照らしてくれる光になるだけでなく（ここで用いられる動詞“easter”はホプキンズの造語だが、東から日が昇るイメージとキリストの復活のイメージを併せ持っている）、「我らの心の慈愛の暖炉の火」となり、さらに心のみならず「我らの思想の騎士団の長」となって理性も司ってくれることを切望する。

ここで先ず読み取れるのは、ホプキンズの強いカトリック信仰とイギリスに対して抱く愛国心である。彼は異境のアイルランドからパトモアに宛てた手紙の中で文明について次のように述べている。

文明とはカトリックの真理であるはずです。カトリック的であること、そして諸国民をカトリックへと導くこと、それこそ帝国が神の前で持つ大きな目的なのです。しかし我が帝国は成長するにつれて、ますますキリスト教的でなくなりつつあります。(52)

この手紙から、イギリスがカトリックに戻るのが一番であり、そうでなければ堕落なのだということを全く疑っていない熱狂的で愛国的なカトリック信者としてのホプキンズの姿を窺い知ることができる。しかし「ドイッチュランド号」最終行の「我らの心の慈愛の暖炉の火」という表現からは、単に愛国心だけでなく、カトリックへ改宗し家族との軋轢を経験したホプキンズの家族愛に対する憧憬といったものも強く感じられるのである。

〈韻律について〉

ところでホプキンズは「ドイッチュランド号」を書く時、それまでずっと自分の耳から離れなかった一つの新しいリズムを用いて書いたとディクソン（Richard Watson Dixon, 1833-1900）への手紙の中で語っている。それがいわゆるスプラング・リズム（Sprung Rhythm）である。実際彼は「ドイッチュランド号」を書く時、その思想内容以上に韻律に拘泥していたことは明らかである。彼ほど詩の音楽的な要素を重視する詩人は少ない。詩に対する彼の大きな関心の一つは韻律そのものであった。彼はディクソンに対してスプラング・リズムを次のように説明している。

> 要するにそれは、音節の数に関係なく、アクセント、即ち強勢だけを考えて詩脚に分けることであって、一つの詩脚が一つの強音節だけのこともあり得るし、いくつもの弱音節と一つの強音節になることもあるのです。[53]

従来の詩は主として、例えば二音節から成る弱強格（iambus）や強弱格（trochee）、あるいは三音節の弱弱強格（anapest）や強弱弱格（dactyl）というように、音節の数が一定の詩脚に基づいて作詩されていた。次の詩行は、トマス・グレイ（Thomas Gray, 1716-71）の人口に膾炙した詩「田園墓地の挽歌」（*Elegy Written in a Country Churchyard*, 1751）の冒頭であるが、弱強格の詩脚が一行に五つある、いわゆる弱強五歩格（iambic pentameter）である。

The curfew tolls the knell of parting day . . .

このような流旋律（Running Rhythm）に対して、ホプキンズのスプラング・リズムでは強勢の数は決まっていても詩脚の音節数は一定ではなく、それによって非常に柔軟なリズムをつくるのである。例えば「ドイッチュランド号」の場合、各連が八行から形成されていて、それぞれの行の強勢の数は、二―三―四―三―五―五―四―六となっているが（第二部では一行目の強勢が三つになる）、一つ一つの詩脚の長さはまちまちである。例えば第三〇連一行目は、

Jesu, heart's light . . .

というように、弱音節が殆どなく強音節ばかりで、この三語がそれぞれ重みを増し、「心の光」としてのキリストの存在の大きさや威厳を印象づける。この例のように弱音節を挟むことなく強音節を続けて表現を重厚にすることができることはスプラング・リズムの特長と言える。一方第三一連の八行目は一つの強音節に多くの弱音節がつき詩脚が長くなっている。

Startle the poor sheep back ! is the shipwrack then a harvest, does tempest carry the grain for thee ?

ここでは詩脚が比較的長いために、軽快な感じを与える行となり、ドイッチュランド号の乗員たちが修道女の言葉によって救われる喜びを表現するのにふさわしいリズムを作り上げる。

ホプキンズはスプラング・リズムの利点として、それがとても自然なリズムであることを挙げ、それが自然な表現の力強さを失わないということを、「ドイッチュランド号」第二連二行の“lashed rod”を例に挙げて説明している。

そもそも何故私がスプラング・リズムを用いるのか。理由はそれが散文のリズムに最も近いからです。つまり言葉本来の自然なリズムであり、考えられるリズムの中で最も無理がなくレトリカルで強調的なのです。それはリズムの特徴（つまりリズムそのもの）と表現の自然さという反対の（相矛盾すると言われるかもしれませんが）長所を併せ持っているように思えるのです。と言うのも、もし散文で“lashed rod”というのが力強い表現なら、どうして本来弱い表現ではなく強い表現であるはずの韻文でこの表現を、“lāshed birch-rōd”などというように弱くする必要があるのでしょうか。(54)

ただこのスプラング・リズムの法則に関しては、ディクソンも感じているように曖昧ではある。つまり詩行の中の一体どこに強勢を置いて読むかという点ではっきりしない場合もしばしば出てくるのである。だからホプキンズ自身強勢が置かれるところにチョークで印をつけたのだが、それはただそれを読む人を当惑させるだけだった。

またホプキンズは一般的な脚韻のみならず、頭韻、中間韻などを様々に駆使した。中には普通の英詩には見られない独特の韻もあるが、その一例は「ドイッチュランド号」第一四連の一行目“. . . leeward”と三、四行目の“. . . drew her/Dead . . .”との連結韻（linked rhyme）（弱形“her”の“h”は落ちる）で、初期ウェールズ詩に見られるものである。また第二三連八行の“To bathe in his fall-gold mercies, to breathe in his all-fire glances.”では、中央を挟んで同じ子音がほぼ同じ順序で生起するカンガネズ（cynghanedd）と呼ばれる韻が用いられている。こういった際立つ斬新な韻律に対しては当時としては当然大きな戸惑いと反発があった。『マンス』誌の編集者が理解できないのはもちろんのこと、ブリッジズやディクソン、パトモアといった文学に造詣が深く自らも詩を書く人たちすら理解に苦しんだ。しかしホプキンズの詩においては、意味に勝るとも劣らないほど言葉そのものが重要な役割を果たしている。

詩とは、聴くということによって精神を見つめるためにつくられた言葉、即ち意味に対する関心を超えてそれ自身として聴かれるためにつくられた言葉である。詩にはある程度の内容と意味が不可欠であるが、それはそれ自体として観照される形を維持し用いるのに必要な要素に過ぎない。(55)

彼は自分の詩が何よりも先ず聴かれるべきものであることをしばしば強調している。そしてその時に聴く人に強く訴えかけるのは意味よりも先ず韻律なのだ。右の引用で詩の意味が詩の形を維持するための要素に過ぎないというのは、いささか言い過ぎではあるが（実際ホプキンズは手紙の中でもいろいろと詩の内容に関して細かく説明しているのだから）、しかし韻律の形そのものも彼にとってはインスケイプなのだ。彼は右の引用と同じ文章の中で韻文（verse）を「話される言葉の音のインスケイプ」と定義している。確かにホプキンズにはそのようなインスケイプに対する意識が非常に強く、それがしばしば彼を技巧に走らせ詩を不自然にしてしまう嫌いはある。しかし彼の詩の第二版が出版された一九三〇年には、そのような斬新な韻に対する評価も好意的になってきた。第二版の編者チャールズ・ウィリアムズ（Charles Williams, 1886–1945）はホプキンズを同時代の詩人スウィンバーン（Algernon Charles Swinburne, 1837-1909）と比較して、後者が「英語語彙の申し子」（“the child of English vocabulary”）であるのに対して前者を「情熱の申し子」（“the child . . . of passion”）と呼んでいる。つまり、二人の詩人は共に頭韻を多用するけれども、スウィンバーンにおいては詩で語られる思想と頭韻が乖離してしまっているのに対して、ホプキンズの場合、主題の強烈な理解がほぼ同時に同じような音を生み出すと述べ、その頭韻が思想と不可分であることを指摘している。[56] またガードナーも、ホプキンズの詩は音と表現が一体となって「輝く生地でできた言葉のタペストリ」（“a verbal tapestry of brilliant texture”）を作り上げていると言っている。[57] そしてこのようなホプキンズの再評価が今日の高い評価につながっている。

おわりに

ホプキンズはドイッチュランド号の難破と修道女の溺死を新聞記事で知り、それを基にこの詩を作ったわけだが、彼はその修道女をこの詩の中心に据え、重層的な意味を担わせた。もちろん彼がその事故を知った時、彼自身が心の嵐の中で難破しかかっていたことがこの詩の創作の大きな前提となっている。詩の中で修道女は自分に襲いかかる嵐にイエス・キリストを、歴史の中のキリストではなく、また将来再び訪れてくれると彼女が信じているキリストの幻でもなく、正しくキリスト自身を見た。これを真実ととるかそうでないと考えるかは、この詩の評価には直接はかかわらないであろう。それは現実に対する認識の一つの様式なのである。また詩人自身もドイッチュランド号の難破事故と修道女の溺死という一つの出来事に、キリストの受難というインスケイプを見たと言えるだろう。既に見てきたとおりその修道女は聖ペテロや聖母マリアのイメージに重ねられてきた。しかしこの詩の第二部全体で浮かび上がるこの修道女の姿は、自らの死をもって人々を導いたキリストと類似してくるのである。そしてホプキンズにとってのキリストがそうであったように、[58] 彼女も失敗することによって（目的地に到達できなかった）成功したのである（神の国に赴いたのである）。「ドイッチュランド号」第一九連で“sister”

と“master”が響き合うように配置してあることは少なからぬ意味を持っていると考えられる。世の中のあらゆるもののインスケイプをうたった詩「かわせみが火を摑むように」（“As kingfishers catch fire . . .”, 1877）の中で、詩人は「正しい人」のインスケイプを次のように述べている。

I say more : the just man justices ;
　Keeps grace : that keeps all his goings graces ;
Acts in God's eye what in God's eye he is—
　Christ. For Christ plays in ten thousand places,
Lovely in limbs, and lovely in eyes not his
　To the Father through the features of men's faces.

（九〜一四行）

さらに私は言う、正義の人は正義を行ない、
恩寵を持ち続け、その振る舞いを全て恩寵で満たす。
そして神の目の前で、神の目に映る自分を、キリストを演じるのだ。
なぜなら、キリストは至るところに現れ、
自分のものではないが美しい身体で、美しい眼で、
人の顔かたちを借りて、父なる神のために演じるからだ。

それでは詩人がドイッチュランド号の修道女にキリストを見出しているとしたら、作品の中でその修道女と平行して語った自分自身にはキリストを見出したのだろうか。非常に興味深いことに彼がダブリンで疎外感にさいなまれながら書いた最晩年の作品「自然はヘラクレイトスの火であるということ」の中で、ヘラクレイトスの考えるような万物流転の世界、人間の個（"Manshape" 一三行）が死によって暗闇に消えていく世界からその個を救ってくれる復活（"the Resurrection" 一六行）をうたった箇所で、難破船のイメージが使われ（"my foundering deck" 一八行）自分がキリストになるヴィジョンが語られている。しかしダブリンでの辛い人生をまだ予想すらできず、詩人として、聖職者として明るい希望を失っていなかった頃の作品「ドイッチュランド号」の中では自分をキリストにはっきり重ねることはできなかったのではないか。

以上のようなイメージも含めて、彼の詩は非常に個性的であるのは疑う余地がない。それはホプキンズが詩をどのようなものと考えていたかにかかわっている。彼は詩を独自に次のように定義している。

詩は実際のところ言葉のインスケイプをそのインスケイプのためだけに伝える言葉である。従ってインスケイプこそじっくり扱われねばならない。(59)

このような彼の詩の定義に従えば、作品の良し悪しは、その作品の中に読者がそのインスケイプを見出すかどうかにかかっていると言えるのではないか。それでは「ドイッチュランド号」はどうだろうか。修道女が嵐の中にキリストのインスケイプを見出し、その修道女の姿に受難のキリストのインスケイプを見出す詩人、その独自の認識様式がそれを表す特異で効果的な表現形式と不可分に結びついて詩人の個の姿を形成し、それがこの詩のインスケイプになっているように思える。ホプキンズはブリッジズに宛てた手紙の中で、この詩の中で自分に関することは全て真実であると語っているが、[60] この時ホプキンズは第一部を念頭に置いていたことは間違いない。しかし第二部も含めてこの詩全体が、詩人の個そのものなのである。その意味でも詩人自身がそのすぐ後で言っているように、この詩には「詩的埋め草」(“poetical padding”) が全くないのだ。この詩は、新聞というマス・メディアから題材をとっているが、新聞というのは、社会の不特定多数の人々に情報の共有化を進める大きな力である。人々は新聞を読むことを通じて共通の情報を持ち、それが共通の考え方を生み出す土壌となる。その意味では、新聞は、工場労働者の急増や交通手段の発達などと共にヴィクトリア朝における人々の画一化を助長する一つの大きな要因なのだ。しかしホプキンズはそのような新聞の記事からこの上なくユニークな自分の「個」をつくりあげたという点で、この「ドイッチュランド号」は大変興味深い作品である。

ホプキンズの詩の引用は、W.H. Gardner and N.H. MacKenzie, eds., *The Poems of Gerard Manley Hopkins*, 4th ed. Oxford : Oxford University Press, 1970. による。
また聖書からの引用は『聖書—新改訳』(日本聖書刊行会、一九七〇年)による。

(1) Gerald Roberts, ed., *Gerard Manley Hopkins : The Critical Heritage*, London : Routledge & Kegan Paul, 1987, p. 83.

(2) Roberts, p. 130.

(3) Claude Colleer Abbott, ed., *Further Letters of Gerard Manley Hopkins*, London : Oxford University Press, 1959, p. 353. 以下 FL と略記。

(4) Claude Colleer Abbot, ed., *The Letters of Gerard Manley Hopkins to Robert Bridges*, London : Oxford University Press, 1955, p. 66. 以下 LB と略記。

(5) Humphry House, ed., *The Journals and Papers of Gerard Manley Hopkins*, London : Oxford University Press, 1959, p. 199. 以下 JP と略記。

(6) JP, p. 206.

(7) Norman Weyand, *Immortal Diamond : Studies in Gerard Manley Hopkins*, London : Sheed & Ward, 1949, pp. 216-217.

(8) FL, pp. 306-307.

(9) JP, p. 221.

(10) JP, p. 127.

(11) JP, p. 221.

(12) FL, p. 373.

(13) JP, p. 245.

(14) Claude Colleer Abbott, ed., *The Correspondence of Gerard Manley Hopkins and Richard Watson Dixon*, London : Oxford University Press, 1955, p. 135. 以下 LD と略記。

(15) LB, p. 66.

(16) JP, p. 165.

(17) LD, p. 14.

(18) Bernard Bergonzi, *Gerard Manley Hopkins*, London : Macmillan, 1977, p. 82.

(19) Bergonzi, ch. 2.

(20) Elisabeth W. Schneider, "The Dragon in the Gate", *Gerard Manley Hopkins*, ed. Harold Bloom, New York : Chelsea House Publishers, 1986, p. 36.

(21) 「時至らず」("Nondum", 1866) 四三行。

(22) 「時至らず」一〇行。

(23) Norman H. MacKenzie, *A Reader's Guide to Gerard Manley Hopkins*, London : Thames and Hudson, 1981, p. 38.

(24) アウグスチヌス『告白』(山田晶訳、中央公論社、一九七九年) 参照。

(25) MacKenzie, p. 38.

(26) LB, p. 44.

(27) Weyand, pp. 357-358.

(28) S.J. Christopher Delvin, ed., *The Sermons and Devotional Writings of Gerard Manley Hopkins*, London : Oxford University Press, 1959, p. 92. 以下 SD と略記。

(29) SD, pp. 89-91.

(30) Weyand, p. 368.

(31) SD, p. 151.

(32) JP, p. 199.

(33) Schneider, p. 42.

(34) Weyand, p. 374.

(35) MacKenzie, p. 85.

(36) William Wordsworth, *The Poetical Works of William Wordsworth*, vol. 2, ed. E. de. Selincourt, Oxford : Oxford University Press, 1952, p. 389.

(37) J.R. Watson, *The Poetry of Gerard Manley Hopkins*, London : Penguin Books, 1987, p. 69.

(38) W.H. Gardner, *Gerard Manley Hopkins : a Study of Poetic Idiosyncracy in Relation to Poetic Tradition*, vol. 1, London : Secker and Warburg, 1944 ; rev. Oxford University Press, 1966, p. 60.

(39)　Donald McChesney, *A Hopkins Commentary*, London : University of London Press, 1968, p. 44.
(40)　Watson, p. 69.
(41)　LB, p. 83.
(42)　Weyand, pp. 367-368.
(43)　Watson, p. 71.
(44)　Schneider, p. 43.
(45)　SD, p. 195.
(46)　SD, p. 129.
(47)　MacKenzie, p. 51.
(48)　John Milton, *Paradise Regain'd*, Book IV. ll.49-50.
(49)　MacKenzie, pp. 53-54.
(50)　SD, p. 90.
(51)　"Heaven-Haven" という題は，元を辿ればジョージ・ハーバート（George Herbert, 1593-1633）の詩 "The Size" の最終行 "These seas are Tears, and heav'n the haven." からとられている。
(52)　FL, p. 367.
(53)　LD, p. 14.
(54)　LB, p. 46.
(55)　JP, p. 289.
(56)　Roberts, pp. 172-173.
(57)　Roberts, p. 326.
(58)　LD, pp. 137-138.

（59） JP, p. 289.
（60） LB, p. 47.

IX　詩人オスカー・ワイルド

土屋繁子

オスカー・ワイルド（Oscar Wilde, 1854—1900）は殆どの文学ジャンルで作品を残したが、その活動は詩に始まり、詩に終る。彼の最初の出版物は一八八一年の『詩集』（*Poems*）であり、存命中の最後の出版物は『レディング監獄のバラッド』（*The Ballad of Reading Gaol*, 1898）であって、その間にも詩を書き続けていた。

ワイルドは一八九五年、可愛いがっていた一六歳年下の少年アルフレッド・ダグラス卿の父、クイーンズベリ侯爵に対する誹毀罪の訴訟に破れて有罪になり、二年の懲役の刑に処せられている。そのために「不道徳家」扱いされたが、その後の社会意識の変化もあって、今日では殉教者の扱いを受けることとなった。お陰で彼の作品は前にも増して読まれるようになったが、詩に関してはさほど人気が高まったとは言えない。

しかし彼の詩への興味をかきたてる本が二〇〇〇年に出版された。『ワイルド全集』第一巻である。[1] これは生前に発表されなかった二一篇の詩を含む全一一九篇を、推定出来る執筆年代の順に並べたもので、注も充実している。複数の原稿の異同、他の詩人の作品や聖書との関連や詳しい出典、ワイルド自身の作品の再利用、再々利用の状況などが書かれているので、ワイルドが同時代の人たちに「独創性の欠如だ、剽窃ばかりだ」、と非難された根拠も知ることが出来る反面、その下に働いている彼の力学について考えることが出来る。[2]

「序」によると、この詩集は⑴初期の詩作は後のソフィスティケイテッドな戦略につながることを示し、⑵ワイルド自身が何故自分の詩人としての役割を真剣に考えていたかという謎を解くものだそうで、[3] 編集の意気込みが感じられる。

もしワイルドがもう少し遅く生れていたら、他人の詩行を活用したT・S・エリオットの例もあり、モダニズムの旗手だと評価されたかもしれない。また自分の詩行を改めて用いることに関しても、「新しいコンテキストは元のものを意味的に限定したり、拡げたり、皮肉に変えたり、訂正したりする」[4] という最近の見方もあり、非難されることもなかったであろう。そしてまた新しい詩集のお陰で、執筆順に詩を読むことにより、詩人ワイルドの揺れ動き、その調整の仕方などが見えて来る筈である。

一　習作時代

(1)『ラヴェンナ』まで

ワイルドはオックスフォード在学中の一八七八年に『ラヴェンナ』(*Ravenna*) で「ニューゲイト賞」を受賞し、詩人としての自信を得た。この詩は執筆順では四八番目に当り、初めての長詩である。それ以前は短い詩ばかりで、特にソネットが約半数を占めていた。その大半が最初の『詩集』に収められてはいるものの、習作的な感じは否めない。

彼の詩作は古代ギリシャへの関心から始まったように見えるが、実はスウィンバーンの模倣なのである。『ラヴェンナ』までの詩のなかで圧倒的に利用数が多いのは聖書であるが、次がスウィンバーンであって、最初の作品「あなた方は神となる」(No. 1, Ye Shall be Gods) もスウィンバーンの詩劇『カリドンのアタランタ』

(*Atalanta in Calydon*) のコーラスを手本にしている。また「恋歌」(No. 15, Love Song) などはスウィンバーンそのままである。が、ワイルドの古代ギリシャへの関心は確かにあって、ソネット「アルゴスの劇場」(No. 30, The Theatre at Argus) では、ギリシャは「時間の岩に難破した船」だと嘆いている。『ラヴェンナ』以降の詩の素材の多くはギリシャ神話であり、それにキリスト教説話が絡まっていて、初期の詩から変らないと言えば変らない。

次にローマへの関心が現れるが、これは彼が学生のとき、一八七五年と七七年の夏休みに学友とともにイタリア旅行をしたことが影響している。最初の旅行のときは、ミラノまで行きながら彼だけ旅費の不足のためにローマまで行かれず、「訪れなかったローマ」(No. 7, Roma Unvisited) が書かれた。このなかでワイルドは自分を「北海からの巡礼者」、ローマへの旅を「私の巡礼」と呼んでいるが、カトリシズムと結びついてのローマである。この詩は詩篇三〇のダビデの歌を踏まえて「今は顔を隠している神の御名に呼びかける」という行で終る。「イタリア、わがイタリア」と熱く呼びかける「イタリアに近づいてのソネット」(No. 27, Sonnet on Approaching Italy) の他に、ローマへ行かれなかった彼の思いを歌った「ジェノアでの聖週間に書かれたソネット」(No. 28, Sonnet Written in Holy Week in Genoa) があるが、

Ah, God! Ah, God! those dear Hellenic hours
　Had drowned all memory of Thy bitter pain,
　The Cross, the Crown, the Soldiers, and the Spear.
(ll. 12-14)

ああ、神よ！　ああ、神よ！　あの親しいギリシャ的時間が

あなたの厳しい苦痛の全ての記憶、
十字架、冠、兵士たち、槍を溺れさせたのだ。

と最後の三行でヘレニズムの優勢を嘆いている。キリスト教あっての嘆きである。

最初のキリスト教色の詩は「サン・ミニアート」(No. 5, San Miniato)であり、フィレンツェの見える丘サン・ミニアートから、聖母の顔を見ることが出来れば死んでも構わない、と述べている。「聖歌隊の少年」(No. 8, Choir Boy)は「私の声は鳥より高く上って行くと人々は言う」と歌い始められるものの、未完に終っている。当時のワイルドには最後まで書く力がなかったのであろう。

キリストへの思いは現実の厳しさによっていっそう深まる。「ブルガリアでのキリスト教徒大虐殺に寄せるソネット」(No. 33, Sonnet on the Massacre of the Christians in Bulgaria)は一八七六年の虐殺に際して、キリストに「地に降りて下さい」と願うものであり、「システィナ礼拝堂にて〈怒りの日〉を聞きてのソネット」(No. 35, Sonnet on Hearing the Dies Irae Sung in the Sistine Chapel)も主への呼びかけで、「我々は久しく待っている」と述べる。またソネット「暗闇から」(No. 38, E Tenebris)でも、嵐の海に溺れかかっている私を助けて下さい、とキリストに乞うている。今こそキリストが必要であるのに、という思いは、その空しさを知りながらもキリストへの呼びかけとなった。

この時期の詩には、スウィンバーン以外にも多数の詩人のエコーが見られるが、おそらくスウィンバーン、ロセッティ、モリスの三人のエコーから成り立っている「わが思い出の美女」(5)(No. 9, La Bella Donna della Mia Mente)が模倣のピークであろう。その他、ホメロス、ミルトン、キーツ、バイロンなど、彼の手本は多彩であるが、ワイルドは先ず真似ることで修業していたに違いない。ソネットが二四篇もあるのも、修業であったのだろう。いずれも八行と六行からなるミルトン型であり、彼のミルトンへの敬意に見合っている。『ラヴェンナ』は初めての試みとして二行連句体（heroic couplet）で書かれているが、それ以後は一連六行を連ねた長詩が増える。ワイルドは終始伝統的詩型の詩人であって、それは彼の風習喜劇が伝統の枠から出てはいないことに共通する。伝統的詩型は内なる弱さを防禦する手段にもなり得る。彼の評論「虚言の衰退」（The Decay of Lying, 1891）での「虚言」――美しい不実を語ること――も、内と外のギャップの収拾の仕方ではなかろうか。

しかしこの時期のワイルドにとって、詩は人生の方が模倣してくれるほどのものではなかったようである。[6]たとえば「恋歌」では、「とても怠け者の歌い手でしかない「私」は歌よりも素敵な贈り物をあげられる」、と書いて詩よりも愛を上に置いている。愛への思い入れは他の詩にも見られるが、詩への思い入れはまだそれほど強くはない。先達の詩人たちの作品を利用するのも、詩を強力にするための支え、あるいは権威づけであったとも考えられる。

その点で興味深いのは『ラヴェンナ』の直前に書かれたソネット「ヴェローナにて」（No. 47, At Verona）で語り手がダンテその人であることである。教皇党であったダンテはフィレンツェから永久追放され、放浪の果てにラヴェンナで亡くなるが、このソネットはその途中のヴェローナで投獄されているという架空の状況で「私」ダンテが語る趣向のものである。先達詩人のマスクを被ることは、劇的想像力を発揮するものであり、彼の戯曲に発展するものであろう。そしてワイルド自身の監獄での体験を考えると、ダンテに囚人生活をあてはめたのは、まるで予表論ではないか。そういう状況をワイルドが設定したのは、芸術家の孤独や絶望を表すためであったと[7]しても、外と内のギャップをこれほど表現出来る状況はないだろう。そして「私」は愛の永遠性を語る。それがつまりは詩の永遠性の賞揚であるのは、語り手がダンテだからであって、ワイルドはここで一つ段階を超えたのであろう。

(2)『ラヴェンナ』

かつてラスキンやアーノルドも受賞したことのある「ニューゲイト賞」を『ラヴェンナ』によって獲得したことは、ワイルドにとってこの上ない名誉であった。それまでの作品の集大成ということも意識したこの力作には、自分の詩からの再利用が多く見られる。あらかじめ試作しておいたブロックから良いものを選んで、それを材料として大きな建物を築くというような感覚であろう。アレンジメントの才が発揮されたわけだが、或いは自分の作品が先達たちの作品並みに使えるという誇示もあったのだろうか。

『ラヴェンナ』を書いたきっかけは、前年にその地を訪れたことであり、ここでダンテが亡くなり、バイロンも住んだということも大いに刺激になったのである。

この都市はローマ帝国の戦略的港であったが、ワイルドの頃には、ポー川河口の堆積物によって六マイルも内陸になっていた。時間の経過と人間の堕落は、ワイルドの主題として焦点が合ったのである。そしてダンテとバイロンをこの都市に結びつけて歌うことは、「詩人」ワイルドとして正当なことであった。

A year ago I breathed the Italian air,——
And yet, methinks this northern Spring is fair, —— (ll. 1-2)

一年前に私はイタリアの空気を吸った——
そしてなお、この北国の春は美しいと思う——

とイギリスの春の描写が続くが、イタリアとイギリスを対比させるのは、イギリスという場が彼を支えているからである。「私」は一年前に馬でラヴェンナへ行き、「夕焼けのあと、真紅色が通り過ぎる前に／ついにラヴェンナの塀の中に立ったのだ」と第一部は熱く終るが、実際には鉄道を利用しての旅だったので、ここでも一つのアレンジメント、「虚言」を用いているのである。

第二部はかつて繁栄していたこの都市も今はひっそりとして生活の音も聞えない、と否定形が並べられるが、「ない」と言うことは、逆にそのものの存在を意識させる。

O sad, and sweet, and silent! (l. 41)

おお、悲しく、甘美で、緘黙の！

と頭韻を踏んだ形容詞はラヴェンナについてのものだが、以下の四行は「蓮の国」(No. 21, Lotus Land) の詩行を少し変えて用いたものであり、テニスンの「蓮を食べる人」(The Lotus-Eaters) やホメロスの『オデュッセイア』第九巻を下敷きにして、(8) 蓮を食べることで悲しい思いを忘却したいという願いが歌われ、「忘れられた」地が「忘れさせる」地へと変る。

第三部では昔この地で戦った二人の勇者が歌われるものの、彼らもダンテに比べれば「哀れで空しい」。ダンテは実生活で苦痛を味わったにしても、その魂は今ベアトリーチェの傍らにあり、ラヴェンナはその灰を守っている。だから「安らかに眠り給え」。

第四部で「バイロンは二年もの間、この地に愛と歓楽のうちに住んでいた」と歌われる。ワイルドはバイロンを「イギリスの息子」と呼び、母国での彼の汚名を晴らそうとする。

No longer now shall Slander's venomed spite
Crawl like a snake across his perfect name,
Or mar the lordly scrutcheon of his fame. (ll. 135-7)

今は中傷の毒ある憎しみも
彼の申し分ない名の上を蛇のように這いはしない、
あるいは彼の名声の堂々たる紋章を損ないはしない。

という三行はワイルド自身の墓碑銘になりそうだが、ダンテにしてもバイロンにしても、ラヴェンナを仲立ちにして歌われると、まるでワイルドが彼らの追体験をすることになる、という予兆に見える。それはニイチェの「永遠の反復」であるのかもしれないし、深層心理としてダンテとバイロンがワイルドの後の選択を左右したということか。

若い「私」のラヴェンナが第五部で歌われる。

O waving trees, O forest liberty !
Within your haunts at least a man is free,
And half forgets the weary world of strife. (ll. 159-61)

おお揺れる木々よ、おお林の自由よ！
おまえたちの集まる地では少くとも人間は自由だ
そして争いで疲れた世を半ば忘れるのだ。

とあるように、ここは現実を忘れさせる神話の世界なのである。が、「私」はここで修道院の晩鐘を耳にして、現実に引き戻される。ラヴェンナはキリスト教の町でもあるのだ。「甘く蜜のような時間は／侵蝕する海のように我が心を浸し／黒いゲッセマネのあらゆる思想を溺れさせたのだ」と嘆くパターンは、ソネット「聖週間」で既に見たものである。ただここではキリスト受難の地ゲッセマネはもともと花園であるという二面性を持つ。

第六部ではラヴェンナの二千年の歴史が辿られ、「おお、孤独のラヴェンナよ」と呼びかけられる。ソネット「ミルトンへ」(No. 40, To Milton) で堕落したイギリスを嘆いたのと同じように、ワイルドは時間がラヴェンナに残した爪あとに感慨を抱く。今、ラヴェンナは死んだも同然である。「しかし、まどろみから目覚めるな」とワイルドは語りかける。――「すべての人間の偉大さを嘲けるために」。この語り口はワイルド的なウィットなのであろうが、他者との関わりによる位置づけ、あるいは意味づけ、あるいは脱構築は、ワイルドの風習喜劇の組み立ての基本でもある。そしてまた言葉がすぐに変化するのも彼の身上であり、ここでも「目覚めるな」はすぐに「目覚めるかもしれない」に変る。

この第六部の終りでワイルドは「おお詩人の都市よ！」と呼びかける。

O poet's city! one who scarce has seen
Some twenty summers cast their doublets green,

For Autumn's livery, would seek in vain
To wake his lyre to sing a louder strain,
Or tell thy days of glory ;

(ll. 279-83)

おお、詩人の都市よ！　秋の晴着のために
二十回の夏が緑色の胴着を脱ぐのを辛うじて見た者は
その竪琴を呼び醒まして、声高い調べを歌わせようと
あるいは栄光の昔を語らせようと
空しく求めるだろう。

ここではワイルド自身を詩人としているのであって、ラヴェンナで若い自分が歌おうとしても空しいのだ。しかし、とまた視点が変って、最初に自分の馬の蹄の音がラヴェンナの沈黙を目覚めさせたのを見たとき、自分の心はこの上なく高貴に輝いた、と、自分がラヴェンナを目覚めさせたことで自分も目覚めたという相互作用を歌うのである。詩人としての自信の揺れ動きが窺える。

そして最後の第七部でイギリスでの現在に戻る。今、夜の優しい静けさが一年前の記憶を甦らせ、ラヴェンナへの愛を目覚ませる、と書いて、ワイルドは春からの季節の移り変りを思い、「愛だけが冬を知らず、決して死ぬことはない」と言う。これは「ヴェローナにて」でダンテに言わせたことでもある。

Adieu! Adieu! yon silver lamp, the moon,

Which turns our midnight into perfect noon,
Doth surely light thy towers, guarding well
Where Dante sleeps, where Byron loved to dwell.
(ll. 329–32)

さようなら！　さようなら！　彼方の銀のランプ、
我々の真夜中を完璧な昼に変える月は
確かにあなたの塔たちを照らし、よく護っている、
ダンテが眠るところ、バイロンが棲むのを愛したところを。

と『ラヴェンナ』はきれいに終るが、詩人のさまざまな思いをそのまま受けとめるような役割を「月」に託しているのは無難に見えてはいるものの、注目すべきことである。彼の持つ「月」への思い入れは、戯曲『サロメ』（*Salome*, 1881）で絶えず登場人物たちが意識して話題にしている「月」を生み出すが、[9] 一方でワイルドが「月」にアレンジメントの力を持たせているとも言えるのではなかろうか。

二　神話世界

(1)「イティスの歌」

ワイルドは一八八一年に六五篇の詩を集めて『詩集』を上梓した。このうちの約四〇篇は新聞雑誌に発表した

ものであり、ワイルドとしてはこの詩集によって詩人としての評価を得たかったのであろう。が、「パンチ」誌に「詩人はワイルドだが彼の誌は柔順だ」[10]と書かれたり、評判は芳しくなかった。翌一八八二年には改訂版を出している（『ラヴェンナ』は一九〇八年版に初めて収められた）。

この詩集は執筆順に並べられている訳ではないので、序詩の「嗚呼《ああ》」(Helas!) は九〇番目の執筆である。ここで取り上げる「イティスの歌」(The Burden of Itys) は五一番目のもので、『ラヴェンナ』の余韻を残しており、三四二行という長さも三三二行の『ラヴェンナ』と似たようなものである。『ラヴェンナ』以降は長い詩が増え、最長は「カルミデス」(No. 55, Charmides) の六五四行である。ちなみに最後の作品『レディング監獄のバラッド』もこれと全く同じ六五四行であった。

『詩集』の長詩は殆どが弱強五歩格を主体にした六行を一スタンザとしていて、技巧的に『ラヴェンナ』から一歩進もうとしたのであろう。最も目立つ素材はギリシャ神話で、経験に乏しい当時のワイルドにとって存在の位相を表す神話が最も扱いやすかったに違いない。ワイルド自身が気に入っているという[11]「イティスの歌」もナイチンゲール物語に基いている。ギリシャ神話でフィロメラを凌辱したテレウスと、その妻でありフィロメラの姉であるプロクネとの間の息子がイティスである。プロクネは妹を犯した夫への復讐として、イティスを殺してその肉を夫に食べさせる。タイトルの「イティスの歌」の burden という語は「歌」という意味と「重荷」という意味を掛けているのであろう。ワイルドの言葉の遊びは、たとえば戯曲『真面目が肝心』(*The Importance of Being Earnest*, 1899) の「アーネスト」が固有名詞と形容詞であるように、得意とするところである。

「イギリスのテムズ河はローマよりも神聖である」と、「イティスの歌」は意表をつく比較で始まるが、「神は蒼ざめた僧侶たちがかついでいる水晶の星に隠されているよりも、テムズ河の方がふさわしい」とローマの儀式よりもイギリスの自然を賞める。教皇は「空しく平和なき地に平和を、休息なき国に休息を送っている」。「私」

は一年前に「聖餅を運ぶ緋衣の枢機卿の前に跪拝した」が、今はイギリスの小麦畑の芥子が二倍も素晴らしく見える、と風景が描かれる。

哀れなジョバンニ師はミサの時に調子を外すが、それは茶色の小鳥が自然との調和のうちに頭上で歌っているからだ。小鳥の歌はフィロメラの物語を想起させ、「私」はアルカディアの星が光る丘の上でかつて聞いたあの震える喉を見る。軒先で鳴く燕。風景の美しさ。「私に歌い給え、あなた、音楽的な聖歌隊員よ」と「私」が呼びかける相手が茶色の小鳥なのであり、この歌う小鳥は三三七行で歌いやむ。「あなたが歌うのがあなた自身のレクイエムであるとしても」歌うように願い、「私」は七回も「歌い続けてくれ給え」と言葉を挟む。イギリスの地にギリシャ神話を響かせようというのである。

For well I know they are not dead at all,
　The ancient Gods of Grecian poesy,
They are asleep, and when they hear thee call
　Will wake and think 'tis very Thessaly,
This Thames the Daulian waters, this cool glade
The yellow-irised mead where once young Itys laughed and played.
(ll. 145-50)

何故なら彼らは死んではいないと私はよく知っている
　ギリシャ詩のいにしえの神々は眠っていて、
あなたが呼ぶのを聞いたら目覚めて本当のテッサリーだと思い。、

このテムズをドーリスの川だと思うだろう、
この冷たい森の下路をかつて若いイティスが笑いながら遊んだ
黄色いアイリスの牧草地だと思うだろう。

フィロメラ伝説の町ドーリスだと取り違えるほどイギリスは素晴らしく、スウィンバーンやアーノルド、ロセッティも小鳥の歌を聞いたのだ。「歌い続け給え」と繰り返されるが、歌い続けるならば、と神話が仮定の形で語られる。自由になりなさい、過去を断ち切りなさいとイティスに大声で呼びかけるよう、「私」は小鳥に言う。「歌い続け給え、私は生に酔いたいのだ」という「私」にとって、歌は、神話は「生」なのである。そして

Sing louder yet, why must I still behold
The wan white face of that deserted Christ, . . . (ll. 247–8)

もっと大声で歌い給え、何故私はまだ見なければならぬのか、
あの棄てられたキリストの蒼ざめた顔を . . .

と強い言葉が投げられるのは、イギリスで展開される架空のギリシャ詩の世界によってキリストから離れようとすることである。「イティスの歌」はキリスト教への訣別の意志を歌うのだが——
そして小鳥に「歌をやめよ」と呼びかけ、「夢であった」と現実に戻る。そして『ラヴェンナ』と同じように「月」の登場である。

A white moon drifts across the shimmering sky,
Mute arbitress of all thy sad, thy rapturous threnody.　(ll. 329–30)

白い月は微かに光る空に漂う。
おまえの悲しい、恍惚とさせるすべての哀歌の沈黙の調停者として。

『ラヴェンナ』の月よりも性格がはっきりしており、「彼女はおまえを気にかけないし、何故気にかけなければならないのか」と距離を置いている。

茶色の小鳥は歌をやめ、モードリン学寮の高い塔は黄金色に震えて、小さな町の長い大通りを指し示し、「私」に帰りなさいと警告している。

Hark! 'tis the curfew booming from the bell at Christ Church gate.　(l. 348)

聞け！　あれはクライスト・チャーチ学寮の門の鐘から響く晩鐘である。

とこの詩は終るが、クライスト・チャーチにキリストの名を響かせているあたり、ワイルドの立場の不確かさを窺わせる。ギリシャ神話もイギリスに移しての夢という形でしか語れないのである。

(2)「カルミデス」

「カルミデス」は五五番目の詩であるが、三部に分れ、六行から成るスタンザがそれぞれ四八、五四、八も並ぶ、合計六五四行の物語詩である。彼の「最も野心的な詩」[12]と言われるが、こうした物語詩は彼の童話や小説の根なのであろう。

この詩の拠り所は二世紀のギリシャの作家ルシアンの『肖像画論』(*Essays in Portraiture*)第四巻である。ある少年がアフロディーテの神殿の石像に恋をし、抱擁するという物語で、少年は後に崖から海へ飛び込んで自殺する。ピグマリオン伝説を思わせ、またワイルドの『ドリアン・グレイの画像』(*The Picture of Dorian Gray*, 1890)を思わせる物語である。カルミデスという名前はプラトンの『カルミデス』から採っていて、ソクラテスが愛したらしい、背が高くて美しい若者の名前だという。[13]詩行だけではなく、筋立てにも先行の作品をアレンジして使うのがワイルドの流儀なのである。

「彼はギリシャの若者だった」と、冒頭から物語の焦点は定まっている。若者はシシリー帰りで、午後遅くにアテネの近くに上陸し、アクロポリスの丘に登って誰にも気づかれることなく神殿に辿り着く。夜、神殿に入り、アテナ女神の像を見て、そこに横になる。本来の話のアフロディーテをアテナに変えたのは、彼女は純潔であるが故に特に強く報復しようと思うであろうから、とエルマンは推測している。[14]時間が経ち、満月が大理石の床を照らすと彼は飛び起き、恐ろしい像を見た。神殿の周りには神々が集まっていたが、若者は死を覚悟して像を抱き、一晩中甘い言葉を囁く。船乗りが凶兆だと言う水晶で縁取りされた月が見えるが、これは『サロメ』での月と同じである。外へ出た若者はさまざまなものを見るが、「アテナの乳房を見たのだから」もう何も気にするものはなかった。舟で陸を離れると「月は漂う雲の黄褐色のマスクの後ろに隠れた」。そしてアテナは若者を溺れさせるのである。

第二部ではポセイドンの息子が憐んで若者の身体をギリシャへ戻す。一人の少女が近寄って彼の傍らに横たわる。たまたまアフロディーテが鳩とともに旅をしていて二人を見つけ、黄金の馬車にのせてエーゲ海を越え、パフオスの丘に葬る。

第三章で黄泉の国は「憂鬱な、月のないアケロン」と言われるが、そこにカルミデスは横たわっている。そこは夢のようであった。水面に影が一つ通り過ぎたようだった、と書かれ、確たる姿は描かれずに、手や唇が彼を捉え、彼らは抱き合い、恍惚のうちに情熱は消えていった。充分だ、とエロスは笑った。

何故、再び情熱について笛を奏でようとしたのか、と語り手はポエジィに問うが、確答はない。

Enough, enough that he whose life had been
　A fiery pulse of sin, a splendid shame,
Could in the loveless land of Hades glean
　One scorching harvest from those fields of flame
Where passion walks with naked unshod feet
And is not wounded, ...
(ll. 643-8)

罪の業火のような鼓動、壮烈な恥の
　生涯を送ったものか、愛のない黄泉の地で
情熱が、裸足で傷つきもせず

歩いている焔の畑から、焼けるような収穫の
刈り残りを集めることが出来るなんて
もう沢山だ

過剰な愛の物語は「もう沢山だ」という言葉を免罪符にしている。エルマンは、ワイルドの詩を活気づけているのは性の心理面での破戒であると言っているが、[15] 確かにこの作品でのアテナの像への愛とニンフの死体への愛の結びつきは普通ではない。作品のなかでの逸脱は立派な「虚言」だが、生身の詩人が作品のお陰でバランスを保てるということもあるに違いない。

第三部で「月のない」と書かれるように、調整する「月」は必要ではなかったのである。

(3) 「ヒューマニタッド」

「ヒューマニタッド」(No. 58, Humanitad) はスウィンバーンの『夜明け前の歌』(*Songs before Sunrise*, 1871) のなかの「人間讃歌」(The Hymn of Man) に影響を受けた作品である。[16] 見慣れないタイトルは、ラテン語の humanitatus とスペイン語の humanidad を合体させたワイルドの造語で、[17] 人間性を意味する。ホイットマンの Libertad の模倣でもあろうとのことで、ワイルドらしい調整能力の生んだ言葉である。四八三行のこの詩は、長さでは「カルミデス」に次ぐ。

「今は真冬だ」という書き出しは、「エロスの園」(No. 75, The Garden of Eros) の第一行「今は真夏だ」と対になっていて、ワイルドの大きな枠組みを示唆している。先ず冬景色が描かれるが、春が大気のなかにある、とされて春の牧歌的風景が未来形で描かれる。ワイルドの牧歌的風景はまだ存在していないものとして詩のなかに

存在するのである。そして確かな時間として「どんな普通の鳥でも私を斉唱させた時があった」と、ワーズワースの「不滅のオード」(Immortality Ode, 1802-4) を真似て調和のあった少年時代が歌われる。同様の過去を惜しむ気持は「嗚呼」にも歌われるが、ワイルドの時間意識は非常に強い。時は流れたが、「私」は変ったのか？と、ここで「私」が表に出て来る。春よ、「あなたは変らない」が、「私」の方が愚かにも変ったのだ。「あなた」による「私」の明確化、あるいは「私」による「あなた」の明確化である。知恵とは無縁で、苦痛の後継ぎである「私」は「決して昇らない太陽の光と音楽を待っている」。神も役に立たず、死も手荒すぎる。そして「私」はあの高貴な狂気である愛からの脱走者を演じなければならない。いっそう不毛で厳しい生活へと入って行く「私」は、知恵や芸術の女神アテナのもの。とはいえ「私」はアカデミーに足を踏み入れることも出来ず、アテナのふくろうも迷ってしまっている。時間を司る詩神は歴史の巻物をひもとくが、読んでいるとページが霞んで読めなくなる。「私」はワーズワスに頼りたいが、我々は学問の取り替えっ子であって、どのギリシャ学派にも従わない。

誰が立派かと言えば、イタリアのために戦ったマッチーニがいる。そのイタリアは「最も祝福され、最も悲しい国」である。人は自由を求めて死ぬことも出来るのに、我々は受け継いだものに値いしない、惨めな人間だ。「厳しいミルトンのペンはどこにあるのか？」と「私」は嘆く。我々の最善の熱狂も無法の子供たちを生み、無秩序は自由の裏切者を生む。この憂えるべき現実に「リンカーン寺院の聖歌隊を通して天使に歌えと告げた芸術はどこにあるのか？」自然は変らないのに、精神は去ってしまった。

Ah! somehow life is bigger after all
Than any painted Angel could we see

The god that is within us!

(ll. 358–60)

ああ！　もし我々の内なる神を
見ることが出来たら　ともかくも生は
絵に描かれた天使よりも大きいのだ！

「私」の思考はプラスの方に向かう。次いで最も威厳のある遍在の形をとる生の支配のあり方について述べられる。この生の支配によって、理性は情熱のうちに表現を見出し、そうでなければ下等となる単なる感覚は心に火を与え、幾つかの音から一オクターヴの和音を奏でる。その和音の調べは全てのめぐる天空を飛び、新しい絶対支配権と、更に勝ち誇った力で元気づけられて、その主へと戻るのである。

Wanderers in drear exile, and dispossessed
Of what should be our own, we can but feed on wild unrest.

(ll. 401–2)

わびしく追放された漂泊者として、我々自身のものであるべきものを
奪われ、我々は狂気の不穏で生きられるだけだ。

疲れた足で新しいカルヴァリ（キリスト磔刑の地）へと向かうと、「我々」はそこで鏡のなかの自分のように自殺した人間性を見る。それは強く打たれた口、茨の冠を被せられた額と、キリストのイメージと重なるが、

「我々」は自分で自分を殺したのだと悟るのである。これが混沌から変らずに上昇を目指して来た原初的な力の結果なのか！　という思いに対して、いや、と異議を唱えてこの詩は閉じられる。

Nay, nay, we are but crucified, and though
　The bloody sweat falls from our brows like rain,
Loosen the nails — we shall come down I know,
　Staunch the red wounds — we shall be whole again,
No need have we of hyssop-laden rod,
That which is purely human, that is Godlike, that is god.
(ll. 433-38)

いや、いや、我々は十字架にかけられるだけで
　額から雨のように血の汗が流れても
釘をゆるめるのだ——分っているが我々は下りて
　赤い傷を和らげる——我々は再び完全になり
ヒソップをつけた笞は必要ない
純粋に人間的なもの、それは神に似ており、それは神である。

キリストの処刑のとき、苔に薬用ヒソップをつけたとされるので、それが必要ないということは、我々には治癒力があって、キリストとは違うということであろうか。仲立ちなしに神となる、とも読める。最後の一行は、ス

ウィンバーンの「人間讃歌」のなかの「しかし神は、もし神が存在するなら、人間である人間の実質である」のエコーであるが、[18] この詩はスウィンバーンよりも複雑で分りにくい。いろいろなものを詰め込もうとしたのであろうが、前半の牧歌的部分と後半の論考的部分を統合するために、最後にキリストを持って来たように思える。「月」の役割をキリストに負わせたのである。

ちなみに前半の「私」が後半では「我々」に替るのが象徴的に思えるが、二二五行で最初の「我々」がさり気なく用いられ、三〇五行ではっきりと「我々は惨めな人間だ」と「我々」の領域に入る。「我々」のなかに読者が入るとしたら、この変化は劇的である。

三　愛の詩

(1)「新しいヘレン」

「新しいヘレン」(No. 60, The New Helen) はトロイ戦争の原因となった美女ヘレンの生れ変りを歌う、という印象のタイトルだが、女優リリー・ラングトリへの讃歌でもある。弱強五歩格一〇行が一スタンザで、それを一〇並べて合計一〇〇行というのは形へのこだわりのなせる業であろう。

Where hast thou been since round the walls of Troy
The sons of god fought in that great emprise?　(ll. 1–2)

トロイの壁をめぐり神々の息子たちが
あの大いなる遠征で戦って以来、あなたはどこにいたのか？

と問いかけるのは、ヘレンが現代まで生き延びているという扱いである。次に疑問文が二つ重ねられ、第二スタンザでは二つ、一つとんで第四スタンザで一つ、と次第に疑問文が姿を消して行く。後の「スフィンクス」(No. 118, The Sphynx) は全一七〇行のうち、疑問符が約二〇もある詩で、昔から今までの長い生を持つものを、疑問文によって実体があるかのように構築して行く手法は、この詩に似ている。ヘレンもスフィンクスも時間を超えている存在である。この詩では第一スタンザの三つの疑問文に答えがなくとも、七行目冒頭で「何故なら」と自分の側の認識を語る。旧世界の騎士道と力とを戦争の騒々しい真紅の波に誘い込んだのはあなたなのだから、と。ヘレンのアイデンティティが強調されると同時に、これは語り手の立場の確認でもある。その「あなた」は「夜の銀色の沈黙に懸けられた星のように」と形容され、第二スタンザで「あなたは火を積んだ月を支配したのか？」と、おなじみの「月」を支配する側になる。moon は noon と韻を踏んでバランスがとられているが、その「昼」は「費やされて疲れた時間」である。

「いや、あなたはヘレンであって、他の何者でもない」と第三スタンザで断言されたのち、ヘレンをめぐる男たちが話題となる。「あなたはどこへ行っていたのか？」という二度目の問いに答える形でギリシャ神話の世界が描かれる。が、それは否定され、「あなたは全く忘れられた人とともに、あの空ろな丘に隠れていた」とヴィーナスとともに洞穴に隠れたタンホイザーの伝説を思い出させる。スウィンバーンの「プロセルピナ讃歌」(Hymn to Proserpine) に、玉座にあったキュテレイア（ヴィーナス）が退いて今は聖母マリアが王冠を戴いている、とあるのを踏まえて、ヴィーナスは「人々がエリシネと呼び、廃位した女王」と呼ばれる。「彼女」は、

Who got from Love no joyous gladdening,
But only Love's intolerable pain,
Only a sword to pierce her heart in twain,
Only the bitterness of child-bearing.
(ll. 47-50)

愛から楽しい悦びを得ることなく、
愛の耐え難い苦痛だけを、
彼女の心を刺して二つに割る剣だけを、
子供を生まぬという苦々しさだけを得た。

この箇所は「ルカによる福音書」（二・三五）でのシメオンのマリアへの言葉「あなた自身も剣で胸を刺し貫かれるでしょう」のエコーであり、スウィンバーンの詩と同様、ヘレンからマリアへの交代、ヘレニズムからヘブライズムへの移行を微かに仄めかしている。ここがちょうど全体の半分、頂点になる。隠れた昔のヘレンの代りにあなたがいる、という運びである。

「私」は「愛の恐ろしい車輪」に壊されて、歌おうという心も失ってしまっている。ここはスウィンバーンの「ヴィーナス礼讃」(Laus Veneris) 六三行の「めぐる車輪のように壊された私の身体」から来ている。自分はもう駄目だと言いつつ、「もしあなたがその神殿で私に跪かせて下さるなら／どのような破滅の時が来ようと気にはかけない」とカルミデスのようなことを言うが、それでいて「ああ、あなたはここに留まらないだろう」と一歩退く。歌よりも愛の希望の方が棄て難いのは、前述の「恋歌」と同じである。

ヘレンに対して、ここにぐずぐずしないで昔の悦びの塔へ飛んで戻りなさい、と勧めるのは半ば自暴自棄の境地であろうが、ここに残る自分は「苦痛の茨の冠を額に被る」と、「ヒューマニタッド」で見たようなキリストのイメージになる。更に、夜明けが来て影が逃げるまで、ほんの少しここに留まって下さい、と未練がましい願いが述べられるが、この行は「雅歌」（三・一七）の「わが愛する者よ、日の涼しくなるまで、影の消えるまで、身をかえして出ていって……」を踏まえている。引き留める理由は、自分にはあなた以外の神はいないのだから、ということで、ヘレンを神格化している。

Thou wert not born as common women are!
　But, girt with silver splendour of the foam,
　　Didst from the depths of saphire seas arise!
And at thy coming some immortal star,
　　Bearded with flame, blazed in the Eastern skies,
　And waked the shepherds on thine island-home.　(ll. 81-86)

あなたは普通の女性のようには生れなかった！
　泡の銀の輝きに囲まれて
　　サファイアの海の深みから生れたのだ！
そしてあなたの誕生の時に、不滅の星が
　　焔のひげを生やして、東の空できらめいて、あなたの故郷の島の羊飼いたちを目覚ませたのだ。

と、ヴィーナスの誕生とキリストの誕生を重ねるのである。更に次にはクレオパトラを想起させる「あなたは死ぬことはない。エジプトの蛇もあなたの足許に這いはしない」という詩行が来て、クレオパトラ以上だと言うのである。

最後のスタンザの冒頭に 'Lily of love, pure and inviolate!'（浄らかで汚れのない愛の百合よ！）と、女優リリー・ラングトリの名前が百合と重ねて出される。百合は聖母マリアの純潔の象徴でもある。更に「象牙の塔、火の赤い薔薇よ！」と華麗なイメージが書かれるが、実体を表すために言葉を幾つも重ねるのは言葉への不信だと言えるかもしれない。しかしワイルドはむしろ白と赤、冷と暖という対立的なイメージを並べたかったのであろう。次の「あなたは我々の闇を照らすために降りて来たのだ」という一行を説明するために、残りの七行が費やされて結びとなる。

For we, close-caught in the wide nets of Fate,
  Wearied with waiting for the World's Desire,
    Aimlessly wandered in the House of gloom,
Aimlessly sought some slumberous anodyne
  For wasted lives, for lingering wretchedness,
Till we beheld thy re-arisen shrine,
  And the white glory of thy loveliness.

(ll. 94-100)

何故なら我々は運命の大きな網にきっちり捕えられ、
「世界の望み」を待ちくたびれて、
　あてもなく「暗黒の家」の中をさまよい、
浪費された生のための、ぐずつく惨めさのための
　まどろみの鎮痛剤をあてもなく求めたのだ、
あなたの再建された神殿と
　あなたの美しさの白い栄光を見るまで。

「世界の望み」とはキリストのことである。キリストは来なかったかもしれないが、そのイメージは散在していて、存在を否定は出来ない。新しいヘレンがヘレニズムとヘブライズムを融合させる存在と言えるのかもしれない。もしそうだとすれば、それを成り立たせるのは愛なのである。

(2)　「パンテア」

「パンテア」（No. 62, Panthea）のタイトルは、シェリーの『プロメテウスの解放』（*Prometheus Unbound*）に登場する海の精の名前であって、汎神論を表している。

Nay, let us walk from fire unto fire,
　Form passionate pain to deadlier delight, —— (ll. 1-2)

いや、火から火へ、情熱的苦痛から
　より致命的な悦びへ、歩いて行こう——
(ll. 79–80)

と、口説いている恋愛詩のように始まる。呼びかけている「私」は、知識よりも感じることの方が良いのだ、死んだ哲学で魂を悩ませるな、と今の生きている感覚を使うことを説く。

ナイチンゲールや百合などの古典的イメージから、神々は気楽に過していて人間どもの群を蝿のように見下している、という話へと進み、並みの恋愛詩ではなくなってくる。神々とはギリシャ、ローマ神話の神々であり、ジュピターの妻ユーノーが歩き、トロイの美少年ガニメーデスが琥珀色の泡立つ新ぶどう酒のなかで跳ねていて、ヴィーナスは羊飼いと楽しみ、妬む泉の精が覗いている。イギリスのような北風が吹くことはなく、雪も降らない、と比較される。これまでの詩でのイギリス礼讃の逆である。人間はと言えば「何か優しく悲しい罪、何か死んだ悦びのために泣きながら横たわっている」、とsome sweet sinやdead delightで頭韻を踏み、相容れない形容詞と名詞を結びつけている。

神々が知っているのは忘却の河レーテの春なのだ。神や運命は人間の敵である。「おお、我々は生れるのが遅すぎた」ものだから、

O we are wearied of this sense of guilt,
　Wearied of pleasure's paramour despair,

おお、我々は罪悪感に厭きている、

快楽の愛人の絶望に厭きている、
それは人間が弱く、神は眠っているからだ。

One fiery-coloured moment : one great love : and lo! we die. (l. 84)

火のような色の一瞬、一つの偉大な愛。すると見よ、我々は死ぬ。

この「火のような色の」という言葉は「ミルトンへ」で用いられていて、そこでは「我々のこの豪華な、火のような色の世界は／冴えないグレイの灰へと落されたようだ」と、堕落する前の束の間の華やかさを言っていた。ここでは「一瞬」と「愛」が神のものであると同時に、人間のものでもあるように見える。もしこの「パンテア」を恋の口説きの詩として読むならば、一瞬のうちに愛は燃え上り、一つになった大いなる愛を手に入れ、我々は死ぬ（エリザベス朝に用いられた性的な意味でもある）、ということになる。いずれにしてもこれが詩全体の頂点と考えても良いだろう。

死ぬ、と言いながら、地獄へ運ぶ者はいないし、墓は封印され、兵隊たちは見張っている。葬られることがなければ「死者が再び起き上ることはない」。

We are resolved into the supreme air,
We are made one with what we touch and see, (ll. 91-92)

　我々は溶けて至上の大気となり、
　触れたり見たりするものと一つになる、

と感覚の世界と一つになる。「すべての生は一つであり、すべての変化である」。更に大いなる生が大地の巨大な心臓によって鼓動し、単一の本質（Being）の大波は細菌から人間へとうねる。ここはワーズワスの「まどろみが私の精神を封印した」（A Slumber Did My Spirit Seal）、のエコーである。
「自然では何も失われず、すべてのものは死の恨みのうちに生きている」。そして「我々」は再び少年少女となる。死後の生について考えると、「何と私の心は躍ることか」[19]。「私」と「あなた」はこの後に「我々」となり、「我々二人の恋人」という表現にもなり、恋愛詩らしくなるが、最後のスタンザは瞑想詩ふうである。

We shall be notes in that great Symphony
　Whose cadence circles through the rhythmic spheres,
And all the live world's throbbing heart shall be
　One with our heart, the stealthy creeping years
Have lost their terrors now, we shall not die,
The Univere itself shall be our Immortality!
(ll. 175-80)

我々はあの大いなる交響曲の音符となるだろう
　その抑揚はリズムの領域をめぐり

全ての生きている世界の鼓動する心臓は
我々の心臓と一つになるだろう。こっそり這う年月は
今はその恐怖を無くし、我々は死なない。
宇宙自体が我々の不滅となるだろう。

世界と一つになって調和するから我々は死なない、という考えは、ジョン・ダンが恋人たちを個別化、異化して歌った恋愛詩[20]とは対照的であるが、タイトルの「パンテア」が汎神論を意味するように、不滅の存在となることはつまり神となることで、至るところに神が存在する、という考えは人間の不遜さを表しているとも言える。しかしまた、この大いなる調和は、例の「月」の役割と通じるものがある。逆に言えば「愛」も「月」も「調和」も調整作用を持つ手段であり、「愛」はキリストでもあり得る。

(3)「エロスの園」

「パンテア」から「エロスの園」までの間には、比較的やわらかい短詩が並んでいて、そのムードを纏めるかのように二七六行のこの詩が置かれている。
「今は真夏だ」という冒頭の言葉は「ヒューマニタッド」の「今は真冬だ」と対照的である。今は六月の中旬でまだ刈り入れは始まっていないが、すぐに秋になるので、とまだ現実になってはいない風景が描かれる。「思うに、それは花のないデイスの野に厭きた時に／プロセルピナが踏むべき地なのだ！」。この詩はスウィンバーンの「プロセルピナ讃歌」を下敷きにしているが、ワイルドの「虚言」の活躍する場でもある。とはいえ、スウィンバーンの「讃歌」が、三一三年のミラノ勅令の後にローマ人によって書かれたという設定であるのに比べる

と、ワイルドの枠組みは弱い。またスウィンバーンはヘレニズムに対するキリスト教の優勢に反発しているが、ワイルドは穏やかである。「ギリシャ人に知られている永遠の祝福の隠された秘密を、ここで人は見つけるかもしれない」。確かに愛の神エロスの園には神々との結びつきのある花々がある。が、「私の魂の偶像であるあなた」の美しさには敵わない。

And I will cut a reed by yonder spring
　And make the wood-gods jealous, and old Pan
Wonder what young intruder dares to sing
　In these still haunts, . . .
(ll. 73–76)

そこで私は彼方の泉のほとりの葦を一本切って
　森の神々を妬ませよう　すると老いた牧神パンは
いかなる若い侵入者がこの静かな住居で
　歌おうとするのか、いぶかる……

語り手は神話世界の中に入って、笛で神話を語ろうとするのである。以前はもっぱら他者として外から神話世界を想像していたのが、自己の存在を主張しているわけである。「私」はヒヤシンス、ナイチンゲール、そしてダフネについて語ろう、プロセルピナについて歌おう、月の女神について笛を吹こう、と力強く述べる。「もし私の笛が甘いメロディを奏でられたら、昔エーゲ海のほとり、人々の間に住んでいたアテナの顔も見えるだろう」。

「美の精よ」(Spirit of Beauty) と呼びかけるのは、シェリーの「理想美への讃歌」(Hymn to Intellectual Beauty) からの借用だが、愛の神の園なのだから、あなたを大切に思う人がいる以上、ここに留まって下さい、という願いで tarry という語を用いるのは、「新しいヘレン」でヘレンに呼びかけたのと同じ言葉、同じ趣向である。「あなた」を最も愛したキーツ、「あなた」を愛することで歌を学んだスウィンバーン、人間の疲れた魂を慰めたモリス、「あなた」を愛したロセッティ、と詩人たちの名を挙げて、しかしそういう人たちは殆どいなくなった、と嘆く。時代が科学的になって来たのである。「この科学的時代が、現代の奇蹟の従者たちとともに我々の門を壊して通ったとしても、何の利益があるのか！」「私は違う育てられ方をして、私の魂は生のより高いところから、より至高の目標へと進むのだ。」

最後は希望の風景である。アーモンドの花は輝き、うずらくいなは僧侶の声に答え、だいしやくしぎは飛び立ち、ひばりはその日が近いと悦んで草から真珠のような露をまき散らす。その太陽はまもなく現れる。それは神だ。神への愛で、ひばりはこの沈黙の谷を歌の波で満たしながら既に視界から去っている。

Ah! there is something more in that bird's flight
　Than could be tested in a crucible! —
But the air freshen, let us go, why soon
The woodmen will be here; how we have lived this night of June!
(ll. 273-76)

ああ、その鳥の飛翔には

るつぼで試され得る以上のものがある——
しかし空気は新鮮になる、さあ行こう
さあすぐに木こりが来るだろう。なんと我々は六月の今宵を生きて来たことか！

科学への批判があっても、ひばりの歌に慰められ、希望を抱けるのは、ここがエロスの園だからである。手製の葦笛で物語を語ろうと言った「私」の物語が、「美の精」に呼びかける後半部分であり、最後はひばりに詩人としての自分の姿を重ねているのであろう。ひばりはエロスの園から出て行くのであろうか。「飛翔」の flight はまた脱出でもある。

四　詩人と時間

(1)「嗚　呼」

九〇番目に書かれた「嗚呼」は『詩集』の序詩として後からつけ加えられたソネットである。『詩集』について論ずる時は序詩として最初に取り上げるものだが、本論は詩の書かれた順に見ているので、『詩集』の最後に出会うこととなった。全てが書かれた後の執筆だと思って読むのと、序詩として読むのとでは、印象が異なるに違いない。

タイトルに Alas ではなく、フランス語を使っているのは、こちらの方がやや深刻なニュアンスがあるからであろうが、ワイルドのフランス語との関わりの深さを表してもいるのだろう。『サロメ』を最初はフランス語で書いたのは有名な話だが、『詩集』の詩でもタイトルにフランス語を使ったものが一〇篇近くある。その他、ラテン語、ギリシャ語、イタリア語のタイトルもあって、外国語への彼の関心の高さを示しているが、ワイルドがアイルランド生れであることに起因する言葉への不安感があるのではないか、という意見もある。[21] アイルランド人にとっては英語は本来の母国語ではないからである。
「ああ」と詩人が嘆くのは自分自身についてである。

To drift with every passion till my soul
Is a stringed lute on which all winds can play,
Is it for this that I have given away
Mine ancient wisdom, and austere control?
(ll. 1–4)

私の魂が全ての風が奏でられ得る絃の
リュートとなるまで　全ての情熱で漂うこと——
私が古えの知恵と厳しい統制を
棄て去ったのは　そのことのためであるのか？

時間的、論理的には三段階がある。いにしえの知恵と厳しい統制を棄てて自由な自分となる、という二段階が先ずあり、そこに達するまで全ての情熱で漂う不確かな自分となる、という中間地帯があるのである。それが因果関係があったのか、と「私」は問う。それについての反省、発展が次の四行で

Methinks my life is a twice-written scroll
Scrawled over on some boyish holiday
With idle songs for pipe and virelay,
which do but mar the secret of the whole. (ll. 5-8)

思うにわが人生は、全体の秘密を損なうだけのものであるのに
笛とつまらぬ歌で
子供っぽい休日について書き散らした
二番煎じの巻き物であるのか？

人生に巻き物という比喩を使い、主題も「子供っぽい」「休日」と、詰らなさを二倍にして、「つまらぬ歌」を書くが、それも「秘密を損なう」というマイナス効果しかない。まことに「嗚呼」である。しかし——

Surely there was a time I might have trod
The sunlit heights, and from life's dissonance
Struck one clear chord to reach the ears of God :
Is that time dead? lo! with a little rod
I did but touch the honey of romance ——
And must I lose a soul's inheritance? (ll. 9-14)

確かに日の当る丘を歩き、人生の不協和音から
一つの奇麗な和音を演奏し
神の耳に達したかもしれない時期もあった。
あの時は死んだのか？　見よ！　私はただ
小さな鞭でロマンスの蜜に触れただけである——
それなのに私は魂の遺産を失わなければならないのか？

このソネットを書いたのは、『詩集』の出版の直前、一八八一年六月の少し前だと推測されている。[22] 最初はキーツの手紙からの引用が序詩の位置を占める筈だったというが、自分のソネットに替えたことは一種の自立であったのだろう。とはいえ相変らず先達の作品を利用していて、[23] 冒頭の四行はペイターの『ルネッサンス』(*Studies in the History of the Renaissance*, 1873) の結論部分の「経験の結果よりも経験自体が目的である」という言葉のエコーであり、後の『ドリアン・グレイの画像』のヘンリー卿がドリアンに言う言葉「君に関して何ものもなくすな。いつも新しい感情を求めていなさい」とも関連する。二行目の「リュート」はコウルリッジの「イオリアのハープ」(Eolian Harp)、シェリーの「有為転変」(Mutability) の竪琴につながるもの。また三—四行はバイロンの「ラーラ」(Lara) の「まぼろしの追跡に間違って費やされた歳月と、より良い目的のために与えられた無駄な力とのことを考えて」を思わせる。一二—一四行は「サムエル記」(上・一四・四三) の、サウルの息子ヨナタンが父に向かって言う言葉「わたしは確かに手にあった杖の先に少しばかりの蜜をつけて、なめました。わたしはここにいます。死は覚悟しています」から来ている。

前半で関わっている詩人たちと、一三行の「ロマンスの蜜」の裏にある聖書とは二つの極になっているが、そ

れもtwice-writtenであるのかもしれない。最初の四行で述べられた因果関係と、終りの部分での因果関係もtwice-writtenである。そして五—八行も含めて、全て時間の経過に関わっている。『詩集』の最後に、つまり九〇番目にこの詩が書かれたからこその時間へのこだわりではなかったろうか。ではこの『詩集』は喪失の物語なのであろうか。最終行が疑問文であり、またmustを使っていることを考えれば、評価は読者に任されているのであろう。疑問文は修辞的であるのかもしれないが、タイトルを考えれば嘆きである。

この序詩が最も読者を意識した詩であるのは、やはり九〇番目の詩だったからであろう。時間は超越出来ないのである。

(2)「スフィンクス」

ワイルドが有罪となる前の最後の詩「スフィンクス」は、最初は四行のスタンザであったのが後に二行の弱強八歩格という難しい型に改められ、一七四行の作品になったものである。見た目は散文詩に近く、この詩の出版の前に散文詩を六篇書いていたことと多少は関わりがあるのだろう。一八七七年、オックスフォード時代に書き始められ、完成して出版にこぎつけたのは一八九四年である。その間、書き継がれ、手直しされ、一二種の原稿が残っているそうである。片方で戯曲や小説、評論を書いていたわけだが、詩にこだわっていたワイルドの執念がここに見える。

献辞はフランスのサンボリスト、マルセル・シュオブに宛てられているが、この作品の語り口にもサンボリスムの影響が見られ[24]、彼のフランスへの変らぬ興味が窺える。この詩はスフィンクスに問いかけ、スフィンクスについて想像する形を取っているが、スフィンクスとは、ギリシャ神話では女性の頭と乳房、ライオンの身体、鳥の翼、蛇の尾と人間の声を持った女性の怪物で、旅人に謎をかけ、オエディプスがそれを解いたとき、自殺したと伝えられる。この詩の語り手は学生で、千世紀も青春と美を誇って来たスフィンクスの象牙の像を部屋の隅に置いている。彼が一方的にスフィンクス像に語りかけているのは、ワイルドの批評に用いられた対話形式の変型と言えよう。相手のスフィンクスは他者でありながらワイルドの分身でもある。

スフィンクスを三人称で紹介した平叙文のあと、「出て来い、わが美しき執事よ！」という呼びかけで自分の優位を誇示するが、そのスフィンクスを形容して、「そんなにも眠って、そんなにも像のようで」「優美にグロテスク」などという言葉が並ぶのは、言葉を材料としてスフィンクス像を創り上げて行くような趣きである。しかも、その言葉の殆どが疑問文と命令文であって、スフィンクスの愛と勝利の物語も確かさに欠ける。エジプトの神アモンが恋人であったという話になって平叙文に戻るが、そこに命令文が混り、話は終る。

Away to Egypt! Have no fear. Only one god has ever died.
Only one God has let his side be wounded by a soldier's spear. (ll. 1129-30)

エジプトへ去れ。怖れるな。唯一の神は死んでしまった。
唯一の神が自分の横腹を兵士たちの槍で傷つけさせた。

とスフィンクスとキリストが交差する。しかしスフィンクスの恋人たちは死ぬことなく、立ち上ってスフィンクスの声を聞く、と平叙文で事実のように述べ、「ナイルへ帰れ」と命令文になる。単調さを避ける工夫がなされているのである。「何故ぐずぐずしているのか？」（一四九行）と問う時の動詞が tarry で、「新しいヘレン」や「エロスの園」でこの動詞が用いられた時は「とどまってくれ」であったことを思い出させる。スフィンクスは美や愛の対極にあるのであろうか。スフィンクスの外観が描写される時に「淀んだ湖に震える空想的な月のようなおまえの目」というイメージがあり、ワイルドの「月」は今や実体を失い、スフィンクスの目のなかに収まってしまっているのだ。実は冒頭の平叙文で「銀色の月は彼女にとって何物でもない」と、外界の代表のような形で月が引き合いに出されていたので、スフィンクスの側から言えば、外の月が内に入ったということになる。

What songless tongueless Ghost of Sin crept through the curtains of the night,
And saw my taper burning bright, and knocked, and bade you enter in? (ll. 163-4)

歌もなく言葉もないどのような罪の幽霊が夜のカーテンの闇を這い、
私の蠟燭が明るく燃えるのを見てノックし、お前に入れと言ったのか?

背後にある大きなネガティヴなものの存在を示唆する問いかけであるが、言葉を発している私自身のことでもあり得る。そこで「私よりも呪われていて、癩病で白くなっている他の者はいないのか?」と訊ねる。「ここから去れ、おまえ、忌わしい神秘よ!」と語り手はスフィンクスを追いやるが、「おまえは私の信条を不毛の偽りにしてしまう」と言うように、スフィンクスは語り手を明確化し、堕落させる。「偽りのスフィンクスよ!」と偽者呼ばわりするのは、自己防衛でもある。

. . . Go thou before, and leave me to my Crucifix,

Whose pallid burden, sick with pain, watches the world with wearied eyes,
And weeps for every soul that dies, and weeps for every soul in vain.

……おまえは先に行け、私をキリスト受難の像に委ねて
その蒼ざめた重荷は苦痛で病み、疲れた眼で世界を見守り、
滅びる全ての魂のために泣き、全ての魂のために空しく泣く。

と、pain と in vain に韻を踏ませて終っている。Sphinx と Crucifix の韻にも注目すべきであろう。そして勿論、最後はキリストで終っていることに注目しなければならない。調整者がついにキリストになったのである。しかしそれは生身のキリストではなく、像でしかない。それもスフィンクスの像と同じレベルで置かれているのである。

(3)『レディング監獄のバラッド』

ワイルドの生涯最後の詩がこれである。作品番号一一九。

彼は一八八七年にレディング監獄に入っていたが、その時チャールズ・ウルドリッジという三〇歳の元近衛兵が妻殺しの罪で同じところにいて、絞首刑になった。それを書いたのがこれで、一八九八年に出版されたとき、作品名は彼の囚人番号「C・3・3」になっていた。

六五四行もあるこの詩は、弱強四歩格の六行を一スタンザとしており、全体は六部から成る。

He did not wear his scarlet coat,
　For blood and wine are red,
And blood and wine were on his hands
　When they found him with the dead,
The poor dead woman whom he loved,
　And murdered in her bed.

(ll. 1–6)

彼は真紅の上衣を着ていなかった、
　血とぶどう酒は赤いから、
そして血とぶどう酒は彼の手にあった
　死者と一緒の彼を人々が見つけたとき、
彼が愛してベッドで殺した
　哀れな死んだ女と一緒に。

という単純だが謎めいた始まり方は、読者の注意を引いて、バラッドにふさわしい。「彼」がもはや近衛兵の赤い制服ではないこと、血は殺人を表し、ぶどう酒は酔っぱらっていたことと聖餐の儀式を連想させるが、殺人現場の様子であること、「彼」が殺したのは愛した女性であったこと、などのおおよそのことが六行に詰め込まれている。

囚人たちは庭で輪を描いて歩くのが日課の運動なのだが、「私」は他の輪の「彼」の思いに沈んだ様子に目を留める。「彼」の目は「囚人たちが空と呼ぶ青い小さな天蓋」に向けられている。「あいつは縛り首になる」という仲間の声に「私」はショックを受ける。「あいつは愛する者を殺してしまった／だから死ななければならなかった」と自分に言い聞かせるが、ワイルド自身もいわば愛する者を殺したようなものである。

Yet each man kills the thing he loves,
　By each let this be heard.
Some do it with a bitter look,
　Some with a flattering word,
The coward does it with a kiss,
　The brave man with a sword!
(ll. 37-42)

しかし人はみな愛するものを殺すのだ、
　それぞれがこのことを聞かせるのだ、
ある者は厳しいまなざしでそれを為し、
　ある者はお世辞たらたらの言葉で、
臆病者はキスでそれを為し、
　勇敢な者は剣でそれを為す。

と一般論的コメントが挟まれるが、このスタンザは少し言葉を変えて第六部の最後のスタンザに再登場する。

以下、He does not . . . で始まるスタンザが七つ続いて第一部は終る。否定によって存在しないものを逆に印象づけるおなじみの手法であり、ワイルドの言葉は虚によって実らしく見せる虚なのである。

第二部では「私」が六週間にわたって見た「彼」の様子が書かれる。彼の足取りは軽く、楽しげに見えるが、まなざしは相変らず思いに沈んでいる。「私」は「彼」の死に思いをめぐらすが、「彼」とすれ違っても話をするわけではない。「我々は二人の追放者だった」という親近感があるのだが。第三部で監獄での生活が具体的に描かれる。医者や教戒師、看守などの様子。「道化のパレード」であり「悪魔お抱えの旅団」である我々。言葉と現実の差が戯画的描写で強調される。囚人たちの仕事はといえば、掃除、郵便袋の縫製、石割り、旋盤まわし、踏み車踏みなどの労役である。しかし働いていても「全ての人の心に／恐怖がなおもあった」。そんな或る日、仕事の帰りに塀ぎわに掘られた穴を見る。絞首刑が執行されるのだ。「彼」本人は安らかに眠っていたが、囚人たちは眠れない。これまで祈ったことのない者まで祈った。当日、処刑の行われる朝八時の鐘が鳴り、麻縄が黒ずんだ梁に掛けられるのを見る。執行人の罠によって、祈りが叫び声になるのを聞く。

And all the woe that moved him so
　That he gave that bitter cry.
And the wild regrets, and the bloody sweats,
　None knew so well as I :
For he who lives more lives than one
　More deaths than one must die.
(ll. 391–96)

彼があれほど酷い叫び声をあげるほど
　彼を動かしたすべての悲哀と
狂おしい悔恨と血の汗を
　私ほど知るものはいなかった。
一つ以上の生を生きるものは
　一つ以上の死を死なねばならぬのだから

三行目の wild regrets に、ワイルド自身の名前を読み取るべきなのであろう。

処刑後の様子が第四部である。「彼」の様子が囚人たちに感染したかのように、「彼」の思いに沈んだまなざしが「彼ら」のものになっている。第一部の第三スタンザで「彼」の様子が歌われていたのが、少しずつ言葉を変えて再び第四部の第四スタンザに置かれる。前には「銀色の帆で通り過ぎる漂う雲」と言われていたのが「幸せな自由のうちに通り過ぎる気苦労のない雲」に変って、自由ではない身が意識されているのである。「彼」が埋められたところに墓などはなく、泥と砂が撒かれ、石灰が燃えている。三年間その呪われた地点は不毛のままだろう、と歌うが、いや、それは違う、と考え直される。

It is not true! God's kindly earth
　Is kindlier than men know,
And the red rose would but blow more red,
　The white rose whiter blow.
(ll. 477–80)

それは違う！　神の情け深い大地は
　人間が知るよりも情け深く、
紅薔薇はただもっと紅く咲き、
　白薔薇はもっと白く咲くだろう。

しかし実際には薔薇は咲かない。「陶片や小石や火灯石が我々に与えられたものだ」と『ハムレット』で死んだオフィーリアに投げられた言葉がはめ込まれる。

死んだ「彼」は平安である。人々の「彼」に対する扱いは非人間的であったが、しかしすべてはよし、である。「彼」は生の決められた領域にやって来ただけなのだ。

And alien tears will fill for him
　Pity's long-broken urn,
For his mourners will be outcast men,
　And outcasts always mourn.　(ll. 531-34)

そして彼のために見知らぬものの涙が
　壊れて久しい憐れみの壺を満たすだろう、
彼を悼むのは追放者であり
　追放者はいつも悼むのだから。

この四行はパリのペール・ラシェーズ墓地に建てられたワイルドの記念碑に刻まれている。「彼」と「私」が読者によって重ねられたのである。

第五部は厳しい法律、囚人の苛酷な環境に対する批判であるが、「しかし神の永遠の法は優しく、石の心を打ち破る」と「エゼキエル書」が引かれ、人間の罪はキリストによって贖われることが述べられる。

そして最後の第六部は「まとめ」として三つのスタンザが口調よく、皮肉っぽく並べられ、その三つ目が前述の三七―四二行の繰り返しである。「人はみな愛するものを殺すのだ」と。違うところはeachがallになったこと。

ギリシャ神話はもはやなく、聖書のエコーをところどころに入れて、ワイルドは絞首刑になった元近衛兵と自分を重ねつつ、六五四行のバラッドを書いたのである。

結び

「レディング監獄のバラッド」のなかで、囚人たちがother souls in pain、「私」がa soul in painと書かれているのが興味深い。ありふれた用法であるが、ワイルドとしては始めてsoulを人間の意味に使ったからである。「魂」はそれまでの詩では心の中心にある大切な部分を表し（一八、二四、二七、四五）、四七の「ヴェローナにて」では「魂」こそがダンテの核だとされていた。その後も八、六二、六四、七五、八一と「魂」は顔を出し、九三の無題の詩では「我々の魂は凧のようだ」と「魂」そのものが主題となる。一一七の散文詩「知恵の師」(The Teacher of Wisdom)では「彼」は「魂」に話しかけるほど「魂」は存在感を獲得している。一一八の「スフィンクス」では、最終行でキリストの像が「滅びる全ての魂のために泣く」と書かれたが、この「魂」は人間という意味であっても良かった。そして最後の「バラッド」では余分なものを削ぎ落したような感じで「魂」が人間の意味になっているのであるから、彼の詩は「魂」の成長史でもあったのだ。

いわゆる「獄中記」(De Profundis) に「死に臨むまでにその魂を保つ者がまことに少ないとは悲しいことである」[25]という言葉があるが、魂の自覚の仕方を教えたのがキリストである。ワイルドの詩には調整作用を持つものとして、「月」や「愛」や「調和」があるのを見て来たが、「バラッド」にはそのようなものはない。代りに肉体化した魂があるのである。だから最後はキリストが出て来なければならなかった。「獄中記」でキリストの資性の根抵にあるのは想像力だ、そして彼は詩人の仲間だ、ということが述べられるが[26]、「獄中記」の後に書かれた「バラッド」にキリストが現れるのは当然のことである。彼の詩すべてを統括、調整するような存在になったのである。

しかし、その一方で散文詩「師」(No. 116, The Master) で

All things that this man has done I have done also. And yet they have not crucif ied me.

この男のしたことをみんな僕もした。それなのに彼らは僕を十字架にかけなかった。

とワイルドは書いているのである。模倣をしてもほんものにはなれなかった、と思っている男は、モダニズムの時代には早過ぎた。彼の時代と折り合いをつけるために詩を書いていたのだろうが。

(1) *The Complete Works of Oscar Wilde*, eds, Fong & Beckson. Vol.1 : Poems and Poems in Prose (Oxford University Press, 2000).

(2) *Ibid*. p.xxii.

(3) *Ibid*. p.x ('Introduction' by Ian Small).

(4) George Steiner. *Grammars of Creation*, (Yale University Press, 2001) p. 100.

(5) *The Complete Works*, p. 224.

(6) Wilde, 'The Decay of Lying', *The Complete Works of Oscar Wilde*, ed. J.B. Foreman (Collins, 1948) pp. 992.

(7) *The Complete Works*, p. 247.

(8) *Ibid*., p. 248, p. 229.

(9) 『サロメ』では月を死んだ女みたいだと言うヘロデアの小姓の台詞を皮切りに、絶えず月が意識される。サロメは月を「冷たくて浄らか」だと言うが、母親のヘロデアは「月は月に似ているだけ」と言う。ヘロデはサロメに踊りを所望する時に月が赤くなるのを見、すべて終った時に「月を隠せ」と言う。

(10) Richard Ellmann, *Oscar Wilde* (Penguin Books, 1987) pp. 138-9.

(11) *The Letters of Oscar Wilde*, ed. Rupert Hart-Davis (Hart-Davis, 1962) p. 64.

(12) Ellmann, *op. cit*, p. 134.

(13) *The Complete Works*, p. 261.

(14) Ellmann, *op. cit*, p. 135.

(15) *Ibid*., p. 135.

(16) *The Complete Works*, p. 266.

(17) *Ibid*., p. 266.

(18) *Ibid*., p. 271.

(19) My heart leaps up when I behold (by W. Wordsworth).
A rainbow in the sky:

(20) たとえば 'The Sun Rising' では，二人のベッドが世界の中心となる。

(21) Declan Kiberdy, "Oscar Wilde: the resurgence of lying", *The Cambridge Companion to Oscar Wilde*, ed. Peter Raby (Cambridge University Press, 1997), p. 277.

(22) *The Complete Works*, p. 293.

(23) *Ibid*., p. 293.

(24) Karl Beckson & Bobby Fong, "Wilde as poet", *The Cambridge Companion*, p. 66.

(25) J.B. Foreman ed. *op. cit*. p. 293.

(26) *Ibid*., p. 923.

第二部　ヴィクトリア朝の批評と文芸

X　ワーズワスとディ・クインシィ
——事実《ファクツ》の省察は神秘への道

井上　美沙子

一　自然界の発見と科学の発明のラッシュ

ウィリアム・ワーズワス（William Wordsworth　一七七〇―一八五〇）がサミュエル・ティラー・コウルリッジ（Samuel Taylor Coleridge　一七七二―一八三四）との合作として『リリカル・バラッズ』（一七九八）を出版した時代は、潮の流れが質的に大きく変化し、いわば近代化社会へと激しく動いていった端緒の頃であったことが推察される。そのことは同じ一七九八年にマルサス（Thomas Robert Malthus　一七六六―一八三四）の『人口論』が世に問われたことからも了承されよう。マルサスの主張は生存資料以上に人口は増加する力があり、その結果として人間社会に罪悪と貧困を生み、平等社会はありえないというものであった。この予測通りイギリスにおいては社会構造が、従来の農業を主体としたものから産業革命による都市を中心とする工業化社会へと、変貌していった。従って人口も地方から都市へと集中し、人々は貧困にあえぎ、悪劣な労働条件のもとでの就業を余儀なくされていた。そして国力の繁栄の影に、こうした苦痛と悪徳がはびこる社会状況を生じていったのであった。

こうした光と影を擁する社会の進展の始まり頃の一七九八年にイギリス・ロマン主義のランド・マークとなっている『リリカル・バラッズ』が出版された。

その時代は、現在の我々に自明なことが、いまだ発見されていなかったり、もしくは発見されていても充分人々の間に定着していないようなことが多くあったと察せられる。例えば、我々の身の回りにあり当然と今は思っている酸素にしても、プリーストリィ（Joseph Priestley 一七三三―一八〇四）の実験により発見されたものであった。(1) この酸素の実験を基としてオランダのインヘンハウス（Jan Ingenhousz 一七三〇―九九）が光合成の発見をしたのが一七七九年。(2) つづく八一年にはハーシェル（William Herschel 一七三八―一八二二）が連星を発見し、宇宙のあらゆる二つの天体に互に引力が働くことを仮定したニュートン（Isaac Newton 一六四二―一七二七）の万有引力の法則を証明した。(3) すなわち、ニュートンの法則は太陽系内の天体だけに確かめられていたものであったが、連星の発見により、初めて遠くの星にも当てはめられる普遍的な法則としての、文字通り万有引力が実証されたこととなった。一八〇〇年にはニュートンがプリズムを使って分光した七色の光の外に、赤外線があることをハーシェルが発見し、またその一年後に紫の光を超えたところにも放射線があることをドイツのリッター（Johann Wilhelm Ritter 一七七六―一八一〇）が発見、それを紫外線と呼ぶようになった。つまり赤外線は見えない光の発見として、当時の人々に大きな衝撃を与え、センセーショナルな出来事であり、その余波として紫外線の発見へとつながったようだった。その他にも一八二二年地質学者のマンテル（Gideon Algernon Mantell 一七九〇―一八五二）は古代に出現していた恐竜の化石を初めて発見し、その想像を超えた生存と滅亡という生物進化の事実を人々に伝えた。(4) 太陽に黒点があることはガリレオ（Galileo Galilei 一五六四―一六四二）により知られていたが、その黒点の数が一〇年周期で増減を繰り返す（後に平均一一年周期と確認）ことがドイツのシュヴァーベ（Samuel Heinrich Schwabe 一七八九―一八七五）による地道な一七年間の毎日の観測により一八四三年認められた。そして一八五一年にはフランスの物理学者フーコー（Jean-Bernard-Léon Foucault　一八一九―六八）が地球の自転を巨大な鉄球による振り子を作成し、パリで実験により証明した。人々は約三百年前のコペルニクス（Nicolaus Copernicus　一四七三―一五四三）の主張を実際に振り子のもとで地球の自転するさまを見ることができたという。(5)

こうした自然世界に対する強い興味と未知なるものへの直感。そしてそれを証明する科学的知識と技術とにより、産業革命と印刷技術の向上ということも相まって、さまざまな科学上の発見が数多くなされていった時代の流れのなかに、ワーズワスを初めとしたイギリス・ロマン派、ヴィクトリア朝の詩人達及び文化人達が実際に生きていたことが察せられる。

人々の知を刺激し興奮させたこうした数多くの大自然の発見と共に、さまざまな実利的な発明が相次いだ時代でもあった。イギリスが世界の工場、世界の銀行となり、世界へとその勢力を拡大していく基盤ともいえる動力や道具などの改良、生産性の向上に結びつくものが世に出された。一七六四年スコットランドのジェイムス・ワット（James Watt　一七三六―一八一九）が蒸気機関の改良に腐心《ふしん》し、加熱と冷却の二つを別々の部屋で行うよう分離することを考案し、効率アップに成功した。その後ワットは蒸気室の両側から交互にピストンで蒸気を速く押し込む工夫をし、このピストンの前後運動を車の回転運動に変換する装置を一七八一年に考案した。こうしてこれを蒸気機関の多くの作業と、機械の動力源として利用できるようにした。それにより、最初の近代的原動機として多量のエネルギーを、あらゆる種類の機械にいつでもどこでも燃料の石炭を燃やしさえすれば供給できるようになった。この動力機の出現は、産業革命を牽引する強力な力となり、社会変革の速度を急激に増加させた。一八〇〇年マードック（William Murdock　一七五四―一八三九）は石炭ガスを使ってガス灯の実験をし、これを実用化した。裕福な家庭や大都市の照明として大変有難く受け入れられた。蒸気機関車（一八〇四年）、蒸気船（一八〇七年）の発明とつづき、医学の分野ではモルヒネ（一八〇五年）、聴診器（一八一六年）が道具として登場した。一八三一年に発電機、モーター、マッチ、一八三四年の刈取り機、自転車（一八三九年）、麻酔（一八四六年）、ミシン（一八四六年）、そして一九五二年のエレベーターと、次々に現在の私達が使用しているものの発明がなされていった。

こうした実用に供する、また効率のよい機械は、従来人間の手でなされたことの数倍の速さと力をもってことを上手に成し遂げるようになった。それにより、生活のリズムの速度がどんどんと増し、思考の質も大きく変化させられていった状況を窺い知ることができる。この科学技術の急速な進歩は、科学の発見の初動ともいえる大自然における未知なるものへの察知能力、理論上の推理能力という直感を研ぎ澄ます人間的側面を弱体化させていったように思われる。これを逆説的に証明するかのように、科学の発見と発明の間のひずみから生じたに違いない大道芸人化した幻視や幻聴などが意図的になされ、また好まれていった時代的特徴を有してくる。これは非常に人間的な未知なるものを探りたい真の知的好奇心を満たすことができないことによる、安易な代替のものとして、人々に受け入れられていたことを物語っていよう。

こうして見てくると、ワーズワス、ディ・クィンシィ（Thomas De Quincey　一七八五―一八五九）、そしてエリザベス・バレット・ブラウニング（Elizabeth Barrett Browning　一八〇六―六一）とつづく時代は、変革と動乱、科学的発見と発明のラッシュ、それによる幸福と混乱、そして有機論的思考と機械論的思考の混濁、真の知と偏向した知識等の入り混じった興味深い時代であったことが察せられる。こうした社会的、文化的背景のなかで、それぞれの文人達がどのように時代を生き、創作活動をし、影響を受けまた他に及ぼしてきたのであろう。

二　ワーズワスの『虹』とニュートンのスペクトル

ワーズワスが一八〇七年出版の『詩集』に収めた『虹』の詩は、一八〇二年三月二六日に執筆された。これを創作した時期は、赤外線という目に見えない光があることが一八〇〇年に発見され、一大センセーションを人々のなかに引き起こし、その熱気の最中に、またもや紫外線が一八〇一年に発見された直後の頃であった。現代の我々とは異なりスペクトルに対する注目と興奮のなかで、ワーズワスはこのレインボウ・ポエムを書いた筈である。従ってこの詩にかけるワーズワスの熱意は、相当のものであったことが察せられる。現在の我々が考える「虹」とはまったく異質の状況のなかで、赤外線や紫外線の発見に劣らぬ驚きと意欲を込めてこの詩を創作したことが、こうした時代的背景から察せられる。

赤外線や紫外線はプリズムを使ったニュートンのスペクトルの色彩には顕れなかった放射線で、目には見えないが確かにこの自然界のなかにそうした光が存在するというものである。このことの衝撃はワーズワスの心を揺さぶったことは容易に察せられる。なにしろこの詩の出だしは「私の心は躍る」（“My heart leaps up”）なのだから。彼はもともと、ニュートンのプリズムによるスペクトルの実験に深い関心を寄せていた。そのことはケンブリッジ大学在学中の青年ワーズワスを描いた自伝『序曲』のなかで表明されている。

And from my pillow, looking forth by light
Of moon or favouring stars, I could behold
The antechapel where the statue stood

Of Newton with his prism and silent face,
The marble index of a mind for ever
Voyaging through strange seas of Thought, alone.
(Wordsworth, *The Prelude* (1850), III, ll.58-63)

月あかりのなか　寝室の窓から眺めると
愛らしい星や月の光のなかに見てとれる
ニュートンの像が佇む真向かいの礼拝堂
プリズムを手にし、もの静かに天を仰ぐニュートン
その永遠を志向する心を刻む大理石像
未知なる思想の海を　孤高にこぎ行く

この『序曲』に出てくるニュートンの大理石像は、ワーズワスが所属したケンブリッジ大学セント・ジョンズ・カレッジの隣り、トリニティ・カレッジの礼拝堂の前室のなかに、彼の入学前に立てられていた。ニュートンの業績はケンブリッジ大学の誇りであり、後進の学者達を大いに激励していたと思われる。

ワーズワス入学当時のケンブリッジ大学は、数学を大切な課目のひとつとしていた。ワーズワス自身もホークスヘッド・グラマー・スクールでかなり進んだ数学を学んでおり、すでにニュートンの『光学』（*Optics*　一七〇四）を一四歳―一七歳の時に読んでいたようだ。[6] 従ってケムブリッジ大学に進学しても、数学の学力は他の学友より数段進んでいたようだった。また、このグラマー・スクールでの数学の先生が、ワーズワスに大学への進学

と詩人への道を示唆したという。

このように数学の才能に秀でていたワーズワスは、ニュートンの『光学』及び『自然哲学の数学的原理』（*Philosophia Naturalis Principia Mathematica*　一六八七年　通称『プリンキピア』（*Principia*））に親しみ、自分のカレッジ内の個室から間近に見える礼拝堂内の大理石像ニュートンをも敬愛していたことは想像に難くない。

さて、ニュートンの『光学』の一部に論述されているスペクトルについての実験を次に見てみたい。『光学すなわち光の反射、屈折、回折、および色についての論考』の第II章命題V、定理IVのなか実験10のくだりである。

この色は櫛の運動によって絶えず変化して、レンズ上を各々の歯が通るたびに、赤、黄、緑、青、そして紫のあらゆる色が常に相継いだ。それゆえ、わたしがすべての歯が次々とレンズ上を横切るようにしたところ、運動がゆっくりしているときには紙面に諸色が相次いで現われた。しかし、もしこの運動が非常に速くて、諸色が急速に継起するために識別されなくなると、単一の色は現われなくなった。もはや赤も黄も緑も紫も見えず、それらがすべて混乱して一つの一様な白色が出現した。今やすべての色の混合によって白く現われている光の中には真に白い部分はどこにもなかった。第一の部分は赤、第二は黄、第三は緑、第四は青、第五は紫であり、各部分はそれが感覚器官を刺激するまではそれ固有の色を保持している。もし印象がゆっくりと継起して、それらが個々に知覚されるならば、すべての色の明瞭な感覚が相次いで連続する。しかし、もし印象がすばやく継起して、それらが個々に知覚できないときには、それらすべてから一つの共通の感覚が発生し、それはある一つの色の感覚でも別の一つの感覚でもなく、それらのいずれにも偏っていない。そして、これが白さの感覚である。

（『科学の名著6　ニュートン』（朝日出版社）田中一郎訳より）

光に強い関心を持ったニュートンは、光線をプリズムを通して当ててみた。すると先の実験のように光の帯（赤、橙、黄、緑、青、紫）が現われた。それまでは、光とは白色光であって、その白色光と物質のもつ濃度とが混合して色が発生すると考えられていた。しかし、この実験により色は光が持つ固有の性質であること。それは目に対する印象をゆっくりしたものにした時に生じ、それぞれの色を鮮明にすること。そしてその印象が速い場合はすべての色が混合され白色となることなどが示された。

そして光の帯に分光されたものを、他のもうひとつのプリズムを通してみた時、再び白色光へと戻る実験結果をもニュートンは得たのであった。

> レンズの代わりに二つのプリズムHIKおよびLMNを用いて、帯色光を最初の屈折とは反対方向に屈折することによって発散射線を収束させ、Gで再び集めてもよい。なぜなら、それらが出会い混合する場所において、それらはレンズが用いられたときと同様に白色に戻る。
>
> （『科学の名著6　ニュートン』（朝日出版社）田中一郎訳より）

このように自然光は白色と思っていたものが、実は固有の色の光を含んでいること。それらが混合されて、表面的に白色光に見えているだけであることがふたつのプリズムを使った実験により認識されたのであった。

自然界におけるこうした身近な光にも、驚異に満ちたものが含まれていた。一八世紀初頭におけるこの事実の発見だけでも、日常的なものの持つ大いなる力の存在が感知され、ワーズワスの知的好奇心を満足させていたであろう。それがまた百年後の一九世紀初頭というワーズワスが生きている時代に、この光の帯以外にも放射線が存在するという赤外線と紫外線の発見があったのだ。この出来事は、まさに自然に対する畏怖の念をワーズワスを始めとする人々に起こさせるに充分であった。自然光の白色を、それが内蔵している光のスペクトルとして可視できるように分光させても、それだけで光の帯は終わっていないのだ。まだ目には見えない光が確かに存在していた。このセンセーショナルな発見を受けて、ワーズワスは感慨を込めて次のように『虹』を作詩している。

My heart leaps up when I behold
　A rainbow in the sky :
So was it when my life began ;
So is it now I am a man ;
So be it when I shall grow old,
　Or let me die!
The Child is father of the Man ;
And I could wish my days to be
Bound each to each by natural piety.
（*My Heart Leaps Up*（1802 執筆　1807））

わたしの心は躍る　空に虹を見たとき
私の生命のはじまりの幼児の頃はそうだった
成人した今もそうである
老年になってもそうあってほしい　でなければ死んだほうがましだ

子供は大人の父
だからわたしの暮らす毎日の日々が
自然への畏怖の念を持ちすごさせてほしい

ワーズワスの心にインパクトを与えたものは、日常的には白色で決して見えない光の帯が、顕現化された自然現象としての『虹』に対してだけではない。顕現化されたもの以外にも、やはり見えないものが存在している、という赤外線や紫外線に代表されるものもまたそのインパクトであった筈である。すなわち、ワーズワスの眼は虹を超えたところを見つめていた。解明しても解明しても解けきれない、大自然のもつ未知なるものの深遠さと、弱小な人間の存在であったであろう。しかし、微力だからといって自暴自棄になることなく、この自然界のかけがえのないひとつの生命体として、宇宙の運行と共に進行し、その生きる嬉びを味わいたい希望を述べている。それには、幼児が持っていた自然に対する畏敬の念や畏怖の念を持ちつづけることの大切さを訴えている。無意識のうちにその直感力により、自然界の怖ろしさや優しさ、そして未知につつまれている闇を感知できる子供を手本として、大人となった人は生きることが願わしい、と。

産業革命後、次々とグロテスクな事件や犯罪が起こり、感受性が鈍磨させられてきた大人は、心の奥深くに誰にでも内在している力を発揚させ、感覚を研ぎ澄ませていきたいと、その願望を語っているようだ。

The subject is indeed important! For the human mind is capable of excitement without the application of gross and violent stimulants; and he must have a very faint perception of its beauty and dignity . . . It has therefore appeared to me that to endeavour to produce or enlarge this capability is one of the best services in which, at any period, a Writer can be engaged ; but this service, excellent at all times, is especially so at the present day. For a multitude of causes unknown to former times are now acting with a combined force to blunt the discriminating powers of the mind, and unfitting it for all voluntary exertion to reduce it to a state of almost savage torpor. . . . and reflecting upon the magnitude of the general evil, I should be oppressed with no dishonorable melancholy, had I not a deep impression of certain inherent and indestructible qualities of the human mind, and likewise of certain powers in the great and permanent objects that act upon it which are equally inherent and indestructible ;

(*Lyrical Ballads*, pp. 248-50)

主題はたしかに重要である。何故なら人の心は、グロテスクで暴力的な刺激に合わずとも、感動することができるから。人は美や尊厳に対する秘やかな認知を持ち合わせている筈である……従って、この能力を生み出し拡大するのに腐心することは、何時の時代にあっても作家が従事する最善の務めであるように私には見受けられる。この務めは何時でも素晴らしいが、今日はとりわけそうである。というのは、今まで経験したことのない沢山の原因が、物事を識別する心の力を鈍らすよう結集した力で現在作用している。ほとんど粗暴とも言える無感動の状態にまで自発的心を減じてダメにしてしまっている。……すべてに渡る悪癖の大きさを考えた時、人間性に根ざした消滅できないある内在するもの、そして同時に内的で消滅しないものに働きかける偉大で永続的なものに備わる力、それらに対して深い感銘を万一私が持てなかったなら、私は憂鬱でふさぎ込んでしまったであろう。

『リリカル・バラッズ』第二版の「序文」で述べられているワーズワスが初めて気付いた人の持つ微かな力の

存在と同様の思考が『虹』に込められている。ワーズワスにとって赤外線や紫外線の発見は、まさにやっと顕現化されているもの（虹）を通して、他の秘やかな存在が、彼に人に内在する微かな心の力への喚起を再びうながしたといえよう。それは白色光、虹、そして虹を超えているものへの憧憬であった。

　この思考プロセスの三重構造は、まさに『虹』に出てくるワーズワスの得意とする時制の三段構造と類似している。『虹』では、“So was it”, “So is it”, “So be it” と重ねている。やはり『孤独に麦を刈る少女』にも次のように出てきている。

Behold her, single in the field,
Yon solitary Highland Lass!
Reaping and singing by herself ;
Stop here, or gently pass!
Alone she cuts and binds the grain,
And sings a melancholy strain ;
O listen! for the Vale profound
Is overflowing with the sound.
……………
Will no one tell me what she sings?—
Perhaps the plaintive numbers flow
For old, unhappy, far-off things,

And battles long ago:
Or is it some more humble lay,
Familiar matter of to-day?
Some natural sorrow, loss, or pain,
That has been, and may be again?
(*The Solitary Reaper*, ll.1-8 ; ll.17-24)

彼女をごらんなさい　野原で一人いる
孤独なハイランドの少女を！
唯一人草を刈り歌を唄っている
立ち止まるか　静かに通りすぎなさい！
たった一人で彼女は麦を刈り束ね
物悲しい歌を唄っている
耳を澄ましなさい！　深い谷間が
彼女の歌声で満ちあふれています。
……………
彼女が何を唄っているのかを告げる人はいない
それでも哀しい調べは流れる
たぶん不幸な遙か遠い昔の出来事

いにしえの戦闘のことについてかもしれない。
それとも、とても卑近なことなのか
今日の身近な出来事なのかもしれない？
いずれにしても人間の哀しみ、喪失、心の痛み
かつても　そして今も　これから先もある哀しみなのか

一人孤独に麦を刈る少女の歌声は、耳にしていた過去においても、聴こえなくなった今も、そしてこれからも心に響き続けることであろう、と。しかも、スコットランド語であるために歌の内容は不明であるものの、今迄も過去にあり、今もあるが故に、これから先も必ずあるであろう事柄についてのものに違いない、と。心に浸透し振動するこの音調は、そうした内容でなければならない筈であるからだ。その調べが語るものは、遙か遠い昔のことかも知れないし、逆に身近な出来事かも知れない。また、かつての英雄の物語であるかも知れないし、はたまた卑近な平凡な人の話なのかも知れない。いずれにしても何時の時代にもある人間の哀しみや、心の痛みなどという、どんな人も保有する人間性に深く根ざした思いと力とを歌っている、というものである。

この論旨の内容とその展開は、先に見た『リリカル・バラッズ』の「序論」におけるくだりに示された、微弱ではあるが決して消失することがない、時代の混乱にも左右されない人の持つ心の力に気付いたワーズワスであるからこそ説得力を持つのである。

人の心の世界をもっと広げた大自然という相似空間のなかで、見えないものが顕現化されたあとにも、まだ見えないものが確かに在ったという赤外線の発見は、まさにワーズワスの「序論」で述べている己の心のなかの秘かな力の発見を大いに力づけ、正当性を与えるものであった。だからこそ、ワーズワスは「虹」と「虹」の向こ

うにあるものに、誰にもまして、また秘やかに己の心を躍らせたのだろう。従って『虹』の詩の創作時期は、一八〇〇年（赤外線）、一八〇一年（紫外線）の発見に引き続く一八〇二年三月というように、たたみかけるかのように重なり合っているのだ。

三　ワーズワスの詩作の実験とニュートンの万有引力と潮汐(7)

ワーズワスは『序曲』のなかで、先の節で引用したようにセント・ジョンズ・カレッジの自室のベットに横たわり、月の光を浴びながらニュートンの大理石像に思いをめぐらしている。(8) ここで「月」の存在はワーズワスの思考の海への航海における海図ともいえる鍵となっている。すなわち、月と地球の間に働く引力の作用により、起潮力（tide raising power）が生じるということである。

海水が毎日二回周期的に潮の満ち干きを繰り返す現象は古代から知られてはいたが、それを数学的に初めて解明し月との密接な関係を証明したのがニュートンであった。ニュートンより一世紀ほど前にドイツの天文学者ケプラー（Johannes Kepler　一五七一―一六三〇）が潮汐と月との因果関係を主張したが、論理的説明が伴わず、同時代のガリレオに占星術研究に専心しすぎたケプラーの戯言《たわごと》と一蹴されてしまった。その時代の常識に反する地動説を唱え近代科学の父とも呼ばれたガリレオでさえ、こうした誤りをしてしまう程に、自然の神秘に対する洞察は、過去・現在・未来とにわたり、常識との戦いといえる。

ニュートンはその著書『自然哲学の数学的原理』、通称『プリンキピア』第一一章において、互に向心力を及ぼしあう諸物体の運動について述べるなかで、月―太陽―地球の互の引力が海水の満ち干きの運動を生じさせていることを数学的に解いている。

この『プリンピキア』をワーズワスは一七九〇年に読んでいると思われている。[9] 例えこの本をそれ以前に読んでいないまでも、ニュートンにより証明された海水の起潮力と月とのかかわりを知っていた筈である。従ってカレッジの自室の寝台に寝ころび月光を見つめ隣りの礼拝堂のニュートン像を想ったこの時のワーズワスの頭のなかには、ニュートン—月—起潮力という連想も生じたことであろう。

ワーズワスにとって起潮現象は非常に興味深いものであった。何故なら、『リリカル・バラッズ』第二版（一八〇〇年）における「序文」において、この起潮力を引き合いに出して、自分の詩作の実験について次のように述べているからだ。

I have said that each of these poems has a purpose. I have also informed my Reader what this purpose will be found principally to be: namely to illustrate the manner in which our feelings and ideas are associated in a state of excitement. But speaking in less general language, it is to follow *the fluxes and refluxes* of the mind when agitated by the great and simple affections of our nature. This object I have endeavoured in these short essays to attain by various means;

(*Lyrical Ballads*, p. 247　イタリックス筆者)

私はこれらの詩がそれぞれ目的を持っていると前に述べていた。そしてまた、その目的が主にどのようなものであるかがわかるように読者にあらかじめ告げてある。言わば我々の情感と思考が感情の高ぶりと連係しているその仕方を例示することである、と。もっと特殊な言葉を用いて語れば、人間性に備わる偉大にして単純な情感により生じさせられた心が揺さぶられた状況の時に起こる、心の潮の満ち干きをたどる、ということである。これら短かい詩編のなかで、さまざまな方法を用いてこの目的を達成しようと努めたのであった。

このようにワーズワスの心は、人の心情の動きを海水の潮汐力に例えて説明することに深い親しみを覚える資質を備えたものであることが窺える。つまり彼の文学に対する姿勢は、天文学、数学、物理学などに強く支えられていることが察せられる。丁度、ニュートンが科学の他に神学、哲学、錬金術にも専心していたのと同じように。

ニュートンには、彼自身の実像と、余りにも科学万能となっていった一八世紀、一九世紀とつづくなかで分析的、科学的一面ばかり強調された虚像とがあるように思われる。それはニュートンという名を使い、自然を科学の理論の枠にはめ込もうとする潮流が作り上げたものといえよう。従ってワーズワスより少し前の時代プレ・ロマン主義の主張を持つウィリアム・ブレイク（William Blake　一七五七―一八二八）や、ロマン主義後期に属するキーツ（John Keats　一七九五―一八二一）などの作品のなかで、ニュートンは科学の力を過大視して人間の心を力づくで支配し落としめたものの代表として批判されている。[10] 自然の神秘はそのヴェールを引き上げられ征服され、公式や幾何学の線で台無しにさせられた、と。またワーズワスと『リリカル・バラッズ』を合作した友人のコウルリッジまでもがニュートンを誤解していた一面が見受けられる。

しかし、ワーズワスはこうした傾向とは違った態度でニュートンに対面していた。これは、ホークスヘッドのグラマースクールで習得した優秀な数学能力に裏打ちされ、ひきつづき彼の人生の思考方法を支配した科学への信奉であろう。そして、自然への驚異と畏怖の念とが科学的洞察力を引き出していった真のニュートン像を、ワーズワスに抱かせたと思われる。

すなわち、自然の神秘性に対する洞察を深く持っていたニュートンは、その美しい姿を明かすのに主に数学を用い、ワーズワスは言葉を用いたと言えよう。従って物質と霊とからなる宇宙の美しい統一的世界を極めていく、という同じ目標に向かう同朋として、ニュートンに対してワーズワスは敬愛の情を胸の奥深くにしまっていたものと察せられる。その気持ちが、『序曲』の先のくだりや、『リリカル・バラッズ』の「序文」における詩作の実験に、「潮汐力」という言葉となってつい顔を出したものと思われる。

この科学的思考と、人文的思考とが相補的関係にあり、その融和の重要性を感知していたワーズワスを見抜き、その大切さを同じように説いた同時代の科学者にジョン・ティンダル（John Tyndall 一八二〇―九三）がいた。アイルランドのこの物理学者は、一八六三年に現代最大の問題と化した大気中の二酸化炭素を増大させると温室効果が生じる、ということを発見し指摘した人である。そのティンダルがベルファストにおける一八七四年の講演のなかで次のように述べている。[11]

The world embraces not only a Newton, but a Shakespeare -- not only a Boyle, but a Raphael -- not only a Kant, but a Beethoven -- not only a Darwin, but a Calyle. Not in each of these, but in all, is human nature whole. They are not opposed, but supplementary -- not mutually exclusive, but reconcilable.

……………

'Fill thy heart with it,' said Goethe, 'and then name it as thou wilt.' Goethe himself did this in untranslateable language. Wordsworth did it in words known to all Englishmen, and which may be regarded as a forecast and religions vitalization of the latest and deepest scientific truth --

（*19th Century Science*, p. 383）

世界はニュートン的なものばかりではなく、シェイクスピア的なものも包括している――ボイルだけではなくラファエルをも――カントのみならずベートーベンを――ダーウィンだけに限らずカーライルをも含んでいる。人間性とはこうしたもののひとつから成るのではなく、これら全てにより統一化されている。それ等は敵対することなく補い合うもの――互に排斥せず融和できるものである。

…………

「汝の心をそれで満たせ」ゲーテは述べ、「そして、汝の好きなようにそれに名を付せばよい。」と。ゲーテ自身は誰にも理解できぬ言葉でそれを命名した。ワーズワスは、全ての英国人がわかる言葉でそれを名指した。最新で深遠な科学的真理を予感させる神性を持つ生命のほとばしりとしてそれは理解されよう――

ここでもやはり、ニュートンを科学的なものの代名詞として用いている。しかしティンダルは、偏った考えを持つ科学者ではなく、人間性とはありとあらゆるものを包括する、ということを主張している。ここでのニュートンという言葉は、単に科学的なものを指すだけであり、ニュートン自身のことを指しているのではない。従って「ニュートン的なもの」(a Newton) となっている。ティンダルには神学的宇宙の闇を探究する科学者ニュートンという実像が見えていた筈である。だからこそ、ティンダルは、ワーズワスの次の詩行をこのあと引用して、その講演を締めくくっているのだ。詩学と科学との親和を内奥の心に保持する者の言葉として。

For I have learned
To look on nature, not as in the hour
Of thoughtless youth, but hearing oftentimes
The still, sad music of humanity,

Not harsh nor grating, though of ample power
To chasten and subdue. and I have felt
A presence that disturbs me with the joy
Of elevated thoughts; a sense sublime
Of something far more deeply interfused,
Whose dwelling is the light of setting suns,
And the round ocean, and the living air,
And the blue sky, and in the mind of man,
A motion and a spirit, that impels
All thinking things, all objects of all thought,
And rolls through all things.
(*Lines Written above Tintern Abbey*, ll.89-103)

何故ならわたしは学び知った
自然を無思慮な若者のときのように見ないことを。
しばしばわたしは耳にするのだ
人間性について奏される静かでもの悲しい音楽を
耳ざわりでも不快なものでもなく
心を和らげ静める力に満ちていた

わたしの心をかき乱すある存在を感知した
それは高められた思想の嬉びと共にあった
何か崇高なる感覚が遙かに心深くにまで浸透した
それは日没の光の中にあり
陸地を囲む大洋に　霊気に満ちた大気のなかに
青空のなかにある　人の心に湧きあがる
衝動や精神が駆り立てられる
あらゆる思考するものと、その対象物
あらゆるもののなかを　それは駆けめぐる。

ワーズワスの『ティンターン修道院の数マイル上流の地で創作された詩——一七九八年七月一三日ワイ川再訪に際して』という詩は、『リリカル・バラッズ』初版に収録されている。ワーズワスのこの言葉は、科学を過信することなく、それでは極みきれない人間の心の問題を、外界と精神とを融和しつつ何か崇高な存在が生々と浸透し躍動するさまを述べている。これはまさに、科学者ニュートン、表面的に相反して見える世界の融和を明示したティンダル、ワーズワスの詩的態度を示唆している。すなわち、詩作の実験を通して人間の心と起潮力の照応とを鋭く感知し連係したことに象徴的に現われている、ワーズワスの姿が浮かびあがる。

四　ワーズワス詩の本質とE・ダーウィンの「仮死」

単純ではあるものの、大そう偉大な高揚させられた人間の情感が、海水の満ち干きのように揺れ動くさまを明示する詩を創作したいと述べているのが、『リリカル・バラッズ』第二版の「序文」であった。この目的に沿い、ワーズワスは『白痴の少年』、『狂った母親』、『置去られたインディアン女の嘆き』などを書いたと述べている。特に極地で極限的な死と向き合うインディアン女の心の動きの満ち干きは読む者の心に強い印象を残す。

Before I see another day,
Oh let my body die away!
In sleep I heard the northern gleams ;
The stars they were among my dreams ;
In sleep did I behold the skies,
I saw the crackling flashes drive ;
And yet they are upon my eyes,
And yet I am alive.
Before I see another day,
Oh let my body die away!

My fire is dead: it knew no pain ;
Yet is it dead, and I remain.
All stiff with ice the ashes lie ;
And they are dead, and I will die.
When I was well, I wished to live,
For clothes, for warmth, for food, and fire ;
But they to me no joy can give,
No pleasure now, and no desire.
Then here contented will I lie ;
Alone I cannot fear to die.
（*Complaint of a Forsaken Indian Woman*, ll.1-20）

明日を知る前に
私の身体を死なせてほしい！
眠りのうちに　北方の輝きを聴いた
星が私の夢まわりに
眠りのうちに大空を見た
パチパチと光が走るのを見た
しかも私の眼の上にあった

まだ私は生きている
明日を見る前に
私の身体を死なせてほしい！

私の焚き火は消え　痛みも何もない
火は消えても　私はまだ生きている
灰は氷で硬くなった
火も灰もすっかり消え　私も死ぬだろう
元気だった頃には　生きたいと希った
衣服を求め　暖や食糧　そして火も求めた
今　それらは喜びのかけらも与えられない
どんな楽しみも今はなく　欲望すらない
ここで心満たされて私は死ぬだろう
たった一人で　死を怖れることもなく

第一連は“In sleep I heard the northern gleams;”（l.3）と“In sleep did I behold the skies,/I saw the crackling flashes drive”（ll.5-6）の詩行が目をひく。「眠りのうちに」と二度まで繰り返すことにより、この身体が衰弱したために共に旅を続けられない理由から、仲間から極地に置去られ死を待つ女の意識が朦朧としていることがわかる。しかも感覚も混迷している。北極の光を耳にし、そのオーロラの輝きが閃光のように走り、パチパチと大気を裂く音を眼で見ていると描いている。生死の間をさまよっている時に、オーロラの光彩と音とがその女に襲来し、感覚を混乱させつつも、女の生命を覚醒させた。

　このように、何か思いがけない優しい刺激を五感を通じて受けた場合、人は無意識のうちに情感を高ぶらせ、深い感動を味わうと、ワーズワスは同じ序文のなかで述べている。（"... the human mind is capable of excitement without the application of gross and violent stimulants ; and he must have a faint perception of its beauty and dignity"）従ってこの女は死へのまどろみから一度引き戻され、死を達観した満ち足りた思いへとひたることが二連最終部でできるのである。（"Then here contented will I lie ; /Alone I cannot fear to die" (ll.19–20)）あたかも満潮の海のような安らかな気持ちを示している。

　ところが、第三連、第四連は、各々の最初の言葉（"Alas!", "My child!"）に見られるように全く転調する。これはこの女の生への執着とあがきを示している。自分の手から離れ、この世に一人残していかざるをえないまだ赤ん坊の子供の姿が彼女の頭に浮かんだことが契機となっている。潮の流れでいうと、生への想いに強く引かれていく心情を描いている。

　そして潮がひたひたと再び満ちるように、母親らしい愛情が波のように優しく打ち寄せてくる五連へと向かう。それにしても余りに早くあきらめて置去りにされたという生への執着へと引き潮になりそうな情緒を元気づけ、潮を再び満ちさせるのは、女の頭上を自由に駆け抜ける風に自分の想いを託し、赤ちゃんに伝わることの願望であった。（"For ever left alone am I,/ Then wherefore should I fear to die?" (ll.59–60)）このように第五連では死を怖れぬ心と、まだ死ねない思いとの間の振幅を何度か心が繰り返す。第六連に至り自分を力づけ、死の恐怖を振り払い、生への執着にあがきつつ、死への諦念へと向かう。このように感情が海の潮の満ち干きのように揺れ動くさまが伝わり、この詩においてワーズワスの実験は成功しているといえよう。

ワーズワスにこうした人の心の揺れ動きと、海の水の満ち干きという連想へと向けさせたものは一体何であったのだろう。

ニュートンの万有引力の法則を、太陽系内の天体にとどめず、遠くの星にも当てはめられる普遍的法則として実証したのが、一章で見たハーシェルの連星の発見であった。これに関する論文がのっていた一七八五年の学術雑誌（*Philosophical Transactions of the Royal Society of London*, vol.75）をコウルリッジが一七九八年四月二三日に借り出し、それをワーズワスが同年五月二二日に返却している。[12] この号にはハーシェルの連星についての論文の他に、酸素を発見したプリーストリィの大気と水の関係についての観察と実験の記録が収められている。コウルリッジの『老水夫の歌』への影響を推測されているエヴァラード・ホーム（Everard Home）による新生海洋動物の論述もあり、エラズマス・ダーウィン（Erasmus Darwin　一七三一—一八〇二）の水と生きものとのかかわりを論じている論文なども含まれている。

この七五号に掲載されている寄稿者達の顔ぶれは、一七七〇年代イギリスで有名であった「月の会」（The Lunar Society）のメンバー達である。彼等はそれぞれの興味に応じ、天文・海洋・空気・水などを研究し報告していたことがわかる。わけてもハーシェルの連星の発見により、万有引力による地球と月の関係、月と海洋に彼等の感心は集光されたのだろう。だからこそわざわざ「月」という字を会の名に付して、宇宙の神秘とそれを読み解く志を表明したものと思われる。

ジェームス・ワットもその一員である「月の会」では、宇宙の神秘の発見や科学技術の発明に胸を躍らせる会員達が、満月の夜に会合を持ったという。人類をはじめとした生き物が進化しつづけた歳月の間、いつも月は地球と共にあった。生命は海から生まれ育まれたことにより、月の影響による潮の動きへの察知能力は生命維持とのかかわりから鋭敏にならざるをえなかった筈である。浜辺が干上ることにより、そこで育っていた生物は、新たに生きる手段を探るという苦しみ等の遠い記憶を、潮のリズムと共に本能が想起したであろう。潮が満ちる安らかな想いと、干潮が誘う不安や郷愁など、かつて水生生物であった頃の人間の記憶も月と潮のリズムのなかに潜んでいよう。

進化論で有名なチャールズ・ダーウィン（Charles Darwin　一八〇九−八二）の祖父に当たるエラズマス・ダーウィンは、生命の起源が海であることを科学者として、また文学者として『生命の創造』の詩のなかで次のように言明している。

"Ere Time began, from flaming Chaos hurl'd
Rose the bright spheres, which form the circling world;
Earths from each sun with quick explosions burst,
And second planets issued from the first.
Then, whilst the sea at their coeval birth,
Surge over surge, involv'd the shoreless earth;
Nurs'd by warm sun-beams in primeval caves
Organic Life began beneath the waves.
（*Producion of life*（1803), Canto I. *ll.227–234*）

時が始まる以前　炎からなる混沌《ケオス》から
バラ色に輝く球体が投げられめくるめく世界を創った

太陽から大地が爆発と共に噴き上り
次々と天体を生み出していった
他方で海洋が同時に生誕し
波が重なるようにうねり　果てしない大地を取り込んだ
洞穴のなか温暖な太陽の光に育てられ
波の下　生命《オーガニックライフ》が胎動した

エラズマス・ダーウィンの描く創生記のなかに記されているように、生命は波にゆられ育まれ、そのリズムのなかにあった。従ってたとえ海から上り陸地に住むようになった人間も、この月と潮のリズムの影響は体内に取り込まれ、今も深く刻まれていることが知れよう。人は気付かぬほど微妙な力（例えば、重力や電磁場の変化、そして潮の動きや時の推移）を感知できる能力が生まれつき備わっており、それにより環境の大きな変化にもついていけ、生き残られるのであろう。まさにワーズワスが「序文」で述べている以前には経験したこともない社会の大変革のなかにあってさえ、消失することのない微かな力が人に内在していること（"For a multitude of causes unknown to former times are now acting with a combined force to blunt the discriminating powers of the mind, and unfitting it for all voluntary exertion to reduce it to a state of almost savage torpor. . . . When I think upon this degrading thirst after outrageous stimulation I am almost ashamed to have spoken of the feeble effort with which I have endeavoured to counteract it ; and reflecting upon the magnitude of the general evil, I should be oppressed with no dishonorable melancholy, had I not a deep impression of certain inherent and indestructible qualities of the human mind."）に気付き、グロテスクな事件でなくとも、人の心はとてもわずかなものに本人が知らずとも反応できる

永続的力の所在の嬉び（"For the human mind is capable of excitement without the applicatoin of gross and violent stimulants ; and he must have a very faint perception of its beauty and dignity who does not know this, . . . It has therefore appeared to me that to endeavour to produce or enlarge this capability is one of the best services in which at any period, a Writer can be engaged :"）を述べているくだりと照応できよう。従って、これを詩のなかで具体化して、潮の満ち干きのように心の動きを捉え、人間性の基本にあるものを詩に描く努力をワーズワスは詩人としてしたものと解釈できる。

「月の会」の会員達が自然界の探究とその発見などを記していた先の一七八五年の学術雑誌をワーズワスが読む一カ月程前に、ワーズワスはジョセフ・コトル（Joseph Cottle）に宛てて、E・ダーウィンの『ゾーノミア』を貸してほしいと熱心な手紙を書いている。[13] それ以前にダーウィンのその著書は読んでいるのだが、何か確認したいことがあると述べている。そしてその本の返却は、一七九八年五月九日であった。五月といえば、先の学術雑誌の返却（五月二二日）もその時期であった。この時節の一致から、ワーズワスは先の科学雑誌とE・ダーウィンの『ゾーノミア』とを同時に熟読していたことが推測される。宇宙の神秘の科学的解明、そしてオーガニックな生命体としての人の精神と身体の神秘と医学的分析などを、同じ視野に入れて想いをめぐらしていたことであろう。

その五月の数カ月後、ワーズワスは自然科学とドイツ語の勉強を目的としてドイツへと旅立ったのである。[14]

ダーウィンの『ゾーノミア』とのかかわりは、『リリカル・バラッズ』初版の「巻頭言」及び第二版の「序文」のなかに明らかにされている。すなわち、ワーズワスの詩『グッディ・ブレイクとハリー・ギル』はダーウィンの著書の「気力と欠如」の項目にある症例からヒントを得て創作した、と明言している。

The tale of Goody Blake and Harry Gill is founded on a well-authenticated fact which happened in Warwickshire (*Prose*, *I*, p. 117)

グッディ・ブレイクとハリー・ギルの話は、ウォーリックシアで起きた確かな根拠のある事実に基づいているものである。

この症例は我々に事実とはとても不思議で想像を超える真実を孕むものだということを示している。

では、想像を超えたダーウィンが述べている事実とは何なのであろう。ウォーリックシアの血気盛んな若者が、このところ自分の生け垣が暖をとるための薪として、誰かに盗まれていることに気付き、ある凍てつく晩、その犯人をつかまえようと、何時間も待ち伏せしたという。すると年老いた魔女のような女がやってきて、生け垣をひき抜きはじめた。若者はその老女を捕らえようと格闘する。老女は力尽き、その薪枝の束を手から落とし、その上にひざまずき、煌煌と青白く輝く月に手をさしのべて「慈悲深い神よ、この人が二度と再び暖かさという恵みを受けることのないように願います」("Heaven grant, that thou never mayest know again the blessing to be warm")と祈った。体が冷え切っていた若者は、その時すでにガタガタと震えてはいた。その時以来というもの、着る物を何枚重ねようと、また寝具をいくつも掛けようと、決して暖をとることができなくなった。そして「狂気じみた寒さへの恐怖観念にとりつかれた彼は、とうとう床から離れることができなくなり、ついに活気を失い死んでしまった」(from this one insane idea he kept his bed . . . for fear of the cold air, till at length he died) ダーウィンはこう記した (Diseases of Volition, Class III, 1.2)。これにワーズワスは着目し、彼の詩を創作したのだ。

身体と心の働きとが一体となり、死のような非日常的現象が日常生活のなかにそっとすべり込まされる、生命体としての人間にワーズワスは注目している。

「序文」のなかではまた次のように解説している。

> I related in metre the Tale of Goody Blake and Harry Gill, which is one of the rudest of this collection. I wished to draw attention to the truth that the power of the human imagination is sufficient to produce such changes even in our physical nature as might almost appeare miraculous. The truth is an important one; the fact (for it is a *fact*) is a valuable illustration of it.
>
> (*Prose*, *I*, p. 150)

> 私は韻文でこのグッディ・ブレイクとハリー・ギルの話を語った。それはこの詩集のなかでは一番粗野のもののひとつである。私としては次のような真理に注目をうながしたい。まるで奇跡的とも見受けられるこんな変化を身体に生じさせるに充分な程、人間の想像力には力があるという真理である。この真実は重要なものだ。すなわち、その事実は（事実であるが故に）、真理を解き明かす貴重なものなのだ。

真理を解き明かすのに事実がとても重要である、と述べている最後の言葉が注目される。このワーズワスの姿勢は、科学者の洞察と真理の探究方法である。先にも述べてはいるが、ワーズワスは従来考えられていた以上に、科学及び数学的思考の持ち主であったと思われる。そのワーズワスにとって、沢山の事実（症例）を集めたダーウィンの『ゾーノミア』は、医学書というよりも、詩人としてのインスピレーションを喚起する宝庫といってもよかったであろう。(15)

ダーウィンのこの著書にある「仮死」(syncope) の項目は、ワーズワスの興味を誘った筈である。何故なら彼は「再生」について強い願望を抱いていたと思われるから。『不死のオード』、『ティンタン寺院』、ルーシー詩などにそうしたことが感知される。

「仮死」がどのように生じるのか。そして「仮死」から再生へと向かう情況をダーウィンは次のように説明している。

...it [syncope] arises from great emotion of the mind, as in sudden joy or grief. In these cases the whole sensorial power is exerted on these interesting ideas, and becomes exhausted.
(*Zoönomia : The Laws of Organic Life, II*, p. 67)

その仮死とは、突然の喜びや哀しみにおけるのと同じような、心情の大きな動揺から生じる。その場合、こうした思いが肥大していくにつれ、全ての感覚に影響が及ぼされ、その力が尽きてしまう。

So in ... syncope, there is a temporary desiciency of sensorial exertion, and a consequent quiescence of a great part of the system. This quiescence continues, till the sensorial power becomes again accumulated in the torpid organs ; and then the usual diurnal stimuli excite the revivescent parts again into action ; ...
(*Zoönomia : The Laws of Organic Life, I*, p. 95)

このような仮死状態にあっては、感覚器官の活動の一時停止がある。身体の機能のほとんどが、結果的に休止する。

この休止状態は継続する。昏睡状態にある器官に再び感覚の力が増大されるまで。そうなると通常の日々の刺激が回復した機能を再び活動へとうながす。

この「仮死」(syncope)とは、恐怖もしくは喜びがひき起こす作用で、人の感覚を麻痺させ、昏睡状態へと導く。しかしこの死と同じ静寂のなかで、次第に感覚の力が増幅されてくると、再び身体中の感覚が活動を再開する。この死をくぐりぬけ、再び生へと向かう力が有機体としての人間に備わっていることをダーウィンは述べている。その症例として、若い女性が馬にのっていくうちに、落馬の恐怖から三日間仮死状態になったという、ルーシー詩を想起させるものをあげている。こうした死をくぐりぬけて再生へと向かう医学的事実は、詩人としての力の拠り所、及び詩論へと発展させていく手がかりとなった。

ワーズワスにとって詩の本質がどのようなものであるのかを知る手がかりとして、「序文」の次の説明を見てみたい。

Poetry is the spontanious overflow of powerful *feelings* : it takes its orgin from *emotion* recollected in tranquility : the *emotion* is contemplated till by a species of reacion the tranquility gradually disappears, and an *emotion*, similar to that . . . is gradually produced, and does itself actually exist in the mind.

(*Prose*, *I*, p. 148　イタリックス筆者)

詩とは強い情感が思わずあふれ出たものである。しかも静けさのうちに想起された感情をその源泉としている。呼応する一連の反動により静寂さが徐々に消失していくまで、その感情は増幅される。そうなると、それに近似したある情感が次第に生み出され、実際に心のうちに確かにそれが存在してくる。

この一節の詩（Poetry）に仮死からの再生（Rebirth）を、感情（feelings）に感覚の力（sensorial power）を、情緒（emotion）に生々とした動き（vital motion）や力強い感情（powerful feeling）、生命力（life power）などをそれぞれ当てはめてみると、それは「仮死」（syncope）から再生していく経路にひどく近似しているように思われる。「仮死からの再生とは感覚の力が強まり思わずあふれ出てきたものである。しかも静止している間に蓄積された生命の力をその源としている。一連の反動の動きにより静止状態が徐々に消失するまで力強い感情は増幅される。そうなると、前と同じような生命力が次第に生み出され、実際に心のなかに存在してくる。」というように。従ってこの「仮死」と再生の流れは、ワーズワスが考える詩の発生のプロセスと同じようだと言えよう。

すなわち、ハリー・ギルの死から一歩進んで、「仮死」（syncope—死をくぐりぬけて、以前の生命と非常によく似ている鍛えられた朽ち果てることのない生命の再生）という医学的事実を見出せたのだから、詩作の原理（詩人としての心の世界）を述べるに当り、それを応用してもよい筈であろう。つまり、「仮死」（syncope）の概念を詩人としての力を発揮させる支点として、真実を伝える詩の成立のプロセスに応用しようという特徴的な思考経路をとるワーズワスの姿が浮かび上る。詩人としての力を枯渇させることなく、活性化していく心の作用の基盤や詩作の原理などに対する自然科学のこうした真理の応用は、ワーズワスの心情や資質に照応するものであった。具体的には「仮死」の応用はこのようにワーズワス詩の本質とその方法論をよく示しているものといえよう。

五　ワーズワスとディ・クィンシィそしてエリザベス

ワーズワス詩の本質とその方法論を示すひとつの手がかりとして、エラズムス・ダーウィンの著書『ゾーノミア――生命体《オーガニックライフ》としての諸法則』の症例のひとつ、「仮死」という現象を検討してきた。すると、ワーズワス詩が包括することがらを「仮死」の言葉が端的に表明していることが了承できた。

驚いたことには、トマス・ディ・クィンシィのあの有名な「「マクベス」劇中の門口のノックについて」(“On the Knocking at the Gate in Macbeth”(1823))の一文のなかに、「仮死」(syncope)の言葉が明確に使用されている。[16] しかも文学的本質を衝く文脈のなかで使われており、ワーズワスの詩についての著述と非常に近似した表現となっている。

> We must be made sensible that the world of ordinary life is suddenly arrested-laid asleep-tranced --racked into a dread armistice : time must be annihilated ; relation to things without abolished ; and all must pass self-withdrawn into a deep *syncope* and suspension of earthly passion.
> (*Confessions of an English Opium-Eater*, p.84　イタリックス筆者)

私達は次のことを気付くように作られている筈だ。日常の世界が突如として停止され――深い眠りへ落ち――失神し――怯えた休戦状態にかけられるということに。時間は全滅され、消滅することのないものと関連を持たねばならない。あらゆるものは自発的に深い仮死へと引きずられ、この世の熱情がさし止められるなかへ、と。

マクベスが殺人という凶行を成し遂げている間、舞台の上ではこうしたトランス状況が展開され、日常的時間の流れが停止されていることをこの文面は示している。あたかも人の心も、舞台空間も共に「仮死」となっていること、である。

Hence it is that when the deed is done--when the work of darkness is perfect, then the world of darkness passes away like a pageantry in the clouds : the knocking at the gate is heard ; and it makes known audibly that the reaction has commenced : the human has made its *reflux* upon the fiendish : the pulses of life are beginning to beat again :

(*Ibid.*, pp.84-85　イタリックス筆者)

それからことがなされる——凶悪な業が完全になされると、闇の世界は雲の行列のごとく消え去り、門口のノックの音が聞こえる。反動がすでに始まったことを耳に聴こえる音で知らしめる。人間的なるものが悪魔的なものの上に引き潮のごとくまき返しおおっていく。そして生命の鼓動が再び打ちはじめるのだ。

「仮死」状態から生命を噴き返す流れに移行するさまを、これは述べている。この変化こそ、大きく文学的効果を与えられることをディ・クィンシィは強調している。生命の流れの停止が再開し、発動していく瞬間ほど心に感動を呼ぶものはない、としている。あたかも海の潮の流れが大きくうねり変動するリズムこそ、生命体としての人の心を強く揺さぶることを暗示している。ディ・クィンシィが思わず使った引用文中の「干き潮」(reflux) という言葉が顕わにしているものが、ワーズワスを彷彿とさせている。

「「マクベス」劇中の門口のノックについて」の短い評論のなかで、詩人としてのシェイクスピアがどのような役割を担い偉大であったかを論じたところにも、ワーズワスの痕跡を見てとることができる。

Oh! mighty poet! --Thy works . . . are also like the phenomena of nature, like the sun and the sea, the stars and the flowers,--like frost and snow, rain and dew, hail-storm and thunder . . . there can be no too much or too little, nothing useless or inert--but that, the further we press in our discoveries, the more we shall see proofs of design and self-supporting arrangement where the careless eye had seen nothing but accidcent!

(*Ibid.*, p.85)

おお偉大な詩人よ。汝の作品は自然現象のようなもの。太陽や太洋、星や花、霜や雪、雨や露、たけり狂う大嵐や雷鳴……そこには多すぎることも、少なすぎることもなく、無用なものや自発性のないものなどはひとつもない。われわれが発見に専心すればする程に、作者の意図と自らなる配置の証しを数多く見出すことになろう。不注意な眼には偶然としか見えなかったところに。

偶然そうに見える何気ない微かなものにこそ、実は永続的で本質的な力が内在している真実をここで語っている。われわれの精神と感覚、身体的能力の全てを傾けて、微小な音や現象や出来事に神経を集中させよう。例えばノックの音などに。そうした時、今まで見えなかったものが顕になり感知されてこよう、と。

　これは先の節で見たワーズワスの述べていた詩人の責務は人間が保有している微かな力を誘発させ、拡大させることにあるというものに似ている。見落としてしまいがちなことに眼を向けること。もっと言えば、当然のこと、常識となっていることを疑い、秘かに潜れている真理を見つけ出そう。その力が人に備わっているのだから（"the human mind is capable of excitement without the application of gross and violent stimulants ; and he must have a very faint perception of its beauty and dignity . . . It has therefore appeared to me that to endeavour to produce or enlarge this capability is one of the best services in which, at any period, a Writer can be engaged"）。

また、ディ・クインシィの「「マクベス」劇中の門口のノックについて」の最初の部分に、やはり従来の常識を疑い、自然とバイオロジカルな人間の真理を見極めようとする、科学的時代の精神が読みとれる。これはワーズワスも熟読したE・ダーウィンの『ゾーノミア』の始めの部分に著述されている視覚の実験を想い起こさせる。物理的な見えと、精神が神経に働きかけて統合して見せるもの、経験的なものに基づくものなどの、幻視、残像、虚像などである。

> Here I pause for one moment to exhort the reader never to pay any attention to his understanding when it stands in opposition to any other faculty of his mind. The mere understanding, however useful and indispensable, is the meanest faculty in the human mind and the most to be distrusted : and yet the great majority of people trust to nothing else; which may do for ordinary life, but not for philosophic purposes. . . . he allows his understanding to overrule his eyes.
>
> (*Ibid.*, p.81)

ここでちょっと立ち止まり、読者にお勧めする。精神の他の機能に対して反対のことを主張する場合の悟性には、決してひきずられないこと。有用で不可欠であるものの、悟性などは人間精神のなかで一番卑しく、また信用できないものであるから。ですがそれでも大多数の人はこれしか信用しない。悟性は日常生活には役立つにしても、哲学的目的には役立たないのだ。……人は悟性に自分の視覚を支配させるのを許している。

ディ・クィンシィはここで悟性を視覚に優先させるあまり、実際に眼で見ていることを抹殺するために、通りの両側に立つ家々を、通りの端から見た絵を人は描くことができないことをその証明として例証している。それは悟性が遠近法の知識を知ってはじめて描ける、と述べている。このように、われわれは知識や常識にとらわれて、正しくものを見ていないこと、見たものをも信じない場合もあることをも述べている。

ディ・クィンシィはこの点に関するワーズワスの詩人としての卓越さを見抜いていたことを、フレデリック・ビューイックは次のように明言している。[17]

Wordsworth's great gifts as a poet, De Quincey argues, was to pay attention to what the senses reveal, to educate the eye to watch its own watchings.

（*Thomas De Quincey: Knowledge and Power*, p.149）

詩人としてのワーズワスの天分は、感覚が顕わにしたものに注意を払い、眼にそれが見たままを見つめるようにと学ばせたことだ、とディ・クィンシィは論じる。

更にビューイックはつづける。感覚にそれが見たものを厳密に探究させて、認識したものから見えなかったものを顕現させていくまでにさせるワーズワスの方法を、ディ・クィンシィは研究した、と（... his [De Quincey's] examination of how Wordsworth transforms percepton into revelation by the scrutiny he gives to the senses. (*Ibid.*, p.149)）。

このようにワーズワスに共感しているディ・クィンシィであればこそ、また科学の発見に心躍らせる人でもあったが故に、マクベスについてのノックの著述のなかで、「仮死」という言葉を使ったのは、驚くべきことでも何でもなかった。むしろ当然のことであったことが了解される。

十代の頃から詩人ワーズワスに心酔し、敬愛のこもった手紙を出したディ・クィンシィは、ワーズワスの『リリカル・バラッズ』の「序文」で表明されている時代の混乱に左右されることのない、人間の心の奥深くに備わっている微やかな力を探究していった。それは先の「「マクベス」劇中の門口のノックについて」のはじめで述べている悟性にひきずられないように、という警告とも関連している。すなわち、常識とか悟性にだまされないように、ということでもある。例えば、天動説が常識であった時代に地動説を見抜くことである。そのガリレオですら否定した起潮力と月との関連を強く主張したケプラーのように。しかもそれを数学的に解明したニュートンのようにしよう、と。

自然の神秘に対する洞察は、いつの時代も常識との戦いであった。この戦いに勝利するには、事実《ファクツ》を省察し、見えない神秘や真実をあぶり出していくことである。すなわち、事実とはわれわれの常識や、思い込みで見ているものを遥かに超える要素を含むものである。悟性に妨害されずに、事実をあるがままに見つめる探究心、察知能力、直感を研ぎ澄ます必要がある。それは元来人に備わっている微かな力の開発とも言えよう。

ディ・クィンシィはそれをするのにオーガニックな生命体としての人の精神と身体の神秘的なメカニズムを通じてしようと、強い好奇心を抱いた。例えば残像や虚像などの事実がひき起こした身体と心との連係。そうした事実は人の身心の力の真実を解き明かす鍵ではないかと想像した。普通では見えない、それでも確かに存在するらしい人の持つ力の神秘を極めていこうとした。こうした更なる発見と開発へと傾斜しすぎた探究心が、彼にアヘンへと向かわせたのであろう。余りにも人間の神秘を求めすぎた結果と言える。

アヘンは当時は禁止されておらず、病気と人の治療用に医師により指導され使われていた。従って、ワーズワスのあと桂冠詩人にと推された程の実力の持ち主であったエリザベス・バレット・ブラウニングもまた、病気のためにアヘンを使用していたことは知られている。しかし彼女はディ・クィンシィとは違ってその量を減ずる努力をし、それからの解放に専心した人であった。(18)

そのエリザベスもまたワーズワスをドライデン以来停滞していた英詩を、その本質的なあるべき方向へと解放した英雄詩人と見なして尊敬していた。(19)その彼女であるからこそ女流詩人による『序曲』ともいえる『オローラ・リー』という詩小説を創作することができたのだ。

エリザベスとワーズワス、そしてディ・クィンシィとのかかわりについては次の機会にゆずり、詳しい論究はここでは控えたい。ただし、ワーズワスからディ・クィンシィ、エリザベスへとつながる時の流れのなかで、「事実の省察は真実を解き明かす鍵」という指針が貫かれていたことを指摘したい。これは自然界の発見と科学的発明のラッシュという時代背景に支えられ、探究の初々しい初動を忘れぬことを志向している。それはまた人に内在する秘かな力の所在を見出し、開発していくことをも目指す。こうした一九世紀における科学の加速度的発展の必然的ひずみが生んだ、叡知と知識の混濁と混乱のなかで、その指針を胸にワーズワス、ディ・クィンシィ、そしてエリザベスがそれぞれの資質により時代を生きていたといえよう。

（1）　一七七四年、水銀をとり出す実験中に、プリーストリィは空気中よりもその気体のなかでは、はるかに激しく明るく物が燃える気体を発見した。そのなかにネズミを入れたら元気よく動き回った。自分もそれを吸ってみると気分そう快となった。これが酸素の発見である。

(2) 空気中に二酸化炭素を充満させても、植物をそのなかにおいておくと呼吸ができることをプリーストリィは示した。これをインヘンハウスは追試し、光が当っているとき植物は二酸化炭素を消費し酸素をつくり出すことを発見。暗いときはその反対で動物と同じ現象になることをつきとめた。光の存在によるものなので「光によって組み立てること」のギリシア語起源で光合成と呼ぶようになった。植物は二酸化炭素を消費し酸素を発生し、動物は体内で酸素を消費して二酸化炭素を発生するという両者の関係が、大気のバランスを保つという自然の不思議な仕組みが判明した。

(3) ハーシェルは恒星の視差の測定をしようと近接して見える二つの星に注目してみた。ところが予想した視差の変化が生じないため、この二つの星は地球からの見かけだけではなく実際に近接しており、互いの周りを回っていると結論され、連星を発見した。これにより万有引力があらゆる星に当てはめられる普遍的な法則であることを実証した。

(4) 恐竜についての学問的記録は、イギリスのメガロサウルスとマンテルの発見したイグアノドン（イグアナの歯の意）に始まっている。

(5) コペルニクス以降、地球の自転は自明の理と思われていた（天空の回転は目にすることができた）が、その事実を実際に実験でこれまでは証明されていなかった。

(6) ホークスヘッド・グラマー・スクールはワーズワスの入学当時、主流の古典教育より数学や科学を熱心に教育していた。代数、幾何、ニュートンの物理のコースなどがあった。

(7) 潮は朝方に起こる海水の昇降を、汐は夕方に生じる昇降を指している。月はこの潮汐に密接な関係がある。

(8) 二節におけるワーズワス『序曲』の引用参照。

(9) Duncan Wu, *Wordsworth's Reading 1770–1799*, Cambridge Univ. Press, 1993, p.107.

(10) 次のキーツの詩行を参考。"Do not all charms fly / At the mere touch of cold philosophy? / There was an

awful rainbow once in heaven : / We know her woof, her texture ; she is given / In the dull catalogue of common things. / Philosophy will clip an Angel's wings, / Conquer all mysteries by rule and line, / Empty the haunted air, and gnomed mine–" (John Keats, *Lamia* II ll.229-36).

(11) A. S. Weber ed., *19th Century Science*, Broadview Press (Ontario), 2000, pp.383-84.

(12) Duncan Wu, *op. cit.*, pp.182-83.

(13) Ernest de Selincourt ed., *The Letters of William and Dorothy Wordsworth : The Early Years, 1787-1805*, ClarendonPress (Oxford), 1967, p.198.

(14) "We have come to a resolution, Coleridge, Mrs. Coleridge, my sister and myself of going into Germany, where we purpose to pass the two ensuing years in order to acquire the German language, and to furnish ourselves with a tolerable stock of imformation in natural science." (*Ibid.*, p.213).

(15) Erasmus Darwin, *Zoönomia : The Laws of Organic Life*, vol. 1-2, London, 1794, 1796.

(16) Thomas De Quincey, *Confessions of an English Opium-Eater and Other Writings*, Oxford Univ. Press, 1985.

(17) Frederick Burwick, *Thomas De Quincey : Knowledge and Power*, Palgrave (New York), 2001.

(18) Alethea Hayter, *Opium and the Romantic Imagination*, Faber and Faber (London), 1968, pp. 297-301.

(19) Gardner B. Taplin, *The Life of Elizabeth Barrett Browning*, John Murray (London), 1957, p.103.

XI マシュー・アーノルドの初期評論
――「マルクス・アウレリウス」と「ジューベール」

中川　敏

一　「マルクス・アウレリウス」（其の一）

マシュー・アーノルド（一八二二―八八）の『批評論集（"Essays in Criticism"）』第一集は一八六五年に出た。評論の著書としては『ホメロス翻訳論』に次いで二番目のものであり、一八六三年と六四年に発表された九篇のエッセイ「現在における批評の機能」、「アカデミーの文学的影響」、「モーリス・ド・ゲラン」、「ユージェニー・ド・ゲラン」、「ハインリヒ・ハイネ」、「異教的ならびに中世的宗教感情」、「ジューベール（'Joubert'）」、「スピノザ」、「マルクス・アウレリウス（'Marcus Aurelius'）」を収録し、後に「ペルシアの受難劇」が三版で追加された。二版が一八六九年に、三版が七五年に出て、加筆訂正が少なくない。その主題はイギリス事情に限らず諸外国、また中世、古代にも及び多様、広範であるのがまず第一の特色である。批評論文を集めたものとしては異色である。生前に第一集という言い方はされておらず、アーノルドの死後マクミラン社が残りのエッセイから選んで『批評論集』第二集を出版したことから、そういう言い方が慣例となった。

アーノルドには比較の視点があって、英、仏、独の同じ頃の文学者、もしくは文学事情を頻繁に往復し、また古代と近代をパラレルに論じる。共通の、あるいは対照的な主題に縦横に言い及ぶこの比較論法はユニークである。ここでは、同じころ執筆された、古代のストア派の賢者、皇帝マルクス・アウレリウス・アントニヌス（一二一—一八〇）を扱ったエッセイ（一八六三年一一月雑誌発表）と一九世紀初めのフランスのモラリスト、ジョゼフ・ジューベール（一七五四—一八二四）を扱ったもの（一八六三年一一月講演、翌年一月雑誌発表）について考えてみたい。

　アーノルドの初期の詩にストア派の影響が見られる。エピクテトスについては早くから書簡に名前がみえる。マルクス・アウレリウスについての言及は若いころはあまりないが、晩年なってなくなることはない。しかし、H・イーベルは、ストア派のローマ皇帝とアーノルドの描くエムペドクレスのあいだに密接な類似点《アフィニティー》を見出し、マルクス・アウレリウスへの親近感がこのアーノルドの長詩の核心にあると結論付けている。また、K・アロットは、このエッセイと就任講演「文学における近代的要素」が、ペイターの『マリウス』に、マルクス・アウレリウス時代のローマとヴィクトリア朝のイギリスとの間に類似点《パラレル》があるという示唆を与えたと、いっている。[1]

　ジューベールについては、初めに一八六二年にサント・ブーヴの『シャトーブリアンとその文学仲間』に引用されている書簡から簡潔な箴言を『ノート・ブック』に書き写したのから始まって、以後遺稿集『パンセ、マキシム』などからもアーノルドは『ノート・ブック』にしばしば転写している。アーノルドは一八六四年一月母あての手紙で、自分のエッセイをアーサー・スタンレーに読ませて、ジューベールのものよりも優れた宗教哲学を読んだことがあるか聞いてみてくれ、といっている。ジューベールは宗教哲学者ではあるが、それよりも、モンテーニュにつながる〈フランス・モラリスト〉の一人である。そういうモラリストの面でストア派のマルクス・アウレリウスと共通するものがある。

　エッセイ「マルクス・アウレリウス」と同じころに（一八六三年八月二五日）アーノルドは「世俗の場所

(‘Worldly Place’)」というソネットを書いた。これは　宮殿に住まなくてはならない皇帝にとっても「高貴な人生への助けはすべて己の内面にある」という内容のものである。「マルクス・アウレリウス」は一八六三年一一月『ヴィクトリア・マガジン』に、ロング（G. Long）による『省察録』の新しい英訳（“The Thought of the Marcus Aurelius Antonius”, 1862）の書評として掲載された。オックスフォード大学詩学教授としての講演原稿ではない。

アーノルドは、J・S・ミルの『自由論』（一八五九）での次のような発言の引用から始める、「キリスト教倫理は、主として異教に対する抗議であり、その理想は肯定的というよりも否定的であり、能動的であるよりも受動的である」。最も重要な点で「これは、古代人の最良の倫理にはるかに劣る」。いいかえれば、最良の古代異教倫理の方がキリスト教倫理より優る、ということになる。また、ミルは「汝なすべし」よりも「汝なすべからず」が不当に多いと文句をいっている。『批評論集』シカゴ版の注でホクターは、ミルがここでいっているのは、キリスト教倫理の「容認された原理」もしくは「神学的倫理」でさえ、「真実の一部だけを含む、あるいは含むことになっていた」のであるからには、「意見の多様性」と「真実のあらゆる面への公明正大な態度が必要なのはいうをまたない」ということだ、という。(2)

ミルは『自由論』第二章で、宗教的信仰にかなり多様性があるのは認めていたが、キリスト教批判者が不寛容にさらされ、威嚇され、恐れを抱いていると考えていた。(3) バックラーは、「ミルは並々ならぬ美的感覚を備えた合理主義哲学者であるが、その美的感覚は、皮肉なことに、肯定的というよりも否定的であり、能動的であるよりも受動的である」とアーノルドに代ってしっぺ返しをいう。(4) こういうミルの姿勢は、アーノルドにとって、いささか主知的、合理主義に過ぎるものに思えた。これに対抗してアーノルドは感情《エモーション》を重視した。

アーノルドはキリスト教倫理の批判者たち、とりわけミルに文句がいいたい。ことはキリスト教倫理に限らない。ベンサミズムそのものに異論があるのだが、ここでは余り手を広げずに、限定している。英国国教会を弁護しているように見えるけれど、それもなくはないが、むしろ『聖書』を弁護しようとする。

「諸々の倫理体系の目的は、人間生活を捕まえて、情に流されたりしないように助ける。倫理体系は、行為の確固不動の原理、行動の確固不動の規則を人間生活に処方することによって、この目的を達しようとする。人間生活が手がかりを得て、目的地に着くよう、この種の助けを人間生活に供給するのを、キリスト教は怠ってなどいない。それも、批評家たちの多くが想像するよりもはるかにふんだんに提供してきたのだ。」キリスト教は手がかりや助けを与えているのだ。

書き出しにミルを持ち出してくるというのは、やはりアーノルドの姿勢に、時勢、時の論者たちに異論がある気持ちをなかなか抑えきれないということであって、ついでの話などではない。時流批評の面が否定できないが、それだけのものではない。またキリスト教護教論のように見えるが、そうではなくて、宗教の本質にもどって議論をしようとする。

キリスト教は「鼓舞し、思想、感情を吹き込む」ものである。そこが大事なところである。『新約聖書』が精神を吹き込んだものとして『キリストに倣いて』を早々に紹介する。鼓舞激励し、または精神を吹き込むという意味で'inspire'や'inspiration'という言葉をアーノルドはこのエッセイでよく使う。ミルの「肯定的、積極的でない」に対して、アーノルドはキリスト教の、鼓舞激励、精神の鼓吹をまずさりげなく持ち出す。人間の生においていて、その象徴的な現れとして、『キリストに倣いて』がある。

この書は、アーノルドの生前には、トマス・ア・ケンピスの書いたものと誤り伝えられていて、原著者ヘーラルト・ホロート（一三四〇—八四）のことは知られていなかった。これは、ホロートが中世オランダ語方言で書き、そのラテン語訳をトマスが加筆編集したものであって、このことが判明し、議論の末に確定したのはようやく一九二九年のことである。今はラテン語訳流布本には多くの削除省略、付加挿入があることは指摘されているけれども、美しい文体でもって、自己反省、訓戒の内容が大衆の心をも引きつけるように書かれており、そのため、一五世紀以来ラテン語の流布本と諸国語訳が多く出て、アーノルドが「マルクス・アウレリウス」を書いた一八六四年には全部で二八一四版に達したという。実に多くの人びとに読まれてきたわけだ。また手心を加えて改訂したトマスの心境は「静寂」なものであった（日本のキリシタン文献には福音書のまとまった日本語訳はなかったらしいが『キリストに倣いて』の邦訳ローマ字本『コンテムツスムンヂ（"Contemptus Mundi"）』（一五九六年、天草学林）とその国字本『こんてむつすむん地（これ世を厭ひ、ゼス・キリシトの御行蹟を倣び奉る道を教ゆる経）』（一六一〇、京都刊）とがあり、「邦文としては明快暢達な名文」だそうだ[(5)]）。いかにこれが知識人のみならず、大衆にもキリストの教えを説くのにふさわしいものであったかが分かる。アーノルドが尊敬したルナンもこれを愛読したのだから、彼が『聖書』以来最も見事な宗教書として挙げるのも当然である。

『キリストに倣いて』は『新約聖書』以来誠に申し分ない書であるが、キリスト教倫理の凡てを含むものではない。アーノルドとしては、「非難する連中はこの書だけにキリスト教倫理を求めるのに意気投合すれば勝利した気分になるだろう」という、皮肉混じりの論難の気分が抑えきれない。だが、『キリストに倣いて』からアーノルドは次のような文章を引用する。

決意、目標なき生活（Vita sine proposito）は気力なく無為に漫然と暮すことだ」（これはセネカ）、「われわれは毎日われらの決意、目標を新たにしなければならない（renovare debemus propositum nostrum）、自分にこういいきかせるのだ、今日こそは正しい出発をしよう、これまでは何もしなかったのだから、と」――「我々の決意、目標に応じてわれわれの進歩はなされる――我々は一つの欠点さえも完全には克服しえていない、また日々の進歩を熱心に願っていないのだ――常に明確な決意と目標を目の前に置きなさい、汝の偏りがちな癖を抑えなさい（第一巻一九章、一一章）。

訳語に問題点はあるが、アーノルドは「決意、目標（propositum, purpose）」に注目している。アーノルドはこれを「最良の種類の倫理規範」という。「決意」をすることが繰り返し強調されている。いずれも、ミルのいう消極的とは違って、積極的、能動的な心構えの勧めである。これらの教えは、「行動を持する規則、外患内憂を通して正しい道筋を守らせてくれる規則」として、倫理の優れた先達エピクテトスやマルクス・アウレリウスの提供した最良のものに等しい、とアーノルドはいう。そういうものが『聖書』の次に優れた文書である『キリストに倣いて』に等しいということは、それが回り回ってキリスト教倫理に等しいということになる。この書は神の恵みに頼り、自らを省みて修行することを説いているから、信仰と克己心の書といってもいいようなものだ。

原著者ホロートは民衆の教化に熱心で、宣教活動を大いにやったのはいいけれども、聖職者の堕落を厳しく非難したため、説教停止処分を受け、瞑想と執筆の日を送ることになった。これはアーノルドのあずかり知らぬところなのだが、アーノルドは初期の評論では筆法が烈しすぎて家族の者さえこれを批判し、また敵を作ったほどであったから、原著者との知られざる共通点があったわけだ。現代の立場からいえば、『キリストに倣いて』には、ストーリーがなく、訓戒が多いから、これよりはマルクス・アウレリウスの『省察録』のほうが、話題が多岐にわたり、興味が湧くし、『福音書』となればイエスをめぐるストーリーに満ちていてまた更に面白い。しかし、これは書かれた状況からいって仕方のないことで、それはそれとしての比較対照ということになろう。そして、『キリストに倣いて』を仲介に持ち出すことによって、キリスト教を迫害した皇帝の書いた書を、アーノルドが意図的に、キリスト教に近付けようとしたとも考えられる。ミルを批判するために、『キリストに倣いて』

を出したのだが、意図は二重であった。マルクス・アウレリウスの書評に行く前に、ミルのキリスト教倫理批判や『キリストに倣いて』への言及があったというのは、言うべきことがあったというよりも、言いたい気持ちがあったというのに近い。アーノルドの筆は戦略的でもあった。

ミル批判、ベンサミズム批判は、雑誌に論陣を張るようになってからは、不思議なことではないが、それだけにとどまらない屈折した心理も働いている。第一詩集に対するオックスフォードの仲間の、時代意識（Zeit-geist）でしかものを考えない――そうアーノルドは見なした――無理解への反発、続く第二詩集への仲間及び一般の無理解にアーノルドは猛烈に反発した。三番目の詩集から代表作「エムペドクレス」を削除して、その理由を述べる「序」を書いたときから、反発は仲間だけに対するものではなくなった。ジャーナリズムを意識する、つまり時代の主流は何かと考える姿勢が出てきたのである。そこから、批評の機能を考える姿勢に行くのは、ほんの一歩であった。

アーノルドは、大衆、普通の人間には、「倫理の規則を思想として」明確に理解する知性の力が不充分で「法律として」厳格に従うに充分な人格の力もない、それは賢者のみに出来ることだという。大衆が狭い道のあまたの妨害障害を越えて運んでもらうのは、「喜ばしい、はずむような感情の波によってのみ可能だ」。

「エピクテトスやマルクス・アウレリウスを読んで立ち上がるには、圧迫感と憂愁《メランコリー》なしにはすまない、持ち堪えらないほどの重荷を人が持たされているという感じなしではすまない」とアーノルドはいう。これは、彼自身の長詩「エムペドクレス」を読んだときに受ける印象と同じものだ。

　これを感じ、堪えてきた賢者たちを称えよ。だが、賢者にとってさえ、目的地に向かう行進でのこのような労苦と悲痛の感覚は、いささか劣った感覚だ。どんな主義の持ち主であれ、最も高貴な人びと、キリスト教徒のパウロはむろんのこと異教徒エンペドクレスでさえ、倫理行為を完全にするには霊感、喜びの感情が必要だ。

信仰釈罪をめぐって論争が喧しいところで、このように喜びや霊感の必要を少しでもいうのは真実を求める一歩なわけで、ここにキリスト教の聖者パウロと異教徒の哲人エンペドクレスの名前を出したのは意味がある。片方は啓示によって迫害者の立場から敢然として苦難の信仰の道に転じた人であり、もう一人は苦悩の末にエトナ火山口に飛び込んで飛躍的降下（逆上昇）の道を選んだ人である。並みの人間には労苦と悲痛は妨げとなって目的地に行けなくなる。倫理で目的地へ行くのを促すだけでは駄目なので、そこで宗教が助け船を出す必要がある、ということを、説教調を避けていう。

「宗教の卓絶した美徳長所は、それが倫理を明るく輝かせた」ということである。これは重要な発言である。すなわち、それが、狭い道を申し分なく賢者を、またともかく普通の人をも、連れて行くのに必要な「感情と霊感」を与えたのである。アーノルドは賢者を申し分なく目標に連れていくのにも「感情と霊感」が必要だというように論を進める。異教徒のエムペドクレスとマルクス・アウレリウス、聖パウロのような賢者にも、宗教の助けが必要だったのだ。賢者が知恵者でとどまったのでは不充分だ。啓示を受けてユダヤ教からキリスト教に回心したパウロは、宗教による「霊感と喜ばしい感情」によって目的地に向かい、また大衆をそちらに導いた。エムペドクレスとマルクス・アウレリウスに悲痛さと沈鬱が伴うのは、正統の宗教による「霊感と喜ばしい感情」がなかったからだと、そういう説教臭いことまではアーノルドはいわないけれども、しかし、それに近い気持は抱いていたが、それは別の言い方でいう。後にふれるように、「俗世が飼い馴らすことのできなかった、変貌した人たち」の星座を作るのに、生涯かかったのである。

ミルのいうように、キリスト教がたんに信者を「受身に」させるのではなく、そもそも宗教というものが、キリスト教は無論のこと、「混じり物のある諸宗教」であっても、信者に「霊感と喜ばしい感情」を与え、「倫理を明るくする」ということをアーノルドは主張し、宗教文書から引用してミルに反論しようという意図を持っていた。「混じり物のある諸宗教」というのは、ミルとは違う立場で、ストア派賢者の思想やその他の異教的宗教思想の優れた面を保留つきで肯定する姿勢を示したものだ。

アーノルドはエピクテトスから次の言葉をひく、「われを導きたまえ、おお、ゼウスと、定めの女神よ、行くべしと定められた場所へたじろがずに従い行こう、臆病者となり、ひるんだとて、同じ道を辿らなければならないのだ」(クレアンテスのゼウス讃歌)。そして、これは、強者、少数者のためのもので、「精神的雰囲気は身を刺すようで明るくない」という。鹿野治助によれば、ストア派には「運命」というものがあって、賢者はこれに自主的に従うが、従わない者も決まった運命から逃れることはできない。(6) 賢者や強者ならば、そういう言葉もふさわしいが、普通の人には向かないというわけだ。マルクス・アウレリウスとともにエピクテトスも、憂鬱と無縁でないが、後者のほうが性格の強い人向きのことを弟子たちの前で口にしていて、自身は何も書き残さなかったが弟子のアリアノスが筆録した『語録（ディアトリバイ）』があり、それを要約した『掌中小録（エンケイリディオン）』からアーノルドは引用した。これはいかにもストア派らしい厳しい内容のものだが、「人生指導の書」として、広くキリスト教徒にも読まれたという。『キリストに倣いて』よりも厳しい内容のもので、アーノルドは、ミルに対してこの書のことも考えてみろ、といいたい気持があったと推察できる。但し、間もなくヘブライズムの狭い面を指摘して、ギリシア的教養の必要を説くようになるのだが、ベンサミストとの違いは意識し続ける。

さて、次いでアーノルドはキリスト教を大いに高く評価し、例のない素晴らしいものだといいエピクテトスの言葉と『聖書』の文句を比較する。

恵ふかき聖霊《みたま》をもて我を安らかな地（land of righteousness）に導きたまへ（「詩篇」一四三・一〇）。

エホバ永遠に汝の光となり、汝の神は汝の栄となり給はん（「イザヤ書」六〇・一九）。

されど我名をおそるる汝らには義の日出でて昇らん、その翼には医す能《ちから》をそなへん（「マラキ書」四・二）（以上旧約）。

かかる人は血脈によらず、肉の欲《ねがい》によらず、人の欲によらず、ただ、神によりて生まれしなり（ヨハネとイエスのこと、「ヨハネ伝」一・一三）。

（まことに汝に告ぐ）人あらたに生まれずば（not be born again）、神の国を見ること能はず（「ヨハネ伝」三・三）。

おほよそ神より生るる者は世に勝つ（世に勝つ勝利は我らの信仰なり……）（「ヨハネの第一の書」五・四）。

（穢れた霊を追い出し、信ずる者には）凡ての事なし得らるるなり（「マルコ伝」九・二三）。


などを『聖書』から引用した。アーノルドは、「ここには陽がさし、聖なる暖かさがある」という。なるほど、エピクテトスからの引用より明るく暖かい。『聖書』の教えには積極的、肯定的、温和なものがあるのだ。否定的、禁止的なものばかりではない。ここはもう、ミルだけでなく、読者にいいたいという意図で引用されている。エピクテトスやマルクス・アウレリウスを読むと緊縮と憂鬱を覚えるが、『聖書』を読むと、明るく、暖かくなる。そういう違いをアーノルドは指摘する。賢者の厳格厳正も「聖なる暖かさ」のもとでは溶け去る、というのは、宗教が倫理を明るくする、と前にいったことと関連する。弱者の麻痺も癒され、「聖なる暖かさに生気を与えられたものは力を甦らせる」。

アーノルドはしばしば「蘇らす、再生させる、新たに生まれる」ということをいう。‘be born again, is vivified, is healed, renew, a new creation’という言葉がここで続けて出ている。いささか宣教くさいといえば、確かにそうだ。ミルへの反論の気持から、少々くどいのは否めないが、後に触れるように、「生まれ変わる、癒される」という意識は、青年期の詩における内的憂鬱感や、時代への抵抗の支えを求める気持と関連して、もともとあったものだ。とくに「癒す」という言葉を「ワーズワス追悼詩」でその特徴として使っていた。

しかし、ミルは、若いころすでに四福音書のうち「マタイ伝」だけが良くて、とくに「ヨハネ伝」は悪しき神学の原因だといっている（カーライルあて一八三三年の手紙）。アーノルドの若いときとは違うが、ミルの方が正統派神学に厳しい目を向け、しかしイエスには軟かい目を向けようとしている。ミルはとりわけ神の「全能」という考えに反対し、「理性と良心」を働かせることで真理を確信する宗派は「自由な研究を許す」方向にいるはずだ、実際にはそうでないが、という（A・W・グリーンあて一八六一年の手紙）(7)。ミルは理性を正面きって主張しているのに、若いころのアーノルドは理性は宗教感情を凍らせると「イエール草稿」で書き残している。しかし、後でふれるように、まもなく「創造的理性」ということを言うようになるのである。

エピクテトスとイエスを比較してアーノルドはいう。エピクテトスは、「すべてのものに二つの柄がある、一つは、兄弟が自分に対して罪をなしたとしたら、そのことを以って問題を摑むな、彼が自分の兄弟、生まれながらの仲間だという、もう一つの柄を以ってことを把握せよ、そうすれば、摑むに耐えるものを以って事態を摑むことになろう」（『要録（エンケイリディオン）』四三）という。イエスは、「罪を犯さば、幾たび赦すべきか、七度までか」と聞かれて、「『否、七度を七十倍するまで』といふなり」（「マタイ伝」三・三七―三九）と答える。エピクテトスは、罪を許す根拠を理性で示すが、イエスはそうはしない。だからといって「エピクテトスの方がイエスよりより良きモラリストだといっても空しいことだ、イエスの返答の暖かい感情が聞き手に罪を実際に許す行為に駆り立てるのに反して、もしもエピクテトスが聞き手を冷淡なままにしておくとしたならばそういうことになる」。エピクテトスは理詰めで、論理が具体的だが、イエスの方が暖かく、心情的である。しかし、イエスの「七度を七十倍するまで」というのは温情の溢れ過ぎでかえって比喩の過剰さに落ちるが、そのレトリックで心に留ることも確かだろう。

アーノルドは、キリスト教倫理の卓越しているのは、イエスがたとえば「神と汝の隣人を愛すべし」（「マタイ伝」二二・三七―三九）という格言を、他のモラル体系より、より真の誠実さと精密な推論を以って、提出する所にあるのではなくて、「驚くほどたくみに聞き手の心を捉えて、それに則って行動させるような霊感をこめてこの格言を提示する点にある」という。これは、一九世紀半ばにしても、べつだん珍しくない言い方のように見えるが、「霊感をこめて」というところにアーノルドの特徴がある。またアーノルドは、まずイエスの心を受け入れようとする姿勢を示したいのだ。その気持は真摯である。

そして同時に批判したいものに矛先を向ける。再び、ミルに返っていう、「彼はこうした性質の真実を認識したが故に、出身の学派、つまりベンサム一派のように不毛なままに終ることなく、状態に運命付けられることなく、顕著な特色と影響力のある、注目と尊敬をうける著述家となった」と褒めながら、「そういう真実で以って充分には発酵させられていないが故に、優れた著述家にはならない」と決め付ける。これは面白い言い方である。

この辺のアーノルドの論旨について「最高に如才なく巧み」だとW・E・バックラーはいう。一応ミルの長所は認めておいて、その上はひと言たりとも余計には褒めないで、キリスト教倫理の伝統を荒っぽい扱いから救い出してしまい、ミルは批判者として不適当だというふうにもっていく。(8) バックラーのいうように、確かにアーノルドは論争を巧妙に運び、キリスト教倫理に軍配をあげる。いわゆる「為にする論理」くさいところさえないわけではない。しかし、それよりも「真実で以って充分には発酵させられていない」という言い方にアーノルドらしさが出ているのにも注目すべきだろう。方向性は認めながらその不充分さを、「充分には発酵させられていない」というようにいうのは、単に合理主義的論理で押していくミルよりも批評としての人間味があると思う。これに近い言い方は後で触れる「ジューベール」にもある。バックラーのいうように、ひと言も余分には褒めずに、皮肉なレトリックを操るアーノルドがシニシズムに陥らないのは、そういう柔かく本質的な不備をつく表現が可能だからだ。これは前に引いたイエスの「『否、七度を七十倍するまで』といふなり」という言葉にも通じるものがある。

先に「ヨハネ伝」から引用した「人あらたに生まれずば」という言葉はすでに一八四九年スイスから友人クラフあての手紙に引用したものである。クラフは当時英国国教への異和感からロンドン大学に移っていた。トマス・ア・ケンピスの『キリストに倣いて』からの引用文のなかに「決意、目標を新たにする」という文句があったが、「人あらたに生まれずば」と通じる、改めてやり直す、という考えがアーノルドにある。これは狭い意味での回心を意味するものではない。さて、そのクラフあてのスイスからの手紙であるが、そのなかで「ヨハネ伝」からの引用のあと、当時書きかけていた詩「オーベルマン」の二行を引用する。それに続く四行を加えると、次のようなものである。

The Children of the Second Birth
Whom the world could not tame
And with that small transfigured band,
Whom many a different way
Conducted to their common land,
Thou learn'st to think as they.　(143–148)

（俗世が手懐《てなず》けることのできなかった、あの二度生まれた子供たち、

多くの違った道に導かれて、共通の地に行く、
あの変貌した人たちの小さな群れ、
あの者たちと同じように考えるのをお前は学ぶのだ。）

その小さな一団の者は、キリスト教徒も異教徒も、国王も奴隷も、兵士も隠者も区別はなく、「俗世に汚されなかった人たち」だ。そういう「あらたに生まれた、再生の（born again, the second-birth）」人たちの中に、アーノルドは一八四八年の詩において随想小説『オーベルマン』の作者セナンクールを偲んで彼を入れようといった。「二度生まれた子供たち」は、A・D・カラーによれば、トマス・ア・ケンピス、マルクス・アウレリウス、エピクテトスである。(9)「変貌した」というのは、「肉によらず霊によって」生れた、つまり精神的に生れ変ったという聖書的な意味と、峻厳や憂鬱や無味乾燥から軽妙と明るさの方へ近寄ったという意味だろう。転生とか回心というほどの強い意味はないと思う。「子供たち」には「光の子ら（キリスト教徒）」とワーズワスの詩の子供の響きがある。「ルカ伝」十六・八に「この世の子らは己が仲間の事には、光の子らよりも巧みなり」とある。しかし、この「変貌」は一八四九年の段階では、アーノルド自身についても未だ満たされない願望、もしくは実現せざる予感に留まっていて、一八六七年の「オーベルマン再び」の向日性に至るには『批評論集』一巻の精神の修練を要した。とりわけ、『省察録』を新英訳で読み、それをエッセイで論じた体験はこの「変貌」の内実を成熟させたのである。

ところで、その翌年、一八六四年三月、オックスフォード大学で「異教的ならびにキリスト教的宗教感情」と題して講演し、雑誌に発表するが、プロテスタンティズムに余り言及しなかったので、『文学評論集』では「異教的ならびに中世的宗教感情」と改題した。そのエッセイで、テオクリトスの詩は、もっぱら「感覚」に従って

外部の感知しうる面を、楽しい世界の多くの部分を捉えるが、他方、聖フランシスコの詩は、「心情と想像力」に従って内部の象徴的な面を、苦しいものも楽しいものもともに、世界の全体を捉え、「霊的感情（spiritual emotion）の力によって変貌させられ（transfigured）、魂の中に座をもつ超感覚的な愛の法則のもとに置かれる」という。「悲惨からの避難所」を「心情と想像力」は提供するのであるから、聖フランシスコの詩の方が興味をひくし、大衆に目を向けるものだ。ここでアーノルドは宗教感情によって「変貌」するということを漠然とながらいったのである。ここでの「変貌させられ」は一八四九年の「オーベルマン」を意識し、それを踏まえたものに違いない。

なお、「変貌した」については、詩「オーベルマン再び」（一八六七）を読んだサント・ブーヴがアーノルドによこした手紙のなかで「これは変貌したオーベルマンだ（C'est un Obermann transfiguré）」といっている。(10) これは散文家に転じて成功したアーノルドに対するサント・ブーヴからのオマージュでもあったのだ。但し、アーノルド自身はオーベルマン／セナンクールの変貌が不完全であるという考えは依然として抱いている。

恐らく、カラーは一八六四年のエッセイ「マルクス・アウレリウス」から逆算したのだ。変貌した者たちの群が向かう「共通の地」はどこか。それは、むろん天国ではなく、アーノルド流の無何有の郷（エリュシオン）、もしくは敬虔の念を抱いた賢者、文人たちの集るいとも宗教的な場所とでもいうところだろう。「批評の機能」の結末でいうように、批評精神の持ち主に「約束の地」はないのだから。彼は、あの当時いらい宗旨や身分の違う賢者たちに折り合いをつけさせるのではなく、そういう人たちの肖像のギャラリーを作ろうと考えていた。一八六五年に出た『批評論集』の主題の多様さはそこから来ているので、多様であっても雑多ではなく、共通の精神風土がある。その共通点は、程度の差はあるとしても「優しさと光明」を目指すということである。

一八八三年アーノルドはアメリカに講演旅行に行った際、かねてから尊敬していて前年亡くなったばかりのエマスンを、神格化せずに、「偉大な詩人でも、偉大な哲学者でも、偉大な文人でもなく、マルクス・アウレリウスのような人だ」といった。これに不満を覚えた人は多かったが、G・ブラッドフォードは、これを了とし、アーノルドはエマスンをマルクス・アウレリウスや聖パウロと並べたかったのであって、この発言はエマスンをスイフトやヴォルテールより高く評価したことになるといっている。[11] マルクス・アウレリウスに対する関心は晩年まで衰えることはなかったのである。但し『ノート・ブック』に晩年に二、三回出る英訳者の名前はロングでなく前からあったコリアであるけれども。この講演の中で、アーノルドはマルクス・アウレリウスもエマスンも、偉大な哲学者であるよりも、精神に生きる人の友であり助言者であるといい、また、エマスンに「寂しさと絶望」のセナンクールを思わせるところがあるともいう。そういうことになれば、これでもってエマスンもまたセナンクール、マルクス・アウレリウスやエピクテトス、C・H・クラフと一緒に例の「俗世に飼い馴らされない、変貌した再生の子ら」の仲間に入ったと考えていいだろう。

アーノルドは「再生の子ら」に言及してから二〇年近い後に詩「オーベルマン再び」を書き、キリスト教の温かみと現世への希望の始まりを説いたのだが、そこには憂鬱の文人であった近代人セナンクールがエピクテトスとマルクス・アウレリウスのストア哲学を学ぼうとしているのをアーノルドが見て取っていた、そうW・アンダースンが僅かな語句の隙をついて、指摘している。[12]

ストア派哲学とキリスト教倫理の違いを見ながらも、共通点を見ようとすること、それ自体は珍しいことではないとしても、それをどう詩と評論において表現するか腐心したところに、アーノルドの独自性がある。キリスト教以前の異教世界のものから、キリスト教的なものへの変化を、対照的なものへの突然変異としてではなく、賢者と彼に信従する者たちの内面の動き、隠れた、埋もれた流れ（buried stream）の存在として見ようとする、そこに、創造における批評の働きというものがある。「批評の機能」（一八六四）はそういう意味で、机上の空論ではなかったのである。

たとえば、次の文章はそういう行き方の一例といっていいだろう。「マルクス・アウレリウスの倫理的な文章にその特殊な性格と魅力を与えているのは、キリスト教倫理がその最良の力を引出しているあの感情の、幾らかがみなぎっていて和らげてくれているということである。」これは批評の軟らかい表現として、アーノルドらしいもの言いである。

ペイターの『マリウス』（一八八五）において、マルクス・アウレリウスは陰鬱な人として描かれ、これとは対照的にマリウスをはじめキリスト教の方に向かう人たちは薄明の中でも明るく描かれている。アーノルドが曖昧にしておいた所を、ペイターは小説という形式を巧みに利用することによって、感覚的に明確に描き出した。これは共通の要素がありながら資質の違いがあるところから来ている。また、忽那《くつな》錦吾によれば、ルナンは『キリスト教起源史』第七部『マルクス・アウレリウスと古典古代の終焉』（一八八一）では、「宇宙的多神教とも汎神論ともどっちつかずのマルクス・アウレリウス帝が独自の福音書を書き上げており、彼は今ひとりのキリストに譬えることができる」という意外な展開がみられるという。(13) そこまで行くと、ルナンはペイターとは別の形でマルクス・アウレリウスをフィクション化したことになる。『ノート・ブック』では出版の翌年の「読書リスト」にこれが載っていて、恐らくアーノルドは目を通したと推測できる。このあとマルクス・アウレリウスをギリシア語原典で何度か読んだ形跡がある。（但し、筆者はルナンのその第七部は未見である。）アーノルドはサント・ブーヴとともに、ルナンの宗教関係ものをよく読んで、書き写している。

ド・ローラはアーノルドとペイターを比較して、次のようにいう、アーノルドは、「キリスト教は、倫理行為を完全なものにするために霊感と喜ばしい感情を与えることによって、倫理を明るく輝か」せた、また最も高貴な異教倫理家のマルクス・アウレリウスが、キリスト教の「涙と幸福な自己犠牲」を得ようと努めながら、満足

が得られないままでいると判断した、そして「その判断の本質的な所をペイターが後から同意」していると。(14)

二 「マルクス・アウレリウス」(其の二)

アーノルドはロングの英訳を賞賛する。それは、ロングが、「無味乾燥な学習材料としてではなく、近代に応用できる一面を持ち生きた興味を惹く文書として扱い、また学童の栄養としてでもなく、同時代の生活と行為の流れに参加している者のための食事として」マルクス・アウレリウスの文章を扱っているからである。アーノルドは原著者のみならず、訳者の姿勢にも近代性を認めて、よしとする。古代であれ近代であれ、時の隔たりを超えて共通するものを近代性としていつも追求しようとする。

アーノルドはロングの英訳が「全く充分に慣用的で簡潔とはいえない」、それに「マルクス・アウレリウスの本のような倫理についての短い傑作の翻訳者が念頭に置かなくてはならない大事なことは、相手にしているのが学者の小集団ではなくて、一般大衆だということである」という。この一般大衆を相手にするということが重要である。ベンサミズムとは違う大衆教化の立場を示そうとする。さらに、「マルクス・アウレリウスの本を『キリストに倣いて』と同じように人気のあるものにし、その名をソクラテスと同じように親しいものにするのが、訳者の目的でなくてはならぬ」という。片言隻語の正確さよりも、取り付き易さとか普及することを重視するべきだ、そう批判する。しかし、この英訳は翻訳としては、充分に忠実にその思想を再現している、とアーノルドは見なす。

これは、アーノルドが視学官であり、ジャーナリズムの論客だという意識から出た発言であって、マイナーな文人の書物をマイナーなりに読むという自己充足的な姿勢ではない。『キリストに倣いて』やソクラテスを持ち出すのは、『聖書』やソポクレスに限定しない、時代の主流にあるべきものへの広い目配りである。これは、芸術至上主義的な立場からは遠い。ツキュディデスやプラトンの場合には、翻訳することによって、「特徴的風格」や「魅力」が失われるが、マルクス・アウレリウスの場合には、『聖書』と同様に、いやそれ以上に、普通の読者にとっては、魅力が失われることはない。ロングの英訳は、英訳『聖書』なみによいものだから、これがあれば、「読むために生きているのではなく、生きるために読むイギリス人は、今後はギリシア語の原典は棚に上げておけばよい」とまで、アーノルドはほめる。アーノルドの最大のキャッチ・フレーズ「人生の批評」という言葉は同じ頃に書いた「ジューベール」で初めて出てくるのだが、それとこの「読むために生きているのではなく、生きるために読む」というのは共通の素朴な基盤から来ている。

マルクス・アウレリウスという人について、アーノルドは「歴史上最もあっぱれな人物」だという。「彼は慰め、希望を吹き込んでくれる人のひとりだ、高潔な人間的善良さと忍耐は、一度身に着けたことがあれば、またもう一度身に着けることもできる、そういうことを思い出させるために、とかく落胆しがちな者のためにいつまでも立っている標識のような人だ。」

マルクス・アウレリウスの簡単な伝記が途中に挿入されている。伝記的事実についてはアーノルドはロングが英訳に付した長い紹介文に頼っている。ホクターは注で、ルナンの『マルクス・アウレリウス』もあげているけれども、『キリスト教起源の歴史』第一部『イエス伝』は一八六三年に出たが、第七部『マルクス・アウレリウスと古代世界の終焉』は一八八一年の出版だから、それはおかしい。『イエス伝』は出ると直ぐ七月に読み、同時に自分の「マルクス・アウレリウス」に着手したから、ルナンの宗教論が刺激になっていると思われる。そして八月にはジューベールを読み原稿を書き始めた。両者は踵を接している。アーノルドはルナンの『道徳・批評論集』を一八五九年に丁寧に読んでいて、姉ジェーンあての手紙で「言葉のいい意味で、ルナンは倫理を教え込

もうとする傾きがあるが、自分は知性の方を、そして両方を教えたい」といっている。(15)

マルクス・アウレリウスは一二一年四月二六日にローマで生まれた。父は執政官コンスルの職にあったが、マルクス・アウレリウスが九歳のときに死んだので、母方の祖父のもとに引取られた。母からは「敬虔と慈しみ」や、「悪事をなすことのみならず、悪しき想念をも忌むべきこと」、「金持の生活習慣から離れた質素な生活」を教わり、執政官、元老を勤めたことのある祖父からは「素直さと冷静さ」とを教わった。たいへんよい環境にいたわけだ。幼時からハドリアヌス帝に気に入られ、ルキウス・ケイオニウス・コモドウスの養子とされ、その娘と婚約させられた。ハドリアヌス帝に子供がなく、執政官のルキウスを後継者としていたが、マルクス・アウレリウスが一七歳のとき、ルキウスが死に、帝は、アントニヌス・ピウスを後継者とした。そして、その二人の子をさしおいて、マルクス・アウレリウスと、ルキウスの子をその後継者とすることを約束させた。帝の死後アントニヌス・ピウス帝はマルクス・アウレリウスがルキウスの娘と婚約していたのを破棄させて、自分の娘と婚約させ、結婚させた。ややこしい事情もからんだのである。アントニヌス・ピウスの后は、父の妹つまり叔母にあたる人で、マルクス・アウレリウスにとっては、この養子縁組はうまくいった。もっとも、妻はやがて奔放な振るまいに及んだことがあるが、彼は黙っていたと伝えられる。アントニヌス・ピウスが一六一年に死んで、彼はその後を継いだ。彼はストア精神に基づいて人種差別をなくそうとし、このころには、奴隷解放がしばしば行われてその数も減ったのである。

彼は、一〇歳のころから私的に家庭教師につき、多くのストア派の師から教えを受け、簡素な生活をしていたという。母の感化である「若い時代の敬虔」、「中年の深い宗教的な情熱」がそれに加わった。彼は財務官、執政官、護民官、地方総督となり、ピウス帝と共同支配をし、後一六一年ピウス帝がなくなると四〇歳で正式に後継者となり、その後十九年間統治した。ピウス帝は五賢帝の一人で、共同支配のころは、「ローマの最もよい時代であった」[16]。

歴史上、マルクス・アウレリウスの他に、その有能善良の故に優れた君主は一人か二人いる。聖王ルイ（ルイ九世、一二一四―七〇）とアルフレッド大王（八四九―八九九）がそうである。しかし、マルクス・アウレリウスは、我々自身の時代に似た時代において、文明の輝かしい中心において、その本質的特徴によって近代的な社会状態において、生き、活動していたが故に、我々近代人にとって、聖王ルイやアルフレッド大王よりも、大いに重要さの優る人なのだ。彼は、かくして我々にとって、我々と似た人となる。我々と同様様ざまなことに誘惑される人なのだ。聖王ルイは中世キリスト教の雰囲気に住んでいて、これは、一九世紀の者が賞賛し、そこに住みたいと熱烈に願うが、どうあがいても現実に住むことなどできないものだ。アルフレッド大王も聖王ルイも、倫理的にまた知性的にマルクス・アウレリウスほど我々に近い存在にはなりえない。

アーノルドはマルクス・アウレリウスを近代に似た時代の人、近代人と見る、これは時間を超えて古代ギリシアのソポクレスの時代を近代と同じと見るのと似た発想である。なるほど、聖王ルイの時代にも多くの文人が出ていて、一九世紀の者にとって縁遠くはないように見えるが、アーノルドはそうは見ない。

聖王ルイは信心深く、第七次と第八次の十字軍に参加して従軍中に死んで聖人の列に加えられ、また公平な裁判を行うことでも知られた国王である。アーノルドはその聖王ルイよりもマルクス・アウレリウスに肩を持って比較したのだが、それを、プラトンのいう哲人王を歴史的に調べようとしたペイターが逆転させてしまった。ペイターはいう、「マルクス・アウレリウスの真心から待ち望む光明が結局のところいかに冷たく弱いものであるかということを考慮すれば、彼のプラトン体系の理解において異様で不可解なものが、聖王ルイという人において明白となってくるのだ、聖王ルイの全存在が天上のヴィジョンに満ちているのだから」[17]。ペイターは、アーノルドと違うマルクス・アウレリウス像を意識的に出そうとする。

マルクス・アウレリウスが引き継いだのは右のような時代だった。しかし、一六六年ころ北方ではゲルマン族が辺境を侵し、反抗を示したため、アルプスを越えてドナウ川沿岸に軍を進めて戦い、苦労を重ね、治世の大部分をこの地域の戦陣で過ごしたのである。小アジア、シリア、エジプト、ギリシアにもいった。しかし、ゲルマン族の出没は繰り返され、戦費調達のため重税を課し、ために離反する属州が出るやら、山賊の乱暴やエジプトでの争乱などなかなか多難であった。彼の名を高からしめた『日記もしくは所見、省察、思索』はそうした陣営で書き記されたものである。彼は一六〇年三月、体の不調をおしてドナウ河畔に出陣し、ローマに帰って一週間足らずのうちにペストのため他界した。火葬にふされ、幼いうちに死んだ自分の子供たちの眠るハドリアヌス陵に葬られた[18]。

キリスト教がコンスタンティヌス帝によって信教の自由を許されたのは三一三年のことである。それも専制君主ディオクレティアヌスによる最後、最大の迫害を受けた後のことであある。マルクス・アウレリウスも迫害を加えた皇帝の一人であった。

「リオンでの迫害（一七七年）、スミルナでの迫害は彼の治世に起きた。彼の仁慈、寛容さ、そして彼が惨酷と暴力を忌み嫌ったこと、キリスト教徒に対する厳しい措置を控えようと望んだこと、やむなしとみえたときにこれらの措置の厳しさを和らげようと考えたこと、などについては疑いはない。キリスト教徒は誰でもキリスト教徒であるからといってそれがために罰せられること（トラヤヌス以前に「一般法」でそう定められた）があってはならないと指図した、という彼のものとされる手紙は確かに偽造である。また、信仰を曲げないキリスト教徒が法に従って扱われるべきだといったことも確かだ。ロングはリオン迫害事件に疑いを持っているようだが、キリスト教徒であれば罰してよいという許可をマルクス・アウレリウスが出したのは疑いない」とアーノルドはいい公平さを失うまいとする。リヨンでの迫害は詳細な殉教記録でそのむごたらしさが伝えられている。しかしまた、皇帝がキリスト教徒に好意的だったという文献も伝わっている。

トラヤヌス、アントニヌス・ピウス、マルクス・アウレリウスら「皇帝たちが弾圧しようとしたキリスト教は、彼等の考えたところでは、哲学的には軽蔑すべきもの、政治的には破壊的なもの、倫理的には忌まわしいもの」であった。彼等は、「どうやら政治的社会的破壊を目的として、大きな秘密社会のように組織された」、おかしな宗教集団を罰し弾圧しているつもりでいた。アーノルドは「大衆が、キリスト教徒を、人肉を食しインセストを罪とも思わぬ無神論者とみなして、怒り狂い、支配者たちに警告し、教育ある階級に偏見を吹き込んだ」とまでいう。これは、フランス革命の際に、過激派に扇動された大衆がまた逆に指導者たちを更に興奮させた事情があったことを念頭においた発言だろう。しかし当時、庶民のほうがキリスト教徒に接触し、改宗したり、生命の危険を感じて反発したりする例が多かったのもまた事実である。

「近代社会における民主主義のように、同様の使命を抱いたあらゆる新精神のように、キリスト教は初めに現れたときに本能的尻込みと嫌悪を引き起こした」。誤った説が言われたのには、ローマ人一般が、キリスト教徒を孤立し頑固で烈しかったユダヤ人と混同したことや、キリスト教の儀式にまつわる新奇で神秘な雰囲気、一神論の単純さなども原因である。

古代ローマの異教はギリシア神話を受け継いだものである。広いローマ帝国には、古くからの様々の信仰があったが、キリスト教徒は、それを一部は取り入れたが、大部分を否定した。神殿やユピテルその他の彫像に「会釈どころか、十字を切って、彫像を棒で叩いたりし、民衆を怒らせ、民衆から嫌われ、また罰せられ」[19]た。ちなみに、ペイターの『マリウス』(十一章)では親友コルネリウスが神像や聖殿にそっぽを向く姿が描かれている。

アーノルドは、古代ローマ社会を紹介する際に、しばしば主語主体を大衆、市民一般、知識人、政府というように具体的に書き分けている。当時の社会主義者とは違う階級観を抱きはじめている。歴史的叙述には当然のことではあるが、その几帳面さには、当時のフランス革命以後の西欧の社会事情、政治的事情が反映している。同時にこれはマルクス・アウレリウスの迫害加担をなんとか弁明しようとする姿勢の現われでもあるといえる。

マルクス・アウレリウスのような時代と立場のローマ人には、これらの偏見の霧を通す以外にキリスト教を判断することはできなかった。霧を通して見ると、キリスト教徒たちが彼等自身のものでない数々の欠点を持った姿で現れてくる。しかし、彼等の多くがそれ以外に実際に自分自身の欠点を持って現れたのも確かなことであり、その欠点は、とりわけマルクス・アウレリウスのような観察者を驚かせ、かつ彼の種族、身分、教育から由来する偏見を固めさせ勝ちのものであって、そういうことがこれまで充分に気付かれなかったのである。我々はキリスト教が内に抱いていた未来がどういうものかということも、初期に苦闘した代表者たちが純粋で献身的な人たちであったことも、分かった上で、後にキリスト教を振り返って見ているのだし、初期に苦闘した代表者たちが純粋で献身的な人たちであって、彼等を通してそれが分かっている。マルクス・アウレリウスが見たキリスト教は、その未来が未だ示されておらず、公言された将来は小麦におとらず毒麦が目立つものであった。

そうアーノルドはマルクス・アウレリウスを弁護する。「実際にあるがままに見る」のがアーノルドの批評の姿勢であるが、そういう弁護をするアーノルドを今日から見て、おかしくないとはいえない。やはり、思いやりの入り過ぎた弁護だという面も否定できない。

更に続けて、一九世紀の自称キリスト教徒に「沢山の愚考愚劣、猛烈なナンセンス、明らかな熱狂」があるのと同じように二世紀の自称キリスト教徒にもそういうものがあった」というに至っては、公平無私（disinterestedness）を標榜する批評家にふさわしい発言といえるだろうか。なるほど、アーノルドはよく古代と近代を対比、比較して論じることが多いが、これがそれと同じ種類のものかは疑問だ。いくらヴィクトリア朝時代と古代ローマをパラレルに見るのがアーノルドらしい見方だとしても、両者の「沢山の愚考愚劣、猛烈なナンセンス、明らかな熱狂」に相違があるのに、それをきちんと見分けようとしない。どの時代にも過激主義者と俗物がいるとしてもである。（なお、軍事、天災にかかわる危機の際に、キリスト教徒が神々を無視したため、民衆が憎悪を抱いて迫害をうながしたのも確かなことである。この辺の事情は、弓削達『ローマ皇帝礼拝とキリスト教徒迫害』（日本基督教団出版局、一九八四年）に詳しく語られている。）

「マルクス・アウレリウスが、キリスト教徒の処罰を認可したことによって、倫理的非難を蒙ることはない。彼は、すこしも我々のいう〈迫害者〉なんかではない。キリスト教を実際にあるがままに見ることは、彼にとって不可能だったと認めてもよいだろう。」アーノルドにしてみれば、宗教史家のフルーリだってマルクス・アウレリウスをありのままに見ることが出来なかったじゃないか、という不満がある。だが、それでもってアーノルドの弁解にはなるまい。

アーノルドが「マルクス・アウレリウスはキリスト教が反市民的、反社会的なものに見える観点を、また国家には判断する機能と鎮圧する義務があるとする観点を抱いたが、これは避けられないものだ」といったのを引用して、二番目のアーノルドの伝記を書いたニコラス・マレーは、「鎮圧する義務」というのは「醜い言葉だ」といっている。「アイルランド問題などではよく繊細なコメントを出しているのに、自由主義的立場を標榜しつつも、稀にではあるが、抑圧的な傾向が出てしまう」とマレーはいう。マルクス・アウレリウスは過度に不寛容であったのでも、峻厳に過ぎたわけでもない。ただ、情報が不足し、統治者として内外の秩序を守ろうと、多少控えめであったとはいえ、迫害行為に及んだのは、歴史的には彼に責任がある。時代が悪かったにせよ、である。しかし、これは、アーノルドにもペイターにも、どの歴史家、宗教哲学者にも、まだ正確に語ることができていない問題なのではないのか。キリスト教も後に甚だ不寛容となる時期を迎えることになったのだから。J・S・ミルもアーノルドと似ているようで少し違う考えを抱いていた。[20]

ミルは『自由論』二章で、裁判上の不公正な例としてソクラテスとキリストの場合を挙げ、続いてもう一つの例として、マルクス・アウレリウスによるキリスト教迫害にふれた。そういう人がキリスト教を迫害したのは、「それが「書き残したものがキリストの教えとさして違って」いない。皇帝は誠に優しい心の持ち主であり、その社会がばらばらになるのを見過さないのを自分の義務とみなした」からである。また「社会の繋がりを新しい宗教が公然と解体しようとしていて、新宗教を採用するのが自分の義務でないならば、これを抑圧するのが自分の義務であるように見えた。」そういうミルの論旨はアーノルドと似ていると思われるが、これにはアーノルドは一切言及しない。「義務」という言葉を二人とも使うが、アーノルドの方が硬い意味がこもっているようだ。また、ミルは、キリスト教が公認されたのがコンスタンティヌス帝の保護の下にではなく、「マルクス・アウレリウスの保護の下であったら、今の世界のキリスト教とどんなに違ったものになったであろうかと考えるのは辛いことだ」、という。ミルは、マルクス・アウレリウスが「キリスト教を理解できる」人であり、「迫害は正しかった」、但し迫害は真理に対しては究極的には無力だけれども、とまでいう。[21] ミルは、異教の倫理観はとうてい完全とはいえないが、キリスト教のものよりましだった、ともいっている。アーノルドの立場は、異教の宗教的倫理観にも見るべきものがあるのはいうまでもないが、キリスト教のそれは比類ないものだと見る立場だ。

これは、ヴィクトリア時代の教会が権威的で峻厳にすぎ、自由を抑圧しているとミルが考えていたから出た発言であって、おそらく、これは秩序の維持を重視するアーノルドに無条件で受け入れられるようなものではない。

また、アーノルドがエッセイの初めの方で聖パウロとエムペドクレスのような賢者にも宗教によって倫理を明るくしてもらう必要があるといったのであったが、この二人の組み合せはかならずしもしっくりしているといえない。それなのに敢えてそうしたのは、聖パウロが初めはキリスト教を迫害した人たちの一人だったのを正統派キリスト教徒は思い出すべきだ、とミルがいったのを意識してのことに違いない。またエムペドクレスをマルクス・アウレリウスに近寄せて、その系譜にいれることができたらそうしたい、という果敢ない願望もあったろう。アーノルドの散文は、昔からそうだが、なかなか戦術的なのである。ミルとアーノルドとどちらがより柔軟な精神の持ち主であったか、簡単には結論を出せないが、ミルの方が権威と体制に対して厳しく、アーノルドの方が国家の指導ということを柔軟に考えている。アーノルドは、自分は宗教なしにはすまされぬ人びとと、宗教なしにすませようと考える人びとの中間の人間だということを後に『神と聖書』（一八七五）のなかでいっている。ミルは無神論者ではないが信仰を抱かない懐疑論者だと自らいっているし、人間らしい自由を拘束しない宗教ということを考えている。この二人はマルクス・アウレリウスをめぐって接近しかけたが、結局はすれ違い、お互いに遠ざかることになる。

『自省録』は政務の合間に、あるいは先陣で少しずつ無造作に書きとめられた。ただ「自分自身の導きと支え」になるように、自分が読み返すためだけのものであって、文体を凝ることもない。読む者はあら捜しに走る気も失せて、顕著な「清潔、繊細微妙、美徳」の魅力に圧倒される。マルクス・アウレリウスは小事にも大事にも気を抜かない。行為の大きな動機が己において正しくあるように、かつまた、こまかな行為も正しいものであるように、「自らを見張った。」激務の支配者が読書と思索に情熱的に熱心で、かかる素晴らしい覚書を残した、と紹介する。

アーノルドの引用したロングの英訳に「目標・決意のない無用なことはすべて、思索において抑制すべきだ」

という文があり、これは鈴木照雄訳では「つぎつぎ現れる想念においても、わけもないいたずらなことを、ことにも、心邪なよけいなことを避けて通らなければならぬ……」(三章四)となっていて、「目標のない」という言葉はない。鈴木訳では同じ章の前の節に「主要目標に邁進し」とある。[22] さらに、アーノルドは「フランクリンは、自分にふさわしい強力な実践性をもって『何事も目標なしになされないように』という気に入りの題目について、語る」を引用する。実践性が産業革命以後のヴィクトリア朝の主潮流の一つであることをはっきりとアーノルドは認める。これがアメリカニズムの一要素であっても、それを無視するのは論外で、これを尊重しなければならない。オックスフォード時代のアメリカ観とは違う見方をする方に向かっている。しかし、実践性は、重要であってもアーノルドにとって第二義のものである。フランクリンについていけないのは、「人間の行為の基本的動機」ということで、それについて思索するときのマルクス・アウレリウスこそが「最も興味深い、ユニークで、比類ない」マルクス・アウレリウスなのだ。

ここでアーノルドは翻ってマルクス・アウレリウスとキリスト教倫理家とを対比させる。キリスト教では、なるほど偽善は否定する。報いを得ようとして会堂や街角で祈るのでなく、「己が部屋にいり、戸を閉じて隠れたるに在す汝の父に祈れ。さらば隠れたるに見給ふ汝の父は報い給はん」(「マタイ伝」六・六)、そう聖書はいう。報いと罰という動機はこの種の言葉の上の考え違いからくる。多くのキリスト教倫理家たちが妙に誇張するからキリスト教を歪めることになった。

セネカの文章は知性を刺激し、エピクテトスの文章は性格を強め、マルクス・アウレリウスの文章は魂に通じる。宗教的感情は倫理を明るく照らす力を持つのに、マルクス・アウレリウスの感情はあまり彼の倫理を明るく照らさないが、光を漲らすのである。それは努力と厳正の雲を解かし去る力はあまりないが、その中で光って輝やかす、それは喜びと高揚よりも、穏やかさと甘美さ（gentleness and sweetness）の精神である、つまり鋭敏繊細で優しい感情、喜びではなくて諦念である。若い頃に、ストア派の師の一人マキシムスから、病気のときはむろんのこと、あらゆる事情においても快活であれ、と教えられ、またとりわけ倫理の性格に甘美と威厳（sweetness and dignity）を正しく混ぜ合わすべきことを教えられたが、これこそがマルクス・アウレリウスをしてあのように見事な倫理家たらしめたものだ。またそれが、自然観察のなかにさえもワーズワスにふさわしいような鋭敏繊細な洞察、共感のこもる優しさを持ち込むのを可能にしたのだ。

引き籠りを願う強い気持（the passion for retreat）がマルクス・アウレリウスのような人にはあるということにアーノルドは注目する。人々は海辺や山間に引き籠って静養することをのぞむが、「どこへ行こうとも、自分自身の心の中に引き籠るよりも、よりいっそう厄介ごとに煩わされずに静穏になれるというわけにはいかない。とりわけ、そこをのぞきこむと直ちに申し分ない平穏な落ち着きに入れるという考え（鈴木訳は「拠り所」）を内に持つときには。常に、かかる引き籠もりを自らに与え、自身をまた新たにするがよい。」第一章でも引用した、エッセイと同じころのソネット「世俗の場所」の中で「高貴な人生への助けはすべて己の内面にある」と歌ったのは、この箇所からの言い換えである。

「彼の甘美と平静（sweetness and serenity）にもかかわらず、『二つの無限のあいだ』にある点のごとき人の生は決してオデッセウスの幸福の島などではなく、人はそこでの芸能上演を幻想のヴェイルなしでじかに見るのだ。人の生と栄華の空ろさと果敢なさについての熱弁以上に陰気で一本調子なものはない。」しかし、ここでもまた、マルクス・アウレリウスの大きな魅力である「彼の感情（エモーション）が現れて一本調子を救い陰気な気分を押し退けるのである。この永遠の話題についてさえ彼は、想像的で、新鮮で、心を打つ」のである。アーノルドは、ミルよりも宗教の感情面を重視する。

洋の東西を問わない、人の世の果敢なさを嘆く思いが、誠に巧みに述べられている。アーノルドがマルクス・アウレリウスについて述べた最も優れたところだ。「二つの無限のあいだ」というのは、アーノルドが要約してそういったのであり、ロング訳『省察録』四章五〇では「後に残した無限の時と、前方にあるもうひとつの広大無辺」とある。[23]「甘美と平静」はアーノルドのことのほか好むものである。

マルクス・アウレリウスの思想は、日本の仏教的無常観に似ていなくもない。「あしたの紅顔、夕べのされこうべ」というのに似た言葉が第四巻に目立つ。アーノルドは紹介しないが（ペイターは注目した）、「すべては束の間の存在である。人間のことはカゲロウのごとく果敢なく、とるに足らぬものであり、昨日の子種も明日はミイラとなり灰となる」（鈴木照雄訳四四八）という言葉などまさに、仏教和讃並みでさえある。この世に生きる時間は短く、生きることを一大事に考えるべきではなく、三日生きようが、人の三倍の人生を生きようが、違いはない、長生きなど考えるな、死を大袈裟に考えるな、とマルクス・アウレリウスはいう。

「死に対しては、心明るく平らかで」あるべきで、「死の到来を自然の営みの一つとして待つ」（鈴木照雄訳五二〇―二）のが、思慮ある者の為すところだ、というのがマルクス・アウレリウスの死生観である。その辺をアーノルドは引用しない。アーノルドは死そのものを考えるよりは、死を恐れないようにする方法についての文章を引く。死が近付いたときに人の支えになる通俗な考えを欲するなら、「お前が死と最もよく折り合うようになるのは、お前が接しなくなるものを観察し、お前の魂がもはや交らなくなる人々の人柄を観察することによってである」という考えだ。

マルクス・アウレリウスは死に臨んでの心構えを説いて、安らかな気持になりたければ、やがて去るこの現世の物や、交らなくなる人びとを観察することで、「死と折り合うことができよう」という。だが「自分と同じ考えのものとの別れではないことを心得ておくべきだ、ともに生きる者たちとの違いが如何に大きな難儀を引き起こすかお前は分っている。だから、死よ、早く来れ、私もまた自分を忘れてしまうことのないように、というようになる」と記す。人には知己に未練や愛着があるのは否定できない。むしろ、死に対して平静であれ、という。人の身に起こることは「万有（ユニヴァーサル）の為になること」だから、不愉快に見えても、喜んで文句をいわずに受け入れるべきだとマルクス・アウレリウスはいう。「万有の全過程には人の幸福への摂理の関わり」がある。

マルクス・アウレリウスは、正しい行動の処方を出してくれるし、妥当な動機を与えてくれるから、「明晰な頭脳の持ち主や心清き者――彼らは大方は信仰によらず、目に頼って歩く人たちなのだが――にとって慰めてくれる特別の友人」である。求める者たちに、望むものをすべて与えてくれるわけではない、としてもである。「それよりも、その者たちが彼を愛するのは、彼が与えてくれるものの故にではなくて、彼の声に人の心を動かすような響きを与える感情があるからなのだ。彼もまたその者たちと同じように、求めて得られぬものに憧れていたからだ。キリスト教徒を迫害したこの人は、キリスト教になんという親近感を抱いていたことか！　キリスト教における、あふれる感情、救いの涙、幸福な自己犠牲、それこそが彼の魂が憧れ求めた大事なものであった。そういうものが彼の近くにあり、彼をかすめて、彼に触れて、通り過ぎていった。また、もしもマルクス・アウレリウスがキリスト教を十分に知っていたとしても、彼はきっと残した文章で読み取れるような、ほとんど、あのような人物のままでいたに違いない。」皇帝たちの前でキリスト教の弁護をした殉教者ユスティノス（一六三年死刑の宣告を受けた）のようにはなるまい、と思われる。またいろいろ仮定したり、山上の垂訓や「マタイ伝」二六章を彼がどう思うであろうかなどの質問をしても無駄である。アーノルドの一番いいたかったのはマルクス・アウレリウスが「キリスト教になんと親近感を抱いていたことか！」ということだ。キリスト教に批判的であっても、親近感を抱くことに大きな意味がある、そこを考えようというのだ。このあたりはミルに少し近い。これを書いたときにミルを意識していたに違いない。単に、論敵としてのみミルを見ていたわけではない。アーノルドはかなりミルを理解できる立場にいたはずで、マルクス・アウレリウスをめぐって、この二人としては最接近したといえるが、権威と秩序にたいする考えが違うため、すれ違いとならざるをえなかった。アーノルドは、ミルのキリスト教に対する決め付けるような言い方には承服できなくて、内面的に、軟らかい見方をとった。

しかし、そういう質問をしたい気持にさせるところがマルクス・アウレリウスの最大の魅力なのである。我々は彼が賢く、正しい、己を律し、優しい、感謝を忘れぬ、潔白な人だと思うが、それでも尚、彼が心乱れて、かなたの何物かを求めて手を差し伸べる姿を思い浮かべるのである。

アーノルドはマルクス・アウレリウスがキリスト教に近い人でありながら、信者になり得なかったことを、そういう人であったからこそ魅力のある高貴な人物になったというふうに考える。複雑微妙な精神をその置かれたままの条件でみる。歴史的事実だけに目をくれるのではない。「かなたの何物かを求めて手を差し伸べる姿を思い浮かべる」というのは、なかなか重みのある言葉である。キリスト教徒にならなかったからこそ、あのような『省察録』を残すことになった、それは幸福なことでない。そうだとしても、残された文章の重みと豊さを称えよう、というのがこのエッセイの目的であった。

ペイターの『マリウス』においては、皇帝マルクス・アウレリウスは、カピトリヌの丘にあるユピテル神殿の祭司長として扱われる。ユピテルは勝利神である。「父なる神ユピテル」は世界を昼と夜とに二分し、他の神々といろいろ相談を行った。また元老院の大広間でアウレリウスが講演をする場面があるが、内容は『内省録』からペイターが好みで取ったもので、「ものがなしい荘厳さ」があり、「命の短さと死の接近、この世のはかなさと空しさ」が説かれている。マリウスは、円形闘技場での惨酷な見世物が廃止されないことにも、またマルクス・アウレリウスの原稿を読んだときにも、自分との間に「大きな相違がある」のを感じた。皇帝は確かに瞑想に耽り、「憂鬱」を感じていて、これを「誠実に世の中を考える人にとって免れがたい運命である」と思う。しかし「あるがままの世界にたいする安易な妥協が多すぎ、それは悪の是認にみちびく」(工藤好美訳)とマリウスは考える。確かにマリウスは倫理的にマルクス・アウレリウスを批判しているが、果たしてその内面に深く測深を及ぼしているか、疑問が残る。キリスト教の夜明けの薄明と古代異教の黄昏を対照させるやり方は誠に新鮮で見事だが、いささか対照の技法に淫して、感覚的になってしまい、芸術のための芸術の方への歩み出しが大き過ぎるという印象がのこる。マリウスは皇帝の苦悩の表面をなぞるだけで、ついにその深部までは洞察を及ぼしていない。ペイターの暁に向かう薄明の描き方が見事であるだけに、マリウスの成長の背景としては大きく扱われ過ぎた皇帝についての考察が、表層的観察に終るのがかえって目立つのである。「マルクス・アウレリウスの感情はそんなには彼の倫理を明るく照らしはしないが、光を漲らす」というアーノルドの言葉は、ペイターの批判的な見方に充分対抗しうる重みを持つものである。

三　「ジューベール」

「ジューベール」は、一八六三年一一月オックスフォード大学で講演したのち、エッセイとして雑誌に載せたものである。執筆開始は「マルクス・アウレリウス」より少し早い。一八六四年一月『ナショナル・レヴュー』誌に「ジューベールあるいはフランスのコールリッジ」として無署名で掲載され、一週間後の『スペクテイター』では大いに褒められた。注目を引き、さらに三月五日の『リテルズ・リヴィング・エイジ』（ボストン）に再録された。

『批評論集』第一集は、目次を見たところでは様々のばらばらの主題を扱った論集であるかのようにみえる。しかし、詩人から転身した批評家の文集ではあるが、詩人時代からの幾つかのテーマが伏流のように出たり隠れたりしていて、エッセイを読み進むほどに、何か共通の方向性が、それも入り組んだ複雑なものがあるのが分ってくる。複数のエッセイが対照的に見えたり、類縁性が見えたりする。その中で「マルクス・アウレリウス」と「ジューベール」は古代と近代という時代を超えて、モラリティーの扱いに共通のところがある。『ノート・ブック』の「読書リスト」では一八六一年に『帝政下のシャトーブリアンとその仲間』と「ジューベールのパンセとマキシム」の記載があり、翌年湖水地方フォックス・ハウの別荘にジューベールを持っていって書簡からの引用文を書き写している。一八六三年七月に一年近くのびのびになっていた「マルクス・アウレリウス」に着手して一一月号の雑誌に発表し、また八月にはジューベールを再読し始め一一月に原稿を書いてオックスフォードで講演しているから（発表は翌年一月号）、この二つのエッセイは踵を接していたといいうる。

楽しくジューベールを読んだが、多忙のため、講演原稿がなかなか書けず、汽車の中や駅で書き、当日の朝早起きして完成させた。プロシア皇太子妃の牛津大訪問騒ぎで主な教師たちは来なかったけれども、ホールはいっぱいで、いつもより学生が多かった、主題の新しさが良い刺激となったのは確かだ、そう母あての手紙でいっている。教養を重視する啓蒙的文人という姿勢が、このころから一層固まってくる。題名に見られる比較の姿勢も興味を呼んだはずだ。雑誌論文については、いかに出来の良いものかということよりも、ジューベールがいかに気持ちの良い面白い人物かということを分ってもらいたかった、といっている。

ジューベールは生前に著書を出さず、若いときから生涯にわたって日記もしくは小さな手帳に随想を書き入れていた。一八三八年、死後一四年、夫人がためらった末にようやく文集『ジューベールのパンセ集』（シャトーブリアン編）が初めて本として出たが、これは公刊されたものではなく、友人たちにのみ配られた。さらに一八四二年に、随想に書簡を加えた『パンセ、エッセイ、マキシム』二巻（レイナル編）が出て、以後増補版も出た。サント・ブーヴは、一八三八年一二月『両世界評論』誌に（『文人肖像』IIに収録）、一八四九年一〇月には『立憲新聞』に（『月曜閑談』Iに収録）二度にわたってジューベールについて評論を寄せ、また『帝政下のシャトーブリアンとその仲間』では頻繁に言及した。「決して仕上ることのない断片としてしか伝わらない何かの大きな著述を目論んだりすることに一生を過ごす幸福な精神の持ち主」、そうサント・ブーヴはいっている。(24)しかしジューベール（一七五四―一八二四）は当時イギリスではあまり知られていなくて、アーノルドは、サント・ブーヴに教えられ、コールリッジ（一七七二―一八三四）と比較することによって、親しみやすい人物として明快に紹介した。エッセイとしての出来はよい。つとに半世紀以上も前に研究社評伝叢書（一九三四）で成田成壽氏が、「ジューベール」(25)はアーノルドの『批評論集』の内で「最も傑出した」もので、一巻中の「白眉」であるといって高く評価した。氏は、アーノルド以後に続くイギリス批評の一つの重要な原点をこのエッセイに見たのである。それは「人生の批評」と、時流に流されない柔軟な思索の姿勢であったに違いない。W・E・バックラーも『アーノルドの散文』で文学評論としては高く評価し、ジューベールについて「名声よりも自己発展（完成）を目指したのだから、明確な言説を、マルクス・アウレリウスのそれのように、本質的に自己教育的のものとみなすのが自然である」、「倫理家というよりも宗教哲学者であるのに加えて、文体の特徴、言語表現の理想にこだわった人である」といっている。(26)しかし、日本では今でもあまり知られていない人である。

ジューベールは無名の人だが、人に刺激を与え活気づける能力を持つ天才だというところにアーノルドは注目する。ストア派の賢者や聖書の言葉についていうのと同じことをいっている。ジューベールは一七五四年に生まれ、一八二四年に死んだ。トゥルーズの、イエズス会の学校に学び、一七七八年二四歳でパリに出てきて当時の名のある文人たちと付き合い、「青年時代に彼がなしたことは清談の一語に要約される」とサント・ブーヴはいう。[27]ディドロ、ダランベール、ラ・アルプらを知り、特にディドロの影響が大きい。彼は名声を得ることよりも「自分を完璧なものにする方に大きな関心を抱いていた」というところにもアーノルドの目が向く。エピクロスの言葉でいえば「自分の生活を隠す（ひっそり暮す）ことを選んだ」人である。それでも、故郷の町の司法官に選ばれ、「優しさと公正」をむねとして熱心に努めた。[28]また一八〇九年にナポレオンの創設した綜合学府総長となった友人フォンターヌ（恐怖時代にロンドンでシャトーブリアンと親交を結んだ詩人）から督学官、学府評議会員に推薦され、学制改革に尽くした。アーノルドは、ジューベールが無名でありながら、教育の仕事で重要な地位についたことに心を引かれたのだ。真のモラリストにして真の教育者、本にすることも考えずに（但し部分的には他人の著作に関与したこともあるが）、本よりもノートを書き残す人、そういう人物にマルクス・アウレリウスとの共通点を感じ、講演の題材に選んでいたはずだ。アーノルドの見るマルクス・アウレリウスは、前に紹介したように、ただ「自分自身の導きと支え」になるよう、自分が読み返すためだけのものを書いたのであって、文章に凝るようなこともしない。二人とも孤独な内面的な筆録者であった。ペーターの『マリウス』では、マルクス・アウレリウスが『省察録』の筆者であるような皇帝にして、かつユピテル神殿の祭司長だった、というところが重要な状況だが、アーノルドにとって、皇帝の地位は強制された時代状況にとどまり、ユピテル神殿などにはひとこともふれない。

ジューベールが地方司法官や綜合学府の評議員に推されたことは人格の賞揚の挿話として重要ではあるが、孤独な随想の断片を残したことの方が、遙かに重要なのである。しかし、一時パリ郊外の住居にいたころは近所の若い司祭たちに蔵書を開放して、役に立てており、この辺も晩年の我がコールリッジに似ていたという話は、目立ないモラリストの生き方をさりげなく紹介するものだ。また、二人は、優れた話し手であり、多くの来訪者をひきつけた。二人とも当時のルーティンからは外れた読み方、考え方をし、「言葉について一風変わった探求」をし、「言葉の普通の用法の下に隠された潜在的な意味」を探求した。「二人とも卑俗な近代リベラリズムの偏狭かつ浅薄な愚劣さに反感を抱くことによって、宗教と政治において保守的であった」。二人を保守的といえる程度にはアーノルドは前向きであったわけだが、彼が注目したのは、その保守性の当否ではなく、「本当の真実を探し求めようとする熱烈な衝動と、それを見出し認識する才能」が稀なものだということである。アーノルドは概念で判断しないで、姿勢と才能で人を判断する。コールリッジにジューベールほどの「繊細さと透察力」はなかったが、彼は「豊かで、たくましく、根気強い本能的努力をした。書いたものには失望させられるが、この努力は後に残る、これが刺激をあたえる」、そういうところを重視する。こういうアーノルドの見方は文学批評というよりもモラリストの見方ではないのか。果たせるかな、この少し後で、アーノルドの最も有名なキャッチ・フレーズ「人生の批評」が、初めてこのエッセイで出てくるのである。

ジューベールは一八二四年に死んだが、ナポレオン執政政治の時代が彼の最も元気な時代で、当時はジョフロワとその仲間たちが『ジュルナル・デ・バ』紙で「無味乾燥」、「根本的偏狭」を発揮し、「直感力の欠如」をさらけ出していた。その「偏狭さ」はイギリスの『エディンバラ・レヴュー』誌の批評家たちに匹敵した。アーノルドは、ジューベールが同時代の主流を行こうとする偏狭な俗物評論家を容赦しないのに注目する。ジューベールはコールリッジと同じように「優勢な権威者」に敬意を表したりはしない。アーノルドは頻繁にこの二人を比較し、また筆はしばしばイギリスにおけるフランス文学事情への無知にふれる。むろんフランス人のイギリス文学への無理解な面も時にはふれる。「二人とも言葉の奇妙な探求者」であった。

両国の文化事情にこれだけ筆が及ぶというのは、当時としてはかなり異例のケースであった。自国の文学を語って、しばしば古典の片言を引用するのが、英仏両国の常道であった。アーノルドは、古典を語る常道は外さないどころか、むしろ強調した上で、英仏独の文学を論ずるわけで、これは比較文学研究の先駆けというよりも、文学批評の正道をいち早く示したというのが妥当であろう。T・S・エリオットが「プロパガンディスト」に過ぎないとアーノルドの悪口をいったのは、文壇遊泳者の悪い癖がつい出たということだろう。彼は生涯アーノルドの影を出ることはなかった、というのが昨今の評価である。これはペイターを批判したことについて、「戴いておきながら居丈高になっている」といわれているのと同断である。

　コールリッジは談話とペンを用いたが、ジューベールは談話だけが唯一の武器であって、サント・ブーヴによれば、ジューベールの魅力ある談話を一部ノートに取った人がいたという(29)。エピクテトスの『語録』を書き取った弟子アリアノスのような人がいたわけだ。ロンドン、ハイゲイトにおける晩年のコールリッジよりも、パリ、サン・トノレ街におけるジューベールの方が「大きな影響力」を持っていたとアーノルドはいう。彼の性格的な「陽気さ」と「気質《アメニティー》のよさ」は、この上ないもので、精神は驚くほど柔軟であった。ローマ街におけるマラルメの火曜会はもう少し後の話であるが。ジューベールの場合、未来を負う若者のみでなく、「現在を背負い現に社会を動かしている、出来上がってしまった重要な人びとにたいする影響力」が大きいとアーノルドはいうのである。なお、コールリッジの晩年の談話は、甥のH・N・コールリッジが書き留めていて、詩人の没後『談話集(“Table Talk”)』(一八三五)として出版された。

　アーノルドは、反時代的な詩人評論家であるが、つねに時代の主流は何か、時代を動かすものは何か、ということを考えている。とりわけ「一八五三年序文」以後はそうである。隠れて住む賢者を好みながらも、時代の主流から外れないところで批評活動を行おうとする。反時代的考察者として外から単に時流を二分しようというのではなく、俗物的要素を払拭できない主流にからみついて、批判しつつ、自らが真の主流たらんとするのが、アーノルドの批評の根底の姿勢である。詩人としても、テニスン、ブラウニングと並んで、同時代の主流にいると自認しなければ収まらない人だ。ジューベールが談話において大きな影響力を持つというのは、ジャーナリズムに乗らずとも、時代の主流にからみついて人生の批評を行って、影響を与えたということである。

コールリッジの方が「曇った激しさ」が多く、「力強さと豊さ」が優る。ジューベールの方がその点は劣るとしても、「才気と透察力」の点で優れており、可能性に富んでいて、理解され易く、受け入れられ易い。ジューベールは「見事で魅力的な表現の明晰」を求めようとした。それは「生まれながらに真実と完璧を愛する気持があった」からだとアーノルドはいう。サント・ブーヴはジューベールの、「力強さは、隠れているときか衣を纏うているときにのみ、称賛すべきものとなる特質だ」という言葉を引いているが、(30) これはアーノルド好みのモラリスト的発言であろう。

ジューベールの書き残したものは論文ではなく、思索断章、パンセ、マキシム、書簡の類であるから、アーノルドはこの評論の後半で、ジューベールの思想は祖述しないで、かなりの短文を翻訳で紹介している。ハーディングは、アーノルドの引用では一貫した芸術的目標があるという印象を与えないが、原書がきちんとした校訂版でなかったので責められないという。(31) しかし、アーノルドもジューベールも体系を好まない人だから、文体で読ませれば、それでいいという面もある。

アーノルドは、形而上学、とりわけデカルトのものが嫌いであるが、ジューベールの次の断章は気に入っていた。「形而上学が本当に科学である所以は、感性的なものを抽象的なものにするのではなくて、抽象的なものを感性的なものにする点にある。隠されたものを明らかにし、知性によって知りうるものを想像力によって捉えうるものにし、また平凡な注意力が把握しえないものを知性によって捉えうるようにする点にある。」

このあと間もないころ、第一章でちょっとふれたように、アーノルドは別のエッセイ「異教的ならびに中世的宗教感情」(一八六四)で綜合的な「想像的理性(imaginative reason)」ということをいうが、ここに引用したような抽象的と感性的、想像力と知性に関する文句はアーノルドにぴったりで、いやアーノルド自身の言葉よりもずっと分かり易いといっていい。アーノルドはこちらのエッセイにおいて、古代ギリシアのソポクレスには「想像的理性」が見られたが、アレクサンダー大王以後には哲学が宗教に取って代わり、またテオクリトスは「感覚の要求」に従って明るく陽気な異教精神が見られる。中世キリスト教の代表、聖フランシスコは「心情と想像力」の要求」に従い、ルネッサンスでは古代異教精神に戻り「感覚と理解力」がものをいう。宗教改革では「心情と想像力」がものをいい、一八世紀は理性の時代で「感覚と理解力」に従う。一九世紀ロマン派においてまた「心情と想像力」に逆転する。そこでアーノルドは「感覚と理解力」のみでも、また「心情と想像力」のみでも不充分で、その両者を統合し調和のとれた「想像的理性」がよろしいという。ペリクレス時代のギリシアにはそれがあったのだという。こんな風に要約するとアーノルドも抽象的なことをいっているように見えるが、知性と感覚と想像力をめぐって、ジューベールに共感するものが少なからずあって、そこからかなり影響されて総合と完全に向けての論理を構築しようとする。

ジューベールは普通の言葉、慣用語の明晰さを強調するが、これは単に修辞の問題としてではなく、「完璧」を重視するからであり、「真理」が「美と光明」なしに提示されるのは不完全だというわけだ。「曖昧な言葉でなく、明晰な言葉で深みを探るべきだ」、「思考の深い深淵」の中に、学識は少なくても、「多くの光明を含む古来からの純粋な明晰」を持ち込むべきだ。アーノルドは、ジューベールは「真の光明の子供」であるという。完璧を追求すれば、明晰と光明の重要さを強調することになる。言葉の使い方は難しい。「一冊の本のすべてを一頁に、一頁を一句に、一句を一語に入れてしまおうという呪われた願望に苦しめられている男がいるとしたら、それは私だ」とジューベールはいい、完璧さの理想的な標準を自らに課する苦痛を告白する。モーリス・ブランシヨはそういうジューベールをマラルメの苦吟に擬え、その特徴を「光のなかの静養」と見た(32)。全宇宙を一冊の本の中にとか、地上の全光景を小さなガラス玉の中に見るというのは、しばしば詩人の願望として聞く話である。ジューベールもまた完璧を極小の内に求める。これは、全一を求める願望と表裏をなすものだ。

アーノルドは、厳格な宗派と穏やかな宗派の対照にことのほか強い興味を抱く。ジャンセニスト（ヤンセン派）は、『聖書』の「暗く陰気な真実を持ち出す」ことによって『聖書』の慰めとなる「明るい真実」を曇らせる。快活な気分を掻き乱すことはあっても、悩みに「励ましの光」を与えてはくれない。ジャンセニストは真実をいったにには違いないが、彼等は「神聖な束縛の方により強く縛られ」ていて、彼等の思考の仕方には義務の道を守るよう絶えず「強制する峻厳さ」が見られる、彼等は愛するという気持からではなくて、ただ単に「理性、義務、正義」の故に神を愛しているように見える。

それとは対照的に、イエズス会は、神を愛せと命じるのではなく、神を愛するように人を仕向け、その教義は「融通無礙《ルースネス》」に満ちていて、「よい魂の導き手」なのである。そして、彼等は「純粋な心の傾きから、感嘆、感謝、優しい気持から神を愛している、神を愛するのが嬉しいから神を愛している、礼拝書には喜びがある、それはイエズス会にあっては、自然と宗教とが手を取り合って歩んでいるからである。」

一方、ジャンセニストの書には「悲愁と倫理的強制」がある。ただし、イエズス会は、ジューベールが心やさしくも、「融通無礙」と呼んだものの故に「疑惑の目」で見られることが少なくないが、アーノルドは「イエズス会の愛すべき性質を長所と考えよう」という。これこそ、本当の融通無礙、緩急自在というものだ。おそらくアーノルドは、自分の代表作「エンペドクレス」の潤いの欠ける峻厳さと、そこには喜びがなく息苦しいだけだという理由を述べてその削除を宣言した「一八五三年序文」とを内心で思い浮かべながらこの文章を書いていたにちがいない。一八五〇年前後の若いアーノルドにはジャンセニスト的な狭さがあったのを自身自覚している。

一八六四年二月六日のハーマン・キンツあての手紙で「エムペドクレス」の載った詩集は残っていないが、「いずれこの詩を容れた詩集を出したい」といっている。これが実現されるのは一八六七年である。

しかし、早くから関心を寄せて『ポール・ロワイヤル』を書いていたサント・ブーヴは、その四、五巻（一八五九）では、ジャンセニストの「狭隘さに飽きて」きていて、アーノルドのこの文には、それと共通する面がなくもない。パスカルが指摘したように、イエズス会は勢力拡大のためにこの問題を利用していたのであり、そういう「弛緩した道徳感」(33)をジューベールは軽く見たのだし、「融通無礙」と呼んだものの故に「疑惑の目」で見られることが少なくないところを、アーノルドもまた鷹揚に見たのである。これはマルクス・アウレリウスがキリスト教徒を迫害したのを軽くみた態度と同じものである。アーノルド自身が疑惑の目で見られても仕方がない。ペイターはその曖昧さに反発したのである。

ジューベールはプラトンを愛読した。「プラトンは私たちに何も示しはしない。だが彼は明るくしてくれる、私たちに準備させ、私たちを形作り、私たちがすべてを知る用意ができるようにしてくれる。プラトンを読むのが習慣になると、後にどんな見事な真実が姿を現しても、それを識別し考えをめぐらせる能力が増してくる。プラトンに依存して生きていくのではなくて、プラトンのもたらす空気を吸うのがいいことなのである。」これは哲学者の文章とは違う。こういう文章を書く人をフランスでモラリストというのだろう。イギリスにおけるよりもフランスにおいての方がモラリストというタイプが少しばかり固まっているようだ。これを引用したアーノルドもまたイギリスの批評家の中ではフランス型モラリストに近い。モラリストは概念や体系でなく、風貌姿勢で読者を惹き付けるのである。そしてまた、右の文章は、マルクス・アウレリウスの『省察録』にあってもおかしくないようなものである。

アーノルドは、ジューベールがもっぱら主知的であるよりも「知的精神《マインド》と魂《ソウル》の力と」がうまく結び合って協力しつつ判断を下す能力を持っていて、そこが批評家としてのジューベールの最良の長所で、それはヴォルテールとルソーを批判した箇所に良く出ているという。ジューベールにとって、「想像力は〈魂の目（l'œil de l'âme)〉」である、とハーディングはいう。(34)

ヴォルテールは判断の正しさ、想像力の躍動、機敏な才覚はいいが、ジューベールから見て倫理感覚は全く駄目だ、放埒な雰囲気が才知を支えている。彼についてそういう厳しい判断が正しいとアーノルドは考える。問題は思想よりも倫理感覚なのである。ルソーの哲学の内容は、宗教心のない敬虔さ、堕落をもたらす厳格さであり、「ルソーこそが読者たちを宗教から引き離す」。手厳しいが、当然の厳しさとアーノルドはいう。正義は秩序から、そして秩序は神自身から来ると考えるジューベールと、無秩序を嫌うアーノルドは、秩序を重んじる点で共通する。

「生きるということの本質は自分の魂について考えたり感じたりすることにある……幸福とは自分の魂についてよいと感じうることである……もし真理が裸形でむき出しであるならば、それは真理がまだ充分に魂に浸っていないからだ。」この文を引いてアーノルドは「ジューベールの最も内奥の最良の性質が現れているのは、このような文章においてである」という。いかにも、ジューベールとアーノルドの両人の柔な心がうまく表現されている。「真理が魂に充分に浸る」というのは、概念、体系に倚りかからずに、柔くて鋭い洞察力が働くということでもあるのだ。これは融通無礙とも公平無私とも少し違う精神の現れである。

ここで、第一節で引用したミルをやんわりと批判した次の文章を思い出してみよう、「そういう真実で以って充分には発酵させられていないが故に、彼は優れた著述家にはならない」。貶しもせず、褒めもしない、うまい言い方だ。「真理がまだ充分に魂に浸っていない」とか「真実で以って充分には発酵させられていない」という言い方は、論理的には厳密でないが、これこそ「人生の批評」というものの好例ではあるまいか。

マルクス・アウレリウスには、「どこか憂鬱で、抑えた、決めつけないところがある」とか、ジューベールには完璧を求めるあまり「ちょっと霊妙稀薄になり過ぎたところ」がある、とアーノルドは指摘する。しかし、彼はそういうものを超えて、人物の風貌姿勢に良い所、好ましいところを丁寧な観察によって見出そうとする。こういうのもやはり「人生の批評」というものだろう。論理的、整合的な発言のみが批評ではない。

フランス革命を生き抜いたジューベールは、「支配」を意味した古い時代の自由と、「独立」を欲する現代の自由とを並べ、また「倫理的自由を助長する限りにおいて、従属は独立よりもましなものだ、一方の自由は秩序と整いを意味し、もう一方の自由は孤独への自己満足のみを意味する」という。前者をジューベールは「全一(the whole)」と呼び、後者を「部分」という。アーノルドは一八四八年の「恥ずべき二月革命の喧騒」をシャトーブリアンとともに呪う人だから、ジューベールのいう「全一」に異論を出さない。「恥ずべき二月革命の喧騒」を呪ったシャトーブリアンに同調しているアーノルドの姿勢は、マルクス・アウレリウスがキリスト教徒を迫害したのを、統治者として止むをえない、と見た姿勢と同じものである。

「人生の批評」というアーノルドのよく知られた例のキャッチ・フレーズは、「ジューベール」で初めて用いたものである。有名な文学者には、「天才的人物」と「能力ある人物」とがあり、いずれもその仕事は根底において同じもの、即ち「人生の批評」である。前者のそれは「内在的真実」によるもので、後者は同時代の、芝居ならその観客の趣向に合わせたものだ。「有名」とは何かをめぐって、この議論は始まり、永遠の名声と一時の名声の相違を云々することになった。「人生の批評」の本質にふれないわけではないが、議論はかなり、戦略的である。

サント・ブーヴはジューベールから引用する、「上代の文体について、我々が恐らくはもはや持てないあの簡潔さを、せめて愛し懐かしもうではないか。古代の杯を懐かしもうではないか。要するに、すべての点で腐敗させられることのないように、我々自身よりも一層価値あるものを愛惜しようではないか。そして自らは滅びながらも、我々の趣味と我々の判断力とは、これを難破から救おうではないか。」[35]これは単に古いものを懐かしもうというだけのことではない。アーノルドはサント・ブーヴのこの引用文を読みながらも、自分のエッセイに敢えて再録はしないが、これが忘れられずに彼の頭の中に響いていたとみえて、「批評の機能」（一八六四）の中で、これとよく似た、オーベルマンの「抵抗しながら滅びよう（Perissons en resistant）」（書簡九〇）という言葉を引用する。両者は逆のことをいっているようで、同じことの裏表ではないのか。どちらも、一見弱いようで、弱くないのである。

時代の本流を行くが如き論客にアーノルドの目は向かう。ジューベールが同時代人ジョフロワに批判的であったように、ここではアーノルドは自国のほぼ同時代の代表的評論家、マコーレイを俗物、フィリスティンの代表として、その天性の修辞家として、フランス人のいう「真の真実（ヴレ・ヴェリテ）」を捉えることの出来ない人として非難する。ミルを最低限で褒めるが、マコーレイを全く褒めない。ジョンソンやジューベールはその光明の故に救われたが、マコーレイは光の子ではなく、時の流れの中で救われる保証はない。ジューベールのような人はあまり自分の世代によって気付かれなくても次の世代に伝えられる。彼は光の子であり、俗物の時代の中でも生き、後世に伝えられた。百年後の一九三八年に彼の完全な『手帳（“Carnets”）』（アンドレ・ボニエ編）がガリマールから二巻本で出たのである。

フランスには〈モラリスト〉という文学上の用語があって、これは倫理家とか道学者と訳すわけにはいかない。モンテーニュ以来、パスカル、ラ・ロシュフーコ、ヴォヴナルグというこの用語にふさわしい人々がいて、ジューベールはまさにこの系譜にぴったりつながる。『二十世紀ラルース』はこれを「特に人間性の諸傾向と諸習慣を研究する作家」と定義している。ストロウスキーは、〈モラリスト〉は「真理を、演繹や形而上学によってではなく、直接に捉える」人だといい、日本のジューベール研究者大塚幸男は「人間を日常生活において観察し、とりわけ人間の心理的動きを直感的に探求し、永遠に変らない人間のあり方、人間の条件を示してみせ、それによってムルス（行動の仕方、風俗習慣）を矯正しようとの配慮を内に秘めている、究極のところ人間如何に生きるべきかの問題に思いをひそめる人びとのこと」だという。[36] つまり〈モラリスト〉たちは、体系を持たずに、ある価値観、「理想像」を持つ一群の散文家たちであり、これはアーノルドの「オーベルマン」における「世俗に飼い馴らされず、共通の土地を目指す一群の人たち」に似ているといってもいい。

但しハーディングはモラリストの系譜という言葉は使わず、「モンテーニュに源を持つ、ラ・ロシュフーコの〈マキシム〉というフランス散文伝統」に位置付ける。アーノルドにとっては、ジューベールは「宗教的哲学者」としてプラトン、プロティノス、スピノザ、コールリッジの系譜に立つ、ともハーディングはいう。[37] 大塚幸男は、『パンセ、マキシム』の第一の特徴として、そこで「扱われた題目の多種多様さ」を指摘し、またジューベールは「完璧に対する信仰に苦しめられ、簡潔を極め、洗練の極に達しており、ほとんど常に比喩を用いて語る」という。[38]

ジューベールの文体はその簡潔な表現においてアーノルドの意にかなうものであるが、マルクス・アウレリウスの文体はかならずしも簡潔とはいえない。人間の内面への深い洞察を下し、「人生の批評」を行うモラリストの姿勢という点ではジューベールとマルクス・アウレリウスの二人は似ている。ジューベールはフランス的モラリストであって、批評精神は持っているが、文章にして公表する批評家ではない。公表を目的とする論文を書くのではなく、人に見せることよりも何よりも、まず自らの省察をノートに書き残したという点でジューベールとマルクス・アウレリウスは似ている。思索に耽り、残した文章は人の生き方を示し、人の条件、風習を矯正する思いがこもっている点でも似ている。二人の姿勢は押し付けがましくないが、倫理的である。アーノルドがほぼ同じ時期にこの二人を扱うエッセイを書いたのには、そういうフランス・モラリストとストア派賢者の共通点に惹かれたからであり、ミルよりも表現が、理屈に走らず、柔かい、「人生の批評」というのが最もふさわしい文章家を選ぶ気持になったのだ。概念、体系を嫌うアーノルドにとって、このような、短い断片的な省察の文章の集成を本にして一、二冊ぶん残した人に寄せる親近感は大きいものであった。そこに寂寥もしくは憂鬱の要素があろうとも――マルクス・アウレリウスの場合とくにそうなのだが――道を明るくし、困難な時代に生きる精神に癒しを与える、その考察の文章は貴重なものであったのだ。形而上学の体系に頼らず、また宗教の教義にも縛られない、俗物的放恣にも走らない人間の生き方を示すもの、それが「ジューベール」で言い始めた「人生の批評」であり、これは、まもなく「教養」という考え、主張に発展していく。宗教が倫理を明るくする、と「マルクス・アウレリウス」でいったが、「ジューベール」では、敬虔な宗教心を無視せず、プラトンのあたえる光明をも重視する。この二つのエッセイを書いたアーノルドの姿勢はすでにヘブライズムとヘレニズムの綜合を説く方向に向かっていたといってもいいだろう。「部分」でなく、「全体」を目指す次の書物『教養と無秩序』に向かう、その姿勢はこのあたりでかなり出来ているのである。

（1）C. Machann, *The Essential M.Arnold, An Annotated Bibliography*, 166, 551, G.K. Hall & Co, 1993.
（2）Hoctor, *M. Arnold's Essays in Criticism*, Chicago U.P. 1968, p. 317.
（3）J・ハンバーガー、「宗教と自由」、『國學院法学』三十・三、一九九二年一二月、二九頁。
（4）W.E. Buckler, *M. Arnold's Prose*, AMS Press, 1983, p. 39.
（5）『キリストに倣いて』由木康訳、角川文庫解説、一九五八年、ホロートからの英訳によるもの。海老沢有道『キリシタン南蛮文学入門』教文館、一九九一、七八、一六〇頁。

(6) 鹿野治助編解説『キケロ、エピクテトス、マルクス・アウレリウス』(『世界の名著』第一四巻)、中央公論、一九八〇年、四〇八、四二頁。
(7) 小泉仰『J・S・ミル』研究社、一九九七、二〇三—四、二〇六頁。
(8) W.E. Buckler, ibid., p. 39.
(9) A. W. Culler, *M. Arnold, Imaginative Reason*, 1966, Yale Univ. p. 131.
(10) The Letter to H. Dunn, Nov. 1867 in Tinker & Lowry : *Commentary*, Oxford, p. 271.
(11) 'G. Bradford Calls on M. Arnold', *The Letters of M.Arnold*, Vol.5, p. 34.
(12) W. Anderson, 'Arnold and Classics' in K. Allott ed., *M. Arnold*, G. Bell and Sons, 1975, p. 281.
(13) E・ルナン『イエス伝』忽那錦吾訳、訳者ノート、人文書院、二〇〇〇年、三一三頁。
(14) De Laura, *Hebrew and Hellene in Victorian England*, Texas UP, 1969, p. 301.
(15) Cecil Young ed., *The Letters of M. Arnold*, Vol. 1, Virginia U. P., 1996, p. 516.
(16) 鹿野治助、同書、四九、五〇頁。
(17) De Laura, ibid. p. 300.
(18) 鹿野治助、同書、五二頁。
(19) 鹿野治助、五四頁。
(20) Nicholas Murray, *A Life of M Arnold*, Hodder & Stoughton, 1996, p. 217.
(21) J. Stuart Mill, *On Liberty, Collected Works*, XVIII, Toronto U.P., 1977, p. 236-37.
(22) 鹿野治助、同書、四三五頁。
(23) 土居光知注釈、*Essays in Criticism* 研究社、一九四七年、三二九頁による。
(24) 大塚幸男『フランスのモラリストたち』白水社、一九六七年、二六三頁。
(25) 成田成壽『アーノルド』研究社、一九三四年、五八頁。成田成壽は『英語青年』(一九七四・九)掲載の、『世界批評大系』第一巻（アーノルド「ジューベール」拙訳収録、築摩書房、一九七四年）についての書評でもこれを取り上げて「白眉」という言葉を再び用いている。

（26）W. E. Buckler, *M. Arnold's Prose*, AMS Press, 1983, p. 51-2.

（27）『サント・ブーヴ選集・一九世紀作家論（上）』大塚幸男訳、一九四八年、実業之日本社、四三頁。

（28）大塚幸男、同書、二六三、二五六頁

（29）『サント・ブーヴ選集・一九世紀作家論（上）』実業之日本社、六三頁。

（30）同書、五七頁。

（31）F. J. W. Harding, *M. Arnold: The Critic and France*, Droz, 1964, p. 77.

（32）Maurice Blanchot, 'Joubert and Space' in Paul Auster ed., *The Notebooks of J. Joubert*, North Point Press, 1983, p. 180.

（33）『フランス文学事典』白水社、六四七、六四六頁。

（34）Harding, ibid. p. 77.

（35）『サント・ブーヴ選集・一九世紀作家論（上）』五七頁。

（36）大塚幸男、同書、一三—一四頁。

（37）Harding, ibid. p. 77, 78.

（38）大塚幸男、同書、二六五頁。

XII　理想と現実の狭間
——『ミドルマーチ』をめぐって

松本　啓

一　はじめに——ジョージ・エリオットの知的背景

イギリス思想研究の大家バジル・ウィリーは、その著『一九世紀研究』(1)のなかのジョージ・エリオット論の冒頭の部分で、次のように述べている。

この本では、一九世紀イギリスの思想や信仰の主潮のいくつかを辿ろうと試みるのであるが、ジョージ・エリオットは、中心的な位置を占めざるをえない。おそらく、その時代のどのような著作者も、そして確かに、どのような小説家も、彼女ほど十分にこの世紀を典型的に示している者はない。彼女の発展、彼女の知的生涯は、その最もきわだった傾向の範例であり、図表なのである。福音主義派のキリスト教から出発して、その曲線は懐疑を経て、再解釈されたキリストと人間教へと進むのであり、〈神〉から始まって〈義務〉に終わるのである。ジョージ・エリオットの代表的特質は、文学者のなかにあって、その時代において、またその母国においてばかりでなく、ヨーロッパにおいても、現に口にされ考えられていた最善のもの(2)(それに最悪のもの)を集める焦点としての、彼女の独自の位置に、もっぱら由来する。誰も彼女ほど完全に、最も新しい思想、最新のフランスやドイツの理論、最近の教義解釈、人類学・医学・生物学・社会学の最新の成果に、遅れずについていった者はいなかった。最初にシュトラウスの『イエス伝』とフォイエルバッハの『キリスト教の本質』を英訳するのは彼女であり、マケイといった人が『知性の進歩』（一八五〇）を書くと、「ウェストミンスター・レヴュー」誌[3]にその書評を寄せなければならないのは、エヴァンズ嬢［ジョージ・エリオット］なのである。彼女は、それだけの力量の知性を小説を書くのに役だてた最初のイギリス作家であったが、驚嘆すべきことは、おそらく、この並みはずれた頭脳作用が、彼女の創作力を、実際そうであった以上に、もっと完全に飲み込んでしまいはしなかったことである。[4]

ジョージ・エリオットという、男性のペンネームを名乗ったメアリー・アン・エヴァンズ（一八一九―八〇）は、中部イングランドのウォリック州の農場に生まれた。[5]彼女の父ロバート・エヴァンズは、土地差配人で、トーリー党に属する国教徒であった。したがって、メアリー・エヴァンズが福音主義的な自己放棄によって精神的な偉大さに憧れるようになったのは、一八二八年に、ナニートンのウォリントン婦人の寄宿学校に入学してのちのことである。この学校の女教師マライア・ルーイスは熱心な福音主義者で、幼いメアリー・エヴァンズに強い影響を及ぼした。[6]そして、ルーイスとの親交は、こののち一四年以上にわたって続いた。一八三二年には、コヴェントリーのフランクリン姉妹の経営する、より大きな学校に移った。この姉妹の父フランシス・フランクリンはバプティスト派の牧師で、彼らの影響で、メアリー・アンの宗教的傾向は一段と強められた。この学校には海外から来て学んでいる生徒もあり、メアリー・アンの視界は広げられ、彼女の知力の基礎が築かれた。しかし、一八三五年に、彼女は母親の看病のため、やむなくこの学校を去ったが、看護の甲斐なく、翌年母は亡くなった。一八四一年父と共にコヴェントリーの郊外に移り住んだメアリー・アンに、精神的転機が訪れた。同年末に、彼女は進歩的思想家チャールズ・ブレイ夫妻を知る。彼らの邸宅ローズヒルもコヴェントリーの郊外にあり、そこに多くの知識人が集まった。メアリー・アンは、ブレイ夫妻を介して、当時の内外の知的エリートたちと相識るようになる。これと前後して、彼女がチャールズ・クリスティアン・ヘネルの『キリスト教の起源についての研究』（一八三八）を読んだことが、彼女の見解を決定的に変えた。ヘネルは、マンチェスターのユニテリアン派に属する実業家の息子で、みずからもロンドンのいろいろな商社で働いた。彼の妹のひとりキャロラインはチャールズ・ブレイと結婚したが、結婚当初から、夫の無神論を押しつけられ続けたのに当惑して、兄のチャールズ・ヘネルに信仰の土台である聖書を再検討することを求めた。ヘネルは、妹夫妻のしつこい依頼に負けて、福音書における真実と仮構、歴史と奇跡、を引き離す試みに乗りだすことになった。

ヘネルは、当時ドイツで盛んに行なわれていた「高等批評」――近代科学の成果を利用して、聖書などを客観的かつ合理的に解釈しようとする立場――に通じてはいなかったが、独自の方法で福音書を歴史的に検討した結果、奇跡というものを否定するに至った。もっとも、ウィリーによれば、ヘネルは、「福音書は、歴史としてのその位置がどのようなものであれ、初期のキリスト教徒たちの真心からの信仰を述べたものであり、そうしたものとして最高の価値がある」(7)と認識していたのではあったが。ウィリーは、ヘネルの本がメアリー・アンに与えたであろう影響を次のように述べている。

それは、禁断の木の実を食べたあとのイヴのそれに似た、恐怖に満ちた高揚の気持ちだといえよう。高揚したのは、ここに、とうとう、人を自由にする〈真理〉――自明で、強制的で、権威ある〈真理〉(8)――が見つかったからであり、恐怖したのは、父のこと、家族たち、教会、ルーイス嬢のことを考えたからである。

なかでも、最も彼女を苦しめたのは父との不和で、宗教的懐疑に陥ったメアリー・アンは、国教会の礼拝式に出ることを拒んで父を怒らせ、ふたりは一時別居した。

ブレイ夫妻を介して、メアリー・アンはヘネル家の人びととも親交を結ぶようになり、その関係で一つの知的仕事を引きうけることになった。チャールズ・ヘネルは、一八四三年に、医師でドイツ学者のロバート・ブラバントの娘エリザベスと結婚することになったため、エリザベスが着手していたダヴィト・フリードリヒ・シュトラウスの『イエス伝』(一八三五)の英訳を引き継ぐよう、ヘネルはメアリー・アンを説得したからである。

この小論は、『イエス伝』(英訳一八四六)について述べるべきものではなく、また筆者にはその力量もないのだが、ウィリーによれば、この大著は、「聖書の奇跡は、意識的な仮構ではなく、現実の出来事の誇張でもなくて、神話、すなわち、想像力が作りあげた象徴、であって――事実の事柄ではなく、精神の事実、経験、感情の状態を表わすものである」[9]ことを説いたものである。そしてやがて、そこから、「人間こそ真の『肉化』なのであり、人間において世界は和解して神へ戻るのであること、そしてキリスト、唯一者、独特の神人の代わりに〈人間〉を置くならば偉大な神話の究極的な意味が得られる」[10]こと、を説くに至るのである。いわゆる〈人間教〉の思想である。

『イエス伝』の英訳を終えたメアリー・アンは、これまたドイツの大著であるフォイエルバッハの『キリスト教の本質』(一八四一)の翻訳にとりかかり、一八五四年六月に出版にこぎつけた。

ウィリーによれば、「フォイエルバッハのこの大著は、ヘーゲルからマルクスへと流れ、人びとをますます深く自分たちへと追い込み、彼らに個人としての、しかしとりわけ人間社会の成員としての、自分たちの必要や願望のうちに、思想や信仰という概念的世界の根源と、そして実にその現実性のすべてを、発見することを教える、あの力強い潮流に属している」[11]。フォイエルバッハの言説は、〈人間教〉の一つの変形であったが、人間の有する

〈愛〉を強調するものであった。

……誰がわれわれの救い主、またはあがない主、なのか。神なのか、〈愛〉なのか。〈愛〉である。というのは、神としての神はわれわれを救ってはくれず、神格と人格の違いを超越する〈愛〉がそうしてくれた。神が、愛から自らを捨てたもうたように、われわれも、愛から神を捨てるべきである。それというのも、もしわれわれが愛のために神を犠牲にしないなら、われわれは神のために愛を犠牲にしてしまい、愛という属性があるにもかかわらず、宗教的狂信の神――悪しき存在――を持つことになるからである。(12)

そして、メアリー・アン・エヴァンズは、フォイエルバッハの英訳を通じて、「以前よりは少しばかり多く、他の人びとの欲求や悲しみに同感し始め」るようになり、ブレイ夫妻に宛てて、次のように書き送った。

神よ、われらを助けたまえ、と古い宗教は申しました。新しい宗教は、かの信仰をわれわれは欠いているという正にその理由からして、われわれに、それだけ一層お互いを助け合うことを教えるでしょう。(13)

周知のように、『キリスト教の本質』の英訳が出版された一八五四年六月に、メアリー・アン・エヴァンズは、結婚という手続きを踏まないまま、G・H・ルーイスと手を携えてイギリスから出国したのだが、この思い切った手段は、彼女が、自ら信じるに至ったことを行動に表わしたという点で、単なる口舌のともがらでなかったことを例証するものであった。

それからしばらくして、彼女は、ルーイスの助言もあって、小説の分野に転身し、一連の田園小説(14)を発表した。

その際にも、彼女は単に面白い娯楽小説を書こうとしたのではなく、人びとの道徳的進歩を促すという目標を抱いていた。彼女は、次のように書いている。

> もし芸術が人びとの同情心を拡大しないなら、それは道徳的に何もしないのです。意見などは人間の魂と魂との間の貧弱な接合剤だという、胸のはり裂けるような経験を私はしてきました。そして、私の著作によって生みだそうと私が熱心に望んでいる効果とは、それら著作を読む人びとが、同じく苦闘し過誤を犯しつつある人間であるという広汎な事実以外のすべての点で、自分たちとは異なっている人びとの苦痛と喜びとを、一層よく想像したり感じたりすることができるようにすることだけです。[15]

そこで、以下において、ジョージ・エリオットの最大傑作とされる『ミドルマーチ』（一八七一―二）にそくして、そこに登場する多種多様な群像のうち、主要人物のいくたりかを取りあげて、彼女の掲げている目標がどのように具体化されているかをみてみることにしたい。

二　理想を追う人――ブルック嬢とリドゲイト

周知のように、『ミドルマーチ』には「地方生活の研究」[16]という副題がついている。ミドルマーチとは、ジョージ・エリオットが生をうけた、イングランド中部のウォリック州の町の一つコヴェントリー（現在はウェスト・ミドランズ州に所属）をモデルとしたものである。また、時は、ほぼ、第一次選挙法改正案の成立に先だつ一八三〇年から三二年にかけてに設定されている。[17]このように、この小説は、空間的にも時間的にも限定されている。そのうえ、この小説では、上は準男爵、地主、実業家といった上層中流階層の人びとから、医師、牧師、法律家といった専門職業の人びとや、さらには馬喰、競売人、小作人に至るまで、各階層の多様な人物が描かれている。したがって、『ミドルマーチ』は、リアリズムの手法にのっとった一種の社会小説であるともいえよう。しかし、この小説は単に一地方の社会を客観的に描出しようとしたものではない。作者の眼は、そこに生きる個々の人びと、とりわけブルック嬢、の内面にも注がれていることに着目しなければならない。この点からすれば、『ミドルマーチ』は心理小説とみることもできよう。

八部八六章（それに「序曲」と「終曲」）から成るこの大長篇小説は、ストーリーが多岐にわたり、したがって単一の主人公ないしは女主人公、そして単一の物語、から成るものではなく、いくつかの物語が組み合わされてできている。注目すべきなのは、それぞれの物語の中心人物たちが互いに複雑な姻戚関係にあることが、この小説にまとまりを与える要素の一つとなっていることである。もとより、一地方都市やその近在に定住している人びとが相互に姻戚関係にあるのは間々あることである。そして、確かに、こうした姻戚関係から生じるつながりがこの小説のストーリーの展開をドラマティックに盛りあげるのにあずかって力がある。しかし、この複雑な関係があまりにも暗合的で、やや不自然な感じを与える場合もあることは否めない[18]。

ところで、前述のように、この長篇はいくつかの物語の複合体といえようが、なかでも最も主要な物語は、地主ブルック氏の姪のひとりブルック嬢（ドロシア・ブルック）を軸とするものである。そのことは、八部から成るこの小説の第一部（一章から一二章）は「ブルック嬢」と題されていることからも推し測ることができよう。第一部は、次のような書きだしで始まっている。

ブルック家の長女には、粗末な装いのため一段と引きたってみえる、といった美しさがあった。その手や手首の形はまことに見事なので、イタリアの画家たちが想像した聖処女マリアの装いのように、古風で質素な袖でも着こなせた。また、その横顔は、背の高さや身のこなしと相まって、簡素な衣裳のために、ひときわ品位を増すかに思われた。[19]

この引用文で着目すべき点は、ドロシアは「簡素な衣裳」のために、かえってその美しさと品位とが増している、とされていることである。また、ドロシアの描写に、聖処女マリアが言及されていることも、また見逃してはなるまい。「人類の運命をキリスト教的観点から眺める」[20]ドロシアは、理想家であり、「この世界を高貴な生活の場」[21]と考える傾きがあった。

彼女は、強烈なものや偉大なものに心を奪われるので、そのような性質を備えたものと見れば、何ごとによらず受けいれようとする、向こうみずなところがあった。[22]

この「向こうみずなところ」は、彼女が配偶者を選ぶ際に発揮される。二〇歳にみたないドロシアは、近隣の牧師カソーボン氏に関心を寄せる。カソーボンは五〇歳に手の届きそうな初老の男だが、長らく神話学の研究に没頭していて、『世界神話学全解』[23]という大著の執筆に取り組んでいるとのことであった。カソーボン氏から彼の目指す著書のことを聞かされたドロシアは、彼を「偉大な精神」[24]の持ち主と思い込む。「自分の生涯を有効な生涯にしたいと願いながらも、どうすればよいか分からな」[25]かった彼女は、次のように思うのである。

「大切な研究にたずさわっていらっしゃるあの方のお手伝いが一層よくできるように勉強するのが、これからの私の務めになるだろう。わたしたちの生活には、取るに足らないものなどなくなってしまうだろう。……そして、私は、年をとるにつれて、自分のしなければならないことが分かるようになるだろう。ここで、現在――つまりこのイギリスで――どうしたら崇高な生活が送れるか、それが分かるようになるのだ。今はどんな仕方でも善をなす自信がない。なにもかもが、まるで言葉の分からない国へ使命を帯びて出かけてゆくような感じがする。」(26)

このように、ひたすら精神的向上を目指すドロシアは、妹のシーリアが指摘する、カソーボンの顔の、みにくい「毛の生えた白いあざ」(27)も一向に気にならない。

利発であるという評判にもかかわらず、ブルック嬢の考え方は、確かに子供じみていた。たいして思考力があると思われていないシーリアのほうが、見せかけだけで内容のない人の胸のうちをすばやく見抜いた。あまり感情的でないことが、ある特殊な場合に、あまりに感情的になることを阻む唯一の安全弁であるらしい。(28)

ところで、このように、ブルック姉妹は、理想に傾きやすい感情家の姉と、現実家で冷静な妹、という風に対照的に描かれていることに注目すべきである。人物を対照的に提示するのは、この小説におけるエリオットの際だった手法の一つだからである。おそらく、この手法は、ウィリーが鋭く指摘しているように、(29)ジョージ・エリオットの「あらゆる問題の両面を見ようとする本能」、一九世紀の「意識全体のなかに深くはめ込まれていた本能」、に由来するものと思われる。

他方、カソーボン氏も、「眼前の損得についても、遠い未来の決算についても、ひそかに胸算用をするなどということを全くしない」(30)ドロシアに惹かれていくのである。そして、ドロシアが彼に「素直で激しい愛情」(31)を示すのを見て、「女性の伴侶の持つ魅力で生活を飾り、骨のおれる研究の合い間合い間に垂れこめがちな憂うつの雲」[32]を晴らすよすがとなり、「やがて老いらくの年月の慰めともなる女性の愛情を確保するには、今こそその時である」[33]、と思い定める。こうして、ふたりは婚約する。婚約したブルック嬢は、伯父と妹と三人で婚約者カソーボン氏の住むロウイック屋敷を訪ねるが、その時の邸の描写は、来たるべきカソーボン氏との陰気な暮らしを予示しているといえよう。

緑がかった石造りの建物は、古いイギリス風の建築で、見苦しいことはないが、窓が小さくて、陰気な感じである。子供たち、たくさんの花々、開けはなたれた窓々、あちらにもこちらにも明るいものの見通し――こうしたものが備わって、初めて家は楽しいわが家にみえるのである。陽の光もささず、森閑としずまりかえったなかに、まばらに残るわくら葉が、黒々とした常磐樹にはすかいに散りかかる、秋も終わりに近いこの季節には、建物までが凋落の秋といった風情で、そこに姿を現わしたカソーボン氏にも、この背景のため、引きたって見えるはずの健康の輝きといったものは見あたらなかった。[34]

それもそのはずで、もともと浅い感情しか持ち合わせていないカソーボンは、快々として楽しまないのである。

正直なところ、婚礼の日取りがきまってその日が近づいても、カソーボン氏は意気軒昂といった気持ちにはならないのである。また、……道の両側は花々で飾られた庭園を妻と共に歩むさまを思い描いても、彼がろうそくを手にして歩く、住みなれた陰気な部屋べやよりも魅力あるものには、どうしても思われないのである。みめうるわしく気高いおとめを見事手に入れはしたものの、喜びは……ついに得られなかった。この驚きを、もちろん彼は自分自身にも白状しないくらいだから、まして、他人にそんな感情はそぶりにも見せられるものではなかった。[35]

そもそも、カソーボンの憂うつは自己不信から生じていて、「いつ果てるともない著述の泥沼にもがいて、おりおり絶望におびやかされる時の孤立感」[36]に根ざすもので容易に解消しえないものであった。上に述べたように、ドロシアとカソーボンとは、互いに相手に対して幻想を抱いたゆえに結婚したのであるからして、この結婚のゆく末は、あやういものであることはいうまでもなかろう。

結婚したのち、「残り少ない晩年の飾りにするため」[37]に妻をめとったカソーボンは、彼自身もその成就をあやうんでいる大著の執筆にいつ着手するのかを妻に問われて、苦い思いを禁じえない。

この外部からの非難者は、妻、それも若い花嫁として、そこにいるのだ。そして、この花嫁は、おびただしい走り書きや、書類の山を、……ただ畏れて眺めるのではなく、あらゆるものを、推理力という忌わしい能力を働かせて監視するスパイになったかと思われた。[38]

上に述べたように、この結婚の破綻の大きな原因は、もちろんカソーボンの側にあるのだが、その一端はドロシアの側にもあるといえよう。高貴なものに憧れるドロシアは、いわば「信念」の人であり、その信念に殉じたのだからである。ドロシアの「信念」とは、

「完全な善とはどういうものかは分からないにしても、それでもなお完全な善を求めるならば、悪を斥ける聖なる力の一部になれるということ――光の届く範囲を拡げて、暗黒との戦いを狭めることができる」[39]

ということである。カソーボン氏と結婚することでドロシアが目指したものも、この「信念」を具体化すること

であったといえよう。こうして不幸な結婚にはまり込んだドロシアの運命をさらに辿ることはひとまず措いて、いったんドロシアに別れを告げて、ドロシアと同じく「信念」を持ち理想を抱きながらも、結婚の現実に足をとられて、不幸に陥ってゆく、もうひとりの重要人物について述べることにしたい。

その人物とは、青年医師ターシアス・リドゲイトである。彼は、イングランド北部の由緒ある家に連なってい て、パリで修業した。そして、単なる一開業医に終わることなく、人間の「生ける組織のより内密な関係を論証 することによって」[40]、医学の進歩に寄与したいという大望を抱いている。したがって、リドゲイトは、医者たち が開業医として成功することに汲々としているロンドンを避けて、研究のための余暇が得られる見込みのある、 ミドルマーチという田舎町にやって来たのである。「ミドルマーチのためにはささやかな良き仕事を、より広い 世界のためには偉大な仕事を」[41]なしたいというのが、リドゲイトがみずからの「未来に対して立てた計画」[42]であ った。

ところが、リドゲイトの行く手に、躓きの石が現出する。工場主でミドルマーチ市長のヴィンシー氏の娘ロザ モンドという美人がそれである。ロザモンドは、「衣裳の好みがすぐれていたし、布地のなだらかな線や、色合 いのどれを選んでも、それが似合うニンフさながらの容姿や、純粋な金髪に恵まれ」[43]ていた。そのうえ、州きっ ての花嫁学校レモン女子塾の模範生でもあった。ここで注目すべきことは、同じく美人であっても、精神性の勝 った理想家ドロシアは、聖処女マリアに通うところがあるとされているのに、他方のロザモンドはニンフにたと えられていて、異性にとって魅力的な官能性を与えられていることである。つまり、このふたりの美人もまた、 対照的人物として描かれている。

フランス留学中にある女優に恋をして、女性というものの測りがたさを知っていたはずのリドゲイトではあっ たが[44]、ロザモンドに次第に惹かれて、恋のたわむれに溺れてゆく。しかし、不幸にも、「ふたりは、それぞれ相手のあずかり知らぬ世界に生きていた」。(45) リドゲイトは、深遠な科学的研究に専念しており、他方ロザモンドは次のような夢想にふけっていたからである。

ロザモンドが夢想するロマンスでは、主人公の精神生活や、彼が世の中でどのような仕事に励むかといったことは、たいして考える必要はなかった。もちろん、彼は知的職業に従事しているし、申し分ない男ぶりであると同時に、腕も確かであった。しかし、リドゲイトの最大の魅力は、彼が名門の出であることで、……彼と結婚すれば、彼女の身分が高くなり、地上の天国ともいえる境涯に少しでも近づくことになることであった。(46)

リドゲイトは、当分結婚しないつもりであったが、ふたりの仲がミドルマーチの町でしきりに取り沙汰されているのに、彼の正式の結婚申し込みがいまだないのを苦にしてロザモンドが流す涙の雫にほだされて、彼はロザモンドに求婚する。ついに、リドゲイトは、

申し分のない若い女性を見つけることができた、と考えた――たしなみのある女性を妻にして初めて与えられる、こまやかな夫婦の愛情の息吹きを、早くも身に感じる思いであった。彼の高遠な思索や重要な仕事を尊敬して、決してこれを妨げない人、ひっそりと魔術のように、家庭と家計に、秩序を作りだす一方、いつ何どきでも、竪琴に指を触れて、生活をロマンスに変える心組みでいる人、教育を受けても真の女らしさの限度を守り、決してそれを超えようとしない人、だから、素直で、その限界の彼岸からくる命令を進んで実行しようとする人、それが彼がいうところのたしなみのある女性であった。(47)

しかし、ロザモンドは、すでに見たように、夫の仕事の価値など念頭にないばかりでなく、放漫な財政の家庭で育ったために上手に家計を切り盛りすることなどできはしない。彼女の未来図には「一家の経済は含まれていなかった。まして、浅ましい金銭上の問題などは思いもつかなかった」[48]。また、ロザモンドは、無言のうちに己れの我を押し通す強情な女であることが、やがて判明する。

そして、ドロシアと同じく、「信念」を抱いて門出したリドゲイトも、やはり結婚という現実にからめとられていく。

「よい教育を受けた相当数の医師が、自分の観察や研究は医学の原理と実地との改良に寄与することができる、という信念をもって仕事にとりかかるならば、ほどなく事態は改善されてゆくはずです。」[49]

こうした当初の「信念」にもかかわらず、リドゲイトは借金の泥沼にはまり込む。そのうえ、やがて見るように、彼の協力者と見られていたバルストロードの没落によって、社会的にも窮地に追い込まれる。そして、ロザモンドが望むままにミドルマーチを離れ、ロンドンと大陸の海水浴場とを往復してかせぎまくる、単なる一開業医としての生活に甘んじざるをえなくなるのである。

これら二組の夫婦は、それぞれ、相手に対して過大な幻想を抱いていたことから、挫折する。作者エリオットにいわせれば、「人間はみな道徳的に愚鈍に生まれついていて、この世界はわれわれのこのうえなく貴重な自己を養ってくれる乳房だと考える」[50]のである。こうした幻想の上に成立した結婚が幻滅に終わるのもやむをえぬ仕儀であろう。

……ひとたび結婚の敷居をまたいでしまえば、期待はひたすら現在に向けられる。ひとたび夫婦の船旅に旅立ってしまえば、ふたりの乗る船が少しも進まず、海は視界に現われないことに——つまり、ほんとうは陸地に囲まれた湾を探検しているにすぎないことに——気づかないわけにはゆかないのである。(51)

しかし、幸いなことに、結婚というものについてのこの悲観的見解は、かならずしも作者エリオットの最終的結論ではないことは、やがて明らかとなるのである。

三　地を這う者——ガース家の人たち

ところで、『ミドルマーチ』には、ドロシアやリドゲイトとは異なって、いたずらに高遠な理想を追うのではなくて、与えられた「仕事」を誠実に果たしつつ生きる人たちも描かれている。ガース家の人たちがそれである。ガース一家は、ミドルマーチの町を「ちょっと出はずれた」(52)、質素で古めかしい家に住んでいる。当主のケイレブは、「測量師、価格査定人、差配」(53)で、かつては裕福であったのに、「運わるくも建築業に手を出したばかりに破産してしまい」(54)、「借金をきれいさっぱりと片づけるために、暮らしを切りつめ、精根をつくして働いたのであった」(55)。彼は、無類の「仕事」好きで、少年の頃から、「仕事」は彼の想像力を捉えてしまっていたのである。

……「仕事」という言葉が彼の口から出るのを聞いたことのない人に、彼がこれをいうときの熱烈な尊敬、宗教的敬意をさえこめた特別な響き、を伝えることはむづかしい。……

社会という体の衣、食、住を賄うための、あの無数の頭と、無数の手とによる労働の価値、つまり、社会が成り立つうえに必要欠くべからざる労働、の力をつくづく考えながら、ケイレブ・ガースはしばしば頭をふった。……少年の頃の大望は、この崇高な労働――彼はこれを「仕事」の名で呼んで、独特な威厳を持たせたのであるが――に、あたうかぎり有効に参加することであった。(56)

しかし、同じく「大望」を抱いたといっても、ガースの場合には、前節で取りあげた人びととは異なり、それなくしては社会が成り立ちえない、日々の労働に参加したい、ということであり、一時貧しい生活をしいられたときにも、ガースはその志を失うことはなかった。そして、若い頃教師だった、ガースのしっかり者の妻スーザンは夫を支え、六人の子供を育てているのである。ここでは、地に足をつけて、互いに助け合って生きる夫婦の姿が描かれている。

ガース家の人たちのうち、特に重要な人物は、長女メアリー・ガースである。彼女は、ドロシアやロザモンドとは違って、決して美人ではない。「色は浅ぐろく、くろい縮れ毛は剛くて思うままにならない。背は低い。(57)」それでも、

おとなになるにつれて、彼女の不器量さは緩和された。一口に不器量といっても、彼女のそれは、世の母親たちが、地球上いずれの土地においても、多少は似あう家庭婦人のかぶりものの下に、共通に持っている、あのいかにも人間的な表情なのである。レンブラントなら、喜んでメアリーを描いて、聡明な誠実さの現われた、そのおおらかな顔を、画布から覗かせたことだろう。なぜなら、誠実さ、真実を語る公正さ、それがメアリーの第一の美徳だったからである。彼女は、決して自分についてあらぬ幻影を人に与えようとはしなかったし、自分もそのような幻想にひたろうとはしなかった。そして、機嫌のよいときには、われとわが身を笑うゆとりもあった。(58)

ガース家の人たちは、エリオットの初期の田園小説に登場する人びとに似通っていて、大地に足をつけて生きている人間たちであり、ミドルマーチの上層中流階層の人びととは対照的な人物である。そして、エリオットは、どちらかといえば、ミドルマーチの町のお歴々よりも、ガース家の人たちに、より肩入れしているやにみえる。そのことは、メアリーとヴィンシー家の長男フレッドとの交渉を跡づけることによって立証することができよう。

メアリーは、住み込みで、親戚の病身で気むずかしい老人ピーター・フェザストーンの家事手伝いをしている。老人の先妻は、ほかならぬケイレブ・ガース氏の姉であったし、老人の二度目の妻はヴィンシー夫人の姉であった。そこで、かつては、ガース家とヴィンシー家との間にはちょっとしたつながりがあって、両家の子供たち——とりわけフレッドとメアリー——は、親しい遊び仲間であった。そして、大学生になっても、フレッドはガース家を「もう一つのわが家」(59)としておりおり訪ねていた。そして、ガース家の人たちもフレッドを親しく迎えた。しかし、この親交を妨げる一大事が出来した。怠け者の大学生フレッドは、伯父のフェザストーン老人の遺産を当てに借金をし、苦しまぎれに、手形書き換えに際して、ケイレブに手形の裏書きを頼み込む。そして、金策のつかなくなったフレットは、ガース家の人たちに多大な迷惑をかけてしまう。不足金を補うため、スーザンは息子のひとりを専門学校へやるために溜めていた金をはたき、メアリーも貯金の大半を拠出することになる。当然、ガース家の人たちの間ではフレッドへの信用はがた落ちで、フレッドは彼らに見限られても仕方のないところであった。けれども、そんなフレッドをもメアリーは決して見捨てはしなかった。「六歳のフレッドが彼女を世界一のすてきな娘と思い、雨傘から切りとった真鍮の環を指環にして、彼女をお嫁さんにした」(60)のであったし、彼が今なおメアリーを一途に想っていたからである。メアリーは幼い頃からのフレッドへの愛情に殉じ、彼女も崇拝していた、中年の魅力的牧師フェアブラザー師のそれとない愛の告白をも斥け、フレッドへの愛を貫くのである。

ところで、フレッドは、やっとのことで卒業試験にうかり、牧師になる資格をえる。しかしメアリーは、彼の資質からしてフレッドは牧師には向いていないことを見越して、もし彼が牧師になるとしたなら、彼の求愛をうてい受け入れるわけにはゆかない、という。フレッド自身も牧師になることを好まず、もっと実際的な仕事につくことを望む。そしてフレッドは、メアリーの父ケイレブの指導のもとに実務を学び、ついには農業経営者となることができ、愛するメアリーと結ばれ、仕合わせな家庭を築くに至るのである。この幸福な結婚は、明らかに、前節で扱ったドロシアとカソーボン、そしてリドゲイトとロザモンド、の不仕合わせな結婚と対置させられているのはいうまでもない。

四　バルストロードと「神慮」

貧しくとも誠実に生きるガース家の人たちとは対照的な存在は、宗教の陰にかくれている二重人格の銀行家ニコラス・バルストロードである。彼は、リドゲイトと同様によそ者で、ミドルマーチの町に定住する以前の経歴は定かではないが、今では市長ヴィンシー氏の妹ハリエットを妻として、ミドルマーチの町の有力者のひとりにおさまっている。しかし、彼の隠された暗い過去は、この小説のストーリーのドラマティックな展開と共に、あばかれてゆくのである。

バルストロードは、つねづね自分は「神の道具」であると語っているが、それを実証するための一手段として、ミドルマーチの旧病院に、新たに伝染性熱病患者用に特別病棟を設ける計画を立て、研究に熱心なリドゲイトはそこで働くことになる。バルストロードがリドゲイトに語るところでは、この新病院は、「肉体の治療」[61]のためばかりのものではなく、真理の体現を目指すものなのである。

ところで、成功者バルストロードは、かねて郊外に隠居所として適当な物件を物色していたのだが、フェザストーン老人の隠し子で、大方の予想を裏切って老人の遺産を継いだリッグから、ストーンコート屋敷とそれに附属する土地とを買いとることになる。

> 彼がこのすばらしい農場つきの見事な家屋敷を買いとったのは、ただ隠居所としてであって、地所はおいおい拡張して、住居は次第に美しく手入れして、やがてそこを本邸として乗り込み、現在尽力している仕事の一部から身をひき、福音書の真理に味方して、地方の地主として睨みをきかせ、これから先、いつとは分からないが、地所を買い広げるならば、神慮によって彼の地位も強固になるわけで、つまりは神の栄光をあらわすことにもなるはずであった。[62]
> 〔傍点引用者〕

しかし、「神慮」は、そうバルストロードの思う通りには、ことを運んではくれなかった。というのも、義理の息子リッグを訪ねてストーンコートにやって来たラッフルズ――バルストロードのかつての同僚で、道楽者――の出現が、バルストロードの老後設計を狂わせていくからである。

ところで、ここに用いられている「神慮」（'Providence'）〔通常は「摂理」と訳される〕という語は、周知のように、一八世紀のピューリタン系の作者たち（たとえば、デフォーやリチャードソン）に多用されている。彼らの小説において、この「神慮」は、神を信じる主人公や女主人公を窮地から救い出す「慈悲深い」神の働きである。この「神慮」という語が、バルストロードについて述べられている六一章だけでも、四回も用いられているのは、決して単なる偶然ではあるまい。信仰を隠れミノとするバルストロードの破滅を物語る作者エリオットはキリスト教福音主義から脱けでた人であったことを思い合わせるとき、モルやパミラのいわば変種といえるバルストロードが断罪されていることに時代思潮の変化の現われを読みとることができよう。

バルストロードは、若い頃はロンドンで暮らしていて、熱心な非国教徒として、ひそかに牧師を志していた。しかし、彼の属する会衆のうちの有力者の商人ダンカーク氏に見込まれ、ダンカークが経営する質屋で働くことになる。そして、ダンカーク氏が亡くなったあとで、その未亡人と結婚する。ところで、この質屋は盗品の故買をして大きくなったものであった。そして、ダンカーク夫妻のひとり娘セアラは、この秘密を知って深く恥じて家出をし、行き方知れずになっていた。未亡人はしきりに娘の消息を知りたがっていた。そこで、バルストロードは八方手をつくしてセアラの行方をたずねたが、彼女を探しだすことができなかった。その結果、未亡人はバルストロードと再婚し、全財産を彼に残したのである。ところが、のちになって、娘の消息がつかめた。彼女は、ポーランド人のラディスローという男と結婚していて、ひとりの息子をもうけていることが判明する。しかし、バルストロードは、「神慮の道を踏みはずしているような人たちに財産を分けることが、果たして神のお役に立つであろうか」[63]、と手前勝手な疑問を投げかけて、義理の娘と孫とに財産を分与することをしなかった。そして、彼のほかにこの秘密を知っていた唯一の人間である同僚のラッフルズに相当な金を与えて、彼をアメリカに移住させたのであった。ところが、今や、厄介ばらいしたはずのラッフルズが立ち現われ、バルストロードの弱みにつけこんでたびたび金をせびったうえに、バルストロードの良心を切り刻み、懊悩させるにいたったのである。

そうこうするうちに、ラッフルズはアルコール中毒におちいり、ケイレブによってストーンコートにかつぎ込まれる。ラッフルズの口から秘密の洩れるのを恐れたバルストロードは、彼を看病しながら、「彼が望んでやまない出来事」[64]の幻が心に浮かび、そこに「ラッフルズの死を見、そのなかに自分自身の救いを見ないわけにはいかなかった」[65]。

バルストロードの心のなかに起こった矛盾葛藤ほど、不思議にも憐れなものはなかった。この不幸な男は、長年にわたって、よりよい人間になろうと努め、利己的な欲望を鍛練して、これに厳格な衣をまとわせ、あたかも敬虔な聖歌隊のように、それを引き連れて世間を渡ってきた。ところが今、その聖歌隊自身が恐怖を感じ、もはや神の讃め歌をうたうことができないばかりか、みな一様に安全を求めて叫びたてるのである。(66)

バルストロードは、彼と交代でラッフルズの看病に当たるストーンコートの家政婦に、病人に絶対にアルコール類を与えてはならない、というリドゲイトの指示を伝えずじまいになり、間接的にだが、ラッフルズの死をもたらすことになる。しかし、ラッフルズは、すでにあちこちで、自分はかつてはバルストロードの同僚であったこと、また彼の秘密を知っていること、を仄めかしていたために、バルストロードがラッフルズの死を早めたのではないか、という憶測がミドルマーチの町じゅうに広まり、バルストロードは窮地に立たされる。また、リドゲイトが、ラッフルズの死の直前に、バルストロードから千ポンドもの大金を用立ててもらっていたことも知れ渡ったため、リドゲイトもあらぬ疑いをかけられることになる。結局のところ、「神慮」はバルストロードの思惑に反して、偽善者の彼を救うように働きはしなかったのである。バルストロードは、コレラが町で発生したことに伴う衛生問題を審議する委員会の一員だったが、この公開の委員会の席上で、委員を辞退することを求められる。信用失墜したバルストロードは、しおしおと退席し、ミドルマーチの町を退去する羽目に陥るのである。

しかしながら、ここで見落としてはならないのは、作者エリオットは、この偽善者バルストロードでさえ、これを一方的に断罪してこと足れりとはしていないことである。バルストロードが愛している、優しい妻ハリエットは、夫の秘密を知って大きな衝撃をうけるが、「彼女のほとんど半生にわたって、幸運を共有させてくれた人、変わることなく大切にいたわってくれた人」(67)を見捨てることなく、夫と共に屈辱を受けいれ、新しい生活を始め

る決意を固める。バルストロードは、

……自分が誰からも同情されない不幸のままで、徐々に死んでゆくような気がした。優しい妻の顔は二度と見られないだろう。神に訴えても答えてはいただけず、罪の報いに苦しむほかないのではないか。

その夜、八時が過ぎると、戸が開いて、妻が入ってきた。彼は、顔をあげて妻を見る勇気がなかったので、目を伏せたまま坐っていた。彼女は、夫に近づいたとき、彼が小さくなったような気がした——とてもしおれ、しなびてしまったように見えた。はじめて知った憐憫と、長い年月の愛情が大きな波のように、彼女のなかを過ぎた。……

「あなた、顔をおあげになって。」

彼はびっくりとして目を上げ、一瞬、驚いたように妻を見た。彼女の青ざめた顔、喪服に着かえた姿、口のまわりの小刻みなふるえ、どれもみな、「分かっています」といっていた。そして、妻の手が、また目が、やさしく彼の上にあった。彼はふいに泣き出した。妻もまた、夫のそばに坐って、共に泣いた。夫と共に耐えようとする屈辱について、またその屈辱をもたらした原因について、ふたりはまだ何もいうことはできなかった。無言のうちに夫は告白した。そして、無言のうちに、妻は変わらぬ心を約束した。(68)

屈辱にまみれた夫の上に注ぐ妻ハリエットの「憐憫」の眼差しを描いたこの場面は、この小説の最も印象的な情景の一つである。そして、先にみたように、作者エリオットがその著作によって生みだそうと努めた「熱烈な効果」は、読者に、「同じく苦闘し過誤を犯しつつある人間である」という事実以外のすべての点で、「自分たちとは異なっている人びとの苦痛と喜びとを一層よく想像したり感じたりする」ように仕向けることだ、と述べているのだが、さしづめ、この場面などは、上述のエリオットの抱負を裏書きするものの一つではあるまいか。

五　ウィル・ラディスローと「教養」

以上において、『ミドルマーチ』の主要人物のいくたりかを取りあげて、この小説のジョージ・エリオット的特徴のいくつかを手短に眺めたのであるが、最後に、ドロシアと関連の深いウィル・ラディスロー青年に触れることにしたい。

先にバルストロードの話を述べた際に、のちに彼の妻となったダンカーク未亡人にセアラという家出したひとり娘がいて、その娘の夫の名がラディスローだったことに言及した。ところが、驚くべき暗合によって、このセアラの夫ラディスロー氏は、「ジューリア伯母」の息子であった。したがってウィルは、カソーボン氏のまたいとこに当たり、ジューリア伯母がその不幸な結婚によって勘当され、相続すべき財産を失ってしまっていたため、カソーボンがウィルの面倒をみてやっていたのであった。このウィル青年は、有名なパブリックスクールの一つラグビー校を出たが、国内の大学には進まず、ハイデルベルク大学に学んだ。[69] しかし、ウィルは定職につくことをせず、今また大陸へ行くことを希望していた。この「ペガサス」ウィルは、気のむくままに自由に暮らすことを望んでいる（ウィルは、早くも第一部九章に登場するが、重要人物として描かれるのは第二部以下においてである）。

> 天才は必然的に拘束に耐えられない、というのが彼の持論であった。つまり、天才は一方では最大限に自発性を発揮しなければならないが、もう一方では、天才独自の働きをさせようとして、これを呼び出す天地万有の声を確信をもって待ちうけながら、すべての崇高な機会に対して受容の態度を整えていればよい、と考えるのであった。[70]

ウィル青年が果たして天才であるか否かは措くとして、彼のこうした考えの背後には、当時広くうけ入れられていた「教養」主義の思想が、おそらく影を落としていると思われる。ちなみに、当時知識人の間でもてはやされていた、マシュー・アーノルドの『教養と無秩序』（一八六九）が公刊されたのは、『ミドルマーチ』が完結する三年前のことであった。おそらく、ジョージ・エリオットは、かつて信奉していた福音主義に代わりうるものの一つとして、「教養」主義に関心を抱いたと思われる（もっとも、楯の両面を見ようとするエリオットは、他方でたしなみとしての「教養」を揶揄していることも事実である。たとえば、ロザモンドのレモン塾での花嫁修業のための「教育は、たしなみのある婦人に必要とされるあらゆる科目を網羅していた」[72]、と述べるときのように。）。

ところで、ウィルの援助者のカソーボン氏はウィルの「いわゆる『教養』」[73]を追求する生き方に批判的である。学問を生活の方便と考えるカソーボンは、「それ自体一つの目的と考えられる仕事を成就するためには、それに先立って、多くの精力や、後天的に得た二義的な技能を忍耐強く働かせなければならない」[74]と考えているからである。ウィルはウィルで、ドイツの学者たちの「高等批評」が進んでいる今、カソーボン氏が試みているような、重箱のすみを突つくような学問には批判的である。

そして、もしカソーボン氏に恩義を感じていなかったなら、カソーボン氏がこつこつと勉強し、覚え書きを山と書き溜め、覚つかない理論の光りを頼りに世界の廃墟を探索するのを見て、嘲笑したことであろう。[75]

そして、またいとこカソーボン氏の、崇高なものを目指すうら若い婚約者ドロシア・ブルックの「気高い魂」に強く引きつけられる。同じく、ドロシアも、超俗的なウィル青年に好感を抱く。

ところで、ウィルは、新婚旅行でローマを訪れていたカソーボン夫妻とめぐりあい、羨望のあまり、思わずカ

ソーボン氏の研究の無意味さをドロシアに指摘し、彼女の心を痛ましめる。それというのも、

手の届かぬあたりにおわします女性に遙かに捧げる敬意というものは、男性の生活に重要な役割を果たすものだが、たいていの場合、崇拝者は、自分の想いを知ってもらい、彼の心を統べたもうその女王が、よしんばその玉座を降りてくださらないまでも、彼の想いをよみしたもう印を与えて、彼を勇気づけてくれることを切望するものなのである。ウィルが求めていたものも、まさにそれだった。……妻らしい気遣いと懇願とをこめて、カソーボン氏に目を向けるドロシアは、見るも美しかった。あのように妻としての務めに心を奪われていなかったなら、彼女を取りまく光輝は、いくぶん失われたであろう。そう思いながらも、次の瞬間には、彼女の夫が、このような芳酒を、砂地が水を吸い込むように、味わいもせずに飲みほすのが、たまらなかった。(76)

ここで注目したいのは、ウィルとカソーボン氏とが、際立って対照的人物として描かれていることである。留守中に訪ねて来ていたウィルとカソーボン氏とが鉢合わせする、次の描写などは、その一例である。

カソーボン氏は……驚いたが、愉快な気持ちは少しもなかった。しかし、ウィルが立ちあがって、訪ねてきたわけを話すと、彼はいつもながらの丁重さで、挨拶をした。カソーボン氏は、今日はいっそう面白くなさそうだったので、それが彼の顔を一段とつやのない、色褪せたものに見せたのであろう。そうでなくとも、このような効果は、このいとこの青年の容貌との対照によって、たちまち生じたであろう。ウィルを見てまず心を打たれるのは、明るい日の光のような晴れやかさであって、そのために、よく変わる彼の表情がまたいつ変わるかわからないという気持ちを起こさせた。たしかに、彼の目鼻だちまでが形を変えるのである。あごはあるときは大きく、あるときは小さく見えた。

鼻にしわがよるのは、変貌への準備運動であった。彼がすばやく顔をふりむけると、髪の毛が光をまき散らすように思われた。だから、このきらめく光は、彼に天賦の才のあることを示している、と考える人もあった。それにひきかえ、カソーボン氏からは、ひと筋の光もさしてこなかった。[77]

右の引用は、ドロシアをなかにはさんでのカソーボンとウィルの関係がどのようなものになるかを予示するものといえよう。

ところで、物欲を超越しているドロシアは、ロウイック邸の自室に掛けられている微細画の一つである、カソーボン氏の勘当されたジューリア伯母の面ざしに、どことなくウィルに似通ったところを見出す。そして、ウィルに財産の一部を分与してはどうか、と夫に進言する。ドロシアのうちに、期待していた老いの慰め手ではなくて、自らの遅々として進まない著作活動への督促者を見出して苛だっていたカソーボンは、この他意ないドロシアの提案にいたく刺激され、ウィル青年に烈しく嫉妬する。

筋を述べるのがこの小論の目的ではないので、ウィルとドロシアの天翔ける恋の詳しい経緯は省略にしたがうが、カソーボン氏は、その死に先立って、ドロシアとの婚姻に際して結んでいた財産譲渡の契約に付帯条項をつけ加えた。もしドロシアがウィルと再婚するようなことがあれば、彼の遺産は一切ドロシアには渡さない、というのであった。だが、事を成すに当たって打算というものを混じえないドロシアをば、こうした姑息な手段によって束縛することはできない。彼女は、自分自身の財産からあがる、七百ポンドの年収で満足しているからである。そして、やがて、バルストロードの暗い過去が明るみに出るようになったとき、ウィル青年は、従来のポーランド人の血が混ざっているという噂に加えて、「ユダヤ人の泥棒質屋の孫」[78]と陰口をたたかれることになる。しかし、……人を信じて、その人びとに一つの理想を掲げてみせる単純さが彼女［ドロシア］の女としての大きな力の一つであった。そして、最初から、ウィルに強い影響を与えたのは、彼女のこの単純さであった。……

……彼らが別れていく月かがたつうちに、ドロシアは、ふたりのつながりは、内面的には完全で、一つの汚点もないものとして、悲しいなかにも甘美なやすらぎを覚えていた。彼女のうちには、一種の敵愾心がひそんでいて、それが彼女の信じる計画や人の弁護に向けられると、積極的な力を発揮した。だから、ウィルが夫から受けたと思われる不当な取り扱いや、第三者にとってウィルを軽蔑する根拠となった外面的な条件は、かえって彼への彼女の愛情や称讃に、ねばり強さを与えた。(79)

そしてまた、超俗的自由人ウィルも、追いつめられたバルストロードからのウィルへの財産分与の申し出をはねつける。

こうして、ドロシアとウィルの「高貴な魂」は相寄る。「年七百ポンドの収入で暮らすということは、どんなに大変なことか」(80)という伯父ブルック氏の忠言を押し切り、物質的障害を飛び越えて、ドロシアとウィルは、ついに結ばれるのである。

六　結　び——一九世紀の聖テレサ

以上、主要人物のいくにんかを取りあげることで、ごくかいつまんで、この大作の特徴を考察した。おそらく、この小説で最も主眼となっているのは、ドロシアの「内面の完全さ」への憧れであるだろう。そこで、最後に、ふたたび、この小説の女主人ともいうべきドロシア・ブルックを取りあげることによって、この小論を結ぶことにしたい。ドロシアのこの憧れは、もはや「神慮」の働きを信じえなくなって、キリスト教福音派から脱脚した作者エリオットのそれでもあったといえよう。つまり、それは「一九世紀の聖テレサ」たちの、理想への熱情的な憧れだったのである。「今日までにあまたの聖テレサは生まれてきたが(81)」、彼女たちは「ある高貴な精神を持ちながら、それを発揮する機会が与えられなかったために生じた、まちがいだらけの生活(82)」を送らざるをえなかった。

ここかしこに聖テレサは生まれるが、何も作り出せずに終わってしまう。到達しがたい善を求める、慈悲にみちた胸の鼓動も、むせび泣きも、長く歴史に残るほどの行為に集中することもなく、もろもろの障害にあって、力つき、消え失せてしまうのである。(83)

すでに見たように、「一九世紀の聖テレサ」ドロシアは、カソーボンとの結婚によって傷つきながらも、「自由人」のウィル・ラディスローと結ばれる。そして、ドロシアは元祖の聖テレサのように「長く歴史に残るほどの行為」はなしえないものの、崇高なるものを目指して力を尽くそうとする。確かに、人間教や教養主義というものが色褪せてしまった今日、この結末は十分な説得力を持ちえないかもしれない。しかし、ドロシアの生みの親ジョージ・エリオットはもうひとりの「一九世紀の聖テレサ」であったが、彼女は決して「何も作り出せずに終わって」しまったわけではない。『ミドルマーチ』は、作者エリオットの高貴な魂の発露であったばかりではなく、一九世紀イギリス写実小説の記念碑でもあるからである。

イギリス思想史におけるジョージ・エリオットの位置がいかなるものであるにせよ、『ミドルマーチ』では、中部イングランドの地方都市を舞台として、第一次選挙法改正案の前後の変化の時代にあって、「人間という不可思議な善悪の混合物」(84)が、理想と現実との狭間で揺れ動くありさまが、リアルに描き出されている。この小説には、実に多種多様な人物が登場し、脇役はもとより、ほんの端役にいたるまで、名前と個性とを与えられている。とりわけ、ドロシアの婚約披露パーティー（第一〇章）や競売人トラブルの開く売り立て（第六〇章）などに集まる人びとの生態が活写されていて、ジョージ・エリオットの写実作家としての並み並みならぬ手腕を立証している。

そればかりでなく、この小説では作者エリオットの眼は、単に人物たちの外面にばかりでなく、彼らの内面にも向けられている。とりわけ、主要人物たちの心理は、鋭い洞察力と深い同情とでもって、浮き彫りにされている。ここからして、『ミドルマーチ』は写実小説の極致であると共に、次代の心理小説を先どりした、一九世紀イギリス小説の歴史のうえに聳え立つ巨峰の一つなのである。

（1）Basil Willey, *Nineteenth Century Studies* (Chatto & Windus, 1949).
（2）Matthew Arnold（1822-88）は、教養を定義して、「現にこの世で口にされ考えられてきた最善のものを知ること」としている。
（3）Westminster Review は、一八二三年にジェレミー・ベンサムが創刊した急進派の雑誌。一八五一年にジョージ・エリオットはその副主筆となった。
（4）Willey, *op. cit.*, pp. 204-5.
（5）以下の伝記的記述については、標準的伝記 G. S. Haight, *George Eliot—A biography* による所が大きい。
（6）Coventry は、ジョージ・エリオットの故郷ウォリック州の町の一つ。ミドルマーチのモデルになったことで有名。現在は、ウェスト・ミドランズ州に帰属している。

(7) Willey, *op. cit.*, p. 215.

(8) *Ibid.*, p. 217.

(9) *Ibid.*, p. 224.

(10) *Ibid.*, p. 226.

(11) *Ibid.*, p. 231.

(12) Feuerbach, *Essence of Christianity* (1845), p. 52.

(13) G. S. Haight (ed.), *The George Eliot Letters* (1954-78), Vol. II, p. 82.

(14) *Scenes of Clerical Life* (1858), *Adam Bede* (1859), *The Mill on the Floss* (1860), *Silas Marner* (1861) など。

(15) G. S. Haight (ed.), *op. cit.*, Vol. III, p. 113.

(16) A Study of Provincial Lifeというのが原語である。

(17) 第五部五一章の、議会の解散を目前にしての、ブルック氏の演説の場面などが一例である。

(18) たとえば、フェザストーン老人にリッグという隠し子があったのはよいとして、リッグの義理の父親がラッフルズであるのは、あまりにも不自然である。それが、いかに物語の展開に必要不可欠であったにしても。

(19) George Eliot, *Middlemarch* (The World's Classics Edition), p. 1. 以下のこの小説からの引用は、すべてこの版による。訳文については、工藤、淀川訳『ミドルマーチ』IおよびII〔講談社=世界文学全集〕を参照した。

(20) *Ibid.*, p. 2.

(21) ————, *loc. cit.*

(22) ————, *loc. cit.*

(23) *Ibid.*, p. 61.

(24) *Ibid.*, p. 15.

(25) *Ibid.*, p. 24.

(26) *Ibid.*, p. 25.
(27) *Ibid.*, p. 15.
(28) *Ibid.*, p. 63.
(29) Willey, *op. cit.*, p. 205.
(30) G. Eliot, *op. cit.*, p. 48.
(31) *Ibid.*, p. 62.
(32) ————, *loc. cit.*
(33) ————, *loc. cit.*
(34) *Ibid.*, p. 73.
(35) *Ibid.*, p. 86.
(36) ————, *loc. cit.*
(37) *Ibid.*, p. 97.
(38) *Ibid.*, p. 214.
(39) *Ibid.*, p. 419.
(40) *Ibid.*, p. 156.
(41) ————, *loc. cit.*
(42) ————, *loc. cit.*
(43) *Ibid.*, p. 98.
(44) リドゲイトは、パリに留学中にプロヴァンス出身のある女優に恋をしたが、彼女が相手役を務めていた夫を、あきあきしたという理由で、過ちを装って刺し殺したという事を知って、女性のおそろしさを知ったのであった。
(45) G. Eliot, *op. cit.*, p. 175.

(46) *Ibid*., pp. 175–6.
(47) *Ibid*., p. 376.
(48) *Ibid*., p. 124.
(49) *Ibid*., pp. 467–9.
(50) *Ibid*., p. 225.
(51) *Ibid*., p. 209.
(52) *Ibid*., p. 257.
(53) *Ibid*., p. 245.
(54) ———, *loc. cit.*
(55) ———, *loc. cit.*
(56) *Ibid*., pp. 266–7.
(57) *Ibid*., p. 117.
(58) ———, *loc. cit.*
(59) *Ibid*., p. 245.
(60) ———, *loc. cit.*
(61) *Ibid*., p. 131.
(62) *Ibid*., p. 556.
(63) *Ibid*., p. 662.
(64) *Ibid*., p. 756.
(65) ———, *loc. cit.*
(66) *Ibid*., p. 757.

(67) *Ibid*., p. 805.
(68) *Ibid*., pp. 806–7.
(69) *Ibid*., p. 82.
(70) *Ibid*., p. 83.
(71) 『教養と無秩序』の第一論文が雑誌に発表されたのは一八六七年であった。
(72) G. Eliot, *op. cit*., p. 98.
(73) *Ibid*., p. 81.
(74) *Ibid*., p. 82.
(75) *Ibid*., p. 84.
(76) *Ibid*., p. 233.
(77) *Ibid*., p. 223.
(78) *Ibid*., p. 829.
(79) *Ibid*., pp. 828–9.
(80) *Ibid*., p. 874.
(81) *Ibid*., p. xv.
(82) ――――, *loc. cit*.
(83) *Ibid*., p. xvi.
(84) *Ibid*., p. xv.

XIII　ヴィクトリア朝の大衆演劇と笑い
――ブラッドン、ヘイゼルウッド、D・ジェロルド、そしてD・ブーシコー

井出弘之

一　メアリー・E・ブラッドン（原作）、C・H・ヘイゼルウッド（脚色）『オードリーの奥方の秘密』（一八六三年）

つまり、メロドラマの話ね、ああいうものをあまり馬鹿にしないことが大事だ、と折りある毎にくどく学生に話すんです。

林達夫『思想のドラマトゥルギー』(1)

「ところでヴィクトリア朝歌舞伎とでもいうべきメロドラマだが、その勧善懲悪の保守的倫理観と、高度に様式化された大仰な身振りに対して、我々の感性は長く頑なな姿勢をとってきた。が、近年、単に劇場メロドラマのみならず、一九世紀小説のメロドラマ的想像力もまた、語るに値するものとなりつつある。〝メロドラマ的だが、しかし〟といった言辞に不満をくすぶらせていた小説読者にとって、まことに慶賀すべき現況ではないだろうか……」

――のっけから私の文章を引くのは恐縮至極だが、これはもうかなり前に、〈メロドラマ的想像力〉をめぐる近年の研究書・論文を紹介した拙文の一節である。そこでは『イギリスのメロドラマ』の著者マイケル・ブースの文明史的な『ヴィクトリア朝のスペクタキュラーな劇場』、鬼才ピーター・ブルックスの圧倒的な名著『メロドラマ的想像力――バルザック、ジェイムズ、メロドラマ、過剰のモード』、そしてクリストファ・プレンダーガスト『バルザック――フィクションとメロドラマ』などを話題にした。(2)

さて、その後も斬新な論考は少なからず。のみならず劇場メロドラマ作品群のテキストも、オックスフォードからの『一九世紀イギリス演劇集』(全五巻) その他に加えて、ケインブリッジ大学出版会の〈英米戯曲作家大系〉シリーズ(一六巻)が陽の目を見、〈ワールズ・クラシックス〉にも新装選集が一、二、追加され、(3)目を光らせていれば古書でも読めるようになってきた。

ただこの国日本では、映画論では加藤幹郎『映画のメロドラマ的想像力』(一九八八年、フィルムアート社)という詩的感性の結実が、またフランスものの概説にはジャン゠マリ・トマソー『メロドラマ――フランスの大衆文化』(中条忍訳、一九九一年　晶文社)があるけれども、しかし、ことヴィクトリア朝の演劇となると、オスカー・ワイルド、ときてお後《あと》のないのがちょっと淋しい気がする。喜志哲雄「『マライア・マーティン』とヴィクトリア朝メロドラマの階級意識」(『新劇』一九八六年四月号　白水社)は例外的な、貴重な存在である。

いずれにせよ「一九世紀には、合理化と功利主義のお陰で遊戯因子は大きく後退をとげた」(ホイジンガ)(4)といった類いの誤解と偏見は、再考の余地が大いにある。底知れぬ活力と欲望を秘めたヴィクトリア朝の大衆の間には、遊戯精神は横溢していた。そんな彼らの実相を最も直接的なかたちで伝えてくれるのが、大衆演劇、メロドラマである。脱領域?……いや、そんなむつかしい言葉を使うまでもなく、つまり小説も、戯作文学、大衆演劇も、そして詩歌までもが、地続きで、土壌は一つという幸せな時代であったのだ。

＊

メアリー・E・ブラッドン『オードリーの奥方の秘密』（一八六一—二年）[5]は、売れ行きは大作家ディケンズらのそれをも凌ぐ、ヴィクトリア朝随一のミリオンセラー小説であった。ただの通俗小説ではない。なにしろ、たとえば、当時はまだ劇作家志願であったヘンリー・ジェイムズが、「厳正なる道徳的慣習《モーレス》への配慮を決して失うことなく、合理的な世間人に、非合理で無秩序な世間の半面を翻訳してくれる」と、彼女の敏腕ぶりに舌を巻き（『ネイション』誌、一八六五年）[6]、またその数年後には小説家トマス・ハーディの処女長篇『窮余の策』（一八七一年）に、かけ替えのない創作上のヒントを与えた作品[7]である。悲劇と笑劇《ファース》の結合のさせ方はピランデッロ的[8]、と称されることもあるこのブラッドンの重婚小説は、刊行後ただちに競って劇化され、舞台でも人気を博した。その話から始めたい。

図1　安芝居小屋の観客（‘W. M.’ による挿画）
—ディケンズ『商用ぬきの外回り』，IV，1850。

　現在でも手軽に読むことができる戯曲版『オードリーの奥方の秘密』は、《ブリタニア座》の座付作者、というより翻案戯曲家C・H・ヘイゼルウッド（一八二〇—七五）によるもの[9]。イースト・エンドにあったこの劇場の客筋は、意外におとなしい労働者階級であったという（ディケンズ［図1］）。それでヘイゼルウッドはこの台本を、最もセンセーショナルなメロドラマが売り物の通称〃血の桶《ブラッド・タッブ》〃すなわち《ロイアル・ヴィクト

図2　'レディ・オードリー'ブームをもの語るヘアー・トニックの広告（『絵入りロンドン・ニュース』, 1896年）

リア座》のために書いたのだった。[10] 初演は一八六三年五月二五日。コンパクトであれ、しかし実に巧みな翻案劇である。もっとも原作者ブラッドン自身、一八歳から五年間地方舞台に立ち、コメディやファースをよくこなしたという女優歴の持ち主であり、だから、すでに原作小説そのものが劇的興趣をただよわせたものであった訳だけれども。そして彼女の作品の多くが戯曲化され、また大きな成功はおさめなかったが数篇の自作劇を舞台にかけてもいる。[11]

そこで原作小説とヘイゼルウッドの戯曲とをひき較べてみよう。

原作小説のライトモチーフ、あの館の奥の間《アンティ・ルーム》に秘匿されている未完成の油彩肖像画——「きっと絵師はラファエル前派の若手だろう……底知れぬ青い瞳、ふわりとした豊かな金色の巻毛……彼女に生き写しでありながら、まったくの別人……これまで見たことがない線づかいと表現」（第一巻八章 pp. 70-71）［図2］は、脚本にない。当主サー・マイクルと先妻との間に生まれた娘アリシアが身につけている、象牙の細密画《ミニチュア》、という小道具に縮小されていて、この細密画が当主の甥の親友ジョージに、奥方（二〇歳）こそ実は、なんと「死亡」と新聞記事にあったわが愛妻に他ならぬことを、気づかせるのだ（第一幕第一場）。それに、この重婚等の犯罪の謎を追う当主の甥＝ロンドンの弁護士が、幾たびか見る把み所のない夢も戯曲版にはない。また〈センセーション小説〉（別名 'novel of incident'）[12] に通有のクロノロジカルに特定された年月日設定も、こちらにはただ一つ、ジョージの亡妻ヘレン・トールボイズは「一八六〇年五月二日ロンドンにて死去」とあるのみ……。しかしながら、それこそ無いものねだり。しょせん小説作品と翻案劇作品は別ものなのである。

　が意外や意外、ヘイゼルウッドのテキストには、それなりに芝居ならではの仕掛けがよく凝らされている。劈頭、サー・マイクル七〇歳の誕生日を祝ってエセックス州の村人たちが館へ集い、ご当主を中世以来の伝統的なモリス・ダンスで娯しませる。田舎の伝統っていいねぇ、とまずサーがうっとり――「野暮な連中の踊りはこちらの方がずんと心を打つな。カドリールなんてのを骨折り仕事みたいに、笑みを浮かべるでも、しなをつくるでもなく舞われるよりもねぇ。これぞイングランドの気晴らし、永遠なれだ！　そうだとも、地方の大地主《カントリー・ジェントルマン》として生を享けた私は、死ぬ時もカントリー・ジェントルマンだ」すると奥方が「死ぬ時！……おそろしい話！あなたに逝かれたら、私どうすればおよろしいの？」と応ずる。ここまでは型どおり。しかし続くシークエンスが驚かせる。傍らの奥方の侍女フィービーが諧謔をこめて混ぜっ返すのだ――「（傍白）ええっ、すぐにでも田舎にさよならしたいくせして。決まってるじゃない」（第一幕第一場）。つまりご当主の牧歌的《パストゥール》世界讃美に奥方が調子を合わせると、劇作家はすかさず、この侍女に〝狙いはお金と世間的地位だったくせして、心にもない嘘ばかり〟と現実の反牧歌《アンチ・パストラール》的側面を暴露させるのである。

　この（傍白）で、という指示がにくい。傍白。それは観客に目配せしながら、そっと眼前の言動、現実をいま一つ別の角度《オールターナティヴ》というか次元から把え返させる。少なくともヴィクトリア朝演劇では、そのような意味で極めて有効な装置として驚くほど広く活用されていて、私などは一九世紀小説――例えばディケンズの『荒涼館』（一八五二―三年）や『われら共通の友』（一八六四―五年）、あるいはウィルキー・コリンズの『白衣の女』（一八六〇年）や『月長石』（一八六八年）はそのほんのごく一例だが――の複数の語り方《ナラティヴ》からなる構成、多視点的な、要するに消尽点《ヴァニシング・ポイント》のない世界のつくられ方、展開装置をつい結びつけてしまうのだが[13]、それはさておいても、この台本でそれが必須の作劇法《ドラマトゥルギー》の一つであることは間違いない。

だが、ここで諧謔をろうする道化役は、侍女フィービーのような脇役だけかというと、そうではない。私たちの通念に反してヴィクトリア朝大衆演劇界では、言葉遊び、揚げ足とり、語呂合わせ、地口、駄洒落《パニング》は必要にして不可欠だった。だからこの芝居でも他ならぬヒロインまで、ジョークを放って私たちを笑わせる。例えば別の箇所で奥方が、殺害した（実は、はずの）前夫ジョージの姓をめぐって、「何とか〝ボーイズ〟であったこと位は憶えてましたとも。でもそれがトールボイズか、ショートボイズだったか、までは記憶になかったわ」とそら惚《とぼ》けたとしても何の不思議もないのだ。場面は館の温室《コンサーヴァトリー》の中。奥方は今の台詞に続けて、甥の弁護士ロバートの追及を「私のようにあけっぴろげ（open-hearted）な者に、隠しごとをする才覚などございません」とかわすと、さらに話をはぐらかそうと尋ねる、「この温室にはねぇどんなお花でもあるの……お好きな花は何？」と。ロバートは冷然と「ぼくの一番好きなのはここにない」とつっぱねるのだが、しかし訊き質してみれば、なんと好みの花の名は 'heart's-ease'（心の安らぎ＝パンジー）！ ――冴えない弁護士にしては珍しいよく出来たジョークだ。ちなみにこの温室の場景（第二幕第一場）もまた、原作小説にはなかったものである。

しかしこのジョークで何より嬉しいのは、それが 'heart' をめぐる語呂合わせであること。なにしろ後刻また言及するとおり、つまり管理化・規格化・画一化の道をつき進む近代文明社会の思考のパラダイムには容易に組み込まれえない、最後のものが 'heart' であったからだ。だからこそ、心の問題は大衆文芸の十八番《おはこ》であったという訳だ[14]。それともう一つ。あらためて申すまでもなく 'open-hearted' は日常語だし、'heart's-ease' は流行の草花、温室は一八五一年の〝水晶宮〟（第一回世界万博）以来上流社会では必備の付設建物、という訳でここにあるのは時代の表層的な世界ばかり。高尚な議論などなされている訳ではない。それでいてヘイゼルウッドは、どこまでも静穏な現実の日常的表層にこだわりつつ、その深層に隠されたものを問うているのである。ブラッドンの原作小説の主題と方法もそうだった。

同じ'heart'をめぐって、日常的表層から深層が読みとれるのかどうか、が問われる場面は、実は、もっと早く第一幕第一場に出てくる。館の当主サー・マイクルが奥方を見つめて目を細める、「それにしてもきみはいつも明るく朗らか（light-heart）だな。ずっと悲しみを知らずに来たからだ」すると

レディ・オードリー　あぁら、あなた、人の顔は読めても心は読めないのかもよ。
サー・マイクル　いや、きみの顔を読めるとしたら、そこに見えるのは間違いなく――
レディ・オードリー　見えたら、たぶん私に対する評価も一変してしまうかもよ。
サー・マイクル　断じてそれは違う。だってさ、かりにも顔が心《マインド》の指標《インデックス》であるとしたら、きみの顔色こそそいつだよ
レディ・オードリー［傍白］　人は顔を二つもっているかも知れないのに。

ここでの奥方の軽口も、先ほどの「私はopen-heartedです」という強弁と同様、悪女《ヴィレネス》ならではの逃げ口上であることは間違いない。にもかかわらず「人の顔は読めても心は読めないのかも」という言辞、また、わざわざ傍白のかたちでの「人の顔は二つあることだって」という台詞には、真実の一面を衝いていてぎくりとさせられる。顔は一つだけでない、と聞けば、オスカー・ワイルドのメロドラマチックな喜劇『ドリアン・グレイの肖像』の世界[15]も遠からずということになる。が、さし当たり深入りは慎むとしても、当時流行の骨相学《フィジオノミー》への批判、というより〝素顔への信仰〟（扇田昭彦）[16]への異議申し立て、ひいては解読可能性《レジビリティ》への嘲弄が、これら一連の措辞にこめられていることは、少なくとも確かであろう。

ところで、ここには原作の不思議な奥方の肖像画はないと先に述べた。ただし原作小説中のそれに関連した、

図 3　‘オードリーの奥方の犯罪’ ―M. E. ブラッドンの自筆デッサン（ハーヴァード大図書館蔵）

彼女の瞳の「さながら夏の日の海面のように青また緑と変幻する」という鍵《キー》イメージならば、サー・マイクルの怜悧な連れ娘アリシアの台詞の中に出てくる。目下の私たちの問題にもう一歩突っ込むかたちで――

アリシア　……あの女《ひと》は確かにお父様の前ではいつも笑みを浮かべ、ご機嫌とりをしてるわ。でも時どき、もしかしてって思うの。あの面貌《かお》は川面で戯れる陽差しにすぎなくて、水面の下に隠れているまっ暗な深淵のことを私たちに忘れさせてしまうんじゃないかって。（第二幕第一場）

状況を少し補足すると、第一幕末で再出現した前夫ジョージ・トールボイズを古井戸の中に突き落として殺した（実は未遂）直後の奥方＝継母が、今立ち聞きしているとも知らずに、父親にこうアリシアは訴えるのだ。水面の下に隠されているまっ暗な深淵のことを私たちに「忘れさせてしまう」ものは何か。それは近代文明社会の陽ざしの戯れである。近代の日常的現実の表層と深層領域との、虚々実々のきわどい掛けひき、こそはメロドラマを含むこの時代の大衆演劇、そして大衆文芸全般の、実は中心的なプロブレマティックであった。それは〈読める＝読めない〉、〈見える＝見えない〉の緊張関係、[17]と言いかえてもかまわない。ヘイゼルウッドは、彼なりにメロドラマの要諦を心得て、原作ミリオンセラー小説の肝所をきちんと押さえ、その小説言語をみごとに演劇言語化していると言って、過言ではない。

演劇言語化といえば、原作になく脚本家によって新たに加えられたものも無視できない。一つは、ギャグをまじえたテンポの小気味良さ。第二に、舞台効果——例えば古井戸に突き落とす場景は、小説では描かれないが、ここでは伝聞ならぬ、具象的な〈センセーション・シーン〉。その唯一人の目撃者を消してしまおうと旅籠に奥方が放火する場面はより即物的で、視覚的。告発者ロバートを衝動的に刺殺しようとする衝撃の場景は、原作にはなかったもの。終幕の奥方の姿は、罪を悔いることなくという点は同じでも、しかし原作ではベルギーの癲狂院入りなのに、こちらではサー・マイクルの幻を見ながらの狂死。いや最後に、後まわしになってしまったが、ここには背景音楽の細かな指示があり、また幕切れには巧みな劇的静止場面《タブロー》が仕組まれている——

〔斃れる——死ぬ——共感《シンパシー》のタブロー——ジョージ・トールボイズが彼女にかぶさるようにして、跪く〕

二　ダグラス・ジェロルド『黒い瞳のスーザン』（一八二九年）

そいから鮫だ、鮫にゃ歯がある
その歯は、つらにあらァ
そいからマクヒィスは、どゝすを吞んでる
だがそのどゝすを、見たやつァねぇ。
——B・ブレヒト『三文オペラ』の〝モリタート〟(18)

以下、タイプの異なる典型的なヴィクトリア朝大衆演劇作品を、いくつか年代順に眺めていこう。

まず取り上げるべきは、その先駆者ダグラス・ジェロルド（一八〇三―五七年）の名作『黒い瞳のスーザン、あるいはダウン停泊地に勢揃い』（一八二九年）だ。[19] 一八世紀後半以来もて囃されていたのは大仕掛け《スペクタキュラー》の〈ゴシック・ドラマ〉。ところが英仏＝ナポレオン戦争勝利によって一挙に歴史的同時代への関心が昂まるにつれ、陸・海戦に題材をとった国威発揚的な「火と煙のレトリック」（M・ブース）[20] のスペクタクル・ドラマがその座を奪う。中でも幅をきかせていたのが海洋《ノーティカル》メロドラマであった。そしてこれに家庭《ドメスティック》メロドラマを合体させて、一九世紀大衆演劇界の流れを後者の方へと決定づけたのが、他ならぬこのまさに記念碑的な作品だった。

海洋メロドラマから家庭メロドラマへ、[21] という橋渡し役をどんな事情から彼が果たすことになったのだろうか。この作品の物語設定のしかたそのものにその次第は象徴されている。『黒い瞳のスーザン』は英国海軍の士官候補生《ミジップマン》がH・M・S（英国軍艦）を下りた時、の物語なのだ。彼をそこで待っていたものは、一言でいって陸《おか》へ上がればそこもまた修羅の巷、という現実であった。

作者ダグラス・ジェロルド自身、旅役者一家の生まれであった（父親サミュエルの自慢の種は一八世紀の名俳優デイヴィッド・ギャリックに貰った靴[22]）。ところが一八一三年に、一〇歳で志願兵として海軍に入り、ネルソン提督指揮下の小装帆砲艦ナムール号での兵員輸送、はては決戦地ウォータールーから傷痍兵を故国へ連れ帰る仕事にも従事。この艦上での三年間にダグラス・ジェロルドは、戦勝は正にして邪、栄光のかげには暗黒の裏面があることを骨身にしみて摑んでいた。この時根づいた政治的ラジカリズムは、つまり同時代の人間たちの赤裸な社会的現実を見つめるラジカルな眼は、除隊後陸へ上がり、大都会ロンドンのしがない印刷屋徒弟からほどなく物書きになってからも、生涯変わることはなかったのだ。

この、初演の年だけでロンドン市民の半数を動員したと言われる、超ロングランの大ヒット作『黒い瞳のスーザン』（一八二九年六月二日　サリー座）を貫いている気骨については改めて言うまでもない。翌々年の傑作『マーサ・ウィリス、または女中』（一八三一年四月四日　ロイアル・パヴィリオン）——幕が上がればそこは首都ロンドンの長距離馬車駅、という大都会に住む田舎出身者たちの光と闇を描く芝居にしても、さらにはあの物情騒然たる選挙法改正案《リフォーム・ビル》通過前夜に初演され、先の『黒い瞳』につぐ上演回数を誇ったこれも名作『小作料支払い日《ザ・レント・ディ》』（一八三二年一月二五日　ドルーリー・レイン）においても、その眼は凡庸ではなかった。(23)

〝日常的現実を見つめるラジカルな眼〟というとき忘れてならぬこと、それはこの劇作家が卓越したジャーナリストでもあったことだ。彼は諷刺週刊誌『パンチ』（一八四一年—）設立者中の最年長格で、そして創刊号以来健筆を揮った。有名な『コードル夫人の閨中説法《カーテン・レクチュア》』(24)あの市井の一玩具商の妻君が夜ごと〝横暴な〟夫にこぼすきつい愚痴や繰り言を綴り、万都の人気を攫った天下無双の戯文も、その初出は〝Q〟名で『パンチ』誌に連載された（一八四五年一月—一二月）もの。ここに、この劇作家＝戯文家ジェロルドの人となりをよく伝えてくれる逸話がある——実は一〇年も前に、先駆的諷刺週刊誌『ロンドンのパンチ』を独自に創刊し編集（一八三二年一月—五月）していた。だから当然のことのようにこの雑誌に誘われた訳だが、やがて彼は編集会議の席上で、当時はまだ〝イエロープラッシュ〟〝ティットマーシュ〟〝フィッツ＝プードル〟等の筆名を使う戯文家にすぎなかったW・M・サッカレーと正面衝突することとなった。ジェロルドはその後は平行して別個に、労働者階級向きの『ダグラス・ジェロルドの一シル雑誌』（月刊、一八四五—八年）や『ダグラス・ジェルドの週刊誌』（一八四六—七年）などを次々と興し主宰しつづけることになる。

この衝突と確執が意味するところは大きい。八歳年下で、パブリック・スクール出のサッカレーには、独学で叩き上げなのに、社会の不正や矛盾を臆面なく片意地はって暴き、あるいは槍玉にあげるこの「野蛮な小《サヴェッジ・リトル》ロベスピエール」が許せなかった。はては「豆をナイフで突き刺して口に運んで嚥下する」テーブル・マナー、要するに箸の上げ下ろしまでが我慢ならなかったらしい。なぜか。私たちはここで、サッカレーも後には『虚栄の市』や『ヘンリー・エズモンド』などで、極めて巧妙、狡猾、老獪に猛毒や棘を隠しもつ、騙し絵のような世界の拵え方を案出していったことを思い出してみて、ようやく得心できるように思う――ジェロルドの強硬な政治的ラジカリズムをめぐるこの対立の挿話がもの語っているのは、二人の趣向と、作法、いや文明の違いではないか。言いかえると、世間をヴィクトリアニズムが覆うより以前の鷹揚さと、そして堅固しいヴィクトリアニズムとの分水嶺がまさにここに見えるような気がしてならないのだ。実際この衝突は、編集長マーク・レモンが〝賢い上にも賢い〟サッカレーの肩をもち、もともとラディカルであった『パンチ』の路線を変更することで結着をみる。つまり、穏健で行儀と体面《レスペフタビリティ》を重んずる中産階級好みの方へとトーンをずらした。(25) 時代の歯車はまわったのだ。

だが彼ジェロルドをサッカレーと違って親愛の情を寄せ高く評価した年下の知友の中に、チャールズ・ディケンズ、またウィルキー・コリンズがいた。早くも『ピクウィック遺文録《ペイパーズ》』（一八三六―七年）第三章に『黒い瞳のスーザン』の〝元気良さ《ハイ・スピリッツ》〟への言及がある。ディケンズは一八五七年ジェロルドが没すると、追悼慈善興行の代表者をつとめ、W・コリンズのメロドラマ『凍れる海』を三晩マンチェスターで公演した。

ウィルキー・コリンズは追ってディケンズの主宰誌『家庭の言葉』に優れた長文の追悼エッセイを寄せた（一八五九年二月）。この顕彰文「ダグラス・ジェロルド」はじつに的確、しかも奥が深い。生前世間から指弾された「この辛辣《ビターネス》さこそ、ジェロルドの筆の偉大さ、かつ重要な資質の一つとして高く評価すべきものなのに、誤解されることが多かった」と言い、概要次のように擁護している、「それは妥協を知らぬ公正、率直さから迸り出たもの。はっきりもの申すことをせずに、懐疑的冷やかしと破廉恥なはったりとの間でゆれている今日の文学の中にあって、屹立している。本来は健全さそのものなのに」そしてその次がいい。ぜひご紹介しておこう――

それは彼の頭より先に舌の先から閃き出たものだ。常に口にした当人がえっと驚いて目を輝かせる。他人にとってもびっくり仰天かなとしか考えたこともない。世人呼んで辛辣と称するこれらは、わっと炸裂する小学生《スクールボーイ》の心からなる笑いとともにあるべきもの。つまり彼が深刻ぶった勿体をつけることといかに無縁であったか、の証しでもある。

これはウィルキー・コリンズの、面目躍如たる、抜群の好エッセイの一つ[26]である。

さて『黒い瞳のスーザン』は一八二九年の六月《サリー座》初演以降、五カ月後からは《コヴェント・ガーデン》で並行上演。そう無論、地方巡演は幼時ディケンズがいたポーツマスにも及んでいるし、[27]リバイバル上演は最近では一九五〇、六七年までは追跡できる。一八九七年に観たG・B・ショーの讃辞[28]はまたの機会に。とりあえずは、ストーリーの荒筋を記しておく——三年前に出征したきり便りもと絶えた大英海軍下士官ウィリアムの、その留守宅をまもる妻スーザンの頼りは伯父の因業家主ドッググラス。だが家賃滞納がかさみ強硬な追い立てを食らっている。伯父と組んで闇商いに勤しむ密輸船船長ハチェットは、〝夫は誤まって溺死した〟と虚言をろうしてスーザンをものにしようと画策。あわやという所で帰港した夫、勇猛果敢にして高潔なウィリアムが、二人を懲らしめた迄はよかったが、同夜再度の乗艦命令が下った直後、妻スーザンを泥酔した艦長クロストリーが餌食にしようとする気配に気づき、艦長を斬りつけて、上官への反逆罪に問われる。けれども襲った時には、ウィリアムが先に出していた除隊願いが幸いにも受理、承認されていたことが判明する（許可証はよこしまな伯父のポケットに入ったままだった）。すんでの所で彼はめでたく絞首刑執行を免れて、幕。

指折りの大傑作だが、一七〇年後の今日の読者の中には、余りの海語の多さに辟易する向きもあるかもしれない。例えば第二幕第一場、初登場するウィリアムの帰還第一声はこんな具合だ——

ウィリアム　万歳、万歳！　高貴なるわれらが仲間たちよ、わが心《ハート》はイルカのように躍る――わが頭は錨巻揚げ機《キャプスタン》さながらぐるり、ぐるりと右左。まるで喜びの疾風を受けて歓喜の港へ一路疾駆って気分だぜ。

シーウィード（海草、の意。同艦の乗組員）といっても出迎えの人の姿がありませんねぇ。

ウィリアム　いない！　そりゃね。奴らがハンモックから這い出す前にこっちは錨を下したからだ。もし誰がここにいるかが判ったら、わがスーザンは、胸の奥底で鳴響く若き掌帆兵曹殿キューピッドの号笛《ホイッスル》で目覚め、すぐにとび起きて、吊り床《ハンモック》を片すだろうに。おい、あの船《クラフト》ぁ何だ？　おおい《アホーイ》、そこの付属艇《カッター》！　何ものだ？

ジェイコブ（ドッググラスの手先、執達吏）［帽子をぬぎ］　私はジェイコブ・トウィッグです。

ウィリアム　旗竿を裸にさらして停船するこたぁない――檣冠を被せてから、応答旗を上げるんだ。さ、引き網はぴんと張る、きっちり掲げろ。任務は？

ジェイコブ　法律関係です。

ウィリアム　そうか！　取締り艇《ロケット・ボーイ》の類い、だな？　それが読めんようだと、俺の所持金ははい左様なら。国王陛下の魔王《ヒズ・ベルゼバップ》の船かい、法律号《ザ・ロー》……（第二幕第一場）

でも辟易するには及ばない。第一、当時のイギリスは世界の七つの海に君臨したばかり。そしてこの芝居の観客層、殊に首都の大勢の大衆は、海員、水兵、港湾労働者、船具商、交易商はむろんのこと、何らかのかたちで暮らしは海軍や海運にかかっており、だから海語にはつうじていたのだ。

第二に――ジェロルドはこの仲間言葉《ヴァナキュラー》が時に難しいかもしれぬことを、もとよりよく心得て、その使用には細心の注意を払った、というか、その援用は自覚的で意図的であったと思われるふしがある。というのは例えば作品冒頭から登場する雑働きのナットブレイン（ブヨの頭脳の意）、船頭も菜園仕事も、つまり陸海にまたがってこなすことから自称〝両棲類《アリゲーター》〟（第一幕第三場）、この男にしても、船から降りたてのウィリアムの鉄砲玉のように矢つぎ早の海語が呑み込めず、苦情を訴えるシーンがある、「おれも船乗りの端くれじゃが、あんたの言葉はひでぇ難儀だなあ」と。ここで作者はウィリアムに、開き直っての釈明、というよりむしろ、作者になり代っての信条告白をさせる機会を与えている――

ウィリアム　……言葉が難しいって？　とんでもねぇ。俺は常に、立派な英語《グッド・イングリッシュ》を喋っているぜ。俺のことを、白百合のようなスクーナー船の清雅《ラヴェンダー》中尉だと勘違いされちゃ困るなぁ」（第二幕第三場）

庶民の暮らしの中の多様な常用語《ヴァーナキュラー》も「立派な英語」なのだというこの台詞には、少しの誇張が許されるならば、ヴィクトリア朝文明社会のあらゆる面で顕著な標準化・規格化・画一化の潮に棹さして、人間臭さをと叫ぶジェロルドの、その声がさりげなく込められている。

あるいは、こんな場面。帰ってきたウィリアムが、奥歯に何か挟まったような煮えきらない態度の伯父に詰め寄る、「間切ってばかりかよ《タッキング・アンド・ダブルタッキング》！……臆病口《ラッパーズ・ホール》からそっと入り込むのは止しなよ。何がいいたい？」つまり彼の留守中姪のスーザンを非道にも虐げ苛めていた伯父が、後ろめたさに口籠っているのに業をにやしたのだ。「よせやい――心の臓《ハート》が飛び上がって口も動きゃしない」そう言って遁げようとする伯父に、ウィリアムは「そのハァ何とかとやら以上に非道《ブラック》なものは、その口に突っ込もうにもありゃしねぇよ」と言い返した上で――

ウィリアム　俺にゃ学問がないから、美辞麗句《ファイン・ワーズ》はわからん。あんたのハートってのは鉄環《リング・ボルト》そっくりに冷酷非情《ハード》、もうひと締めしてやりゃ極悪人だぜ……偽りの旗は降ろせ《ストライク・ザ・フォールス・カラーズ》（偽善者面はよせ、の意）（第二幕第二場）

海の男ウィリアムの癇に障ったのは、伯父の遁げ口上が、他でもない〝心の臓《ハート》〟という語を乱用した美辞麗句《ファイン・ワーズ》であったからだ。先に私たちはブラッドン原作・ヘイゼルウッド脚色『オードリーの奥方の秘密』（一八六三年）でも、それがジョークめかしてであればこそ鍵をにぎる言葉であることを見てきた。この項の終りでもう一度ふれるが、この‘heart’という語は、『黒い瞳のスーザン』（一八二九年）においてすでに重要なキーワードであったのである。

加えて、最後に――こうした海事用語《ノーティカル・ターム》ないし船員俗語《セイラーズ・スラング》は、海に関係する言葉を含め、その十中八九がメタフォリカルに援用されていることは、あらためて申すまでもない。

卓抜な一例を添えておく。終幕で、艦上の軍法会議の被告人となったウィリアムが、反逆罪につき絞首刑との判決にたいし抗告を求められたとき、お待ち下さい、「小生の檣楼灯《トップ・マスト》が霞んでおりますので」と前置きして、やや置いて「帰ってみれば妻は……上塗り《ギルト》は悉く陸の鮫《ランド・シャークス》どもに剝ぎ取られ、云々」と提督殿に向かい語り始める。ここの〝檣楼灯〟が云々は眼が涙で霞んでの意だが、同時にそれは、言葉の道筋を照らしだすものでもあるだろう。そして今際の形見分けを同僚に託すくだりは、絞首執行役の海兵隊士官に向かって「出帆旗《ブルー・ピーター》ははためいておる。ご厄介かける命の艦は錨も準備完了《ア・トリップ》、永遠の海へと発進の時だ」（第三幕第二場）。もちろんブルー・ピーターは死への出港の、の意。このようにこの種の言辞は、海の世界のレトリックをぶつけて、陸の日常的現実との間に思いがけない火花を散らせようという喜劇的言語装置。そこにあるのは、忍び寄るセンチメンタリズムを峻拒し、他ならぬ精神の自由を取り戻そうとするウィットである。

いや、海語にかぎらず、この演劇空間には生活感に根ざした喜劇的レトリックが充満している。第一幕第一場劈頭、スーザン想いの小うるさい〝両棲類《アリゲーター》〟ナットブレインの口封じのため、因業家主ドッググラス（頑強な稲科の雑草）がいやみな謎をかける、「あの木立ちを伐採して、お節介やきのワルを懲らしめるための棍棒に変えたら、眺望がどんなに開けるだろうな」と。すると売り言葉に買い言葉、〝両棲類〟は間髪入れる間もなく応酬する、「棍棒にせず、大枝に、他人の幸せを踏みにじる薄情者、恥知らずの利己主義者どもをずらり吊るしたら、それこそ真っ暗闇ですな」（棍棒は軍でお仕置き‘flogging’に使われ、ジェロルドが生涯憎みつづけた悪夢の品）。またこれに畳みかけるように、すぐ次の第二場は、スーザンを籠絡させせんと企む密輸船長ハチェット（斧の意）に老副船長レイカー（ごみ掃除人、の意）が喰いつく場面だが、老副船長は最後にぽつりと謂わく、「例のドルフィン亭みたいに、たとえ下手糞な看板《サインポスト》（顔、の意）ぶら下げていても、せめて内は心して生きいきしていよう、っと」かくして丁々発止、凄じい言葉のバトルが即興的に繰り展げられてゆく。ほとんどの台詞が同音反復を伴う早口言葉《パター》で、ジェロルドが「駄洒落《パンスターズ》づかいのプリンス」だの、「即興の、ときに危険すれすれの才人《ウィット》(29)」として持て囃されたのは、むべなるかな。しかも登場人物どおしの間でとび交う微妙かつ放胆なレトリックが、響き合い、一つの言語宇宙を織りなしてゆくのである。

　ところで、先にわれらが主人公ウィリアムの美辞麗句嫌いにふれたが、確かに、このドラマの時代設定は正確に言えばヴィクトリア女王即位（一八三七年）より前。だから大英海軍軍艦は‘King's oak’。なのに、注目すべきことに早くも所謂〝ヴィクトリアニズム〟がジェロルドの視界には捉えられているのだ。代表的な例を一つ挙げれば「縛り首がどんな者に応わしいか、一番よく判るのはあんたさ。俺だってしかし判ってるんだ。この綺麗な世間体《レスペクタビリティ》の表づらのかげで、不和と欺瞞の種を蒔く悪党どものお蔭で、絞首索の値は倍にはね上がる、執行人もめでたく出世できるってわけさ」――これは、かの〝両棲類〟が、甥の裁判開始を前にして軽口を叩くドッググラスを揶揄する時の台詞だが（第三幕第一場）、すでにして‘respectability’は怪しむべきものなのである。世の中はウィリアムが留守をしている間に変貌した。‘gentleman’‘sailor’も実体低下をきたしていた。「艦長さんがもし紳士なら、げんに水兵さんだし、無防備な女性を辱めるなんて……」と、これは黒い瞳のスーザンが権力を傘にきた艦長クロストリー（絞り首の木、をイメージさせる）を拒む時の健げな台詞（第二幕第三場）。いや、先のウィリアムの執達吏ジェイコブに浴びせた「国王陛下の魔王の船《ヒズ・ベルゼバッブス・シップ》かい、法律号《ザ・ロー》！」という罵言にも、近代の名ばかり整備されてゆく法律への批判の眼が秘められていたのだ。

じじつ世の中全体の実情は、陸の日常も海のそれと同じ偶発・偶然性にみちている。「毎日街角ひとつ曲がればどんな災難が待っているか判りはしない」（第一幕第三場）のだ——当時の大衆演劇ではそんなありようをなぞってみせるかのように、スリルとサスペンス、どんでん返しの場面転換もまた、大きな勝負所の一つであった……。しかも、一九世紀の無干渉主義《レッセ=フェール》のもと、そこでひそかに罷りとおっていたのは、弱肉強食。「自然は、その牙と爪を略奪の血で真っ赤に染めて／人の信条を嘲笑う」と、テニスンが二〇年後に歌うことになる世界[30]が、この舞台にもう出現している。悪玉ハチェットも、善玉ウィリアムも、スーザンを餌食にする不埒者どもを「陸の鮫《ランド・シャークス》」（第一幕第四場、第二幕第一場）と呼ぶが、なんと本家、海の鮫も出てくる。ウィリアムが航海の土産物の一つ、葉巻入れ《バッコ・ボックス》にまつわる逸話、実話を語って聴かせるくだり——西インド諸島沖で物売り船の黒人女がついうっかり落とした赤ん坊を、〝セント・ドミンゴ・ビリー〟という仇名をもつ鮫が呑み込んでしまった、それはこの鮫の腹をさいたら赤い血に塗れて出てきたものだ、という（第二幕第三場）。ビリー、とは申すまでもなく話し手ウィリアムの愛称でもある。私たちは、ジェロルドが凝らしたこの手品同然の仕掛けにかかって、いつしか瞼の裏に陸の鮫を海の鮫とメタフォリカルに重ね合わせているのだ。

けれど、鮫セント・ドミンゴ・ビリーの話は、いかに生なましく衝撃的でも舞台上のウィリアムによる再話にすぎず、そのリアリティは海洋メロドラマの名俳優T・P・クックの声と演技にかかっていたこと、だから両者の重ね合わせと言ってもそれは、専ら観衆の想像力の中の出来事に他ならない点を強調しておきたい［図４］。

そういえば軍事法廷開廷を告げる号砲轟くディールの港町の場面（第三幕第一場）で、先に見たとおり、こけおどしの〝体面尊重《レスペクタビリティ》〟を告発した直後に〝両棲類〟は、唐突に、今見たばかりの白日夢の話をおずおず語りだす——要約すると「いとけない小羊が狼に襲われ、狼をライオンが食い散らすと、すかさず猟師たちがその百獣の王を仕留めようとする。その瞬間上空にはハゲ鷹が舞い血の餐宴をと狙っている」。ブリューゲルか、はたまたゴヤかという趣の、観察の想像力にやきつくこの絵図が幻視であるならば、引き続き同じスーザンの伯父を前にして執達吏ジェイコブが語るのは、こちらは何処からか空耳に聴こえてくる天の声の幻聴だ（その結果ジェイコブは足を洗って雇われ小作人に変身している）。このように超越的なるものは確かに、人の目を開かせるほどの絶大な力をもって登場する。それでも、あくまで地上的現実の次元へのこだわりは張りつめたまま、笑いに支えられて保たれつづける、というのが人呼んで〈サリー座のシェイクスピア〉[31]ジェロルドの作劇法なのである。

その極めつけが、絞首台の露と消え去らんとする主人公の、妻スーザンとの別れの場面だ。「情況が情況ゆえ、ここには有無を言わせぬいわば詩がある」（ロバートソン・デイヴィス）[32]。そのくだりで、概要「君は憶えているかい、お互いまだ舌も回らぬ幼い頃、驚異の目でぼくが見上げ、見惚れていた教会前のポプラの葉を。あの樹の下でぼくらは愛を誓い合った。言葉は

図４　『黒い瞳のスーザン』でウィリアムを演ずるT.P.クックの役者絵版画（版本W.ウェスト，1829）

交わせなくてもぼくの親友であった樹、その下で二人は口づけをかわし、ぼくは海に出たが」と言ってウィリアムは、手折って携えて行ったポプラの小枝を懐から取り出して見せる――

ウィリアム　……船では夏になるといつも檣楼に昇って、この数枚の葉っぱを見つめたもんだ。すると海原はたちまち緑の牧野になり、羊の啼き声さえ聞こえてくるんだよ。スーザン、死んだら、あの樹の下にぼくを埋めておくれ……（第三幕第三場）

この夢幻的な名回想場面は、確かに大向うの「涙を誘うように書かれ、また誰もが事実涙を流してきた」(33)。ただ、これより少し前に同じ趣向の下準備が、主題歌「黒い瞳のスーザン」と、海語のレトリック、そして半幻覚を織り合わせ、しかも引かれ者の独白というかたちでなされていたこと、もまた見落とせない。あの士官次室《ガン・ルーム》に現われるであろうスーザンを待ちつつ、彼はこうひとり呟くのだ――

ウィリアム　……まもなくスーザンと会うのだ。まっ先にやるべきは、躰中の感情を総員部署につかせ、この最後の交戦中、胸の高鳴り《ガンズ》に耐えられる態勢をととのえること。艦で夜半直《ミッド・ウォッチ》のとき繰り返し歌った、あの唄を歌ってみよう。あれを口ずさむとぼくのこの心臓《ハート》は、よしんば何千マイル荒波を隔てていても、懐かしの幸せな家に戻っていたよ。〔ウィリアム 'Black-Ey'd Susan' を一コーラス歌う〕ああ、この心臓は張り裂けそう……（第三幕第四場）

さて、私がここまで見てきたのは主に芝居の言葉であったが、言葉がすべてではない。大衆演劇作家たちは言語表現力、その伝達力というものにある種限界を感じてもいた。ジェロルドのこの作品でも、音楽と、劇的静止場面《タブロー》が、実は測り知れぬくらい絶妙な効果をあげていたのだ。

音楽――例えば余り知られていないようだが、周知の歌曲‘Home Sweet Home’も、発端はJ・H・ペインのメロドラマ『クラリ』のためにサー・ヘンリー・ビショップが書いた主題歌だった（一八二三年、コヴェント・ガーデン）。同曲はディケンズの小説中にも言及があるし、小説家＝劇作家チャールズ・リードの、疲弊した英国農村とオーストラリアの金鉱を舞台にしたヒット戯曲『ゴールド！』（一八五三年　ドルーリー・レイン）とその改訂版『改めるに遅すぎることなし』（一八六五年　プリンセス）中でも、さらにH・J・バイロン『ランカシアの小娘』（一八六七年）の幕切れでも、この上なく効果的に使用されてきた。[34] ことほどさように今しがたの唄「黒い瞳のスーザン」も、この作品には不可欠の歌曲である――原詞はジョン・ゲイのバラッド詩「黒い瞳のスーザンへの、伊達男ウィリアムの別れの歌」（一七二〇年）で、曲も古いものでなく、ジェロルドは亡父の知友チャールズ・ディブディンの広く流布した旋律を採用している。[35] 作中ではまず第二場第三場、酒場での帰港祝いの場面で、主人公の同僚ブルー・ピーター（言うまでもなく出帆旗、の意）によって三聯（別の版では全八聯）朗唱される。〝今回フランス軍の凶弾に斃れたトム・スプリンターの作〟というふれこみは無論フィクションである。「ダウン停泊地に艦艇がもやって勢揃い／風に旗をなびかせて。／そこへ黒い瞳のスーザンが……」しかしピーターが歌い終った時には、そこへ二人の中を割くかのように艦長がお出まし、といった寸法だ。が、悔しむらくはこのメロディは日本では流布していない。

そしてタブロー――これは本来社交の場でのジェスチュア・ゲーム《シャレード》に近い娯楽であったものが、すでにメロドラマの常套語法の一つとなりつつあった。ここでは都合四回、いずれも盛り上がった場面で、観衆の驚異の眼に何ごとか言葉によらずに語りかけるために‘Picture’あるいは‘Tableau’が設けられている。言ってみればそれは日常性を異化するための群像凍結装置。日常の断片化した世界に、今は失われた、より深い意味の面影を彷彿させようとする仕掛けである。小説好きならば当然、サッカレーの小説中の自筆挿画、G・エリオット『ダニエル・デロンダ』（一八七六年）における静止画像、そしてハーディ『遙か群衆を離れて』（一八七四年）の静止情景など、ヴィクトリア朝小説中にも、これとどこか符合するトポスがあったことを思い出すだろう。[36] しかしここではそれよりも、この手法を得意としたジェロルドが、同年J・R・プランシェがC・イーストレイクの絵画三枚を『山賊《ザ・ブリガンド》』（一八二九年　ドルーリー・レイン）で極めて有効にタブロー化したことに刺激され[37]、彼もまた、これも代表作品の一つ『小作料支払い日』（一八三二年　ドルーリー・レイン）第一幕末のタブローに、スコットランドの風俗画家デイヴィッド・ウイルキーの名画「地代未払い差押え《ディストレイニング》」（一八一五年）を借用。その群像を「絵画的作劇法《ドラマトウルギー》」に転換（マーティン・メイゼル[38]）して、大成功を収めた、という逸話にふれておく。画家が国王ジョージ四世お抱えであったことも幸いして、世間もこの愉快だがラディカルな戯曲を容認したし、またジェロルドも優れた家庭メロドラマ作家としての名を確立する。

最後に一言だけ付言させて頂こう——‘heart’という先ほども注目した言葉であるが、『黒い瞳のスーザン』の中だけで合計三〇回もとび出してくる。贅言を弄するつもりはないけれど、その後の彼が創刊した、複数の定期刊行物（一八四〇年代）の趣意書を見ても、例えば「人々の正当な要求に応え、大衆の‘heart’に訴えるものであり……ここから精神の目醒めは始まる。少数者のみに利する長い空しき夢から醒めた精神は、人間の‘heart’の普遍性を確信するだろう」、あるいはまた「巨悪は過去のものとなった今（一八四六年の穀物法撤廃をさす）、イギリス人は新たな‘heart’の鼓動を獲得しつつある。今こそ唱導すべきは、商人の知恵のたわ言などは忘却し、常識《コモン・センス》のシンプル、いな言葉で語りあおう、ということ」云々、といった調子。そういえば、私も最近まで知らなかったが、ロンドン中の「人類の母なる女性たち」に向かって参加を呼びかけ、男女平等の市民講座《ホイッティントン・クラブ》（副会長はディケンズ）を一八四七年に創設したのも、他ならぬダグラス・ジェロルドであった。この発足式での彼の挨拶ほど、シンプルな言葉できびきびして、ウィッティな名スピーチ[39]を私は知らない。

三　ディオン・ブーシコー『色白の娘』（一八六〇年）

喜劇的感性は、自分たちをダブル・ヴィジョンで把えるときにのみ訪れる――それは言い換えれば人間的なものの見方、不整斉《インコングルイティ》のパースペクティヴである。

ワイリー・サイファー「コメディの意味」[40]

ヴィクトリア朝中葉のメロドラマ界で主導的役割を果したのは、何はともあれ、ディオン・ブーシコー（一八二〇―九〇年）であった。[41] 彼は二〇歳で『ロンドンでの固い約束《アシュランス》』（一八四一年　コヴェント・ガーデン）――チャールズ・マシューズ、ヴェストリス夫人出演――によって、早くも首都の劇壇の第一線に躍り出る。摂政時代《リージェンシー》風コメディというより、かなり笑劇《ファース》に近い。ところが十年後には大飛躍――原作デュマ・フィスのロマンチックな翻案劇『コルシカの兄弟』（一八五二年　プリンセス）が大成功をおさめる。テレパシーによる幻像を鮮やかに現前させるための〝コルシカン・トラップ〟［図5］と呼ばれるトリッキーな新案舞台装置、[42]またチャールズ・キーンの名演技（それは当り芸となった）は、全都の話題を攫った。劇評家G・H・ルーイスも激賞し、[43]さっそくフランスへ逆輸出される。ヴィクトリア女王も都合五回足を運んだと伝えられる。

しかし彼の飛躍はまだまだ続く。さらにまた十年後には、彼のもてる資質を一挙に解き放って、空前の大ヒッ

図5　新案舞台装置「コルシカン・トラップ」のほんの一例

ト作『色白の娘《コリーン・ボーン》』を発表した。六〇年代屈指のこの名メロドラマの初演は一八六〇年三月（NY・キーン劇場）。半年後の九月にはそっくりそのままロンドンに移して（アデルフィ）、破天荒な三六〇夜連続のロングランを記録した。「ヴィクトリア女王陛下とその夫君のご臨席を少くとも三度は忝くした」（R・オールティック[44]）という。

『色白の娘』の舞台は、アイルランド南西端ケリー州キラーニ湖畔、そのテーマはアイリッシュ対アングロ＝アイリッシュの間の言語・文化・階級衝突である。

ある意味では深刻なメロドラマなのに、たちまち諷刺狂言《バーレスク》仕立ての『刑場に引かれる娘《ザ・コリーン・ドローン》』（一八六一年一〇月　サリー座）、笑劇『ついに身を固めた色白の娘』（一八六二年七月　ライシーアム）など、パロディ版も観客を集めた。オペラ版『キラーニの百合』（一八六二年二月　コヴェント・ガーデン）も今なお命脈を保っているほどだ[45]。ヴィクトリア朝大作家たち、例えばディケンズ、サッカレー、ハーディらとの文学的関係も論じられることのある、大きな存在である[46]。一九一五年には映画化。ごく最近は、一九九五年にも再上演されて好評を博している[47]［図6］。

それにしても一体、なぜアイルランド、しかも初演はニューヨークであったのか。実は少々申し遅れたが、ブーシコーはダブリン生まれの、ユグノー系アイリッシュであった。が一八五三年、つまり『コルシカの兄弟』の翌年に、彼は女優アグネス・ロバートソンの後を追って渡米（結局彼女は彼の妻となり、多数のブーシコー作品の主演女優をつとめることとなる）。爾後アメリカの大都会の主に勤労者大衆《ビジネスメン》を相手に客の好みを摑み、腕を磨き、かの国においてもすでに、ゆるぎない劇作家としての地位を獲得していたのだ。具体的にいえば、経済恐慌下のスラム街からアカデミーまでを描く『ニューヨークの貧しき人々』（大掛かりな見せ場《スペクタクル》は長屋の炎上場面、一八五七年）、あるいは奴隷廃止論争をめぐる『八分の一混血児《オクトルーン》』（奴隷売買市、ミシシッピー河蒸気船爆破、〝現場証拠写真〟など凄まじい、一八五九年）等が主要作品である。いずれも時事性の極めて高いセンセーショナルな社会ドラマ。〈センセーション・ドラマ〉という呼称の命名者は、このブーシコーだと言われている。

『ニューヨークの貧しき人々』が好評のためイギリスに呼ばれて『リヴァプールの貧しき……』『ロンドンの……』とタイトルを差しかえて巡回公演が行われたように、[48] 後半生の彼は頻繁に大西洋を往き来し、七三年にはアメリカ市民権を取得、そしてかの地に没することになる。そしてこうした流れの極みで『色白の娘』が書かれたという訳だ。しかしなぜ、他ならぬこの時期にアイルランドを問題にしなければならなかったのか。

図 6　『色白の娘』のリバイバル公演（1995年）—アイリーを演ずるA. マッケナ(右)と，神父役のE. ケリー。

　歴史的に振り返ると、背景にはアイルランドのジャガ芋飢饉のために、一八四〇年代には七八万人、五〇年代にはさらに一〇〇万人近くのアイリッシュが国外離散し、他ならぬアメリカへ大量移住していた、という事情がある。しかも、この戯曲台本が書かれる二年たらず前の一八五八年には、秘密結社フィーニアン党（ＩＲＢ）が設立され、その本部はダブリンとニューヨークであったのだ。[49] ちなみに〝アイルランド自治《ホーム・ルール》〟という語の初出年は一八六〇年である。

いやブーシコーは、そうは言っても所詮は帰るべき所をもたぬ根なし草《デラシネ》、ノマードであったのではないか。その通りだ。しかしジェイムズ・ジョイスもそうであったが、民衆の魂、心を忘れ去ることはなかったのである。でなければアイルランド訛《ブローグ》の危機をモチーフに、そのメタフォリカルな豊かな魅力をいたる所に鏤めた、この戯曲も誕生することはなかっただろう。

とりあえずは物語の梗概を――抵当権の切れた所領《バロンシー》を守るため気位高きクリーガン未亡人は、世嗣ぎを、金持の従妹アン・シュートと結婚させようとする。だが世嗣ぎハードレスは、キラーニ湖畔対岸の田舎娘アイリー・オコーナーと、幼き日に秘密結婚をしていた。性悪な差配人が差押えを迫り、それが無理なら私の愛を受諾しろと未亡人を強請《ゆす》る（第一幕）。世嗣ぎの忠実な下僕ダニーは、邪魔者はケベックへ送ろう、でなければ私が片づけましょうと入れ知恵する。ついに大嵐の夜ダニーはアイリーを手引きし暗い湖面に突き落とす。が刹那轟く銃声――それは岩場にいた密猟者ミレスで、斃れたのは下僕ダニーの方だった（第二幕）。一〇日後、シュート城館の結婚式に警官隊が突入。下僕の臨終供述に、ハードレスから信任の手袋を貰ったとあり、殺人容疑で花婿を逮捕するために。そこへ溺死した筈の（実はミレスに救われていた）アイリーが現われ、昔の結婚証明書は破いてくれと申し出る。手袋を渡した母親は罪を悔いる。花婿は幼時の誓いを新たにし、今日の花嫁アンは、つとに心寄せあっていたカール・デイリー（世嗣ぎの学友）と結ばれる（第三幕）。

この作品は大衆小説、三重結婚をめぐるジェラルド・グリフィン（リメリック出身）の『学友どうし』（一八二九年）を、換骨奪胎した、翻案戯曲である。いずれにせよ、もともとの着想源は一八一九年のある陰惨な殺人事件だ。なのにこの戯曲台本には、時代設定が「一七九〇年代」と記されているのはなぜだろうか。〈重婚小説《バイガミー・ノヴェル》〉が一八六〇年代イギリスで爆発的に大流行したのは、すでによそで書いたことがあるので詳細はそちらに譲るとして(50)、当時裁判報道等によって、婚姻法の国内不統一についての世論が沸騰していたことの反映であった。話をアイルランドに限ると、この地で問題が発生した原点は英国によるアイルランド併合時、一八〇一年。したがって作者ブーシコーは、だからこそその前夜という年代設定を選んだのではないだろうか。

なるほど、先に言ったように、ある意味では深刻なドラマである。確かに御曹子ハードレスは明日は「リメリック牢獄入り」か「乞食」かというぎりぎり崖っぷちに立たされている。それでも幼時の過去の秘密を公言できないのは、つまり今回のアン・シュートとの結婚が重婚になってしまうからだ。しかし、理由はそんなに単純ではない。

第一幕第三場で訣別を告げようとアイリーの苫屋を訪れる主人公は、〝妻〟アイリーの「いとしい人《アッソール》」という呼び掛けを、「そんなけしからんケルト語《アイリッシュ・ワード》で呼ぶな」と撥ねつける。「いやな臭い……宿なし連中とのつき合い……」すると「なしてそんな嫌味を言ふの《スペイク》？」と娘。そして二人のやりとりはこんなふうに続く——

ハードレス　言ふ《スペイク》！　言う《スピーク》って言えないのか？

アイリー　そうしるってば《スライ、アルーン》——つとめてね《ストライヴィン》——とっても難しいけど——あたい何だってや、やるよ、あんたのため《セイク》、だめなら《シーク》ばさ。

ハードレス　ため——ため、だ！

アイリー　ため——ため——あぁ、発音が皆こんがらがって、どうにも困ってしまう！　なして皆ひとつに揃えてくれなかったんだ？

ハードレス〔傍白〕　無理言ってんじゃない！　これが妻ですよって、どうして人様に紹介できる！　こりゃ気違い沙汰だ、自分よりあまりにも下等な娘と一緒になるってのは——美しいよ——人柄もいいんだけど。

ハードレスは鬱憤の八つ当たりをしているだけではない。優柔不断な彼の、心の奥底に淀み、わだかまっている言語的・文化的・階級的な差別意識、それがアイリーへの想いと葛藤している様を、作者ブーシコーはさりげなく諧謔めかして示しているのだ。

もっとも、差別意識をもっているのはこの青年に限らない。第一に挙げるべきは彼の母親。貧窮紳士《ジェントリー》階級の未亡人で「気位ばかり高い」彼女こそ、「作法はぶざま、ケリー訛《ブローグ》で、社会の仕来りを無視するアイリー」など嫁として迎える気のない、張本人だ。げんに「あれはいなか娘——下卑た裸足の乞食じゃないの」とまで譏られて、世嗣ぎのハードレスは「愛あれば平等でしょう。ぼくの心に踏み込まないで」と言い返すまではよいのだが……（第一幕第一場）、二重基準《ダブル・スタンダード》とは言わない、マザコンとは言わないまでも、無力なこの青年は母親の土着文明への嫌悪、蔑視、その代理戦争へとけしかけられてきた。そして今彼自身、英国系《アングロ》アイリッシュの近代社会文明と古来の伝統的アイリッシュ社会文明の衝突、その矢面に立たされているのである。

時代の矛盾をひとり鬱陶しく内面化している主人公のそばに、それを彼になり代って演じて見せる、〝メフィストフェレス的〟（G・リンドップ）[51]な対人物がいる。幼い頃遊び友達であった今は彼の忠実な腹心の下僕、ダニー・マンである。

一方では青年のアイリーへの憧憬の想いを、

ダニー　……かりに聖パトリック（アイルランドの守護聖人）が妻ごいしても、色白の娘《コリーン・ボーン》にかなう天使がいるでしょうか。湖に彼女を乗せた舟漕ぎ出せば、一目見ようと小魚たちが浮かび上がる。また天の風が、彼女はどんな悪鬼のいたずらでそんな下界にいるのかと、その金髪を浮き上がらせる。（第一幕第一場）

などと、達者に言語化して謳い上げることができる。しかしそれと裏腹に、「作法もだめ、金、学問もない、資産はこれっぽちもないアイリーは、聖パトリックの祭の後の白つめ草《シャムロック》みたいに、棄てて」然るべきごみ、と吐き捨てるように言い放つ（第二幕第一場）ことも、平気の平左。

そういえば作者はいみじくも作品劈頭、第一幕第一場のしょっ鼻で、久々に帰国したもとハードレスの学友《コリジアン》カール・デイリーに、ダニーのことを「その船頭はきみの影《シャドー》みたいだな」と形容させている。当の下僕は、

　その影って俺みたいに片輪《クリップル》かな？　クリーガン殿みたいに瀟洒《イレガント》な影じゃない？

と洒落めかしてそら惚けてみせる。だがその背後には深い訳があるのだった——幼い日遊び呆けていて激情にかられたハードレスに岩場から突き落とされ、脊椎損傷を負うたという事情が。したがって、夜毎アイリーのもとへ主人公を送り届ける船頭役をつとめ、はては大胆不敵な〝窮余の解決策〟を実行するという、ファナティックなほどの忠誠心のかげには、無意識の憎悪、執念《オブセッション》を私たちは見てしまう。「俺の躰は年ごとに縮んでいくがね、俺の彼を想う心《ハート》は日ごとでかくなるばかり」というダニーの台詞の、〝でかく〟という言葉は、だからどうにでも解釈できる玉虫色だ。（因みにこの‘heart’という語はブーシコーにおいてもキー・ワードの一つ、この作品に限っても肝心な所で一九回でてくる）

ある意味では暗くて奥の深い、重いメロドラマ世界——幼時結婚の秘密、不作為の傷害事故、そして社会的抑圧……。げんに本作品の名高い〈センセーション・シーン〉（第二幕末）は、雷鳴轟く深夜、既成権威を寄せつけない断崖の岩場の波間で、といった夢のような、凄絶なスペクタクルである。作家はここで、キラーニ湖を描いた大鋼鉄版画のパノラマを設え、そして実際に舞台上で小舟を走らせ、また臨場感・迫真性を増すべく、特製のブルーの薄紗を二〇人の若者たちに揺らせて、驚異的効果をあげた。今も語り草になっている［図7］。

図7　『色白の娘』（アデルフィ，1860年）―波に呑まれかけたアイリーと，撃たれてのけぞるダニー。ミレスのロープが右上斜めに。

だがブーシコーは、事態はいかに深刻でも、奥が深く、重たくても、あくまでも日常的現実の表層にこだわり、そこにとどまる。事態はいかに絶望的でも、彼は絶望を峻拒する。深層は表情によって暗示するだけだ。

この劇空間は、確かに歴史的現実そのままに方々がひび割れ、食い違いや、矛盾、齟齬をきたしている。アイデンティティの一元化、想像力の一元化という、滔滔たる時代文明の流れによって生じた歪みなのだ。にもかかわらず彼は、そうしたひび割れた状況をうまく逆手にとる。そしてメロドラマをコメディ、あるいは笑劇と合体させた。ひび割れの元凶は、ヴィクトリア朝の〝紳士階級《ジェントリー》〟志向だという者もいるだろう（実際「紳士」という言葉はそのようなニュアンスで三回使われている）。だがブーシコーは賢明にも表立ってそうは言わない。その代り彼は、存立の危機に立たされている土着語《ヴァーナキュラー》、魅力的なアイルランド言葉を、作品のライトモチーフとして絶妙に、信じがたいほど効果的に、芝居全体の構図と意味に関わらせて用いている。しかも――これが肝心の所――笑いのトーンにからませて。

私たちは先に、主人公とアイリーの対立場面を見たが、次に同じアイリーの苫屋の場、主人公が現われる前の、皮肉にもなごやかな団欒風景に目を戻してみよう。ここで一つ説明を加えておくと、この場に顔を出しているミレス＝ナ＝コパリーン（仔馬のミレス、の意）こそ、劇作家ブーシコーならではの「アイルランドの魂《スピリット》」とも称すべき英雄《ヒーロー》である。馬喰時代にアイリーに失恋してからは、心を入れかえて鮭の密漁、カワウソの密猟、ウイスキーの密醸造で細ぼそと暮らしている、自称「アウトロー」。この物語の彼は陽気な無宿者《ヴァガボンド》で、しかもいざという時には破天荒な活躍をみせ、世界にそっと調和をとり戻してみせる、いわばカーニヴァレスクな道化。ブーシコーのこの所謂'shaughraun'の系譜をたどれば、『鮭のアラ《アラ・ナ・ポーグ》』（一八六四年　プリンセス）のショーン・ザ・ポスト、さらには表題からしてその名もずばり『流れ者《ザ・ショーラン》』（一八七四年　NY・ウォラック劇場、翌年ドゥルーリー・レイン）のコンへと連なる、彼のとてつもなく独創的な人物像群（劇作家自作自演！）の祖である。またトム〝神父〟は、そう、アイルランドがカトリックの国であることは申し上げるまでもない——

トム神父　たぶん、結局のところ、そこのミレスと結婚した方がよかったな。一緒になるのを恥だと思うような男と一緒になるよりは。

アイリー　恥だなんて思わない、あたしのことを誇らしく思ってますよ。ただ彼は心が傷つくの、あたしが貧乏人のような口のきき方をしたり、間違った言い方をすると。だけれども、段々にアイリッシュ訛《ブローグ》はとれていくわ、間違いもしないようになってきた——これからのあたし、まるですっかり別人に変わるの。

ミレス　ああ！　生まれながらのあんたぁわしに残す、そして奴は改善した方だけを連れて行くんだったらな。ちえっ、洒落臭え、なあアイリー《アルーン》、どうして双生児で生まれてきてくれなんだ？　そしたらその片割れとわしは一緒になれたのに。ただ自然はそっくりを二人は作らなんだ——そりゃ無理な注文《オンリーズナブル・アクス》だよ。

……………

アイリー　ハードレスはね、あたしに古いアイルランドの唄は歌わせてくれないの。言葉が野卑だって言って。

シーラ（下僕ダニーの母親）　トム神父にお払いをして貰おうよ。

トム神父　その酒盃《ジャツグ》に唇をつけて。残ってるのはちょびっと《スリップンス》さ。さあ、一気に！　その真のアイルランドの酒でお前のハートが温まってる間に聴きなさい。古いアイルランドの訛《ブローグ》がお前の舌を見棄てぬように——その調べ《ミュージック》がお前

の声から消えぬように——真のアイルランド女の美徳がお前のハートで絶えることなきように。（第一幕第三場）

ついで、ミレスが自家製の美酒のために一曲をと所望して、皆のコーラスを挟みつつアイリー自身が、〝夫〟ハードレスは禁じた筈の古歌＝リレー・ソング「祝盃の唄《クルイスキーン・ローン》」を歌う、という一つのやま場を迎えるくだりだ。そこにハードレスが現われるという次第。伝承歌謡は作中、都合六曲うたわれる。

アイリーの〝私は今後アイリッシュを矯正して、別人になります〟には、先の彼女の〝言葉、発音は、なぜ一つではなかったのか！〟という慨歎に通じるものがある。またミレス＝ナ＝コパリーンの〝なぜ、あんたは双生児に生まれてくれなかった？」は、彼が観衆の前に初めて登場する第一幕第二場で、悪辣な差配＝代言人から「ミレスか？」と誰何《すいか》されて「そいつぁ俺の兄弟だ」とそら嘯く台詞に始まる（彼曰く、〝悪人でない紳士は紳士でなく、類の異なる悪人〟！）あのシークエンスの諧謔、不条理な戯言を想い起こさせずにはおかない。ちなみにこのシークエンスの最後に無宿者ミレスはひとり、伝承歌「麗わしきリメリック」を吟唱し、その歌詞に表題の「色白の娘《コリーン・ボーン》」が出て来るのである。話を戻せば、つまり時代の文明状況が要請してくるなりふり構わぬ自己同一性《アイデンティティ》、それを道化役ミレスに逆手にとって笑いに変えさせるのが、この劇作家ブーシコーなのだ。そう、アイリッシュ訛を禁じられることは、すなわちアイリッシュの心を失うこと。またアイリッシュの調べを失ってしまうこと。

とはいえ作家は、色白の娘《コリーン・ボーン》アイリーンだけにこの重荷を問題として背負わせている訳ではない。彼女の対人物、つまりアングロ＝アイリッシュの利発な「赤毛の娘《コリーン・ルエッド》」アン・シュートも、激昂する時に限ってではあれ、つい訛が出てしまう——

アン　……まだ小さい時分にわたしを護り愛してくれた、あのハードレスが少しであれひどい目《ハップワース・オヴ・ハーラム》に会うなんて。

カール　おい、ミス・シュート！

アン　仕方ないわよ。腹が立つと訛《グローブ》が出てしまう。作法も、品の良さも、コルセットの紐二十本も、皆ぶち破ってわたしのアイリッシュの心《ハート》は爆発するの。（第二幕第二場）

アングロ＝アイリッシュの中の〝アイリッシュ〟もまた言語抑圧を受けているのだが、それにしてもアンの、なんと軽やかに問題を捉えていること！　そして申すまでもなく、ここでも土着語《ヴァーナキュラー》は心《ハート》の問題なのだ。だが、アンが訛を口にするのは、激昂した時とは限らない！　気丈なアンが、どさくさに紛れ、その結婚相手の好青年カール・デイリー（コノート出身）に土着語を無理強いするシーンは……少し性急だし長目の引用で恐縮だが、第三幕第三場、警官隊がひき揚げた後の、めでたい洒落た大団円の終幕に話を集中させたい。この芝居の驚きと笑いいっぱいの軽快な台詞回し、劇的展開《ク・ド・テアートル》のすばらしさにじかに触れて頂くためにも――

アン　ちゃんとして。今求婚を受けたら、わたしあなたと一緒になるわ。

カール　［アンをかき抱いて］　アン！　［外で喚声］

全員　あれは何？

ミレス　［後方を振り返り］　外の子供たちがさ、遁げようとする《スライング》今の差配人コリガンめを捕まえただけ。あ、馬洗池に突っ込んだぜ。

カール　溺れっちまうよ。

ミレス　心配はいらん。生まれつき溺れるようにゃできておらんで――沈むもんか――世間より上へ這い上がろうとはしても、天国へは、絞首台のてっぺんまでしか近づけんくせして。

アイリー　〔ハードレスに〕　じゃ、あんたは私のことをもう恥だとは思わないのよね？

アン　恥だなんて人がいたら、そんな人こそわたしには恥よ。

アイリー　じゃ私の撥音《スペイク》が――いえ発音《スピーク》が――。

アン　〝撥音《スペイク》〟が正しいのよ。カール・デイリー、同じ言葉を言ってみて。

カール　ああ、いいとも。もし万が一きみが違う撥音《スペイク》をしたら、その時は即離婚――いいね。

トム神父　なぁアイリー、喜びのさ中にあっても、きみを悲しみの時に捨てなかった者のことは、忘れないことだね。

アイリー　あっ、トム神父様。

トム神父　この私のことじゃないよ、それは。

アン　そう、そっちの山賊《マロード》さんよ。わたしにもあの雷雨のときご自身の外套をかして下さったわ。　〔ミレスを指さして〕

ミレス　いやはや、あれか。あんたの美しさが裏地に残って、お蔭様であれ以来温かいこと。

アイリー　ミレス、あなたは私の命を救って下さった――私の命はあなたのもの。これ、私の手よ、おまかせするわ！

ミレス　〔彼女の手とハードレスの手を取り〕　あんたがこの娘と一緒になるんだ、心からのお願いだ。わしがそうとでも言わんと心が決まらんだろう。わしは、譬えれば慈善箱に入れる一ペニーを手に握った少年よ――本当はポッケにしまっておきたい気分だ。でも今握ってるのは、これは白つめ草《シャムロック》。この娘は毎年きっと、シャムロックのように瑞々しい緑をあんたに見せてくれる。かりにこの娘への愛がさめたら、あんたは死んだがえぇな。で死んだら、僅か

な彼女の金は貧しい人々に。で未亡人はわしにくれ、そうしたら我々はあんたを赦す。〔二人の手を結び合わせる。〕

アイリー　あたしはつまらない質素な娘なのに、落ち着かないわ。まわりがこんなに大勢の――

全員　お友達よ、アイリー。みんな友達。

アイリー　そう思うと――皆さんのお心のほんのささやかな片隅にでもいられるんだとすると、こんな果報者はいないわ、コリーン・ボーンほど幸せな者は――

幕　（第三幕第六場）

土着語《ヴァーナキュラー》がこの作品では構造化されていることは、これでお判り頂けるだろう。ミレスが色白の娘《コリン・ボーン》をなぞらえる白つめ草《シャムロック》、それは第二幕でダニーが「祭が過ぎたら棄てて当然」と言って踏みにじろうとした、あの花と同じ――言うまでもなく、アイルランドのシンボルである。そして私たちの意表をついて秀逸なのは、二人の手を結び合わせるのが、神父ではなくミレスだということ――かつてはアイリーに恋心を寄せたのに（今も変わらない）、けれども振られてからはまともな生き方は放棄し、社会の周縁的存在であり続けるミレス＝ナ＝コパリーンの、これは役割なのだ。

一点、忘れてはならないことがある――ある観点から見ると、これは間違い続きの喜劇である。〝野生の仔馬《ワイルド・コパリーン》〟ことアンは、湖面の向うのマックロス岬へ夜毎通うのは、三年間海で暮らしていたカール・デイリーだとずっと勘違いし続ける。原因の第一はハードレスの言動の不透明さだが、重ねて二通の手紙をめぐる手違い、誤読、後ろ姿のとり違え、代名詞の誤解。これは陳腐な手であろうか。しかしミレスさえ、カワウソと誤認して銃弾を放つ。ハードレスも、アイリーは嵐の夜に溺死したものと思い違いして、自責の念にかられる。それらが糸を引く偶然につぐ偶然。というより、偶然か必然か……。確かに「カール・デイリーと才気燦くアン・シュートのウィッティな恋のさや当てと数々の誤解によって、バランスをとらなければ……この戯曲世界の情動の深さは余りにも重たくて」というジェイムズ・ハートの意見は正しい。[52] その上で、あえて大仰なことを言えば、あくまで表層にとどまり、その表層にこだわるブーシコーは、世の一切を解読できる筈だと考えたがる近代人の精神志向をかき乱し皮肉ろうとして、このスリルとサスペンスに富む間違いつづきの世界を仕組んだのではなかったか。

いずれにせよ、〝涙と笑い〟とはよく言うものの、メロドラマにおける喜劇的要素に着目した書き物はごく少ない。私は『マグロウヒル世界演劇百科』の優れた記事、「初期のメロドラマにもコメディのチャンスはあった」と述べてダグラス・ジェロルドの名に言及し、さらに「ブーシコーの『アラ＝ナ＝ポーグ』は、ロマンスとスリラーの間にも喜劇的レリーフを滑り込ませており……バーナード・ショーは、そうしたものに多少学ぶ所があつたのかも」という指摘[53]に励まされた。そして今も引いたJ・ハートの論文にはわが意を得た思いがした。たぶんB・ショーの喜劇『ピグマリオン』の、あのヒギンズ教授によるリーザへのスピーチと作法の教育が水泡に帰するという物語には、同じアイリッシュの血が流れていたこのブーシコーの戯曲の波紋が及んでいると言って、大きな間違いはない筈である。

メロドラマはセンチメンタリズムの世界、とそう思われがちだが、決してそうではないのだ。

（1）林達夫・久野収『増補　思想のドラマトゥルギー』（平凡社、一九七四）三三七頁。

（2）井出弘之「〈メロドラマ的想像力〉論の現況」『英語青年』一九八三年五月号三二頁。そこで扱った主な書物は Michael Booth, *English Melodrama* (Herbert Jenkins, 1965) *Victorian Spectacular Theatre 1850–1910* (Routledge, 1981) / Peter Brooks, *The Melodramatic Imagination: Balzac, Henry James, Melodrama and the Mode of Excess* (Yale UP, 1976) / Christopher Prendergast, *Balzac: Fiction and Melodrama* (Edward Arnold,

1978).

（3） M. R. Booth ed., *English Plays of the Nineteenth Century* I-V (Oxf.: Clarendon, 1969-74) / M. Banham, P. Thomson eds., 〈British and American Playwrights〉 (Cambridge UP, 1982-89) / Michael R. Booth ed., *The Lights o' London and Other Plays* (Oxf. UP., 1995) その他にも、各種一九世紀英米演劇選集がある。

（4） ヨハン・ホイジンガ『ホモ・ルーデンス——人類文化と遊戯』、一九三八年（高橋英夫訳、中央公論社、一九六三年）。

（5） Mary Elizabeth Braddon, *Lady Audley's Secret* (Dover, 1974 / World's Classics, 1987 ; 1998) 引用は後者から。

（6） Henry James, 'Mary Elizabeth Braddon', '*Nation*' Nov. 9, 1865.

（7） 井出弘之「ハーディ文学はどこから来たか——その処女長篇と六〇年代大衆小説」『イギリス／小説／批評』（南雲堂、一九八六年）。

（8） Tamie Watters, in Sally Mitchell ed. *Victorian Britain : An Encyclopedia* (Garland, 1988), pp. 89-90. また Albert Bermel, 'The Comic Agony in Pirandello', *Pirandello Plays* (Northwestern UP, 1991) を参照せよ。

（9） Colin Henry Hazlewood, 'Lady Audley's Secret', in George Rowell ed., *Nineteenth Century Plays* (Oxf. UP, 1972 ; '78) pp. 233-66.　引用は本書から。

（10） Charles Dickens, 'Two Views of a Cheap Theatre', *The Uncommercial Traveller* (〈The Oxford Illustrated Dickens〉 1958 ; '68), pp. 29-39./ M. R. Booth, 'The Social and Literary Context' (Booth et al. ed., *The Revels History of Drama in English, Vol. VI 1750-1880*, Methuen, 1975), pp. 26-7.　これは観客層と彼らの好みについての最上のガイド。

（11） Robert Lee Wolff, *Sensational Victorian : The Life and Fiction of Mary Elizabeth Braddon* (Garland, 1979) / Heidi J. Holder, 'Mialliance : M. E. Braddon's Writing for Stage', in Tromp, Gilbert and Haynie eds., *Beyond Sensation : Mary Elizabeth Braddon in Context* (State U. of NY., 2000) pp.165-79.

(12) Winifred Hughes, *The Manic in The Cellar : Sensation Novel of the 1860s* (Princeton UP, 1980), pp. 27 ; 56-58.

(13) 〝消尽点のない〟については Elizabeth D. Ermarth, *Realism and Consensus in English Novel* (Princeton UP, 1983) の第一章 'The Premises of Realism' を参照せよ。ヴィクトリア朝の詩的言語におけるこの問題に関しては井出弘之「A・H・クラフ『旅路の恋』における〝家〟」(都立大学『人文学報』一九九七年三月)、また、一九世紀初頭の首都絵物語 Pierce Egan & G. Cruikshank, *Life in London* (1821) とその制案劇 W. T. Moncrieff, *Tom and Jerry* (1821, Adelphi) をめぐる同じ意匠については、井出弘之「知られざるヴィクトリア朝の水源を明証――*Unknown London : Early Modernist Visions of the Metropolis, 1815-45* の刊行を讃えて」『英語青年』(二〇〇一年三月号、五〇―五二頁を参照されたい。)

(14) Jenny Bowrne Taylor, *In the Secret Theatre of Home : Wilkie Collins, Sensation Narrative, and the 19th Century Psychology* (Rontledge, 1981) の、特に第一章 'The Psychic and the Social' を参照。

(15) 実際、Paul Stebbings adapt. &. prod. の舞台 (The International Theatre Company, London による、June 2, 2000 於明星大学シェイクスピア・ホール) は、原作の喜劇性をみごとに表現していた。

(16) 扇田昭彦『世界は喜劇に傾斜する』(沖積社、一九八五年)、三四頁。

(17) このトポスは pp. 241, 42, 49, 51, 52 というふうに作中一貫して登場する。

(18) ベルトルト・ブレヒト『三文オペラ』千田是也訳 (岩波文庫、一九六一年) 九頁。

(19) テキストは Douglas Jerrold, *Black-Eyed Susan, or All in the Downs : A Nautical Drama in Three Acts* (M. R. Booth ed., *English Plays of the Nineteenth Century, I. Drama 1800-1850*, Oxf. UP, 1969) pp. 151-200. 時に前掲 G. Rowell ed. *Nineteenth Century Plays* (Oxf. UP, 1972) 所収の 'Duncombe' ヴァージョン (異本) と照合したが、引用は前者から。

(20) Booth ed. の前項でふれた五巻本第一巻の序論。

(21) 注（1）の Booth, *English Melodrama* の第三、四章、および G. Rowell, The Victorian Theatre 1792-1914 (Cambridge UP, 1978) の第二章の記述が有益。さらに、Maurice W. Disher, *Blood and Thunder : Mid-Victorian Melodrama and its Origins* (Frederick Muller, 1949) は演劇魂ゆえに研究者臭を感じさせない、すぐれて該博で、洞察力溢れる好著——例えば、Act IV-2 'Democracy expresses itself in Figaro and Jolly Jack Tar' には胸うたれる。

(22) Walter Jerrold, *Douglas Jerrold : Dramatist and Wit* 2 vols. (Hodder and Stoughton, 1914), Vol.1, p. 5. Walter はダグラスの孫で、*Douglas Jerrold and "Punch"* (Macmillan, 1910) にも本論は助けられた。なお、ダグラスの戯作文学集成 *The Works of Douglas Jerrold*, 4 vols. (Bradbury and Evans, 1863) の編纂者 Blanchard は、息子で、彼もダグラスの伝記を書いたが、孫によるものの方が公平で面白い。／Victor Emeljanow, *Victorian Popular Dramatists* (Twayne Pub., 1987) の Chapter 2 'Douglas Jerrold' も重宝。

(23) *Martha Willis, The Servant Maid : An Original Domestic Drama* は、（注13）J. Marriot ed., *Unknown London*, 6 vols. (Pickering & Chatto, 2000) 収録の Dicks 版、*The Rent Day : A Drama* は一八五〇年代刊の同社版に拠った。

(24) Douglas Jerrold, *Mrs Caudle's Curtain Lectures* (Bradbury Evans, 1866).

(25) 松村昌家編『『パンチ』素描集』（岩波文庫、一九九四年）第一章及び巻末「『パンチ』三十年の歩み」、Catherine Peters, *Thackeray's Universe : Shifting Worlds of Imagination and Reality* (Oxf. UP, 1987) Ch. 6 を参照。

(26) Wilkie Collins, *My Miscellanies* (Chatto & Windus, 1875), pp. 381-98.

(27) Paul Schlicke, *Dickens and Popular Entertainment* (G. Allen & Unwin, 1985), p. 57.

(28) 前掲 Booth ed., *English Plays*, p. 156.

(29) Nigel Cross, *The Common Writer : Life in Nineteenth Century Grub Street* (Cambridge UP, 1985), p. 103. 松村・内田訳『大英帝国の三文作家たち』（研究社、一九九二年）一六二—三頁。

(30) Alfred Tennyson, *In Memorium* (1850), LVI iv.

(31) Ernest Reynolds, *Early Victorian Drama 1830-70* (W. Heffer & Sons, 1936), p.131ほか。

(32) Booth et al. ed., *The Revels History of Drama in English*, Vol. 6. 中の Robertson Davies, 'Playwrights and Plays', p. 218.

(33) 同前。

(34) Chartes Reade, *Gold !*, Drury Lane, 10 Jan. 1853 (Lacy, 1853) / *It is Never Too Late to Mend*, Princess's, 4 Oct. 1865 (Michael Hammet ed. *Plays of C. R.*, 1986 所収) / H. J. Byron, *The Lancashire Lass*, 28 Oct. 1867 (D. Davis ed., *Plays by H. J. Byron*, 1984 所収) については、残念ながら紙数がない。Tom Taylor, Augustin Daly, Henry A. Jones, W. S. Gilbert らについても改めて論ずる予定。

(35) 原題は 'Sweet William's Farewell to Black-Ey'd Susan', John Gay, *Poetry and Prose* (Ed. Dealing with Beckworth) Vol.1, Clarendon, 1974. p. 249.

(36) ヴィクトリア朝小説中の 'tableau' あるいは 'pose prastique' に関しては、Joan Grundy, *Hardy & the Sister Arts* (Macmillan, 1979), Ch. 3 'Theatrical Arts'、そして Nina Auerbach, *Private Theatricals : The Lives of the Victorian* (Harvard UP. 1990) が秀逸。

(37) J. R. Planché, *The Recollections and Reflections*, 2 vols (Tinsley Brothers, 1872), Vol.1, p.153.

(38) Martin Meisel, *Realisations : Narrative, Pictorial, and Theatrical Arts in Nineteenth Century England*, (Princeton UP., 1983) 中の、3 'Speaking Pictures : The Drama', 4 'Telling Scenes : The Novel' は必読。David Wilkie (小説家ウィルキー・コリンズの名付親) については Lindsay Errington, *Tribute to Wilkie* (The National Galleries of Scotland, 1985) を参照した。

(39) Walter Jerrold, *op. cit.*, pp. 460-6.

(40) Wylie Sypher, 'The Meanings of Comedy', in Sypher ed. *Comedy* (The Johns Hopkins UP, 1956), p. 256.

（41）ブーシコーの使用テキストは、G. Rowell ed., *Nineteenth Century Plays* 中の Dion Boncicault, *The Colleen Bawn, or the Brides of Garrygowen : A Domestic Drama*, pp. 175-231 / James L. Smith ed. *Victorian Melodramas : Seven English, French, and American Melodramas* (Dent, 1976) 中の *The Corsican Brothers : A Romantic Drama* / J. L. Smith ed., *London Assurance*（〈New Mermaids〉Adam & C. Black, 1984）. 前掲〈英米戯曲作家大系〉シリーズ中の Peter Thomsom ed. *Plays by Dion Boucicault* (Cam. UP, 1984) には、*The Octroon ; or Life in Lusiana* や、*The Shaughraun : An original Irish drama* 等が収録されている。

（42）Richard Southern, *The Victorian Theatre : A Pictorial Survey* (Daird & Charles, 1970), pp. 24-45.

（43）G. H. Lewes, 'Charles Kean in *The Corsican Brothers*'（*The Leader*, 28 Feb. 1852）in G. Rowell ed., *Victorian Dramatic Criticism* (Methuen, 1971).

（44）R・D・オールティック『二つの死闘――ヴィクトリア朝のセンセーション』（井出弘之訳、国書刊行会、一九九三年）二三五頁、*for* Richard D. Altick, *Deadly Encounters : Two Victorian Sensations* (Pennsylvania UP, 1986).

（45）各種バーレスク版メロドラマ伝統をたどった基本書は V. C. Clinton-Baddley, *The Burlesque Tradition in the English Theatre After 1660* (rep. Benjamin Blom, 1971)。また『色白の娘』オペラ版（Oxenford & Boucicault, *The Lily of Killarney*）主題歌は 'The Moon has Raised her Lamp above'（*The Victora Book of Opera*, Victor, 1924 による）。

（46）ディケンズの小説世界との関連性を論じた説得力をもつ刺激的論考に Judith L. Fisher, 'The "Sensation Scene" in Charles Dickens and Dion Boucicault', in C. H. Mackay ed., *Dramatic Dickens* (St. Martin's Pr., 1989) が、またハーディとの関連については、前掲 Joan Grundy の不朽の名著がある。

（47）*TLS*, Apr. 21, 1995 の、Royal Exchange Theatre, Manchester でのリバイバル公演（Garry Hynes 演出）評を参照せよ。評者 Grevel Lindop の批評眼にはただただ脱帽。

(48) 日本では貴重な長田光展「アメリカの近代劇——メロドラマからオニールまで」『演劇の「近代」』(中央大学人文科学研究所、研究叢書14)三〇六—八頁を参照。Bruce A. McConachie, *Melodramatic Formations : American Theatre and Society 1820-1870* (U. of Iowa Pr., 1992), pp. 210-30. には多くを教わった。

(49) 手っ取り早くは、リチャード・キレーン『図説アイルランドの歴史』(鈴木良平訳、彩流社、二〇〇〇)。

(50) いちばん最近ふれたものでは、井出弘之「一八六〇年代ヴィクトリア朝小説異聞——たかが小説、されど小説」(中央大学人文科学研究所『人文研紀要』三八号、二〇〇〇年)一二六頁。なお同頁に掲げた『色白の娘』楽譜表紙石版画(マンダー&ミチスン演劇コレクション)をも、合わせて参照されたい。

(51) 前掲注(47)参照。

(52) James Hurt, 'Dion Boucicault's "Comic Myth"', in Judith L. Fisher and Stephen Watt eds., *When They Weren't Doing Shakespeare : Essays on Nineteenth Century British and American Theatre* (U. of Georgia Pr., 1989) pp. 253-65. これは、同書中の Martha Vicinus, '"Helpless and Unfriended" : Nineteenth Century Melodrama' と並んで必読の論文。

(53) Stanley Hochman ed., *McGraw-Hill Encyclopaedia of World Drama*, 2, pp. 93-98.

◇本文中のヴィクトリア朝の劇場名一覧(最後の数字は本書のページ)

- アデルフィ(**Adelphi**, Strand), *596*
- 〔ロイアル〕ヴィクトリア(**Royal Victoria** =前 **Coburg**, Waterloo Rd.), 575
- ウォラック(**Wallack's**, NY), 603
- キーン劇場(**Kean's**, NY), 595
- コヴェント・ガーデン(**Covent Garden**, Bow St.), 585, 592, 595, 596

・サリー座（Surrey, Blackfriars Rd.）, 583, 585, 596
・ドルーリー・レイン（Drury Lane, Theatre Royal）, *583, 593, 594*
・〔ロイアル〕パヴィリオン（[Royal] Pavilion, Whitechapel Rd., Mile End）, 583
・ブリタニア（Britannia, High St., Hoxton）, 575
・プリンセス（Princess's, Oxford St.）, 593, 595, 603
・ライシーアム（Lyceum, Strand）, 596

索　　引

凡　例

1．項目は本文中に言及された歴史上実在の人物名や研究者名を，五十音順に配列した。作品名は人物名の下にアルファベット順に配列したが，書物として出されたものは欧文では斜体，和文では『　』で示した。個々の詩篇及び散文は欧文では引用符（'　'）で，「　」で示した。なお聖書については，項目として立て，各書は通常聖書に収録されている順に配列した。
2．日・英・米・仏・独・伊以外の国名は略記せず，片カナ表記とした。
3．人物の説明は主として本文の内容に関わるものに限定した。とたえば，（英・英文学者）とあるのは，主にイギリスで活動している英文学者を表わす。

ア　行

アウグスチヌス　Aurelius AUGUSTINUS (354-430) ローマ・初期キリスト教の教父　*342*

アナクレオン　ANACREON (c. 570-c. 485 B.C.) ギリシア・詩人　*157, 158*

アーノルド，M.　Matthew ARNOLD (1822-88) 英・詩人，批評家　*93-133, 207, 208, 235, 237, 398, 406, 489-535*

　'Austerity of Poetry'「詩の厳しさ」　*132, 133*

　'The Buried Life'「埋もれた生命」　*132, 235*

　Culture and Anarchy『教養と無秩序』　*96*

　'The Divinity'「神」　*98*

　'Dover Beach'「ドーヴァー・ビーチ」　*98, 207, 208, 235, 237*

　'Empedocles on Etna'「エトナ山上のエムペドクレス」　*93-120, 128-133, 495, 529, 530*

　Empedocles on Etna and Other Poems『エトナ山上のエムペドクレス，その他』　*93*

　Essays in Criticism『批評論集』　*489, 491, 502, 503, 522, 523*

　"The Function of Criticism"「批評の機能」　*503*

　God and the Bible『神と聖書』　*96, 515*

　'The Good Shepherd with the Kid'「山羊を負う羊飼い」　*98*

　'Joubert'「ジューベール」　*489, 490, 501, 507, 521-537*

　Last Essays on Church and Religion『教会と宗教に関する最後の論文』　*96*

　Literature and Dogma『文学と教義』　*96*

　Merope『メロペ』　*100*

　'Marcus Aurelius'「マルクス・アウレリウス」　*489-521*

　'Memorial Verses'「追悼詩」　*235*

　'Monica's Last Prayer'「モニカの最後の祈り」　*98*

　New Poems『新詩集』　*94-96, 98, 132*

　Note-Books of Matthew Arnold『ノート・ブック』　*96, 490, 505, 522*

　'Obermann'「オーベルマン」　*114, 501, 503, 534*

　'Obermann Once More'「オーベルマン再び」　*94-98, 102, 132, 502, 503`*

　'Persistency of Poetry'「詩の永続性」　*94, 95*

　'Pagan and Medieval Religious Sentiment'「異教的ならびに中世的宗教感情」　*489, 502, 527*

　Poems (1853)『詩集』(1853年)　*94*

　'Preface to the First Edition of *Poems* (1853)'「『詩集』(1853) の序文」　*94, 111, 526, 529*

　'Resignation'「諦観」　*104, 112*

'Rugby Chapel' 「ラグビー・チャペル」 *98*
'Shakespeare' 「シェイクスピア」 *235*
'Scholar-Gipsy' 「スカラー・ジプシイ」 *116*
'Sohrab and Rustum' 「ソラブとラスタム」 *116*
St. Paul and Protestantism 『聖パウロとプロテスタンティズム』 *96*
'Stanzas from the Grande Chartreuse' 「グランド・シャルトルーズより詠める詩」 *98*
'Stanzas in Memory of the Author of "Obermann"' 「『オーベルマン』の著者を偲ぶ詩」 *96, 102, 114*
'The Strayed Reveller' 「迷える酔客」 *101, 111*
'Thyrsis' 「サーシス」 *98*
'Worldly Place' 「世俗の場所」 *490, 517*
'Yale MS' 「イエール草稿」 *499*
アームストロング, I. Isobel ARMSTRONG 英・英文学者 *129, 130*
アリストテレス ARISTOTELES (384-322 B. C.) 古代ギリシアの哲学者 *220, 221, 232, 245, 317*
Poetics 『詩学』 *220, 245*
アルバート公 ALBERT, Prince Consort (1819-61) ヴィクトリア女王の夫君 *33, 34*
アルマ・タデマ, L. Lawrence ALMA-TADEMA (1836-1912) 英・画家 *320*
アレン博士 Dr. Matthew ALLEN 英・精神科医 *3, 19-20, 22, 37*
アロット, K. Kenneth ALLOTT (1912-73) 英・英文学者 *101, 235*
アロット, M. Miriam ALLOTT (1918-) K. アロットの妻 *101*
イェイツ, W. B. William Butler YEATS (1865-1939) アイルランド・詩人, 劇作家 *209, 237-243, 249*
'Among School Children' 「生徒たちに囲まれて」 *241*
Autobiographies 『自伝』 *204, 242*
'A Coat' 「一着のコート」 *238-240*
Collected Poems 『全詩集』 *240*
'The Coming of Wisdom with Time' 「叡知は時とともに来る」 *238*
'Easter 1916' 「復活祭 1916 年」 *241*
Essays and Introductions 『評論・序論集成』 *242*
The Green Helmet and Other Poems 『緑の兜, その他の詩』 *238*
'The Mask' 「仮面」 *238*
'The Madness of King Goll' 「ゴル王の狂気」 *243*
'The People' 「大衆」 *238*
'A Prayer for my Daughter' 「わが娘のために祈る」 *241*
Responsibilities 『重責』 *238*
'Sailing to Byzantium' 「ビザンティウムへ船出して」 *241*
The Tower 『塔』 *241*
イグナティウス・デ・ロヨラ Ignatius de LOYOLA (1491-1556) スペイン・イエズス会の創始者 *371*
The Spiritual Exercises of St. Ignatius 『霊操』 *371*
イーストレーク, C. L. Sir Charles Lock EASTLAKE (1793-1865) 英・画家 *593*
インヘンハウス, J. Jan INGENHOUSZ (1730-99) オランダ・医学者 *446*
ヴィクトリア女王 VICTORIA, Queen of England (1819-1901) 英国の女王 (在位 1837-1901) *3, 34, 589, 595, 596*
ウィテマイア, H. Hugh WITEMEYER (1939-) 米・英文学者 *242, 243*
ウィリー, B. Basil WILLEY (1897-1978) 英・英文学者, 思想史家 *539, 541, 542, 547*
Nineteenth Century Studies 『一九世紀研究』 *539*
ウィリアムズ, C. Charles WILLIAMS (1886-1945) 英・英文学者, オックスフォード出版局編集者 *384*
ウィルキー, D. Sir David WILKIE (1785-1841) 英 (スコットランド)・画家 *594*
'Distraining for Rent' 「地代未払い差押え」 *594*
ヴィルヘルム1世 WILHELM I (1797-1888) 独・プロシア王 (在位1861-1888) *321*
ヴェストリス夫人 Mme VESTRIS (1797-1856) 英・オペラ歌手・劇場経営者 *595*
ウェブスター, A. Augusta WEBSTER (1837-94) 英・詩人 *184, 197*

ウルフ，V.　Virginia WOOLF (1882 - 1941) 英・小説家　*141, 185*
エイブラムズ，M. H.　Meyer Howard ABRAMS (1912 -) 米・批評家，英文学者　*207, 208, 234, 235*
エヴァンズ，R.　Robert EVANS (1773-1849) 英・G. エリオットの父　*540*
エピクテトス　EPICTETUS (c. 55-c. 135) ギリシア・ストア派哲学者　*107, 490, 494, 495, 497, 499, 502, 504, 526*
エマソン，E.　Mrs. Eliza L. EMMERSON　英・ジョン・クレアの後援者，詩人　*11, 18*
エマスン，R. W.　Ralph Waldo EMERSON (1803-82) 米・思想家，詩人　*503, 504*
エムペドクレス　EMPEDOCLES (c. 493 - c. 433 B. C.) ギリシア・哲学者　*99-104, 107 - 112, 114, 116, 119, 130, 490, 496, 515*
　『断片』(『自然論』,『浄め』)　*114, 119, 131*
エラスムス，D.　Desiderius ERASMUS (c. 1466-1536) オランダ・人文主義者　*232*
エリオット，G.　George ELIOT (1819 - 80) 英・小説家，本名 Mary Ann Evans　*539-567, 593*
　Daniel Deronda『ダニエル・デロンダ』　*593*
　Middlemarch『ミドルマーチ』　*539, 544-567*
エリオット，T. S.　Thomas Stearns ELIOT (1888 - 1965) 米生まれ，英・詩人，批評家　*207, 209, 213, 224, 228, 230, 237, 244-249, 254, 394, 526*
　Ash-Wednesday『灰の水曜日』　*248*
　'Dante'「ダンテ論」　*245*
　'East Coker'「イースト・コーカー」　*207*
　Four Quartets『四つの四重奏』　*248*
　'The Hollow Men'「虚ろな人間」　*246-248*
　'Hysteria'「ヒステリー」　*244*
　Inventions of the March Hare : Poems 1909-1917『三月兎の詩想集』　*246*
　Knowledge and Experience in the philosophy of F. H. Bradley『F. H. ブラッドレーの哲学における認識と経験』　*246, 248*
　'The Love Song of J. Alfred Prufrock'「プルーフロックの恋歌」　*244*
　Murder in the Cathedral『大聖堂の殺人』　*228, 248*
　'Portrait of a Lady'「ある婦人の肖像」　*246*
　'Preludes'「プレリュード」　*244*
　The Sacred Wood『聖林』　*245*
　The Waste Land『荒地』　*245, 247*
エリス，S. S.　Sarah Stickney ELLIS (1812-1872) 英・作家　*183*
　'The Women of England : Their Social Duties and Domestic Habits'「英国の女性―その社会的義務と家庭におけるあり方」　*183*
エルマン，R.　Richard ELLMANN (1918 -) 米・批評家　*238, 240, 408, 410*
オヴィディウス　OVIDIUS (43 B. C.-18 A. D.) ローマの詩人　*232*
扇田昭彦　(1940-) 日・演劇評論家　*579*
オースティン，A.　Alfred AUSTIN (1835 - 1913) 英・詩人，評論家　*255, 256*
小田垣雅也　(1929-) 日・宗教家　*108*
　『キリスト教の歴史』　*108*
オーデン，W. H.　Wystan Hugh AUDEN (1907-73) 英生まれで後に米に移住，帰化・詩人　*207, 249*
オルティック，R. D.　Richard Daniel ALTICK (1915-) 英・文学者，米国で活動　*223, 235*

カ　行

加藤幹郎　(1957-) 日・詩人・英文学・映画評論家　*574*
　『映画のメロドラマ的想像力』　*574*
ガードナー，W. H.　W. H. GARDNER (1902 - 69) 英・英文学者　*385*
ガートルード　GERTRUDE (1256-1302) 独・カトリックの聖人　*359*
カラー，A. D.　Arthur D. CULLER (1917-) 米・英文学者　*231, 232*
カーライル，T.　Thomas CARLYLE (1795 - 1881) 英・思想家　*107*
ガリレイ，G.　Galileo GALILEI (1564 - 1642) イタリア・物理学者，天文学者　*446, 459, 484*

カルフーン，B.　Blue CALHOUN（1936-）米・英文学者　*258*
喜志哲雄　（1935-）日・英文学者，演劇評論家　*574*
「『マライア・マーティン』とヴィクトリア朝メロドラマの階級意識」　*574*
キーツ，J.　John KEATS（1795-1821）英・詩人　*4, 10-12, 257, 339, 396, 425, 429, 461*
'Ode on Melancholy'「憂鬱に寄せるオード」　*339*
ギャリック，D.　David GARRICK（1717-79）英・俳優　*582*
キャロル，L.　Lewis CARROLL（1832-98）英・数学者，童話作家　*163*
キーン，C. J.　Charles John KEAN（1811-68）英・俳優　*595*
クック，T. P.　T. P. COOKE（1786-1864）英・俳優　*590, 591*
クーパー，W.　William COWPER（1731-1800）英・詩人　*4, 10*
クラフ，A. H.　Arthur Hugh CLOUGH（1819-61）英・詩人　*95, 98, 102, 143, 208, 501, 504*
Amours de Voyage『旅路の恋』　*143*
クラブ，G.　George CRABBE（1754-1832）英・詩人　*4*
グリグソン，G. E. H　Geoffrey Edward Harvey GRIGSON（1905-85）英・詩人，批評家，雑誌編集者　*7*
グリフィン，G.　Gerald GRIFFIN（1803-40）英〔アイルランド〕・小説家　*598*
The Collegians『学友どうし』　*598*
クレア，J.　John CLARE（1793-1864）英・詩人　*3-57*
Child Harold『チャイルド・ハロルド』　*21, 24, 25, 28, 29, 31, 41-57*
'Decay'「衰退」　*23*
Don Juan『ドン・ジュアン』　*6, 21, 22, 24, 25, 28, 29, 30-40, 41, 52*
'Essay on Popularity'「人望論」　*22*
'The Eternity of Nature'「自然の永久不滅」　*18*
'The Flitting'「引越し」　*17, 18*
'I Am'「私は在る」　*7*
'An Invite to Eternity'「永遠への招待」　*7*
The Later Poetry of John Clare 1837-64『ジョン・クレア後期詩集1837-64』　*26*
'The Journey out of Essex'「エセックスからの帰還の旅」　*25*
The Midsummer Cushion『真夏の花壇』　*17*
'The Mores'「荒野」　*18*
A Natural History of Helpstone『ヘルプストンの博物誌』　*12*
The Parish『教区』　*6, 12, 14, 35, 41*
Poems Descriptive of Rural Life and Scenery『叙景詩・村の生活と情景』　*10*
The Rural Muse『田園の詩神』　*18*
Sketches in the Life of John Clare by Himself『自伝スケッチ』　*9, 11*
The Shepherd's Calendar『羊飼いの暦』　*6, 12-14, 17, 41*
The Village Minstrel『村の吟遊詩人』　*11*
'A Vision'「ヴィジョン」　*7*
クレア，M.　Martha CLARE（1799-1871）英・ジョン・クレアの妻，通称パティ Patty　*11, 20, 26, 49*
グレイ，T.　Thomas GRAY（1716-71）英・詩人　*381*
'Elegy Written in a Country Churchyard'「田園墓地の挽歌」　*381*
グレイヴズ，R.　Robert van Ranke GRAVES（1895-1985）英・詩人　*7*
ケア，W. P.　William Paton KER（1855-1923）英・英文学者　*210, 229, 234, 249*
Form and Style in Poetry『詩の形式と様式』　*210*
ケアリー，H. F.　Henry Francis CARY（1772-1844）英・ダンテの翻訳家　*11*
ゲイ，J.　John GAY（1685-1732）英・詩人，劇作家　*593*
'Sweet William's Farewell to Black-Ey'd Susan'（「黒い瞳のスーザンへの…別れの歌」）　*593*
ゲーテ，J. W.　Johann Wolfgang von GOETHE（1749-1832）独・詩人，小説家　*96, 102*
ケプラー，J.　Johannes KEPLER（1571-1630）独・天文学者　*459, 484*

コウルリッジ，S. T.　Samuel Taylor COLERIDGE（1772-1834）英・詩人，批評家，哲学者　*12, 164, 207, 208, 224, 235, 236, 429, 445, 461, 470, 521, 523, 524, 526, 527, 534*
'Dejection : An Ode'「失意の賦」　*236*
'The Eolian Harp'「イオリアの竪琴」　*207, 208, 211, 429*
'The Rime of the Ancient Mariner'「老水夫の歌」　*210, 470*
Table Talk『談話集』　*526*
ゴス，E.　Edmund GOSSE（1849-1928）英・批評家　*143, 164*
ゴードン，L.　Lyndall GORDON（1941-）南アフリカ生まれ，英・英文学者　*247*
コペルニクス，N.　Nicolaus COPERNICUS（1473-1543）ポーランド・天文学者　*447*
コリンズ，W. W.　William Wilkie COLLINS（1824-89）英・小説家・批評家　*577, 584-85*
'Douglas Jerrold'「ダグラス・ジェロルド」　*584-85*
The Frozen Deep（『凍れる海』）　*584*
The Moonstone『月長石』　*577*
The Woman in White『白衣の女』　*577*
ゴヤ　Francisco de GOYA（1746-1828）スペイン・画家　*591*
ゴールドスミス，O.　Oliver GOLDSMITH（1728-74）英・詩人　*4, 10*
ゴン，M.　Maud GONNE（1866-1953）アイルランド・社会運動家，愛国者　*238*
コンスタンティヌス　CONSTANTINUS（c. 274-337）古代ローマ皇帝　*510, 514*

サ　行

サイファー，W.　Wylie SYPHER（1905-）米・美術史，文芸批評家　*595*
'The Meanings of Comedy'「コメディの意味」　*595*
サウジー，R.　Robert SOUTHEY（1774-1843）英・詩人　*12*
サッカレー，W. M.　William Makepeace THACKERAY（1811-63）英・戯画文家，小説家　*583, 584, 593, 596*
Henry Esmond『ヘンリー・エズモンド』　*584*
Vanity Fair『虚栄の市』　*583*
サマフィールド，G.　Geoffrey SUMMERFIELD（？-1991）英・英文学者ジョン・クレアの研究家　*23*
サント・ブーヴ　Charle Augustin SAINTE-BEUVE（1804-1869）仏・批評家　*97, 490, 503, 505, 523, 524, 526, 527, 530, 532, 533*
シェイクスピア，W.　William SHAKESPEARE（1564-1616）英・劇作家，詩人　*26, 27, 209, 232, 235, 481, 591*
Hamlet『ハムレット』　*232, 438*
Merchant of Venice『ヴェニスの商人』　*15*
ジェイムズ，H.　Henry JAMES（1843-1916）米，英・小説家，批評家　*244, 574, 575*
ジェファーズ，A. N.　Alexander Norman JEFFARES（1920-）アイルランド・英文学者，アングロ・アイリシュ文学研究の中心的人物　*238*
シェリー，P. B.　Percy Bysshe SHELLEY（1792-1822）英・詩人　*4, 12, 101, 167, 254, 257, 419, 425, 429*
'Hymn to Intellectual Beauty'「理想美への讃歌」　*425*
'Mutability'「有為変転」　*429*
Prometheus Unbound『プロメテウスの解放』　*419*
ジェロルド，D.　Douglas JERROLD（1803-57）英・劇作家，ジャーナリスト　*581-594, 608*
Black-Eyed Susan『黒い瞳のスーザン』　*581-594*
Douglas Jerrold's Shilling Magazine, 1845-48（『ダグラス・ジェロルドの1シル雑誌』）　*583, 594*
Douglas Jerrold's Weekly Magazine, 1846-47（『ダグラス・ジェロルドの週刊誌』）　*583, 594*
Martha Willis『マーサ・ウィリス』　*582*
Mrs Caudle's Curtain Lectures『コードル夫人の閨中説法』　*583*
Punch in London『ロンドンのパンチ』　*583*
The Rent Day『小作料支払い日』　*583,*

594
シモンズ，A. W.　Arthur W. SYMONS（1865-1945）英・詩人，批評家　164
シャトーブリアン，F. R.　François René CHATEAUBRIAND（1768-1848）仏・作家，政治家　102, 490, 522-524, 532
シュヴァーベ，S.　Samuel Heinrich SCHWABE（1789-1875）独・アマチュア天文家　446
シュオブ，M.　Marcel SCHWOB（1867-1905）仏・詩人　430
シュトラウス，D. F.　David Friedrich STRAUSS（1808-74）独・神学者，哲学者　121, 540, 542
Das Leben Jesu『イエス伝』　121, 540, 542
シュナイダー，E.　Elisabeth W. SCHNEIDER 米・英文学者　330, 358, 369, 377
シューハード，R.　Ronald SCHUCHARD 米・英文学者　246
ジューベール，J.　Joseph JOUBERT（1754-1824）仏・モラリスト　490, 521-537
Carnets『手帳』　533
Pensée, Essais, Maximes『パンセ，エッセイ，マキシム』　523
ショー，G. B.　George Bernard SHAW（1856-1950）英（アイルランド）・劇作家，批評家　585, 608
Pygmalion, 1912-13『ピグマリオン』　608
ジョイス，J.　James Augustine JOYCE（1882-1941）英（アイルランド）・小説家　244, 597
ジョイス，M.　Mary JOYCE（1797-1838）英・ジョン・クレアの初恋の女性　8, 20-21, 25, 28, 39, 43-57
ジョフロワ，J. L.　Julien-Louis GEOFFROY（1743-1814）仏・批評家　525, 533
シラー，F.　Friedrich von SCHILLER（1759-1805）独・詩人　94
シルヴァー，C.　Carole SILVER（1937-）米・英文学者　258
シンフィールド，A.　Alan SINFIELD（1941-）英・英文学者　209
スウィンバーン，A. C.　Algernon Charles SWINBURNE（1837-1909）英・詩人，評論家　208, 384, 385, 394-396, 406, 414-416, 423-425
Atalanta in Calydon『カリドンのアタランタ』　394
'The Hymn on Man'「人間讃歌」　410, 414
'Hymn to Proserpine'「プロセルピナ讃歌」　415, 423
'Laus Veneris'「ヴィーナス礼讃」　416
Songs before Sunrise『夜明け前の歌』　410
スコット，W.　Sir Walter SCOTT（1771-1832）英〔スコットランド〕・詩人，小説家　235
スティーヴンソン，R. L.　Robert Louis STEVENSON（1850-94）英・小説家，詩人　255
スティーヴンズ，W.　Wallace STEVENS（1879-1955）米・詩人　207
スピノザ，B.　Baruch de SPINOZA（1632-77）オランダ・哲学者　132
スペンサー，E.　Edmund SPENSER（c. 1552-99）英・詩人　154
スペンダー，S. H.　Stephen Harold SPENDER（1909-95）英・詩人，批評家　249
聖王ルイ　Saint LOUIS（1214-70）仏・国王　509
聖書
「創世記」　184, 345, 371
「出エジプト記」　173
「サムエル記上」　429
「列王記上」　332
「詩篇」　173, 328, 498
「伝道の書（コヘレトの言葉）」　173, 260
「雅歌」　417
「イザヤ書」　332, 345, 498
「マラキ書」　498
「マタイの福音書」　336, 337, 372, 499, 500, 516, 519
「マルコの福音書」　498
「ルカの福音書」　367, 502
「ヨハネの福音書」　363, 371, 498, 499, 501
「使徒の働き」　342
「ヨハネ第一の書」　498
「ヨハネの黙示録」　173
聖フランチェスコ（アッシジの）　San FRAN-

CESCO d'Assisi (1181/82-1226) 伊・修道士でフランチェスコ修道会の祖　*364, 365, 503, 528*
セションズ，I. B.　Ina Beth SESSIONS　英文学者　*208, 233*
セナンクール，E. P.　Etienne Pivert de SÉNANCOUR (1770-1846) 仏・小説家，モラリスト　*96-98, 107, 502, 503, 504*
Obermann『オーベルマン』　*96, 98, 502, 503, 533*
ソクラテス　SOCRATES (c. 469-399 B. C.) ギリシア・哲学者　*99, 130, 408, 506, 514*
ソフォクレス　SOPHOCLES (c. 495-406 B. C.) ギリシア・悲劇詩人　*101, 507, 509, 528*

タ　行

ダーウィン，C. R.　Charles Robert DARWIN (1809-82) 英・博物学者，進化論者　*209, 471, 472*
ダーウィン，E.　Erasmus DARWIN (1731-1802) 英・医学者，文学者　*466, 470-477, 479, 482*
'Production of Life'「生命の創造」　*471*
'Zoönomia : The Laws of Organic Life'「ゾーノミア」　*473, 475, 479, 482*
ダック，S.　Stephen DUCK (1705-56) 英・詩人　*10*
ターナー，M.　Martha TURNER　⇨クレア，M
ダーリング医師　Dr George DARLING　英・ジョン・テイラーの友人，キーツ・クレアらの医師　*15, 16, 18, 19, 22*
ダン，H.　Henry DUNN (1800-78) 英・教育関係者　*94, 96-98, 101*
ダン，J.　John DONNE (1572-1631) 英・詩人，宗教家　*154-155, 158, 423*
ダンテ　DANTE Alighieri (1265-1321) 伊・詩人　*62, 243, 246, 397-400, 402, 439*
Divina Commedia『神曲』　*246*
ダンズ・スコウタス，J.　John DUNS SCOTUS (c. 1265-1308) 英（スコットランド）・神学者　*317, 318, 350, 351, 362*
チェインバーズ，R.　Robert CHAMBERS (1802-71) 英（スコットランド）・著述家　*74, 86*
チョーサー，G.　Geoffrey CHAUCER (c. 1340-1400) 英・詩人　*13, 242, 262*
Troilus and Criseyde『トロイルスとクリセイデ』　*242*
チルコット，T.　Tim CHILCOTT　英・英文学者　*29, 31, 39, 41*
John Clare : The Living Year 1841『ジョン・クレア 1841 年作品集成』　*29, 31, 39*
ディヴィス，R.　Robertson DAVIES　カナダ・英文学者　*591*
ディ・クィンシィ，T.　Thomas DE QUINCEY (1785-1859) 英・文芸評論家　*11, 445, 448, 479, 480, 482-485*
'On the Knocking at the Gate in Macbeth'「『マクベス』劇中の門口のノックについて」　*479, 481, 482*
ディクソン，R. W.　Richard Watson DIXON (1833-1900) 英・詩人，牧師，教会史家　*381, 384*
ディケンズ，C.　Charles DICKENS (1812-70) 英・小説家　*362, 575, 577, 584, 585, 594, 596*
Bleak House『荒涼館』　*577*
Hard Times『辛い時勢』　*362*
Household Words（『家庭の言葉』）　*584*
Our Mutual Friend『われら共通の友』　*577*
The Pickwick Papers『ピクウィック遺文録』　*584*
Uncommercial Traveller（『商用ぬきの外回り』）　*575*
ディーコン，G.　George DEACON　米・民衆詩研究家　*26*
ディドロ　Denis DIDEROT (1713-1784) 仏・哲学者　*524*
ディブディン，C.　Charles DIBDIN (1745-1814) 英・劇作家，歌曲作家　*593*
ティブル，A.　Anne TIBBLE　英・詩人，ジョン・クレア研究家　*7*
テイラー，J.　John TAYLOR (1781-1864) 英・キーツ，クレアらの出版者　*10-13, 15, 16, 18-20*
ティンダル，J.　John TYNDALL (1820-93) 英

（アイルランド）・物理学者　70, 462, 463, 465
テオクリトス　THEOCRITUS（c. 310–c. 250 B. C.）ギリシア・詩人　502, 528
テニスン, A.　Alfred TENNYSON（1809–92）英・詩人　61–91, 93, 95, 143, 161, 163, 208, 226, 229–233, 238, 244, 249, 253, 254, 527, 590
Enoch Arden『イノック・アーデン』　161
'The Gardener's Daughter'「庭師の娘」　145
Idylls of the King『国王牧歌』　62, 69, 90
In Memoriam『イン・メモリアム』　63–75, 76, 77, 79, 80, 81, 84, 85, 143, 145, 230
'The Lotus Eaters'「蓮を食べる人」　399
Maud『モード』　85–90, 143, 209, 228, 232, 244
The Princess『王女』　67, 72, 75–85
'Saint Simeon Stylites'「柱頭の行者聖シメオン」　208, 226, 229, 231, 234
'Tiresias'「テレシァス」　226
'Tithonus'「ティソウナス」　226
'Ulysses'「ユリシーズ」　208, 226, 230, 231
デフォー, D.　Daniel DEFOE（c. 1660–1731）英・小説家, ジャーナリスト, 商人　557
デュマ, A.　Alexandre DUMAS（fils）（1824–95）仏・劇作家, 小説家　595
テンプル, F.　Frederick TEMPLE（1821–1901）英・聖職者の教育改革者　70
ドヴェーン, W. C.　William Clyde DEVANE（1898–？）米・英文学者　128
トマス・アクィナス　THOMAS AQUINAS（1224–74）伊・中世の哲学者, 神学者　221, 317, 318, 362
トマス・ア・ケンピス　THOMAS A KEMPIS（c. 1380–1471）独・宗教家, 聖職者　492, 502
Contemptus Mundi『こんてむつすむん地』　493
De Imitatione Christi『キリストに倣いて』　492–495, 497, 501, 506, 507
トーマス, E.　Edward THOMAS（1878–1917）英・詩人　7
トマソー, J-M.　Jean-Marie THOMASSEAU（1942–）仏・フランス文学者　574
Le Mélodrame『メロドラマ――フランスの大衆文化』　574
トムスン, E. P.　Edward Palmer THOMPSON（1924–）英・歴史家　257
トムスン, P.　Paul THOMPSON（1935–）英・歴史家, モリス研究家　257, 258
トムソン, J.　James THOMSON（1700–48）英・詩人　4, 9, 10
The Seasons『四季』　9
ドライデン, J.　John DRYDEN（1631–1700）英・詩人　22, 485
ドルー, P.　Philip DREW（1925–）英・英文学者　225, 226
ドルァリー, E.　Edward DRURY　英・スタンフォードの書店主, クレアの友人, ジョン・テイラーの従兄弟　9
ド・ワイルド, G. J.　G. J. DE WILDE　英・ノーサンプトンの雑誌編集者　27

ナ　行

ナイト, W. F.　William F. KNIGHT　英・ノーサンプトン精神病院の執事, クレア手稿の清書者　25, 26, 28
ニイチェ, F. W.　Friedrich Wilhelm NIETZCHE（1844–1900）独・哲学者　400
ニコライ1世　NICHOLAS I（1796–1855）露・皇帝（1825–55）　86
ニュートン, I.　Isaac NEWTON（1642–1727）英・物理学者, 数学者, 天文学者　446, 449, 450–452, 459, 460–463, 465, 470, 484
Optics『光学』　450, 451
Philosophiae Naturalis Principia Mathematica『自然哲学の数学的原理』通称『プリンキピア』　451, 459, 460
ニューマン, J. H.　John Henry NEWMAN（1801–90）英・宗教家, 著作家　121
ネルソン, H.　Horatio NELSON（1758–1805）英・海将　26, 582
ノヂ, N. C. de　N.Christoph de NAGY（1930–73）カナダ・米で活動する英米文学者　241–243

ハ　行

バイロン，G. G.　Lord George Gordon BYRON (1788-1824) 英・詩人　*12, 21-24, 27, 28, 30, 44, 46, 101, 143, 166, 396, 398-400*
　Childe Harold (*I and II*)『チャイルド・ハロルド』　*21, 22, 28*
　Don Juan『ドン・ジュアン』　*21-23, 28, 30*
　'Lara'「ラーラ」　*429*
　Manfred『マンフレッド』　*101*
バイロン，H. J.　Henry James BYRON (1835-84) 英・俳優，劇作家　*593*
　The Lancashire Lass『ランカシアの小娘』　*593*
パウンド，E. W. L.　Ezra Weston Loomis POUND (1885-1972) 米・詩人，批評家　*209, 237, 240-244, 249*
　'La Fraisne'「トネリコの樹」　*243*
　'Marvoil'「マーヴォイル」　*243*
　'On His Own Face in a Glass'「鏡に映した彼の顔」　*216, 217*
　'Piere Vidal Old'「老いたピエール・ヴィダル」　*243*
　Selected Poems『選詩集』　*217*
バーゴンジー，B.　Bernard BERGONZI (1929-) 英・文学者　*327*
ハスキソン，W.　William HUSKISSON (1770-1830) 英・政治家　*344*
ハーシェル，W.　William HERSCHEL (1738-1822) 英・天文学者　*446, 470*
パスカル　Blaise PASCAL (1623-62) 仏・哲学者　*530, 533*
ハズリット，W.　William HAZLITT (1778-1830) 英・文芸評論家　*11*
パーセル，H.　Henry PURCELL (1659-95) 英・作曲家　*364*
ハッチンスン，S.　Sara HUTCHINSON (1775-1835) 英・ワーズワスの妻の妹，S. T. コウルリッジの恋人　*236*
ハーディ，T.　Thomas HARDY (1840-1928) 英・詩人，小説家　*575, 593, 596*
　Desperate Remedies『窮余の策』　*575*
　Far From the Madding Crowd『遙か群衆を離れて』　*593*
ハート，J.　James HURT　米・英文学者　*607, 608*
パトモア，C.　Coventry PATMORE (1823-96) 英・詩人　*137-161, 314, 316, 319, 380, 384*
　The Angel in the House『家の中の天使』　*137-162*
　Poems (1844)『詩集』(1844)　*138*
　Tamerton Church Tower『タマトン教会の塔』　*138*
　The Unknown Eros『知られざるエロス』　*137, 138*
　The Victories of Love『愛の勝利』　*137, 138*
ハーバート，G.　George HERBERT (1593-1633) 英・詩人　*154*
林　達夫　(1896-1984) 日・著述家，西洋精神史研究者　*573*
　『思想のドラマトゥルギー』(久野収との共著)　*573*
ハラム，A. H.　Arthur H. HALLAM (1811-33) 英・詩人，評論家，テニスンの親友　*63-74, 81, 230*
パルメニデス　PARMENIDES (c. 515-c. 450 B. C.) ギリシア・哲学者　*112*
バーンズ，R.　Robert BURNS (1754-96) 英・詩人　*10, 26, 29*
ハント，W. H.　W. Holman HUNT (1827-1910) 英・画家　*166*
ビショップ，H.　Sir Henry BISHOP (1786-1855) 英・作曲家，指揮者　*592*
ピランデッロ，L.　Luigi PIRANDELLO (1867-1936) 伊・劇作家，小説家　*575*
ビスマルク，O.　Otto von BISMARCK (1815-98) 独，プロシア宰相　*321, 363*
ヒーニー，S.　Seamus Justin HEANEY (1939-) アイルランド・詩人　*13*
ビューィック，F.　Frederick BURWICK　米・英文学者，比較文学者　*483*
ピュタゴラス　PYTHAGORAS (c. 582-c. 500 B. C.) ギリシア・哲学者，数学者，宗教家　*114*
ピール，R.　Robert PEEL (1788-1850) 英・政治家，首相　*34*
ファーガソン，S.　Samuel FERGUSON (1810-86) 英 (アイルランド)・詩人　*319*
ファース，E.　Ekbert FAAS (1938-) 独生まれ，カナダ・文学者　*208, 220, 233*

ファルク，A.　Adalbert FALCK（1827-1900）独・プロシア文相　*321, 341*
フィッツウィリアム伯　Earl FITZWILLIAM ⇨ミルトン卿
フォイエルバッハ，L. A.　Ludwig Andreas FEUERBACH（1804-72）独・哲学者　*540, 542, 543*
Essence of Christianity『キリスト教の本質』　*540, 542, 543*
フォックス，W. J.　William J. FOX（1786-1864）英・伝道師，政治家，文人　*222*
フォンターヌ　FONTANE（1757-1821）仏・詩人，教育家　*524*
フーコー，J.　Jean-Bernard-Léon FOUCAULT（1819-68）仏・物理学者　*447*
ブース，F. S.　Florence Saunders Boos（1943-）米・英文学者　*258*
ブーシコー，D.　Dion BOUCICAULT（1820-90）英（アイルランド），米・俳優，劇作家　*595-608*
Arrah-na-Pogue『鮭のアラ』　*603, 608*
The Colleen Bawn『色白の娘』　*595-608*
The Corsican Brothers『コルシカの兄弟』　*595, 596*
London Assurance『ロンドンでの固い約束』　*595*
The Octroon『八分の一混血児』　*597*
The Poor of New York『ニューヨークの貧しき人々』　*597*
The Shaughraun『流れ者』　*603*
ブース，M.　Michael BOOTH　カナダ，英・演劇学者　*574*
English Melodrama『イギリスのメロドラマ』　*574*
English Plays of the Nineteenth Century『19世紀イギリス演劇集』　*574*
Victorian Spectacular Theatre『ヴィクトリア朝のスペキュタキュラーな劇場』　*574*
ブラウニング，E. B.　Elizabeth Barrett BROWNING（1806-61）英・詩人，R.ブラウニングの妻　*119, 122, 164, 167, 183, 185, 448, 479, 485*
Aurora Leigh『オローラ・リー』　*183-485*
ブラウニング，R.　Robert BROWNING（1812-89）英・詩人　*93-95, 98, 100, 101, 119-133, 161, 208, 210, 212-216, 218, 220-226, 229, 231-235, 238, 242-245, 249, 527*
'Bishop Blougram's Apology'「司教ブラウグラムの弁明」　*127-129*
Chrismas-Eve and Easter-Day『クリスマス・イヴと復活祭』　*119-131*
'Cleon'「クレオン」　*120, 127, 130, 131*
'A Death in the Desert'「砂漠の死」　*127*
Dramatic Lyrics『劇的抒情詩』　*208, 214, 225, 226, 234*
Dramatic Romances『劇的ロマンス』　*129*
'An Epistle Containing the Strange Medical Experience of Karshish, the Arab Physician'「カーシシュの書簡」　*127, 130*
'Fra Lippo Lippi'「フラ・リポ・リッピ」　*221, 229, 243*
'Johannes Agricola in Meditation'「黙想するヨハネス・アグリコラ」　*208, 234*
Men and Women『男と女』　*101, 120, 128, 129*
'My Last Duchess'「今は亡きわが公爵夫人」　*208, 213-216, 218, 220, 221, 229, 231*
Pauline : A Fragment of a Confession『ポーリン——ある告白の断章』　*222-225, 234*
'Porphyria's Lover'「ポルフィリアの愛人」　*208, 210-215, 222, 224-226, 231, 234, 243*
'Saul' 1845-55「サウル」　*127-130*
プラーツ，M.　Mario PRAZ（1896-1982）伊・批評家　*156, 161*
ブラッドン，M. E.　Mary Elizabeth BRADDON（1835-1915）英・女優，小説家，劇作家　*575-581, 588*
Lady Audley's Secret『オードリーの奥方の秘密』　*575-581, 588*
プラトン　PLATON（c. 427-347 B. C.）ギリシア・哲学者　*157, 158, 317, 408,*

507, 509, 530, 534, 535
Charmides『カルミデス』　*408*
ブラバント，R. H.　Robert Herbert BRABANT　英・医師，ドイツ学者　*542*
フランクリン姉妹　Misses FRANKLIN　英・G. エリオットの学校教師　*540*
フランクリン，F.　Francis FRANKLIN　英・牧師，フランクリン姉妹の父　*540*
ブランショ，M.　Maurice BLANCHOT（1907-）仏・批評家　*528*
プランシェ，J. R.　James Robinson PLANCHÉ（1796-1880）英・劇作家，服飾史家　*593*
The Brigand『山賊』　*594*
ブランデン，E. C.　Edmund Charles BLUNDEN（1896-1974）英・詩人　*7*
プリーストリィ，J.　Joseph PRIESTLEY（1733-1804）英・化学者，神学者　*446, 470*
ブリッジズ，R.　Robert BRIDGES（1844-1930）英・詩人　*313, 314, 319, 364, 384, 387*
ブリューゲル，P.　Pieter BRUEGEL（1525-69）フランドル・画家　*591*
ブルックス，P.　Peter BROOKS　米・比較文学者　*574*
The Melodramatic Imagination『メロドラマ的想像力』　*574*
ブルームフィールド，R.　Robert BLOOMFIELD（1766-1823）英・詩人　*10*
The Farmer's Boy『農家の青年』　*10*
ブレイ，C.　Charles BRAY（1811-84）英・骨相学者，思想家　*541-543*
ブレイク，W.　William BLAKE（1757-1827）英・詩人，画家　*14, 167, 461*
ブレヒト，B.　Bertolt BRECHT（1898-1956）独・詩人，劇作家　*581*
Die Dreigroschenoper『三文オペラ』　*581*
プレンダーガスト，C.　Christopher PRENDERGAST　米・比較文学者　*574*
Balzac : Fiction and Melodrama『バルザック——フィクションとメロドラマ』　*574*
フロイト，S.　Sigmund FREUD（1856-1939）オーストリア・精神分析学者　*165, 209*
ペイジ，F.　Frederick PAGE　英文学者　*145*
ヘイゼルウッド，C. H.　Colin Henry HAZLEWOOD（1820-75）英・劇作家　*575, 578-581, 588*
Lady Audley's Secret『オードリーの奥方の秘密』　*573, 575, 588*
ペイター，W.　Walter PATER（1839-94）英・批評家　*255, 429, 490, 505, 506, 509-511, 514, 518, 520, 521, 524*
Marius『マリウス』　*490, 505, 511, 520, 521, 524*
Studies in the History of the Renaissance『ルネッサンス』　*429*
ペイン，J. H.　John Howard PAYNE（1791-1852）米，英・劇作家　*592*
Clari『クラリ』　*592*
ヘーゲル，G. W. F.　Georg Wilhelm Friedrich HEGEL（1770-1831）独・哲学者　*542*
ヘッセイ，J. A.　James Augustus HESSEY（1785-1870）英・ジョン・テイラーの共同出版者，編集者　*12, 14, 15*
ヘネル，C.　Caroline HENNELL　英・チャールズ・ヘネルの妹　*541*
ヘネル，C. C.　Charles Christian HENNELL（1809-50）英・思想家　*541, 542*
Inquiry Concerning the Origin of Christianity『キリスト教の起源についての研究』　*541*
ヘラクレイトス　HERACLITUS（c. 540-475 B. C.）ギリシア・哲学者　*318, 353, 386*
ヘンリー八世　HENRY VIII（1491-1547）英・テューダ朝の国王（在位 1509-47）　*377*
ヘルダーリン，J. C. F.　Johann Christian Friedrich HÖLDERLIN（1770-1843）独・詩人　*99, 100, 111*
Empedokles『エムペードクレス』　*100*
ホイジンガ，J.　Johan HUIZINGA（1872-1945）オランダ・文化史家　*574*
ホイットマン，W.　Walt WHITMAN（1819-92）米・詩人　*167, 207, 410*
ボイル，G. D.　George David BOYLE（1828-1901）英・聖職者，批評家　*94*
ホジスン，A.　Amanda HODGSON　英・英文学者　*258, 266, 310*
ポーター，R.　Roy PORTER（1946-2002）英・医学史家　*23, 27*
ボッカッチオ，G.　Giovanni BOCCACCIO（1313-75）伊・小説家，詩人　*242*

Il Filostrato『フィロストラート』 *242*
ポープ，A. Alexander POPE（1688－1744）英・詩人 *22*
ホプキンズ，A. Arthur HOPKINS（1847－1930）英・ジェラルドの弟で画家 *321*
ホプキンズ，G. M. Gerard Manley HOPKINS（1844－89）英・詩人 *165, 249, 313－387*
'Ashboughs'「とねりこの枝」 *331*
'As kingfishers catch fire....'「かわせみが火を摑むように」 *386*
'God's Grandeur'「神の威厳」 *342*
'Heaven-Haven'「天上の港」 *379*
'Henry Purcell'「ヘンリー・パーセル」 *363, 364*
'Hurrahing in Harvest'「収穫の喜び」 *332*
'Parmenides'「パルメニデスについての覚え書き」 *318, 326*
'Pied Beauty'「斑の美」 *360－362*
'That Nature is a Heraclitean Fire and of the comfort of the Resurrection'「自然はヘラクレイトスの火であるということ，それと復活の慰めについて」 *352, 353, 387*
'The Windhover'「空舞う鷹」 *370*
'The Wreck of the Deutschland'「ドイッチュランド号の難破」 *313－388*
ホブズバウム，P. Philip HOBSBAUM（1932－）英・詩人，批評家，英文学者 *209, 232, 234*
ホーム，E. Sir Everard HOME（1756－1832）スコットランド・外科医，解剖学者 *470*
ボーム，P. Paull BAUM（1886－1964）米・英文学者 *110*
ホメロス（ホーマー） HOMEROS（HOMER）（B.C. 10C.－9C. 頃）ギリシア・詩人 *101, 186, 187, 243, 396*
Odyssey『オデュッセイア』 *399*
ポリドリ，J. W. John W. POLIDORI（1795－1821）英・医師，小説家 *166*
Vampire『吸血鬼』 *166*
ボール，P. M. Patricia M. BALL 米・英文学者 *143*
The Heart's Events『心の出来事』 *143*
ホロウェイ，J. John HOLLOWAY（1920－）英・批評家 *158*
ホワイト，G. Gilbert WHITE（1720－93）英・博物学者 *11*
Natural History of Selbourne『セルボーンの博物誌』 *12*

マ 行

マケイ，R. W. Robert William MACKAY（1803－1882）英・思想家 *540*
Progress of the Intellect『知性の進歩』 *540*
マコーレイ，T. Thomas Babington MACAULAY（1800－59）英・歴史家，政治家 *533*
マシューズ，C. Charles MATHEWS（1803－78）英・俳優 *595*
マスターズ，E. L. Edgar Lee MASTERS（c. 1868－1950）米・詩人 *209*
マッケンジー，N. H. Norman H. MACKENZIE カナダ・英文学者 *341, 362, 372*
マードック，W. William MURDOCK（1754－1839）英・科学者 *447*
マラルメ，S. Stéphane MALLARMÉ（1842－98）仏・詩人 *529*
マリ，J. M. John Middleton MURRY（1889－1957）英・文芸評論家 *7*
マルクス・アウレリウス MARCUS AURELIUS（121－180）古代ローマ皇帝 *489－521, 522－524, 530, 532－535*
マルクス，K. H. Karl Heinrich MARX（1818－83）独・哲学者 *542*
マルサス，T. R. Thomas Robert MALTHUS（1766－1834）英・経済学者 *445*
An Essay on the Principle of Population『人口論』 *445*
マレー，N. Nicholas MURRAY 英・英文学者 *513, 514*
マンテル，G. A. Gideon Algernon MANTELL（1790－1852）英・地質学者 *446*
ミル，J. S. John Stuart MILL（1806－73）英・哲学者，経済学者 *222, 226, 362, 491, 492, 494－500, 514, 515, 520, 531, 535*
On Liberty『自由論』 *362, 514*
ミルトン，J. John MILTON（1608－74）英・詩人 *61, 69, 73, 79, 314, 372, 396, 397*

Paradise Lost『楽園喪失』　*61, 62, 68, 72, 73, 77, 90*
ミルトン卿　Viscount MILTON　英・ジョン・クレアの保護者　*16*
ミレー, J.E.　John Everett MILLAIS (1829-96) 英・画家　*166*
メアリ⇨ジョイス, M.
メイゼル, M.　Martin MEISEL　米・批較文学者　*594*
Realizations『リアライゼーションズ』　*594*
メイヤー, J.T.　John T. MAYER　英・英文学者　*246*
メレディス, G.　George MEREDITH (1828-1909) 英・小説家, 詩人　*143*
Modern Love『現代の愛』　*143*
メルボーン卿　William Lamb, 2nd Viscount MELBOURNE (1779-1848) 英・政治家, 首相　*34*
モリス, J.　Jane MORRIS (1839-1914) 英・ウィリアム・モリスの妻　*263*
モリス, M.　May MORRIS (1862-1938) 英・ウィリアム・モリスの娘, モリス全集の編者　*302*
モリス, W.　William MORRIS (1834-96) 英・詩人, 工芸美術家, 社会主義運動家　*253-311, 396, 425*
The Defence of Guenevere and Other Poems『ギネヴィアの抗弁その他』　*253*
The Earthly Paradise『地上楽園』　*253-311*
'Bellerophon at Argos'「アルゴスのベレロポーン」　*266, 280-288*
'Bellerophon in Lycia'「リュキアのベレロポーン」　*265, 280, 294-302*
'The Fostering of Aslaug'「アースラウグの養育」　*265, 273-79*
'The Golden Apples'「黄金のリンゴ」　*266, 267-273, 283, 297*
'The Hill of Venus'「ヴィーナスの山」　*266, 302-309*
'Prologue : The Wanderers'「プロローグ・さすらい人たち」　*259, 261-263, 265, 267, 272, 273, 297, 299, 303, 310*
'The Ring Given to Venus'「ヴィーナスに与えられた指環」　*266, 288-294, 304*
The Life and Death of Jason, 1867『イアソンの生と死』　*253, 302*
News from Nowhere『ユートピア便り』　*263, 311*
Sigurd the Volsung『ヴォルスング族シグルド』　*253*
森松健介　(1935-) 日・英文学者　*222*
モンテーニュ　Michel Eyquem de MONTAIGNE (1533-1592) 仏・モラリスト　*490, 534*

ヤ　行

弓削　達　(1924-) 日・古代ローマ史家　*513*
ユング, C.G.　Carl Gustav JUNG (1875-1961) スイス・心理学者, 精神病理学者　*209*

ラ　行

ライエル, C.　Charles LYELL (1797-1875) 英(スコットランド)・地質学者　*67, 73-75*
ラウクス, J.F.　James F. LOUCKS　米・英文学者　*208*
ラスキン, J.　John RUSKIN (1819-1900) 英・批評家, 社会思想家　*316, 398*
Modern Painters『近代画家論』　*316*
ラーナー, K.　Karl RAHNER (1904-84) 独・神学者　*248*
ラフォルグ, J.　Jules LAFORGUE (1860-87) 仏・詩人　*224, 244*
ラム, C.　Charles LAMB (1775-1834) 英・随筆家, 詩人　*11, 232*
Specimens of English Dramatic Poets『イギリス劇詩人抜粋集』　*232*
ラ・ロシュフーコ, F.　François LA ROCHEFOUCAULD (1613-80) 仏・モラリスト　*533, 534*
ラング, C.Y.　Cecil Y. LANG　米・英文学者　*98*
The Letters of Matthew Arnold『アーノルド書簡集』　*98*
ランダル, J.　Jack RANDALL　英・19世紀初

期のボクサー　*24*, *28*
ランドン，L. E.　Letitia Elizabeth LANDON (1802-38) 英・詩人　*184*, *185*
リーヴィス，F. R.　Frank Raymond LEAVIS (1895-1978) 英・批評家　*256*, *257*
リチャードソン，S.　Samuel RICHARDSON (1689-1761) 英・小説家，出版業者　*557*
リックス，C.　Christopher RICKS (1933-) 英・英文学者，批評家　*208*, *232*, *246*
リッター，J. W.　Johann Wilhelm RITTER (1776-1810) 独・物理学者　*446*
リード，C.　Charles READE (1814-84) 英・劇作家，小説家　*592*
　Gold !『ゴールド！』　*593*
　It is Never Too Late to Mend『改めるに遅すぎることなし』　*593*
リード，J. C.　J. C. REID　英・英文学者　*138*
リンドップ，G.　Grevel LINDOP　英・劇評家　*600*
ルーイス，G. H.　George Henry LEWES (1817-78) 英・哲学者，劇評家　*543*, *595*
ルーイス，M.　Maria LEWIS (c. 1800-87) 英・G. エリオットの学校教師　*540*, *541*
ルクレティウス　Titus LUCRETIUS Carus (c. 99-55 B.C.) ローマ・哲学者，叙事詩人　*93*, *107*, *108*
ルキアヌス（ルシアン）　LUCIANOS (c. 120-200) ギリシア・作家　*408*
　Essays in Portraiture『肖像画論』　*408*
ルター，M.　Martin LUTHER (1483-1546) 独・宗教改革者　*359*, *360*
ルナン，J. E.　Joseph Ernest RENAN (1823-92) 仏・哲学者，言語学者，宗教史家　*132*, *505*, *507*
　Marc-Aurèle『マルクス・アウレリウス』　*505*, *507*, *508*
　La Vie de Jésus『イエス伝』　*507*
レオ一三世　LEO XIII (1810-1903) 伊・ローマ法王　*317*
レディング，C.　Cyrus REDDING　英・雑誌編集者　*23*, *24*
レノルズ，J. H.　John Hamilton REYNOLDS (1796-1852) 英・詩人，キーツの親友　*11*
ローウェル，A. L.　Amy Lawrence LOWELL (1874-1925) 米・詩人　*209*
ロセッティ，C. G.　Christina Georgina ROSSETTI (1830-94) 英・詩人　*163-206*
　'An Apple-Gathering'「りんご摘み」　*176-181*
　Annus Domini『主の年』　*173*
　Called to be Saints『聖者と呼ばれて』　*173*
　'De Profundis'「深い淵の底から」　*198-200*
　The Face of the Deep『深遠の面』　*173*
　'From The Antique'「古い歌」　*182*
　Goblin Market『ゴブリンマーケット』　*163*, *165*, *168-176*, *185*
　'A Helpmeet For Him'「男を助ける者」　*184*, *185*
　'L. E. L.'「L. E. L.」　*185*
　Letter and Spirit『字句と精神』　*173*
　'The Lowest Place'「一番下の場所」　*191*, *192*
　'The Lowest Room'「一番下の部屋」　*167*, *185-191*
　'Margery'「マージョリー」　*181*, *182*
　'The Months : A Pageant'「めぐる季節」　*164*
　'The Prince's Progress'「王子の旅」　*163*, *167*
　Seek and Find『求めよ，さらば見出さん』　*173*, *192*
　Time Flies『時は過ぎゆく』　*173*
　'Up-hill'「丘の上に」　*200-203*
　'Winter : My Secret'「冬—私の秘密」　*193-197*
ロセッティ，D. G.　Dante Gabriel ROSSETTI (1828-82) 英・詩人，画家　*165-167*, *171*, *208*, *396*, *406*, *425*
ロセッティ，W. M.　William Michael ROSSETTI (1829-1919) 英・芸術批評家　*166*, *167*, *197*, *200*, *243*
ロバートソン，A.　Agnes ROBERTSON　英，米・女優　*596*
ロビンスン，E. A.　Edwin Arlington ROBINSON (1869-1935) 米・詩人　*209*
ロレンス，D. H.　D. H. LAWRENCE (1885-1930) 英・小説家　*161*
ロング，C.　C. LONG　英・古典学者　*491*, *506*, *507*, *510*, *515*

ワ　行

ワイズマン，N. P. S. Nicholas Patrick Stephen Wiseman (1802-65) スペイン生まれ，アイルランドの枢機卿　*129*

ワイルド，O. Oscar Wilde (1854 - 1900) 英・詩人，劇作家，作家，批評家　*233, 393 - 404, 407, 408, 410, 411, 418, 423, 426, 427, 430 - 433, 435 - 437, 439, 440, 574, 579*

'At Verona'「ヴェローナにて」　*397, 402, 439*

The Ballad of Reading Gaol『レディング監獄のバラッド』　*393, 433, 439, 440*

'La Bella Donna della mia Mente'「わが思い出の美女」　*396*

'The Burden of Itys'「イティスの歌」　*403, 404, 406*

'Charmides'「カルミデス」　*404, 408, 410*

'Choir Boy'「聖歌隊の少年」　*396*

The Complete Works of Oscar Wilde『ワイルド全集』(第１巻)　*393*

'The Decay of Lying'「虚言の衰退」　*397*

De Profundis『獄中記』　*440*

'E Tenebris'「暗闇から」　*396*

'The Garden of Eros'「エロスの園」　*410, 423, 431*

'Helas!'「嗚呼」　*404, 411, 426*

'Humanitad'「ヒューマニタッド」　*410, 417, 423*

An Ideal Husband『理想の夫』　*233*

The Importance of Being Earnest『真面目が肝心』　*233, 404*

Lady Windermere's Fan『ウィンダミア夫人の扇』　*233*

'Lotus Land'「蓮の国」　*399*

'Love Song'「恋歌」　*395, 397, 416*

'The Master'「師」　*440*

'The New Helen'「新しいヘレン」　*414, 425, 431*

'Panthea'「パンテア」　*419, 421, 423*

Poems『詩集』　*393, 394, 403, 404, 426, 427, 429, 430*

The Picture of Dorian Gray『ドリアン・グレイの画像』　*408, 429, 579*

Ravenna『ラヴェンナ』　*394, 395, 397, 398, 403, 404, 406, 407*

'Rome Unvisited'「訪れなかったローマ」　*395*

'San Miniato'「サン・ミニアート」　*396*

Salome『サロメ』　*403, 408, 426*

'Sonnet on Approaching Italy'「イタリアに近づいてのソネット」　*395*

'Sonnet on Hearing the Dies Irae Sung in the Sistine Chapel'「システィナ礼拝堂にて〈怒りの日〉を聞きてのソネット」　*396*

'Sonnet on the Massacre of the Christians in Bulgaria'「ブルガリアでのキリスト教徒大虐殺に寄せるソネット」　*396*

'Sonnet Written in Holy Week at Genoa'「ジェノアでの聖週間に書かれたソネット」　*395, 401*

'The Sphinx'「スフィンクス」　*415, 430, 439*

'The Teacher of Wisdom'「知恵の師」　*439*

'The Theatre at Argos'「アルゴスの劇場」　*395*

'To Milton'「ミルトンへ」　*401, 421*

A Woman of No Importance『つまらぬ女』　*233*

'Ye Shall be Gods'「あなた方は神となる」　*394*

ワーズワス，W. William Wordsworth (1770 - 1850) 英・詩人　*12, 22, 96, 143, 207, 235, 362, 445 - 485, 502, 517*

'Complaint of a Forsaken Indian Woman'「置去られたインディアン女の嘆き」　*466*

'Goody Blake and Harry Gill'「グッディ・ブレイクとハリー・ギル」　*473, 474*

'Idiot Boy'「白痴の少年」　*466*

'Immortality Ode'「不死のオード」　*411, 476*

'Lines Written above Tintern Abbey'「ティンタン・アベイ」　*207, 465, 476*

Lucy Poems「ルーシー詩篇」　*143,*

476, *477*
Lyrical Ballads『リリカル・バラッズ』 *445*, *446*, *455*, *458*-*462*, *465*, *466*, *473*, *484*
"The Mad Mather"「狂った母親」 *466*
The Prelude『序曲』 *449*, *450*, *459*, *462*
'Rainbow'「虹」 *449*, *453*, *456*, *459*
'A Slumber Did My Spirit Seal'「まどろみが私の精神を封印した」 *422*
'The Solitary Reaper'「孤独に麦を刈る少女」 *456*, *457*
ワット，J. James WATT (1736-1819) 英・機械技術者，発明家 *447*, *470*

執筆者紹介（執筆順）

川《かわ》口《ぐち》紘《ひろ》明《あき》	中央大学法学部教授
里《さと》麻《ま》静《しず》夫《お》	中央大学法学部教授
兵《ひょう》藤《どう》雅《まさ》子《こ》	元中央大学法学部兼任講師、中央大学人文科学研究所客員研究員
海《え》老《び》根《ね》宏《ひろし》	東洋大学文学部教授
坂《さか》川《がわ》雅《まさ》子《こ》	中央大学法学部兼任講師
原《はら》孝一郎《こういちろう》	成蹊大学経済学部教授
上《かみ》坪《つぼ》正《まさ》徳《のり》	中央大学法学部教授
笹《ささ》川《がわ》浩《ひろし》	中央大学商学部助教授
土《つち》屋《や》繁《しげ》子《こ》	元関西大学文学部教授、中央大学人文科学研究所客員研究員
井《いの》上《うえ》美《み》沙《さ》子《こ》	大妻女子大学短期大学部英文科教授
中《なか》川《がわ》敏《さとし》	中央大学経済学部教授
松《まつ》本《もと》啓《けい》	中央大学法学部教授
井《い》出《で》弘《ひろ》之《ゆき》	東京都立大学名誉教授、中央大学法学部兼任講師

埋もれた風景たちの発見　　研究叢書30

2002年5月10日　第1刷印刷
2002年5月15日　第1刷発行

編　　者　中央大学人文科学研究所
発 行 者　中 央 大 学 出 版 部
代表者　辰　川　弘　敬

192-0393　東京都八王子市東中野 742-1
発行所　中 央 大 学 出 版 部
電話 0426（74）2351　FAX 0426（74）2354
http://www2.chuo-u.ac.jp/up/

十一房印刷工業・東京製本

ISBN4-8057-5321-8

23　アジア史における法と国家　　Ａ５判 444頁　本体 5,100円

中国・朝鮮・チベット・インド・イスラム等アジア各地域における古代から近代に至る政治・法律・軍事などの諸制度を多角的に分析し，「国家」システムを検証解明した共同研究の成果．

24　イデオロギーとアメリカン・テクスト　　Ａ５判 320頁　本体 3,700円

アメリカ・イデオロギーないしその方法を剔抉，検証，批判することによって，多様なアメリカン・テクストに新しい読みを与える試み．

25　ケルト復興　　Ａ５判 576頁　本体 6,600円

19世紀後半から20世紀前半にかけての「ケルト復興」に社会史的観点と文学史的観点の双方からメスを入れ，その複雑多様な実相と歴史的な意味を考察する．

26　近代劇の変貌　　Ａ５判 424頁　本体 4,700円

―「モダン」から「ポストモダン」へ―

ポストモダンの演劇とは？　その関心と表現法は？　英米，ドイツ，ロシア，中国の近代劇の成立を論じた論者たちが，再度，近代劇以降の演劇状況を鋭く論じる．

27　喪失と覚醒　　Ａ５判 480頁　本体 5,300円

―19世紀後半から20世紀への英文学―

伝統的価値の喪失を真摯に受けとめ，新たな価値の創造に目覚めた，文学活動の軌跡を探る．

28　民族問題とアイデンティティ　　Ａ５判 348頁　本体 4,200円

冷戦の終結，ソ連社会主義体制の解体後に，再び歴史の表舞台に登場した民族の問題を，歴史・理論・現象等さまざまな側面から考察する．

29　ツァロートの道　　Ａ５判 496頁　本体 5,700円

―ユダヤ歴史・文化研究―

18世紀ユダヤ解放令以降，ユダヤ人社会は西欧への同化と伝統の保持の間で動揺する．その葛藤の諸相を思想や歴史，文学や芸術の中に追究する．

16　ケルト　生と死の変容　　A５判 368頁　本体 3,700円

ケルトの死生観を，アイルランド古代／中世の航海・冒険譚や修道院文化，またウェールズの『マビノーギ』などから浮び上がらせる.

17　ヴィジョンと現実　十九世紀英国の詩と批評　　A５判 688頁　本体 6,800円

ロマン派詩人たちによって創出された生のヴィジョンはヴィクトリア時代の文化の中で多様な変貌を遂げる.英国19世紀文学精神の全体像に迫る試み.

18　英国ルネサンスの演劇と文化　　A５判 466頁　本体 5,000円

演劇を中心とする英国ルネサンスの豊饒な文化を，当時の思想・宗教・政治・市民生活その他の諸相において多角的に捉えた論文集.

19　ツェラーン研究の現在　　A５判 448頁　本体 4,700円

20世紀ヨーロッパを代表する詩人の一人パウル・ツェラーンの詩の，最新の研究成果に基づいた注釈の試み.研究史，研究・書簡紹介，年譜を含む.

20　近代ヨーロッパ芸術思潮　　A５判 320頁　本体 3,800円

価値転換の荒波にさらされた近代ヨーロッパの社会現象を文化・芸術面から読み解き，その内的構造を様々なカテゴリーへのアプローチを通して，多面的に解明.

21　民国前期中国と東アジアの変動　　A５判 600頁　本体 6,600円

近代国家形成への様々な模索が展開された中華民国前期(1912～28)を，日・中・台・韓の専門家が，未発掘の資料を駆使し検討した国際共同研究の成果.

22　ウィーン　その知られざる諸相　――もうひとつのオーストリア――　　A５判 424頁　本体 4,800円

二十世紀全般に亙るウィーン文化に，文学，哲学，民俗音楽，映画，歴史など多彩な面から新たな光を照射し，世紀末ウィーンと全く異質の文化世界を開示する.

9　近代日本の形成と宗教問題　〔改訂版〕　A 5 判 330頁　本体 3,000円

外圧の中で，国家の統一と独立を目指して西欧化をはかる近代日本と，宗教とのかかわりを，多方面から模索し，問題を提示する．

10　日中戦争　日本・中国・アメリカ　A 5 判 488頁　本体 4,200円

日中戦争の真実を上海事変・三光作戦・毒ガス・七三一細菌部隊・占領地経済・国民党訓政・パナイ号撃沈事件などについて検討する．

11　陽気な黙示録　オーストリア文化研究　A 5 判 596頁　本体 5,700円

世紀転換期の華麗なるウィーン文化を中心に20世紀末までのオーストリア文化の根底に新たな光を照射し，その特質を探る．巻末に詳細な文化史年表を付す．

12　批評理論とアメリカ文学　検証と読解　A 5 判 288頁　本体 2,900円

1970年代以降の批評理論の隆盛を踏まえた方法・問題意識によって，アメリカ文学のテキストと批評理論を，多彩に読み解き，かつ犀利に検証する．

13　風習喜劇の変容　王政復古期からジェイン・オースティンまで　A 5 判 268頁　本体 2,700円

王政復古期のイギリス風習喜劇の発生から，18世紀感傷喜劇との相克を経て，ジェイン・オースティンの小説に一つの集約を見る，もう一つのイギリス文学史．

14　演劇の「近代」　近代劇の成立と展開　A 5 判 536頁　本体 5,400円

イプセンから始まる近代劇は世界各国でどのように受容展開されていったか，イプセン，チェーホフの近代性を論じ，仏，独，英米，中国，日本の近代劇を検討する．

15　現代ヨーロッパ文学の動向　中心と周縁　A 5 判 396頁　本体 4,000円

際立って変貌しようとする20世紀末ヨーロッパ文学は，中心と周縁という視座を据えることで，特色が鮮明に浮かび上がってくる．

中央大学人文科学研究所研究叢書

1	五・四運動史像の再検討	A 5 判 564頁 （品切）
2	希望と幻滅の軌跡 ―反ファシズム文化運動― 様ざまな軌跡を描き，歴史の襞に刻み込まれた抵抗運動の中から新たな抵抗と創造の可能性を探る．	A 5 判 434頁 本体 3,500円
3	英国十八世紀の詩人と文化 自然への敬虔な畏敬のなかに，現代が喪失している〈人間有在〉の，現代に生きる者に示唆を与える慎ましやかな文化が輝く．	A 5 判 368頁 本体 3,010円
4	イギリス・ルネサンスの諸相	A 5 判 514頁 （品切）
5	民衆文化の構成と展開 ―遠野物語から民衆的イベントへ― 全国にわたって民衆社会のイベントを分析し，その源流を辿って遠野に至る．巻末に子息が語る柳田國男像を紹介．	A 5 判 434頁 本体 3,495円
6	二〇世紀後半のヨーロッパ文学 第二次大戦直後から80年代に至る現代ヨーロッパ文学の個別作家と作品を論考しつつ，その全体像を探り今後の動向をも展望する．	A 5 判 478頁 本体 3,800円
7	近代日本文学論　―大正から昭和へ― 時代の潮流の中でわが国の文学はいかに変容したか，詩歌論・作品論・作家論の視点から近代文学の実相に迫る．	A 5 判 360頁 本体 2,800円
8	ケルト　伝統と民俗の想像力 古代のドルイドから現代のシングにいたるまで，ケルト文化とその稟質を，文学・宗教・芸術などのさまざまな視野から説き語る．	A 5 判 496頁 本体 4,000円